私にはいなかった祖父母の歴史——ある調査

Histoire des grands-parents que je n'ai pas eus

イヴァン・ジャブロンカ＝著　田所光男＝訳
Ivan Jablonka　*Tadokoro Mitsuo*

名古屋大学出版会

Ivan JABLONKA
HISTOIRE DES GRANDS-PARENTS QUE JE N'AI PAS EUS : Une enquête

Collection La Librairie du XXIe siècle, sous la direction de Maurice Olender.

私にはいなかった祖父母の歴史——目　次

凡　例

一、本書は Ivan Jablonka, *Histoire des grands-parents que je n'ai pas eus. Une enquête*, Seuil, 2012 の邦訳である。

一、イタリック体にした外国語は、刊行本や新聞雑誌等のタイトルを除いて、巻末の用語解説で説明がなされている。

一、引用文中の［　］は引用者による補いである。

一、（　）による注は原著の注、〔　〕による注は訳注である。

何世紀ものあいだ黙って苦しみ死んでいった先祖の魂が末裔の中に蘇り——そして語った。

——ジュール・ミシュレ『フランス革命史』

書くことは彼らの死を思い起こし、私の生を主張することである。

——ジョルジュ・ペレック『Wあるいは子供の頃の思い出』

私は歴史家として、自分にはいなかった祖父母の足跡を求めて出発した。彼らの人生は私の人生が始まるよりもずっと前に終わっている。マテス・ヤブウォンカとイデサ・ヤブウォンカは私の近親者ではあるが、私にはまったくなじみのない人たちでもある。二人は有名人ではない。スターリン主義、第二次世界大戦、ヨーロッパ・ユダヤ世界の破壊という二〇世紀の悲劇によって葬り去られてしまった人たちである。

私には父方の祖父母がいない。これが私にはふつうのことである。確かに父の後見人コンスタンとアネットがいるが、同じことではない。母方の祖父母もいる。彼らは胸に星をつけて[1]、戦争を生き抜くのに成功する。一九八一年、八歳になる年の六月、私は、愛していると彼らに手紙を書いている。当時の私の字体は大きく不器用である。綴りの間違いもたくさんあり、各文の終わりにはハートマークを描いている。便箋の下段では、ベレー帽を被った小さな象が巨大な花々のジャングルでキックボードをしている。「おじいちゃん、おばあちゃん、二人が死んだら、僕は一生二人のことを悲しく思い続けるね。僕の人生が終わっても、僕の子供たちは二人のことを知っているし、彼らの子供たちも、僕がお墓に入っても、二人のことを忘れないから大丈夫だよ。おじいちゃんとおばあちゃんは、僕の神様になる。僕のことを、僕だけのことを見守ってくれる、僕の大好きな神様になる。僕の神様が守ってくれるから、僕は地獄でも天国でもいられる、僕はきっとそう思う。」

七歳半でこのような遺書を書くとは、私は誰かに何かを言われたのだろうか、それとも、何かを言われなかったのだろうか。歴史家となる使命を負っていたのか、それとも、死者たちの連鎖の一環である子供が伝達の義務に押しつぶされた諦めだったのか。というのも、時間を隔ててみると、この約束の言葉は母方の祖父母よりも、いつも不在であった二人のほうに向けられていることは明らかなように思えるからである。私の父の両親はすでに亡くなっていて、そしていつもそのような存在であった。この二人は私の守護神であり、私を見守り、私が彼らの許に行く時にもやはり守ってくれるはずの神々なのであった。原風景や本源のトラウマに固く結び付けられて、人は落ち着くこともできる。しかし私の場合、啓示のようなことは何もなかった。誰かが私を座らせて「恐ろしい真実」を教えてくれるというようなことは決してなかったのである。彼らが殺害されたことは、私にはずっとなじみのことであった——家族の秘密があるように、家族の真実がある。

少年は成長した、しかしまた、成長することはなかった。私は三八歳、家庭の父である。あの二人から時間の中に投射された私には彼らを背負っていく力がまだあるのだろうか。彼らが死んだことで絶えず自分が斃《たお》れそうになるよりも、私は自分が生きることで彼らが生きた人生を支えることはできないだろうか。しかしマテス・ヤブウォンカとイデサ・ヤブウォンカは、孤児二人、手紙数通、パスポート一冊しか残さずに逝ってしまった。何も無い状態から、自分の知らない人たちの人生を辿ろうとするとは気違い沙汰だ！　生きている時、彼らはすでに人目につかない存在であった。そして歴史は彼らを粉みじんに砕いてしまった。

時代のこのような塵は、どこか家族が訪れる聖堂の骨壺の中に安らいでいるのではない。空中に漂い、風のまにまに移動し、波間の泡に湿り、町の屋根屋根をスパンコールのように飾り、目に染みる。そうして何らかの転身を遂げて、花びらや彗星、トンボのような、軽くてはかない一切のものになって、再び飛び去っていく。この名もない人たちは、私の家族なのではない、私たちみんなの一員なのである。だから、決定的に消え去ってしまう前に、彼らが残した生の足跡や刻印を、彼らがこの世を通り過ぎた時に意図せず残した、彼らの生きた証拠を再び見出すことは緊急のことなのである。

家族の伝記の執筆、正義の行為、また、歴史家である自分の仕事の延長として私はこの研究を構想し、調査を始める。それは殺人捜査とは正反対の生成の行為であり、当然のことながら私は彼らが生まれた場所に導かれる。

1 自分の村のジャン・プチ＝ポミエ

私は自分の名前、つまり彼らの名前がどこから来ているのか尋ねられることがある。それは半ばフェイントのような問いかけで、尋ねる方はあらかじめ答えがわかっている。ポーランドの香りがしているのだ。そう、向こうでは小さなリンゴの木を意味する名前である。イヴァン・ヤブウォンカ、ジャン・プチ＝ポミエ[1]、さらに、短くジャン・ポミエ。このようにフランス語に翻訳すると確かに面白いが、私はむしろ元の名前の、平凡だが庇護者然としたところに引きつけられる。それでも、誇らしい気持ちで満たしてくれるのは別の名詞だ。こちらのほうは伝説的な名前で、翻訳不可能である。その名は、«Parczew»。百年前に二人が生まれたユダヤ人の村である。この名前をポーランド式に「パルチェフ」と発音すると、私はほんのり酔ったような気分になる。私たちの姓、小さなリンゴの木《プチ＝ポミエ》、庭の奥に生えるあの謎めいたところのない灌木より、もっとエキゾチックな響きをもっている。«Parczew»——アルファベットの終わりに出て来る文字群、寛大な響き、薪が燃える煙のように立ち上るwの文字、粘土の香り。私たちが来たのはそこからだ。私の父は戦争中のパリに生まれ、私もパリにずっと住んでいるが、私たちはこの片田舎をこよなく愛し、そこに心底から結ばれているように私には感じられる。地図を開いてそこを探せば、一五分はかかってしまう。ポーランドとウクライナとベラルーシが接するあたり、ルブリンとブレスト・リトフスクの間である［資料5］。

二〇〇三年、私の父はパルチェフを訪れた時、畑のはずれの路肩にある市名表示板の前で写真を撮ってもらっている。表示板に手をかけ、ややひきつってはいるものの微笑みを浮かべている。私もそこへ行って、表示板に手をかけ、微笑んでみたい。私には、パルチェフは香りと響き、そしてまた色を持っている。緑色。黄色に近い、ほとんど蛍光色の緑であり、シャガール（ベラルーシのヴィテプスク出身）の牧草地も眩しく映える。パルチェフという名を発すると、酸っぱい青リンゴの果肉のように舌先はピリピリするが、それはまた、もっと際立ちもっと草深い緑色、屋根の上でかろうじて平衡を取るヴァイオリン弾き、荷車を引く二頭の牛、あるいはさらに、ザクロ色の雲の中へ飛び立つ雌ヤギも呼び覚ましてくれる[2]。

今日、西欧のユダヤ人は自分たちの出身シュテトル（*shtetl*）を訪れる旅を頻繁に行っている[1]。写真、印象、感動を持ち帰り、分かち合う。私の両親もパルチェフを訪れて、記憶を呼び覚まそうと試み、父はロシア語とポーランド語を取り混ぜて通りすがりの人に話しかけている。「私はマルセル・ヤブウォンカと言います、両親はここで生まれました。」コミュニケーションにならない。それでもある老婦人が町を案内してくれて、情報を得るために知人に尋ねたりドアを叩いたりしてくれる。しかし何も得られず、父は悔しい思いでフランスに戻る。父は自分の両親について何も知らずに生きている。自分の後見人で母親の従姉にあたるアネットと、アルゼンチンにいる伯母で、私たちの家ではスペイン語で「伯母《ティア》」（*Tía*）と呼ばれているレイズルから、断片的に話を聞いているだけだ。父が苦しんでいるのも、この何も知らないことについて自分に責任があると感じているからである。若い頃、父はいとこたちや友人たち、近所の人たちに尋ねる必要を感じていなかったし、何かを教えようとする人が近所にいても、そんなことには興味がないと答えていた。自分には両親がいない、ただそれだけだ、自分の苦しみをこれ以上大きくする必要はない。現在父は、何も知らないこと、何も知ろうとはしなかったことを後悔し、「バカだった」と怒っているが、しかしいったいどうできただろう。みんな死んでしまっていたのである。

私はコレットのところを訪れる。家族の友人であり、彼女の両親もパルチェフの出身である。ヨハネ・パウロ二世がローマ法王に選ばれる直前の一九七八年夏、彼女はそこを旅している。私の両親の見たパルチェフは感じのいいところだったが、コレットのパルチェフは落ち着かない、不吉な場所である。土砂降りの雨だった。コレットと彼女の母は泥道を何とか通り抜けて、紹介された老夫婦の家に辿り着く。天井の低いひと部屋、鉤針編みのカヴァーのかかった小さなベッドが二つ、壁には刺繍が飾られ、そして豪勢な食事。主人らは、臓物屋だったコレットの祖父のことを完璧に覚えており、この上ない賛辞を贈ってくれる！　午後四時、もうほとんど真っ暗だ。戦争による破壊と四〇年間の不在の後で、コレットの母は、チャコールグレーの光と篠突く雨の中、自分の元の家を見つけることができない。しかし、義理の家族の家と、子供の頃通っていたレンガ造りのポーランド学校を見つけたように思う。すると、感極まってぬかるみの中にさ迷い出し、半分泣きながら、凍えて、娘にはポーランド語、街角の人にはフランス語で話しかける。コレットと母親は力尽きて、雨に濡れた小さな公園沿いに停めておいた車に戻って雨をしのぐ。突然、どこからともなく現れた酔っ払いがボンネットをこぶしで強く叩き出す。たばこに火をつけるためにマッチが必要なのだ。

私の番がやって来る。ワルシャワでオドレイに落ち会う。戦後の反ユダヤ暴力について博士論文を準備している女性で、今回、ガイド兼通訳として私に同行することを承諾してくれた。トラックでいっぱいの高速道路を二時間走る。ルブリンを過ぎ、道は森を抜け、田園を突っ切る。倉庫、人家、修理工場、工業地区が左右に現れ、住宅が密になってくる。そして突然、到着する。パルチェフ、私のシュテトルだ。しかしそれはシャガールの絵にも、コレットとその母が三〇年前に降り立ったぬかるみにも似ていない。フィアットやフォルクスワーゲンがアスファルトの道路を走り、最近塗りなおされたばかりの家々はややオーストリアのような雰囲気を醸し出している。生い茂った雑草の間には、崩れかかったあばら家も見え隠れしてはいるのだが。オドレイは公園の横に車を停め、そこでベルナデッタと一緒になる。彼女はヴォダヴァでフランス語教師をしており、私はこれまで彼女とメールを交換してきていた。車の中で最初の打ち合わせを行い、ベルナデッタはこれからの予定を教えてくれる。まず旧ユダヤ人墓地に行き、次に旧シナゴーグを訪れ、最後に、パルチェフ唯一の「正しき人」の息子マレク・ゴレツキに会う。ベルナデッタは、パルチェフの歴史についての資料コピー、新聞雑誌の切り抜き、それに、パルチェフのユダヤ人のことを覚えている年老いたポーランド人女性が語る、若い世代向けの民族誌的資料を私に渡してくれる。

私たちの前には旧ユダヤ人墓地が広がっている。ここは今は公園である。白樺やブナが植えられ、芝生に影を投げかけている。遊歩道が縦横に走り、時折、カップルやジョギングする人、ベビーカーを押すお母さんとすれ違う。私は春の太陽の下、顔を上げて、晴れやかな気分で歩く。ついに目的地に着いたのだ。私は軽やかな足取りで私の先祖の土地を踏みしめる。公園の片隅の、二つの石碑の前で、オドレイとベルナデッタは何か話しながら、私の散歩が終わるのを待っている。やや前かがみになっている、ライトグレーの大理石でできた最初の石碑には、一九四〇年ドイツ軍によって殺された「戦争捕虜のポーランド人兵士」に対するパルチェフ市の献辞が刻まれている。横長の、ダークグレーの大理石でできた、ダヴィデの星をもつ二つ目の石碑には、ベルギー系ユダヤ人によるヘブライ語とポーランド語バイリンガルの墓碑銘を読むことができる。「ヒトラー・ドイツの殺人鬼によって一九四〇年二月に銃殺された、ポーランド軍ユダヤ人兵士二八〇名がここに埋葬されている。一八九八年に生まれた私の父アブラハム・サロモノヴィチはこれら犠牲者とともにここに眠っている。」色褪せたダリアが石碑を飾っている。

私たちは再び車に乗ってシナゴーグに行く。これは、今日では壊されてしまった木造の古いシナゴーグの代わりとなるべく一九世紀末に建てられたものである。最近塗り替えられたばかりの黄金色の建物は二階建てで、律法の石板の形に窓が穿たれている。「イギリス直輸入の古着」という看板がかかり、その脇には五〇パーセント引きというプレートも見える。ベルナデッタは私の気持ちを察して、その心地良く古めかしいフランス語でこう言ってくれる。

——気分を害さぬよう。

もちろんだ！　私が持っている自分の祖父母に関する僅かの資料にはどれも《Parczew》(Parezew、Parczen、あるいはPoutcheffなどとも綴られている）と記載されているとしても、私がここで何の権利もないこと、一人の観光客以上の何ものでもないことは自分自身十分にわかっている。階段を上り、大きな部屋に入る。何百ものドレス、スカート、ズボン、ブラウス、Tシャツ、外套が衣類かけに吊り下げられて部屋を埋め尽くし、女性客らが品定めをしている。灰色の壁、天井から垂れ下がっている蛍光灯。こうした一切のものから、古くてガタの来たという印象が発している。しかしそれは、磨かれた、ぴかぴかの貧しさで、実際リノリウムの床は穴だらけであるが、ワックスがけされているようだ。私のカメラのフラッシュが光ると、レジの二人の男が急に振り向き、睨みつけてくる。私はここでユダヤ人のように見えるのか、西欧人のように見えるのか、それともその両方に見えるのかわからない。しかし確実に言えるのは、私がここの人間ではないということだ。そっと階段を下りながらこっそり撮った私の写真には、配管に吊り下げられた使い古しの商品が写っている。襟にラインストーンが散りばめられた藤色のドレス、新婦のドレス、小花のあしらわれたカーキ色の部屋着、オレンジと青の図柄のネグリジェ。

私たちはパルチェフ訪問を続ける。シナゴーグに隣接し、同じく黄金色の旧ユダヤ学習所は、正面上部に誇り高く「ドム・ヴェセルヌィ」と掲げている。すなわち「パーティー・ホール」だ。これは蒸留工場になった最初の学習所に代わって一九二〇年代初頭に建てられたもので、戦後、映画館に変わり、さらにパーティー・ホールになった(2)。一枚の写真が私の記憶に蘇る。落書きだらけの、老朽化した黄色っぽい映画館に入る階段の上で、やや硬くなって立っている父の写真である。宴会や結婚式、その他のお祝い行事が行われるイベント会場になる前に、この建物は洗われ、塗り替えられたのである。

最後に、ベルナデッタはマレク・ゴレツキのところに案内してくれる。マレクは白髪を短く刈り、口髭を蓄え、やや太っている五〇歳くらいの人である。教会《コシチェルナ》通りにある、自分自身で建てた四階建てのコンクリートブロックの家に住んでいる。この人がパルチェフ最後の「ユダヤ人」である。もちろん本当のユダヤ人ではない。かつてパルチェフ中心部と町の周辺に住んでいた五千人のユダヤ人は戦争中に殺害されてしまった。冬や飢饉に耐え、またドイツ軍による山狩りやパルチザンのゆすりを逃れてようやく森から出てきた生存者たちも、一九四六年二月五日に起こったポグロムの後、町を離れてしまった。マレクの父はユダヤ人を救ったことで「諸国民の中の正しき人」[3]に選ばれたが、マレクはそのために町ではあまりよく見られていない。冷たい飲み物を前に、マレクは、一九七〇年代、彼の納屋が不審火で被害を受けたことを話してくれる。彼は損害賠償をしてもらえる可能性はないかと市長に願い出たが、市長はむしろ「ユダヤ人の友達」に援助を求めるべきだろうと反論した(3)。私はフランスから持ってきたポルト・ワインを贈る時、彼がまた迷惑を受けるのではないかと心配になったが（またしてもユダヤ人の友達）、マレクは人の噂など気にかけてはいない。パルチェフを散歩している時よくわかったように、彼はパーリア扱いなどされてはいない。近所の人のところに立ち止まって、機械や水まきホースなどについて話をしている。

翌日、私たちは市役所に行く。オドレイが私たちの来訪の理由を担当部署の責任者に説明すると、その女性はやや当惑するものの、ほどなくして分厚い三冊を抱えて戻ってくる。ラビの記録した戸籍簿である。私は太字と細字で書かれたたくさんの名前の中に祖母の名イデサを見つけようとするが、責任者によると、祖母の生まれた一九一四年はかなり混乱していた年なので何もない。それに対し、その二〇年後に作成された婚姻証書は確かにある。「イデサ・コレンバウム、［……］未婚のルフラ・コレンバウムの娘」と書かれている。(4) 姓の真実。私の祖母は非嫡出子として生まれたのだ。私はフランスに戻って、父の出生証書により、イデサが正確にはコレンバウム゠ヴェル゠フェデルという姓であることを確かめる機会を持つことになる。ポーランド語「ヴェル」はこの文脈では「と言われる」、「の名前で知られる」という意味である。要するに非嫡出子。しかし父フェデル氏の姓をもっている以上、捨て置かれることはなかったのである。幼いイデサは母ルフラ・コレンバウム、兄（彼については何もわかっていない）、そしておそらく父と一緒に生活している。イディッシュ語で「フェデル」は「羽」を意味し、「コレンバウム」は「樹皮のある木」である。特別なことはないが、家名の詩情だ。

それでは、祖父マテス・ヤブウォンカの側はどうだろうか。先ほどの女性責任者は平凡な出生抄本を渡してくれるが、私には何か、秘密の、前代未聞の、ほとんど許されない情報を保持しているように感じられる。ヤブウォンカ兄弟姉妹は次のような順序で構成されている。シムへ（一九〇四年生）、レイズル（一九〇七年生）、マテス（一九〇九年生）、ヘルシュル（一九一五年生）、ヘンニャ（一九一七年生）――男三人と女二人、皆、ロシア帝政下に生まれている。(5) こうした構成については私はすでに知っていたが、ある悲劇的な出来事は例外で、一九一三年弟シュムエルが二歳で亡くなっている。父はこの件についてまったく聞いたことがなかった。

彼らの両親はシュロイメとタウバという名前である。結婚しておらず、子供たちは遅くなって認知されている。一九一五年生まれのヘルシュルがラビの戸籍簿に登録されるのは一九二〇年代の終わりのことである。「世界大戦勃発のため」という理由づけがなされている。同様に、ヘンニャの出生証書が作成されるのもようやく一九三五年になってのことである。一八年も遅れており、今度は、「家庭の理由」と説明されている。こうしたところから察すると、この家長はあまりきちんとした人ではないようだ。込み入った生涯の晩年に末子を認知して私事を整頓している。タウバは六〇歳を過ぎて、私の祖父母の婚姻証書においてようやく「妻ヤブウォンカ」と記載されることになる。こうしてすべては整理された。しかし、シュロイメ・ヤブウォンカとタウバの子供たちはごく幼い時から父の姓を名乗っているのであるから、親子関係が（私の祖母の場合のように）世間に知られていたことは言うまでもない。

ヤブウォンカ家には、要するに、幼い時に死んだ赤ん坊を除けば、五人の子供がいる。後にアルゼンチンへ移住する年長のシムへとレイズル、慕われていた私の祖父マテス、それに、ソ連へ移住する下の二人ヘルシュルとヘンニャである。しかし一九〇四年から一九一七年にわたるこの誕生の系列はもっと遡ることができる。ヤド・ヴァシェムのウェブサイト上で閲覧できる資料カード[4]を突き合わせてみると、老シュロイメには最初の妻との間に息子が二人と娘が一人いることがわかる。全員一九四二年にその家族とともに殺害されている。母親の違うこの兄姉についての情報は、生年月日と名前の綴りがやや不確かではあるが、ヘルシュルとヘンニャによってヤド・ヴァシェムに伝えられている。ブエノスアイレスに住むシムへの息子はこれらの兄姉の存在を確証してくれ、その一人姉のギトラについては、赤ん坊の時にテーブルから落ちたことが原因で体が不自由であったことも教えてくれる［資料1］。

必ずしも安定しているわけではないが、まずまずの嫡出性はあるこうした再構成家族の複雑さは、一九世紀末の、哀れな男と作家I・L・ペレッとの会話を思い出させる。ペレッはある慈善家の求めに応じて、ロシアのユダヤ人の人口統計をとっている。ペレッは面談をこう進めている。


子供は何人いるの？

そこで彼は少し考える時間が必要になった。指で数え始めた。最初の妻との間に、彼の子が一人、二人、三人、妻の子が一人、二人。二番目の妻とは……しかし、こういう計算が面倒になる！

——そう、六人ということにしておこう！

「しておこう」はまずいね。私は正確に知らなければならないんだ［……］。

彼は指で数え直す。今度は合計で先ほどより——神が称えられますように！——三人多くなる。

——子供は九人。どうか神のご意志のままに、彼らが丈夫な体を持ち、健康でありますように！(6)

九人、この数字はまた、良き夫ではなかったとしても良き父ではあった、尊敬すべきシュロイメ・ヤブウォンカがたどり着く、子供の合計数でもある。第二次世界大戦の生存者らが出版した、パルチェフの『思い出の記』(*Yizker-Bukh*)は、失われたシュテトルを蘇らせることを目的にヘブライ語とイディッシュ語で書かれた地方史の一巻である。(7) この本にはシュロイメがパルチェフで浴場をやっていたという一行がある。もちろんこれほど慎ましい仕事では家族の必要を満たすのがやっとのことである。ヤブウォンカ家ではお腹をすかして床につくことはないが、家は小さく、家具も貧しい。悪天候の時はみんな家の中に留まっている。というのも、靴底にくっついた雨や雪のせいで、土間はすぐにぬかるみになってしまうからだ。それでも食べ物を買ったり、トイレに行ったり、水や薪を探しに行ったり、宗教儀礼に赴いたりするには、やはり外に出なければならず、一日の終わりに唯一きれいな場所は食堂のテーブルの下になる。子供たちが遊ぶのもまさにそこだ。タウバが病気の時には、異母姉のギトラが家に手伝いに来る。それで子供たちはギトラのことを自分たちの母親のように愛していて、この二人の女性の関係は緊張したものになっている。金曜日の晩、子供たちが驚きをもって見つめる中、家長がワインを注ぎ、祈りを唱え終わると、テーブルに料理を運んでくるのは、この二人のうちのどちらかである。

私の祖父マテスは第一次世界大戦が勃発した時、五歳である。戦争初期におけるロシアの躓きの結果、ドイツは一九一五年パルチェフに侵攻する。データベース《sztetl.org》で閲覧できる当時の写真を見ると、不安げな老ユダヤ人たちと浮かれた子供たちが見つめる中、幌付き馬車と兵士たちの一団が列をなして村を通って行く。兵士たちは徒歩か馬で、銃を肩にかけ、剣先付き兜をかぶり、装備一式を背負っている。この占領は次の占領に比べると、ほとんど好意さえ呼び起こしているが、それでもやはりつらいエピソードももたらしている。『思い出の記』には、商店の略奪とか飢饉、コレラの流行、若者の強制労働、インフレーションなどが語られている。「ロシア通貨は紙を作るのに使われていた。五百ルーブル紙幣は通りにまき散らされ、子供たちはクレパチケスを集めようとしていた。当時小銭はそう呼ばれていて、どの子供も小銭の詰まった布製の袋を持ち、通りを漁っていた。[8]」

しかしまた、何という希望だろう！ 侵攻してきたドイツは、ユダヤ人に平等を約束し、文化的自律を語り、自発的な動きにも許可を与える（当時、図書室がパルチェフに開設されている）。それに対しロシアは、ユダヤ人をドイツに雇われたスパイではないかと疑って、ドニエプル川沿いの強制収容所に送っている。[9]

子供たちは戦争とともに生きることを学ぶ。『思い出の記』によると、「子供たちも戦争の脅迫に影響を受け始めた。二つのグループが形成された。シャバット（shabbat）のたびに会戦があった。一方の陣営のトップには、ラビのモルデハイ・サペルスティインの弟がいた［……］。もう一方には、イスラエル・ストライゲル・ロゼンベルグ（今は米国にいる）がいた。少女たちも「看護婦」としてこの戦いに参加していた。石を投げ合い、境界は川で、両方にけが人が出た。[10]」こうした戦争ごっこのほか、子供たちはピヴォニャ川で水遊びをしたり、冬にはそこで滑ったりする。日曜の朝、水差しやシャバットの道具を洗いに行く。生活は以前のように続いていく。プーリム[5]には仮装し、ローマに対するユダヤの反乱を記念するラグ・バオーメル（*Lag Ba-Omer*）の祭りには弓を射たり旗を飾る。

ドイツのパルチェフ占領は、一九一八年にボリシェヴィキのロシアが和平を求めてポーランドの領土を放棄するまで続く。ポーランドは、ロシア・オーストリア・プロイセンによって分割されてから一二三年、民族大蜂起が制圧されて半世紀、国家として再生する。社会主義的指導者で戦争の英雄であるピウスツキが若き共和国の元首になる。ロシア帝政下に生まれた私の祖父母もこうしてポーランド人となり、私が本書で提示するのもそういう二人である。

マテスは宗教学校へイデル（*kheydèr*）に通っている。私には確固とした証拠はないが、通っていない可能性はないと思う。兄シムへも弟ヘルシュルも通い（その息子が語るところによれば、教師は鉄の定規で子供たちの指を叩き、また、罰を受けた子は背中に鉄棒を載せて立っていなければならない）、またコレットの父も通っている。『思い出の記』によると、男の子は三歳からへイデルに行く。メラメド（*melamed*）の助手が親たちのところをまわり、幼い生徒を肩車して連れて行く。最初のうち坊やはずっと泣きどおしであるが、母親たちは家に残る子供が一人減るので助かるのだ。[11]

六、七名のメラメドたちが『思い出の記』で取り上げられる栄誉にあずかっている。最も才能ある子供たちに教えているのは、白いあごひげのアイエ。出身地のスワヴァティチェにちなんでスワヴァティチャイと呼ばれていたブラヴェルマンと彼の妻の許で、少女たちは祈りとは別のことを学習できる。現代語を専門とし、また編み物や刺繍も教えることができるバウマン姉妹。それから、足の悪いヴェルヴェル。普段は冗談ばかりで困り者だが、能筆で、声は澄み、彼が少女たちと歌っている時には、通りがかりの人たちも窓辺に止まって聞きほれるほどだ。「ソシャおばさん」と生徒たちから愛情をこめて呼ばれているソシャ・ツケルマンは、いつも三つ編みをつかんで生徒たちを捕まえ、祈りの本を判読させる。彼女はお金を一切受け取らないので、その授業には非常に貧しい家の子供たちも行くことができ、彼女のおかげで、パルチェフの三分の一の少女たちは字を読むことができる。幼いマテスはきっと、こうした教師たちの一人から、聖書を読んだり、週替わりの断章を暗唱したり、テキストに注釈をつけたり、また、アダムとイヴ、カインとアベル、ソドムとゴモラ、ダヴィデ王、バベルの塔、マカベアの戦い、十戒などの有名なエピソードを使って世界を解釈したりすることを学んだのだろう。ほぼ確実にマテスは一三歳の時、つまり一九二二年にバル・ミツヴァ (*bar-mitsvah*) のお祝いをしていよう。そして私の祖母イデサもまた、町にいるこうしたたくさんの女性教師たちから聖典や編み物を学んだことであろう。公式の文書によれば、彼女はお針子である。

一九二〇年——イデサはちょうど六歳だ——フランスをモデルにした初等教育システムが創設され、パルチェフにも公立学校が開かれ、これは「ポーランド学校」と呼ばれている。マテスの姉レイズルは一四歳までその学校に通う。太陽の降り注ぐブエノスアイレスの中庭《パティオ》で子供たちが語ってくれたところでは、レイズルはその学校で勉強する意欲を得たものの、そこで受けた反ユダヤ主義的暴言や侮辱の思い出をずっと持ち続けていたという（国民民主党（*Endeks*）の挑発[12]、強制的改宗の試み、一九三二年の反ユダヤ暴動など、戦間期のパルチェフには激しい反ユダヤ主義が存在していたことを証明するたくさんの資料がある）。私の祖母と同じく一九一四年に生まれたコレットの母は、家でイディッシュ語の授業を受け、並行してポーランド学校にも通っている。何十年かの後に、土砂降りの雨の中、アル中と反ユダヤ主義のポーランドに再び入り込んだ時、パニックに襲われて、見つけたように思ったあの学校である。一九二〇年代の初頭、彼女はそこで外国語としてドイツ語を学んでいる。この細部に私は引きつけられる。一五年後、イデサは警察の尋問で、母語としてはイディッシュ語を、公用語としてはポーランド語を話し、そのほかドイツ語も話すと言っているからである。

シュテトルでユダヤ人はイディッシュ語を話している。少女たちは学校でキリスト教徒の生徒たちと一緒に、ポーランド語の手ほどきを受けたり、通りで学んだその基礎的知識を深めたりする。ベルナデッタがくれたパルチェフのユダヤ人に関する民族誌的文書の中で、老ポーランド人女性はこう書いている。「彼らのうちかなりの人たちはポーランド語を正確に話すようには決してならなかった。ユダヤ人の子供たちはポーランド学校に通っていたが、そこの先生の話によると、小学校一年クラスでは最初からすべてやり直さなければならなかったとのことである。」そしてこの女性はすぐに次のように付け加えて、ポーランドではユダヤ人の子供たちを強制的に同化しようとしたわけではないことを示そうとしている。「学校でさえユダヤ教の先生がいた。ポーランド人教師たちは子供たちをシナゴーグに連れて行っていた。[13]」それでは、反ユダヤ主義なのか寛容なのか、ポーランド化なのかユダヤ的特殊性の尊重なのか？　両者は相容れないものではない。第一次世界大戦直後、西欧諸国の圧力を受けて、ポーランドはユダヤ人に宗教的マイノリティの地位を認める「マイノリティ協定」を批准するが、しかしそれによって、学校や通りでユダヤ人少女たちを公然と攻撃する論拠が一つ増えただけのことである。少年たちの場合はどうだろうか。マテスも兄弟たちもポーランドの公立学校に通うことなど許されない。老シュロイメには、男子がキッパ（*kippa*）を被らずに学ぶということは問題外なのだ。

私のためにイディッシュ語を翻訳してくれるベルナールは、私たちが持っている祖父母の手書きの三通の手紙から、私の求めに応じて、彼らの教育水準を推定してくれる——考古学者は円柱のほんの断片から一つの世界を出現させる。イデサのイディッシュ語は生彩を放ち、ややくだけていて、マテスのものよりもドイツ語化されている。彼女は発音通りに、聞いて書いている。一九三〇年代にブエノスアイレスに居を定めたシムへとレイズル宛ての手紙の中で、義理の兄姉に「こんにちは」を伝えるために、彼女は《a gruss》ではなく方言形《a griss》を使っている。彼女のヘブライ語はイディッシュ語で表音化されていて、この知識不足からすると、彼女はさほど学識がなかったことがわかる——フランス人が《pidza》と書くようなものである。[6] そのほか、彼女のヘブライ語名《Judith》あるいは《Yehudith》は《Yidess》と語形変化させなければならないが、彼女は《Idès》と手紙に書いている。それに対し、マテスのイディッシュ語の水準はもっと高く、いかなる混じり気もない。彼は自分の繊細でまっすぐな書体が進むよりももっと速く考えている（助動詞を飛ばしているのだ）。イェシヴァー（*yeshiva*）の本の虫たちが彼らの全知識を聖書ヘブライ語に集中させてイディッシュ語を台無しにしていたのとは反対に、マテスはかなりの量の本や新聞を読んでいたにちがいない。しかしながらスペルの点で、èとiがあいまいなままである——彼がテキストを編集したり出版したりしたことがなかったことの徴である。こうした仕事に携わっていれば、彼のイディッシュ語は完璧なものになっていただろう。こうして彼は《Yidess》と書くこともあれば、《Yidiss》と書くこともある。私が持っている公文書の下段では、不器用な筆記体で、《Matès Jablonka »、« Matys Jablonka » とサインし、姓の方は正確に言えば横線の入った« l »を使って« Jablonka »と書いている。これはポーランド語では「ヤブウォンカ」と発音される。マテスはイデサよりも上手にイディッシュ語を書いたが、イデサはマテスよりも上手にポーランド語を話したと推定できる。彼女は公立学校に通っていたからである。

ヤブウォンカ家は広幅通り《シェロカ》三三番地に住んでいる。どこの兄弟姉妹とも同じように、喧嘩したり、仲良くなったり、また真偽のはっきりしない逸話もある。レイズルは幼いヘルシュルをかばい、マテスは、怒ったシムヘからヘルシュルを守っていたという。しかし正反対のことを言う人もいる。ある日、良き母タウバはリンゴのケーキを作ったが、リンゴが十分になかったので真ん中に数切れだけ置いた。ヘルシュルは焼きあがったばかりのケーキを素早く奪って、ナイフの刃でリンゴを取り出し、全部食べてしまう。その悪行が明らかになり、食いしん坊はマテスからさんざん叩かれる。思春期の頃、ヘルシュルとヘンニャは非常に仲良しである（シムヘとレイズルはすでに大きくなっていて、間もなくパルチェフを離れブエノスアイレスに行くことになる）。二人は近くの森を散歩したり、ピヴォニャ川で泳いだりするのが好きだ。下の三人が並んで写っている写真がある［資料3］。彼らが投獄される一、二年前のものである。右側には、やや面喰った様子で、やぶにらみ気味のヘルシュルが大きすぎるハンチングを被っている。左には、兄弟姉妹が頼りとするマテス。頭にまっすぐに固定されたハンチング、胸を張り、スポーツ選手の体格に見える巨大な黒い外套を着ている（背の高さは実際には一メートル六二センチ）。彼一人で写真の半分を占めている。その眼差しはよそよそしく、金属的で、相手の視線をとらえて二度と放さない。しかし淡い色の眉は引き上げられて、何か驚いている表情になっている（私の妻はこの写真を見て驚く。「あなたのお父さん、ホント、おじいさんに似てるわね！」）。二人の兄に挟まれて、かわいいベレー帽を被った本当に愛らしいヘンニャは詩的な眼差しを投げている。一二歳か一三歳の頃のようだ。一九二〇年代の終わりである。

年月が過ぎ去り、ヘンニャは自立心がついてくる。ヘンニャの娘が、イスラエルのカイザリア遺跡を案内しながら私に語ってくれたところによると、新品の外套はいつも姉レイズルのもので、自分には古着が回ってくることにヘンニャは不満であったという。自分の外套、自分が最初に着る服がとにかく欲しい。家族会議で、彼女の要求は認められる。仕立て屋に行き、値段を交渉し、生地を選び、寸法をとる。そうこうするうちに、レイズルがアルゼンチンのシムへのところに行くために出発すると言い出す。それでどうなったのか。何とその外套を着たのはレイズルなのだ。このエピソードからは、レイズルがほかの人を支配し、押さえつけるタイプのように見えてくる。ところが、七〇年後、ブエノスアイレス郊外の老人ホーム (*geriatrico*) の死の床で、レイズルが娘に打ち明けたのはこうである。パルチェフには彼女が心底好きな若者がいた。老シュロイメも結婚に同意し、相手の父親に会いに行く。話し合いが行われ、合意が成立する。しかし若者は持参金を受け取るや逃げ出し、跡形もなく消えてしまう。レイズルは悲しみと恥を隠すためにパルチェフを離れ、人口三万人の隣町へウムへ行く。彼女の娘によれば、一九三六年のアルゼンチン行きはこの心の傷で説明できる。息を引き取る前、ティア・レイズルは、「一人の男性をこんなに愛したことはなかった」、とため息をついたという。

散歩の間、マレクは私たちにいろいろ教えてくれる。ここは新通り《ノヴァ》 (旧ユダヤ人通り)、そして、戦争中にあったゲットーの塀。向こうに見えるのは、肉屋の元の店、それから、馬具商店と皮革業組合があったところ。マレクはそうした場所が実際に活気に満ちていた時代のことはまったく知らない。若すぎるのだ。私も彼が指さす方に目をやるが、建物の正面や錬鉄製のバルコニー、垣根の後ろの菜園、手入れがほぼ行き届いた小さな庭などしか目に入ってこない。マレクは教会通りから右に折れ、私たちを盛り土通り、そして新通りへと連れて行く。そこから少し一一月一一日通りを進み、その後で大広場（*Rynek*）を一回りし、最後に、蛙《ジャビヤ》通りと広幅通りに出る。もう川のすぐ近くだ——インターネットで見つけた小さな地図の上で、私は丁寧にこのルートを辿り直してみる。そこはパルチェフの中心街と呼べる地区であり、戦前は一〇〇パーセント、ユダヤ人地区であった。しかしシュテトルにはユダヤ人だけが住んでいたわけではない。ユダヤ人人口は一七八七年には六八〇人、一八六五年に二四〇〇人、一九二一年に四〇〇〇人、一九三九年に五一〇〇人で、どの時代もほぼ住民の半数である。[14] 一九二九年の職業年鑑を開くと、商店過多の状況が見えてくる。食料品屋が五五軒、靴屋が三九軒、小間物屋が一六軒、菓子屋が二軒、そのほか、パン屋、肉屋、メリヤス屋、また、お茶やたばこ、蒸留酒の小売り店もある。こうした商店はほとんどどれもユダヤ人の店である——例えば、四軒の床屋はヴァイスマン家のものだ。[15] 私が踏み入った広幅通りは肘型に折れ、百メートルほどの長さである。小さな家々が並び、向かいには車の修理工場や倉庫、金物屋がある。戸口の枠縁には、メズザー（*mezuzah*）の思い出を蘇らせるたった一つの小穴も斜めの傷跡もない。突然、マルクはある老婦人に会うことを思いつく。その女性はユダヤ人と付き合いがあったので、ひょっとして私の祖父母のことも知っているかもしれない。彼女は町の反対側の端の、寂しい建物に住んでいる。私はドキドキしながら五階まで上がる。隣の女性がすまなそうに出てきてくれる。婦人は病院に運ばれたところだった。

パルチェフは要するに世界のいたる所に何千とある、あの田舎町なのである。表通りが一本伸びて、小さなスーパー、醜悪な土産物やすでに流行遅れとなった衣類を売る商店、行政施設がある。パラボラアンテナが立ち並び、主婦たちは歩道で立ち話にふけり、中学生たちがかばんを背に帰宅する。表示板には、一番近い町まで一九キロないし二七キロと書かれている。きっとそこもあらゆる点でここと同じような町なのだ。小さなリンゴの木がルーツをもっているのは、こういう土地である。しかし広幅通り三三番地では、私は何らの感興もない。

『思い出の記』の中でよく語られている通りがある。それは蛙通り（川がすぐ近くなので）である。時代は一九二〇年代。この通りは瓶の口のように狭いが、生活と仕事に満ち溢れており、ユダヤ共同体の最も重要な建物が並んでいる。皆が朝の祈りに急ぐ古い木造のシナゴーグ、超正統派の牙城であるグール派ハシディスト（*Hassidim*）の祈禱所、慈善団体が面倒をみているロシア人学生のためのイェシヴァー、シオニズム組織の施設、さらに職業同盟もある。宗教者たちの静謐は、ここの労働者たちのミシンのうなる音、喧嘩、恋愛の歌、スローガンでかき乱される。崩れかかった梁で支えられ、地面すれすれの窓からは光がまったく差し込まないあばら家もあるし、もっと豪奢な住居もある。こうした家々の間に、かつらをつけた女たちがおしゃべりを続けている小さな急階段を降りて入る商店などもある。蛙通りはパルチェフのほかの通りとは違い、アスファルトで舗装されている。ただし祈禱施設の前だけは木造の歩道を歩く。

市の立つ火曜日、人々はその狭い通りに殺到し、隣接した通りまで身動きするのが難しいほどだ。商店や食堂、シナゴーグや祈禱所はごったがえし、食料を満載した荷車の周りには人々が群がっている。ポーランド人農民が近郊の村々からやってきて、カフタン[7]を着たユダヤの老人や襟なしシャツを着たハシディスト、儲かる取引を探してうろつく男、職人、荷担ぎ人夫と混ざり合う。そしてこうしたすべての人々が探しまわり、値切り、買うのは、卵、雛鶏、肉、魚、穀物、薪、リンネル、布地、毛皮、宝石、革製品、かご、ガラスだ。そしてそれが終わると、長ぐつの底を取り換えたり、ニシンかピクルスでウォッカを一杯やりに行く。商人たちの間の競争は熾烈である。味のあるイディッシュ語で叫び、罵り合う。火曜日がユダヤの祝日にあたる場合には、市は立たない。店がまったく開かないことを農民たちは知っているからだ。[16]

マレクとオドレイ、私の三人は大広場を一回りする。静かな広場であり、老人たちがマロニエの木陰のベンチに涼をとりにやってくる。通りの反対側には、ピンクと空色、藤色とベージュ、黄土色といったクレパス調に塗られた店——玩具店、理容店——が並んでいる。一九四二年七月二三日、パルチェフのゲットーは一斉捜索を受け、この広場から四千人がトレブリンカ強制収容所へ送られている。[17] 老ポーランド人女性は、若い世代のために書いた民族誌的文書の中でその場面を描き出している。「広場は、座った人々で埋め尽くされていた。立ち上がった人は殺された。お昼頃、死への行進が始まった。老人、子供の手を引いた母親、病人、衰弱した人たちが列を成して歩いて行くのを、ドイツ人は銃を持ち犬を連れて警備していた。私は、学校で仲良しの女の子が脚を撃たれ血を流しながら母親の手をつかんでいたことを今でもはっきりと覚えている。彼女の隣には迷子の子供がいた。ある若いユダヤ人女性はショックを受けて畑のほうに逃げ出したが、すぐに撃ち殺されてしまった。全員駅まで連れて行かれ、貨車に載せられた。[18]」一九四二年一〇月の二回目の作戦行動（*Aktion*）の後、さらに二五〇〇名（パルチェフ出身者あるいは近郊からの避難民）がトレブリンカに強制移送される。数百人がすぐ近くの森に逃げることができたが、最後に残ったユダヤ人たちは五〇キロ北方にあるミエンヅィジェツ・ポドラスキ強制労働収容所に送られる。[19]

大広場のマロニエの木陰のベンチに座り、歯の抜けた口をぽかんと開けて微笑んでいるこの老ポーランド人たちも、おそらくあの場に居合わせたのだろうし、一九四六年のポグロムに参加していた高校生なのかもしれない。[20] しかし彼らも今ではもう自分自身の影にすぎないので、私の先祖たちと似たような存在になってしまっている。どちらも、プリーモ・レーヴィが『周期律』のはじめで敬意を捧げているユダヤ・ピエモンテ共同体のあのバルバローニンやほかの名士たちのように、時の大ホールの中を彷徨って次第に薄れていくシルエットであり、地表すれすれに広がる霧の中に輝く網目模様である。

　私は祖母の父モイシェ・フェデルについて、非嫡出の娘に自分の姓をあげたこと（イデサ・コレンバウムはフェデルという姓もつけて呼ばれている）、正式な配偶者との間に娘が二人いたということ以外には何も知らない。コレンバウム家はマロリタの出身である。そこはパルチェフとブレスト・リトフスクから百キロほどのところにあるシュテトルで、今日ではベラルーシになっているが、当時はロシア帝国領内である。私の祖母の母ルフラ・コレンバウムには兄弟姉妹が六人おり、その中で、ハイムはロードアイランドで行商人になり、ダヴィッドは森林監視人として、貴族の領地をそりで回って樅の木の成長を観察し、木こりたちに最良の木々を指示する仕事をしている。

　一五四一年パルチェフに居住した最初のユダヤ人の中にヤブウォンカ家の先祖がいるかどうかはわからない。私が遡ることができるのは一九世紀までである。私の祖父の母の名はタウバ（「鳩」）である。一八七六年の生まれ。無職。甲状腺と腰に病気がある。ワルシャワの専門医に診てもらおうと思っているが、旅行も手術も高すぎる。晩年になって正式に彼女と入籍した夫が私の祖父の父シュロイメである。資料によって違いはあるが、一八六五年か一八六八年の生まれである。パルチェフのラビ戸籍簿には「労働者」と記されている場合もあれば、「ワジニク」となっている場合もある。このポーランド語は国王の風呂を担当する従僕を指す。私はシムへとレイズルの子供たち、すなわちアルゼンチンにいる私の父のいとこたちに、彼らのこのパルチェフの祖父について何か知っているかどうか尋ねてみる。返信がメールで届く。それによると、シュロイメは非常に敬虔な人である。宗教者は写真を撮られることを拒否するものなので（似姿の作成を禁じる戒律に従って）、彼の写真は一枚もない。ミクヴェ（*mikvè*）、つまり儀式風呂をやっていた、という。

ベルナールがパルチェフの『思い出の記』のある章を訳してくれている日、何という喜びだろう！、曾祖父についての言及に出会う。「シュロイメ・ヤブウォンカ、ベデル（*beder*）」、つまり「風呂の管理人」である。(21)

――初めての確証ですね、私の曾祖父はミクヴェをやっています。私は満足してベルナールにこう言う。

――いや、ミクヴェとボド（*bod*）を混同していますよ！　ベルナールは本から顔を上げて断言する。

ミクヴェはしゃがんで入る浴槽、底まで続く階段のついた一種の貯水槽である。川、海、あるいは空から来る自然の流水を含んだ水が入っていなければならない。最低限必要な水量は四〇セアー、三三二リットルである。男性は毎週土曜日の朝とキプール[8]前日にそこへ行く。女性は生理の後、清めに行かなければならない――律法による義務である。そこには老婆がいて、頭の先まで体全体が浸されたかどうか、すべての間隙が洗われたかどうかを確かめる。当然、両性で時間は違っている。女性は日が暮れてからミクヴェに行く。そうでないと自分の私生活の細部を限なく見せてしまう恐れがある。

ボドという公衆浴場の目的は宗教上の清めではなく身体衛生であり、要するにシュテトルのサウナである。床も含めてすべて板張りを施した小屋の中、大きな竈で薪を燃やしてレンガを熱し、そこに大量の水をかける。こうして発生した蒸気が空気中に上がり、シラミはつぶれ、できる限りの汗を出す。「気持ちがいい、とっても暑いんだ」（ベルナールの声は満足気である）。裸の男性たちは、担当の若者がベデルの監督の下、白樺の枝帚で背中を叩いて血液循環を良くしてくれる間、うわさ話に興じている。最後に、大きな桶で冷たい水を何杯もかけて終わりになる。

アルゼンチンの私の家族はシュロイメがミクヴェの管理人であると言い、『思い出の記』はベデルであると言う。

儀式風呂か公衆浴場か。この二者択一の中に曾祖父の魂が漂っているように思われて、私は数週間熱中する。水に浸かる義務なのか、それともサウナの楽しみなのか。二〇一〇年一二月、けだるさの中のブエノスアイレスを訪れた時、私はシムへとレイズルの子供たちの記憶を探って、この点をはっきりさせてみる。レイズルの息子は母親のコンプレックスについて語ってくれる。母に祖父の職業を尋ねると、はっきりとは答えず、あいまいなままである。ある日、そばに座って、「ねえ、おかあさん、泥棒ってわけじゃないよね」と言うと、「ガネフ（*ganef*）だって、まあ、何を考えてんのかね。」しかしレイズルが父の職業をやや恥じていることは事実である。メールに書いてくれたようにミクヴェなんだよね、と私はシムへとレイズルの子供たちに尋ねる。「そう、儀式風呂、蒸気風呂だね！」この答えを聞いて私は非常に当惑してしまう。実際のところ、この二つの風呂はしばしば近接して設置されている。なぜか。ミクヴェには汚れたままでは行かないからである。パルチェフのような村では、両者が同じ建物にあったことは十分ありうる。

老シュロイメは非常に敬虔で、厳かで、優しい人だ、シムへの息子は応接間の戸棚を飾る螺旋円柱の一つに背をもたせかけて説明してくれる。「あまりしゃべらないんだけど、情愛深い《カリニョーソ》人だわ。言葉ではなく、動作で愛情を表現する人ね。」金属製のストローでマテ茶をすすりながらシムへの娘がそう付け加える。私はコンピューター上でメモを取り続ける。シュロイメは猫を飼っていて、朝シナゴーグに行く時にはその猫が足の間を走りまわる。自分の子供たちが唯一の宝物である。子供たちに物語を語り、チェスを教え、キプールの断食期間には何か食べ物をこっそり口に入れてくれる。長男のシムへは父のテフィリン（*tefillin*）とその長所を受け継いだ。彼はチェスでわざと子供たちに負けて彼らを喜ばせ、そうすることで励ましてくれる。彼の口癖はこうだ。「俺は負けても、実は勝ってる。子供たちが勝つんだからな。」シムへは一九八五年、ブエノスアイレスでがんのために亡くなった。私は彼のことを妹のティア・レイズルと同じくあまり知る機会はなかった。

家族の中で語られているエピソードがある。ある時、衛生状態が十分ではないということで風呂が閉鎖されてしまう。マテスはレンガで何かをこしらえてその禁止命令に背く（立ち入りを禁止した塀を壊したのであろうか。そう言われてはいないのだが）。警察がやってきて犯罪を確認し、シュロイメを連行すると威嚇する。マテスが割って入る。「悪いのは私です、私を牢屋に入れてください。」良き息子、家族の庇護者、警察を前にしても動じない。私の祖父はこういう人らしい。彼が五人の中で一番勇敢なのよ、レイズルは心からそう言う。明らかに父も息子も心配する必要はなかった——ともかくも、この件では。この話は信用に値するように思われる。というのも、一九三三年か三四年頃に作成された、私の祖父に関わる司法書類の中に一通の手紙が含まれていて、そこである隣人が、お金をいくらか払え、そうしないと風呂は閉められる、とシュロイメに悪意の忠告をしているからである。

——古典的だ！　唇にうっすら笑みを浮かべてベルナールは得意気である。

不衛生ということはユダヤ人の施設を閉鎖するための口実である。第一次世界大戦後の新生ポーランドでは、民族的マイノリティはあらゆる種類の嫌がらせを被っている。ユダヤ人学校は安全面で問題がある、祈りの場所は狭すぎる、ミクヴェの階段は滑りやすい、等々いろいろである。こうしてベルナールとはよくそうなるように会話はそれていく。シナゴーグの入り口には樽が一つ置かれていて、信者はそこで両手を三回洗わなければならない。しかし汚れた水が樽の中や地面に垂れる。それで信者たちはそのぬかるみには近寄らず直接にシナゴーグに入ることを好む。リトアニアでは一九世紀の終わり、牝山羊は通りの真ん中で排泄し、汚物の山に鼻を突っ込んでいる。パルチェフの警察はおそらく不当に厳しく取り締まっていたわけではないのかもしれないことをうかがわせる余談である。しかし『思い出の記』のあるエピソードを読むとベルナールの最初の直観が正しいことがわかる。第一次世界大戦後、学習所とミクヴェがあった建物は没収され、ポーランドはそこに警察や裁判所など新生国家の役所を置く。学習所は蒸留酒製造所に変えられ、風呂はそこに水を供給するのに使われる。しかしそれでもユダヤ人はこっそりとそこに行って祈りを捧げている。[22] 要するに、老シュロイメはポーランド行政組織（それにもちろん、まったくゆすりのように見えるあの隣人）の反ユダヤ主義の犠牲者と思われるのである。

風呂や子供の世話をしない時、シュロイメは勉強している。『思い出の記』にこういう一節がある。「町はタルムード学習者、学者、カバラ派グループによって、この地方全体で、さらにほかのところでも、高い評判を享受していた。こうした人たちの中に、ヴェルヴェルの息子レブ・メンデル・ルビンスタイン、時計職人のレブ・イスラエル・ヤブウォンカ、ゲートル職人のレブ・ベンヤミン＝ブリア・ベイテル、教師のレブ・モイシェ＝ベル、レブ・ゴデル・ラビノヴィチ、風呂管理人のレブ・シュロイメ・ヤブウォンカがおり、彼らの評判は高かった。レブ・イスラエル・ヤブウォンカのところには非常に多くの本を蔵する大きな図書室があり、ポーランドで印刷された本はどれも彼のもとに送られてきた。[23]」この「レブ」（*reb*）という言葉とともに呼ばれるシュロイメ・ヤブウォンカ「師」は土地の名士のようで、その敬虔さと博識は貧しさをいわば補っているように見える。特に、彼のサウナ＝ミクヴェがあらゆる欠陥にもかかわらず、彼を聖の領域に所属させるのであればなおさらそうであろう。ラビのエプスタイン（一九三五年ヘンニャの嫡出子化の手続きを行う）の助手たち、葬儀を担当するヘヴラ・ケディシャ（*Chevra Kedisha*）のメンバーたち、儀式屠殺人、シナゴーグの先唱者[9]、あるいはまた、毎朝六時、男たちを祈りに来させるために鎧戸を叩くシュル゠クラペルなども、その職務により聖の領域で働く人たちである。私はシュロイメをレンブラント風に後光のさした老人の姿に思い描くが、おそらく耳が遠くて臭かっただろう。

今日、カバラは多くの人を夢想に誘っている。例えば、歌手のマドンナがそうである。この世界的スターが、シナゴーグの奥の部屋や板の隙間からろうそくの明かりが漏れる藁ぶきの家で難解な書物に真剣に身をかがめていたあの学者たちに、シュテトルで「ヘン(Khen)の人々」、つまり「隠れた知恵の男たち」と呼ばれ、宇宙の秘密を突き止めようとした、あの秘義に通じた学者たちに感銘を受けているのだと考えると私は楽しくなる。祭儀の時ユダヤ人はテフィリンの革紐を腕の周りに七回巻き付ける。どうして七回なのか。カバラ学者にとって、一回一回が、神から受け継ぎ、イスラエルの七人の各族長に体現された美徳に対応している。アブラハムの善良、イサクの従順、モーセの永遠、一切の被造物に対するアロンの敬意、ダヴィデの平和、等々。カバラの主要な著作であるゾーハルの研究に入ることを許されるのは、四〇歳を過ぎて、トーラーやゲマラ[10]、預言書をすでにすみずみまで知っていることが条件である。象徴や隠喩に夢中になったこうした神秘主義者たちはゾーハルを倦むことなく解釈し続け、いっそう深い意味層へ、ありきたりのところからいっそう離れた意味層へと絶えず潜り込み、宇宙の霊的骨格に達しようとするのである[24]。

シュロイメはあごひげを梳かす。シュロイメはシナゴーグに出かける前に毛皮の帽子をかぶる。シュロイメはみんなが寝ている間、自分の机で勉強する。シュロイメは神の認識に進歩を遂げる。そして最後、あの不可解な夜が永遠に彼を連れ去ってしまった。というのも、この貧しく、敬虔な男、二度結婚し九人の子供を持つ父親、水の管理人、聖典の注釈者、物資的富やカメラを侮蔑するこの男について、今残っているのは、私の頭の中の推測と、ブエノスアイレスの戸棚の引き出しの中の、非常に古い、擦り切れた、ぼろぼろの、しかしまだ柔らかい、革のテフィリンだけだからである。戸籍証書の下欄にふつうは書かれる署名すらない。シュロイメはヘブライ語以外の言語で書くよりも、自分は文盲だと言うことを選んだのである。

彼がどのような最期を遂げたのか誰も知らない。家族の中では、年老いてすでに戦争前にチフスで死んだと言う者もあれば、パルチェフのユダヤ人共同体のみんなとともにトレブリンカでガス殺されたと言う者もある。私は『思い出の記』の中で、シュロイメ・ヤブウォンカという人が、ナチの作戦行動の真っ只中、近所の女性とその子供たちを自宅の地下倉に隠した後、大広場に情報を調べに行って、そこから戻ることはなかった、ということを読んでいる[25]。この話は信用がおけるが、同名の人は非常に多いので、それがまさしく彼なのかどうかわからない。タウバはまずヴウォダヴァに送られ、その後、近隣の強制収容所、おそらくソビブルで殺される。私たちはそのことをティア・レイズルから聞いており、彼女自身はヨゼフ・ステルンという、戦後カナダに移住したパルチェフの隣人から聞いている。シムへとレイズルが両親の死を知るのは、郵便通信が回復した、一九四五年になってのことである。

時計職人で、彼自身もカバラ学者であったイスラエル・ヤブウォンカは、シュロイメの弟（あるいはおそらく片親の違う弟）である。彼は「千冊の本を持つ男」であり、その図書室は傑作で溢れている。体が不自由なために——ポグロムで片足を失った、と言われている——杖を使って歩かなければならない。子供たちはこのおじさんが大好きだ。彼が家に来ると、シムへとマテスは姉妹たちのワンピースで変装し、大いに甘える。するとイスラエルおじさんは怖がるふりをし、足を引きずって逃げ出す——これがルールだ。彼はパルチェフに移動劇団が来ると欠かさず歓声を挙げに行く。その日は、胃をさすってこう言う。

「今日は、俺たちは食べないぞ、劇に行くんだから！」

シュロイメの兄弟たちの中で、ほかに私が確実に特定できるのはヨイネだけである。ポーランド語名はヨナ。家族の中で、腕一本で成功した人物であり、蛙通りと教会通りが交差する角に布地屋とパン屋を持っている（一九二九年の職業年鑑には、「台所用品」の欄に「J・ヤブウォンカ」という記載がある）。戦争初期、ヨイネはパルチェフのほかの有力者たちとともにユダヤ人評議会《ユーデンラート》（*Judenrat*）のメンバーになっている。ドイツの道具であるこの評議会は、「罰金」の徴収、ドイツ国防軍《ヴェーアマハト》への物資補給、没収家屋の清掃、抑圧措置（ダヴィデの星のついた白い腕章の着用や強制労働のための一斉検挙など）の実施などによって、ドイツの意志を実行に移している。一九四〇年二月、より北方のビャワ・ポドラスカ収容所へ移送中のユダヤ人戦争捕虜に食糧を提供するのも、道路に沿って遺棄された二八〇の死体を墓地に埋めるのもこのユーデンラートである（埋葬は二日間続く。凍った地面を斧で掘らなければならなかった）[26]。

この同じ年の六月、『思い出の記』によれば、ヨイネ・ヤブウォンカは、町で回収した屑鉄やがらくたを行政に提供するよう命ずる手紙をルブリン県から受け取る。彼が集めた労働者たちは通行許可証をもらい、それにより労働義務と夜間外出禁止が免除される。彼らは夜の九時まで徒歩や荷車で道路を行き来できる。これはかなりの特権であり、彼らは食べ物をいくらか集めて回ることができる。ある夜、この幸せな屑屋の一人ゾネンシャインはベッドから棒で叩き出され、教会裏の運動場に連れて行かれる。そこにはすでに何十人もの男たちが押し込まれている。朝早く、ナチ親衛隊は彼らを整列させ、体操をさせる。金網の後ろに集まった女たちや子供たちが彼らを見つめている。そうこうしている間に、ユーデンラートが到着する。ヨイネが先頭だ。彼は親衛隊と話し合い、親衛隊は「屑屋らは、列から外へ！」と命令を発する。数人が進み出て、解放される。ポロンカ製材所の所長も同じやり方で自分の労働者たちを救う。残りの人たちは駅に連れて行かれ、強制労働収容所行きの貨車に載せられる。食べ物の包みを渡すために女たちが殺到するが、ドイツ兵に銃床で押し返される。「子供たちの泣き声と女たちの苦悶の叫び声は筆舌に尽くしがたかった」と、ゾネンシャインは『思い出の記』の中で書いている（彼はハイファで人生をやり直した。ハイファ湾で作業中のコンテナ船を遠くに見ていた時、このシーンは彼の頭の中に繰り返し立ち戻っていたのだろうか）。ドイツとの交渉役であり、最後は自分も砕かれることになる殺人機械の歯車であったヨイネ・ヤブウォンカは、あの「グレーゾーン」に属している。そこで、犠牲者たちは人々の命、そしておそらく自分たちの命を救うことを期待して、殺人鬼たちに協力したのである。死屍に鞭打つことはすまい。彼の子供たちは、間一髪でパレスチナに脱出した息子のシュロモを除いて、みな戦争中に殺されてしまった。

私は自分の家系図に、その一番節くれだった根として象徴的に結び付けたい老人たちがほかにもいる。まずフェイゲ・フチュパクの祖父。この魚売りは、貧しい若い娘たちに持参金を持たせてあげること、シャバットのためのお金がない隣人たちにニシンを配ることに幸せを感じている。馬具職人のラフミエルは行商人たちに自分の家を開放し、ストーヴを自由に使わせて、彼らの敬愛を受けている。ストーヴのそばで行商人たちは体を温めながら、周りに集まった子供たちに物語を話して聞かせる。子供たちはこうして、シェマ・イスラエル（*Shéma Israël*）をもぐもぐ唱えながら麦わらの上で眠りに就く[27]。そしてまた、パルチェフの「敬虔な背教者」。九〇歳をとうに越えたこの老人は長いあごひげを生やした、とんでもない人物で、一九二七年の写真によって、シャバットの日にたばこを吸っている姿が不朽のものになっている（これはラビたちの同意を得ている。彼の喘息が鎮まるからである[28]）。こうした老ユダヤ人たちの魂は、私のためにこの文明を生き返らせてくれた人、私のイディッシュ語翻訳者ベルナールの中に移り住んでいるように私には思われる。もみあげまで続く頬ひげ、短く刈った白髪、燠のようにきらきらした眼をもつベルナールは、以前は数学の教師で、今はパリの大学講師、ブローニュのシナゴーグを支える人物である。私が彼にこれほどの愛情を感じるのは、彼が私に、パルチェフの『思い出の記』のやや月並みな文章を何時間も何週間も非常に強い忍耐力をもって翻訳してくれたからだけではない。彼がユダヤ人の慧眼、能弁、博識、茶目っ気を体現しているからでもある。しかしまたそれだけでもない。ゾネンシャインがガス室に送られた自分の五歳の娘のそばで過ごした最後の日々を喜びの中で再び思い出す一節にも、フェイゲ・フチュパクの末娘が真冬に三日三晩森を彷徨う一節にも、ラヘル・ゴテスディネルが若い盛りに殺害された学校の友人たちの美しさと明るさを語る一節にも、涙の涸れてしまったベルナールの眼から涙が流れることはなかったが、カバラに熱中した時計職人のイスラエル・ヤブウォンカがポーランド中から何百冊もの書籍を受け取っていることを知った時、ただその時だけ、私を前に、再び涙が流れ出したからなのである。「パルチェフのような片田舎にも、学ぶことをこれほど愛した人がいたんだ！」

こうした細かな挿画はどれも、趣きのある古いシナゴーグ、木製の歩道、梁が虫に食われている傾いた家々、援助団体、パン屋、仕立て屋、引き売りの八百屋、一六世紀以来この小さな世界の先祖たちがみな眠っている墓地、などの作るシュテトルの背景にぴたりとはめ込むことができる。パルチェフとその碩学たち、パルチェフと穢れなき心をもったそのハシディストたち。みんな素朴で善良な人たちで、暖かく、いつでも喜んで日々の糧を分かち合う。シャバットの日にはヤシンケの森で大声で笑い、散歩する。そのイディッシュ語の歌を聴いてみよう。藁ぶきの家、川、樅の木が蘇ってくる。「我がシュテトル、懐かしき我が家、素敵な夢をそこでどれほど見たことか！」しかし私はパルチェフについてあまりに牧歌的なイメージを提示したくはない。ノスタルジーや歌は、後進性、保守主義、宗教的禁止の桎梏、迷信のむなしさ、偽善、それにまた、陰口と覗き見のミクロ社会、全能者の意志として受容された凡庸さ、全体にみなぎる不活発さ、などを決して語ることがないからである。老ポーランド人女性はその民族誌の中で次のように書いている。「宗教上の禁止事項は細心に守られていた。医者や歯医者のような教育のあるユダヤ人でさえ、同宗者にどう思われるかを考えてやはり順守しなければならなかった。[29]」

――ベルル師が今日の午後お祈りに来なかったことをご存知ですか。

――ああ、どういうことなんでしょうね。

――そう、彼は寝たかったんですよ！

シャバットの晩、真っ暗になるまで明かりをつけることはできない。そんなことをしたら、みんなに知られ、スキャンダルになってしまう。

――イェンテのところ見てよ！　あそこがつける前にはつけるんじゃないよ。

シナゴーグの前に人だかりができている。

――ピンスクでポグロムがあったぞ！

――断食して祈ろう！

黒い礼服に首まで埋まったある父親が小さな息子に向かって、

――走るな！　口笛を吹くな！　トルストイなんて読むな！　劇や映画なんかは時間の無駄だ。

崩れかかった家々、ぬかるみの表通り、おしゃべりな女たちのパルチェフを見て欲しい。I・L・ペレツが一九世紀末に降り立つあのシュテトルを見て欲しい。雄鶏、子牛、毛皮帽子をかぶった偏狭な信者たち、ひどく背の曲がった人たち、水たまりでガチョウと跳ね回る子供たち、世話する人もいないベッドの病人、タルムードにくぎ付けにされた生徒たち、かつらをつけた若い女たち、そして、「疲れきった、青白い、血の気のない」[30]あのすべての顔、「みなひどく精力を欠き、ゾンビのように徘徊する痴呆のごとき」あの男たち。ショレム・アッシュ流のロマン主義に対するいいワクチンだ！[31]　二〇世紀初頭、事態は変わり始める。I・L・ペレツは、金持ちの娘に惚れた若者がさらし者にされる戯曲『神殿の前で縛られた人たち』の中で、宗教に対する人々の激高を描き出す。カシュルート肉[11]が途方もない値段であること、ラビが有力者たちとぐるであること、シャバットに劇を断行した役者たちをラビが破門することなどに怒っている。[32] 宗教者たちは、その臭い吐息でカナリアの息の根をとめてしまう「敬虔な雌猫」のようで、みんなを窒息させているのだ。[33] シュロイメ・ヤブウォンカのミクヴェ＝蒸気風呂では人々は最新のニュースを語り合っていて、シュロイメは平均よりもやや寛容なように見える。実際、彼は近代性を非難するが、彼の娘たちがボーイッシュな髪型で美容室から戻っても、何も気がつかないふりをしている。娘たちにはポーランド学校に行かせるが、息子たちの野心は聖典の勉強以外には向かわないように抑え込んでいる。私の祖父母が成長するのは、要するに、一方に偏狭な信心、他方に反ユダヤ主義、という環境なのである。二〇歳の時、こうした生活は彼らにはもう耐え難いものになっている。間もなく反抗の気持ちが彼らを締め付け、憔悴させ、彼らは一切をひっくり返したくなる。こうして彼らの最後の救いとなるのが、共産主義だ。

マレクの運転する車はパルチェフの森を通って行く。木々は何キロにもわたって続き、ややピンボケの印象を与えてくる。私のような都会人は森の散歩を想像する時、蝶やヒヤシンスの絨毯、小道、陽気にさえずる鳥などを思い描く。しかしパルチェフの森は生き生きとはしていない。その緑は暗く、ほとんど黒色である。押し黙った松の葉叢からは鍾乳石のように鋭利な光線しか差し込まず、松の木はあたり一帯を満たして、いかなる目印も許さない。池や開けた場所は薮で囲まれている。木々の根元は寒く、何か押さえつけられるような感じがする。上の方でざわめきが聞こえ、顔を上げるが、空の一隅が目に入るだけで、突然、自分は森に捕まってしまっているのだ、森だけが息づいているのだ、ということを理解する。

しかしおそらく私は、一九四三年冬の人間狩りにあまりに取り憑かれているのかもしれない。ドイツのシェパードの吠え声がする。パニック、ダイナマイトで吹き飛ばされたトーチカ、道の曲がり角の死体。隠れ場所を発見され、皆、森の中に散り散りになる。フェイゲ・フチュパクは、自分に残された最後の娘ミリヤムと駆け出す。二日前から何も食べていない、しかし今は逃げなければ、振り向かずに逃げなければ。犬の吠え声。人殺しがやって来る。走って。もっと速く走って。近付いてくる。一分後にはもうここに来る。フェイゲは命じる、「ミリヤム、止まって、横になって。」母は地面の草をむしり取り、じっとしている娘の上にばらまき、その脇に自分も横になる。人殺しが犬と到着する。もう動いていない。もう息をしていない。閉じた瞼を地面にじっと押し当てている。まだいる。まだいる。行った。奇跡だ。[34]

　マレクは私たちを公式の記念碑の下まで連れて行ってくれる。それは複数のコンクリート碑がレンガの階段でつながった三メートルほどの高さのもので、背後に巨大な十字架が立っている。「一九四二―一九四四年、ポーランドとソヴィエトのパルチザンに捧ぐ」。風がいっそう強くなり、木々が揺れ、雨が降り始めた。最初はぽつぽつと来て、その後、雷雨が一帯に襲いかかる。森の向こうには、牧草地や製材所、タール精製所、池、まだ緑の穀物畑、水車や風車、別の森が続いている。私はハイタカのようにそれらの上を飛んで行く。ポドラシェの平野を一望のもとにとらえる。ここは国中で一番肥沃な地域の一つである。一九世紀、パルチェフの森は盗賊たちの巣窟であるが、土地の人々にはまたいろいろな資源も提供してくれている。森林監視人から許可書を買って、ブラックベリーやキイチゴ、スグリ、キノコなどを採り、富裕な家に売るのだ。森のキイチゴやキノコは、戦争中、命を救ってくれることにもなる。

　夕暮れになって、私たちは森の縁にあるマコシュカの宿屋兼種馬飼育場に着く。この屋敷も一九世紀に建てられたもので、私たちはテラコッタタイルの敷き詰められた床の上を部屋から部屋へと進んで行く。

ビロードの壁掛け、光沢のある古い梁に囲まれ、何かゆったりとした気分になる。くすんだ輝きを発するブロンズ製の火かき棒やシャンデリアもその光沢にマッチしている。豪華な鞍が台にかけられ、ミニチュアのタタール馬も置かれている。小円卓の上には磁器製の紅茶セット。鹿の枝角、雉の羽、銃床に彫刻を施した銃、弾薬ベルト、弾薬箱も見える。円弧を描く階段を上がって、樫製の重厚な扉が閉まる部屋に行く。女主人は夕食に、黒パン、野菜サラダ、ジャム、甘い紅茶という軽い食事を出してくれる。鉱山の入り口のように広い暖炉まで続くテーブルの端に座って、食事をとる。ほかに客はいない。一九時頃には食事も終わり、下のサロンで、ベルナデッタがくれた資料をオドレイが私に訳してくれる。その後、私は火のそばで彼女の博士論文の一章を読む。外では雨が小止みなく降り続き、調教所の周りも、馬が干し草を食べている厩舎の周りも地面はすっかり濡れている。森からは腐植土の匂いが立ち上ってくる。気持ちがいい。

マテスは革職人、より正確には馬具職人である。イディッシュ語では「リメル」、ポーランド語では「リマシュ」という。私の家族の中で、レイズルが「ラ・ティア」とだけ呼ばれていたように、「バクーのおじさん」とだけ呼ばれていたヘルシュルが、一九七〇年代、私の父を訪ねてきたことがある。「お前の親父は馬具をいろいろ作っていた。」これは公式資料でも確証できる事実である。マテスは要するに、引き具、手綱、頭絡、腹帯、さらにまた——こうした用語はもう誰もその意味するところを知らず、私は列挙してみたくなる——鞦《しりがい》、轅《ながえ》掛け、鐙革、小勒《ろく》、膝当て、鼻革、喉革、轅帯、胸繋《むながい》を作っているのである。一九二〇年代半ば、少年たちはこうした言葉を繰り返している。人生において仕事が始まるのは早いからだ。ヘイデルの後、コレットの父は一二歳で仕立て屋見習いになっている。マテスも同じ年齢でパルチェフの馬具屋に入っていることは確実である。手先の技量、最良の革を選ぶ直観、仕事場の清潔さ、道具の整理整頓、これらは馬具屋見習いにとっての基礎的な知識である。その技術は驚くほど複雑なもので、一九二〇年代の教本にはこう書かれている。「見習いはまず、針に糸を通し、革挟みを使い、革通しを握り、次いで、革通しを回さずにまっすぐ突き刺し、針を通すことを学ぶ。[35]」革通しは革に穴を開けるのに使う大きな錐である。その後、裁断し、合わせ、縫い、詰め物をし、油脂を塗り、銅のバックルを磨く。完成に至るには、何時間も集中し忍耐しなければならない。マテスは自分の仕事台の上で、俗化した形で自分の父の儀式を再現している。父は朝の祈りの時、革紐を二頭筋の周りに時計の針とは反対に七回巻き付け、二番目の革紐を額の生え際に巻き、トーラーの抄節の入った小箱の位置を調節し、最後に、手首と手と指に輪を作る。父はまた、ミクヴェの水がきれいで動かないよう、栓がよく締まっているよう、雨水が汚れのまったくない樋を取って浴槽の中に直接流れ込むよう、おそらく毎日確かめている。

マテスは本物の技能を身につけている。しかしパルチェフでは馬具職人が過剰であり、また経済危機や反ユダヤ主義のために、彼の職業生活の出だしは楽ではないに違いない。一九二七年の法律により、職人は養成所での訓練後に発行される適性証書を持たなければならなくなる。養成所の登録料は高く、実習は公認の職人のところで行われ、最終試験はポーランド語でなされるので、この法律によりユダヤ人候補者は排除されてしまう恐れがある。[36]当時マテスは一八歳であり、すでに数年前から革仕事をやっている。単なる労働者である。なぜそう推測できるのか。彼が店を持っていることを証拠立てるいかなる文書も証言もないからである。それにまた、彼は皮革業労働組合や共産主義青年同盟に足しげく通っているからである。私はこうしたところから、マテスが失業していない限り、誰か親方（一九二九年の職業年鑑によると、C・エンゲルマン、U・エンゲルマン、D・ゴルドベルグ、A・ピルチェル、J・ソコロフスキ、あるいはS・ソラシュ）のところで働いていると結論する。いずれにしても、彼は社会階層の下部に位置し、極貧層のすぐ上というところにいる。これは彼には残念な事態である。というのも、独立した馬具職人には必ず仕事があるのは自明のように私には思えるからだ。当時はみな荷馬車や二輪馬車で行き来し、農民たちは輓馬で耕している。こうした馬たちの引き具や馬勒はすべて擦り切れるし、壊れる。製造した後には、修理仕事が入る。したがって、パルチェフの馬具屋は、今日のシャチオン・シュル・セーヌの自動車修理工場のように繁盛する――キリスト教徒を入らせないボイコットのピケが店の前で張られない限り。

イデサは美人だ、この点についてはすべての証言が一致している。私たちは彼女の写真を六枚ほど持っており、状況はさほど悪くはない。全身像の写真もあり、プリーツスカートとパンプスをはいた痩せっぽちの子が、母ルフラ・コレンバウムの肩に愛情こめて片手をかけ、スタジオの投光器の下、月に憑かれたピエロのようにじっとしている[12]。別の写真では、誰とはわからないが、年上の男性と草むらの木の前で一緒に写っている。とがった襟のジャケットとブラウス――当時の流行に違いない――を着ている証明写真も何枚かある。また、パルチェフの青年たちの集合写真もあり、彼女は一七歳の真っ只中で輝いている（一九三〇年代初頭であろう）。彼女の眼は髪と同じように黒く、深い。首のくぼみ、眉の周囲、両側のえくぼ、肉厚の唇のへりなどにある陰が彼女の肌の柔らかな白さを際立たせている。分け目から両側に落ちる褐色の三つ編みが、思春期を過ぎたばかりのふっくらした頬を撫で、彼女の胸は絹のスカーフで微妙に強調されている。ほかの少女たちはみな、気取り、太めで、艶出しで髪は光り、斜視や大鼻に悩んでいる。そうした中でイデサの美しさは輝きを放っている。間抜けな隣の男は間違ってはいない。臆面もなくイデサに色目を使っている。

イデサはパルチェフで一番美しかった、ティア・レイズルは嫉妬することなくそう認める。物語によくあるように、私の祖父は彼女のとりこになる。しかしイデサはすでにほかの人と付き合っている。そして何より、マテスでは釣り合いがとれない。赤毛に近いブロンドの、背の低い青年で、そばかすを恥ずかしく思っている。ある日、特別な軟膏でそばかすを消してもらえるよう、よくわからぬ治療師のところを密かに訪れる。手術は無残なほど失敗し、彼は意気消沈して家に戻り、みんなに攻められる。しかしマテスはたくさんの長所を持っている。ヘンニャの娘がその母親の思い出に基づいて、八〇年後に描き出すマテスの肖像は次のようなものである。マテスは「マムゼル」(*mamzèr*)、つまり、あらゆる難局を切り抜けられる、賢い、機敏な人だ。勇敢で頼りになるとみんなが褒める。彼はいつも喜んで人の手伝いをし、物を持ち、家具も運んでくれる。力仕事にひるむこともない。要するに、前向きで、心優しい、いい奴なのだ。しかしきつい性格でもあり、けんかなど売ってはいけない。今の時代だと、イスラエル生まれの世代だ。「中は甘いけど、外には棘が生えたバーバリー・イチジクね。」テルアビブの北、ハデラの家の芳しいテラスで、ヘンニャの娘はこう微笑んだ。

恋愛に輝き、障害など気にも留めず、マテスは聞いてくれる人がいるといつもこう言っている。

——あの娘は俺のものになる！　絶対いつか俺の女房になる。

私はこうした証言と、私の父がアルゼンチンを訪れた時に得たティア・レイズルの証言とをつなげてみる。活力があり、陽気で、辛抱強く、進取の気性に富む、これらがマテスの美質である。「彼はよく歌い、彼が行くところみんな歌い始めるのよ。」彼はほかの人たち、特に兄弟たちとは違っている。彼ほど勇気もなく、もっと軟弱なのだ。広幅通りの家の向かいには、イデサの兄がやっている灯油店があって(現在は自動車修理工場)、お昼になると、彼女が昼食を届けにやって来る。窓からマテスはじっと見つめている。「彼女、いいよね」と母親を味方につける。彼がイデサに思いを告白しても、将来の姑はまったく心配していない。「マテスはとってもいい男なんで、家に来ても、二人っきりにしておくのよ。」これが、非常に苦い失恋を経験したティア・レイズルがずっと覚えている、あるいは夢想している、二人の愛の誕生である。私はもっと詳しく知るために、レイズルに直接、秩序立てて、優しく尋ねてみたかった。しかし二〇〇六年に亡くなってしまっている。私がこの調査を始める一年前のことである。私は彼女のことを直接には知らない。晩年の写真では、彼女は赤銅色の肌の、とても小柄な女性で、明るくはつらつとし、花柄のきつそうなワンピースを着て、人柄の良さで輝いている。遠いブエノスアイレスにいる、孫に甘いおばあちゃんの化身のようなティア、一方また、パルチェフの青年団の写真の中で最後列にいるややずんぐりした少女、妹のためにあつらえた外套を着て一九三六年に船に乗る移民レイズル。私の頭はティアとレイズルを結びつけることが難しい。時の回折現象である。私たちはマテスとイデサの証明写真を持っているが、やはりやや同じような現象によって、私は彼らの間の愛情、深い一体感を思い描くことが難しい。二人が一緒に写っている写真が存在しないからである。

朝、大きな太陽がマコシュカの森の上に輝いている。窓ガラスとレースのカーテンの間でミツバチがぶんぶん音を立てている。私は顎まで毛布を引き上げ、暖かくして、前日、マレクとの森の散歩の後、町をさ迷い歩いたことをあらためて考えてみる。すでに一六時で、昼食を飛ばしてしまった私たちは空腹を感じ始めていた。パルチェフにはレストランは一軒もなく、商店は閉まり出している。私たちはようやく一軒の酒場に入り込む。暗闇に浸った地下の迷路のようなところだ。青白い蛍光灯があちらこちらで壁を弱く照らし出している。店は結構込み合っていて、暇そうな男たちやビリヤード台にもたれかかった若者たちがいる。隅では、押しボタンと点数が暗闇に点滅しているスロットマシーンに隠れて、思春期の若者たちがいちゃついている。場末の本物のパブに見えるには、たばこの煙の立ち込めた雰囲気や悪党たちの密売が欠けている。耳を弄するテクノもないので、ディスコでもない。そこはどこにも似てはいないが、私のその時の感情をそこ以上によく映し出している場所はない。皮膚から骨の髄まで陰鬱で、べとべととしている。

オドレイはピザを注文する。私たちは話もせず、ぼうっとして互いに目を合わせている。この町はべとべと絡みつき、私は逃げ出したくなる。古着屋＝シナゴーグ、公園＝墓地、新通りと改名されたユダヤ人通り、こぎれいな大広場、後ろめたさなどない市民たちのつくる、亡霊のようなこの僻地。しかし私はこうした思いをもつ最初の者ではないし、とりわけ、一番ひどく打ちのめされているわけでもない。一九六八年、亡命先のソ連から、バルフ・ニスキは、自分の生まれたシュテトルを完全な外国人として訪れている。「こっちには赤い花の咲くスクウェアがある。そこはかつて市の立つ広場だった。ここは映画館だ。かつてはラビが住む学習所だった。こっちにはポヨルニの牛小屋があるが、昔は東方正教会だった。向こうには公衆浴場があった。今日あの石炭山が見えるところには、イツハク・フィシェルの家があった。[……]子供たちが周りに集まってきて、奇妙な動物のようにじろじろ見てくる。ユダヤ人をこれまで見たことがなかったのだ！　小さな女の子が訊いている。「お母さん、あの人たちユダヤ人なの？　いい人たちみたいだけど、どうして殺されたり、追い出されたりしたの？」私は公園で腰を下ろす。ここはもとの墓地だ。木々が考え深げに、みなしごのように立っている。私自身、たった一人残って、みなしごだ。私の周りではすべてが悲しみに浸っている。木々はカディッシュ（*Kaddish*）を唱えて、どうして、どうして戻ったんだ、とささやいているように見える。[37]」

私はユダヤ人墓地を見たことがない。もちろんバニューの区画は知っているし、アルゼンチン、イスラエル、アメリカでたくさんのユダヤ人の墓を訪れたし、プラハの墓地を歩き回ったこともある。シャガールは一九一七年、死者たちが足や肘で持ち上げたかのように墓石が地面の上で踊る墓場のカオスを描いている。プラハの墓地は、私の思い出の中でそのシャガールの絵と混じり合っている。しかしシュテトルの墓地は何に似ているのだろうか。ポーランドに残る最後のユダヤ人墓地は雑草が生い茂り、草木に覆いつくされて、消滅しつつある。射撃場やゴミ捨て場に形を変えてしまうかもしれないという。パルチェフの公園には、ライトグレーとダークグレーの二つの石碑しかない。敗北したポーランド軍の二八〇名のユダヤ人兵士は移送中に殺害され、後者の石碑はその追悼に建てられたものである。パルチェフのユダヤ人はどうなったのだろうか。何千もの墓石が存在しなければならないはずだった。ゾネンシャイン家、ヴァイスマン家、フィシュマン家、フチュパク家、フェデル家、ヤブウォンカ家、富裕な人たち、貧しい人たち、職人たち、魚売りたち、一七世紀のラビたち、二歳で亡くなった幼いシュムエル。芝生と木々を除けばもう何もない。私たちは翌々日、ラジン・ポドラスキを訪れ、そこに保存されているパルチェフの公文書の中から、戦後数年して、おそらく軍事目的で行われた、男性人口調査をうまく見つけ出す。全員、「ローマ・カトリック」と書かれている。つまり、パルチェフにはもはやカトリックしかいないのである。同じ公文書資料の中に、別の文書も見つかる。それは戦後、ユダヤ人所有の不動産に住んでいた貸借人を通りごとにリスト化したものである。何百という名前が記載されてはいるが、すべてカトリックの名前である。(38) 疑いようのない事実を認めなければならない。パルチェフのユダヤ人は決して存在しなかったのだ。

ビールを載せたお盆を手に動き回るウェイターを鏡の中で追いながら、私は考え続ける。連合軍はヒトラーを破った、汚れた獣を倒した、等々と西欧では喧伝されるのが常である。しかしながら、パルチェフのような田舎に足を踏み入れてみればよく確認できるように、ナチはユダヤ人に対する戦争に華々しい勝利を遂げたのである。ジェノサイドというこの倒錯した創造者は、エスニック的に純粋な戦後のポーランド国家を誕生させた。しかしこれにはポーランド社会の反ユダヤ主義も働いたのである。一九三九年、ポーランドには、全人口の一〇パーセントにあたる三五〇万人のユダヤ人がいる。戦後、二五万人の生存者は徐々に国を離れる。ジェシュフの反ユダヤ主義暴動(一九四五年六月)、クラクフのポグロム(一九四五年八月、死者二名)、パルチェフのポグロム(一九四六年二月、死者三名)、キェルツェのポグロム(一九四六年七月、死者四二名)、ルブリン地方における一一八名の殺害などによって、ユダヤ人の脱出は加速される。[39]今日、ユダヤ人は一万二千人程度である。ベラルーシとの国境に近いブランスクのシュテトルについてのドキュメンタリーを見ると、この地方の最後のシナゴーグは用途変更され、半ば廃墟になっており、そこから羊の群れが出て来る。ブランスクでも、教会前を通る街道はユダヤ人の墓石で舗装されている。丸く削られて碾き臼に使われている墓石もある。一九九〇年代、ある親ユダヤ的ポーランド人——この人もまた「ユダヤ人の下僕」——が一七五の墓石を、「石碑陳列場」という名称を新たにつけられていた元の墓地に戻す。しかしこの人も、市の助役になると、市の五百年祭に際して、ユダヤ人(戦前、人口の六〇パーセントを占めていた)についてたった一言述べることもあきらめてしまう。[40]パルチェフ市の公文書資料によると、アメリカとイスラエルのユダヤ人相続者からの返還要求はすべて、一九四〇年代末、不受理という結果に終わっている。問題の家屋は破壊されてしまった、不動産は売られてしまった、等がその理由である。[41]

ところで、ポーランド人自身にもジェノサイドの後遺症が残っているとしたら? コレットはパルチェフへの旅を私に語る際、最初私にはショックだった次のような考えを述べている。「ユダヤ人が絶滅されてしまったことで、どれほどの空虚が生まれたのかということがわかったわ。まるでパルチェフが自分の魂を失ってしまった具合なのね。ユダヤ人とポーランド人の間には、とっても強い愛憎関係があったのよ。」このような解釈を裏付けるように、老ポーランド人女性はその民族誌的文書の中で、「どのポーランド人にも自分のスロウル、自分のモイシェがいた」と述べている。それでは、こうしたスロウルやモイシェが消えてしまった今はどうだろうか？　私たちのガイドになってくれているフランス語教師ベルナデッタは、シナゴーグの入り口で、ここが古着屋に変わってしまったことは確かに驚くべき事実だけども、そこそこわかるような気がするということを私に理解させようとする。共産主義とポスト共産主義のポーランドは、実用主義的観点から、相続人不在の建物を活用しようとしたのである（しかし信仰の場所にとって、羊小屋や古着屋、ヘウムのように酒場《サルーン》、あるいは、消防署、倉庫、映画館になることは望ましいことなのだろうか？）(42)。

パルチェフのユダヤ人にはいくつか痕跡が残っている。例えば、ラビの戸籍簿がある。また市役所が編纂した冊子では、一二〇頁中四頁がユダヤ人に割かれ、一五四一年（「パルチェフ市長ヤン・テンチンスキは市の周辺にユダヤ人住民が居住することを許可する」）から一九九六年（「パルチェフの住民ルドヴィク・ゴレッキ氏がテルアビブのヤド・ヴァシェム[13]から「諸国民の正しき人」章を授与される」）までの歴史が記されている。しかもまた、民主主義が戻って以来、ポーランド全国でユダヤ文化の復活が観察されているのではないだろうか？(43)　一九九六年の法律により、ユダヤ人共同体には信仰の場所や旧墓地が返還されている。ザモシチでは一七世紀のシナゴーグが見事に修復された。クラクフの旧ユダヤ人地区カジミェシュにはかつての酔っ払いや娼婦がいなくなり、今では流行りのバーが並んでいる。イディッシュ文化フェスティバルを開催したり、記念碑を建立する都市もある。大学では研究セミナーも盛んである。クレズマー[14]に熱狂する人たちがいる。「ユダヤ人よ、お前がいないのでつらい」というグラフィティで壁を埋め尽くすアーティストもいる。

私は何を考えているのか。彼らは正しいのだ、ユダヤ＝ポーランド間の友情の使徒たちは。事態は変わりつつあるのだ。しかしツアー業者のこうしたユダヤ文化や、屍の山の上のこうした民俗舞踊など、私には何の意味があろう？　もし私が私たちのシナゴーグに戻って、神殿の商人たちを追い払うとしたら？もし私が旧ユダヤ学問所で祝われている婚礼を台無しにしてやるなどと思いついたりしたら？　もし私が広幅通り三三番地の私たちの家を取り戻すために、その法的手続きをどこかの裁判所に尋ねるとしたら？ウェイターがピザを持って来る。〈ユダヤ人がまったくいない〉（*judenrein*）パルチェフの下に掘られたこのプロセルピナ[15]の酒場の奥で、数時間前から私を締め付けている感覚が今や眼前に具現される。料理人はピザの上にケチャップで螺旋模様を描いていたのだ。ハム、チーズ、黒ずんだキノコの上を、端から中心まで、ねばねばした撚り房が回っている。私は長い間動けず、この血走ったミミズに目を完全に引きつけられて、かぶりつくことができない。

2　職業革命家

パルチェフ、一九一四年のある土曜日。ユダヤの青年たちは草地に全員集まって、当時ポーランドを巡っていたイディッシュ語の大作家ショレム・アレイヘムに来てもらう方法を考えていた。政治的対立——良家の子供たちはシオニズムに向かい、労働者の若者たちは社会主義に傾斜している——にもかかわらず、熱を帯びたいくつもの発言があり、二人の仲間がルブリンに行って崇拝する作家に丁重にお願いしようと全員一致で決定する。この無謀な企ての資金を作るために、すべての参加者が一人一ルーブルを供出する。数週間後、ショレム・アレイヘムが健康上の理由で（一九一六年のニューヨークでの彼の埋葬には十万人の群衆が集まることになる）彼らの招待を断ったことを知り、パルチェフの若者たちは憤慨して抗議を爆発させる。こうした動きがひとたび静まると、ブルジョワの息子たちは彼らのルーブルを取り戻すが、「製靴業部」はそのお金を図書の購入に充てることにし、こうしてイディッシュ語、ヘブライ語、ポーランド語の三言語図書室の第一歩が踏み出され、数か月後、ルブリンに送られた使節の一人、製本職人モテル・ポルセツキの家に日の目を見ることになる。(1)

第一次世界大戦後、知識の渇望は政治的沸騰に変わる。パルチェフで最初の共産主義者の一人イスラエル＝イサル・ゴルドヴァセルは、一九一八年抑留から戻ると、イディッシュ語による夜間授業を創始する。また演劇サークルの指導を再開して演出に活力を与え、最新の演目を上演する。[2] スポーツクラブのハポエル（ヘブライ語で「労働者」）とマカビ（共通暦前二世紀にセレウコス朝に抵抗したユダヤ人たちの名に由来）はサッカーの試合、ダンスパーティー、ショー、講演会などを組織する。タルムードの上に屈み込み、ハンマーを持ち上げることもできず、ピヴォニャ川を泳いで渡ることもできない虚弱なユダヤ人なんてだめだ、新しき人間を創造しなければならない！　パルチェフはあらゆる種類の講演者、あらゆる立場の演説者を迎え入れる。読書サークルが形成される。図書室は拡大し、連合の一つの中心になる。その図書室で読み、歌い、詩を朗唱し、またワルシャワの新聞をむさぼり読み、あらゆることを議論する。宗教も無神論も、詩も演劇も、革命もパレスチナも、イディッシュ語もヘブライ語も、さらにまた民衆金融、国際政治、自衛民兵団についても。[3] すべてがあらためて発明されなければならない！

　ユダヤ政党も増えてくる。ブンド（*Bund*）は青年運動、労働組合、親睦団体、スポーツクラブ、新聞など数十の組織のトップに位置し、イディッシュ文化と階級闘争を合体させてプロレタリアを擁護する。一方また、ユダヤ民族の自治という構想は共有しつつも様々な政党やグループに分散している、漠然たるシオニズム運動がある。この運動は政治的スペクトルのほぼ全範囲をミニチュアの形で再現している。ポーランドにおいてもユダヤ人の諸権利を守る一般的シオニスト、ポアレ・ミズラヒの宗教的労働者、シオンの労働者《ポアレ・ツィオン》・右派の社会主義者、インテリゲンチャに強い影響力を持つシオンの労働者《ポアレ・ツィオン》・左派のマルクス主義者、若き開拓者、あるいはさらに「修正主義者」と言われる、パレスチナへの移住を支持する右派シオニストがいる。また正統派でさえ自分の政党アグダト・イスラエルを持っており、これは伝統の擁護者で、より大きな宗教的自律が与えられることと引き換えにピウスツキと連携している。[4] パルチェフにおいてユダヤ人側で支配的なのはこの勢力であり、共同体組織《ケヒラ》を統御し、一九二九年の町の議員選挙では二一議席中九議席を獲得している。(5)「誰もが何かを信じ、自分なりのやり方でより良い世界を憧憬していた。」グロドノ州の奥深く、八人子供のいる家族に生まれた、当時シオニスト社会主義者のファイヴェル・シュラゲルはそう書いている。(6)

私の祖父母は共産主義者である。彼らは、階級のない社会、搾取・貧困・抑圧・宗教・反ユダヤ主義・戦争、またシオニズムを含め一切のナショナリズムを捨て去った社会を建設するために戦う。新世界が旧世界の廃墟の上にまもなく建てられ、人間はもう苦しんだり苦しめられたりすることに時間を使うことはないだろう。これは甘い夢なのではなく、確実なことで、歴史の方向なのだ。シムへ、レイズル、マテス、ヘルシュル、ヘンニャ——兄弟姉妹全員が共産主義者である。私が本書の研究に手を付ける時、父はすでに祖父たちのそうした事実を知っており、自分の両親が反政府スローガンを壁に書きなぐって禁固五年に処せられたこともはっきりと語っている。父の言葉を確かめること、祖父の人生行路と祖母のそれとを比較すること、彼らの政治参加と投獄の理由を理解すること、これらが、様々な公文書保存機関とコンタクトをとってから二年後、二〇〇九年五月に私がポーランドへ飛ぶ目的である。パルチェフへと急ぐ中、オドレイと私はルブリンの国家公文書館で素晴らしい発見をする。戦間期ルブリン県の「社会政策」報告書のほぼ完全なシリーズを見つけたのだ。これはユダヤ人、マイノリティ、共産主義者、および新生国家の脅威となりうるすべての人々の活動に関する報告書であり、パルチェフのあるヴウォダヴァ郡における「反体制的労働組合運動」についての警察の数十の極秘報告書も含まれている。(7)私は一九三四年に行われたマテス・ヤブウォンカの裁判記録に不思議なほど引きつけられる。

ポーランドが独立を回復するのは、ロシアでボリシェヴィキ革命が勝利した一年後のことである。ポーランド共産党（ＫＰＰ）は、一九一八年、国家的独立に賛成するポーランド社会党左派と、革命とインターナショナリズムを志向する、ローザ・ルクセンブルクの社会民主党との合併により誕生する。翌年、コミンテルンに加わる。[8] パルチェフでは、十月革命のニュースは「ワルシャワから来た労働者たち、「学識ある青年女性たち」、ロシア文学に傾倒する青年たちを介して」入り込む。[9] 演出家イスラエル＝イサル・ゴルドヴァセルの周りに活動家たちの核が形成される。一九一九年、ロシア＝ポーランド戦争の波及で、ボリシェヴィキの戦車がパルチェフに入ってくる。革命の時が到来したと信じて、ラビのエプスタインの娘は赤軍を迎える革命委員会レヴコム（*Revkom*）を創り、薬局やほかの商店を掌握するよう若者たちを鼓舞する。[10] ワルシャワでも同様のシナリオ。赤軍が近づくと、共産主義者たちは、革命兵士たちの任務遂行を助け、フランスに支援されたポーランド有産階級が東の偉大なる曙光を消そうとするのを妨げるべく、ストライキを起こす。ソヴィエトの前進は一九二〇年八月「ヴィスワ川の奇跡」によって突然食い止められ、ポーランドの独立は救われる。最終的に、ピウスツキは国境を東へ二百キロ押し返し、ソヴィエトからウクライナとベラルーシの一部を併合するのに成功する。[11]

パルチェフでは、ポーランドの他の地域と同様、ＫＰＰは一九二〇年代を通じて人員を集め続けている。ラビ・エプステインの娘の行動が失敗した後、一九二二年に、皮革業と既製服製造業の労働者たちのところに組合支部が作られることで運動は組織化される。同じ年、皮なめし工たちが最初のストライキを行い、蒸留酒醸造業の労働者たちがそれに続く。[12] このシュテトルの共産主義には驚かされるかもしれない。労働者の大都市ウッチとは反対に、パルチェフには工場はまったくないし、資本はさほど蓄積されていないからである。しかし搾取や抑圧があるところには共産主義者たちがいる。それは田舎でも同じであり、フランスの、例えばリムザンの小さな分益小作農たちのところと同様、ポーランドのヴウォダヴァ地方の作業場でもそうだ。戦間期、ポーランドのユダヤ人は、収用、税制上の差別、公的市場からの排除、大学における定員制限、公務員や経済の様々な分野での解雇を蒙っている。一九三二年、議会の〈ユダヤ・サークル〉の代表を務めるラビのトン博士は次のように述べている。「ユダヤ人は経済活動のあらゆる領域から排除されているので、若者たちは自分たちの前にいかなる人間的未来も見えず、完全な絶望状態にある。[13]」こうした若者たちは、労働者階級か貧窮化した小ブルジョワジーの出身で、イディッシュの世俗世界に根を下ろしており、大挙してＫＰＰに加わる。地方権力はそのことをよく認識していて、一九二七年の報告書にはこう記載されている。「都市において、特にパルチェフやヴウォダヴァでは、ＫＰＰの運動は非常に隠れた形で展開されており、ユダヤ人の若い労働者層で加入が進んでいる。しかしより年長のユダヤ人層や職人・小商人層には浸透していない。[14]」一九三三年、ポーランドは深刻な経済危機に襲われ、ＫＰＰとその傘下組織は三万人の活動家を擁するに至る。彼らの上に襲いかかる弾圧を考慮すると、これは無視できる数字ではない。パルチェフでは百人から二百人の規模になっている。[15]

このシュテトルにいる仕立て職人の若者、馬具職人の若者、彼らの友人たちに注目してみよう。コレットの両親アブラム・フィシュマンとマルカ・ミレフスベルグは一九二〇年代末、それぞれ一六歳と一四歳の頃に共産主義者になっている。私の祖父の裁判では、パルチェフ警察が一九二九年以降被告を監視していると明らかにされている。この時期祖父は二〇歳、イデサは一五歳である。ここから、二人はコレットの両親とほぼ同じ頃に活動家として働き始めていると結論でき、実際、非常に近い関係にある。マテスはずっと以前に職業訓練を終えており、今やどうにか生活費を稼いでいる。宣伝ビラを作ることは革切断の動作の延長になる。マテスは地方組織のヒエラルキーを駆け上がる。裁判の時、判事たちが「精力的で活発な活動家」と描き出すこの男は、「ポーランド共産党の地方支部に所属し、技術者のポストを占めている」[16]（技術者（*technik*）はビラや冊子の出版や運搬を担当し、執行部に所属している）。彼はまた共産主義青年同盟、すなわちKZMPの地方責任者の一人である。この組織にイデサも入っている。おそらく灯油店以前に、二人の愛はここで生まれるのだろう。

　ここまでは、すべて平凡に思われるかもしれない。貧しい若い勤労者が全身全霊を挙げて党に打ち込んでいる。しかし状況をよく理解するには、ステレオタイプ――赤い南仏の農民、ビランクールの治金工、赤い郊外の市場で『ユマ』[1]を売る同志――から離れなければならない。というのは、確かに、二〇世紀の何百万もの人々にとって共産主義が生活様式であり信条表明であることは明らかであるとしても、マテスとイデサが膨大な危険を冒していることもまた理解することが重要である。一九三〇年代、ポーランドの共産主義者は、他の人たちが婚約者の腕をとって散歩したり、将来の二人の生活を考えて節約したりしている年齢の時、刑務所で数年間を過ごす恐れがある。入党することで、彼らは自分の人格を革命に捧げることを受け入れるばかりではなく、あらゆるもの、あらゆる人から切り離されて、国民が許さぬ最大の違反を犯すことにも同意するのである。要するに、KPPの活動家は短刀を銜《くわ》えた男[2]、悪党、国民の敵である。あれほど長い間ポーランドを従属させ、一九二一年ピウスツキの軍隊に敗北を喫してからは復讐することしか考えていない、あのロシアに盲従する輩である。当然、共産主義者は皆から憎まれ、そのインターナショナリズムはまったくの裏切り行為と見なされる。しかも彼らはユダヤ人で、真っ赤な悪魔も鉤鼻だとしたら。これが「ユダヤ＝共産主義陰謀」（*zydo-komuna*）と呼ばれるもので、地獄の吐き出したこうしたヒドラに慈悲など無用、打ち砕かなければならない。

　党は非合法であり、活動家は当然つけ狙われ、地下活動に習熟することになる。二〇一〇年代のフランス人には――対独抵抗運動を参考にするのでなければ――こうした二〇歳の若者たちが選択した自己規律と共謀の生活を想像するのは難しい。誰にも話さず、偽名やコード化された言葉を使い、完璧に時間を守り、尾行されないよう注意し、絶対的な簡素さの中にとどまるのである。スパイが入り込むのを避けるために支部は数名のメンバーに限られ、互いに独立し、各活動家はヒエラルキーの中にたった一つのコンタクトしか持たない。接触する場所は森や墓地、スポーツクラブ、私宅である。このように包囲された生活で人は早熟する。(17) シムヘが埋葬されているアルゼンチン・イスラエリット互助協会の墓地を、暑さと渋滞に苛まれながらシムヘの娘と訪れた時、彼女はシムヘにまつわるある逸話を語ってくれる。広幅通りで行われた秘密の会合の時、シムヘの彼女が家の前で見張り役を務めた。警察がやって来る。しかし裏の戸口からで、みんな引っ張って行かれてしまう。その間中、見張りの若い女性は腕を組んで家の前を離れない。ティオ・シムヘは四〇年後もなおこの話で笑い、この見張り役をからかっている。この女性こそ彼の妻になったラケルである。

プロパガンダの道具を担当するので、「技術者」は定義上かなりの教育水準を備えている。私の祖父母は相次いでこのポストを占めているが、イデサがブハーリンの『共産主義のＡＢＣ』やベーベルの『女性と社会主義』を読んだかどうか、マテスが、一九〇五年の革命の失敗後に書かれた、「テロリスト」の若者たちの最後の夜を物語るレオニド・アンドレーエフの『七死刑囚物語』に夢中になったのかどうか私に教えてくれる人はもう誰もいない。もしワルシャワの新証書資料館で、非常に稀有な次の文書を発見しなかったとしたら、私は潤色するしかなかっただろう。それは私の祖父の裁判・受刑記録で、この活動家が出獄する一九三七年までの行状が記されている七二九頁の綴りである。(18) 一九三三年広幅通りの家宅捜索の際、警察はマテス自身が書き込んだ紙片を多数押収する。そこにはソ連における五か年計画の成功が詳述されている。これらのメモは彼の肉声の録音のようだ。「一九二九年、トラクターの数は二万九千台だった。一九三二年にはすでに一四万六千台である。ソヴィエトにおける一五年間の文化労働。ツァーのロシアでは八五パーセントが文盲のまま生活し、読むことも書くこともできなかった。一九二六年、文盲は四五パーセントになり、今日では一〇—一五パーセントである。〔……〕一九二八年に比べて、機械の生産は四倍になった。戦前に比べて一〇倍である。〔……〕五か年計画によって、二〇万のコルホーズと五千のソホーズが開かれた。両者で全農地面積の七五パーセントに播種が行われている。」[19]

マテス一人が熱狂したわけではない。フランスでは共産主義者たちはスターリンの偉業の前にぽかんと口を開けたままである。『ソヴィエトの田園の集団化』(一九三四年)の中で、あるイタリア人は、同じような数字に基づいて、ソ連の人々が彼らの使命を果たした「素晴らしい勢いとヒロイズム」を称えている。[20]ソ連が成功から成功へと飛躍を続けているのに対し、資本主義の国々は九百万人の死者を出した世界大戦に疲弊し、ウォール街の危機にはまり込んで行く。マテスは別の紙片で、ヨーロッパと米国における階級闘争の最近の発展を観察している。

ロンドンではハンガー・デモ行進。
アメリカ。ニューヨークでは鉱夫たちのストライキ。退役軍人のデモ行進〔……〕。
ドイツ。化学産業におけるストライキ。
スペイン。兵士たちのストライキ。
ウィーン。失業者たちのハンガー・デモ行進。
チェコスロヴァキア。農民とともに闘争。
ポーランド。ストライキ。闘争。

これらの闘争は我々に何を教えているのか。我々が決定的な衝突の中にいること、すなわち世界戦争。

こうした言葉は貴重である。大衆動員に適したスローガン以前にあるものを明らかにしているからだ。それは、様々な材料を集めて、難攻不落になるまでに摂取する一人の独学者の個人的な考えであり、また、イスラエル・ヤブウォンカが書物の中に込められた知の広がりに身を開くように、自分のいるシュテトルから世界に注意を注ぐ一人の反乱者の良心と自信である。マテスはマルクスとエンゲルスの予言が実現されつつあるのを見ている。こうしたストライキやデモ行進は間もなく合流して全般的な攻勢が始まり、階級なき社会が生まれる動乱が起こるのだ。こうした局面では、ポーランドのナショナリズムの価値、またユダヤ人アイデンティティの未来など何だろう。一九三三年三月、警察のある報告書にはヴウォダヴァ地方についてこう書かれている。「共産主義者たちがヒトラーの政権奪取にある種熱狂しているのを感知することができる。ヒトラーが春にポーランドと戦争を始め、それによってドイツとポーランドに革命が生じると考えているのである。[21]」帝国主義国家間の矛盾は民衆の怒りを増大させるに至る。ヨーロッパにおける革命は、何年か先のことではなく、数か月後の問題なのだ。

私の祖父がどういう人間だったのかについては、いくつかの間接的な証言がある。コレットの両親は彼に並外れた敬愛を捧げていて、マテスは彼らの偶像のような存在だ（コレットは私の眼の中に疑いの影を見て、「尾ひれなんかつけてないわよ」と言う）。マテスは非常にカリスマ的で、優れた演説家であり、また徹底したマルクス主義者である。ティア・レイズルのところでも異口同音だ。ネガティヴな言葉はまったくなく、弟に対し限りない尊敬を示している。一九九〇年代の終わり、彼女が私の父に強調したのは、マテスが兄弟姉妹の中心的人物であり、異母姉ギトラの男性版だったということである。彼の話を皆が注意して聞き、よく考え、最後には同意する。皆にとって、マテスは清廉潔白の体現者であり、理論的厳格さに勇気と人間的暖かさを兼ね備えたリーダーなのだ。

私にはこうした賛辞の誠実さを疑う理由はまったくないが、マテスは兄弟姉妹の中でただ一人、生き延びることのなかった人間である。まさに戦前、彼の兄と姉はまったく別の言葉を発している。一九三三年シムへは、ポーランドにとどまっている家族に宛ててブエノスアイレスから次のように書き送っている。「マテス、前にも言ったように、技術者の仕事なんてもうやめておけ、間抜けに近いよ。警察はお前を裁判にかけ、投獄するはずだ。すべてのことには終わりがあるんだからな。彼らは［判読不能］の中にお前のほかに誰か見つけられないのか。忠告するが、もうやめるんだ、わかるだろ。」一方レイズルは、失恋の思いを沈めようとしているヘウムから、こう皮肉っている。「ヘンニャとヘルシュルはどうしてる。［……］そしてマテス、お前は元気なの。人類のために働いてるの。輝かしい明日を準備してるの。」

これらの手紙も、一九三四年四月の裁判の時にイディッシュ語からポーランド語に翻訳されて、私の祖父の膨大な司法書類の中に入れられている。捜査官たちはいったいなぜこんな家族の手紙に関心を持っているのか。天気のことを語ったり、あんまり手紙をくれないじゃないかとずっと文句を言い合ったりしている手紙に。それは、被告の兄姉さえ弟がやりすぎていると考えていることを証拠立ててくれるからである。私はブエノスアイレスを訪れた時、これらの手紙をシムへとレイズルの子供たち、つまり私の父のいとこたちに見せる。アルゼンチンやヘウムで、彼らの両親は共産主義を棄てたのだろうか。シムへの長男ベニトは静かに答える。「全然そうじゃないね。」アルゼンチンでは家族全員共産主義者で、一人の例外もない。唯一議論があったのは、「アカ」か「超アカ」かというところで、しかしこれは仲を引き裂くほどだった。一九五〇年代の終わり、ベニトが軍事政府に反対して闘い投獄された時、彼の父は刑務所に面会に行くのを拒否したという。シムへはこの場合も、息子がやりすぎたと考えている。マルクスやグラムシを読んだり、党員証をもらったり、集会に行ったり、お金を出したりすることで満足すべきだったというのだ。ティア・レイズルは自分のことを純然たる共産主義者だとみなしている。一九五〇年代、月末が苦しくても、彼女は家具磨き工の夫がシムへのように自営になるのを許さない。自分たちはプロレタリアで、基盤となる勤労者であり、雇用者じゃない。また、後年、弟のヘルシュルが訪れた時、バクーの生活はひどい、商店はからっぽだ、等々、泣き言を家中に響かせた時、レイズルは、ソ連は気持ちよく生きられる国で、みんな自由で幸福なのよ、反対のことを言い張るなんて、図々しい嘘つきだわ!、と怒っている。先の一九三四年の手紙には「輝かしい明日」についての警告や皮肉があふれており、プロレタリアで、忠実な活動家であるシムへとレイズルの共産主義と、牢獄の壁にぶつかって間もなく止まることになる職業革命家マテスの共産主義とは大きく違っていることは明らかである。

私の祖父は要するに、家族の跳ね上がり者であり、パルチェフの共産主義ユダヤ小世界のリーダーなのだ。KZMPの活動家で、広幅通りの灯油売りの妹イデサが関心を抱き始めるのは、この赤毛の男である。私に証言してくれた人は皆、戦後、彼らの親たちがこの謎めいた美人に対するマテスの愛について話しているのを聞いたことがあったという。「首ったけね」、「彼らは決して離れなかったのだろうな」、等々。しかしその時代、コレットの両親、アブラム・フィシュマンとマルカ・フィシュマンは二人の近い友人であったが、二人の関係については何も知らない。一九三七年、二人の結婚は彼らにも不意打ちである。驚くべきことだが、わからないでもない。コレットの両親も密かに付き合っている。同時代人の証言がある。「我々は自分たち自身の生を生きていたのではなく、党の生を生きていた[……]」。私は党と結婚していたのであり、自分の個人的な生は後回しにしなければならなかった。[22]」この証言に従うなら、二人の活動家が愛し合うことができたことさえ信じられないことだ。実際には、多くのカップルが党の陰で生まれている。ヒロイズムにロマンティシズムはよく似合い、ともに肩を寄せ合って迫る危険に立ち向かうことで、若い男女の心は一つに震える。

彼らの生活のリズムを作っているのは、秘密の会合、ビラ配り、「透明物」と呼ばれる横断幕の作成、それに祝典である。祝われるのは「三つのL」、ローザ・ルクセンブルク、カール・リープクネヒト、レーニンの命日（一月一六—二一日）、パリ・コミューンの蜂起（三月一八日）、国際青年の日（九月三日）、そしてもちろん十月革命の記念日（一一月七日）である——どの日もルクセンブルクとトロツキーの偉大な伝統の中で、国境を越えるプロレタリアの団結を祝うものだ。[23] 五月一日の勤労者の日は特別で、この法律上の祝日には、ブンドとポーランド社会党も加わる。警察のある報告書は「ユダヤ人組合」の欄で、一九三三年の五月一日がパルチェフでどのように展開したかを語っている。九時三〇分から服飾業労働組合と皮革業労働組合の五〇名ほどのメンバーがデモ行進をする。往路は一一月一一日通り、ワルシャワ通り、ピウスツキ元帥通りで、復路は教会通りを組合本部まで進む。デモ隊は赤い横断幕を掲げ、彼らの聖歌、「ハンマー」、「五月一日」、「指物師の娘」などを歌う。公共秩序にまったく混乱はない。この二つの組合では、共産主義に影響を受けた者は一〇パーセントに達する、とこの報告書は結んでいる。[24]

すでに述べたように、この報告は「ユダヤ人組合」の欄にある。「すべての国のプロレタリア、団結せよ！」、この命令はモーセの石板に刻まれているのだろうか。確かにトロツキーはブロンシュテインという名前であり、ジノヴィエフの生まれはアプフェルバウムである。KZMPでは、加盟者の半数がユダヤ人である。モシェ・ガルバシュはワルシャワについてこう述べている。「警察の目には、「ユダヤ人」は

「革命家」の同義語であり、実際、私の界隈では、それはほとんど正しかった。[25]」また、ガリツィアのプシェミシル出身のマックス・ディンケスは「我々の町で、私はユダヤ人ではない共産主義者をまったく知らなかった」と述べている。[26] ロシアのボリシェヴィキがユダヤ人を擁護しポグロムを断罪するように、KPPも反ユダヤ主義という、プロレタリアを分断するのに役立つ反動的イデオロギーと戦う。ブンドも同じように語るが、ユダヤ人に向けてである。KPPのほうは多様なエスニシティを抱える政党であり、ユダヤ人にもカトリックにも、ベラルーシ人にもウクライナ人にも開かれている（プロレタリアは祖国を持たない）。正義に燃え、自分のユダヤ人アイデンティティから解放されることを願う若者は、ポーランドにおけるほかの政治勢力の反ユダヤ主義のため、共産党に入る以外の選択肢はなく、そこに急速に同化していく。つまり彼らにとって共産主義は、自由のたった一つの顔である。したがって、多くの共産主義者がユダヤ人であるとしても――その逆は正しくない、戦間期には〇・二パーセントのユダヤ人しか共産主義を選んでいない――、それは彼らがもうユダヤ人だとは感じていないからなのである。[27]

この調査の初期、私には祖父母の政治参加は自然で、解説などまったく必要がないほど当然のことのように思えた。しかし実際には、それは合法性からだけではなく、家族の持つ価値観からも切れることを意味している。一九世紀、人間は不可思議な力に身を委ねて地獄に落ちる。一九二〇年代は、無神論の革命家になって落ちるのである。イェシヴァーの元学生イスラエル＝イサル・ゴルドヴァセルとナフマン・ヨゼフ・ショウフを見てみよう。第一次世界大戦後、彼らは無信仰になってパルチェフに戻り、ユダヤ学習所にマルクス主義思想を広め、不浄の書物で図書室を一杯にしてしまう。タルムード学者のメンデル・ルビンステインは大きな被害を被り、『思い出の記』はその怒りを伝えている。「彼らは敬虔なハシディストの若い娘たちの頭を毒している。悪意に悪意を重ねて、ヘイデルを近代化しようと話している。」子供たちを攻撃するとは！　この子羊たちがいったいどんな罪を犯したというのだ。メンデル師はパルチェフ中で怒りをぶちまけ、翌日のシャバットでは、ラビは聖櫃を開けて週の聖句を読む前に、この近代的ヘイデルに子供をやる親たちを激しく非難する[28]。

いろいろな家族の内側に入ってみよう。ラビのエプスティンは、可愛い娘がレヴコムを創設し、薬局を接収しようと呼びかけた後、どういう非難を娘に浴びせているのか。『クロフマルナ通りの小さな世界』における別のラビ、ツィレレの父のように、エプスティンが嘆くのが私には聞こえるようだ。「あの子は新しいものに夢中になり、政治集会に出かけ、新聞や本を読んでいる。こうしてあの子の頭の中にはあらゆる種類の思想が詰め込まれる。あの子はもうミクヴェに行こうとはしない。女は男と平等だなどとさえ触れ回っている！」[29]村の富裕な家庭では、非難と断絶が幾晩も繰り返される。エルリフ家、フテルマン家、ヴェイスマン家、儀式屠殺人のシャピロ家では、子供たちは共産党の活動家である。こうした青二才の無信仰者が歴史の法則を発見したなどと言い張るのか。哀れな反逆者だ！　彼らはモーセがシナイ山で奇跡を行ったことを疑い、マルクスやダーウィンを引用して御託を並べている。イディッシュケイト（*yiddishkeyt*）の墓場だ！

以上が全体の背景で、衝突の構図である。要するに、モーセ対マルクス、シナゴーグ対赤旗、そして涙と呪い。広幅通りのヤブウォンカ家を訪れてみよう。すでに何年も前から、マテスは何も被らずに外出し、父親とシナゴーグに行くことも拒否している。若者たちがトーラーを身に着けなければならない祝祭の時に、こんなもの投げ捨ててやると脅したりすることもおそらくあっただろう。老シュロイメは——妻からか、うわさでか、警察からか——自分の子供たちが共産主義者であること、父祖たちの宗教をツァー的野蛮による疎外、副産物とみなしていること、ラビたちの中にブルジョワ的抑圧の道具を見ていることを知った。老人は前に進む。心の中では、怒りと悲しみが、底なしの深い悲しみがぶつかっている。彼の教育の中で何かが失敗していた。しかし彼にはどうにもならないことがあって、本当のところ自分のせいではないのだと彼は感じている。家長が近づくとマテスは目を下げる。しかしその血はたぎっている。

こうしたシーンはよくあるものだ。映画史上最初のトーキーである、アラン・クロスランドの素晴らしい『ジャズ・シンガー』（一九二七年）の中にも見られる。シナゴーグの先唱者である父に対する若いジャズマンの反抗を描く映画である。マテスと老シュロイメの口論を思い描くには、「ジャズ」を「共産主義」に置き換えるだけで十分である。

——私の家の中に図々しくもお前の共産主義を持ち込んでくるのか。

——お父さんは古い世界に属しているんです！ 伝統、それはいいですけど、時代は変わったんです！ 僕は自分の人生を自分が理解するように生きていきます！

この虚構の対話の中には、何か深い真実がある。ブレスト・リトフスクの、宗儀を順守するユダヤ人家族に生まれ、一九二四年に一六歳で入党したヨゼフ・ミンツの言うように、それは「神への別れ」である[30]。実際マテスは、ユダヤ人ではなく共産主義者であろうとしている。裁判の時に看守が証言するように、マテスは入牢者たちに祈ることを禁じている。ブエノスアイレスで一九五〇年代、シムへは〈ユダヤ人戦争犠牲者との連帯委員会〉のために募金活動を行い、会合を組織したりしているが、どんな理由があっても決してシナゴーグに足を踏み入れることはしない。息子たちは父たちのようにイディッシュ語を話すが、——彼らの敵シオニストとまったく同じように——ゲットーを棄て、新しき人間を体現しようとする。誇り高く、自由で、打たれることで鍛えられ、生まれつつある世界の前衛であろうとする。

しかし過去を一掃することはそんなに簡単なのだろうか。私の求めに応じて、ベニトは彼の祖父、尊敬すべきシュロイメの肖像を描き出してくれる。そのテフィリンは現在彼が所有している。「禁欲家だね。持っているもので満足する。五人の子供は共産主義者で、同類の人間と結婚した。子供たちも禁欲家だ。文化的なことしか話さない。」禁欲と文化。親子のこの精神的なつながりは興味深い。ポーランドのある若いユダヤ人女性の証言。「私は家でたった一人の娘で、また共産主義に改宗したのも私一人です。父は、「お前たちは神を怒らせる。大きな悲劇がユダヤ人に起こるだろう」と呪詛していました。」しかしながら、「父は私を愛していました。〔……〕父は私が父と同じ精神的な強さを持っていることを誇りに思っていました。」[31] 私はまた『思い出の記』の中で次のような一節に出会う。一九二〇年代パルチェフの若者たちは瞬く間に「祈禱所から党へ」移り、「党の内部で非常に献身的に、強い情熱をもって働いていたので、旧世代の人々でさえ彼らに対して尊敬の念を抱いていた。」[32]

共産主義者が賞賛を受けている！　そう、二〇世紀の新たな信仰者、選民なのだ。彼らの五月一日は父祖伝来の聖書的祝祭に代わり、彼らの堅牢な規律は、宗教者たちの生活を厳しく縛る規定や禁止に代わる。彼らもまた勉強と教義の人、正統派、使徒である。彼らの地下活動はカバラの神秘に磨きをかける。彼らの信仰は父祖たちの信仰を乗り越え、彼らのメシア主義は彼らがあれほど憎むメシア主義に似ている。衝突の中で、衝突によってのみ明らかになる父たちの敬意。預言者のように、彼らも普遍的調和を告げ知らせる。贖いはイスラエルの子だけではなく、すべての人間を救うだろう。しかもこの世において。共産主義はユダヤ教の死と転生であり、アイザック・ドイッチャーの言うあの「非ユダヤ的ユダヤ人たち」、イエスからスピノザを経てトロツキーに至る、あのすべての革命家たちの解放者的異端である。彼らは皆、普遍を抱懐するべく宗教的桎梏を吹き飛ばし、自覚的にパーリアとなり、救おうとしたまさにその人々によって迫害されてしまう人たちなのだ。[33] こうして前の仮説よりももっと強力な仮説が浮かび上がる。敬虔な風呂管理人シュロイメは子供たちを棄てはしない。子供たちの選択を受け入れるばかりでなく、彼らの試練をともにする。マテスの司法書類には、一九三四年の裁判に際して、六六歳になる彼の父親は「証言しない権利について知らされた後で、証言することを望むと言い、審理の間中ずっと法廷に居続けた」と書かれている。同じ衝突があるのだろうか。父はすべての老人と同様正統派であり、息子はすべての若者と同様共産主義者である。世代の問題、彼らはそんな些細なことで仲たがいすることはない。

しかし事態は込み入ってくる。一九三二年を通して、さらに一九三三年になっても、誰とは特定しえない者たちがパルチェフの善良な人々に革命を呼びかける。町の電線や電話線に横断幕を引っ掛け、「訴訟手続き中」という非力だがきわめて威嚇的な表現で調書を締めくくる警察官らの、まさにその言葉を署名に使って嘲弄することをやめない。

一九三二年一月二一日、パルチェフからラジン・ポドラスキへの街道で、赤い布製の横断幕が広げられる。「革命闘争万歳！　三L、レーニン、リープクネヒト、ルクセンブルクの記念日万歳！」

一九三二年五月三〇日、新たな横断幕三枚。「赤軍万歳！　ソ連万歳！　ソヴィエト・ポーランド共和国万歳！」パルチェフKZMP招集者委員会の署名。[34]

一九三三年五月一五日から一六日にかけての夜、教会通りの電話線上に。「ソ連との戦争を打倒せよ！　白色テロを打倒せよ！　哀れなピウスツキのファシスト独裁政権を打倒せよ！」署名はパルチェフKZMP。

一九三三年八月三〇日夜、ある商店に。「国際共産主義青年の日万歳！」

一九三三年一二月一九日夜、シナゴーグ通り、電線上に。「ブリストルのおぞましい失業削減計画を打倒せよ！　国際共産主義革命万歳！」そしていつもの、「パルチェフKZMP」と「訴訟手続き中」[35]。

こうしたスローガンは地域一帯で見られるもので——白地に赤く、あるいは赤地に白く書かれ、たいていはポーランド語、時にルテニア語である——、そこには共産主義者による世界の分割が映し出されている。一方では、ピウスツキの「ファシスト」政権が民衆を飢えさせ、恐怖を蔓延させている。反対側では、自由の闘士たちが、ルクセンブルクとトロツキーに発するプロレタリア国際主義と「一国社会主義」というスターリンの政策とを和解させる、新しいソヴィエト共和国をつくるために働いている。しかしながら、一九二六年五月、KPPはピウスツキのクーデタを支持していた。革命のブルジョワ的段階とみなしたのである。これ以降、KPPはこの「五月の誤り」を忘れさせるべく熱意を倍加させる。一九三〇年代初頭、マテスとイデサが闘争に入る頃、ポーランドは不況にはまり込んでいく。政府は社会改革を埋葬し、土地所有者を優遇し、自由を制限し、反対派を投獄する。またキリスト教民主主義者や国民民主党は反ユダヤ主義的プロパガンダを強化する。マイノリティ保護協定は破棄されてしまう。[36] 経済危機にもかかわらず、ピウスツキの人気はかなり高いままで、特に、彼にそれなりの安全を保障されたユダヤ人の間ではそうである。

警察は遅延なく反応する。一九三二年夏以降、一五歳から二三歳の若者五名を逮捕している。彼らは互いを告発し合い、捜査員らはイツェク・シュナイデルがKZMPの署名がある横断幕を二枚引っ掛けたことを立証するに至る。彼はすべて完全に否認するが、警察は彼の上着の裏と両手に、横断幕制作に使われた赤ペンキを発見する。さらに尋問によって、パルチェフKZMPについて、一二〇人のシンパがおり、二五歳の馬具職人に指導されていること、皮革業労働組合に潜入工作を行ってきたこと、また、シェドルツェの党地方委員会に従属し、ビラやチラシ、新聞もそこの秘密の印刷所で作られていることが明らかになる。[37] KPP本体の支部は、二八歳の行商人マイェル・ラポポルト（ヘンニャの将来の夫）と三九歳の商人ヨイナ・フェデル（私の祖母の知られていない兄弟だろうか）に指導されている。[38]
ラジン・ポドラスキはパルチェフよりほんの少し大きいが、同じようにどうというところもない村である。オドレイは城の前に車を停める。私たちは古文書館の館長と待ち合わせをしている。この人のおかげで、有望な資料を入手できそうなのだ。それは、パルチェフ治安裁判所、つまり暴言とか酔っ払いの喧嘩とか、最も些細な事件を担当している地方法廷の記録である。私たちは地下室に降りて行く。ロシア語の世界地図が描かれたレンガ風の丸天井の下に、フォルミカ製のテーブルがいくつか並んでいる。一六時、閲覧室はもうじき閉まる。私のポーランド滞在の最後の日で、晩にはワルシャワに戻り、明日飛行機に乗る。オドレイと私は一九三一年から三六年にかけての治安裁判記録簿を閲覧するために数十のカードに流れ作業で記入する。閲覧者名、日付、調査テーマ、所蔵資料名、整理番号、項目番号。一〇分後、管理職員が段ボール箱を抱えて戻ってきて、テーブルに重そうに置く。私たちは資料の束の中を熱に浮かされたように探し回る。しかし時間が迫っていて、すでに資料官が腕時計を見ている。白黒まだら模様の表紙のついた一冊、『パルチェフ治安裁判所記録簿（一九三三—三四年）』だ。目次がある。Ｊの欄を探す。「ヤブウォンカ」で五件、そのうち四件が一九三三年に集中している。私は急いでそこを見るが、記録簿は浩瀚で、うまく扱えず、手が震えてくる。あった！　五七頁、五三八号事件、一九三三年八月一八日記載、マテス・ヤブウォンカ、クナ・ニスキ、ダヴィド・シュクラシュほか、被疑者一八名、刑法第二五一条、法廷は以下のように決定した、……オドレイは頁の上のところだけ私にかろうじて翻訳してくれるが、もう出なければならない。部屋は閉まる。すでに一五分も余計に許してくれたのだ。かなり経って、私はパリでそのコピーを受け取る。[39]以下の数段落はこの資料を基に、ヴウォダヴァ地方の「反体制的労働組合運動」に関する警察の極秘報告書とワルシャワの新証書資料館に保存されていた私の祖父に関する司法書類を掛け合わせて生まれた成果である。

一九三三年八月一八日、マテスは、「あるシオニスト組織のメンバーに対するテロリスト行為の準備に引き込んだ」一七名の同志とともに逮捕される。彼らが何を謀ったのか正確にはわからないが、彼らの違反行為は刑法第二五一条に関わるもので、この条項は「不法な暴力や威嚇によって」他者を強制する事実を処罰するものである。[40] マテスは自宅から押収された紙片に次のようにシオニズムへの不満を書き連ねている。一九三二年、エルサレム近郊でベン・グリオンは警備担当と英国警察の援助を得てアラブ人労働者を工事現場から追い出させた。ユダヤ労働総同盟《ヒスタドルート》には、アラブ人の職業はまったく代表者がいない。何千もの移住者たちは、「幸運な国」についてのたわごとをポーランド中に広めて回る「説教師たち」に騙されて、向こうではただ貧困に陥るだけであり、家族を養うためにはどんなきつい仕事でも引き受けなければならない。さらにまたマテスはこう書いている。シオニズムは「ユダヤ人問題への解答だと自認している」が、時代錯誤と表裏一体の気休めにすぎない。[41] ユダヤ人国家はプチ・ブルジョワ・ナショナリズムの産物であり、まさに捨て去らなければならない搾取と抑圧を再生させてしまうことになろう。真の解決策はシオニストの妄想よりはるかに現実主義的なもので、それは革命である。ユダヤ人の疎外ではなく、これは普遍を目指す。

シオニストはユダヤ人プロレタリアに道を誤らせる。共産主義者がなぜシオニストに対して「テロリスト行為」を行うのか、これで説明がつく。パルチェフでもほかの土地のように、こうした攻撃は普通に行われている。『思い出の記』によれば、結婚式の時、シオニストと共産主義者は新婦のケーキの競り値がどちらの立場に行くのか、パレスチナでの土地購入に充てられるのか、それとも政治犯の援助資金となるのか決めるのにやり合う。罵倒の果てに妥協に達し、ふつうは半々になるが、喧嘩はいつも話し合いで解決するわけではない。一九三〇年、ラグ・バオーメルの祭りの間、シオニストは「組合活動家」のグループに、こん棒、やすり、砂壜で攻撃されている。このグループにおそらくマテスもヘルシュルもヘンニャも、ほかの人たちもすでに所属していよう。[42]

パルチェフ裁判所はマテスを禁固六か月、罰金二〇ズウォティに処し、共同被告人らはやや軽い処罰を受ける。身分相応の待遇!、というわけだ。一九三三年一〇月六日、マテスは再びパルチェフ裁判所に召喚される。今度は「他人の財産の損傷」のためである。商店の店先にチラシを張ったのだろうか。逮捕現場は大荒れで、マテスは「公務員侮辱罪」でも告訴され、禁固二か月に処せられている。[43] 家族の営む浴場が閉鎖された時のように、警察に歯向かったのだろうか。

控訴を続けることで、マテスはずっと自由の身のままである。裁判、そして有罪判決。不敬で反愛国的な共産主義者を非難する声が高まる。家族も警告するが、シムへはブエノスアイレス、レイズルはヘウムにいて、どうにもならない。マテスは「輝かしい明日」しか見ていない。しかも彼はとりわけ能弁である。ある警察の報告書にこう書かれている。「[一九三三年]一一月一八日一七時、パルチェフの一一月一一日通りで、パルチェフ広幅通り三三番地居住で、KZMP地方委員会メンバー、[……]マテス・ヤブウォンカは共産主義者の集会を組織した。ユダヤ人の若者約四〇人が参加した。その間、マテス・ヤブウォンカはユダヤ語で発言したが、その内容は不確定のままである。彼はまた次のようなスローガンを唱えた。「政府を打倒せよ! 特別法廷を打倒せよ! 警察を打倒せよ! 共産主義万歳!」[44]」

マテスが演説する時、群衆の中に潜入した警察官の理解できない「ユダヤ語」、すなわちイディッシュ語と、報告書の中に字句通り引用されるポーランド語を混ぜ合わせていることは、重要な情報をもたらしてくれる。発言者はバイリンガルであるが、主にイディッシュ語を使って演説しているのだ。レーニンはユダヤ人が一つの民族を形成することはないと確信し、ＫＰＰは個人にいかなる自律性も許さない中央集権組織である以上、ポーランドの共産主義運動はただポーランド語でのみ表現されうることになる。しかしユダヤ通りは大きな可能性をもち、革命家を育てるよい苗床なので、場合によってはイディッシュ語でプロパガンダを行うことが認められている。[45]硬直の中の柔軟性。こうしてＫＰＰはユダヤ人に働きかけることができ、現場でこの活動を担当するのは、ユダヤ本部によって統括された地方委員会である。例えば一九三一年、党中央委員会はユダヤの小ブルジョワジーと貧窮化した大衆の間で党勢が弱いことを不安視し、ユダヤ本部に対し努力を倍加してユダヤ人学校の閉鎖やポグロムを告発するよう指令を出している。[46]共産主義者としてマテスはユダヤ人の民族的要求には敵意を抱いているものの、自分の母語にはこだわり、呼びかけの対象である大衆のそばに留まっている。

報告書の官僚的単調さの背後に、四〇人の若者たちの激高した姿が見える。おそらくイデサ、ヘルシュル、ヘンニャも、マイエル・ラポポルト、イツェク・シュナイデル、アブラム・フィシュマン、マルカ・ミレフスベルグもいるのだろう。演説者が揺さぶっている小さな集会である。彼はどういうことを言っているのか。彼の言葉は消え去ってしまった。推測してみよう。今や資本主義文明は消えていく運命にある。ドイツの投機家たちやその首領ヒトラーは戦争を準備している。ヨーロッパやアメリカでは至る所でストライキが勃発している。ソ連は世界の中で恐慌も失業もない唯一の国である。向こうではもはや民族的分裂はなく、反ユダヤ主義もなく、不当な利益者もない。誰も皆腹いっぱい食べている。文盲は消え去りつつある。五か年計画は年二〇パーセントの成長をもたらした。石炭、電気、石油、鋼鉄、トラクター、機関車、穀物などの生産は爆発的に伸びている。ソ連は防衛しなければならない要塞であるばかりでなく、我々はどんな犠牲を払ってもそこに合流しなければならない。そしておそらくまた、同志たちはブリスクの要塞で寒さで死にそうだが、ファシストのピウスツキは決して革命を押しとどめることはできない、とも言ったことだろう。会衆は目立たないよう注意しているので、拍手はしない。しかし顎はうなずき、眼は輝く。そして若きリーダーはポーランド語でとどめを刺す――これは公文書に確かである。「政府を打倒せよ！　特別法廷を打倒せよ！　共産主義万歳！」

報告書の結論。「［一九三三年］一一月二〇日マテス・ヤブウォンカはパルチェフ警察に逮捕され、翌二一日パルチェフの市裁判所に召喚された。予防措置として、毎週警察署に出頭する義務を伴った、警察による監視が命じられた。」(47)

マテスは、一九三三年一二月一九日の夜に横断幕を掲げたことで再び逮捕されて、その犯罪記録簿はいっそう重くなる。幽霊の仮面を剝いだぞ！　夜の街に紛れ込み、外套の下に隠し持った横断幕を電線上に投げ掛ける大胆不敵な奴に、パルチェフの刑事たちはついに手をかけたのだ。マテスは危険と魅力がいっぱいのこの任務に一九三三年の間数回成功している。月のない真っ暗闇の中、シナゴーグ通りの上の黒い空にかかる黒い電線を目指して、マテスは何を思っていたのだろうか？　電柱が立ち並ぶその陰気な中心街を、私はマレクとオドレイと一緒にやや悲しい気持ちで歩く。反動的ブルジョワに一杯食わせてやる気持ちだったのか？　一九〇四年ヴウォツワヴェク近郊に生まれ、六歳でヘイデルに入り、一七歳で共産主義青年同盟に加わったルイ・グロノフスキはこう書いている。「同志たちの中には、電線に赤旗を投げるのが巧みな人たちがいて、彼らは、翌日、消防士たちがはしごに乗って作業をしているのを見て楽しんでいた。」(48)　それとも誇りを感じていたのか？　五月一日の前夜、兵営の兵士たちに冊子やビラを配る任務が舞い込んだモシェ・ザルツマンのように。「この任務に選ばれた名誉は私の激しい恐怖を鎮めるには至らなかった。どの物陰にも警察官がうかがっているように見えた。しかし何という幸福感だったろう、この義務を完遂することは！」[49]

「透明物」と呼ばれる、マテスの横断幕とはどのようなものなのか。それは縦七六センチ、横八三センチの赤い布で、針金製のフックがついた木の棒に張られており、電線や電話線に引っ掛けるとテラコッタの重しで広がるようになっている。[50] こうした物の制作はけっこう複雑であり、たった一人でできるものの、製作の痕跡が残ってしまう。一九三三年一二月一九日の行動に先立つ何日かの間、マテスがテラコッタを焼き、食料品屋で針金を一〇グロシェ購入していることが、警察の捜査のおかげでわかっている。シナゴーグ通りに透明物が発見されたあと、店の女性は警官らに、二五歳くらいの褐色ブロンドの「小柄なユダヤ人」が彼女の店に来て針金を買ったと語っているが、それが誰であるかを明らかにすることは拒否している[51]（「マテス・ヤブウォンカの組織の男たちは彼女に殺すぞと脅しをかけていた」と、裁判で証言する人もいる）。警官たちはマテスを徹底マークし、広幅通りの家を家宅捜索する。五か年計画の成功とシオニストたちの悪行についてのメモがびっしりと書かれた紙片六枚、一九三三年一〇月発行のイディッシュ語プロレタリア雑誌『論壇』一冊、シムへとレイズルが弟に技術者の活動をやめるよう強く言っている手紙が見つかる。それとともに二つの証拠物件も発見される。透明物に使われているのと同じような木の棒、それにまた竈の中に、赤ペンキの飛び散ったテラコッタも見つかる。[52]

マテスは再び釈放される。しかしそれも長くは続かない。一九三四年二月二七日、コレットの父アブラム・フィシュマンやそのほか六名の活動家たちとともに、新たな「財産損傷」事件で逮捕される。[53] 一か月後、今度は、一九歳のヘルシュルと一七歳のヘンニャ、ヤブウォンカ兄弟姉妹の下の二人が捕まってしまう。一九三四年四月四日午後、二人はバルフォワ宣言（英国がパレスチナに「ユダヤ人の民族的郷土」を創設することを承諾する書簡）を支持する集会の真っ只中で反シオニズムのビラを配って妨害したのである。[54] おしゃれなベレー帽をかぶったヘンニャが、「ユダヤ人帝国主義者たち」がイギリスと手を組み、どちらのものでもない土地を横領するのを糾弾して騒ぎを引き起こすのを思い浮かべると、私はつい微笑んでしまう。しかしもちろん笑いごとではない。騒擾を引き起こした者たちはその華々しい一撃に大きな代償を払うことになるし、こうした仲間割れは、経済危機と反ユダヤ主義の隆盛によってすでに揺さぶられているユダヤ共同体をいっそう突き崩すことになる。しかもそればかりではなく、「民族主義的ブルジョワ」のシオニスト、「社会的裏切り者」のブンド派、ピウスツキの「ファシスト」体制、この三者と戦う共産主義者たちの孤立をよく物語っているのである。

一九三四年二月二七日に逮捕された後、控訴審がマテスのこれまでの様々な有罪判決を確証し始めるので、彼はずっと牢獄の中である。最初はパルチェフの牢、四月からはルブリンの牢に移される。想像するに、大広場で（そして、閉鎖されていないならばおそらく蒸気風呂でも）さんざん嘲笑される。「シュロイメの子供たちは牢屋の中だって知ってるか――母親は悲しくて死にそうだ！――やれやれ、ユダヤ人はボリシェヴィキの仲間だとまた言われてしまうな。」一九三四年夏、マテスはヘウムから戻ったレイズル、それにギトラの面会を受ける。一〇月、彼の裁判が一九三四年一二月三日に決まると、彼の弁護士カロル・ヴィナヴェルも面談にやって来る。(55)

良質な樹木のようにヴィナヴェル家はリベラルな政治家、ジャーナリスト、作家、学者、医師を多数産み出した。カロル・ヴィナヴェルは、戦間期の政治的訴訟において共産主義者を擁護した（そしてその理由により、ロシアに買収されていると非難された）テオドル・ドゥラチの元助手であり、ワルシャワのシュチグラ通り六番地に法律事務所を開いている。人権連盟（一九三七年解散）の側に立って、言論の自由を擁護し、特別法廷と戦い、政治犯の恩赦を要求する。関係書類が無内容であることを露わにしたり、たれ込み屋の証言を粉砕するような場合には、彼は無敵である。ドゥラチの事務所でヴィナヴェルのあとを引き継いだ人は、彼を次のような言葉で描き出している。「背の高い、若くて、非常に魅力的な人で、鼻は高く、鬢にはやや白髪が混じり、髭はいつも丁寧に剃られ、目は笑っていて、ユーモアのセンスに富んでいる。私が知っていた中で一番おもしろい一人であり、そしておそらく最も優れた政治弁護士だった。」ヴィナヴェルは、マテスの弁護をする一九三四年、西部ウクライナのルックの訴訟でも、三年前から投獄されひどい扱いを受けている共産主義活動家たちのために弁護を行っている。(56)

私の祖父の最後の訴訟は一九三四年一二月三日ルブリン地方裁判所で始まる。起訴箇条は、暴力により体制転覆を目指すKPPへの加盟である。被告の精神状態については、残念ながら何も言うことができない。この欠落を補うために、ヘルシュ・メンデルの『あるユダヤ人革命家の回想』に頼ってみる。メンデルはワルシャワの貧しいユダヤ人家族に生まれ、一九一二年ツァーの秘密警察オフラーナに逮捕された。二〇歳のブンド主義者はどきどきしながら裁判を待っている。「それには訳があった。生涯で初めて私は公衆の面前で話をし、徹頭徹尾否認して立派に切り抜けなければならなかったのだ。若き革命家にふさわしく！」ヘルシュ・メンデルは独房の中で、外にいる人たちのことを考える。彼らは、彼らの自由と全世界の自由を獲得するために、自分の自由を自らあきらめる男たちや女たちがいることを知っているのだろうか。裁判のことをあらかじめ思い描いて、彼は上着のホックで髭をそる。待ちかねた日、被告席の彼はカラーとネクタイをつけて立派な風采である。(57)

私の祖父の司法書類に含まれているばらばらないくつかの文書から、審問がどのように行われたか大まかにではあるが再構成できる。シュロイメ老人が出席している。想像するに、健康にとても不安があるタウバ、レイズル、ギトラが隣にいよう（ヘルシュルとヘンニャも牢の中で、翌日裁かれる予定である。シムヘはすでにアルゼンチンにいる)。警察はマテスのことを「札付きの共産主義活動家」の一人であり、KPPのメンバーでKZMPの技術者だと描き出す。彼の罪は、四〇人の若者の前で演説を行ったこと、およびシナゴーグ通りで透明物を引っ掛けたことである。マテスは非難された事実を頑なに否認する。彼の家で見つかった棒はごく普通の木片にすぎない、メモや雑誌もどこから来たのか自分は知らない、等々。一方、彼の共同被告人クナ・ニスキは「共産党がどういうものなのか知りもしなかった」と主張する。判事たちは被告人らの若さをよくわかっていると述べつつも、マテスが「政治的にはこの上なく活動的」であったこと、若者たちを教化して暴力の道に引き込んだことを記録に残している。ポーランド独立の破棄や諸制度の転覆を謀る「国家に対する犯罪」を罰する恐るべき刑法第九三条から九七条を使って、マテスは禁固五年、および公民権の剝奪に処せられる(一九三五年二月の控訴審で刑が確定する)。クナ・ニスキは証拠がないという理由で無罪となる。(58) 翌日、同じ条項が適用されて、ヘルシュルとヘンニャは禁固一年に処せられる。彼らは四か月後の一九三五年四月に出獄する。

マテスとそのほかの人たちが逮捕されて、パルチェフのKZMPは骨抜きにされてしまったと思われるだろう。しかしそれは私の祖母のことを考慮していない推測である。祖母は自分の恋人に代わって一九三四年春から支部の技術者になる。一年足らずの後、彼女を責める起訴状から、彼女の活動を再構成できる。(59) 一九三五年初頭、彼女はある同志から、「革命陣営の強化」と「反動と蒙昧主義のファシスト政府に対する闘争」を呼びかける貼り紙を七〇枚受け取る。その中には、ツクンフト〔3〕のブンド派と農民青年組織に、ピウスツキに対して統一戦線を築くよう呼びかけるものも含まれている。KZMPは、ドイツにおけるナチの勝利のあとブハーリンとスターリンによって一九三四年に定義された新たな左翼同盟戦略を伝達するプロパガンダ資料を準備し、イデサは良き技術者としてそれを配布する仕事を担当する。社会主義者、ブンド派、農民は、以前は「社会的な裏切り者」と糾弾されたが、今やファシズムに対する最良の同盟者である（スペインやフランスとは反対に、人民戦線の戦略はポーランドでは失敗することになる。社会党とブンドは共産主義者の潜入工作を恐れ、モスクワと関係を断つことをあらかじめ要求するのである）。(60)

一九三五年一月一三日、イデサはヘルシュル＝メンデル・シュラコフに貼り紙を二枚、シャプセル・ロイズマンに一枚託す。二人は夜の間にそれを貼る使命を帯びている。起訴状は巡査の一人の供述を得てさらに続く。「一九三五年一月一四日、ヴウォダヴァ郡パルチェフで、巡査ニジオルカは大広場を歩きながら、ヒポリテ・ヴァシクの店の壁に共産主義の貼り紙を見つけた。上部にKZMPと書かれ、シェドルツェとその周辺の青年農民に向けられたものであった。［……］上記巡査ニジオルカは一一月一一日通りをさらに進み、消防署の壁に同内容の別の貼り紙を見つけた。」密告者の情報を頼りに（コレットの両親は「扇動者」、すなわち密告するために潜入する偽活動家を恐れている）、警察は捜査の矛先をイデサに向ける。家宅捜索によって、あらゆる貼り紙、ビラ、冊子が押収される。警官はまた「店の棚の上に、緑の厚紙を使った手製のノートを二冊」発見する。「その二冊は機械で装丁され、一七から三一、および四七から六〇という番号が付されている。どの頁も下のところに丸いスタンプが押され、インクによる記載がある。」こうしたものはすべて何に使われるのか？　謎である。イデサは間もなく勾留される。

一九三五年六月一八日。モイシェ・フェデルとルフラ・コレンバウムの娘、二二歳のイデサの裁判が、ルブリン地方裁判所パルチェフ巡回法廷で行われる。法廷は三名の司法官で構成されている。証人たちが次々と出廷し、ニジオルカもいる。マシウキェヴィチ巡査はKZMPの技術者である被告人がパルチェフで最も注目されている活動家の一人であると逆説的な賛辞を贈る。イデサはどんな政治運動にも決して所属したことはないし、貼り紙がどこから来たのかも知らないと反駁する。判事の一人がこの無実の抗議に反論する労をとる。「被告人イデサ・フェデルの主張するところによれば、これらの貼り紙は彼女の知らないうちに彼女の家に置かれたものだということであるが、それは現実に即してはいない。証人のヴェルトマン、バヴニク、ルフラ・フェデルが確証したように、誰もが玄関に入れたとしても、その事実は先の結論を破棄するものではない。その理由は、警察からよく知られ、監視されている共産主義活動家の家に、彼女が知らないうちに同志が文書を置いたということを信ずることは困難だからである。」刑法第九三条から九七条によってイデサは「国家に対する犯罪」を認められて、禁固五年、公民権の剝奪、罰金三二〇ズウォティに処せられる。裁判所が判決に手心を加えることを受け入れるのは、彼女が若く、また前科がないからである。(61)

マテスとイデサ、ヘルシュルとヘンニャ、また、一九三三年二月に禁固六年に処せられたイツェク・シュナイデル、禁固一三か月に処せられたアブラム・フィシュマン、彼らはポーランド全土で一万七千人を数える政治犯の中に加わることになる。透明物を引っ掛けたこと、貼り紙を保管したことで、一つの人生が壊される。もし私が感情移入に身を任せるなら、こう言うだろう。彼らは、独裁的で反社会的な新生共和国、および、反対派を押しつぶすために特別に練り上げられたその刑法、さらにまた、まさに権力の誤用や抑圧を滲み出させるとKZMPの横断幕が断罪した特別法廷、これらのものの犠牲者なのだ。私はまたこうも言うだろう。青年時代五年間の強制労働に処せられた革命家ピウスツキは、社会主義のリーダー、独立の父となった。しかしメダルで飾り立てた独裁者の装いの中で今やいっそう満足している。この悲しき漂流。一九三四年一月、彼はソ連と連携するよりも、ヒトラー・ドイツと不可侵協定を締結することを選ぶ。六月、共産主義者やウクライナ民族主義者を強制収容するためにベレザ・カルトゥスカに収容所を開く。しかし別の観点からは、こうした処罰を科すことで、スターリンのソ連に複数政党制のポーランドを従属させることを目指す常軌を逸した若者たちに対し効果的に戦うことができるとも言いうるだろう。

したがって、刑務所なのである。イデサはそこで二二歳の誕生日を祝う。フランスで人民戦線が勝利して一週間後のことである。

ポーランドの牢獄は苦しみの場所である。刑罰に本質的に結びついている苦しみ――自由の剝奪、衛生の欠如、私生活の不在――ばかりではなく、特に、苦しませるための苦しみもある。受刑者たちを心理的に壊すために、行政機関は彼らを絶えず移動させ、家族からできる限り遠くへ連れて行く。ティア・レイズルが人生を安らかに終える老人ホームで私の父に語るように、マテスはまずルブリンに収監され、その後ポーランドの別の端に移される。そのため彼女はもう面会に行けず、またね（あるいはむしろ、離別の言葉）とも言わずにアルゼンチンに向けて出発している。マテス関係ファイルによると、彼は四つの施設を経験している。パルチェフからルブリンへ移され、次いでパルチェフから六五〇キロのところにあるヴロンキ、そして最後は、パルチェフから三五〇キロのところにあるシェラツである。

マテス関係ファイルには、一九三六年八月一八日に彼がシェラツからポズナン控訴審検事に送った請願書が含まれている。「二か月前から私はこの刑務所におりますが、食事が継続的に悪化していることは明らかです。昼食と夕食に、ふつう私は特別薄いスープ一リットルしか受け取っていません。食事が一リットルさえない日もあります。薄いスープ二分の一リットルと茹でたジャガイモ約四分の一リットルです。パンはしばしば生焼けで砂が混じっており、胃が悪くなります。先月は二週間続けて我々はニシンがありませんでした。また、以前は二週間ごとに受け取っていた肉の割り当ても、この六週間日曜日には出されなくなりました。水を受け取るのも不規則で、一週間に三、四回もありません。そのうえ最低限の量で、

［判読不能］名につき一―一・五リットルです。刑務所の食事が実際にこのように悪化しているために、私は最近めまいが起こるようになりました。三か月前、行政機関の決定により、面会室に格子が導入されました。私の家族の者がここに来るには大きな費用がかかり困難も伴います。格子の設置と長距離の移動を考えますと、そうしたことに耐えるのも無駄になってしまいます。したがってこの決定は事実上私から家族に会う可能性を奪うものであります。[62]」

マテスは検事の注意を引くために誇張しているのだろうか。それとも反対に、彼に関わる司法書類と彼の請願書が沈黙するほかの苦しみも蒙っているのだろうか。ポーランドの政治犯たちは皆、その回想録の中で、逮捕の時も獄中でも暴力を受けたことを語っている。一九二〇年代の半ば、KPPユダヤ中央局の責任者で革命軍事委員会メンバーであったヘルシュ・メンデルはグロドノで投獄される。米と大麦にはウジ虫がうじゃうじゃしている。パンの表面は焦げ、中は焼けていない。ビャウィストクから来た囚人たちの語るところでは、手を縛られて裸で寝かされた女性同志たちを強姦するよう看守たちが強制したという。ヘルシュ・メンデルはこう断言している。「刑務所で我々と一緒になった女性同志たちは実際にひどい精神状態であった。彼女たちはうつ状態から脱することはないということを我々は女性監房から知らされた。[63]」一九三三年六月、共産主義者の若いユダヤ人女性ギトラ・レシュチは、警察が自分の家の脇で干し草の束の中に隠されたビラを発見したため、パルチェフ近郊のデンボヴァ・クウォダで逮捕される。「私を捕まえに来た巡査たちはデンボヴァからピンスクまで私をずっと歩かせ、立ち寄ったどの警察署でも私は殴られ、罵倒された。へとへとに疲れ、足は血だらけになってコヴェルに着いた。ずっと素足で歩いてきたのだった。本当の拷問が始まったのは、コヴェル刑務所である。私は両手の指の何本かの爪を剥ぎ取られ、その痕は今なおはっきり残っている。また両脚に真っ赤な熾火を置かれた。拷問は三日三晩続いた。痕がつかないよう私の背中を板で何度も殴り、血が鼻や口や耳から噴き出すまで続いた。」[64] イデサも同じような境遇を経験している可能性が高い。

こうした拷問の目的は受刑者を打ち砕き、従属し悲惨な状態にあることを思い知らせることにある。こうした文脈の中で、マテスの請願書は彼のもつ闘争性を証拠立てている。また彼の抵抗について、看守の供述も手がかりを与えてくれる。パルチェフに収監されていた時、マテスはソヴィエトのシステムを賞賛することを止めず、示威行動やハンガーストライキを誇り高く組織している（ユダヤ人受刑者たちが祈ることも許さない）[65]。一九三四年三月二〇日、マテスは「絶えざる不服従」のため二日間マットレスを禁じられる。ルブリンでは、判決の数日後、同じ刑務所に入れられている妹のヘンニャとの面会を検事に要求し、獲得している。シェラッツでは、彼の行動は徹頭徹尾「遺憾」と判断されている。受刑者ヤブウォンカは「ほかの共産主義者らを連帯させた」[66] からである。

政治犯たちは刑務所内で、「コムナ」（*komuna*）を組織する権利を行政側からもぎ取っている。これは、労働の免除、散歩時間の延長、面会や小包受領の権利などいくつかの優遇措置を受けるグループのことである。ヘンニャは空腹に苦しんでいる。テルアビブ北方の小都市ハデラの、ヘンニャが埋葬されている墓地で、墓石の間を案内しながら、娘は私にそう語ってくれる。出所後数か月して撮られた一九三六年一一月の写真を見ると、彼女は痩せて、少年のように髪を切り、やや幽霊のように見える。一九三九年に再び投獄された時には、彼女は最初着替えもない。彼女の母、「鳩」タウバはいろいろ苦労してようやく彼女に届ける。コムナの少女たちは分け合うことを求めるが、ヘンニャは母が払った犠牲の名において拒絶する。規律違反である。そのほかのことでは、連帯が優先される。受刑者たちは学業期間が一番短い人たちだったので、互いに助け合って勉強を続けている。一緒になって古典を吸収し、ダーウィニズムやマルクス・レーニン主義経済学の初歩を学び、フランスやロシアの革命史について考え、自分のポーランド語を磨き、将来の社会主義社会を想像する。こうしたリズムのおかげで、アブラム・フィシュマンは、外でなら十年かかって学ぶ以上のことを学習する（コレットは、当時マテスが彼女の父と一緒にいたと確信している）。

共産主義者が刑務所に行かずにすむ可能性はほとんどないということがはっきりしてくると、刑務所は、冒さなければならない危険、通るべき段階、おそらくまた一つのテスト、職業革命家の道を歩むための叙任式だと見なされるようになる。この呪われた者たちは、選ばれた者たちである。彼らは刑務所に打ち砕かれることはない。反対に、鍛えられ、場合によっては、彼らの決意はいっそう強められる。ヴィルノに移されたヘルシュ・メンデルは、同囚者たちにマルクス主義の教理について説明したり、ベラルーシ語とイディッシュ語で毎月の読み物を編集したり、環飾りとレーニンの肖像で十月革命の記念日を祝ったりしている。彼らのハンガーストライキが長引くと、警察は彼らを病院に連れて行き、管を使って胃の中に直接食物を流し込んで、無理やり栄養を取らせる。「抵抗する者は、歯が折れている。[67]」互いに教え合い、勉強し、学習意欲が旺盛で、コムナはイェシヴァーのようだ。そこにはユダヤ人ばかりでなく、ポーランドによる占領に抗するベラルーシ人やウクライナ人がいるとしても。友愛と相互援助の場、そこに反ユダヤ主義はない。

一九三六年一二月八日、マテスは二年半の受刑後、恩赦法のおかげでシェラツを出所する。そこから三五〇キロ離れた家に帰るのに三日の猶予を与えられる。彼の釈放証書には、「ヴウォダヴァ警察署に遅くとも一九三六年一二月一一日には出頭しなければならない」と明記されている。[68]一方イデサは、一九三七年初頭、「受刑中にかかった精神病のために」釈放される。[69]今日であれば、「神経症性抑うつ」と言うであろう。これまでの記述に照らすなら、彼女が蒙った苦痛を想像できる。

私は歴史がここで止まって欲しいと思う。私の祖父母は独裁体制の犠牲者であり、ありうる最も高貴な憧憬、人類愛を抱いていたために、体に傷を負ったのだ、というところで。彼らの献身と高邁さは、ほかの多くの人たちとともに牢獄へ導くこととなったが、それらは尊いものだ。明らかにもっと穏健なシムへとレイズルでさえ、あらゆる可能性をもったアルゼンチンへ移住しても自分たちの理想を棄ててはいない。子供たちも彼らのように共産主義者になり、独裁体制に反対する。レイズルの息子、マウリシオは七二歳になる小柄な男性で、白い口髭を薄く生やし、筋肉隆々である。妻とともに私たちのところに来て、日の当たる中庭《パティオ》でマテ茶を一緒に飲む。私はコンピューターの電源を入れ、インタヴューが始まる。ビデラの独裁体制。抑圧、拷問、裁判抜きの死刑。マウリシオは軍隊に逮捕される。一九七四年から七八年まで四年間の投獄。高度な警備体制を持つグアレグアイチュの監獄。面会もなく、手紙もなく、いかなる本もない。次いで、レジスタンシアの連邦刑務所。軍用機での移送、地上で手錠をかけられ、軍人たちのなすがままだ。囚人たちが空で投げ捨てられてしまうこともよくある。ある日、レイズルはグアレグアイチュに赴く。面会は許されないと言われる。レイズルは、それじゃ待つことにすると答える。彼女は息子に会うと決めたのだ——四〇年前、ルブリンの刑務所へマテスに面会に行ったレイズルである。ヘウムで絶望を味わったレイズルは、もし息子が飛行機から投げ捨てられてしまっていたのなら、五月広場の狂女[4]の一人になっていただろう。最終的に、一〇分間彼に話をすることが許される。

私はマウリシオに尋ねる。監獄で、家族から、あらゆるものから遠くにいる時、疑いが生じるのだろうか？　いや、絶対にそんなことはない。自分の思想を信じている、共産主義がありうる最良の選択であることがわかっている、一寸たりとも変わらない。革命家は疑わない、怖くはない。革命はロマンティックな考えなどではない、その人の人生だ。多くの人がそういう選択をした。ヒーローになるなんてことは考えない。行動する、それだけだ。

シムへの息子ベニトはブエノスアイレスの町を案内してくれる。私たちは貧しい人たちのマドンナ、エビータ・ペロンが埋葬されているレコレータ墓地を訪れる。「アルゼンチンの反動勢力はみんなここにいる」、ベニトは大仰な小堂を手で払いながら嘆息をつく。ティオ・シムへはマテスのように人生を革命に捧げなかったが、彼は子供たちに良き共産主義者になることを教え、日がな一日、十月革命や国際旅団、赤軍やスプートニクについて話をする。ベニトは自分がずっと共産主義者だと感じている。「生まれながらの共産主義者」なのだ。一五歳で共産主義青年同盟。投獄三回――軍事政府を批判したことで一九五六年に四か月、体制転覆活動で一九五八年に一か月、反政府プロパガンダで一九六九年に四か月。モスクワでマルクス・レーニン主義の講義も受けている。

ソ連から戻る時、ベニトはよくパリに立ち寄っている。一九八〇年代末のある日、完全に意気消沈して家に来る。

――先生たちは、共産主義は終わったと言う。先生たちに対して共産主義を擁護するのは、南アメリカの学生たちのほうなんだ。中央委員会ではもう誰も共産主義なんて信じてない。共産主義の理想は資本主義諸国でいっそうよく実現されていると彼らは言う。ソ連は科学技術の戦いにも負けたんだとも言うんだ。

ベニトは私の父にそれは本当かと尋ねる。父は肯定する。ベニトは黙る。彼は四〇年間、彼の全生活を、活力も余暇も週末も一切を共産主義に捧げてきたのである。彼が間違っていたということはありうるのか。私の父も一九五〇年代に活動し、一九六八年のチェコスロヴァキア侵攻の後でもそうである。ミッテランの当選まで続いたと私は思う。「それは私の家族、私の宗教だった」と父は言う。
ベニトと彼の妹と一緒に、私はレコレータのおしゃれなカフェのテラスで、オンブーと呼ばれる巨大な木の陰のテーブルについている。ベニトはフランスについて、サルコジについて私に尋ねてくる。「人々はいつ革命をするんだろうか。」私は、私の本の主題は二〇世紀のヒーローたち、人間と社会を変えるために人生を捧げた人たちだ、と答える。ベニトは、今日誰が革命を行い、「反動的資本主義」を打破し、生活を変えるんだ、と尋ねてくる。私は彼の肩に手を置く。ベニトは大声を上げる。「だけどユートピアなしに生きることなんてできないじゃないか！　希望を持つことがみんな必要なんだよ！」私の祖父も、八〇歳を超えて、「考えはいいんだが、その適用がまずかったんだ」と私に言っただろうか。「革命」という言葉の力に酔って、その言葉を絶えず発しただろうか。

一九五〇年代のポーランドでは、政治活動の経験がない若者たちが党の八〇パーセントを占め、KPPとKZMPのベテランたちが党の中核を担っている。[70] 一九二五年二四歳でKZMPの責任者であったヤクブ・ベルマンは、党の政治局《ポリトブロ》のメンバーとなり、文化、プロパガンダ、保安を担当する。[71] 一七歳で共産党員になり、ビャウィストクのコムソモール[5]の書記を務め、フランスではMOIでレジスタンス活動を行ったアダム・ライスキは、ポーランドに戻って報道出版委員会議長となる。ポーランドのすべての新聞、写真報道機関、印刷業界を統括するこの帝国のトップとして、ライスキはスターリン・ポーランドにおける「報道の自由」を体現する。[72]

ポーランドの共産主義ユダヤ人たちを打ち負かすのは彼らの夢の失敗ではなく、反ユダヤ主義である。一九五〇年代初頭のビエルト体制下、党、軍隊、公職においてユダヤ人粛清が行われ、ユダヤ名をポーランド化したユダヤ人ファイルが作成され、またヤクブ・ベルマンが「錯誤と逸脱の時代の責任者」として党から除名される。一九六七―六八年、「第五列」[6]を断罪するゴムルカの演説、「シオニスト」に反対するキャンペーン、社会の全部門における新たなユダヤ人粛清、ユダヤの新聞・学校・出版社・共同組合の解体がなされ、二万五千人のユダヤ人がポーランドを離れる。常に共産主義者であり続けてきた老ユダヤ人たちは再び中傷され、排斥され、仕事や党から追放され、亡命に追い込まれる。一九三〇年代と同じように祖国に対する裏切り者として弾劾される。しかし今度の場合、権力に就いているのは同志たちなのである。こうして人生の終わりになって、彼らは荷物をまとめて出て行く。イスラエルの「反動的シオニスト」のところへ、あるいは西ヨーロッパの「資本主義的、階級の敵」のところへ。それは一つの世代の終焉、一つの叙事詩の結末である。ルブリン県ヴウォダヴァ郡パルチェフのシュテトルで、マテス・ヤブウォンカとイデサ・コレンバウム゠フェデル、ヘルシュル・ヤブウォンカとヘンニャ・ヤブウォンカ、マイエル・ラポポルト、ペンキで裏地が汚れていたイツェク・シュナイデル、コレットの父アブラム・フィシュマン、そしてまた、一九三五年一月一三日から一四日にかけての夜、青年農民たちを統一戦線へ加わるよう説得するために重い禁固刑の危険を冒したシャプセル・ロイズマン、こうした若者たちが参加した、あの英雄叙事詩の終焉なのである。

英雄であり犠牲者、私の祖父母は間違いなくそうである。マテスはポズナンの控訴審検事に宛てた一九三六年の請願書によって、抑圧に直面しての魂の力、人間の尊厳を体現している。しかしコレットの描写――「あんたのおじいさんは徹底したマルクス主義者だった」――を、狂信的で、頑固で、反常識的だが信じやすく、洗脳によって懐疑も人間性もすべて失ってしまった活動家たちを描くハンナ・アーレント的な言葉で私は翻訳しなければならないのだろうか。[73] アーサー・ケストラーが『真昼の暗黒』の中で作り上げているのも同じ肖像であり、スターリン体制下の拷問者たちにも、彼らが打ち砕く老ボリシェヴィキにも、生存は「形而上的感動に溢れた淫売宿」などであってはならず、同情、友情、愛、ノスタルジー、悔恨、こうしたすべてはプチ・ブル的神秘主義、たわごとなのだ。しかし私には、パルチェフの職業革命家たちがビエルトのスターリン的独裁への道を準備したなどと言う権利があるのだろうか。

私にはこうした権利を行使する資格はない。一九三三年の希望と一九五三年の抑圧との間には連続性はない。あのプロメテウスたちは、当然のように進む世界から、自由の恩恵をあらゆる形でもぎ取ろうとした。恐怖はすでに胚胎していた、などと世紀を隔てて鳴り物入りで宣言することほど、己惚れていることはない。幻想だったと思うことが幻想なのだ。マテスは、威張りくさった小責任者、血も涙もないイデオローグなどではなく、一人の息子、兄弟、同志、愛する青年、あらゆる不公正に憤慨した人間である。私にまとわりついて離れない思いは、反対に、彼の自由、彼の言葉が、彼の知らないうちに、全体主義によって毒されてしまったのではないかということである。

3　より「洗練された」反ユダヤ主義

自分の祖父母を研究対象にするという考えは二〇〇七年に遡る。計画はかなり速やかに形をとる。彼らの歴史について本を書こう、むしろ正確には、彼らについての歴史の本だ。依拠するのは、保存資料、インタヴュー、文献、文脈化、社会学的論証であり、これらを通して私は〈彼らを知る〉ことになろう。その本は彼らの人生についての語りと私の調査の報告で構成され、目指すのは彼らの理解であって、再び生かすことではない。私に関心があるのは悲劇的結末よりも道程であり、私たちの癒しがたい苦しみは知ろうとする意志だけに表現されよう。こうして私は熱に駆られて、フランス、ポーランド、そのほかの国々の公文書資料を渉猟し始め、広範な収集に努める。一人の伝記は複数の人々の比較につながる場合にのみ価値があるからだ。人間を雪になぞらえれば、その研究は雪崩の巻き込む力と各雪片の代置不可能な繊細さとをともに明らかにしなければならない。直接の証人たちはほとんどすべて死んでしまったが、その後の世代がいる。私の祖父母の思い出は、彼らの兄弟姉妹の子供たち、いとこや友人や近所の人の子供たちを通して歩み続けてきたのではないか。

私は毎週、父にインタヴューするために両親の家に行く。父はファイルの中に整理されたクリアポケットから写真や手紙を丁寧に引き出して、見せてくれる。私は彼に質問し、彼は自分が知っているすべてのことを話す。つまり、ほとんど何もない。兄弟姉妹のこと、警察によって浴場が閉鎖されたこと、イデサがとても美しくマテスは彼女をとても愛していたこと、五年間投獄されたこと、一九三〇年代末にフランスへ逃れてきたこと、これだけだ。では私たちの歴史の中で一番なじみのある部分に入ろう。パルチェフからパリへ、しかしこれ以上に何か当然のことがあるだろうか？　私の父は一九四〇年パリで生まれ、姉のシュザンヌもその前年にパリで生まれた。私もパリ生まれだ、弟やいとこと同じように。要するに、「ポーランド出身のフランス人。」私たちはイディッシュ語で書かれた三通の手紙の翻訳を読み直す。私たちが持っているマテスとイデサの直筆の手紙で、アルゼンチンのシムへとレイズルに宛てたものである。父はティア・レイズルの思い出話を聞きながら何年か前にテーブルの隅に書きなぐったメモに目を通す。完全に忘れていた一行があった。「パリのマテス、ＹＫＵＦの会議。」

すぐに私はＹＫＵＦに夢中になる。私には、移民の波が通る入り口エリス島[1]のように立ち現れて来る。しかし実際には、「イディッシュ文化同盟」のことであり、この組織が、戦後はラテンアメリカにまで広がる、左翼のユダヤ人組織である。私はインターネットで急いで検索して、人民戦線の友愛的ムードの中、一九三七年九月一七―二一日にパリで開催された〈ユダヤ文化擁護のための世界会議〉で創設されたことを知る。私は会議録を入手できるのではないかと期待して、共和国広場の裏手、オスマン様式の建物の二階にあるイディッシュ文化協会、メデム・センターを訪れる。それは、やや浮世離れしたアパルトマンで、イディッシュ文化人の白黒肖像、コルク板に画びょう止めされた会報、何年か前に行われたコンサートか講演会のポスターなどが目に入る。図書室を教えてくれる。アパルトマンの一番奥で、オフィス（ベルナールはここでパルチェフの『思い出の記』を私に翻訳してくれることになる）から廊下を通って別の一室に入る。Uの字型のテーブルの周りに座った退職者たちが、いったいここでこの男に何ができるのだろうかと訝りながら目で追ってくる。今日の担当者はエレツという、イディッシュ語、ヘブライ語、ドイツ語を流暢に話す博識の若者である。彼は会議録を持ってきてくれて、私が一人で解読するままにしてくれる。

会議録の写真には、注意深く見つめる会衆、演壇、三人の肖像の下でポーズをとる演説者たちが写っている。後に私は知ることになるが、この三人はイディッシュ文学の父である。伝統と近代の間に引き裂かれた口髭のユダヤ人＝異教徒I・L・ペレツ、ユダヤ人の貧窮を描いた画家メンデレ・モイヘル＝スフォリム、それにショレム・アレイヘムである。ショレム・アレイヘムはシュテトルの細民たちを滑稽に描き出し、彼らの凡庸さにもかかわらず彼らを私たちに愛させてくれる。彼らの不幸には普遍的な息吹が吹き込まれているからである。私はマテスを探して穴があくほど写真を見つめた後、手持ち無沙汰で待っている。私は自分の祖父母の母語ができない。エレツは私を哀れみ、本を取り上げる。

〈ユダヤ文化擁護のための世界会議〉は一九三七年九月一七日、ヴァグラム・ホールで四千名の会衆を集めて開幕する。ナチズムが隆盛し、ドイツや東ヨーロッパではユダヤ人が身体的に攻撃されている最中、反ファシズム闘争とイディッシュ語擁護が手を携える。これが、会議の幹事であり、この「ユダヤ文化戦線」の魂である弁護士ハイム・スロヴェスが開会の辞で発するメッセージである。演壇にはイディッシュ世界の最も優れた知性が居並ぶ。知識人、作家、文芸評論家、その中には、詩人シュル＝ステイン、ジャーナリストのヴォルフ・ヴィヴィオルカ（私の同業歴史学者らの祖父）もいる。皆、混成言語だと形容されることもある言語への愛情を表明しに来た人たちである。翌日土曜（主催者たちは明らかに宗教者ではない）には、イディッシュ文化の生命力が讃えられ、日曜には、イディッシュ語演劇、イディッシュ語による学問、イディッシュ語学校、ユダヤ芸術について討論がなされる。[1]会合は完全に成功したように思われる。世界二三か国から一〇四の代表が出席している。ウルグアイとエストニア、ブラジルと南アフリカ、デンマークとチェコスロヴァキア、米国、そしてもちろんポーランドからも。その派遣団だけで八二の組織を代表している。しかし唯一欠席している真の友がある。劇作家で詩人のH・レイヴィクは演壇で控え目ながらこう嘆いている。「これらの席には、我々の悲劇的な生活の代表者たちが座っております。ただ、たった一つ空いている席があります。ソ連の新たなユダヤ文化の代表が今日占めるはずだった席であります。代表者はおりません。来ませんでした。[2]」

一階席に座る何百人かの共産主義ユダヤ人たちが思ってもみないことは、H・レイヴィクがこうした言葉を発しているその時、スターリンの恐怖政治が猛威をふるっていることである。国中で粛清が行われ、何万人もの人々が逮捕され処刑されている。その恐怖政治は反ユダヤ主義でもあり、ソ連のユダヤ人学校は閉鎖され、モスクワとハリコフ、ミンスクのイディッシュ語日刊紙は消え、多くのユダヤ知識人、活動家が処刑されている。ボリシェヴィキ党のユダヤ支部は数年前に解体され、その指導者たちは「トロツキスト」あるいは「ブンド派」として粛清された。シベリアのビロビジャン自治区はユダヤ人のパラダイスという評判であったものの、ひどいだまし絵であることが露見してくる。マテスがその日、H・レイヴィクの演説を聞いているとどうして確信できよう。ユダヤ人がついに自分たちの場所を持つ新しい社会をマテスは建設しつつあるはずなのに、どうしてYKUFの創設会議に出席しよう。なぜフランスであって、ソ連ではないのか。

それにまた、マテスはどうしてポーランドを離れたのか。とりわけ、なぜ一九三七年であって、それ以前でもそれ以後でもないのか。一番はっきりしている答えは、生活することが不可能になった、ということとである。第一次世界大戦後、ウィルソン大統領と連合国の圧力を受けて、ポーランドはユダヤ人ばかりでなく、ドイツ人、ウクライナ人、ベラルーシ人などの民族的マイノリティに権利を保障する。ポーランド諸政党は強制条約だと非難するが、多くのユダヤ人は外国人集団として拒絶されるのではなく、完全な国籍保有者として認められるという考えに引きつけられる。一九一八年一二月、シオニストはポーランド系ユダヤ人国民会議を開き、ユダヤ人自治について、公民権や文化権について話し合っている。(3) こうした思い上がった態度は、国民民主党の反ユダヤ主義者にも、フランス流の国民国家を求めるほかの諸政党にとってても許しがたい。政府、政党、教会は、第二共和制時代を通じて、ユダヤ人が国家の中の国家を創出して国民主権を侵害しようとしていると攻撃し続けている――ほかのマイノリティとは反対に、ユダヤ人は決して国境線の引き直しなどは主張せず、まさに共産主義者を除けば、自分たちの祖国に結びついているのだが。「エスニック的にポーランド人」ではない者たちにはいかなる場所も与えない、この排他的ナショナリズムは、宗教的ないし経済的起源を有する伝統的反ユダヤ主義を深刻化させるものだ。(4)

ユダヤ人の状況は、一九三五年五月ピウスツキが死ぬといっそう悪くなる。新たに国の実権を握るのはリッツ゠シミグウィ元帥である。「ヴィスワ川の奇跡」の立役者の一人で、軍監察総監であり、外務大臣ベックと一握りの大佐たちに囲まれている。ポーランドの小総統リッツ゠シミグウィは個人崇拝の対象となり、ヒトラーによって解体されたチェコスロヴァキアから一千平方キロの土地と二三万人の住民を獲得する。権力に近い国民統一陣営（ＯＺＮ）は社会・経済生活の「ポーランド化」、言い換えれば、ユダヤ人やマイノリティを排除するために闘っている。(5) 体制は徐々に国民民主党のナショナリズムと反ユダヤ主義のプロパガンダに浸透され、ポーランドはファシズムの坂を滑っていく――こうしてＫＺＭＰの横断幕の正しさが遅ればせながらはっきりしてくるのだ。

こういう変貌は経済危機と結びついて、反ユダヤ主義を燃え上がらせる。ボイコットのピケ、商店の略奪、大学における流血事件、殺人。一九三六年の第三、第四4半期には、暴行一九七件、殺人三九件、けが人は一二〇〇人以上、ガラス窓が割られた事件は二六〇七件に上る。ポグロムが、オドジブウ（一九三五年一一月）、チジェフ（一九三五年一二月）、プシティク（一九三六年三月）、ミンスク・マゾヴィェツキ（一九三六年六月）、ブレスト・リトフスク（一九三七年五月）、チェンストホヴァ（一九三七年六月）で発生する。[6] 新聞・雑誌はユダヤ人犠牲者に襲いかかり、殺人者たちは自分の裁判を演説会に変えてしまう。政府はこうした蛮行からは距離をとるものの、より「洗練された」反ユダヤ主義を実施する。ユダヤ人が選ばれないよう選挙システムを修正したり、儀式屠殺を制限したり、また、大学における入学制限を強化したり、差別的税制を使って職人仕事と商業を脱ユダヤ化したりするなどの措置が取られていく。一九三六年八月、ポーランドは自国のユダヤ人を入植させるために国際連盟に植民地を求める。ベック大佐はポーランドが「ゴミ捨て場」として使うために、フランスとイギリスがその植民地を割譲するよう強く迫る。秋になってブルム首相と外務大臣はこの問題についてベックと協議し、ワルシャワはそれに熱狂する。しかしフランスはただ、すでにフランス領土にいる避難民の中から数十の家族を受け入れることを検討しようとするだけである。[7] 若い親ナチ世代に導かれて、国民民主党はポーランドからすべてのユダヤ人を追放することを要求し、一方ＯＺＮは国中でポスター・キャンペーンを始める。「ユダヤ人の店で買うな！」、「ユダヤ人のいないポーランドは自由なポーランドだ！」[8]。

こうした黄昏の年月を、ロマン・ヴィシュニャクの写真以上によく映し出しているものはない。ベルリンに逃げてきたこのロシア系ユダヤ人は、ナチズムの陰が大陸に襲いかかるのを予感して、一九三六年から三八年にかけて東ヨーロッパを縦横に巡り、移動商人、水運び、ベーゲル（*beygels*）売り、石油ランプの下で身を傾ける学生、通りを彷徨う年老いた浮浪者、空腹のために目が大きく開いた子供の姿を不朽にする。一万六千枚の写真のうち、わずか二千枚だけが現代まで生き延び、それ以外はすべて当局者により没収されてしまった。

一九三七年、ワルシャワにて。頬がこけ、顎鬚を蓄えた老人が手押し車のようなものに置かれている。ヴィシュニャクのコメント。「この人は三〇年前ロシアのポグロムで両脚を失った。［……］［ポーターをやっている息子は］毎日仕事を探しに行く前に父親を通りに出し、その日のためのパンと水をあげていた。」

一九三七年、ウクライナのウジュホロドにて。四歳の少女が水滴のついた窓ガラスの向こうから目でわれわれに呼びかけている。この子は冬の間中家にいなければならない。靴を買うお金がないのだ。

一九三七年、ワルシャワにて。通りで話し込むユダヤ人老夫婦。男性は胸に手をあて、女性は片頬を覆っている。「二〇年間、経営者は男性の仕事に満足してきたが、その朝、ユダヤ人を雇っていないか確かめるために三人の男が事務所にやってきた。彼は即座に解雇されてしまった。補償金もなく、仕事を見つける望みもない[9]。」

それでは、イディッシュ世界の別の端、パルチェフに行ってみよう。一九三七年初頭である。彼らは釈放されたばかりだ。マテスは広幅通りの両親の家に戻り、イデサは母親の家で暮らしている。七〇枚の貼り紙を隠すのに玄関が使われた、あの家である。彼らがいない間、どういうことが起こっていたのだろうか。特別なことは何もない。生活はそのまま流れていった。ペレツ図書室は劇をやり、シオニストはダンスパーティーやコンサートを開いた。ハポエルの施設では二百人を集めて『母の心』が演じられた。大成功だ。そう、しかし本当のところ、何が起こっていたのだろうか。確かに闘争は弱まらなかった。一九三五年四月、シナゴーグ通りでKZMPは透明物を引っ掛けた。「メーデー万歳！　ソ連に対する戦争、ピウスツキのファシスト残虐体制を打倒せよ！　政治囚を釈放せよ！」一九三六年五月一日、スポーツ教育労働者協会は、上シロンスクを狙っている第三帝国と、エチオピア征服に出たイタリアに抗して、平和を防衛するよう呼びかけていた。(10)

非ユダヤ人《ゴイ》（goys）の側はどうであろうか。彼らの憎しみは絶えず増大する。国中で暴行、爆弾テロ、殺人、ポグロム。一九三六年三月のプシティクのポグロムは強い不安を引き起こしていた。

ヴウォダヴァ郡におけるエスニック・マイノリティの活動に関する一九三六年六月四日付極秘報告書の抜粋。ユダヤ人は国民の祭礼（五月三日憲法記念日、五月一二日ピウスツキの命日）に参加し続けているが、制服も勲章も身に着ける権利をもはや持っていないため、先立つ数年間よりも積極的ではない。「しかしながら、パルチェフのようないくつかの場所では、ユダヤ人組織は参加しなくなった。彼らに対して好感を抱いていないポーランド住民との間に存在する敵対意識を強めてしまうことを恐れてのことである。(11)」

ヴウォダヴァ郡におけるエスニック・マイノリティの活動に関する一九三六年七月二日付極秘報告書の抜粋。「六月三〇日、ユダヤ人住民が多数居住する市や村、ヴウォダヴァ、パルチェフ、オストルフ、シェドルツェ、ヴィシュニツェ、スワヴァティチェでは、［プシティクの］反ユダヤ行動に対する抗議の徴として、ユダヤ人の商人、職人、労働者が「抗議ストライキ」に加わり、正午から一四時まで二時間、店を閉めたり働くことを止めた。［ユダヤ］正統派によれば、このストライキは、無責任な分子によって引き起こされたユダヤ人迫害に対する抗議であり、一方シオニストらそのほかのユダヤ人にとっては、プシティクの事件に続いて下されたあまりに「外交的」な判断に対する抗議ということになる。政治的傾向の違いを越えて、ユダヤ人の間には完璧な連帯が認められることを強調しなければならない。これには共産主義者も含まれている。カトリック住民は、ポーランド人もルテニア人もストライキに対して非常に否定的な反応を示した。その結果、ヴウォダヴァのようにこれまではユダヤ人ボイコットが問題にはならなかったところでも、キリスト教徒の間に、ユダヤ人の店で買い物をしないよう同宗者に強制して、この行動に反対しなければならないと言う人々も現れた。ストライキに対するキリスト教徒のこの否定的な反応、および全体に広がる沈滞ムードの原因は、ユダヤ人商店（上で挙げた村々においては商業の九五パーセントを占める）の閉店に求められ、商業活動は二時間にわたりほぼ完全に麻痺してしまったのである。町や村に買い物に来たのに、それができなかった農民や労働者たちは、［ナショナリスト政党である］国民党の一切のプロパガンダ以上にこの出来事によって、商業がほとんど完全にユダヤ人に握られていることをあらためて思い知ることとなった。キリスト教住民の一般的見解では、政府はこの種の騒擾に対し強い措置を取らなければならない。また、パルチェフを別にすれば、商店はすべての都市で閉められたことを強調しなければならない。市が立っていたパルチェフでは、ユダヤ人住民——商人——はこうした行動が反ユダヤ暴力の口実となることを恐れて、一二時から一四時の間、扉を閉めて商売を続けた。公共秩序は乱されなかった。[12]」

私はオドレイのおかげでこうした内容を知り、唖然とする。自分がよく理解したのかどうか確かめるために彼女に繰り返してもらう。一九三六年、国中が永遠のスケープゴートを攻撃している時、パルチェフは地方一帯で最も反ユダヤ的な都市と名指され、そこではユダヤ人はストライキをしたり公式の祝賀行事に参加したりすることすらできない。すでに一九三二年八月二〇日、大ポーランド党の四人の活動家がパルチェフで反ユダヤ主義的暴行を行っていた。その中には、休暇中のルヴフ理工科学校の学生も混じっている。[13]一方『思い出の記』によれば、若いユダヤ人女性を誘拐し強制改宗させようという企みもあったが、ヘブライ語教師ゲダリアが猛者たちの協力を得て、事無きを得たという。[14]こうしたことはすべて、戦争を越えて一九四六年のポグロムや二〇〇〇年代の古着屋シナゴーグを予想させるものであり、戦間期ポーランドのユダヤ人は「破壊される寸前」にあるという主張をいっそう強固にする論拠になるのである[15]。

マテスとイデサが戻った後、新たな抗議行動が起こっている。今度はブレスト・リトフスクのポグロムに抗議するものだ。一九三七年五月二四日、パルチェフのユダヤ商人は正午から一四時までシャッターを降ろす。スワヴァティチェではストライキが勃発し、ポグロムの犠牲者のために募金活動が行われる。この地方一帯で、ユダヤ人は公式行事を敬遠し始める。一一月一九日、パルチェフにおいて、ユダヤ共同体のトップであるラフミエル・シェルテル（ユーデンラートの将来の議長）のイニシアチヴによる新たな抗議行動。食料品店は七時ではなく八時一〇分に店を開ける[16]。騒擾はもはやただ共産主義者だけの事実ではない。

経済危機、ボイコット・キャンペーン、そして国家による反ユダヤ主義は、大都市やシュテトルにおけるユダヤ人の状況を悪化させる。一九三〇年代、ウッチのユダヤ人の四〇パーセントは失業している。日曜日の休業義務により、ユダヤ商人は二日続けて店を閉めなければならない。一九三二年以降、すべての職人は、反ユダヤ主義的傾向の強い委員会がポーランド語で行う試験に合格しなければならない[17]。マテスは馬具を再び作り始めているのだろうか。確かなことは、投獄されても彼が闘争から遠ざかることはなかったということである。後にパリで、マテスは政治難民の認定を求める際、人権連盟にこう話している。「一九三七年四月に政治警察に追われ、さらに厳しい刑罰を避けるために逃げた[18]。」こうした状況は異例なものではない。一九二〇年代末にワルシャワで共産党の活動家になり、壁にスローガンを書いたことで最初の投獄を経験した、モシェ・ガルバシュの兄は、「緊急に国外に脱出せざるをえなかった。すでに二度警察に投獄されていたのである。［……］彼はリストアップされており、左翼行動の関係で再び捕まるなら、出られるのは数年後のことになる。しかも健康を損なって。[19]」警察は共産主義者の取り締まりに躍起となり、それがユダヤ人となると、とりわけひどい。

このように見てくると、マテスの亡命理由は次のように整理できる。民衆および政府の反ユダヤ主義、経済危機、未来の展望の欠如、そして、直接に背中を押したのは、抑圧。

しかしまた、これがどれほど重要であったのか決して知ることはできないかもしれないが、スターリンによるＫＰＰの破壊という要因も考えられる。一九三七年、ポーランド共産党の指導者たちはソ連に招かれて、粛清されてしまう。党の創設者であり指導者であった人たちがこうして粛清の匿名性の中で消えていくのだ。彼らは十月革命の英雄であり、ローザ・ルクセンブルクの仲間であり、コミンテルン執行委員会のメンバーであった。また、国際旅団ポーランド部隊の指揮官たちや何千人もの活動家たちも同様の運命を辿る。一九三八年コミンテルンは、ＫＰＰが実際にはポーランドの秘密機関の牙城であり、ファシズムにより腐敗したナショナリストたちの巣窟であったと宣言する。一九三八年の半ば以降、公式の刊行物は、ＫＰＰが決して存在しなかったかのように、これについて語るのをきっぱりとやめてしまう。こうした過ちの理由について歴史家たちはずっと議論してきている。一九二三年にＫＰＰの指導者たちが逆らったことに対するスターリンの恨みなのか、レーニンの古くからの衛兵たちへの復讐なのか、純然たる反ユダヤ主義なのか、ローザ・ルクセンブルク的なインターナショナリズムの伝統への憎悪なのか、トロツキスト的異端の強迫観念なのか、ピウスツキのクーデタに際しての「五月の誤り」のためなのか、ＫＰＰが必然的に抵抗したであろうヒトラーとの連携を準備するためなのか。いずれにせよこの結末は、一九三二年に異端トロツキストとして除名されたアイザック・ドイッチャーの表現によれば、「ポーランド共産主義の悲劇」をよく示しているのである。[20]

マテスはもしフランスに向けて出発しなかったとしたら、ポーランドの監獄のあと、スターリンの監獄を経験することになったのだろうか。共産主義者のユダヤ人作家アレクサンデル・ヴァトは一九四〇年にNKVD[2]によって逮捕され、ルビャンカに投獄されている。マテスはこの作家のように、「ボリシェヴィキの社会関係概念」は「人間の内面生活を殺す」ことに存すると考えるに至ったのだろうか。[21]あるいはまた、モシェ・ザルツマンのように、モスクワに惹かれ、一〇年間の労役刑に処せられ、カザフスタンの強制収容所に送られ、マイナス三五度の夜の中に素っ裸で放り出されたのだろうか。そしてまた同じくザルツマンのように、「そうだ、あの時代、私は共産主義が人間の生活を絶えざる祝祭に変えると夢見ていたんだ」と嗚咽したのだろうか。[22]おそらくそうではあるまい。なぜなら、マテスとイデサは二級幹部であったからだ。パルチェフKZMPの技術者たちは何も知らないか、反動派のまき散らすこうした中傷や嘘を斥けてしまう。しかしもし彼らがこうした粛清のうわさを聞き込み、それが真実だと認める力を持っているならば、私は彼らの苦しみ、彼らが自分の青春の最良の部分を捧げた人間によって裏切られたという屈辱感を共有する。それは実存的敗北であり、一つの人生全体の夢が崩れ落ちることなのである。なぜなら、一九二〇年代と三〇年代にポーランドで処刑された革命家の数は三〇人に満たなかったということを知る時、最も危険な反共産主義的独裁体制はピウスツキの体制ではなく、ソ連であることを認めなければならないからである。

貧困、反ユダヤ主義、抑圧。かつて共産党への加盟を促したこの同じ原因が、十年を隔てて、今度は国外脱出を引き起こす。出て行くという彼らの決心は、無力と失敗の告白である。革命は起こらない、いずれにしてもポーランドでは起こらない。だけどどこへ行こう。この問題については一つ笑い話がある。移住を志願するあるユダヤ人が共同体の互助事務所を訪れる。事務員はオーストラリア行きのヴィザを提案する。「オーストラリア？　遠いですね！」とそのユダヤ人は驚く。「何から？」と事務員。[3]

こうした一節を書いているまさにその時、夏の雷雨がパリで起こる。私はバルコニーに出て、その光景を嘆賞する。一陣の風がアパルトマンの中に吹き込み、窓がバーンと閉まって、その激しい衝撃で窓ガラスが粉々に飛び散る。いろいろな大きさのたくさんの破片に砕け、その大部分は建物の下、三〇メートル四方に飛び散り、残りは応接間中に飛び込んで、ソファのクッションの下にまで入り込む。不揃いなギロチンの刃が額にも引っ掛かっている。私は急いで下に行き、半時間ほどかけて、絶えず指を切りそうになりながら芝の上のガラスの破片を拾い集める。犠牲者のない出来事でよかった。そしてまた、何と僥倖的な隠喩だろう。私は今芝生でしたように、世界の隅々に散らばったユダヤのパルチェフを、古文書に身をかがめて探し求めている。

作家ショレム・アレイヘムはシュテトルの食うや食わずの人たちを揺り動かそうとする。こうした人たちはまた彼の一番熱心な読者でもある。自分が小さいことに気づきなさい！　逃げ出しなさい！　夢想家メナヘム＝メンデルのようにハンブルクに行き、シナゴーグ先唱者の息子モテルのように大西洋を渡りなさい！　戦間期、四〇万人近くのユダヤ人がポーランド領内を離れ、フランス、パレスチナ、南北アメリカを目指す。[23]二〇世紀初頭からパルチェフのユダヤ人はアリヤー（*alyah*）、すなわち、エレツ・イスラエル（*Eretz-Israël*）へ「上ること」を行っている。いくつかの運動が彼らを支援する。〈ゴルドニア〉、〈若き防人〉、〈開拓者〉、〈若き開拓者〉などがあり、最後の二つは蛙通りに事務所を構えている。川向こうのヤシンケでは、アリヤー志願者たちが本当のキブツで鍬で耕したり草取りをする前に、農場学校で農業の手ほどきを受けている。しかしパルチェフでは、ほかの土地と同じように、こうしたシオニスト的ユートピアは厳しい判断を受ける。ユダヤ人はメシアに導かれて約束の地に戻ることになるのだと確信している超正統派は、人間の驕りのこうした表現に憤慨している。ブルジョワジーは統合を求め、ユダヤ的独自性の主張など聞きたくもないし、ましてやヘルツル流の国家[4]など問題外である。ブンド派とシオニストは互いに嫌悪し合っている。階級闘争はナショナリズムに対立するし、その逆も同様だからである（ポアレ・ツィオン左派はまさに両者の融合を試みるが、ユダヤ人ブルジョワジーの手先だと非難されてしまう）。マテスやヘンニャのような共産主義者は、雇用主よりもまずシオニストを攻撃する。

その上また、パレスチナに定着することは容易ではない。一九二五年、エルカナ・ニスキ、マティシャフ・テンピ、ヨセフ・ヘノフス、モイシェ・ゴルドステイン、モイシェ・リベルマン、そのほか何人かの人たちが冒険を試みる。しかし砂漠における開拓者の生活に疲れ切って、ニスキを除き皆古巣に戻って来てしまう。数年後、ラヘルがそのニスキのところへ行く。(24) ユダヤ人家系サイト JewishGen のおかげで知り合ったあるイスラエル人からの情報により、その人の父親のいとこで、二〇世紀初頭にパルチェフに生まれたアルテル・ヤブウォンカという人が一九二〇年代半ばにアリヤーをしたことがわかる。ハイファ近くのキブツ、エイン・ハショフェトの創設メンバーであり、九〇歳で安らかに息を引き取っている。同じ世代では、ヨイネ・ヤブウォンカの息子、シュロモが一九三九年八月三日、ルーマニアのコンスタンツァからタイガー・ヒル号に乗り込んでいる。彼も危ういところだった。妹ヒンダはこの船に乗り遅れ、パルチェフに戻った後、命を落としている。シュロモはパレスチナで、ハイファ近郊の別のキブツ、ラマト・ヨハナンに入る。

マテスの兄弟姉妹の中では、シムヘが最初に出て行く。ブエノスアイレスのラテン・アメリカ移民研究センター——木製の陳列ケースがいくつかと古めかしい事務机が一つあるだけの一室——が教えてくれたところによると、シムへは一九三一年二七歳の時ジェノヴァからコンテ・ヴェルデ号に乗船している。[25] 若妻ラケル（同志たちが警察に連行される間、家の前で腕組みして見張っていたあの女性）を両親に預けて、一人で出発する。彼女はようやく一年後、夫と一緒になる。冒険は長い鉄道の旅で始まる。灯油店や泥の轍の広幅通りから、地中海最大の港の一つジェノヴァまでおよそ二千キロ。まずクラクフに行き、チェコスロヴァキア、オーストリア、北イタリアを通り、ジェノヴァで港までの道を見つけ、ヴィザを取得しなければならない。コンテ・ヴェルデ号はイタリアの海岸に沿って進み、ナポリとパレルモに停泊してほかの移民を乗船させ、ジブラルタル海峡に向かい、カナリア諸島で最後の停泊をした後、大海に出る。波しぶき、胸いっぱいに酸素を吸い込む。湾曲する果てしのない空間の中で、人はもはや一つの点にすぎない。総トン数一万八千トン、煙突二本、マスト二本の巨大な塊が、マストにイタリアの旗をなびかせて一五ノットの速度で大西洋を突っ切って行く。パルチェフの小さなユダヤ人と中甲板に積み重なった千人ほどの移民たち、それに一等船室の数名の特権者たちを乗せて、南半球の主要都市へ向かって行く。

素晴らしい土地、あのアルゼンチンだ！　ヒルシュ男爵に創設されたユダヤ植民協会は一九世紀末以来、ここに東ヨーロッパからの開拓者たちを送り込んできた。ワルシャワのクロフマルナ通りのユダヤ人たちがこの土地に思うのは、伝染病や肉体労働ではなく、また、根扱ぎされた者たちが当然送るはずのけちくさい生活でもなく、パンパスや、カシュルートではないレアの肉、楽に手に入るお金、娼婦たちの真っ赤なキスである。コンテ・ヴェルデ号を所有するトリノのロイド・サバウド社によって送り込まれる何万人もの人々は、ほかにも様々な望みを抱いて皆酔いしれている。新しい出発のチャンスだ、土の労働だ、聖書の祖先たちのように……。ポーランド国家はこの運動を勧奨する。一九三〇年代初頭、ル・アーヴル合同荷主会社に呼びかけた後、国の北部にあるグディニャと南アメリカとを結ぶ国営会社グディニャ・アメリカ航路を創設する。[26]

なぜブエノスアイレスであって、フランスや米国、オーストラリア、ブラジルではないのか。その理由は、シムへにはアルゼンチンにパルチェフ出身の友達夫婦ヤンケルとユメがいたからである（彼らは生涯ずっと助け合い、今はアルゼンチン・イスラエリット互助協会の墓地に一緒に眠っている）。おそらくあらかじめ手紙のやりとりはあったのだろうが、シムへは向こうでどうなるのか正確にはわからずに出発している。一九三一年八月二〇日、三一日間の航海を経て彼が降りたった真冬の首都は、住民が密集する、国際色豊かな街である。マットレスの小さな事業を営む友人ヤンケルのところで、シムへは羊毛を梳き、繊維を整える仕事をする。彼が送った手紙は一九三三年広幅通りの家宅捜索の際にポーランド警察によって押収されるが、そこには漠とした憂鬱が窺われる。「お父さん、お母さんへ。二人の手紙を受け取ってからもう四週間になります。この一週間ずっと、僕はヨーロッパ中からここに着く船を数えていました。二人の手紙が届かず、つらかったです。最近ほとんど手紙をくれないのはどうしてですか、本当にわかりません。［……］僕たちのほうでは、すべてこれまで通りに進んでいます。以前のように健康で、一緒にいます。ラケルはもうさほど寂しがってはいません。［……］体や健康や稼ぎのほうはどうですか、教えて下さいね。ハヌカ（*Hanoukka*）が近づいています。もっと正確に言うと、僕の手紙が着く頃にはハヌカはもう終わってますね。そっちではきっともう泥と雪でしょう。そうしたことをみんな書いて下さいね。こっちでは夏が来ました。」[27] 一九三四年二月、最初の息子ベニトが生まれるのは、牛たちに囲まれたパンパスではなく、フランシスコ・ビルバオ通りの茅屋である。この時、マテスはパルチェフの刑務所に収監されている。

一九三六年、レイズルはシムへとラケルのところへ赴く。息子のマウリシオが語ってくれたところによると、彼女は船の上で、小鉢の中にきれいに並べられたチョコレートボンボン――あるいはおそらくプルーンであろうか――をたまたま目にする。なんて幸運なの、私、甘いもの大好き！　彼女は大胆にもかりっとやり、ウヘッと吐き出してまう。黒オリーヴだった。以後彼女は生涯食べなかったという。港では、妹を迎えるのに一日休暇をとったシムヘが今か今かと待っている。手続きは果てしがない。移民局の役人たちはイディッシュ語もポーランド語もわからないし、レイズルのほうでは一言もスペイン語が話せない。ようやく再会を果たす。フランシスコ・ビルバオ通りの兄家族のところに落ち着く。荷物の中には両親からの三つのプレゼントが入っている。新世界で所帯を持つためのいわば持参金である。質の悪い銀製のスプーンセット、文字通りにはベッドカヴァーという意味の、「イベルベト」と呼ばれる厚い羽根布団、それに、もともとはヘンニャのために作られた新品の外套である。パルチェフでは別れの時は長く、つらいものだった。敬虔なシュロイメと優しいタウバ。レイズルは両親を目にするのはこれが最後ではないかと感じている。しかし彼女が出発するよう、愛情をもってかつ断固として促してくれたのは両親なのだ。

三年後、下の二人の子供、ヘルシュルとヘンニャの場合にも同じシーンが繰り返される。一九三九年九月、ヘンニャは、ドイツ軍が近づき逃げ出すのに大慌ての看守たちによって釈放される。パルチェフで両親と再会する。彼らは娘にどうしても出発してもらいたい。だがどこへ。「東のほうへ行きなさい。逃げなさい！」前の時、ドイツは老人には何もせず、ただ若者たちを強制労働にとっただけだったんだから。シュロイメとタウバは流浪の道に子供たちを追い立てることをやめず、彼らに再び会うこともなく死んでいった。シュロイメが最初の妻との間に持った子供たちは、ギトラを含めパルチェフに留まる。おそらく家族を養わなければならなかったのだろう。一九四二年七月、全員、大広場に集められ、列車で連れて行かれた。

ヘルシュルとヘンニャはブレスト・リトフスクからソ連領内に入る（ソ連はドイツの後二週間してポーランドに侵攻し、ウクライナと西ベラルーシを取り戻していた）。彼らは東へ東へと進み続け、ノボシビルスクに辿り着く。どうしてシベリアの真っ只中の工業地帯ノボシビルスクなのか。なぜならそこは文明世界の果てであり、ナチから一番遠い場所だからである。ヘルシュルは赤軍の補助部隊に編入され、ヘンニャはノボシビルスクに残る。戦争が兄と妹を別れさせる。

ほかの多くのユダヤ人も大慌てでパルチェフを出て行く。特に共産主義者はそうである。KPP地方組織の元指導者マイエル・ラポポルトの場合もそれで、妻と二人の息子を連れてブレスト・リトフスクに向かう。一九四一年六月、ドイツ国防軍によるソ連侵攻に際して赤軍に志願する。マイエルの働くトラクター工場が戦車製造のために内陸に移されると知らされて、妻はブレスト・リトフスクを離れることを拒否する。ノボシビルスクで彼は右手を切断しなければならなかったが、ヘンニャと再会する。かつて、友達のシムへと出かけるために広幅通りに立ち寄ると、そのお下げを引っ張っていたあの子である。今は独りぼっちで貧窮の中にいる。彼はお金や食べ物を渡す。一九四四年、ドイツ軍が撤退し、マイエルは妻と息子たちと一緒になるためにブレスト・リトフスクへ戻る。しかしもう誰もいない。近所の人たちに助けてもらっても墓を見つけることさえできない。マイエルとヘンニャはパルチェフから東へ二百キロのところにあるソ連領ウクライナのコヴェルに行って生活し、一九四六年そこで、娘タマラが生まれる。それから六、七年後、赤十字からの電報によって、ヘルシュルが戦後バクーに引きこもって生きていることを知る。彼らは急いでそこへ向かう。赤貧状態で、ヘルシュルと妻は穴倉で生活している。通行人の脚が見える通気口の下、壁の出っ張りで赤ん坊が眠っている。

これが、長きにわたり共産主義者で、ソ連側に逃れた三人のポーランド系ユダヤ人である。依然として「ユダヤ＝ボリシェヴィズム」なのであろうか。ポーランド人の集合的記憶には、一九三九年、ユダヤの群衆が抱擁と花束でロシア軍を解放者として迎えたイメージが残っている。実際、赤軍がやって来るのを見て安堵の思いを抱いたユダヤ人もいた。しかしソ連で人数制限やポグロムがないのはユダヤ人のせいなのだろうか。ユダヤ人にとっては何より生きるか死ぬかの問題なのだ。ドイツ軍が迫って、三五万人ほどのポーランド系ユダヤ人が東に逃げている。ソ連当局は避難民（全体で一五〇万人）に対して不信感しか抱かず、一九四〇年二月から一九四一年六月にかけて、四つの波で強制収容所送りにしている。[28] 戦後、大部分のユダヤ人は国に戻るが、ソ連で子孫を残したり――ヘルシュルは一九八九年バクーで亡くなる――、イスラエルに移民する人たちもある。

私は、フォブール・サン・トノレのホテルのバーで、アルザスへの観光旅行の途中のタマラに初めて会った時、パソコンの中にすべて取り込んだパルチェフの『思い出の記』を急いで見せる。彼女は興味なさそうにクリックし、いくつかの写真にコメントする。これはハイム＝レイブ、「千冊の本をもった男」イスラエル・ヤブウォンカの息子。その隣はヨイネ・ヤブウォンカの息子シュロモ、一九五〇年代にハイファでパルチェフ友の会の会合に参加している。こっちは、ベタル[5]で虚勢を張っている男、〈開拓者〉グループ、それに、一九二五年の〈シオンの青年〉の加盟カードのコピー。タマラの顔が生き生きしてくる。丸々した、赤毛の小柄な女性である。その才気煥発なところは、私たちの英語による会話の不正確さにも損なわれることはない。彼女の自然な知性はヘブライ語、イディッシュ語、ポーランド語、ロシア語の知識でさらに研ぎ澄まされている。彼女によれば、マテスは今日のサブラ（*sabra*）たちのようだ。どんな試練にも惜しみなく身を捧げるが、挑発してはいけない。彼女の父マイェルは初めて『思い出の記』を見た時、仲間たちが寄稿しているのを読もうと好奇心を持って頁をめくっている。何もない！　共産主義者は誰も頼まれてないじゃないか。こんな本を買うなんて問題外だ！（タマラは本を下に投げ捨てる動作をする。）

一年後、今度は彼女が私をテルアビブの空港で迎えてくれる。彼女の家に向かって高速道路を走りながら、タマラはやや新改宗者のように、日本製やアメリカ製の最新モデルの四輪駆動がきらめくインターチェンジやヘルツェリヤの非常にシックな邸宅、巨大な工事現場、クレーンが大きく踊る中で三週間で大地から出てくるあのビルディング群を、私に褒め称えさせようとする。私は彼女に微笑みながら、彼女の母は一九三四年、パルチェフのシオニスト、「ユダヤ人ファシスト」の集会を混乱させたことで一年間の禁固刑に処せられたんだよと答える。最初はあっけにとられたものの、彼女は二重の愛情を込めて私を見つめてくる。子供の純真さが吹き込む愛情、それに亡き両親に対し彼女が抱いている愛情である。一九五六年コヴェルで、マイェルは赤い手帳を取り上げられる。怒ってモスクワに訴えに行き（スターリン体制下であれば命が危なかっただろう）、前代未聞の壮挙だが、何と彼はそれを取り戻す。しかし彼の中では何かが折れてしまった。「俺は確かにいい共産党員ではないが、この国はもう俺には存在しない。」家族はコヴェルを出てウッチに行き、かつてゴムルカの刑務所仲間だったマイェルはそこで党専従員《アパラチク》になる。パルチェフを訪れた時、ヘンニャは、二〇年前に彼女を逮捕し、侮蔑の言葉を浴びせ、殴り、町中を引き回した警官たちにたまたま出会う。彼らは同じ職務に就いている。窓の外に、かつて金曜日の晩、その傍らで祈ったタウバのろうそくを認める。ヘンニャは涙を流し、呪い、髪をかきむしり、ここを出て行かなければいけない、と夫を説得する。

こうしてイスラエルに来るのである。ハイファでマイェルは門番になり、ヘンニャはある女医、「ドクトロヴァ様」のところで家政婦として働く。この女医の父もパルチェフで医者であった。一日中塵を払い、磨き、洗い、アイロンをかけて、晩、家に戻る時、足は象のようになっている。四〇歳そこそこで、彼女の体は刑務所で蒙った拷問によって弱り、傷んでいる。ポーランド政府は共産主義者の敵であり、ヘンニャはまたシオニズムを徹底して嫌っていた。彼女は鉄のカーテンの向こうで押しつぶされた彼女の祖国ポーランドを再び見ることなく、イスラエル人として亡くなる。そう、タマラ、本当に複雑だね。今日タマラはテルアビブの北にあるハデラに住み、娘はイスラエル国防軍《ツァハル》のヘリコプター・パイロットである。その同僚には、輝かしいすでに伝説的なロニ・ツケルマンがいる。ワルシャワ・ゲットーの英雄アンテックの孫で、F-16戦闘機を操縦する初めてのイスラエル女性である。一方ヘンニャ・ヤブウォンカの孫はコブラに乗って飛んでいる。その攻撃用ヘリコプターで、彼女は二〇〇六年ヒズブッラーとの戦争の際、南レバノン上空まで行っている。ある時、彼女はポーランドにおけるPR活動に際して空軍の代表となるよう依頼される。セレモニーはルブリンで行われるはずだ。そこはヘンニャ、ヘルシュル、マテスがかつて投獄された町である。タマラは涙を流す。自分の娘が自由な女性としてばかりではなく、ユダヤ軍の士官としてその町の通りを闊歩するというのだから！　パルチェフの老賢者たちに墓があるなら、彼らはその外に跳び出してしまうだろう。

私は家族のことを話してタマラと一週間を過ごす。カイザリヤで、競技場の焼けつくような廃墟や、目をしばたたかせる地中海にはめ込まれた岬を歩き回ったあとで、私たちはレイズルがアルゼンチンに持って行ったヘンニャの新品の外套の話をする。ハデラの墓地は町の高台の見事なサボテンのようで、私はそこでヘンニャの墓に小石を積む。ほかの墓とよく似た、完璧に一列に並べられた平行六面体の白い墓であり、数歩下がるともうどれかわからなくなってしまう。海から上がり、私は太陽のもとで体を乾かしながら、一九七〇年代末、シムへ、レイズル、ヘルシュル、ヘンニャがほぼ半世紀の離別を経て再会した際の話を聞く。ブエノスアイレスで、ヤブウォンカの兄弟姉妹は、尊敬すべきマテスはいないが、ほんのひと時再び一緒になったのである。テルアビブのカフェのテラスで、私はハイム＝レイブの娘でイスラエル・ヤブウォンカの孫であるアフヴァに初めて会う。ハイム＝レイブは戦争の間ずっとタシケント（世界の果ての別の都市だ）で過ごし、一九四九年ハイファに移住する。彼は決して過去の話をしない。しかしパルチェフの元住人たちとの会合では喜びに輝き、昔からの知り合い——ヨイネの息子シュロモ・ヤブウォンカ、ゾネンシャイン、それに『思い出の記』の編集委員会のみんな——の背中を強く叩きながらもてなし、五〇年前にメラメド（*melamed*）にやったいたずらに大声をあげて笑ったりする。一九九〇年代、アフヴァは友人のベルニェ・ステルンと一緒にパルチェフを訪れている。ステルンの両親は森に隠れて生き延び、今はカナダ人になっている。二人はあるポーランド人夫婦の家を訪れる。夫は寝ているが、もうじき起きるので、待つようにと妻に言われる。そのポーランド人が起きてくる。動きの鈍い、大柄な人である。彼はステルン一家が製粉所を所有していたことを覚えている。アフヴァは自分の父はそこで会計士として働いていたことを伝える。「このポーランド人は〈諸国民の中の正しき人〉の一人でした。私は彼が救った人たちのことを知っています。彼らはここテルアビブに住んでいるんです」とアフヴァは私に説明してくれる。私が、「ルドヴィク・ゴレッキさんですね。私は彼の息子マレクに会いました」と言うと、彼女は認める。「彼はひどい病気でした。私たちはたくさんお金を渡しました。喜んでいましたね。」

ある午後、タマラはハイファ近郊にあるラマト・ヨハナンのキブツに私を連れて行ってくれる。家族の集まりがあるのだ。駐車場でゾハルに会う。二年前にユダヤ人家系サイト JewishGen のおかげで連絡を取れた人である。彼女は私たちの先に立って、セメントの小道を進んで行く。居住地の間を縫うように抜け、平屋の大きな家々には小さな庭、小さな庇があり、庇の陰ではラブラドールが自転車と芝刈り機の間でまどろんでいる。巨大な牛舎から想像されるのとは違い、このキブツはプラスチックで生計を立てている。共同体の工場で作られ、世界中に輸出される特別なプラスチックである。ゾハルはある家の前で止まる。玄関前の階段の上には、イスラエル国旗の間から夕陽が漏れている。中ではゾハルのいとこたちと三人の兄弟が待っている。兄弟のうち二人は家族と一緒にキブツで生活しているが、もう一人は南部に住んでおり、私に会うために五時間車で走ってきてくれたのだ。私の世代ではレウトがいる。私は以前世界中の百人ほどの Jablonka/Yablonka に向けて書き送り、フェイスブック上で出会ったのが、ゾハルのこの姪である。そして、食堂の一番奥、フォームラバー製のソファに鎮座している、父であり祖父である人。九六歳の老人はこの騒ぎに驚いて、奥でやや上の空のスフィンクスのようであるが、言い表しがたい優しさを発している。シュロモ・ヤブウォンカ、ヨイネの息子で私の祖父のいとこである。一九三九年八月三日、タイガー・ヒル号に乗船して、警察の追及からようやく逃げおおせた人だ。

私は近づくが、彼の手を取る勇気がない。英語で紹介し合う。シュロモは涙を流し始める。

——病気になってからパパはとっても感じやすくなっています、とゾハルが言う。

私はできるなら山ほど質問したいことがある！　しかしシュロモは弱っており、疲れていて、耳もよくない。しかも私はヘブライ語もイディッシュ語もできない。それでも彼は私に英語で話しかけてくれる。彼が完璧に状況を理解している徴である。ゾハルは父親をかばうかのように、彼はずっと以前にパルチェフを離れ、家族は全員殺されてしまった、と私に言う。兄のメイルは一九四〇年ペサハの日にドイツ人に銃殺され（『思い出の記』では彼に数行が割かれている）、ほかの家族はトレブリンカでガス殺されている。私はパソコンに入っている私の祖父母の写真を見せる。彼は何も覚えていない。あらゆる発音を試しながら、私は「マテス・ヤブウォンカ」という名前を言ってみる。彼は力強くうなづく。レウトは高校生の時、シュロモのためにヤド・ヴァシェムのカードに記入したことがあるので、彼の歴史をよく知っている。彼女は私の近くに来て、こうささやいてくれる。「祖父の兄もマテスという名前でした。」そしてその祖父のほうに身をかがめ、手を取り、優しく彼の注意を引いてくれる。「おじいさん、おじいさん」(*Saba, saba*)。シュロモは微笑んで彼女を見つめる。

——おじいさん、マテス・ヤブウォンカのこと覚えてる。別のマテスよ。

彼はなお微笑んでいる。

——おじいさん、シュロイメおじさんは覚えてる、シュロイメ・ヤブウォンカのことよ。

シュロモは頭を下げ、やや泣きながらヘブライ語で答える。レウトは英語で翻訳してくれる。

——彼はベイト・メルハッ、サウナをやっていました。蒸気が天井まで上がっていました。木の桶がありました。

やった。しかしすでに時間は遅く、ゾハルは、父はもう寝なければならないと告げる。私は玄関前の階段を下りながら、とても優しい、信頼に満ちたこの最長老の姿を心の中に刻み込む。彼の頭脳はその隠れた襞の一つに、私の祖父母が生きていたこと、彼らがあなたや私のように何かを言ったり何かをしたりしたこと、彼らが今日のレウトのように若く陽気であったこと、彼らが自分たちの前に生を持ち、希望や計画を抱き、子供を、おそらくいつかは孫にも恵まれると考えていた時代があったことの証拠を保存しているのだ。私は最後の人間に出会い、かつてこうした一切を見た彼の眼を見た。そして彼の眼は今度は私を見たのである。ゾハルの家で、ハーブティーを飲みながら、私たちは戦前のパルチェフを思い描く。私は一九四〇年ヨイネがユーデンラートのメンバーであったことを説明する。しかしこういう話題は誰も好きではない。ゾハルの娘は修学旅行の時にパルチェフで撮った写真を見せてくれる。

シュロモはそれから二か月後、二〇一〇年七月一五日に亡くなった。私の窓を粉砕した雷雨の翌日である。私はレウトからのメールでそれを知る。こうした瞬間、何と答えればいいかよくわからないものだ。そこで私は最初に心に浮かんだことを書くことにする。それはいちばん本当のことでもある。私たちは類まれな人間を失った、と。私はまたこうも言うことができよう、いっそう私的な調べにはなるが。彼は私に私の祖父母とパルチェフを再現してくれた、彼が死んで私たちは確かにみなしごになってしまうとしても、彼によって再び生を与えられた者たちは無に帰ることはない。なぜなら彼はそこにいるから。ラマト・ヨハナンに、ハデラに、テルアビブに、ブエノスアイレスに、バクーに、パリに、そしてまた、ベルニエ・ステルンとともにモントリオールに、モルドへ・ルビンステインとともにヨハネスブルグに、ベル・ネルケンバウムとともにラパスに。私の砕け散ったシュテトル、世界の上に降り注ぐ星々。彼は普遍になった。

タマラとの帰り道、私たちはマテスについて話をする。一九三七年に彼がフランスに出発したことについて、彼女はどう考えるのか。タマラの考えははっきりしている。パリはアルゼンチンに渡る前の一段階にすぎない。一九三〇年代初頭におけるシムへの出発は家族の戦略の一部である。彼は斥候として出発する。稼げるだけ稼いだお金でほかの家族を呼び寄せるのだ。最初に妻とレイズル。次にマテス、そしてヘルシュル、ヘンニャ、両親。もちろん計画は部分的にしか成功しなかった。しかしＹＫＵＦは？　イディッシュ語についての講演会がＫＰＰの幹部の関心を引いたということはありえない。彼は自分のことをアカだと考えている。ユダヤ人（*yid*）ではない。それではどうして直接アルゼンチンに向かわないのか？　タマラはわか？　切符が高すぎるから。それではどうして後になって兄と姉のところに行かないのか？

からないし、私もわからないが、お金以上に司法記録が問題なのではないかと思う。ブエノスアイレスで、私はシムへの書類の中に、パスポートのほか、正式に公印を押された証明書類を一山見つけ出す。健康証明、職業適性証明、非乞食証明などだ。品行証明書にはシムへが最近五年間「公共秩序に対する違反」をまったく犯していないと明記されている。レイズルについても同様である。彼女のパスポートは、ヴウォダヴァ郡役所、ワルシャワ移民監督局、アルゼンチン共和国領事館などのスタンプで青くなっている。一方、マテスは「国家に対する罪」で禁固五年の刑に処せられたばかりではなく、その後も警察から付け狙われている。こうした条件のもと、合法的にどうやって移住できるだろうか。

私の父が長い間そう思ってきたのとは違い、マテスとイデサは同時に出発するのではない。なぜマテスは愛する人と別れることを受け入れるのか？　おそらく警察はイデサに対してはさほど執拗ではないからだろう。あるいは彼女がワルシャワでパスポートを取得しようと試みるからだろう。それには長い時間が必要で、費用もかかる。マテスの状況を考えなければならない。二年半の入牢の後、警察に追い回され、隠れ家から隠れ家へと転々としている。しかも国中がユダヤ人をパレスチナや、不確かなアフリカ植民地へ追い払うことを要求している。どこへ行こう？　アメリカか？　国境は閉ざされている。パレスチナか？　絶対いやだ！　ブエノスアイレスは？　お金もないし、ヴィザもない。フランスか？　イデサにはパリにいとこがいる。コレンバウム家側で、伯母エステルの子供たちと、マロリタの森林監視人である叔父ダヴィッドの子供たちである。たくさんのユダヤ人がこの人権の祖国を選んでいる。「フランスでは神のように幸福だ。」[6]

平日のある朝、人のいないバニューの墓地は雨ですっかり濡れている。私はコレットに連れられてパルチェフ友の会の納骨所を訪れる。それは黒っぽい大理石の、とても簡素な記念碑である。遺影の周りには小石や火打石、ガラスの破片などが置かれている。それらを丁寧に脇に払って、私はコレットの差しかける傘の下、石に刻まれたすべての名前を写真に撮る。突然、私は手を止める。

——これは冒瀆じゃないだろうか。

——全然そんなことはないわ！、とコレットは断言する。記憶の伝達よ、彼らもうれしかったはずだわ。

左に女性たち、右に男性たち、真ん中に会の創設者たち。石碑の右列にはポーランドの強制収容家族、左列にはフランスの強制収容家族。シェルマン家、テネンバウム家、ピルチェル家、ケニグスマン家、またたくさんのズロタゴラ、カシェマヘル、シュナイデル。その中に、イツェク・シュナイデル（一九〇九—一九七四）もいるし、コレットの両親の名前もある。アブラム・フィシュマン（一九一一—一九七一）とマルカ・フィシュマン（旧姓ミレフスベルグ、一九一四—二〇〇三）。コレットの母はパルチェフで自分の家があった場所を見つけることができないまま亡くなった。マテスとイデサはパリに着くとすぐ、この友の会に通っているはずだとコレットは確信している。パリでもほかの土地でも、ユダヤ移民はランズマンシャフト（*landsmanshaft*）を組織している。これは出身シュテトルを基に集まった親睦会で、新来者を助け、彼らに部屋や雇い主を見つけたり、葬儀を行ったり、後には、『思い出の記』を刊行したりする。こうした本には、世の終末を思わせる大惨事以前の幸福が敬虔に書き留められている。一九五〇年代、六〇年代、パルチェフ友の会が毎年行う祝賀行事に子供たちは引っ張って行かれる。親たちのほうはこれが大好きなのだ。若い時のことを思い出せるし、（同じ時代のハイファのように）友好的な暖かさが醸し出されているからである。私の父は、一、二度そこに足を踏み入れ、年長者たちに会い、募金によって一万フランをもらってさえいるが、「私は離れていたんだ、自分の歴史なんかにはまったく興味がなかった」と言う。コレットと私は出口に戻りマルクス＝ドルモワ大通りのクスクス店で雨を避ける。移民の老人たちや黒い礼服を着た葬儀人たちに混じって素晴らしい昼食をとる。

一九三七年夏、パルチェフ。刑務所大学を出たてのマテスには、シュテトルはおそらく以前にもまして狭量で凡庸に見えたことだろう。おそらく同志を通じて、あるいは『論壇』を読んで、ユダヤ文化擁護のための世界会議がパリで開催されることを知る。世界中でこのニュースは興奮を巻き起こしている。「至る所、その話で持ち切りでした。どれほど活気にあふれ、どれほど待ち遠しかったか、想像することもできないでしょうね！」[29] これが、フランスに移民した、あるポーランド系ユダヤ人の証言である。イディッシュ文化が野蛮に対する闘いの中でしかるべき位置を持つと考えるあらゆる人たちにとって、この行事は大きな出来事なのだ。それじゃあ、フランスはどうだろう、マテスとイデサはそう考える。確かにドレフュス事件もあったし、また、第一次世界大戦後、ロシア革命が大陸を席捲しないよう、ヴェガンがピウスツキのところに派遣された。しかし時代は変わったんだ。一九三五年以来、フランスとソ連は反ヒトラーで連合している。それにフランスは、革命、パリ・コミューン、第一七連隊の兵士たち[7]の祖国じゃないか。ユゴーやゾラ、バブーフやヴァレス、自由、平等、普遍を生み出した国だ。追放された多くの人たちがそこに避難場所を見つけたじゃないか！ ゴーリキーは言っている、どんな革命家も人生の中で一度はバスチーユ広場に行かねばならない、と。フランス人はユダヤ人を解放した。彼らは自分たちのトップにユダヤ人を置いたことさえある、しかもそれはマルクス主義者だ。あのレオン・ブルム[30]。

しかし、このように良い面と悪い面を測りながら移住先を決めるものなのだろうか。私はむしろ、マテスがパニック状態に陥っているか動物的な逃走本能に駆られているのではないかと想像する。彼は警察に追われており、殴られ、再び投獄される恐れがある。スカンジナヴィア諸国、イギリス、ベルギー、オランダ、スイス、フランスを除けば、ヨーロッパは完全に独裁体制ないし権威主義に傾き、スペインとチェコスロヴァキアの民主主義は拡大するファシズムに悩まされ、包囲されている。一九三七年一月、ポーランド政府はユダヤ人の移住＝追放法案を提出する。四月二六日、スペインの村ゲルニカがヒトラーにより爆撃される。死者千人以上。五月、ブレスト・リトフスクでポグロム。八月、スペインにおける共和主義の最後の砦が陥落。八月一日、ゲッベルスは日記にこう書いている。「総統とともにフリーゼンヴィーゼまで勝利の行進。十万人［……］。得も言われぬ歓呼の嵐。[31]」死の勢力に取り巻かれている。一番安全な避難場所はどこなんだ？

別離の直前、マテスとイデサは二人の関係を公式のものにする。一九三七年六月二六日、彼らの結婚式がパルチェフの副ラビ（六年前にシムへとラケルを結婚させたラビのエプスティンはおそらく他界しているのだろう）によって執り行われる。「モーセの宗教」の二八歳の皮革職人は、同じく「モーセの宗教」の二三歳の娘を娶る。[32] 流浪の前の恵みの瞬間、ようやく自分のことを考えることが許される幸福の日、それとも、両親を喜ばせるために急遽行う宗教上の結婚なのか。すぐに別れの時が来る。幸運を祈り、これからの日々ずっと忘れることのない言葉を交わす。ガリツィアのグロジスコで、イレックス・ベレルの母は息子の服を洗い、繕い、手荷物を準備し、最後にもう一度自分の胸に息子を抱きしめる。「いいかい、坊や、ここポーランドでは私たちにはまったく希望がないんだから。私のところを離れて、どこかお前が生きられるところへ行くんだよ。」そうしてイディッシェ・マメ（*yidishe mamè*）はショールにくるまり、街道の果てに馬車が消えるのを、涙を流して見つめている。[33] また別のシーン。今度はビャウィストク行きの停車場における、ファイヴェル・シュラゲルと両親である。母親は息子に非難の眼差しを向ける。「お前も私たちのことをきっと棄てるんだ……」父親が彼女を叱る。「何を考えてるんだ。お前の腕の中にずっと留まるとでも思ってるのか。運命はこういう決着をつけたんだ！　勉強して、どうにかするんだ。ここじゃ、未来はまったくないんだから。」そして父親は、自分のテフィリンを厳かに息子に手渡す[34]。しかしマテスはパルチェフかワルシャワで身を隠さねばならず、家族に暇乞いをしたり、よくあるように子供時代の友達や森や川にお別れを言ったりする暇などなかったのではないかと私は思う。彼の旅立ちは慌ただしく、パスポートもヴィザもない。私が唯一ありえると思うのは、人目につかない場所で、数週間前から彼の妻である女性とのシーンである。「またすぐ会えるからね、自由な国で闘いを続けよう、君は幸せになるんだ、もう二度とひどいことなんかされない……。」

マテスがその後どういう満員のローカル線に乗るのか、どういう急行列車に乗るのか、どの駅を通るのか、人気のない駅なのか農民でいっぱいの駅なのか、どんな苦難の中で、見知らぬどういう人とすれ違うのか、私は知らない。よれよれの服を着て、夜、警戒しながらどういう路地に入り込むのか私はまったく知らない。イレックス・ベレルは別れの後、「マヘル」に頼っている。それはほかの五人の移民とともに彼のことを請け負う渡し役である。ドイツとの国境は川で、腹まで水につかって渡る。彼らは徒歩や列車で、ポケットに一銭もなしに、共同体センターで寝泊りしながら旅を続け、ようやくアントウェルペンに着く[35]。一九三九年、文学を専攻する学生ジャン・アメリは妻と一緒に密輸人らのルートを使ってベルギーに入る。「夜間の長い旅であった。雪が膝の高さに達していた。大きな黒い樅の木は国の樅の木にあらゆる点で似ていたが、しかしそれはすでにベルギーの樅の木だった。私たちはそれらが私たちのことなど欲しくはないということをわかっていた。ゴム製のモカシンがいつも脱げてしまう年老いたユダヤ人が一緒にいて、彼は私の外套のベルトにかじりついていた。私の体につかまるように言うと、うめき声を出し、私に途方もないことを約束するのだった[36]。」マテスに関して私が知っているのは——彼が警察で語った内容なのだが――渡し役に一五〇ズウォティ払った後、「ベルギー国境から、徒歩で、ほかの三人の同国人と一緒に」フランスに入る、ということだけである。一九三七年八月三〇日、彼はパリにいる。

それから六か月後、イデサの波乱に満ちた大旅行についてはもう少しよくわかっている。二つの資料源が役に立つ。ブエノスアイレスのシムへとレイズルに宛てた葉書と、私の伯母シュザンヌが戦後に受け取ったパスポートである。日付のない葉書には、シュロイメ、タウバ、イデサのサインがあり、マテスは彼の兄が数年前にそうしたように、若い妻を自分の両親に預けたことが窺われる。葉書の表面で、上の二人の子供と孫に両親は心のこもった言葉をかけ、まだ見ぬ孫に「無数の」キスを送っている。これがもうじき四歳になるベニトである。また彼らは次のような望みも書いている。「状況がよくなって、私たちの不幸が終わりますように。せめて子供たちが釈放されますように！」（再び投獄されたヘルシュルとヘンニャのことである。）裏面には、イデサがマテスの住所を書いている。パリ二〇区プレソワール通り一一番地。彼女はレイズルに、「夫婦一緒に並んでいる写真カード」をこの住所宛てに送るように頼んでいる。「私たちもそれが欲しいです。それがパリに届く頃には、私もそこにいるはずです。」[37]

イデサは一九三八年二月二二日前後ワルシャワにいる。パスポートの発行日がその日なのである。私はそのパスポートの各頁をデジタル化してパソコンに取り込んでいる。濃紺の表紙には金文字で「ポーランド共和国」と書かれている。ほとんど忘れてしまいそうであったが、イデサはポーランド市民なのだ。見返しに彼女の結婚後の名前「イデサ・ヤブウォンカ」が書かれ、次の頁には彼女の身体的特徴の記載がある。中背、卵型の顔、黒髪、茶色の眼。彼女はドイツ、チェコスロヴァキア、ベルギーに入るヴィザしか取得していない。しかもトランジットか観光用である。翼を広げた黒鷲が鉤爪の間にハーケンクロイツをつかみ、「ベルギー領内で職に就くこと厳禁」という不愛想なスタンプと向かい合っている。七頁では、ポーランド当局の赤いスタンプが、このパスポートは「外国への出国にのみ有効である」[38]と明記している。ポーランドに戻ることはできず、イタリアとフランスという、大陸からの出口となる主要な港には近づけず、ほかの土地に滞在することも許されない。言い換えれば、イデサはどこに生きる権利もないのである。

一九三八年三月一五日、イデサはワルシャワで両替をし、翌日、ズボンシン経由でドイツに入る。六〇ズウォティ、五〇ベルギー・フラン、それに――パスポートの最終頁に税関が加筆――「栗色の毛皮の外套」を持っている。もちろん冬であり、そしてそれは彼女が持っている一番大切なものである。おそらく指にはめている結婚指輪を除けば。自分の国を追われた小さなユダヤ人女性が、汽車の窓から流れていく風景を見ている。毛皮にくるまって……イデサは夢を見る、イデサは微笑む――私は彼女を微笑ませる。栗色の毛皮、空間を切り裂く機関車、鋼鉄のレールの上でカタカタ音を立てる車輪、栗色の毛皮、栗色の毛皮、栗色の毛皮。[8]私は何度でも何度でも書けるだろう、千年に及ぶ流浪の音を立てる、この意味のない言葉を。そして声を失うまで無限にそれをささやくことができるだろう。両親、おじおば、学校の友人、先生、近所の人、党の同志、こうした一切の人々とともに闇に消えるシュテトルとの最後の絆をほどくのを助けるためならば。

チェコスロヴァキアのヴィザというのが私にはひっかかる。ドイツ＝ポーランド国境に位置するズボンシンは、ベルリンやアムステルダムとほぼ同じ緯度に位置しているが、チェコスロヴァキアはそれよりずっと南なのだ。フランスに行く最短のルートはドイツとベルギーを通る。ここから三つの仮説を立てることができる。一つ目は、当時の鉄道路線網のためにチェコスロヴァキアを迂回しなければならないというもの。二つ目は、イデサは最大限可能なヴィザを申請し、結局そのうちの二つしか使わないというもの。三つ目の仮説は、イデサはマテスとともにアルゼンチンに向かって乗船するためにイタリアの港に行こうと考えているというものである。続いて起こることは星々だけが知っている。マテスがフランスに到着して数か月後に行ったように、イデサも警察に届け出を行い、警官らはこう書き写している。「徒歩でベルギー国境を越えた。たった一人で、と主張している。[39]」彼女の言葉を信じなければいけない。彼女は一九三八年四月一八日パリに着く。一サンチームも持たず、ヴィザもなく、フランス語は一言もできない。駅前の広場に、カバンと栗色の毛皮の外套を持って降り立つ。一時間後、彼女は夫の胸に飛び込み、二人の新たな生活が始まる。華の都、寛容な文化都市、大通りを行き交う自動車、メトロの出入り口、近代。フランス、人権の祖国！

4

私の家族のユダヤ人サン・パピエ[1]

何万人もの難民の中の二人、苦境の大海の中の二つの滴。ファシズムを逃れたイタリア人、ナチズムを逃れたドイツ人、国を追われたドイツや東欧のユダヤ人、これに一九三八年以降、ヒトラーが併合した旧オーストリア・旧チェコスロヴァキアの在外国民や、一九三九年以降、フランコ派の攻撃を受けて押し返されてきたスペイン人が加わる。この時期フランスには六万人以上の東欧ユダヤ難民がおり、このうち四万二千人が不法滞在者である。また五〇万人のスペイン共和派もいる[1]。

こうしたすべての根扱ぎされた人々は、すでにフランスの土地にいる、主にイタリア人、スペイン人、ポーランド人、ロシア人、東欧ユダヤ人《オストユーデン》からなる三百万の外国人（人口の七パーセント）に加わるのである。こうした人々は、最初、第一次世界大戦による労働力不足を緩和するために使われたのであるが、経済危機が強まると、次第に不当利得者とか寄生虫と非難されるようになる。一九三二年、国会は、国家と契約を結ぶ企業における外国人比率を五パーセントに制限し、分野と地域による割り当て数も間もなく創設される。一九三三年のアルムブリュステール法は医師にフランス国籍の所持を義務付ける。一九三四年、帰化者は公職や弁護士業（それに続き、ほかの多くの職業）から排除される。翌年、「外国籍職人との競争からフランス人職人を保護する」ことを理由に、外国籍職人には身分証明書を所持することが要求される。しかしその交付は最小限にしか行われない(2)。

一方、危険が増大して何万人もの避難民がフランスに押し寄せ続けている。一九三三年末から、政府はこの流れを食い止めようとする。パスポートがなかったり、単なる観光ヴィザを所持しているだけの申請者の書類は拒否され、追放政策が開始されることになる。人民戦線は一九三六年五月の選挙で勝利して、寛大さをやや示し、難民に大赦を与えたり、労働許可書を出したり、帰化手続きを速めたりする。ジュネーヴ会議を受けて、ブルム内閣は、すでにフランスにいるドイツ人難民のために、彼らを国外追放から守る「身分証」を創設する。しかしこの協定はほかの国籍者には関係せず、また将来やってくる難民についてもまったく言及されていない。こうした人々には、フランスはもう避難所であってはならず、トランジットの国にならなければならない。ところで、一九三七年の夏と秋、マテスが三人の同国人とともに国境を越える時期、一万八千人近くの東欧難民（四分の三はユダヤ人）が不法に、あるいは万国博覧会を訪れるという口実で観光ヴィザを所持してフランスに入っている。ブルムを受け継いだショタン内閣の、社会主義者で内務大臣のマルクス・ドルモワはもう一段抑圧の度合いを上げる。一九三七年七月九日付大臣通達三三八号は、「パスポート、あるいは有効な旅行資格証を持たずに入り込もうとする一切の外国人を容赦なく追い返す」ことを知事に命じている。「仕事も資力もない人間がどのような地位を求めようとも」、彼らには特に厳しい措置が取られることになる(3)。

マテスは一九三七年八月三〇日以降パリにいる。（九月一七日にＹＫＵＦの創設会議に参加するとして、すでにその前に）彼が行う最初のことは、自分の身分を正規化する申請である(4)。政治難民として認知されるために、彼は二つの団体に問い合わせている。フランス人民救援と、移民の地位のための諸委員会連携センターである。

人民救援は国際赤色救援のフランス支部で、政治囚とファシズムの犠牲者の擁護を目指す、フランス共産党（ＰＣＦ）の系列組織である。その週刊刊行物である『擁護』が一九三七年九月一〇日号で宣言しているように、「独裁者や独裁者見習いの長靴で蹂躙された自分たちの国では見出せない平穏を我々の土地に求めに来た」同志たちに「真の避難権」が付与されなければならない。[5] ロマン・ロランやポール・ランジュヴァンのような権威ある知識人の後援を受け、一九三七年には一四万人の加盟者を有する人民救援は難民に対して財政的・物的支援をするばかりでなく司法的支援も行っている。マテスがＫＰＰやＭＯＰＲ（国際赤色救援のポーランド支部）にこの組織を勧められたことは疑いない。

移民の地位のための諸委員会連携センターは多様な傾向が結集する団体である。複数の団体の活動を調整するために人民戦線下に創設され、難民が避難権のほか、「生活権」すなわち働く権利を付与されて、しかるべく受け入れられるよう要求する。一九三六年六月二〇―二一日のパリ五区区役所における国際会議や一九三七年九月一〇―一二日のミュチュアリテ・ホールにおける人種差別と反ユダヤ主義に反対する世界集会のような、この団体が後援する集まりには、反ファシズムの全左翼が集結し、世界中から何百もの代表者が参加している。ルブリン県と同じくパリでも今や団結の時である。共産主義者は「階級対階級」という戦術を捨て、一九三六年六月から一九三七年六月まで政権を担うレオン・ブルムを支持する。ブンド派、左右のポアレ・ツィオン、組合主義者、ＭＯＩユダヤ支部の共産主義者など、昨日の敵同士がユダヤ人民運動の枠組みで協調し合う。[6] 赤色救援がフランス人民救援という名前になることも、時代の徴である。

一九三七年九月二二日、内務省国家警察は、諸委員会連携センターの要請を受けて、三週間前に不法入国しクロンヌ通り三七番地に居住する「ポーランド人、ヤブウォンカ・マティス氏」の件を検討する。[7] 十月初頭、人民救援は「フランスに合法的に居住することを許す」外国人身分証明書を求める。パリ警視庁は調査を行う。一二月二四日、バラ色の紙きれの形をしたギロチンの刃が下る。滞在拒否、マテスは五日以内に領土から退去するよう命じられる。彼は以後「E・九八三九二」という証印を押される。つまり、彼は「国外退去《エロワニュマン》」と言われる手続きの対象になるほぼ十万番目ということである。警視庁は、数か月前に出たマルクス・ドルモワの大臣通達三三八号を適用して裁定を下す。「パスポートもなくフランスに係累もなく、［彼は］自分の生活手段を証明することができない。」しかしこの外国人は一九三八年初頭、つまり滞在拒否を受け取った直後に姿を消してしまった、と警視庁は遺憾の念をもって書き続けている。マテスがプレソワール通り一一番地、メニルモンタン広場の裏手、元の住所から百メートルのところに引っ越したばかりであることを警察は知らない。イデサがレイズルに伝えるのはこの住所であり、パリに着いてから行かなければいけないのもここである。

　追い詰められたマテスは三つ目の団体に向かう。人権連盟である。この団体はあらゆる国籍に、また共和主義者、社会主義者、共産主義者、平和主義者などあらゆる政治傾向に開かれており、人民戦線の統一精神を体現しているばかりではなく、その名声と力——二五〇〇支部に一九万人の加盟者——により内務省に圧力をかけることができるので、中心的な役割を演じている。[8] 人民救援からは司法的援助に閉じこもっていると非難されるとしても、人権連盟の支援は高く評価されている（マテスもその点間違ってはいない）。しかし弱みはまさにその政治性に特化しているところにあり、この団体にとって最も難しい問題は、自分の思想信条のために迫害された政治難民を、「単に」貧困、戦争、あるいは反ユダヤ主義から逃げたほかの移民から区別することなのである。

ところで、こうした点についての証拠を持って避難することは危険な賭けのようなものである。人権連盟の機関誌『人権ノート』が一九三八年に説明しているように、難民は逃げる前にしばしば「友達のところに身を隠し、田園や森、街道を彷徨い、自宅には戻ることなく国境に辿り着いた。それから密かにフランス国土に入り込む。我々の国の言語は一言も知らず、何より心配だったのは、追い返され、迫害者に引き渡されることであった。[9]」マテスは自分の行動の正しさを証明するものを何も持っていない。人権連盟で彼に応対した係員は彼のカードの下に、「彼は人民救援を保証人としている。私は彼にそれだけでは十分ではないと言った」と書いている。[10]そうこうしているうちにイデサが到着し、彼女はもっと用心深い。一九三八年五月二四日、初めて人権連盟を訪れる時、一九三五年のルブリン裁判所の起訴状と判決文を提出し（こうして私もその内容を知りえた）、また旧姓を名乗っている。こうして彼女はほかの二名の難民を証言者とすることが可能になる。「ヤブウォンカ・マティス氏はフェデル嬢が警察に迫害されていたことを確証する。ストル氏はフェデル嬢が刑務所で罹った精神病のために釈放されたことを確証する」（ヘルシュ・ストルはヴウォダヴァの共産主義者であり、一九三四年から三六年まで投獄されていた。再度の裁判を逃れるためにフランスへ逃げる）。[11]これらの証拠が十分だと判断され、一九三八年五月三〇日、イデサは、「政治難民の資格を正当に享受できる」ことを証明する人権連盟の証明書を受け取る。[12]その同じ日、彼女は内務省へ外国人身分証明書を申請している。

パリにおける彼らの初期の動きについて私がこれほど正確な情報を持っていることは奇跡的である。研究のはじめ、父に数時間インタヴューした後、私は状況を整理してみた。私の祖父母とはどんな人たちなのか。ほかにもたくさんいるユダヤ移民である。労働者と外国人の民衆的パリの中心、メニルモンタンとベルヴィルの間、プレソワール通りに住んで、細々と職人仕事で生活している。子供が二人、一九三九年一月生まれの女の子シュザンヌと一九四〇年四月生まれの男の子マルセルである。私の伯母の誕生日からすると、イデサはパリに来て数週間後に妊娠したことになる。こうしたあまりに平凡な事実のほかに何があるだろう。どういう角度から攻め込んだらいいのか、まったく名案がない。「モスクワ資料」、この不確かな表現が私の記憶の中に浮かび上がってきたのはその時である。数年前、あるセミナーで、何キロもの長さになる戦間期の警察公文書がロシアからフランスに返還されたところだ、と語った歴史家がいたことを思い出したのだ。私はインターネットによって、この資料には二五〇万件の書類からなる膨大な内務省国家警察のファイルが含まれ、スパイやアナーキスト、反軍国主義者、そのほかの不審者たちとともに外国人が記載されていることを知る。このファイルは一九四〇年ドイツに没収されてベルリンに送られ、それを一九四五年ソ連が押収して、秘密機関の倉庫で埃まみれになっていた。一九九〇年代初頭フランスに返還され、現在はフォンテーヌブローの国立公文書館別館に保存されている。ここで幸運が二度私に微笑んでくれる。そこは自由に閲覧できるばかりではなく、マイクロフィルムで名前一覧を見ることができるようになっている。そのおかげで、私はただちに仕事に取り掛かれる。

私はパソコンとデジタルカメラを持って、ある朝早くリヨン駅で列車に飛び乗る。国家警察のファイルに攻めかかるのだ。それは何千もの段ボール箱に分けられ、どの箱にも厚紙の表紙のついた何百ものカードが収められている。そして各カードから、報告書、調書、申請書、証明写真、本人・警視庁・省・団体の間の手紙などからなる個人別書類に辿り着ける。こうしたお役所書類を通して、今はもう亡くなってしまった人々の私生活や絶望に突然入り込むことになる。マテス・ヤブウォンカとイデサ・コレンバウム＝フェデルばかりではなく、コレットの父アブラム・フィシュマン、裏地についた赤いペンキの跡に裏切られたイツェク・シュナイデル、爪をはがされたギトラ・レシュチ、刑務所で私の祖母がうつ病になったと証言したヘルシュ・ストル、そのほかフランスに移住した何十人ものポーランド系ユダヤ人、さらにまた、本書で詳しく述べることになるフランスのアナーキストたち。こうしたすべての危険人物たちが国家警察の資料に取り上げられる栄誉を得ているのである。(13)

私はすぐ父に電話をかけ、こうした書類は彼が両親について抱いている考えをひっくり返すことになろうと伝える。父は母と一緒にすぐにフォンテーヌブローに来て、発見の規模に打たれ、「でかした！」とねぎらってくれる。この発見は実際には単に問題をあらためて整理したことから生まれたにすぎない。マテスとイデサは最初ユダヤ移民――メニルモンタン、ミシン、イディッシュ語なまり――ではなく不法外国人であり、この理由で彼らは内務省の監視下に置かれるのである。歴史家のパラドクス――探し求めるから見つかるのではなく、すでに見つけたから探し求める――の豊饒性から、私は本を一冊書くことが可能であると確信する。国家警察ファイルはパリからベルリン、ベルリンからモスクワまで揺られて行き、歴史家たちの幸福のために再び故国に帰還して、私の仕事を力強く助けてくれる。それほど新事実に満ちているのだ。個人の特徴を記載したカードやそのほかの質問票など、警察が住所変更、生活手段、行政手続きなどについて情報収集した書類ばかりではない。私たちの写真ストックは突如二〇パーセントも増加する。父は自分の両親の横顔が写っている、非常に小さい白黒証明写真を持ち帰りたくなる。マテスのこめかみと額は禿げ上がり、鷲鼻で、口元を引き締め、顔には深い気がかりが窺われる。イデサは漆黒の髪を後ろで束ね、眉はきれいな弓形で、ひし形のボタンで飾られたツイードのアンサンブルを着て、貧しいがおしゃれである［資料8・9］。父はこれらの遺品を盗もうとする。しかし私にはそれらはそのままに尊重すべき保存資料である。彼の世代と私の世代の間には、哀しいかな、時が流れてしまった。

とりわけ、この所蔵資料は新たな探索ルートをいくつか開いてくれる。内務省国家警察のファイルはパリ警視庁にその対応物をもっているはずだと見抜くのはたやすい。この二つの機関は絶えず情報交換していたからである。ここで失望が来る。警視庁の非常に貴重な「中央前科記録簿」（セーヌ県に居住する外国人の書類一五〇万件）は一九四〇年六月に川船で退避させられるが、ドイツに奪われ、解放の時に破壊されてしまっている。しかし別の展望もある。諸団体だ。二年間探し続け、六通ほどの催促メールも送ったが、ここでも失敗を認めなければならない。フランス人民救援の所蔵資料は戦間期については依然として閲覧不可なのである。それに対し、同じくモスクワから戻った人権連盟の所蔵資料はナンテール大学の研究図書館に保存されていることがわかる。国家警察と人権連盟の資料ファイルは、亡命と戦争の間の時期における私の祖父母の伝記が慎ましく横たわる寝藁であり、二人の書類上の生の中にこのように押し入ることは、私には挑戦であり、喜びであり、同時にまた苦しみでもある。

一九三八年六月四日、マテスとイデサはパリ警視庁の、外国人・パスポート課に呼び出され、「領土内において非正規身分で発見された外国人の身分調書」のための情報を与えている。これは警視庁と内務省でファイル化される四頁ほどの書類である。警視庁で外国人はどういう扱いを受けたのか、シュテトルから着いたばかりの垢だらけの不法入国者と、まったく規則通りの共和国小役人とがどのように対面したのかについては、いくつかの証言が一致している。人権連盟事務局長が一九三八年五月に述べているように、「不幸な人たちは呼び出し命令を受け、自分の名前が呼ばれるのを震えながら待つ。匿名の公務員の前に何人か一緒に出され、一言にして彼らの運命は決められてしまう。議論も説明もない。「何某ですか？　退去、これこれの日付の前に出て行って下さい……何某ですか？　強制退去、四八時間（あるいは二四時間）の猶予があります」……」[14] パリで難民となったドイツの社会主義者ヴェルナー・プラズーンは外国人には使用禁労働許可証の取得を期待して警視庁に赴く。「歩いて六階まで上る」エレベーターは外国人には使用禁止である——、心は弾んでいる。突然私の前に両開きの大きなドアが立ち現れる。そこを越える時、部署名を読む。退去課。［……］私は自分の召喚状に書かれている番号を確かめる。出頭しなければいけないのは間違いなくここだ。」窓口で、掛員が彼に「緑色の紙を渡す。今度は辞書の必要はない、こうした場所で使われる明確な言葉だ。「……に居住する、通称……は五日の猶予のうちにフランス領土を離れなければならない……」［……］廊下では、たくさんの人たちがその場にくぎ付けになり、緑色の紙を振りかざしながら話し合っている。中には、泣いている女たち、叫んでいる子供たちもいる。[15]」

私の家族のユダヤ人サン・パピェが一九三八年の審問の時、強く出たのか、恭しく振舞ったのかはわからない。また、クロード・オリヴェンシュタインのベルリンから来た両親のように、「公務員たちから、実際不謹慎極まりない、ひどい扱いやほとんどヒトラー的暴言」を受けたのかどうかもわからない。[16]しかし、彼らが国家機構に対するこの不平等な闘いに敢然と身を投じたことはわかっている。その証拠に彼らは必至の思いで諸団体にしがみついているし、またお互いを守るために警視庁では別々に審問を受けているのである。

マテス・ヤブウォンカ
一九〇九年二月一〇日、パルチェフの生まれ
ポーランド国籍
宗教—イスラエリット（フランス当局はヴィシー以前にすでにこの質問をしている）
家族状況—既婚、子供なし
左欄、証明写真下に、特徴—二九歳、一六二センチ、髪はBl. f. rx（「赤褐色系の濃いブロンド」という意

味であろう)、眼は緑系(私の父と同じ)、頬ひげなし、顎は引っ込んでいる、色白
外国での最終居住地―ワルシャワ(彼の最後の隠れ家か)
国に残る家族―妻(真実は虚偽をわずかにまぶされている)
以前の職業―ワルシャワで内装職人、パリでは無職
パスポート―なし
領事ヴィザ―なし
フランスでの身元保証人―なし
フランス入国の動機―ポーランドで迫害され、逃げざるをえなかったと主張。フランスに定住することを希望。
到着日―一九三七年八月三〇日
所見―フランス人民救援が政治難民と認定
裁定―大至急調査のため、一時的に一五日間許可[17]

イデサ・フェデル
一九一四年五月一四日、パルチェフの生まれ
ポーランド人、イスラエリット、独身
二四歳、一五六センチ、黒褐色の髪、茶色の眼、真っすぐな鼻
ポーランド語、イディッシュ語、ドイツ語を話す
最終居住地―パルチェフ

国に残る家族―母
パルチェフでは縫製職人、パリでは無職
パスポートなしヴィザなし
資金―一五〇フラン
政治的見解のためにポーランドで迫害され、投獄の恐れがある
一九三八年四月一八日以降フランスに滞在
徒歩でベルギー国境を越えた。一人で、と主張
フランスに留まり、可能であれば働くことを希望
人権連盟の保証を享受
裁定―一か月の猶予、至急調査(18)

夏が過ぎる。人民戦線は死んでしまった。ダラディエ内閣が一九三八年四月に組織され、不法者の駆り出しに力を入れる。一九三八年五月二日、政令が出され、非正規にフランスに入国ないし滞在し、身分証明書の申請を怠り、証明書類を携帯せず、当局に通知することなく住居変更を行う外国人に対する刑罰が強化される。被疑者は執行猶予や情状酌量の恩恵を受けることができず、刑の終了後にはフランス領土から追放される。一一月一二日、新たな政令が公布され、「商人証」をもたない外国人は商業関係の職業を営むことが禁止される。帰化により投票権がただちに付与されることはなくなる。国籍剥奪の手続きが簡略化される。さらにこの政令は、「好ましからざる者たちの厳格な排除を確固たるものとする」べく、「特別センター」に収容される外国人が出てくる可能性を予告する。移民社会にはパニックが起こる。イ

ディッシュ語の団体や新聞は、許可証がないために営業禁止になる商人たちや、四八時間以内にフランス領土から退去するよう命じられた家族たち、自国の刑務所に逆戻りとなる難民たちからの依頼で忙殺される。

一九三八年を通して、ヒトラーはヨーロッパにおける平和を崩そうと躍起になっている。三月一二日、オーストリアが併合され、国家的反ユダヤ主義がただちに実行される。一〇月三日、フランスとイギリスはミュンヘン会議でズデーテン地方の併合を支持する。一一月九―一〇日、ドイツ全土で「水晶の夜」のポグロム。ルーマニアとハンガリーは、外国で五年以上生活した移民（大部分はユダヤ人）から国籍を取り上げるポーランドにならい、大規模な国籍剥奪措置に取り掛かる。何千人もの難民がフランスに殺到する。オーストリア併合《アンシュルス》の後、フランスの国家警察長官は、「我々が至った飽和状態」を論拠に、難民を「情け容赦なく退去させる」よう命令する。一九三八年一〇月、ダラディエ内閣の副首相ショタンは、「大量に流入するイスラエリットが我が国における人種上の困難を引き起こすようになる」のではないかと懸念を表明する。[19] 難民はヒトラー総統閣下やそのライバル以上にはるかに恐ろしい脅威として立ち現れている。

内務省はマテスの身分調書を受け取って、一九三八年一〇月一〇日、「この外国人には退去措置を取ってしかるべきである」と決定する。マテスは二枚目のバラ色紙を受け取る。八日以内に国外に退去しなければならない。[20] 彼は失望することなく、再び人権連盟に向かう。ポーランド出身者支援同盟の証明書、シェラッツ刑務所釈放証明書、それに、事件全体を要約する彼の弁護士ヴィナヴェルの手紙を携えている。人権連盟は今度はマテスを政治難民として認定する。一九三八年一一月二四日、人権連盟は彼の書類を「あらためて好意的に検討する」よう内務省に申し立てる。マテスはできる限りの幸運を引き寄せようと、二通の手紙を続けざまに内務大臣に送る。代書人がタイプライターで打った、慎ましい、不器用な嘆願書であり、「ご厚情」とか「敬具」などの表現が詰め込まれ、彼の不幸な状況が何度も繰り返し述べられている。「私は政治犯罪のために禁固〈五年〉の刑を受けて国を出なければなりませんでした。イスラエリットである私には、ポーランドに戻ることもほかの国に行くことも禁じられております。フランスに滞在するご許可を頂戴できますればありがたく存じます。私はご決定下さる場所にいつでも参る所存でございます。私がここで一緒に生活しております伴侶は、現在妊娠七か月でございます[21]」

しかし時間は過ぎる。二回目の滞在拒否を受け、マテスは、その年の初頭にこっそり引っ越したように、また隠れなければならない。「私は自分の住まいを離れ、妊娠八か月の妻をたった一人、助けもなく現状のままに残さなければなりません[22]」並行して、彼は自分の運命を五番目の団体の手に委ねる。一九三八年の政令の廃止のために闘っている、中欧・東欧イスラエリット諸権利擁護委員会、通称「グルヴィッチ委員会」(副会長の名前に由来)である。一二月一〇日、グルヴィッチ委員会は大臣の「好意ある注意」を引こうと試みるが、うまくいかない。

要するにマテスは、この一年の間に、旧赤色救援からイスラエリット諸権利擁護委員会へと移っている。この移行は、岩のように堅固な共産主義者から、懇願者やシュリマゼル(*shlimazel*)、すなわちあの何をやってもうまくいかない不運な人間への変貌を如実に示している。彼はほかの扉も叩いているのだろうか。一九三八年一二月五日、在仏スイス公使館からの返答がある。「あなたのスイス入国ヴィザ申請は考慮することができません。」同じ日、英国パスポート管理事務所からの拒否。一二月六日、在パリ・スウェーデン領事ラウル・ノルドリンクからの拒絶。入国ヴィザ取得のためには、「フランスへの帰国ヴィザを持った[……]正規の身分証明書」を提示しなければならない[23]。こうした三件の移民申請は、ふつうに考えられることとは反対に、マテスが妻や赤ん坊とともにフランスに定住することを望んでいることの証拠と見ることができる。一九三八年五月二日付政令第一一条には実際、「フランス領土を離れることが不可能である」外国人は、強制退去命令の対象にはならないと規定されているからである。この規定に言われる不可能な状況は、異なる三か国の領事館でのヴィザ申請により証明される。

しかし内務省はこうした些細な点などには無関心である。一九三九年三月八日、「この外国人の国外退去を猶予なく進める」よう警視庁に求めている。十日後、同省はイデサもまた一九三七年七月九日付大臣通達第三三八号の適用対象者になると判断し、「この外国人女性の国外退去を進める」よう命じている。イデサもバラ色紙を受け取る。二か月の女の子のお母さんが今や「E・一一四五六〇」になり、八日のうちに出て行かなければならない(24)。同じ頃、イディッシュ語雑誌『十字路で』はその創刊号にこう書いている。「我々は人道的で民主的な原理をもった解放の時代の終焉のすぐ手前の時代を生きている。我々は閉ざされた扉の前で難民民族になってしまったのだ(25)。」

彼らは依然として留まっている。法律はどれだけ抑圧的でも、彼らに隙間を作り出すので、彼らは留まっている。ある法学者は一九三六年に発表した博士論文の中で、違反者を処罰する抑圧が弱いために、退去命令がほとんど結果を伴っていないことを嘆いている。実際、「本国送還なしに、国外退去はまったくの妄想である。」それは決して執行されないからだ。内務省は確かに違法者に調査とか「更新可能な猶予」の恩恵をしばしば与えている。そして、調査の後には警告が発せられ、すると今度は訴えが起こされて再調査が始まる。こうして書類はなかなか進まず、警視庁には大きな迷惑となり、しかも、退去命令がようやく出される時には、警視庁はその違法者が実際に出て行ったのかどうか確かめることもできない(26)。

しかしこうした裂け目(あるいはむしろ、こうした保証)があっても、非正規状態にある外国人が苦悩なしに生きられるわけではない。ベルギー滞在から戻ってベルヴィルにいるイレックス・ベレルをまた見てみよう。労働許可証もなく、グリネ向け、つまり新来のユダヤ移民向けのホテルに住み、食料品店の配達をやっている。今日は日曜日、部屋から出て大通りに気分転換に行く。のんびりしたユダヤ人たち、すなわち、ぶらぶら歩きながら大きな声で話しているユダヤ人たちは、証明書類を持っている。「ほかに、急いでいるように見える人たちもいる。彼らは縫うように進む……心配ごとで頭がいっぱいのようだ！　注意深く観察してみよう……彼らはある交差点を越えることは決してない。そこに着くと、自動的に引き返す。片目で知り合いがいないかどうか探し、もう一つの目で通行人を吟味する。人込みの中に隠れている私服刑事を見破り、身分証検査を察知しようとする。少しでも警報が鳴るや、彼らは消える。これは国外退去命令を受け取った者たちなのだ。[27]」戦後出版された『ベルヴィルのユダヤ人』の中で、イディッシュ語作家ベンヤミン・シュレヴィン（一九一三年、ブレスト・リトフスクの生まれ）は、クラインドルの貧しさを私たちに共有させてくれる。針仕事をして生計を立てようとしている極貧のユダヤ人女性である。身分証明書と労働許可証を求めて、ベッサラビア出身の仲介屋に頼る。警視庁への申請書類を書くのを手伝ってくれるのだが、なけなしの金をかすめ取っていく。国外退去命令を受けて彼女はホテルの一室に閉じこもったままで、ろうそくの灯りで仕事している。しかし商品はとても重く、また逮捕されるのが怖くて、配達するのが非常に難しい[28]。別の災難、ただし今度は実際のもので、若者アブラム・ソラシュが逮捕されてしまう。一九一七年パルチェフに生まれ、一八歳の時、パスポートもヴィザもなくフランスにやってきた。マレ地区のヴィエイユ・デュ・タンプル通りに住んで帽子職人をやっている父親のもとで働いている（残りの家族、母親と三人の子供たちはパルチェフに残っていた）。一九三六年一一月一二日、警視庁の報告書によれば、アブラムは「身分証明書がないために」逮捕される。「警察官が近づくと、彼は逃走したのであった。」その結果、バラ色紙、滞在拒否「E・七七六〇五[29]」。

非合法生活はフルタイムの活動になるので、恐怖は人を広く深く蝕んでいく。一斉取り締まりが頻繁に行われる公共の場所は避け、移民を見張る自転車に乗った巡査、いわゆる「つばめ」から逃げ、片言のフランス語を学び、衣類や靴の製造業で関係づくりをし、搾取者にはひっかからないようにしながら闇で働き、病気になったり怪我をしたりしないよう注意し、一夜のうちに引っ越しできなければならない。いろいろな手続きも日常生活に食い込んでくる。ヴェルナー・プラズーンが語っている。「私はお情けの猶予や延長を乞うた。毎週、警視庁の六階まで上がり、またもう少し生き延びさせてくれるスタンプが押されるのを朝から閉庁まで待っていた。[30]」マテスもそのようにして時間を失っている。シテ島の警視庁、ラファイエット通り九七番地（一〇区）の人民救援、ジャン・ドラン通り（一四区）二七番地の人権連盟、フランソワ一世通り四八番地（八区）のグルヴィッチ委員会、ポーランド語の書類を証明してくれるアレ通り三八番地（一四区）の翻訳鑑定人、彼の申請を拒絶する様々な領事館など。また、便箋、封筒、切手、代書人や翻訳者への支払いなど、数えきれないほどの費用もかかっている。

彼らは行く場所がどこにもないのでここに留まっている。ヨーロッパの最後の民主主義諸国家や米国は国境を閉ざしてしまった。彼らのパスポートは正規のものではない。アルゼンチン行きのヴィザを取得しても、船賃は手の届くものではないだろう。マテスの身分調書の「資金」欄には次のような情報が記載されている。彼が所持するのは「一二〇フランであり、［……］フランス人民救援から、家賃のほか週八〇フランを受け取っている」、つまり、年におよそ五千フラン、平均的労働者の家計の四分の一である。[31]共産主義者の連帯は何千もの人たちに役立っている。一九三五年から三七年にかけて、人民救援は加盟者や寄付者から八二〇万フランを受け取り、それにより、十万九千日分の援助を行うことができている。[32]この組織はまた、難民にパートタイムの仕事を世話し、例えば、一九二九年にリエージュから追われたルイ・グロノフスキは、この組織のおかげでパリのレストランで酒倉・皿洗い係として働いている。マテスとイデサが二〇区で盛んである〈人民スープ〉に通っているのかどうかわからないが、この過酷な時代、そこは客に困ってはいない。一九三六年、六か所の「台所」が合計七一万食を配り、八つの診療所が四万八千件の診察を行っている。

　戦後、私の父はパルチェフ友の会を訪れた時、古くからの会員から、マテスはパリで手袋職人をやっていたと教えられている。馬具職人は革を切り縫う技能があり、手袋ならとても上手に作れる。したがって彼が売り込む製品の収入が人民救援からもらえるお金に加わる。しかしそれは大した額になるはずはない。なぜなら、一九三九年、警視庁による「退去命令提案」に書かれているように、マテスは「不定期で働いている」らしいからである。どういう雇い主なのか。どういう道具でなのか。マテスはパリに着いてから一九三七年末までの間、ヴィラン通りの角の、クロンヌ通り三七番地に住み、次いで一九三九年七月まで、そこから百メートルほどのプレソワール通り一一番地に住んでいる。これにはまったく変わったところはない。マレ地区以外では、ユダヤ移民は、ペール・ラシェーズ墓地、ピレネー通り、ベルヴィル通り、ベルヴィル大通り、メニルモンタン大通りによって区切られた範囲に集中している[33]。ここは被服業と皮革業の王国であり、アルメニア人、トルコ人、ポーランド系ユダヤ人などたくさんの外国人が働いている。一九二〇年代半ば、一万六千人のポーランド人就業者（四分の三はユダヤ人）のうち、四六〇〇人が被服業、三千人が皮革業、二三〇〇人が商業で働き、そのほか数千人が行商や古物商にいる。この最後の二つは、最も新しい移民、つまり最も不安定な移民が引き受けている仕事である[34]。

　私はこの研究を始める時期、偶然――しかし完全に偶然だろうか――プレソワール通りに住んでいる。私の祖父母が一九三八年に入り込んだ一一番地には、現在は、不潔な住居も、往時を偲ばせるものもまったくなく、一九七〇年代に建てられたコンクリートのビルが立っている。数番地先の、妻と娘たちと私が住む建物と寸分違わないものである。この地区では、かつての不法ユダヤ人の仕事場に代わり、塩水漬けピクルスの瓶はナツメや蜂蜜などでできた菓子に代わった。みすぼらしいホテルに住むのは、リューマチで体が動かないマグレブ出身の年老いた人たちである。クロンヌ通り三七番地は私の娘の保育園の向かいに当たるが、もう存在していない。ヴィラン通りの拡張の時に建物はすっかり壊されてしまい、今日、その通りはベルヴィル公園まで続いている。その代わりに、医療画像センターがその不透明な窓ガラスを通行人に向けている。しばしば、私はプレソワール通りの家に帰りながら一一番地の前を通り、マテスとイデサが二階か三階でバゲットと黒ダイコンを分け合っているのを想像する。

こうした夢想はどこかに通じることもなく私はただ寂しくなる。それで私はパリ市公文書館に戦前の人口調査資料を調べに行く。最後に行われたのは、残念ながら、一九三六年のことである。マテスとイデサはまだヨーロッパの反対端で、刑務所の中にいる。その人口調査は魅惑的な正確さでクロンヌ通り三七番地の住民を明らかにしている。アヴェロン出身の五二歳、ホテル経営者ロラン氏が妻と子供たちと住んでいる。また、レストランで皿洗いをしているアルメニア人が無職のポーランド人女性と同棲している。さらにまた、アルジェリア人労働者一人と、大勢のポーランド人。独身者が多く、おそらくここはホテルで、ロラン氏のものだろう。クロンヌ通り三七番地から四〇番地の間では、五九六人中一〇二人が外国人であり、居住者の一七パーセントにあたる。一方、プレソワール通り一一番地には、失業中の靴職人、五六歳のイタリア人アルベール・マリオティーニ、ルーマニア人女性と結婚している四九歳のモロッコ革裁断工、ゼラ・シェインバウム、さらにまた、モリス・ブシュロン、レオン・カルパンチェ、ロジェ・モルルィユ、ジャンヌ・ポワリエが家族と一緒に住み、パン屋もいれば、ビランクールの板金工もいるし、トロワ・カルチェの店員、研磨工、石版工もいる。[35] 彼らの中には、一年後マテスがやって来る時おそらくまだここにいる人もあろう。マテス・ヤブウォンカ、ポーランド人、二九歳、馬具職人、ほどなくして手袋製造に職業替え。

一九三〇年代、二〇区はパリの中で最もユダヤ的な区の一つであり、一八区（ユダヤ人八五〇〇人）と並び、一一区（ユダヤ人一万三千人以上）に次いで多い。しかしベルヴィル＝メニルモンタン地区にはゲットー的なところはまったくない。ここはむしろ、五キロ平方に広がった、住民のパッチワーク、バベルの塔と言える。ここではパナムの庶民が、あのクロンヌ通りのアヴェロン出身のホテル経営者のようにパリに出た地方人たちと隣り合わせに暮らし、また、マグレブやブラック・アフリカの植民地出身者、合法・非合法の外国人、難民もいる。イタリア人、チェコスロヴァキア人、ルーマニア人、ポーランド人、ユダヤ人、トルコ人、アルメニア人など、こうしたみんなが仕事場や自宅で材料を加工し、大通りをぶらつき、テラスでコーヒーを飲み、肉屋で列を作り、階段で朝夕顔を合わす。『これからの人生』（*La Vie devant soi*）のロマン・ギャリー、推理小説のチエリ・ジョンケのように、アルメニア人作家クレマン・レピディスはこのグローバルな村を詠う詩人となる。「ベルヴィルの人たちは、彼ら［東欧からの難民］の中のある人たちがもつ嘆かわしいアクセントに当惑し、そこにいるあらゆる人種を区別するのに大いに苦労し、ユダヤ人とアルメニア人、アルメニア人とギリシア人を容易に混同してしまうのであった。[36]」

マテスが生活の場所で仕事をしていることはほぼ間違いない。彼はつまり「請負工」である。この点もごくありふれたことでしかない。ベルヴィルに住むある長靴職人はこう振り返っている。「どの家にも自宅で仕事する職人が住んでいて、彼らはいつでも手を貸す用意ができている。あらゆる種類の皮革やアクセサリーを納入する人たちが大勢いる。[37]」一九二九年パリに着いた、モシェ・ガルバシュの両親はわずか九平方メートルのみすぼらしい部屋に住み、そこで仕事をし、料理をし、眠っている。後に彼らはベルヴィルの「宮殿」に引っ越すまでになるが、それは踊り場に水道とトイレのある二間のことで、空いている場所はミシンでふさがり、彼らはそれで朝七時から夜一〇時までへとへとになって働くのである。「一度落ち着いたら、動くなんて問題にならないね。[38]」マテスとイデサにとっても、ほぼ同じようなことに違いない。ただし、彼らの場合は三人家族である。私の伯母シュザンヌ、イディッシュ語でソレは一九三九年一月二三日、ロスチャイルド病院で生まれる。産着がミシンの上に干され、夜、赤ん坊の眠りを守るキルティングの掛け布団の上には、手袋が山積みになっている。マテスが上手であれば、製品をうまく納入できよう。しかしいったい誰が夏に手袋など買うだろうか。当然いかなる失業手当もない以上、シーズンオフはひどい状態に違いない。それでベルトや札入れにも挑戦するのだろうか。私の父の一九四〇年四月の出生証明書には、マテスは「内装職人」と書かれている。前述したパルチェフ友の会の古くからの会員はこれに関しては何も言っていないが、その人のもともとの情報が不正確だという可能性もある。

家で仕事するということは、社会に十分統合されておらず、孤立し、フランス語を知らず、不安定である、ということを一般に示している。パリにいる一万人の請負工と同様、マテスは町工場や大きな工場の世界に入ることができない。失業がすでにフランスの労働者を大規模に襲っているのである。それに実際マテスには労働許可証がない。それでも確かに彼は自分の原材料を管理し、自由に自分の仕事の時間を組織できる。しかしそれはアンシャン・レジーム下の日雇い農民の「自由」であり、その日のうちに日当は支払われるものの、その晩自分の子供たちが食べられるかどうかはわからない。安価な、今日であれば「フレキシブルな」と呼ばれる、労働力の予備軍である請負工は、口約束で雇い主とつながっている。具体的な条項――搬入、数量、質、給与――は少なくとも明確ではなく、残酷な搾取が隠されていることもしばしばである。[39]パルチェフのようなところでは、勤労者は前工業的生産関係の中に組み込まれているが、それはそれなりに闘争的な関係ではある。しかしパリでは、警察の恐怖、貧困、言葉と国籍の壁によりどのような闘争性も打ち砕かれてしまう。一九三八年、ヘルシュ・ストルはバーゼル経由で数か月前に着いて、ほとんど直後に「E・九八八二四」になったが、ヴィラ・デュ・パルクの一部屋に住んでいる。部屋には、「彼の非常に慎ましい家具類が置かれている。〔……〕請負工の彼は自分の部屋で働いている。以前は、名前も住所も知らない四区の商人のためにズボンを作っていると申告したが、今は自営で仕事をし、作ったズボンをタンプル衣料市で売っていると主張している。彼はある雇い主のために不法で働いているように思われるが、名前を言おうとはしない。」その仕事はおよそ週一五〇フランをもたらしている（このほか彼は人民救援から六五フラン受け取っている）。警視庁の報告書には赤鉛筆で上から次のような加筆がなされている。「この外国人は現在我が国の職人業界全体を蚕食している者たちの一人である。[40]」マテスのように。

要するに人民救援の援助と、手袋の当てにはならない売り上げが一家を生き延びさせているのである。最初の頃、彼らはおそらくイデサの母方の伯母エステル・コレンバウムの三人の子供たちからの援助も受けていよう。このいとこたち、フリメ、スロウル、そしてディナは、一九三〇年代初頭パリに移民して、イタリア大通り八八番地の台所つき二間で生活している。スロウルの息子は子供の時、C階段地下の広い仕事場で彼女たちのことを注意して見ていたという。彼の説明によると、フリメとディナは「毛皮縫製職人」としてミシンを使って働いている。一方スロウルは板に皮を釘で留め、数ミリの細い紐に切り分け、丁寧にそれらを引き伸ばしてミシンで縫合する。この毛皮職人トリオは非常に貧しく、パルチェフの従妹を援助し続けることはできない。しかしきっと食べ物や古い産着を分けていることだろう。

人権連盟や内務省でイデサが申告したところによれば、イデサは「アメリカからお金」を受け取っている。彼女は一九四〇年五月九日付のシムへとレイズル宛ての手紙でもそう書いている。「二五〇フランいただきましたので、葉書を書きました。［……］お金を送ってくださるには及びません、お二人も生活費で苦労されているのですから。労働者であることは大変ですよね。私は時々アメリカからお金を受け取っています。向こうの家族は私たちのことを助けてくれます。お二人よりも余裕がありますので。[41]」私が驚くのは、こうした匿名の篤志家の存在以上に、マテスとイデサが当局にそれを執拗に誇っていることである。彼らにとってそれは誇るに足ることであり、彼らが得体の知れない者ではなく、「黄金のアメリカ」に縁者がいることの証拠なのである。私はすぐにはまり込む。ヤブウォンカの家系の者は米国には誰もいない。そもそもお金はわざわざイデサに送られている。そこで私はコレンバウムの家系に向かう。非常に遠縁のいとこにあたるリチャード・コレンは、コレンバウムの家系図を作成する喜びのために、数年かけて戸籍証書を精査し、また共通のDNAをやや保持している見知らぬ人たちとコンタクトをとった。こうしてハイム・コレンバウム（一七八四―一八六六）から始まり、イデサ、フリメ、スロウル、ディナ、また、数十人の曽祖父母、大伯母、ほかのいとこの子供たちを通り、二〇〇〇年代生まれの私の娘たちの世代にまで枝分れする傑作を作り上げた。[42]

パルチェフとブレスト・リトフスクから遠くないマロリタの出身であるコレンバウム家は、今日、米国二八州をはじめ、カナダ、イスラエル、フランス、ベルギー、ドイツに広がっている［資料2］。大元の先祖と同名の曾孫ハイム・コレンバウムは、ポグロムによって血塗られた故国ロシアを捨てて、一九〇五年、ケベックに向かう蒸気船ケンジントン号に乗船する。その後南下し、ロードアイランドのポータケットに落ち着いて、そこで行商人になる。ハイムはマロリタに両親と六人の兄弟姉妹を残している。エステル、ダヴィッド、ルフラ（私の祖母の母）、それに三人の弟妹、バルフ、ヘンニャ、バシャである。エステルについては何もわからない。ダヴィッドは森林監視人となりマロリタで一生を過ごし、パレスチナやフランスに運を試しに出発した七人の娘たちに再び会うことなく、一九三七年安らかに亡くなる。ルフラはパルチェフに残り、フェデル氏という、歴史の風が大気の中に消し去ってしまうあの〈羽＝人間〉と一緒にいる。年下のバルフ、ヘンニャ、バシャは、ロードアイランドの兄のところに行く。数年後、彼らはアメリカ市民となる。

二〇〇八年初頭、私はイデサの叔母にあたる二人のコレンバウム、バシャ「ベシー」とヘンニャ「アニー」それぞれの孫たちにメールを送り、どちらからも、アニーがヨーロッパの家族と関係を維持しており、物惜《ジェネラス》しみしない人だったという返信をもらう。ベシーの孫娘によれば、彼女は一九三七年頃パレスチナを旅行している。「私はその頃とても小さかったのですが、両親がアニーおばさんの旅行について話していたのをよく覚えています。もっと後になってから、アニー自身がこの旅行のことを話していたのも覚えています。おそらく彼らはこの時にヨーロッパにも行ったのでしょう。」ニューヨーク大学に滞在する仕事の合間、私はアニーの孫娘に会うためにボストンへ行く。花の咲き乱れる、人気のない通りが碁盤の目のように走る郊外で道を探す。ここでは徒歩で歩き回るとすぐに怪しまれてしまう。アニーの孫娘は戸口で出迎えてくれる。ブルネットの、暖かい、美しい女性で、少しフランス語を話す。夫は地階で精神分析医を開業している。彼もまたフランスびいきで、ラカンやアリエスを読んだことがある。私たちは戦争について、ユダヤ人について、フランスについて話をする。そうして、いわば家族専門家としてコレンバウム伝説に入り込む。ロードアイランドでアニーと夫は家具の事業を営んでいる。彼らは大金持ちではないが、「アメリカからお金」を送れるほどにはおそらく十分豊かであった。アニーは自分の過去を消してしまうタイプの人ではない。彼女は自分がアメリカに来てから生まれた、パリにいる姪イデサを個人的に知っていたのであろうか。そうではない。ただし、一九三七年の旅行の時にパルチェフかマロリタで会った可能性はある。旧大陸が沈んでいく時、遠くの標識灯のように輝いているこの魂の痕跡を私は持ち帰りたくなり、額縁に入った写真を応接間で写真にとる。写真の中で、アニーは娘のピアノを聞いている。真っすぐ前を見つめ、やや放心した様子で、白髪はシニョンにまとめられている。少女は音楽に陶酔しているようだ。息子はほっそりとして、スーツを着てエレガントである。姉の隣で、譜面をめくろうと注意深く構えている。素晴らしい光景。

マテスとイデサがこれまで述べてきた以外にも支援を受け、ほかの組織に助けられていることは疑いえない。まず東欧ユダヤ人がフランスのユダヤ共同体から期待できるものを見てみよう。火の十字団[3]のレトリックを踏襲し、イスラエリット・フランス人愛国同盟は、フランスにおける「ユダヤ人問題」の解決を切望している。一方、レモン＝ラウル・ランベールという人物が自由主義的立場を擁護し、戦争の直前には、ダラディエ政令の廃止を要求してグルヴィッチ委員会と連携している。しかし多数派の態度は、中央長老会議[4]副議長で、国際連盟難民高等弁務官事務所への代表であるジャック・エルブロネールによって表明されている。フランスは「何でもかんでも」受け入れることなどできない。「社会の滓、自分自身の国で有益な活動を持てなかった分子」は不可能である。こうした者たちは、「いかなる人間集団も利用できない無価値なもの」である。こうしてエルブロネールは政府に国境を閉鎖し、一〇〇ないし一五〇人の知識人を除いて全員退去させるよう勧める。網の目をうまくすり抜ける者については武力を行使して彼らの国へ送還すべきであろう。エルブロネールは平民に悩まされるブルジョワという以上に、忠実な良き「イスラエリット」フランス人として、国民／外国人、我々／彼ら、という区分で議論している。ドイツはこれとは別の論理を採用して、一九四三年一一月エルブロネールを家畜用貨車に載せ、ガス室で殺害する。(43)

政治組織網の問題はいっそう重要である。マテスとイデサはパリでたくさんの闘争仲間と再会している。コレットの両親アブラムおよびマルカ・フィシュマンは、マテスらと非常に親しい存在である。また、パルチェフ近くのデンボヴァ・クウォダの生まれであるギトラ・レシュチは、一九三九年夫とともにペール・ラシェーズ警察署で、私の祖父の品行の正しさを証言している。ヘルシュ・ストルは、イデサが人権連盟で申請をする時の証人である。以上の四人を私の祖父母が知っていることには証拠がある。また、彼らが、裏地にペンキ痕がついていたあの人、イツェク・シュナイデルの横を通り過ぎてしまえるとは思えない。一九〇九年にパルチェフに生まれたシュナイデルは、一九三〇年代初頭KZMPの活動家であり、一九三七年二月パリに着き、人民救援のおかげで暮らしている。

ここで一つの謎が生まれ、私はずっとそれを解きほぐせないでいる。いったいマテスとイデサはパリで政治闘争を続けているのであろうか。私の最初の考えは、彼らは落ち着いてしまった、というものである。党の側に公然とつくことは危険である。もちろんポーランドとは違う。フランス共産党は合法的な大衆政党であり、自国の牢獄から釈放されたばかりの難民たちは、フランスの同志たちが地下活動のどんな規則にも縛られず、加盟者リストを作ったり、警察に守られてデモをしたり、インターナショナルを公然と歌ったりする屈託のない姿に唖然としている。しかし証明書類を求める不法者が決してやってはいけないことは、「反体制」組織と付き合うことである。共和国はそこに致命的な裏切り行為を見るからだ。ヘルシュ・ストルのファイルはこうして最初から封印されてしまう。警視庁長官が興奮して書くように、この男は「政治闘争に関心を持って加わっているとのことで、過激な諸政党の組織するデモに参加しております。こうした条件の下、私にできますことは、政治難民だと言っているこの外国人にフランスに居住する許可を与える必要があるのかどうか検討していただくようお願いすることだけであります。[44]」ザモシチ次いでワルシャワで共産党の責任者を務めたモシェ・ザルツマンは、一九二九年、偽造パスポートとパリの人民救援の住所を持ってポーランドを離れる。マレ地区の作業場で雇われたザルツマンは、その日のうちに支払いがなされるよう要求する。雇い主は眉をしかめる。「見たところ、あんたはあの〈お仲間〉の一員だね。」そして父親のような調子でこう付け加える。「いいかい、そんなのはここでは通用しないんだ。パリに来たら、そんな馬鹿なことは忘れなきゃだめだ。[45]」

私のこうした直観は、一九三七年末にPCFが愛国的刷新を行う事実とも関係している。外国人嫌悪の風潮が広まる中、党も世論に迎合し始め、寄生する移民を断罪し、『ユマニテ』の中で「フランス人のフランス」を要求する。[46]邪魔になったMOIユダヤ支部は解体される。プウォツク出身のポーランド系ユダヤ人シュロモはパリの赤色救援で活動している。しかしPCFの偏狭な愛国主義について行けず、ベルヴィルの人民スープのほうに向かうが、一九三七年には完全に落ち着いてしまう。[47]一方、経済危機によりプロレタリアの連帯も厳しい試練にさらされる。しかしそうした連帯は本当に存在したのであろうか。一九三四年、ル・アーヴルの「フランス人労働者グループ」がパルチェフ出身のユダヤ人仕立て職人ヤンケル・ニスキを訴えるために内務大臣に匿名の手紙を送り、彼は間もなく国外退去命令を受けることになる。「我々フランスの労働者は子供を養うためにあくせく働き、数年前から失業しております。我々を我慢させ、危機が収まることを期待させるために美しい言葉が言われます。仕事はありません。フランスで働く権利のないポーランド人のニスキ氏がいったいどうしてル・アーヴルの共和国大通り九四番地にあるシャルル・ゴルドステイン商会のために働けるのか、その理由を私にお教え願えないでしょうか。この会社は彼に一着二〇フランでオーダーメイドの上着を作らせています。フランスの労働者が同じ仕事をすれば（最低）七〇フランはかかってしまうでしょう。[48]」さらにまた、ソ連における大粛清に信念を揺るがされた人たちもいる。ＭＯＩユダヤ支部責任者で、ユダヤ人民運動の創設者、『新報道《ナイェ・プレッセ》』（イディッシュ語世界の『ユマニテ』）のジャーナリストであるファイヴェル・シュラゲルは「共産主義の真理を疑う」ようになり、一九三七年、モスクワ裁判の時、党と決別する。(49)

もはや活動家ではないのではないか。しかし私のこうした証明も特に証拠の不在に基づいてのことで、ＰＣＦとＭＯＩの保存資料には直接証言も間接証言も何ひとつ見つからないのである。もちろん党の衛星組織である人民救援に三年間頼るというのはただ近くにいるという以上のこと、すなわち忠誠を意味しているのではないか、と異議を唱えることもできよう。移民の多くはパリに来るとすぐ、『ナイェ・プレッセ』を読み、ＭＯＩユダヤ支部や、ドレンブス＝ヴァルシャフスキが中心となっているユダヤ組合連合委員会で活動し、また国際赤色救援に属する政治囚支援団体《パトロナトゥン》に熱心に参加する。そのほかパリには、進歩主義的ユダヤ人組織、親睦と連帯の場所、反ファシズムの拠点などがあふれている。例えば、ユダヤ人労働者スポーツクラブ（ＹＡＳＫ）、パリ・ユダヤ人労働者劇場（ＰＹＡＴ）、ベルヴィル労働者クラブ、あるいは、無料診療所二施設と常設司法事務所から成る労働者団《アルベテル・オルドゥン》がある。ＹＫＵＦのあの名だたる会議も開催されている。最も活発に活動している共同体センターは、一〇区ランクリー通りの文化連盟である。ここはスポーツクラブや労働組合、パトロナトゥンの本部が置かれ、密かに共産主義者によって指導されている施設であり、イディッシュ語図書室、コーラス、演劇集団があり、会議室も備え、また新来者のためのオリエンテーション・センターもある。レストランで昼間働いた後でそこに行くグロノフスキが言うように、そこは「文化組織であると同時に、一種の職業・住居斡旋所、身分証明書や労働許可証などを取得するための案内所でもある。(50)」ファイヴェル・シュラゲルは一九三二年パリに着いた時、「当然」ランクリー通りを訪れ、そこで多くの移民と出会っている。「ポーランド警察に追われている政治難民もいた

（彼らの多くはすでに刑務所に入った経験があった）[51]。」いつも混んでいるこの場所で、マテスとイデサはアドヴァイスを求めたり、友人たちに再会して流浪の甘くて苦い友愛を味わったり、おそらくダンスをしたり、ジャック・デュクロの講演を聞いたり、「三L」を讃える夜の集まりに出たりしているのを苦もなく私は想像できる。要するに、彼らは活動するともなく活動していると言えるかもしれない。ちょうどモシェ・ガルバシュが国外退去になるのを恐れて党に加盟することは拒否するものの、ランクリー通りをぶらつき、『ユマニテ』や『ナイェ・プレッセ』を欠かさず手に入れ、あらゆる集まりに参加し、主義のためにカンパを行っているように[52]。

しかし、尾行を攪乱したり尋問に抵抗したりするのに慣れ、「国家に対する罪」でかつて禁固五年に処されたKZMPの幹部二人が、進歩主義的なサークルの行う夜の催しに出席して満足しているなどということが考えられるだろうか。ヒトラーがボリシェヴィズムや国際的なユダヤ人集団に暴言を繰り返し、スペインの共和派が虐殺され、反難民ヒステリーが荒れ狂う最中、彼らは腕をこまねいていられるのだろうか。二〇〇八年二月私は、戦争前夜に『ナイェ・プレッセ』の指導者で、後にMOIの責任者になったアダム・ライスキに手紙を書く。返事はない。偉大なレジスタンス活動家は病気で、一か月後に亡くなってしまう。ライスキの指揮下でMOIレジスタンスの一員であったポーレット・シリフカが会うことを承諾してくれる。彼女はモントルイユにある低家賃住宅（HLM）の五階で、私を台所のテーブルに座らせ、何をしたいのかややぶっきらぼうに尋ねてくる。私は自分の祖父母について調査しているが、誰も何も知らないのだと答える。

――残念だけど、お役に立てないわ。

――そんなことありません！　私の祖父母はポーランド系ユダヤ人で、二〇世紀初めにシュテトルで生まれました。共産主義者で、パリに亡命しました。それはまさしくあなたのお父様のプロフィールです。お父様について少し話してくだされば、私は祖父母の人生をもう少しよく理解できるようになります。

ポーレット・シリフカはあっけにとられて私を見つめている。

――私の父の歴史をなぞってあなたのおじいさんの歴史を書いたりしてはいけないわ！

――もちろんです。しかし人生の軌跡が似ている場合があるのです。例えば、あなたのお考えでは、私の祖父が政治活動をやめたということはありえることでしょうか。

――私に何がわかるって言うんですか。彼のことなんて知らないのよ！

――KPPの活動家はひとたびパリに来ると、ランクリー通り、『ナイェ・プレッセ』の周辺などを足繁く訪れると推測できますね。

――だけどそんなことはあんたのフィクションでしょ！ たぶん彼は変わったのよ。不思議じゃないわ、よくあることよ。

――それにしても、私の祖父はシナゴーグや極右連盟よりもMOIにいる可能性のほうが高いのではないでしょうか。

彼女に答える時間を与えずに私は続ける。

――彼の立場に身を置いてみてください。彼は一九三七年八月にパリに着いています。彼は何をするでしょうか。

老婦人はふくれっ面をする。

――彼は必ず何らかの住所を持っているはずね。友達とか、彼のシュテトルのランズマンシャフトとか、初めのころ助けてくれたり、ねぐらや裏で雇ってくれる人を見つけてくれたりする人とか。何も持たないでやって来ることなんてしないわね。

――保存資料では、祖父が人民救援の支援を受けていることははっきりしています。祖父は政治活動を続けていると思いますか。

――そんなこと何も知らないわよ！ 私が言えることは、私の父は活動家となって、アルベテル・オルドゥンや人民コーラスに通っていたということだけよ。

――それでは女性たちはどうでしょう。

――女性たちは、「お前は苦しみのうちに産み、一家の母となるであろう」[5]ということだったわ。

――それでも、私の祖母はポーランドで男たちのように投獄されています。

――そうかもしれないけど、パリではもうそういうことではなかったのよ。

――ヨゼフ・ミンツのような人は、一九二四年から一九六七年まで（ポーランドそれからフランス）共産党の活動家でした。フランスで彼は『ユマニテ』を読んでフランス語を学び、共産主義の学生のところに出入りし、彼の恋人は支部の会計になります。彼は私がそれについてよく考えることを一つ言っています。「非合法の共産党に一六歳で入り、投獄やもっとひどい脅威に絶えずさらされている時、そこから出て行くことを決心するのは本当に難しいことだ。[53]」祖父はパリに来てユダヤ組合連合で皮革業の同志たちに近づき、日曜日は大通りで反ファシズムのビラを配る、ということはどうでしょう……。

ポーレット・シリフカは肩をそびやかす。私はもっと不確かなシナリオも考えているのだが、彼女に言い出すこともできない。そのシナリオとは、マテスの貧しさ、馬具職人、手袋職人あるいは内装職人としての彼の失敗を、彼の政治的信念のせいだと見ることはできないであろうか、というものだ。東欧ユダヤ人の中にうまく事業を始める人が出てきても、マテスは雇い主などにはなりたくない――一万一千キロの彼方で、レイズルが、自分たちはプロレタリアとして生きなければならないのだから商売の資金など貯めこんではいけないと夫に禁じたのとまったく同じではないだろうか。

レコレータのカフェのテラス、オンブーのありがたい木陰で、私はシムへの息子ベニトにそうした思いを打ち明ける。私と同様彼もマテスのことを知っているわけではないが、彼自身の道程——三度の投獄、マルクス・レーニン主義への曇りなき忠誠——により彼はこうした問題について経験がある。マテスのような職業革命家がひとたびフランスに来ると活動をやめてしまうということはありうるのだろうか。

——考えられないね、とベニトは答える。

——自分の歴史をマテスに投影しているような気もするんだけど。

——お前が私に尋ねてるんだから、私は私の考えを言ってるんだ。お前のおじいさんは決してやめたりしなかった。共産主義は彼にとってすべてなんだ。彼はそのために刑務所まで行ったんだよ。

——アルゼンチンでティオ・シムへは活動しなかったね。

——マテスとは違ってたよ。でも親父は生涯共産主義者だった。

——将軍たちの粛清や、KPPの一掃、独ソ協定などの後でも。

——もちろんだよ! 共産主義者であるというのは、アイデンティティなんだ。スターリンや党が何をしようとどうでもいいことなんだ。

外国人として嫌われ、貧しく、脆い、これはすべての移民の運命である。しかしながらパリは、横断幕を掲げて禁固五年を食らうパルチェフ、周りの人たちの反ユダヤ感情を刺激してしまうことを恐れてポグロムに反対する抗議ストライキも組織できないパルチェフに比べると、平和な避難場所に思えたに違いない。ここで思い出さなくてはならないのは、マテスがツァーの帝国に生まれ、そこではユダヤ人は町に住む権利を持たず、土地を買う権利もなく、いくつかの職業には就く権利もなく、また、ポーランド立憲王国、ウクライナ、ベラルーシ、リトアニア、西ロシアの一部から成る「居住区域」を離れる権利もないということである。パリは自由の土地なのである。

そこはまた蜂の巣のように賑やかだ。路地にも横道にも露天の店が並び、靴下屋、傘屋、スポンジ屋、椅子の張替え屋、ガラス屋、磨き屋、研ぎ屋がある。しかし儲かる見込みのないこうした細々とした仕事からは首都の彩ある光景よりは、不安定さ、悲惨な生活が窺われる。メニルモンタン大通りの群衆のざわめき、一二か国語の飛び交う会話、屑鉄買いや石炭・氷配達の呼び声、自動車のクラクションは、この世界都市の音楽であり、おそらくワルシャワのクロフマルナ通りを思わせるものであろう。しかし間違いなく、馬具職人とでこぼこ道の、遅れたポドラシェ地方からはほど遠い。ロジェ・イコールの『春の接ぎ木』の中で、ヤンケルは一歩一歩驚きながら首都を探検する。「なんてたくさん家があるんだ！　こんなにたくさんの通りにこんなにたくさんの人出！［……］この町はなんて巨大なんだ！　彼は時々、ラクヴォミールの一番広い通りよりも一〇倍も二〇倍も広い通りに出た。[54]」

そして生活は続いていく。マテスは警視庁で午前中長いこと待ち続けた後、雇い主のところに注文を取りに行き、ベルヴィル大通りとオリオン通りの角にあるカフェ・ヴァルシャフスキで、出来立てのベーグルとニシン一切れを口に入れる。あるいは、いとこのところで男性服仕立てをやっているアブラム・フィシュマンと五分ほど話をする。あるいはまた、シュレヴィンの主人公たちのように「嘆かわしいほど手持ち無沙汰で」大通りをぶらつく。ユダヤ人カフェのテラスでは母親たちがミルク一杯を注文するだけのお金もなく、「干からびた胸」を赤ん坊に与えている。[55]　社会学的な調査の中には、女性は高い適応能力に恵まれており、男性たちが機械の奴隷になり、失業と一家の必要を賄うことができないことに屈辱を感じてしまうのに反して、伸び伸び暮らしているると書いているものもある。マテスは簡単に降参してしまうような人間ではない。しかしこの一九三九年初頭は、打ちひしがれ、疑いに苛まれ、やや恨みに思うようなところもあったのではないかと私は思う。彼はルフトメンシュ、すなわち、シャルロ[6]のように、半ば夢想家半ば浮浪者、どうにかこうにか生きていく「空気の男」ではない。しかしまた、彼がもはや街角で若者たちを魅惑するパルチェフのカリスマ的なリーダーでないことも確かである。かつてはこぶしを突き上げたが、今や助けを求めて手を伸ばしている。ポーランドを大ソ連邦に結び合わせることができなかったので、彼は今やブルジョワの国で援助金で生活し、全能の官僚たちの足に縋って嘆願している。

こうして私は、マテスの生活がポーランドよりもフランスでさらにつらいものになったと言う十分な根拠があるように思うのである。ヴォルフ・ヴィヴィオルカの『東と西』(一九三六年)において、突然、「昔あれほどうんざりしていた故郷の村への愛とノスタルジーに襲われる[56]」ゴルドマンのように、確かにマテスも自分の家族や、昔の世界の暖かい、包み込んでくれる付き合いを恋しく思っていよう。しかしそれ以上に、苦しみを耐え忍ばせてくれた理想がもはや苦しみを乗り越えさせてはくれないことがつらさの核心であろう。警察が彼を追いまわすのは、彼が新世界の建設者、地の塩、世界的規模の闘争の中でファシストによって追われた自由の英雄の一人だからではない。一九三九年の『プチ・パリジャン』の三文文士によれば、フランスは「選抜に失敗し、確実に危険をはらむ分子によって恒常的に大規模な侵略を受けている[57]」、この侵略に対してフランスを守るために、外国人、「望ましくない」存在としてマテスは追い払われるのである。恐れることのない、非の打ちどころのない革命家は、今やディアスポラのユダヤ人に収縮してしまう。ポーランドの共産主義者は身ぐるみ剥がれ、彼はもはや保護も受けず国家も持たない、裸の人間にすぎない。パルチェフからパリまで、ストックホルムからローマまで、極右からＰＣＦまで、あらゆる人々に拒絶されているのだ。ポーランドにおける非合法とフランスにおける非合法、タイプは異なるが、ともに世界に存在することが許されない状況である。しかし最初の場合は、人類に役立つという希望に養われており、危険を使命に、苦しみを犠牲に変え、充実の時をもたらしてくれる。それに比べると、フランスにおける非合法生活は、陰鬱とし、馬鹿げていて、頭をぶつけてしまう迷路である――一九三九年八月二三日の独ソ協定の締結をマテスはどのように感じたのか、私は知りたくなる。「人類がそのために生きそのために死ぬ特別な信念もなく見捨てられたのは、非常に稀な場合だけだった。」アーサー・ケストラーは人生の一番暗い時期にこう書いている(58)。

イデサは受け入れ国で、ゆったりとくつろぐおばさんになっているのだろうか。女も男も同じ危険を冒し同じ代償を払う政治闘争の平等な世界から引き離されて、彼女は日常生活の心配ごとの中にどっぷりつかっている。エプロンをしたローザ・ルクセンブルクは今シュザンヌの世話をしなければならない。お乳をあげ、おむつを替え、散歩に連れて行く。また買い物に行き、市場で一番安い馬鈴薯に目をつけ、シュロマ・ニレンベルクの店で肉を少し買わなければならない。それはマロニット通り二二番地の肉屋で、プレソワール通りをちょうど出たところにある。イデサはこうした微温的な生活などおそらく望みはしなかっただろう。しかし自分であることを忘れる長年の政治活動の後では、また一か月の間ヨーロッパを彷徨った後では、おそらく休息は時宜を得たものだろう。こうして一家の主婦として生きる日々は、「刑務所で罹った精神病」の後では一種の回復期になったのではないかと私は思う。もちろん警視庁で長い行列をつくり、幻滅し、お金が足りず、ポーランドから悪いニュースが届き、建物は古く、部屋は狭すぎ、家具はみすぼらしい。しかしやはり希望がほとばしる瞬間、幸福の時もある。人権連盟から証明書をもらえ、赤ん坊は大きくなり、友達が立ち寄っていろいろ話もできるのだ。

一九三七年か三八年頃の写真に、野次馬が見つめる中でカービン銃を撃ついとこのスロウルが正面から写っている。右手奥にはマテスも見える。額に皺をよせ、眉をつり上げ、どうも発射音か射手のうまさに驚いているようだ。上着に黒い細縞のネクタイをしたその姿は、あの、冬の外套を鎧のように着て、か弱いヘンニャと善良なヘルシュルを従えている、パルチェフの冷然とした男ほど怖くはない。スロウルは明け方から夜までずっと働く。C階段の地下室で、かがり機——毛皮を引き込むギザギザのついた二つの円盤、糸をたぐるグレイフェルという部品、毛皮の紐を縫う水平の針から成るミシン——に屈み込んで一週間ずっと目をくたくたにし、たまの日曜日、イタリア広場の定期市のこの射的に出かけるのである。鉛玉が的の中心に当たると、シャッターが起動する。数時間後、写真をもらいに行く。スロウルの息子は同じタイプの写真を何枚か持っている。日焼けし、黒髪で額が広く、地中海人のようにくすんだ肌をしたスロウルは、集中している様子で左目を閉じ、群衆が驚きをもって見守る中、引き金を引いている。彼は非常に上手なので、露天商は彼に遠くから声をかけ、射的をやってもらう。彼の腕前が客引き効果を持っているのだ。

しかし疑いようもなくはっきりしてくることがある。彼らは座礁しつつあるのだ。証明書類もなく、合法的な仕事もない。フランスは彼らのことなど必要としない。一九〇〇年から一九六〇年までの間にフランスで許可されたすべての帰化事例を収めたCDでは、あらゆる種類の基準で分類がなされており、その一つ「出身地」という欄で「パルチェフ」と打つと、パルチェフから移民してきたカシェマヘル家、シュナイデル家、ズロタゴラ家のほか、バニューの納骨所に入っているすべての人たちがフランス人になった日付が出てくる。大部分は一九四六—四八年の期間である。しかし帰化の聖杯に至るには一連の段階があり、マテスとイデサはどうしても越えることができない。刑務所から釈放されたばかりのアブラム・フィシュマンはヴィザもパスポートも持たず一九三六年一〇月にパリに着く。正規滞在のいとこのところに一万フランを預ける富裕者ということで、給与のある仕事には就かないという留保条件のもと、一九三七年三月、外国人身分証を取得している[59]。ギトラ・レシュチは一九三七年二月、ドイツ・ベルギー経由でパリに着く。彼女もほかの人と同様、大臣通達第三三八号に触れることになるが、フランス人金物商労働者レモン・ギャルドブレッドと親交があり、「結婚の計画を実現しうるよう」三か月の猶予が与えられている[60]。イデサのいとこたち、マロリタの森林監視人の娘アネット・コレンバウムとヤハ・コレンバウムもこれと同じ状況である。彼女たちはそれぞれ、一九三六年コンスタン・クワノー、一九三九年マクシミリアン・シャリヨーという、アナーキストのフランス人職人と結婚している。一九三九年九月、パルチェフ出身の二五歳リフカ・シェルマンは二万五千フランを持ってイタリアからフランスに不法入国する。ともに正規滞在者である姉のところに泊まり兄に支えられて、彼女はポーランド総領事館でパスポートを取得する。警視庁は、「この外国人女性を国に送還することはもはや不可能である」と記している[61]。

こうした事例は、それと対照的に、マテスとイデサに欠けていたもの一切を明らかにしてくれる。証明書類とお金に加え、身元保証人、よく同化した近親者、フランス人配偶者、無前科である。こうした切り札に比べては、政治難民などということはまったく役に立たない――むしろハンディキャップでさえある。一九三八年、ワルシャワのフランス領事は、フランスにもポーランドにも必要とされないイツェク・シュナイデルについて外務省にこう書いている。「彼は、即刻に国外退去措置が取られることが望ましい一切の条件を体現していると言えます。まず、領事ヴィザを持たず、規則に違反して入国。次に、パリの総領事館によってポーランド人として暫定的に認められているにすぎない、疑わしい身分。第三に、絶対的な困窮。収入を伴う仕事には就いていないと言い張りますが、実際には生きるために働かなくてはなりません。最後に、嘆かわしい前歴。投獄されたことがあると認めております。普通犯ではなく政治犯だと主張していますが、これこそまさに彼が証明しなかった無根拠の申し立てなのであります。[62]」まさしくマテスとイデサの状況にほかならない。

とりわけ、彼らはフランスに来るのが遅すぎたのだ。一九三六年一二月、共産党はブルムがスペインに介入しない政策をとったために、信任投票するのを差し控える。一九三七年六月、共産党はショタン内閣に受け入れられない――マテスがパリに着くのは、その三か月後の八月の終わりであり、人民戦線の小康状態にも多数派内でのフランス共産党の影響力にも乗じることができなかった。これに並行して、ユダヤ移民の権利要求を支持していたユダヤ人民運動は崩壊する。またMOIユダヤ支部が廃止されたことは、共産主義者が反ナチ闘争はフランス人労働階級に任せるべきだと考えていることを意味する。至る所で難民に対する敵意がいっそう激しく再燃する。

一九三九年五月一一日木曜、朝、マテスとイデサはシュザンヌを連れて大通りを散歩している。その時、警官が彼らの身分証明書の提示を求める。彼らはすぐに拘束され、一一時、警視庁に送られる。イデサはポーランドのパスポートを所持していたためか、あるいは家庭の母の責務ということが考慮されたためか釈放される。しかしマテスは留置場に連行される。私は警視庁公文書館で掘り起こした、「公道―外国人」と題された勾留簿に今日を通している。二人がいる。三九〇―三九一頁の下に、「フェデル・イデタ、プレソワール通り一一番地、滞在拒否」と「ヤブウォンスカ・マテス、同上」。アルフォルヴィルに住所を持つ、「身分証明書の期限切れ受領証」所持のアルメニア人と、モントルイユの同じく「滞在拒否」の女性に挟まれている。[63] 私は二人の姿が見え、二人の恐怖を感じる。翌日、マテスは勾留状を執行され、サンテ刑務所に収監される。[64] こうした情報から、彼は数日後裁判所に召喚されることになると予想することができる。私はある朝ポルト・デ・リラの近くにあるパリ市公文書館で父と待ち合わせをする。証明書が足りない。持って来るように頼んでおいたのだが、父は身分証明書を忘れてきてしまった。父は登録できない。受付係員と交渉し、感動を誘おうと試みる。最終的に、父は私と一緒に閲覧室に上がることを許される。私がいわば保証人である。サンテ刑務所の収監簿には、マテス・ヤブウォンカ、職業「内装職人」、驚きであるが「住所不定」、は一九三九年五月一二日から一九日まで収監され、同日フレンヌ刑務所に移送されると明記されている。私たちは次にセーヌ県軽罪裁判所第一六部の記録へ移る。熱を帯びたように頁をめくる。心を揺さぶられる。マテスがいた。

いつかこの発見をするために自分は歴史家になったのだと私は思う。私たち家族のいくつもの歴史(histoires)と、大仰な大文字で書かれる、人がふつう歴史(Histoire)と呼ぼうとするものの間の区別はまったく意味がない。両者は厳密に同じものである。一方には、王杖を握っていたり、テレビで発言したりする、この世界の大物、他方には、逆巻く日常生活、怒り、明日のない希望、名も知れぬ涙、追悼記念碑の下やどこか田舎の墓地で名前が錆ついている無名の人々、というわけではない。たった一つの自由、たった一つの有限性、たった一つの悲劇があって、それが過去を私たちの最大の富にもし、また私たちの心が浸る毒の水盤にもするのである。歴史を研究すること、それは沈黙のさざめきに耳を傾けることである。それは自足してしまうほどに強力な苦悩を、人間の条件が吹き込む、悲しくそして優しい敬意によって代置しようとする試みである。これが私の仕事であり、私はこの裁判記録を撫でながら、書記官のペンが記した数行を眼で追いながら、言い表し難い安堵の思いを強く感じる。

一九三九年五月一七日、私の祖父は一九三八年五月二日付政令違反により禁固一か月、罰金百フランに処せられる。首相エドワール・ダラディエと内務大臣アルベール・サローが共同署名するこの処罰令は

「善良な外国人」と「望ましくない外国人」とを区別する。マテスはこの障壁の悪い側に落ちてしまう。「ヤブウォンカはフランスからの退去を命ずる滞在拒否の対象になっていたにもかかわらず、フランス領土内に滞在していた。」上記政令の第二条および第一三条によって罰せられる犯罪である。[65] 同じく難民であったヴェルナー・プラズーンにも同時期の思い出がある。「判事たちが小声で話し合い、ハンマーが叩かれる……判決の申し渡しは非常に速く、私にはわからなかった。私は手錠をかけられてもう連れ出されていた。廊下で、私に腰縄をかけている憲兵が説明しなければならなかった。「実刑二か月、それに大金だぞ！」[66]」。彼と同じように、マテスも警視庁からサンテ刑務所、サンテ刑務所から裁判所、裁判所からサンテ刑務所、そしてサンテ刑務所からフレンヌ刑務所へと、囚人護送車の檻に入れられて、妻と四か月の娘から遠くへと連れ回される。フレンヌ刑務所には六月一一日までいる。ヴァル・ド・マルヌ県公文書館で、私は収監簿と釈放カードを見つけ出す。興味深い唯一の情報、「フランス語を話さない[67]」。こうした間、イデサはどうしているのだろう？　彼女のいとこのフリメ、スロウル、ディナ、イタリア大通りのあの三人の毛皮職人に助けを求めているのだろうか？　マテスが釈放されて二週間後、被告が情状酌量を受けられるように政令は修正されている。

またもや刑務所に入れられたのである。ゲットーから公民へと移行するユダヤ人もいるが、マテスは監房から監房へと移り、アウトローであることを決してやめられない。一九三八年、ある法律家は『人権ノート』に次のように書いている。「自分の人生がほぼ完全に監獄の中で過ぎていく、あの可哀そうな男たちに私は何度も会った。彼らは刑務所から出ると隣国の国境まで連行され、ほどなくそこで再び投獄されてしまう。[68]」マテスは、フランスが誇らしく避難権を与える政治難民なのか？　彼の投獄はむしろ「良識ある外国人」と「非正規滞在者」との区別が空しいこと、そして両者が犯罪者のカテゴリーで一つにまとめられることを明らかにしているのである。

一九三八年五月二日付政令第二条によりマテスは釈放後ただちに国外退去措置を受けなければならないが、しかし第一一条によると、フランス領土で動けなくなっている外国人はただ居所を指定されるだけである。六月中、マテスはおそらくある団体の忠告を受けて、内務大臣宛てに「地方への居住場所指定」を願い出ている。内務省が答えないので、警視庁は時間を引き延ばす。答えのない間にマテスとイデサはペール・ラシェーズからすぐ近くのデジレ通り三番地に引っ越してしまう。私の父が一九三九年八月頃イデサに宿るのはその場所である。

怠慢の重なりのためなのか、次の日に仕事を先送りしてしまうメカニズムのせいなのか、いずれにしても今一度不法滞在者に逃げられている。何万人もの外国人が、滞在拒否や国外退去命令を受けても、セーヌ県内で細々と生き続けている。そしてこうした状況を前にして、警視庁長官は一九三九年夏の終わり、「パリの鬱滞状態を解消する」よう内務大臣に強く求める。「こうしたすべての望ましくない者たちがパリ地方に存在することは、国家の安全と公共の秩序にとって深刻な危険を呈するものであります。パリ軍管区もこうした輩をすべてパリ地域から遠ざけることが不可欠であると判断致しております。軍管区は外国人用に準備していた収容所の一つを暫定的に我々に提供できるとの意向であります。」それゆえ、不審な無国籍者、猶予を享受している国外退去者、それに前科者などを集める「強制収容所」を設置することができないであろうか？(69) 私は大臣がどう答えたのかわからないが、警視総監のこの願いは間もなく実現することになる。ケストラーが自分をそう形容したような「地の滓」は、全領土に散らばる八〇の収容所の中で腐っていくことになる。それはロラン・ギャロス、ビュファロー、コロンブなどパリ地域の競技場をはじめとし、こうしたゴミ貯めの最悪の場所であるアリエージュのル・ヴェルネーまで広がっている。こ

の最後の施設は、苦しみや屈辱の点ではダッハウよりもいくらかましという程度のものなのである。(70)

このわずか一か月の投獄は、一九三四年から三六年までの間にマテスが経験したものに比べると冗談のように思えるかもしれない。向こうでは、絶えず移され、食事はひどく、ハンガー・ストライキを行い、懲罰も受けた。しかしフランスはピウスツキのポーランドとは違い自由な民主主義国家である以上、この投獄ははるかに強いトラウマを残す刑罰となる。ファイル化・滞在拒否・逮捕・裁判を通して難民を投獄する歯車装置は、一人の人間の何らかの行為ではなく、その人格そのものを罰するものだ。なぜなら、メニルモンタンのサン・パピェはもはやパルチェフの技術者ではないからである。技術者ならその活動に終止符を打つことを決意すれば、もう心配する必要はない。それに対しサン・パピェはただちに有罪と断罪され、領土を出ることもそこに留まることも許されないのである。違反行為が処罰の対象だと言われるとしても、それを越えて狙われているのは、根扱ぎされた者、闖入者、誰もが要らないユダヤ人、犯罪者に仕立て上げなければならない無実の者なのだ。ポーランド系ユダヤ人ナタン・トロパウエルは一九二五年以来フランスに合法的に住んでいるが、今やカフカ的な同じ悪夢の中でもがいている。彼は理由もわからずに国外退去命令を受け、国に戻ることを断腸の思いで決心する。屈辱の中の屈辱、ポーランド領事館は彼にパスポートを発行することを拒否する。一九三八年八月、苦悩の絶頂にあるトロパウエルは人権連盟への手紙に思いの丈を記している。「まさにそうした時、二人の刑事がある朝七時に現れ、私を乱暴にベッドから引きずり出し、私が悪人の中の悪人、危険な犯罪者であるかのようにサンテ刑務所へと連行した。理由は、国外退去命令状執行の拒否！　しかしそれでは、外国人であり、その上ユダヤ人であることは犯罪なのでしょうか。私の生国の領事館当局が人種差別問題のためにポーランドへの入国を私に拒絶したことは私のせいだったのでしょうか。私は二か月の間、正直な労働者にとって投獄の刑がもたらすこの恥ずべき烙印をつらい思いで耐え忍んできました。八九年の革命によって宣言された、自由と人権の神聖な原則は共和制と民主主義のフランスではもはやフィクションにすぎないのではないかとさえ思いました[71]。」

この一節から私たちは重要な議論の真っ只中に投げ込まれる。すなわち第三共和制とヴィシー体制との連続性の問題である。共和制下の強制収容所は、スペイン・ドイツ・オーストリアの難民や、ヨーロッパ中から追われたユダヤ人を収容することを目的としたものであり、ヴィシー当局とナチは後にこの生け贄で我先に獲物を捕まえることになる。ダラディエの諸政令は、ペタン元帥の法律が一九四〇年七月—九月に帰化者と外国人を、一〇月以降はユダヤ人を狙う、その下地を準備している。この時期、すでにフランスは数年前から外国人を差別し、不法者を追い詰めている。国家警察がマテスとイデサに関して積み上げる報告書は、その置き換えがたい歴史資料であり、パソコン上でそれらを次々に見ていくと私は動揺を禁じえない。しかしそれらは何よりも来たるべき迫害を予告している。人民戦線下、国家警察のファイルは将来有望な若き官僚ルネ・ブスケによって管理されている。一九四〇年、警視庁の中央前科記録簿は川船で避難させられた後パリに戻り、外国人およびユダヤ関係局によって再び整備される。占領地帯で行われた人口調査に基づき、一〇月に「ユダヤ人ファイル」を作り上げるのは、この部門のトップ、アンドレ・チュラールである。彼はその全キャリアを警視庁の外国人部門で作った人であり、良い指導者に恵まれたのだ[72]。

こうしたファイルは全世界の警察の羨望の的であり、国民を浄化したい人たちにとっては要するに効果的な道具——顕微鏡とメス——になる。ドイツはこの点間違えてはいないし、フランスの協力者たちも同様だ。一九三〇年代の法律は表立っては反ユダヤ主義ではないが、「ヴィシーの前にヴィシー」があり、それは共和国の中で発酵している。悲しい親子関係、暗い展望である。なぜなら、フランスはヨーロッパの中でなお最も大規模に難民への援助を行っている国なのだから。

5 一九三九年秋、外国人たちは志願兵となる

一九三九年一〇月一八日、マテスは、アルゼンチンにいるシムへとレイズルに手紙を書く。彼がパルチェフから受け取った最後の手紙の日付は八月二八日、ドイツ侵攻の四日前である。それ以来両親からはいかなる便りもない。「現在の緊迫した状況にもかかわらず、私たちは元気です。イデスは家と子供の面倒をみています、これはけっこうな仕事になります。私の方は、時たま働いています、ついてません。［……］赤ちゃんはとってもいい子です。シザンヌ（ソレ）という名前で、もうじき九か月になります。もう立つことができます。」一か月服役したばかりであるとは言わず、イデサが妊娠している（三か月）と付け加えることもあえてせず、マテスは向こうの近況を尋ね、愛情のこもった命令文で手紙を終える。「お元気でいて下さいね。」住所はフランス語で書かれている。左上に差出人「M・ヤブウォンカ、パリ二〇区デジレ通り三番地」、右の切手の下に宛先「S・ヤブウォンカ、アルゼンチン共和国、ブエノスアイレス、モンティエル二七三一番地。」手紙の終わりで、言葉の船体に固定された舵のように、平凡な追伸が方向転換を告げる。「以前私の戸籍を送りましたね。お持ちなら、私に送り返してください。(1)」その十日前、デジレ通りからすぐ近くの、オーギュスト・メチヴィェ広場七番地に住むギトラ・レシュチとその夫

の証言に基づいて、ペール・ラシェーズ署はマテスに品行証明書を発行した。マテスはこれにより軍隊に志願することが可能になる。ただ申請書類を仕上げるには戸籍証書が必要であり、彼が兄と姉に依頼しているのはそれである。確かに新たな展望が描き出されている。しかしそれは家庭の喜びでも、大西洋の向こう側での救いでもない、今、ここにおける戦争である。

一か月半前の一九三九年九月一日、ヒトラーはポーランドに対し機甲師団を投入した。同月三日、フランスとイギリスが参戦する。九日、ポーランドとフランスの間で結ばれた協定は、「すべての［……］ポーランド国民に対し徴兵委員会に出頭するよう命じる。」(2) ワルシャワは爆撃で破壊され、フランス軍はサルト県とヴォージュ県で前線の強固さをテストしている。ポーランドの大使はフランスでポーランド軍の一部隊を創設すると発表する。ナチズムはライン川とヴィスワ川まで押し返されなければならない。一七日、赤軍はポーランド東部に侵入し、七つの県と大部分の油田を征服する。独ソ協定に付された秘密の計画に従って、ポーランドは、一九世紀と同様、二つの強力な隣国に分割されてしまう。

フランスでは総動員が行われる中、フランス軍にはまた大勢の志願者も押し寄せている。八万人を超える外国人が八か月のうちに志願を行い、すでに鉱山や兵器工場、あるいは駐屯地整備やマジノ線補強の「労務」に配属された何万人ものイタリア人、スペイン人、ポーランド人労働者に加わることになる。(3) ユダヤ人も遅れてはいない。兵営や戦争省ばかりではなく、この機会に開かれた志願事務所にも押し寄せる。ランクリー通りには〈一四年—一八年戦争ユダヤ人志願兵同盟〉の本部があり、そこでは十日間で一万人以上の志願者がサインし、また〈反ユダヤ主義に反対する国際連盟〉では一万二千人が志願している。(4) 一か月前には国外退去を恐れて隠れるように歩いていた人たちである。

一九三九年一〇月六日、ヒトラーは盛大にワルシャワ入りする。叩きのめされたポーランドには恐怖が広がる。パルチェフでは、ドイツにより五万ズウォティの「税金」がユダヤ人に強要される。ゲシュタポは何人かの住民をピヴォニャ川の凍てついた水の中に裸で飛び込ませる。町のパン屋に連れて行かれ、服を脱ぎ、生地でいっぱいの練り桶の中に入るよう命令された者もいる。(5) フランスでは、ただ数人の慧眼だけがポーランドの崩壊から教訓を引き出す。ドゴール大佐は上官に「機械力の到来」というタイトルの覚書を提出し、数年前から声を上げてきたもののまったく聞き入れられなかった見解をすべて繰り返す。すなわち、将来は戦車、飛行機、牽引式大砲、モーター、速度にかかっている、独立した機甲師団をただちに編成しなければならない。しかしながら、何百万のフランス人にとっては、何も起こっていなかった。兵営ではどうしたらいいのかもうまったくわからない。フランスはヒトラーに戦線布告したが、ヒトラーは平和を望んでいると言っているのだ。一〇月八日、マテスはギトラ・レシュチとその夫レモン・ギャルドブレッドによる人物保証を得てペール・ラシェーズ署に赴く。夫は国家警察に監視されているアナーキストの金物商労働者である。(6) 一〇月一八日、マテスは戸籍証書の返送をアルゼンチンの兄姉に依頼する。

「S・ヤブウォンカ、アルゼンチン共和国、ブエノスアイレス、モンティエル二七三一番地。」シムへの息子のベニトは屠殺場《マタデロス》地区[1]へ連れて行ってくれる。空き地、けたたましい音を響かせるミニバイク、ごみクズでいっぱいのカルトネロスの荷車、崩れた塀からあふれる紫色の花々、スプレーでぎらついた髪の伝説的ボクサーたち――「フスト・スアレス、屠殺場の雄牛」――、廃工場、そして、巨大な雄牛の頭が観客席に描かれているサッカー・スタンド。ベニトは車を停め、エンジンを切る。立ち木の周りに捨てられた瓦礫の袋から石灰の長い筋が車道に伸びている。リラと下水の匂いが漂う。三人の若者がシャッターにもたれて店先に座っている。上半身裸で、二の腕に入れ墨をした二人の少年と、妊娠している少女が訝しげに私たちを見ている。ベニトは知らない人と出会う時にはいつもそうするように彼らに冗談を言い、彼らは笑い出す。みなが褒め言葉を交わす。ベニトは私が観光客だと説明する。私が写真を撮れるよう、二人の少年は立ち上がり、肩をきめる。入り口の近く、漆喰を最近塗り直した壁の、錆びて盛り上がった楣の高さのところにある、白いエナメルの楕円版に二七三一という数字が書かれている。ここがモンティェル二七三一番地だ。シムヘをアルゼンチンに来させた友達ヤンケルとユメはこの隣に住んでいた。今は誰が住んでいるのだろうか。顔を突き出してみると、薄暗い小庭に、山積みされた板と、垢で黒くなった冷蔵庫が一台見分けがつく。冷蔵庫の上には、よくわからない液体の詰まったプラスチックのボトルが光っている。

シムヘは一九三一年アルゼンチンに着くと、フランシスコ・ビルバオ通りに身を落ち着け、翌年そこに妻のラケルを迎える。ベニトが一九三四年に生まれるのも、快適な設備などはないその小さな二間である。二年後、その坊やはパルチェフから着いたばかりのティア・レイズルと一緒に自分の部屋を使わなければならなくなる。その後シムヘは一族郎党を、仕事場にもっと近い、ブルイックス大通りの新たな茅屋へと連れて行く。レイズルは妊娠しており、自分の連れと一緒に住むために離れる。マウリシオが生まれた時、彼女は仕事を辞める。彼女の所帯——彼女がもらった羽根布団とスプーンセットはこの所帯のためである——は貧しいが、しかしそれについて何も不平はない。プロレタリアは自分の手で働き、額に汗を流すために作られているのであって、所有するためではないからだ。レイズルと夫は、隣の仕事場で完全に違法で働くアルメニア人たちに彼らの寝室を貸す。場所もないしプライベートもない、静けさもないしお金もない。ベニトは微笑む。「そうだよ、それが移民たちの人生さ！」

一九三〇年代の終わり、シムヘと家族は屠殺場地区のモンティェル通り二七三一番地へ引っ越す。ヤンケルにはシムヘのための仕事がある。機械を使って、ヤンケルが使い古しのマットレスを引き裂き、羊毛を取り出し、シムへがそれを梳く。子供たちは不幸ではない。ベニトと弟妹は本を持っている。しかしおもちゃは一つもない。時々父親は子供たちが何かちょっと買いに行けるよう小銭をくれる。彼らはパンと玉ねぎを食べる。ワインを少し飲んで流し込む。もちろん隠れてのことだ。モンティエル通りの生活はそのように流れていく。時々パリから手紙が届く。図書館のしがない事務員であったボルヘスによれば、「あの時代、パリがユートピアでなかったアルゼンチン人は一人もいなかった。[7]」しかしマテスの手紙はマタデロス地区の日常と同じようにくすんだ日常を語っている。一九三九年一〇月一八日付の手紙はまさしくその証拠である。「イデスは家と子供の面倒をみています、これはけっこうな仕事になります。私の方は、時たま働いていています、ついてません。」

マテスは一一月八日、ペール・ラシェーズ署から交付された品行証明書を携えて、クリニャンクールの兵営へ赴く。その光景を思い描いてみる。歩哨棟の中には伝令兵がいる。アスファルトの道が碁盤の目状に走り、ある建物の前には行列ができている。中に入ると、制服の男たちが動き回る事務室が並び、その一つが外人部隊主計補佐室である。しかしここでも長く待たなければならない。ようやく彼の順番が来る。身体検査の後、医師はマテスがどんな障害もなく、「壮健、体格良好」だと認定する（とは言っても、身長一六二センチ、体重六六キロでしかない）。別の事務室では、下っ端がタイプライターにまっさらの用紙をセットして、名前、生年月日、出生地、住所、職業、身体的特徴を打ち込み、その紙を取り出すと、スタンプを何か所か押し、規則の文章を読み上げる。その後で、「戦争の期間、名誉と忠誠心を持って仕えることを約束した、ヤブウォンカ氏の志願」を受け付ける。新外人部隊兵士は用紙の下欄にサインする。この厳かな志願証書には彼の疑いはまったく見られない。私は今、わずかな字下げ、スタンプ、細かな筆跡を隠なく観察している。[8]

一九三九―四〇年の志願者名簿（「薄皮」という上手な名前が付けられていて、すぐに破れてしまうトレーシングペーパーのような紙でできている）にはあらゆる国籍が現れている。スペイン人、イタリア人、ポーランド人、ユーゴスラヴィア人、チェコスロヴァキア人、ハンガリー人、ルーマニア人、ドイツ人、ロシア人、ブルガリア人、ギリシア人、トルコ人、またルクセンブルク人さえいる。奇妙なことだが、マテスは「中央セーヌ一七五三番」と「一三六四一番」という二つの登録番号で識別されている（おそらく最初の志願は戸籍証書がないために延期されたのだろう）。リストの中でマテスの名前は何十人かのポーランド人の間に埋もれている。(9) こうした戦友はおそらく全員ユダヤ人だろう。九月末以降、カトリックのポーランド人は亡命政府に送られているからである。外人部隊を選択するのは、自分の祖国にもう必要とされてはいないか、反ユダヤ主義の士官たちの命令の下で戦うことを忌避する人たちだけである。

こうした一切の手続きが終わって、マテスは外人部隊一九三九年兵士の個人手帳を受け取る。彼は今やEVDG、「戦時志願兵」になったのである。この志願が自由な同意からなされたことであれ、仕方なくサインされたことであれ、これは事態を明らかにしてくれる。すでに述べたように、マテスが共産主義から遠ざかるのかどうか、私には謎のままである。しかし確かなことは、ブルジョワ国家の軍隊で兵籍に入ることで、彼は頁をめくったということである。彼がそのために生き、そのために死ぬ理想は、もはや革命ではなく、ナチズムとの戦いである。彼は脅かされた民主主義国家の兵士であり、もはやインターナショナル・プロレタリアではない。なぜなら共産主義者は戦争を拒否するからだ。一九三九年九月、あらゆるユダヤ人組織はヒトラーと戦うことを呼びかけ、募集事務所を開設する――しかし共産主義組織だけは違う。『ナイエ・プレッセ』の同志たちの前でグロノフスキは独ソ協定を正当化し、一九三九年八月末日まで『ナイエ・プレッセ』は言い逃れを続ける。フランス共産党は戦争予算に賛成票を投じたが、ソ連の敗戦主義的方針[2]をとっている。すなわちこの帝国主義的戦争は共産主義者には関係がない（一九一七年のように革命を産み出さない限り）。非合法の『ユマニテ』は不服従とサボタージュを呼びかけて、モロトフの演説を掲載する。それはすでにドイツがパリ上空でばらまいたビラに印刷したものである。「西欧列強の戦争目的、すなわちヒトラー主義の絶滅は、［……］まさしく犯罪なのである。(10)」ル・ヴェルネー収容所に入れられたアーサー・ケストラーは、この新たな変節を嘲弄している。彼とともに収容されていた共産主義者たちにとって、ファシズムに反対して団結することなどもはやまったく問題外なのだ。プロレタリアの義務は今や国の内部でブルジョワという敵と戦うことであって、彼らのために肉弾として役立つことではない。(11)九月二六日、フランス共産党は解体される。モリス・トレーズは逃げ出す。何十人かの代議士がパリや地方で逮捕される。市町村で公職を務める三百人以上の共産党員は職務を停止される。(12)

したがって、私の祖父の中でこの志願は良心の危機に重なっているに違いない。というのも、彼にとって一九三九年秋の一連の出来事は幸せなものであり、同時にまた恐ろしいものであるからだ。一方で、ポーランド東部へのソ連の侵攻、それに続くそのソヴィエト化は一九三三年の彼の切なる願いを叶えるものである（「ソヴィエト・ポーランド共和国万歳！」と彼の横断幕には謳われていた）。スターリンはバルチック海に艦隊を展開し、バルト諸国とフィンランドを「保護」しようとしている。それに対し、マテスにはパルチェフから動けない両親からの便りがなく、ドイツ国防軍は非武装都市の爆撃や難民の列への銃撃を繰り返すなど、ブク川の西でポーランドを荒廃させている。しかし、彼らを助けに行き、ヒトラーとの戦いに身を投じ、野蛮と反ユダヤ主義を打ち砕くことは、フランスの立場、すなわち、反ファシズムの難民に敵対的ではあるが、リッツ＝シミグウィ元帥の反ユダヤ主義ポーランドを救うために戦闘に入ろうとするこの「受け入れ国」の立場を認めることを前提とする。一九三九年一一月にサインをする人は、結局、ソ連に背を向け、フランス・ブルジョワジーやポーランドの将軍たち、蛙通りのハシディストたちと同じ陣営で戦うことを受け入れることになるのである。

何万人ものポーランド系ユダヤ人が志願兵となる。犠牲の精神！　フランスへの愛！　私はこうした言葉の発せられ方が好きではない。意気揚々と歩む「法と正義の戦闘員」を示す黄金伝説は苛立たしい。またこれとは正反対の主張もあり、こうした志願に、身分証明書を求める不法者たちの日和見主義しか見ないのだ。これもまた戯画的である。アルノルド・マンデルの『不確かな時代』（一九五〇年）の中で、語り手の一人は皮肉な状況にひどく苛立ちながらもベルヴィルのフランス共和国友の会本部に赴く。そこには募集事務所が即席で開設されている。募集係は勲章をいっぱいつけた禿の老人だ。志願者たちの書類を調べながら、金切り声を上げる。「シニエイ、あるいは次！」列の中で一人の男が弁じ立てる。「我々ベルヴィルのユダヤ人は、自由、平等、友愛のために、そして身分証明書のために戦うことになるのだと言って欲しい。我々はみんな、旧戦闘員ということで労働許可付きの正規の身分証明書をようやくもらえると期待しているんだから[13]。」

しかしマテスも身分証明書を最後には取得できるという約束にどうして敏感でないことがありえよう。彼の外人部隊志願証書には、二年ほど前に彼の額に刻印された滞在拒否番号「E・九八三九二」が記載されている。絶望させた後で誘い込むテクニックに長けた政府は、以後、志願者に身分証明書の免除証明を与えたり、滞在許可証の有効期限を延ばしたり、国外退去命令を停止したり、迅速な帰化をちらつかせたりする……[14]。一九三九年一一月一五日、マテスが兵籍に入って一週間後、共和国大統領は、セーヌ県軽罪裁判所が五月に課した百フランの罰金を返却する[15]。一九四〇年春、息子の誕生のすぐ後、「外人部隊臨時部隊」、第四三中隊、登録番号五一三二一、二等兵ヤブウォンカ・マテスは六か月の兵役を根拠に、彼の妻に依然としてかかる滞在拒否「Ｅ・一一四五六〇」を取り消してもらえるよう内務大臣に申請する。[16] 妻の身分の正規化がもはや目的それ自体ではなく、今後の目標は子供たちの帰化である。数日後、内務省は警視庁とゴルヴィッチ委員会に、「事情に鑑みて」、イデサは「場合によっては更新可能な」四半期猶予を受けると通知している。外人部隊兵士の妻を国外退去にはしないのである。

しかしこの種の計算は志願のような重大決心を説明するのに十分であろうか。多くの外国人は志願の大勢に従わなければならないと感じている。付和雷同のせいか、復讐を恐れてのことなのか、いずれにしても、フランス人が九月一日以降動員されていることは知れ渡っている。スペイン人志願兵レオン・アレガは書いている。「身分証明書の問題は中心ではなくなったように思われる。大事なことは、志願すること、軍事状況だ。まだ躊躇している者たちは説明する義務がある。「お前たちがフランスで食べたパン」ということがよく問題になる。[17]」こうしてユダヤ人共産主義者の中には外人部隊に入る者も出てくる。しかし自らを「ＶＦ」と呼ぶ。つまり「強制志願兵《ヴォロンテール・フォルセ》」である。[18] マテスは一九三九年一〇月、アルゼンチン宛ての手紙の中で次のように書いている。「私が家にいることについてですが、新聞等ですでにきっとご存知のように、外国人に起ころうとしていることは私にも起こるはずです。やがてはっきりすると思います。[19]」この謎めいた文には少なくとも道徳的なプレッシャーがあったことが窺われるが、具体的にはおそらく、パリやフランス南部の収容所に「不審者」が収容されることか、ポーランドとフランスの間で九月九日に協定が結ばれたことに関わっていよう。

それでは、ガリアの雄鶏、あるいは利にさといマキアヴェリズム、それとも諦めなのか？　マテスは心ならずも志願したのだとしても、デジレ通りの茅屋で彼のことを待っている家族に、抑圧も反ユダヤ主義もない世界と、その世界で生きる権利をもたらすために、自分の命を危険にさらすことを受け入れたのである——パルチェフの馬具屋からクリニャンクールの兵営までずっと流れている地下の水脈である。要するに、マテスは自分の信念と利益によって志願したのだ。ヒトラーが労働者大衆一般を脅かし、特に自分の家族を脅かしているから、お金が必要だから、周りではみんな志願するから、自分の子供たちとフランスで生きることを願うから、そしておそらくまた、強制収容所よりも兵営に閉じ込められるほうがまだましだから、マテスは志願したのである。彼は一九三七年に国を出たように、一九三九年兵籍に入る。彼の自由意志はどうしようもない状況の中で道を切り開く。

帰化は、間もなく流すことになる血の代償として進められる過程であるが、聖なる国籍を受け取っていない限り、望ましくない者は望ましくない者のままである。一九三九年四月以来、政令は一〇年間フランスに居住する外国人がフランス人と同じ資格で正規軍に志願することを許している。しかし軍部は「最も真摯な者たちの選抜」を強く求め、この政令を適用することに拒否反応を示し、諸団体の本部で行われた志願兵登録を拒絶する。そして、終わりのない手続きによって志願者たちの意欲をくじき、ドイツと旧オーストリアの難民、東欧ユダヤ人、スペイン共和派、「第五列」から紛れ込んだ者たちなど、幻想を抱いた敵たちをまとめて捨て去ることを期待する。最終的には、志願者の殺到に直面して、軍隊は門戸を開かざるをえない。しかし一九一四年のように、彼らは外人部隊に追いやられる。鉄の規律を持ったあの傭兵部隊、身元のはっきりしない犯罪者たちの巣窟、アルジェリアを植民地化するために一九世紀に創設された軍隊だ。躊躇するかもしれない者たちについて、軍部はこう強調する。「最初、外人部隊という名前におじけづく外国人もありえようが、後になれば、一九一四年の先輩たちを模範に、こうした軍団に所属したことを喜び、誇りに思うだけであろう。[20]」

しかしながら、外国人との接触が「真の」外人部隊を汚すことを避けるために、政府は外国人を専用部隊の中に隔離する。これが外人志願兵歩行連隊（ＲＭＶＥ）であり、番号の点でも有害な混同の危険を冒さないよう、これには二〇番台が与えられている。一九三九年一〇月以降バルカレス駐屯地に創設された第二一、第二二、第二三ＲＭＶＥに、第一一、第一二歩兵外人連隊（ＲＥＩ）と、一九四〇年四月ナルヴィクで名を挙げることになる第一三軽旅団が加わる[21]。今日、外人部隊はＲＭＶＥの退役兵を「旧兵士」とみなし、私のところに送られてくる典型的な手紙に書かれているように、「彼らの犠牲の思い出」を長く伝えていこうとしている。時間はみんなを和解させる。熱い砂のいい匂いを放ち、「おお、ブダンじゃねえか」とどなっていた、入れ墨の巨漢の軍人手帳は、今はフランス南部の公文書資料館で、ゲフィルテ・フィッシュ（*gefilte fish*）を食べて大きくなった眼鏡の男の軍人手帳の隣で眠っている。しかし戦争初期、軍隊は別の論理に従っている。反ナチのドイツ人、ムッソリーニに対立するイタリア人、自分の国を追われたユダヤ人、避難場所を求める無国籍者、さらにまた、「ユダヤ人」であれ「共産主義者」であれ、一九三三年以降待望されてもいる衝突に際してはヒトラーに抗して歩もうとする国際旅団の旧戦闘員などを、軍部は脇に追いやろうとしている。この判断ミスは来るべき大惨事と無関係ではない。

一一月半ば、マテスはリヨンの近く、サトネーにある外人部隊基地に送られる。自分自身志願兵で、後に戦争捕虜になるベンヤミン・シュレヴィンは、『ベルヴィルのユダヤ人』の中で、セネガル人歩兵の監視下での列車の旅を描き出している。「根扱ぎされた者たちを乗せたこの列車の中は憂鬱な空気で満たされていた。」新兵たちは、秋の涼しい午後、兵舎に連れて行かれる。ラッパがスープの時間を告げる。集合。下士官が点呼を行う。「彼はユダヤ人の複雑な名前を一つずつ丁寧に確かめた後で、最終的に発音した。［……］よれよれの服を着たこの民間人の一団を、明らかに軽蔑した表情で観察していた。新兵それぞれの職業をすでに調べていて、大声で笑っている。——それじゃあ、全員、仕立て屋か！」兵営の最初の夜、かびの生えた藁の上に、じめじめした壁にくっついて横になる。凍てつく夜明け、男たちはたった一つの蛇口の周りに急ぐ。その後で、コーヒー一杯が配られ、点呼と身体検査が始まる。[22] しばらくして、ヴァンシアにある衣料倉庫に連れて行かれる。陰気な要塞で、忘却から引き出された写真で今日その姿を見ることができる。石がむき出しの壁、鉄格子、トンネル、地下室。どの志願兵もそこでズボンと外套、上着、カロ帽を受け取る。外人部隊兵士の誕生だ。

マテスはヴァンシア要塞からラ・ヴァルボンヌへ送られ、そこで本当の意味での軍事教練が始まる（彼にはまったく経験がない。兵役はやっていなかった）[23]。「奇妙な戦争[3]」の間、この駐屯地で、現役と予備役の下士官たちから、正規の敬礼、並足行進、武器の分解と組み立て、ベッドづくりなど基本的規則を教えられる。生活条件が嘆かわしいものであることは疑いようもない。一九三九年の冬は厳しい。軍全体で、靴が二百万足、毛布が一五〇万枚なお不足している。兵士たちは替えの服もないし、冬の装備は不完全である[24]。マネス・スペルベールが『忘却を越えて』の中で語っているように、志願兵たちは冷たいものを食べ、腐った藁の上で風邪をひき、俄仕立ての訓練で時間と力を無駄にしている。着ている軍服は塹壕戦時代[4]にすでに使われていたものである[25]。ラ・ヴァルボンヌでマテスは国民的連帯の恩恵を少なくとも感じ始めるのだろうか。マネス・スペルベールのように多言語に通じた知識人ではないマテスは、例えばフランス語の基礎を何か学ぶのだろうか。外人部隊は、世界中から来た兵士たちが国民や宗教、エスニシティなどの結びつきを捨て去って一つに融合する坩堝であると自らを描き出すことを確かに好む。しかしながら一九三九年、出自による分類、分割が行われている。ラ・ヴァルボンヌには、イタリア人、米国を除く中立国の出身者、「国旗の下にいないポーランド人」（言い換えれば、ユダヤ人）がいる。アルジェリアのシディ・ベル・アベスには、ドイツ人、旧オーストリア人、自政府に認められていないチェコスロヴァキア人、また、こうした国籍の外人部隊旧兵士が集められる。さらにまた、ブルターニュ地方のコエトキダンには、「国旗の下のポーランド人」がいる。[26] 教練期間を通じて、東ヨーロッパのユダヤ人は罵詈雑言と侮辱の標的になる。外人部隊はドレフュス事件の最盛期にふさわしい反ユダヤ主義で毒されている。その選集を編んでみよう。

ゾザ・シャイコフスキの証言。この人は一九三九年九月二日、戦時志願兵となっている。ラ・ヴァルボンヌで、士官と下士官たちは志願兵に暴言を吐き、全員をソロモンと呼び、「ここは外人部隊だ、シナゴーグじゃない！」と怒鳴りちらす。[27]

マゾニ准尉の親展報告書（一九四〇年一月二五日）の抜粋。四九歳のコルシカ人で、外人部隊退役者、バルカレス駐屯地付属施設長を務めている。イスラエリットは忠実ではあるが、「帰化をより速く獲得するという唯一の目的で志願したのである。［……］何人かの例外を除けば、このカテゴリーの志願兵には大きな希望を持てるとは思わない。[28]」

アルジェリアに送られたヴェルナー・プラズーン。「馬に乗った少尉の命令でナチの歌を大声で歌うユダヤ人と無国籍者。歌うのを拒否すれば、一週間の営倉送りだ！［……］こうして、たまたま戦士となった我々は、前線逃亡、売国奴、アカ、ユダ公《ユッパン》［……］と扱われる。外人部隊は要するに第三帝国付属軍だ。[29]」

一九四〇年二月、パリ司令部に宛てたアルジェの将校の暗号電報二通。そこでは、「戦時志願を行うイスラエリット外国人があまりにも大量に殺到して不都合が生じている」ことが強調され、そしてこう書かれている。「私は第一一外人連隊の大佐と同じく、こうした志願兵の比率は外人部隊の精神状態と士気に遠からず深刻な変容をもたらす恐れがあると判断する。この比率を下げるべく迅速な措置が取られるよう要請する。[30]」

クレルモン・フェラン地方郵便統制委員会を統括する将校の報告書の抜粋（ラ・ヴァルボンヌの外国籍ユダヤ人に関して）。「この輩の身体的価値にも精神的価値にも信頼を置くことはできない。駐留地に留まって発揮するヒロイズムをきっとひけらかすことだろう。彼らは後方支援にも役立たないからである……。彼らは前の大戦で彼らの同胞が一五〇〇人死んだことをあらゆるやり方で讃美してきた——彼らの正しさは認めよう、彼らは決して一五〇〇人殺されたとは言わなかった。みな病院で死んだのである。九九パーセントは身体的欠陥をもち、大部分は先天的不具のために手当てを受け取り、映画館以外では前線を決して見たことはなかったのだから。[31]」

こうした洗礼を蒙る人々が感じ取るのは、外国人は間もなく大きな国民家族の中に統合されるということではなく、フランスの軍服を着てもよそ者のままだということだ。要するに、フランスについたポーランド人共産主義者マテスは再び反ユダヤ主義の辱めを受けたわけである。一九四〇年三月、軍部情報機関は、シディ・ベル・アベスに駐屯するレバノン国籍外人部隊兵士が数週間前に父親に送った手紙を取り押さえ、情報として将軍レベルにまで上げている。「僕らは人間として扱われるなんてことはまったくない。徒刑囚とか、いかがわしい過去があってここに避難場所と忘却を見つけに来た奴らとかという感じで見られているんだ。［……］僕らは友好国や中立国の国民であり、自由な人間であり、どんな軍事的義務にも拘束されず、フランスのために自由に志願しに来たんだ。僕らはもっと相応しい、もっと人間的な、もっと礼儀正しい受け入れや扱いを受けてもいいはずじゃなかったんだろうか。外人部隊なんかではなく、特別な制度があってもいいと思う。[32]」

こうしたことが続いている間、デシレ通りでは、イデサが幼いシュザンヌと二人だけで生きている。妊娠八か月で、できる限りで何とかやっている。配偶者に支払われる軍人手当が八フラン、それに、いつものあの「アメリカからのお金」があるだろう。一九四〇年四月二八日、マテスは一三日間の外出許可をもらいラ・ヴァルボンヌから駆けつける――ぎりぎりのところだ。その夜にイデサはロスチャイルド病院に入院し、マルセルを出産する。イディッシュ語でモイシェ、これは彼の祖父フェデルの名前である。(33) 私の父はつまり、一年前の姉と同じくこのユダヤ人ブルジョワの慈善事業で名高い場所で生まれたのだ。共産主義者の子供たちにしてはややだらしのない話だが、かまわない。何世代も前からパリの貧しいユダヤ人たちは、一八五二年に有名な男爵によって創設された、ピクピュス通りのこの病院で生まれ、死んでいったのである。二人の姿が目に浮かぶ。最初の陣痛に襲われたイデサを、再び平服に戻ったマテスが支え、自分の身分を係の人に伝える。私は今、入院記録簿で一九四〇年四月二九日の頁を見ている。公的支援公文書館で両親とともに写真に撮ったものだ。一九三九年一月二三日の頁と比べると興味深い。シュザンヌ＝ソレは母親のフェデル姓であるが（彼女自身もまた非嫡出子として生まれた）、マルセル＝モイシェは生まれた時からヤブウォンカという名前である。(34) イデサはすでに自分自身の滞在拒否通告を受け取っており、未婚の母という戦術にもう訴える必要はないのだ。

喜びにあふれる瞬間！　兵営も、そこでの訓練、雑役、集合、あざけりも、そして、いつまでも始まらないこの戦争も、一挙に消えてしまう。志願兵は妻と幼い娘に再会する。六か月ぶりのことだ。息子の誕生に立ち会う。外出許可中、マテスはイタリア大通りの毛皮職人トリオ、フリメ、スロウル、ディナのアパルトマンにシュザンヌと一緒に泊まっている。病院へ行くのは簡単で、イタリア広場からピクピュスまで地下鉄で八駅である。赤ん坊はすぐに割礼を受けたはずだ。ロスチャイルド病院の事務員によって、マルセルという名前で一二区区役所に出生届けが提出される。(35) 両親にこの転記を示唆したのはその人なのだろうか。いずれにしてもモイシェはモリスとも翻訳することができよう。

私の父とのインタヴューは別の様相を呈する。今や彼は歴史の一部なのである。たとえしっかりした思い出が何もなく、残っているのは、性質上位置を確定しにくい、固定画面、言葉の端々、瞬間場面くらいだとしても、彼は絵の片隅に確実にいるのだ。例えば、ある日、どこかの建物の中で待ちながら、階段から跳んで遊んでいる。父はイデサが一九四〇年五月九日にアルゼンチン宛てに書いた手紙を読んでくれる。「お兄さん、お姉さんへ。男の子が生まれたことをお知らせします。この葉書は病院からです。気分はまあまあです。子供も〈きちっとして〉います。モイシェレという名前で、フランス語ではマルスル［原文ママ］です。［……］私たちの坊やが私たちに幸せをいっぱいもたらしてくれますように。[36]」

私はこの手紙が好きだ。これが、私自身の起源となる一つの誕生の状況を明らかにしてくれるからというよりも、どの文も輝き、生きる喜びを発し、玄関にビラを保管したりその行為を無表情に否認したりしたKZMPの技術者の姿の下に、冗談好きな、はつらつとした女性の顔をのぞかせてくれるからである。私がこの手紙に含まれるユーモアの特徴を理解できたのは私の翻訳者ベルナールの説明のおかげである。生き生きとした陽気なおしゃべりがつらなり、ペンの赴くままに書いていて、大喜びのうねりは七〇年の歳月を越えて私にまで届く。「子供も〈きちっとして〉います」。この「ライティシュ」という語は「五体満足な」ということとともに、「きちんとした」という意味でもある。そしてこの後者の意味では、行儀よく、母親を困らせたりしない六歳や八歳の子供に使われるのがふつうである。要するに、ここで言葉遊びをしているのであり、新生児を家族のお祝いの席で大人しくしている男の子として紹介しているのだ。「できたらポーランドに手紙を書いて、私が男の子を産んだこと、それで私たちには一対いるということを知らせて下さいね。」ひな鳥一対、女の子と男の子、シュザンヌとマルスル。「おわかりのように、私たちはシムへとラケルに追いつきたかったんです。」彼らの男の子たち、ベニトとその弟、六歳と二歳のことである。この二人により、アルゼンチン人夫婦はフランス人夫婦に赤ちゃん競争でリードしていたのだ。「明日退院します」ということを、文字通りには「私を追い出す」という意味の「トライプト」という動詞を使って表現している。しかしそこに悲劇的な含みはまったくなく、彼女は家に戻るのがただただ幸せなのだ。そして最後に、愛情のこもった強い調子で、「こっちの話を聞いてるばかりじゃなくて、返事を書いてくださいね！」

ややぼけてはいるが、彼女が写っている一枚の写真がある［資料4］。この手紙から六か月くらい後のもので、腕にマルセルを抱いている。どこかはわからない場所で、植え込みか、蔦で覆われた塀のように見えるものの前にいる。黒い髪の毛が少しだけ生え出した赤ん坊は目を閉じ、口を大きく開け、小さなこぶしを握っている。泣き声を出しているのかあくびをしているのかわからない。イデサはレンズを下の方から見上げていて、影の効果で眉が大きくなり、挑発的な様子に写っている。彼女の両手は子供の白いつなぎをしっかりとつかんでいる。母《ママン》としての誇らしい微笑み、えくぼが頬を穿っている。「駄目よ坊や、逃げないのよ！」と言っている感じだ。

一九四〇年五月一〇日、妻と息子がロスチャイルド病院を退院する日、マテスは内務大臣に宛てて、「パリに生まれた私の二人の子供、シュザンヌ（一九三九年一月二三日生）とマルセル（一九四〇年四月二九日生）の帰化」を恭しく懇請している。[37] 非常にフランス的な名前が二つ結び付けられたこの申請文から、マテスとイデサがこれまで以上にフランスでの将来を考えていることがわかる。まさにその日、マテスは外出許可が終わり、ラ・ヴァルボンヌに戻らなくてはならないが、ドイツ国防軍はオランダとベルギーに侵攻する。一九三一年以来参謀本部トップにあるガムラン将軍の計画に従って、フランス軍の精鋭師団が救援に向かう。軍団がこうして集結したフランドルと、マジノ線の要塞があるアルザス＝ロレーヌの間には、アルデンヌの山塊が立ちはだかり、そこには装備不十分の予備役部隊が駐屯している。なぜこの地区はこれほど無防備なのか。なぜならそこは敵が越えられないからだ。一九四〇年五月七日、第二軍司令官アンツィジェール将軍は、スダンの市長にまだ自信をもって語っている。「ドイツがいつかこの地方を攻撃しようとは私は思わない。」ムーズ川の土手を守る鉄条網はまったくなく、小要塞の構築も終わっておらず、第三機甲師団の装甲車両は様々な部隊に散らばっている。ヴェルダンの英雄で、元戦争大臣、戦間期フランスの防衛ドクトリンを推し進めたペタン元帥は、もし仮に敵がアルデンヌ地方に入り込む危険をあえて冒すとしたら、「出口でまた捕まえるまでだ」と公言した[38]。

しかしながら、一九四〇年五月一三日、ロンメルとグデーリアンの機甲部隊が奇襲するのはまさにそこである。ロンメルはディナンでムーズ川を渡り、グデーリアンはもう少し南のスダンで突破し、歩兵部隊の援軍を待たずに侵攻を続ける。フランス参謀本部は仰天する。総司令部では、北東部戦線の総司令官でガムランの右腕であるジョルジュ将軍が泣きながらソファに倒れこむ[39]。五月一五日、ガムランはダラディエ首相にフランス軍が破滅に向かっていることを認める。翌日、パンツァー戦車隊はランに達する。パリはそこから二日の行程である。政府内はパニックの嵐。書類を燃やし、革命を恐れて機動衛兵隊を増強する。しかしここでどんでん返しが起こる。ヒトラーの将軍たちは首都へと向かうのではなく、海の方へ突進し、北部に展開していた軍隊を背後から攻撃するのだ。グデーリアンはパンツァー二師団を指揮して、五月二〇日アミアン、二二日ブローニュ、二三日カレーを落とし、ヒトラーの速達命令を受けて、ダンケルクの前で止まらなければならない。ロンメルはディナンからアラスへ急行した後、北へ斜行する。この罠によって百万の兵士たちが行き場所を失い、連合軍はダンケルクから彼らを撤退させ始める。

外国人志願兵たちには大したことは期待されていないので、彼らはフランス人よりも後に前線へ上る。五月六日、第二二外人志願兵歩行連隊（RMVE）はバルカレス駐屯地を離れ、アルザスへ向かう。五月一一日、第一二歩兵外人連隊（REI）は、ラ・ヴァルボンヌを出て、モーとシャトー・チエリに合流する。[40]第二三RMVEはドイツの攻撃を受けた翌日に編成される。この連隊は秋に書類上で創設され、それ以降は、第二一連隊と第二二連隊のための教練部隊として使われ、幽霊連隊となっていたもので、その書類上の人員は上記二連隊に組み込まれている。[41]情勢が深刻化し、実質的な第二三連隊を臨戦体制に置かざるをえなくなる。五月一六日、外出許可から戻ったばかりのマテスを含む千人ほどの兵士がラ・ヴァルボンヌからバルカレス駐屯地へ向かい、そこでその新連隊が組織される。フランスの別の端、ペルピニョンの近く、塩水池と海の間に伸びる砂地の地峡を思い描いてみよう。北西風《トラモンターヌ》が吹きつけるこの半島の砂地の上に、元強制収容所であったバラックが直に建ち、床も窓ガラスもない。マットレス台の代わりをするのは藁の束で、至るところ蚤だらけである。顔は海水で洗う。これがバルカレスだ。ここで、ユダヤ人の仕立て屋たちとスペイン共和派たちは、何を言っているのかわからない下士官たちの監視のもと演習を行い、仮想のドイツ人や本物の蚊の大群に立ち向かい、浜辺で何キロにもわたって弾薬ケースを運ぶ。銃尾から砂を取り除いた後、飯盒の中の砂を噛む。

　こうして、スダン突破の二日後、第二三連隊は創設され、「ラ・ヴァルボンヌからの人員、特にイスラエリットによって」ただちに補強される。[42]一九三九年末からバルカレスにいるイレックス・ベレルによれば、この知らせは興奮を巻き起こしたという。ようやく「本物の」外人部隊が援軍に来る！　彼らを相応しい形で迎えるためにてんやわんやとなる。しかし外人部隊としてやってきたのは、ベルヴィルの仲間たちだった[43]……第二三連隊司令官オモワット中佐も落胆する。新たにやって来た兵士たちの訓練状態はほかの兵士たちよりも「明らかに劣り」、軽機関銃を撃ったことのある者も稀である。大部分は「元々、仕立て屋、布地・メリヤス屋、どこかの事務員である。こうした者たちをどうにか使おうとするなら、厳しく訓練する必要があろう。[44]」五月一七日、マテスは第二三連隊に二等兵として配属される。[45] 地中海は彼が生涯で初めて目にする海だ。しかし今は敵意をむくこの海に追い詰められ、海岸で装備一式を背負って行軍演習を繰り返す。平原、河、谷、丘のほうへ彼はきっと目を向けたに違いない。そこは侵攻に脅かされるフランスだ。そしてそのずっと先、イギリス海峡の港には、すでにハーケンクロイツがはためいている。

こうしている間、国土防衛が組織される。フランス軍司令部は最初、大胆にも侵入したパンツァー戦車師団を破壊し、北部と南部のフランス軍の間の接合を回復するべく反攻を考えたものの、結局、一九一五年の古い防衛反応に再び頼ることになる。元フォッシュ参謀本部のトップ、七二歳のヴェガン新総司令官は、ソンム川、エンヌ川、シュマン・デ・ダムという第一次世界大戦の傷跡そのものの上に、ひと続きの前線を作るのに奮闘する。国民を救うに違いない「阻止戦」に備えて、村や森に防衛拠点を設け、歩兵部隊と砲兵部隊で裂け目を塞がせる。そして「退却を考えず、占めている部署で」踏みとどまるよう命令を発する。こうしてイギリス海峡からムーズ川まで二五〇キロ続く前線上に六〇ほどの師団が展開される。しかし後方では退却用の配置がなされ、その結果、前線部隊の帯はいっそう細くなっている。[46]

こうした人間堤防の中で、第二三連隊は一つの穴塞ぎとして使われることになる。一九四〇年五月末、前線に上がる準備命令が下る。ただ一つ問題があり、しかもそれは小さくない問題である。すなわち、何の準備もできていないのだ。むしろ正確には、外人部隊はフランス人部隊に比べてひどくなおざりにされてきたために、電撃戦《ブリッツクリーク》の戦闘に持ちこたえることができないのである。外国人志願兵は第一次世界大戦以前の銃で訓練されている。迫撃砲と機関銃は不足し、兵士の装備も不完全だったり、不揃いだったりする。ズボンは長すぎ、カロ帽は馬鹿げたほど小さい。装備不全のこの難民軍、軍隊組織の最下層、その多くはエスパドリーユや木靴で訓練に出発し、裸足の者さえいる。彼らが「細紐連隊」と呼ばれるのは、銃の革帯がなくてそれが紐だったからである。絶えずローテーションが行われ、またラ・ヴァルボンヌから新兵も来たために、上官たちは部下たちのことを知らない。第二三連隊の外人部隊兵士はその月の終わりまで待って、ようやく最新モデルのＭＡＳ三六銃の操作を学び、数日前に配備されたばかりの対戦車砲と八一ミリ迫撃砲の訓練を受ける。野戦電話と光学機器は到着していなかった。バルカレスの司令官は一九四〇年五月三一日の報告書の中で、自分の上官に心配を伝えている。第二三連隊は「機材のすべてにもっと習熟しなければなりません。［……］徐々に重要度が上がるような任務を与えて、部隊を訓練し適応させることが実際重要であります。現在のところこの部隊をすぐさま突撃行動に投入することはできません。[47]」まさにこうした準備不足の中で、六月四日早暁、マテスとその仲間たちは、ポーランド、ベルギー、オランダを粉砕し、フランス参謀本部を笑いものにしたばかりの軍隊に対決するべく出発するのである。これが、くだけた言葉では〈射的屋に送られる〉と言われるものだ。

第二三連隊の兵士たちは、バルカレスから二〇キロのところにあるリヴサルト駅まで歩く。そしてそこで、特別に準備された「四〇人・馬八頭」タイプの家畜運搬車に乗り込む。旅の間、歌い、冗談を言い、トランプをやる。しかし第二三連隊の軍医ダノフスキ博士が報告しているように、こうした陽気さは表面的なものでしかない。兵士たちの思いは、パリに残っている妻や子供たちへと飛んでいるからだ。[48] 男たちがたばこと汗の匂いの中、列車に揺られながらまどろんでいる時、アラゴンの詩が私には蘇る。

神のみぞ知る場所に向かって出発する、悪夢のようだ

砲火の線に沿って滑って行くことになろう
もうどこかでそれは遊びではなくなっている
そこでは兵隊らが交代を待っている[5]

一九四〇年六月五日から六日にかけての夜、小さな転轍操作駅で、言葉もなく貨車を降りる。空は赤く染まり、大砲の轟が地面を震わせている。兵士たちはしばらく歩いた後、偽装したバスに乗り、彼らの部署まで運ばれる[49]［資料6］。エーヌ川に面した、ソワッソンの近く、パリ防衛のために配置された第六軍の作戦区である。二四時間前から戦闘が激しく行われている。首都では脱出が始まっている。私はヴァンセンヌ城にある防衛省史料館のテーブルに座っている。一九三九年秋、何千人もの志願者たちが行列を作ったその城である。参謀本部の書類、将校たちの報告書、地図、諸連隊の行軍日誌が私の前には広げられている[50]。

第二三連隊は戦闘地帯に到着するとすぐに分割され、ほかの連隊に組み入れられる。第二三連隊第二大隊（軍隊用語では「二三-II」）は、二週間前からこの作戦区に陣取っている第一二歩兵外人連隊に割り振られ、第二三連隊第三大隊（「二三-III」）は、ソワッソン北方でエレット川を保持する任務を担う第九三歩兵連隊（RI）に入る。この補強大隊は最前線で攻撃するものと想定されていたが、ディゴワンヌ・デュ・パレ指揮官が「あらゆる性質の多数の機材」が不足していることを強調したため、結局、第九三連隊の司令部が置かれているジュヴィニーの東部と西部において、防衛行動に限定して使われることになる。六月六日朝、フランス軍の陣地はエーヌ川の北で激しい爆撃を受ける。シュトゥーカが急降下爆撃を行い、大気はサイレンでつんざかれ、大地は衝撃を受けるたびに崩れていく。こうした予備攻撃が終わると、歩兵部隊がジュヴィニーへ攻撃を開始する。村の前方にいた遊撃班は弾薬が尽きて敵の手に落ちるが、援軍として送られた第二三-III大隊によって、午後、ドイツ軍の攻撃は押し返される。タレック大尉の第一〇中隊は村の端に機関銃を据える。左手は側面援護が確保されているが、右手は二キロにわたる森の峡谷により第九中隊と分断されている。ドイツ軍は正午からそこに侵入してくる。

川の南では、ソワッソン防衛の任務が、第一二連隊、および第二三連隊の残り部隊で編制された外人部隊に託される。この二つの連隊は主にポーランド系ユダヤ人とスペイン人で構成され、パリへの道の最後の関門となる「エーヌ川を渡らせぬこと」を任務とする。ソワッソンの西で、オモワットはポミェの橋の出口にあたる副作戦区の指揮をとる。一〇時四五分、第一二連隊司令官ベッソン中佐は指揮下に入った第二三-II大隊に様々な支援任務を与える。パリに通ずる国道二号線を保持するべく、ヴィレル・コトレの森の縁にあるヴェルト・フイユに赴くこと、ソワッソンの南、シャランチニーとビュザンシーに野営地を設営する可能性を探索すること、国道二号線の両側にあるミシー・オ・ボワとプロワジーに後方遮断線を構築するために「支援拠点」を見つけること、などである。そして総員への注意事項、「空からの探索に対して用心を怠らぬこと。」[51]

同じ頃、ソワッソンの東では、第一二連隊第三大隊（「一二-III」）の兵士たちが、川の向こう岸で待ち伏せしていた敵とぶつかっている。ラ・ヴァルボンヌで編成され、アンドレ少佐に指揮されたこの大隊には、二九か国の国籍の兵士たちが集められている。大半はスペイン人であり、中国人、ノルウェー人、ポーランド系ユダヤ人もいる。外人部隊の士官らが統括している。一一時以降、低空飛行の飛行機が拠点を組織的に爆撃する。シュマン・デ・ダムの斜面からパンツァーやキャタピラ・トラックが何十と押し寄せて来るが、大隊には対戦車砲も徹甲弾もなく、その展開を遅らせることもできない。大隊の保有するのは七台の機関銃だけで、そのうち三台は銃架付ではない。屋外の救護拠点にいた軍医レヴィ中尉は砲弾の爆発により激しい衝撃を受ける。軍医は血を吐きながらも一切の治療を拒否する。この時、彼は自ら一六一名の負傷者の手当てを行い避難させていた。ペレツ中尉の中隊は敵に包囲されるが、中尉は降伏を拒否して抵抗を指揮し、全力突破を試みるも殺されてしまう。

ドイツ軍は作戦区全面にわたって侵攻を続ける。第一二連隊の無線機は、エーヌ川とエレット川の間で北側に投入された三つの歩兵師団からの伝達を一日中受け続け、敵の前進や、弾薬が尽きた前衛拠点の包囲などの情勢が随時明らかになる。一八時三〇分、ベッソン中佐は司令部から第二三-II大隊に次のようなメッセージを送る。「状況の進展のため、後方遮断線は、今晩日没前に占領されるであろう。」中佐は、「第二三外人志願兵歩行連隊諸部隊が払ってきた努力」に敬意を表し、「陣営を建て直し、明日空爆から逃れて少なくとも機関銃を使える状態にいるべく、総員に今晩いっそうの努力を払うよう求める。」

六月六日の晩。エーヌ川北方で戦況は悪化する。ジュヴィニー近郊で白兵戦になり、甚大な損失を蒙る。二〇時頃、第九三連隊は壊滅状態となる。ドイツ軍はジュヴィニーに砲撃を加えた後、軽機関銃を手に侵入する。第九三連隊の数名が城の中で抵抗する。一方、連隊参謀本部は夜に紛れて逃走することに成功する。ドイツ軍は村の南にある森の中を前進する。第二三-III大隊の小隊長スリス准尉は、機関銃が連射され、大砲やシュトゥーカの砲弾が降る中、冷静な行動により殊勲を挙げる。ジュヴィニーの南に機関銃を据えて、まずドイツ軍の襲撃を食い止め、次いで第九三連隊の退却を援護したのである。第一〇中隊の補給士官は弾薬庫に派遣された時、第二三-III大隊司令官ディゴワンヌ・デュ・パレに出会う。司令官はどこともわからず彷徨っていた。ショックを受けており、自分の大隊がどうなったか言うこともできない。司令官は備蓄がなく、拠点は包囲され、状況は絶望的だと補給士官に説明する。二二時頃、エーヌ川の北で戦っているフランス歩兵師団は川を渡ることを許される。

　六月六日から七日の夜、第一二連隊は新たな指令を受け取る。北部に展開する歩兵師団の撤退を可能にすべく、「退却心を持つことなく」エーヌ川諸橋を保持し、撤退終了の後、工兵隊が橋を爆破すること。第二三-III大隊はソワッソンの北に防衛拠点を構築して、フランス人諸連隊の退却を援護する。しかし命令がまったく来ないので、大隊もエーヌ川の方へ退却しなければならない。ポミエとパリーの二つの橋、ソワッソンの三つの橋、鉄道橋、それにヴェニゼルの橋は、午前二時から四時の間にダイナマイトで爆破される。ソワッソンのガンベッタ橋が爆破されるや、逃げ遅れた兵士たちが川の北岸に現れ、ボートで助けに来るようフランス軍に懇願する。不可能である。第二三-III大隊の兵士たちの中には応急の手段で渡る者もいる。第九三連隊の大佐は泳いで渡る。エーヌ川の北では、様々な中隊や連隊の何百人もの兵士たちが殺到して大混乱に陥る。第二三-III大隊第一〇中隊のサミュエル・マイェルと兵士たちは一晩中砲撃を受け続け、照明弾と爆撃で真っ赤に染まった空の下、眠らずに夜を明かす。対空砲火がないので、空にはドイツ軍の飛行機がうなっている。[52] ジュヴィニー城は激しい抵抗の後、明け方に落ちる。第九三連隊はもはや存在しない。第一二連隊は人員の半数を失ってしまった。

　マテスはこの新たなワーテルローの中でどうしているのか。一連隊は二千人から三千人の規模で、三大隊、重火器中隊、司令部付き中隊に分かれていることがわかると、マテスを探し出すのはまぐさの一束の中に針を探すようなことになる。第二三連隊はエーヌ川の北側で第九三連隊とともに戦い、南側では第一二連隊とともに、西では自連隊の司令官オモワット中佐の指揮下で戦っている。外人部隊旧兵士局に何度も懇願して入手できた「身分証明書の代わりとなる個人軍人手帳抄本」に正確に記載されているように、マテスはレヒト中尉の指揮下にあったCA2に配属されている。この略号は第二大隊援護中隊《コンパニ・ダコンパニュマン》、つまり、第二三-Ⅱ大隊中の中隊を示している。私が参照した専門諸サイトの内容を信じるなら、この中隊には重火器が集中しており、八ミリ・オチキス機関銃一六台が四小隊に分けられ、また全体で二五ミリ対戦車砲二台、八一ミリ迫撃砲二台を備えている。外人部隊兵士ヤブヴォンカがどの兵器を担当していたのか私は知ることができないが、もし八一ミリ迫撃砲だとすれば、彼は砲班長の指揮下で、照準手、装塡手、火工手、弾薬補給手、あるいは大砲運搬車か弾薬運搬車の運転手を務めていよう。こうした小型運搬車は馬で引かれているので、元馬具職人はおそらくこの部署に最適と判断されたのではないだろうか。

私は将校の書類を閲覧してみる。特に、第二三連隊CA2指揮官レヒト予備役中尉のものである。一九〇五年ブエノスアイレスに生まれ、パリで食品業のセールスマンをやっている。一九三六年八月、人民戦線の初頭、自分を「共産主義活動家で反軍国主義者」であると言っている。休戦後、連隊勲章に叙される。叙勲理由は、「六月七日と八日の激しい戦闘の間、小隊の先頭に立って冷静沈着に行動したこと、自分の周りに個人的活動により見事な精鋭戦闘員グループを形成することができた」ことである[53]。私に好ましく思える華々しいシナリオをいろいろ自由に編み出してみれば、ありえそうなものは、フランス人兵士たちに退却時間を残すべくパンツァーの前に銃と手りゅう弾を持って送り出された、自分と同じように新米の戦友をマテスが機関銃で援護している、というシナリオである。私は彼がソワッソンの南で連隊本隊と陣取っているのを思い描く。バルカレスの単調な生活から、爆撃、サイレン、叫喚、もぎ取られた手足、頭のない死体、はらわたが破れて横たわる馬、などのカオスの中に、わずか四八時間で移動したのである。六月六日、マテスは、第一二連隊と第二三-Ⅱ大隊とを指揮するベッソン中佐の命令に従って、全CA2とともにビュザンシーに行く。翌日、西ソワッソン作戦区の防衛に加わる。

六月七日は一日中爆撃が続く。諸部隊は攪乱され、連絡は切断され、人馬は殺され、兵士らの間には恐怖が広がる（「空爆が行われると、スペイン人は統制不可能になった」と第一二連隊のギャランドー中尉は書いている）[54]。ソワッソンは飛行機と大砲によって止むことなく攻撃されている。ドイツ軍の若い兵士たちは上半身裸になり、「一つの民族《アイン・フォルク》、一つの帝国《アイン・ライヒ》、一人の総統《アイン・フューラー》」と声を張り上げながら、フランス軍の機関銃掃射の中、川を渡ろうと試みる[55]。町の東では、アンドレ少佐の外人部隊兵士らがコンデの閘門とエーヌ川にかかる橋を保持する任務を受け取る。午前八時、霧が上がる。パンツァー戦車隊が台地を下ってくる。一時間半後、ドイツの歩兵隊がエーヌ川北岸のセルという村に侵攻する。四台の機関銃が彼らをなぎ倒す。死体は一日中村の広場に放置される。一三時頃、敵軍は脅かされることなく二か所で川を渡る。第一〇中隊のサミュエル・マイエルとその部下たちはソワッソン北郊まで歩き、そこでフランス軍兵士らから、「志願兵さんたち、これ以上は無理だ。渡れない。橋は全部破壊されている」と知らされる。彼らは再び爆撃を受け、ソワッソン橋のたもとでエーヌ川を泳いで渡る。モンゴベールの十字路に着くと、第一二三-III大隊のほかの生存者たちが集まっている。もはや一五〇名しか残っていない。

六月七日午後。ベッソン中佐はエーヌ川両岸の安全確保に努める。十分に破壊されなかったガンベッタ橋に工兵隊が送られる。鉄道橋の入り口では、ドイツ兵がスピーカーを使って、外人部隊兵士たちに投降を強く呼びかけている。すでに何度かドイツ兵の侵入を押し返している外人部隊は、手りゅう弾を一斉に投げて応答する。第一二三-II大隊のうちビュザンシーに陣取った部隊は、西ソワッソン作戦区を指揮する大尉の指揮下に入り、プロワシーで後方遮断線を保持する任務を受ける。東ソワッソンでは、百名の援護部隊が武器も弾薬もなく、アンドレ少佐の前に現れる。その晩遅く、ドイツ軍の照明弾がシャスミー上空で炸裂する。敵軍はすでにエーヌ川を西と東で渡っており、大隊は包囲される恐れがある。閘門は激しい砲撃を受ける。ソワッソン上空ではビラが投下され、町が壊滅しないよう、文民当局と軍当局に降伏を厳命する。電話網は切断され、二三時三〇分から明け方まで、ベッソン中佐は少将とも自分の部隊ともまったく連絡がとれない。夜、中佐は工兵がガンベッタ橋に近付くことができなかったことを知る。敵軍が橋付近を機関銃と手りゅう弾投擲機で掃討していたのである。ソワッソンの東郊で侵攻を受ける。

六月八日朝、エーヌ川は至る所で渡られる。フランス軍は南のほうに追いやられたものの、盛り返しをはかる。ウルク川への後退が始まった時、第二三-III大隊司令官ディゴワンヌ・デュ・パレは、彼の大隊の残存兵で部隊を作り、前線に戻るよう命令を受ける。すぐにシュトゥーカと大砲による攻撃を受ける。三機動歩兵小隊と一機関銃小隊を従えて彼はミシー・オ・ボワの北方に陣を構える。すぐにシュトゥーカと大砲による攻撃を受ける。弱まることのない爆撃のもと、第二三連隊は第一二連隊と第二三七歩兵連隊と連携して、ソワッソンの南西、ヴォー、ミシー・オ・ボワ、サコナン・エ・ブルイユで戦う。数度の突撃を受け、第二三連隊はその人員の半数を失う[56]。

ダノフスキ軍医は次のように語っている。「死者、負傷者があふれ、大隊の救護拠点は全員を受け入れるにはあまりに小さすぎる状況となる。担架兵は職務をよくやっている。突然彼らの一人が踊って歌いだす。彼は自分が何をしているのか、どこにいるのか、もうわからない。こうして敵の狙撃兵の理想的な的になってしまう。この死のダンスはすぐに終わり、死んでしまう。[……]このような「戦略的後退」の間、士官たちはよく平静さを失ってしまった。ある時、こうした一人が銃を拾い、一〇人ほどの部下を集め、彼らに「抵抗線」を形成するように命令を下した。良識を欠いた命令である。人員も武器もはるかにまさる敵とぶつかっている最中なのだ。しかし命令は命令である。この勇者たちはほぼ全員殺されてしまった。その中、機関銃の弾丸で瀕死の負傷を負ったユダヤ人志願兵が一人、大量に出血し頸動脈は切断されながらも、敵の射程範囲の外に逃れようと救護拠点まで這って来た。どうにか辿り着いたものの、出血はあまりにひどく、手術を施さずには救うことはできない。顔には血の気がなく、眼は隈取られ、鼻はひきつり、苦痛の涙がすでに視線を曇らせていた。うわ言はもう理解できない。これが彼の最期であった。[57]」砲兵隊の援護のもとプロワジーに陣取っていた、第二三連隊のアンリ・リベラは、命令を求めるために連隊司令部に送られる。退却命令を受け取る。リベラは帰り道、道路が避難民で塞がっているので、自転車を捨て、軍用外套とゲートルのまま畑を走って彼の小隊に戻らなければならない。リベラはさらに、プロワジーの北にいる機関銃部隊に連絡する任務を受ける。帰り道、敵の砲火を受け、穴に飛び込む。そこにはすでに外人部隊の若いポーランド人兵士が隠れている。二人は疲労に打ちのめされて、爆発の大音響の中、眠り込んでしまう[58]。

この一九四〇年六月八日、マテスは本当の砲火の洗礼を受ける。睡眠不足で頭は働かず、空腹に苦しめられ、全身が自動操縦に入ったような衰弱状態になる——撃ち、詰め、弾薬を運び、土手の後ろに縮こまり、這い、走る。絶えず狙撃を受ける。空気をつんざく音が聞こえ、正面で閃光がはじけるたびに、死を目にする。おそらく恐怖で死にそうだろう。おそらく鼻から血を流していよう。おそらくフランスと、彼には関わりのないこうしたミシー・オ・ボワを呪っていよう。おそらくまた、自分の子供たちが誇りに思ってくれるよう、徹底抗戦し勇者として倒れてやると決意していよう。爆撃機から見れば、彼は小枝の周りに蠢くたくさんの蟻の中の一匹である。機関銃に装塡するために十分な弾薬もない。しかしいずれにしても、未熟であるのでおそらくうまく使いこなせるわけはない。CA1の指揮官ベルトレー少尉が嘆くように、野戦砲と機関銃は歩兵部隊の作る抵抗線に対し絶えず前に出過ぎている。十分に効果的であるには七百メートルから千メートル後方に設置されていなければならない[59]。

第二三連隊本隊は西部で壊滅的な打撃を受け、ソワッソンは爆弾で破壊される。第一二連隊は退却しつつ戦わねばならない。南部では、アンドレ少佐に指揮された第一一二-III大隊が、シャスミーから来る砲弾を浴びせられる。それはつまり敵の砲兵隊が大隊を背後から攻撃していることを意味する。激しい空爆のため、百名の援軍部隊も逃走する。戦闘機が地上を機銃掃射し、次いで爆撃機が六回の波状攻撃で拠点を破壊する。午前の終わり、師団長はベッソン中佐に電話し、「東部の状況は、もはやその場での建て直しを許すものではない」ことを伝える。第一一二連隊には正午に退却するよう命令が下される。しかし司令部は遠く、また混乱状態の中で、連絡将校によってもたらされた命令が各部隊にようやく届くのは一四時と一六時の間であり、その結果、退却行動は晩まで続けられることになる。コンデでは、第一一一-III大隊の兵士たちは一メートル一メートルと地歩を失い、将校たちは銃を手にして最後まで踏みとどまる。ヴェリュンヌ中尉は、機関銃によってドイツ軍の前進を遅らせることを試みつつ、閘門を爆破させる。一八時、大隊は待ち伏せに堕ちる（六台の機関銃が近距離に出現する）。アンドレはヴェル川に機関銃と迫撃砲を放棄するよう命令を下す。部隊は降伏する。

西ソワッソン作戦区では、第一一二連隊兵士たちは第二二三-II大隊の援護を受けて、一五キロ南のヴィエルジーまで後退する。しかし砲兵部隊の退却が敵の飛行機に発見され、第一一二連隊の縦列は後退の各道筋で一五機編隊によって二一時まで爆撃と機銃掃射を受ける。歩兵部隊は畑の中に散らばることができたおかげで、被害はほとんど受けない。それに反し、馬がけん引する車両は引き馬もろとも、ベッソン中佐の表現によると「殲滅」される。午後の間、第一一二連隊は一五台の野外炊事車両のうち一三台、ほとんどすべての小型車両、それに一七〇頭の馬のうち一三〇頭を失った。連隊は一九時から二三時の間にブランジーで再編成されるが、さらにウルク川へ退却するよう新たな命令が届く。

六月八日夕刻。第二二三連隊の残存者は大混乱の中、ヴィレル・コトレの森のはずれにあるヴェルト・フイユの方へ殺到する。五人の将校が殺されており、オモワット中佐も負傷している。一部の兵士が森の中で後衛戦を展開する間に、ほかの者たちはヴェルト・フイユから南へ逃げる。ドイツ軍パトロールが徘徊する森で、第二三連隊ＣＡ１の指揮官ベルトレー少尉は百歩の距離のところで誰何される。下草に守られるが、発砲音がほかのパトロール隊にも警告を与えてしまい、少尉は藪の中に夜まで隠れざるをえない。二一時頃、ドイツ軍の車両部隊が国道二号線を通ってヴィレル・コトレに突き進む。北側ではパラシュート部隊が空から舞い降りて来る。明け方、ベルトレー少尉は鉄橋に着くが、そこで機関銃に狙われる。

六月九日朝、すでに多くの死者を出し、大半の指揮官を失った第二三連隊は、タレック大尉の指揮下にある唯一残った大隊に融合される。大隊は第一二連隊の兵士たちとともに、耐えがたい暑さの中、食料もなしに、ウルク運河まで徒歩で退却し、マルイユの地点で運河の防衛をはかる。アンドレ少佐と第一二–III大隊の生存者たちはドイツ軍の収容所に連れて行かれ、六月七日の朝以来初めて食べ物を受け取る。カップ一杯の炒り大麦である。

前線はエーヌ川ばかりでなく、ソンム川、ピカルディ、シャンパーニュでも突破される。フランス人歩兵部隊は装甲車両と飛行機による援護もなく、司令部との連絡が切断されて以降は指令もない状態に取り残される。防御拠点にくぎ付けとなり、そこを死守しなければならないが、しかし援軍も弾薬もない。こうして「隙間をふさぐ」絶望的な試みを続けて四八時間にわたり耐え忍ぶ。しかしそれでも、遮断線は至る所で打ち破られていく。この一九四〇年六月九日、ペタン元帥は戦争に負けたと判断する。翌日、政府はロワール川の城の方へ移動する。パリは空っぽになる。

ここはなんて平和なんだ！　私の前には、緑とブロンドの畑が広がっている。見渡す限りの田園、遠くには小さな森、農家、高圧線が見える。私たちは昼寝時、ミシー・オ・ボワを散歩する。プラタナスが影を落とす通りとバラの木に覆われた古い壁の、静かな村だ。ある通りの角に第二三連隊の記念碑がある。地下納骨堂の形に刈り込まれた巨大な低木の中、白やピンクのたくさんの花々の間から一本の石柱が突き出ている。柱の上では、翼のある天使（あるいは布をまとった女性かもしれない）が頭を傾げ、ぐったりした兵士を腕で支えている。台座には金文字で、「第二三外国人志願兵歩行連隊の仲間たちの記念に」と彫られている。教会の足元には小さな墓地が隠れている。小砂利を敷かれ、灰色の十字架を冠した墓石がある。「A・ロンジョン少尉、第二三連隊、一九四〇年六月九日、フランスのために死んだ」と刻まれている。ワイシャツにネクタイをし、きれいにひげを剃った老人がある家から出てくる。第一次世界大戦直後に生まれ、ずっとミシー・オ・ボワに住んでいる人だ。

——毎年、記念碑の前でセレモニーがあって、その後ではいつも学校でアペリティフを飲んでいましたが、今年は来ませんでした。みんな年を取りましたね……司令部は向こうの、石切り場に置かれていました。あっちが飛行機の発着場です。このあたりではあまり戦闘はありませんでした。一四年のシュマン・デ・ダムとはまったく違います。

彼は私の腕に手を置き、声を落として、

——外国人たちは真剣じゃなかったね。馬鹿なことばっかりやって、農家で盗みを働くこともあったし。ドイツ軍は村を占領したけど、悪い人たちじゃなかった。

私たちは再び国道二号線を北に進み、エーヌ川を渡り、左に折れてジュヴィニーの方へ向かう。小さな道は稜線を進む。北には、畑、シュマン・デ・ダムの台地が見える。私の後方には、木々がそそり立つ峡谷があり、これがかつて第九中隊と、タレック大尉の第一〇中隊とを隔てていた。土手の背後、藪の中には機関銃が隠れ、死をまき散らそうと構えている。地平線上にはドイツ機甲師団が姿を現わす……これが、二〇世紀に、動きが取れなくなるということである。小麦畑にはひなげしも見えるが、しかしパンツァーのキャタピラに踏みしだかれている。夏空を味わうこともない。鉄と火の雨が降り注ぐ様を思い描こうしているのだから。子供たちと一緒になって草の上で遊ぶべきなのか、それとも彼らに教えるべきなのか。

少し経って、私は突然妻に国道沿いに車を停めるよう頼む。右手に記念碑を見つけたのだ。半ば埋もれた花崗岩の石碑で、三メートルほどのブロンズの剣が立てられている。岩にヴィスでとめられたプレートにはこう書かれている。二〇キロにわたる前線で戦った第七歩兵師団は「退却を考えずエレット川とエーヌ川を防衛するよう命令を受けた。一九四〇年六月五日、六日、七日、師団は、数の点ではるかに優る敵軍に対し、非常に厳しい戦闘の中、献身的に抵抗を続け、犠牲的精神を限界まで発揮した。」第九三歩兵連隊にも言及がなされているが、外人部隊については一言もない。私は車に走って戻り、妻は再びエンジンをかける。

彼は正しいのだ、先ほどのミシー・オ・ボワのご老人は。エレット川での三日間の戦闘はヴェルダンの地獄となんら共通点はないのだ。あれはあらゆるものの破壊であり、血みどろの塹壕の中に失われた四年間だったのだから。しかしながら一九四〇年の志願兵たちは失態を演じたわけではないと私には思われる。六月九日から一〇日にかけて、ヴィレル・コトレの南西部で稜線を防衛する中隊のアポリネール＝エストゥー大尉によると、第二三連隊の兵士たちは「軍事教練をさほど受けてはいない」にもかかわらず「戦場で非常によく働いた。[60]」軍隊勲章を授与されたディゴワンヌ・デュ・パレ大隊は、「素晴らしい若者部隊」と描き出されている。[61]

しかしながら、彼らは勇気を示しても、一人前の人間として扱われることがない。「ポーランド系ユダヤ人は本来あまり勇敢ではないが、彼らの義務を果たした」と、第一二連隊のギャランドー中尉は述べている。[62] 勇気のあるユッパン！　いくらかは役に立つ。例えば第二三-III大隊のあのフリドベルグのように。彼は模範的な運転手であり、意気盛んで疲れを知らず、戦闘員たちとともに第一線へ銃撃に出る用意がいつもできており、「献身的に仕えるフランスに対し最良の感情に突き動かされている」兵士だった。表彰に値すると推薦されたものの、認められることはなかった。[63] あるいは第二二連隊のアケルマンやヴァイスブルムのような兵士たち。彼らはペロンヌの南、マルシェルポで古いルベル銃を手に抵抗を続けた後、フランスのために死んだ。その抵抗により四百名が個人表彰を受け、全体に対しては軍隊勲章が授与され、またドイツ軍将校たちからも賛辞が寄せられることになる。[64] さらにまた第二一連隊の兵士たち。彼らはフランス軍を取っておくために肉弾として利用され、シャンパーニュ地方サント・メヌーの手前での彼らの犠牲に、ある将軍は次のような勝利の叫びを上げる。「ユダヤ人五百名減！」[65] ユダヤ人を利用しつつ捨て去る名人芸だ。第二二連隊の戦闘員レオン・アレガは、ソワッソン、ヴィレル・カルボネル、マルシェルポで殺害された仲間たちの名において、フランス人に次のように言い放つ。「諸君らは、しがなく生き、しがなく働いていた「ポーランドの」皮革職人たちから戦争によって解放されたのだ。その日以来、パリの良き皮革業者は、よそ者たちが侵略してくる前にあった、かつての輝きを取り戻すことだろう。［……］よそ者はもういない。地に横たわり、あえぎ、死んでしまった。もう戻ることはない。[66]」

「阻止戦」が失敗して、フランス戦線の最終幕が始まる。六月一二日、一斉退却が命じられる。二日後、ドイツ国防軍が非武装都市と宣言されたパリに入る。世界の別の端で、『シドニー・モーニング・ヘラルド』紙はこう書いている。「専制の影は今やフランスにまで広がった。文明の光はまた一つ消えてしまった。[67]」今やフランスには道路や川を伝って、毒された血が巡っている。ロンメルのパンツァー戦車隊はルーアンでセーヌ川を越える。フォン・クライストの戦隊は、ランスからまっすぐに南下する。グデーリアンはマルヌ川に沿ってスイス国境へと向かう。十日間のうちに、シェルブール、ブレスト、ナント、ポワチエ、ブールジュ、ムーラン、クレルモン・フェラン、サンテチエンヌ、リヨン、ブザンソン、ベルフォール、ナンシーに到達する。

第二三連隊はほぼ同じようなルートを通る第一二連隊と協力して、第六軍の後衛に留まり、その退却を休戦まで援護する。一九四〇年六月一一日前後、マルヌ川のほとりでは、激しい空爆のもと、三日間抵抗が続く。ドイツ兵の隊列は砲撃に守られて歌を歌いながらナントゥィユの斜面を下って来る。(68) 工兵がシャンピニーの橋を爆破するのが早すぎたため、何百人もの外人部隊兵士の退路が切断されてしまい、彼らは捕虜となる。泳いだりボートで川を渡るのに成功する者もいる。ベッソン中佐は少将への通牒の中で、食糧と地域の地図、まだ残っている二台の機関銃用の弾薬を繰り返し要求する。兵士たちが眠らないようにすることは「絶対に不可能」であると彼は書いている。「将校が兵士のそばを通り過ぎると、すぐにまた眠り込んでしまう。(69)」退却は我勝ちに逃げるという状態になり、ボルドーではペタン政府が休戦を求める準備をしているが、第二三連隊はポン・シュル・イオンヌで二日間ドイツ軍の前進を食い止める。六月一五日、シャイコフスキは胸にまともに弾丸を受ける。彼の部隊の兵士たちは彼を助けることなく脇を通り過ぎる。彼は共産主義運動から離れてしまっていたからだ。(70) ジョルジュ・ペレックの父、イチェク・ユドコ・ペレックはパルチェフの近くルバルトフに生まれ、第一二連隊の兵士になった。彼は腹を負傷し、ドイツ人将校は彼に「緊急に手術すべき」という札をかける。翌日、病院に変えられた教会で、その傷に屈する。三一歳であった。(71)

ポン・シュル・イオンヌからシュロワへの道には馬の死骸が散乱している。大部分は目に見える傷がなく、弾孔から五〇メートル以上のところに横たわっている。六月一六日、第二三連隊のいくつかの部隊は、ドイツ軍によってすでに占領されていたモンタルジーで捕虜となる。壊走する外人部隊兵士は、爆撃の中、昼夜を問わず歩き続けるが、ロードローラーのごとく前進するドイツ国防軍と、より南に侵攻した歩兵部隊との間で挟み撃ちになって、沼地に隠れたり、民間人に変装したドイツ兵の非常線を越えたりしなければならない。第二三連隊の兵士たちが鉄道に沿って南下する一方、第一二連隊の兵士たちはロワール川のジアンの橋へ通ずる道を行く。しかし、難民の荷車、いっぱいに荷物を詰め込んだ自動車、自転車、乳母車が弾孔だらけの道を塞いで、なかなか前に進むことができない。ジアンの町は爆撃を受け、橋の入り口ではトラックや家が炎を上げており、往来のスピードは上がらない[72]。六月一七日午後、第一二連隊の前衛部隊はロワール川を渡るのに成功するが、本隊はまだ北へ二キロのところにいて、変装したドイツ軍兵士が避難民の列にパニックをまき散らしている踏切で止められてしまう。ラジオでは新首相のペタン元帥が「戦闘をやめる」よう呼びかけている。二〇時、フランス軍はジアンの橋を爆破し、第一二連隊の最後に残った自走車両と馬引き車両を敵軍に渡してしまう。六月一九日午前、ドイツ軍は船橋を作ってシュリーでロワール川を渡る。第二三連隊はシェール川のやや上流に陣取った第一二連隊と連携してカンシーの橋を保持する任務をなお与えられる。

第二三連隊の残存者はこのように川筋から川筋へと追い払われている。六月一〇日ウルク川、一一日マルヌ川、一四日セーヌ川(パリの緯度よりも南)、一五日イオンヌ川、一七日ロワール川、二一日シェール川、二三日アンドル川、要するに、二週間でソワッソンから四百キロ歩くことを余儀なくされた。第二三連隊の負傷者たちの地獄への降下が終わるのはベリー地方である。六月二五日、休戦発効時、彼らはラ・シャトルとシャトーポンサックの間でちりぢりになる[73]。アルプスとマジノ線要塞では、フランス軍兵士らは武器を置くことを拒否する。

第二三連隊には七百名弱、第一二連隊には三百名ほどの兵士が残っている。六週間の戦闘で十万人が殺され（第一次世界大戦の平均を越える）、ドイツ国防軍は二百万人を捕虜にした。タレック大尉は第二三連隊について、「休戦の日、フランスの三色旗をなお高く掲げ、国旗に敬意を表していた稀な連隊」の一つであると書いているが、十分根拠があってのことなのかどうか私にはわからない(74)。というのも、一九四〇年六月のこうした日々、もう高く捧げるに足るものはあまりないからである。しかしながら名誉を救う人たちがいることも確かだ。マグレブの騎兵はグデーリアンの機甲師団に攻撃をしかけ、ド・ゴール大佐の戦車隊はモンコルネにおり、ソミュールの士官学校生徒たちは彼らの拠点を放棄することを拒否し、また、外国人志願兵たちもその敢闘、その欠乏、さらにその敗走においてまでも、賞賛に値すべきであるように私には思われる。もし「細紐連隊」のユダヤ人やスペイン人の浮浪者たち、共和国警察が国外に緊急で追い払わなければならなかったあの不法者たちが一七九二年の志願兵たちの伝説――「浮浪者、仕立て職人、木靴職人から成るこの軍団」とミシュレは書いている――をフランスが歴史上蒙った最大の敗北の真っ只中で再生させたのだと、総参謀本部の将軍たちや田舎の公証人たち、街角の主婦たちや朝刊紙の三文文士たち、すべてのミュンヘン協定支持者たちに言うとしたら、こうした人々はひどく驚くことだろう。一九四〇年五月一四日ムーズの高地で潰走し、銃や装備を捨てて自分の家に戻ってしまった第七一師団の予備役たちとは反対に、不良外国人たちはなぜ自分たちが戦うのかわかっているのである。社会学的に見れば、私は、フランスの畝々に自らの血を流した、望ましくないユダヤ人たちよりも、パリ地方出身の三五歳、家庭の父であるようなこうした逃走者たちにはるかに似ている。孫が祖父に相応しいのかどうか誰も言うことはできない。

一九四〇年九月二八日、南西フランスの駐屯地でマテスが動員解除を受けるまで、休戦から三か月が流れている。この宙ぶらりんの夏については、一九七〇年代に伯母のシュザンヌが旧兵士局で入手した一枚の紙きれ、マテスの動員解除証書が、説明してくれる唯一の資料である。「当該人の復員住所」の行の前にある最初の答え、

シャトーメイヤン（シェール県）、M・シャテニェ宅

には抹消線が引かれている。

やや下に、別の抹消線。

M・シャテニェの労働証明書の提示に基づく動員解除。[75]

父と私は数週間シャトーメイヤンで頭がいっぱいになる。人口二五〇〇人ほどのこの大きな村はラ・シャトルから二〇キロのところにあり、第二三連隊の退却ルートと完全に一致する。しかしなぜ記載事項は抹消されているのか。海に瓶を一本投げ込むようにシャトーメイヤン村役場に手紙を書き、その数日後、父に電話がかかる。以前村会議員だった人からで、M・シャテニェのことをよく覚えているという。M・シャテニェは片足が曲がらない人で、共和国大通りに住んでいた。当時、自分の仕事場兼店舗で馬具屋をやっている。一九四〇年の外国人志願兵連隊については？　いや、何も覚えがありませんね、との返答。少し経って、役場の女性からまた電話がかかる。戦争中シャトーメイヤンに隠れていて、後に〈正し

き人たち〉のプレートを設置させたイダに手紙を書かなければ、と教えてくれる。

二〇〇八年一二月、私たちはイダのお宅に伺う。応接間には、青色、朱色、若草色、カナリア色の図柄が炸裂する絵が掛けられている。イダは六〇歳ほどの、その絵のようにはつらつとした女性で、螺旋状のフレームのメガネをかけ、あらゆる色が入り組んだムーンストーン製のブローチをつけている。彼女の父、サミュエル・ロゼンベルグは共産主義者のポーランド系ユダヤ人で、サンタントワーヌ街で高級家具職人をしていた。一九三九年一一月九日志願し、第一二連隊で戦う。一九四〇年八月の復員後、家族とともにシャトーメイヤンに引きこもる。そこには百名ほどのユダヤ人が隠れている。一九四四年までに逮捕されるのはわずか三名である。この奇跡はどのように説明できるのか？　イダによれば、暗黙の了解が地域にはあり、指物師、食料品屋、写真屋などが作る組織もあった。憲兵のラヴォーは、このサンタマン郡庁で起こっていることをすべて知っている。彼が肉屋に立ち寄る晩があり、そこでこう言う。「今晩は、つらい仕事だよ。」それはユダヤ人のための暗号警報であり、即座に隠れなければならないのだ。戦争初期、イヴリーやパリ一一区の家族ら——イダの母はその一人——がここに避難場所を見つけに来ているので、シャトーメイヤンには受け入れの伝統がある。シェール県公文書館で見つけた一九三九年一二月のリストによれば、当時何十人かの女性（そのうち数人がユダヤ人）が子供だけを連れてここに滞在し、夫は従軍している。シャトーメイヤンとパリ一一区の間には姉妹提携のようなものがあったのだろうか？　そうだとイダは考える。大脱出の間、町はさらに六百人の避難者さえ受け入れており、ボランティアの委員会が住まいと食糧を供給する責務を担っている。

こうした諸要素を総合すると、次のような仮説を立てることができる。外人連隊の何名かの兵士たちは、彼らの家族が「奇妙な戦争」時の疎開に際してこの地方で結んだ関係を利用して、ドイツによる占領期間中ここに隠れる。私はイデサがシェール県の職人たちとつながりを築いていたとは思わない。しかしマテスは連隊仲間から情報を得て、同業の馬具職人であるM・シャテニェに問い合わせ、本物か義理のものかはわからないが、とにかく労働証明書を出してもらった、と想像することができる。要するに、マテスは戦闘が終わって一九四〇年六月二五日前後シャトーメイヤンにおり、しばらくそこに滞在したということになる。しかしロゼンベルグとは違い、彼はそこにイデサと子供たちと隠れる可能性（あるいは考え）を持ってはいない。

ユダヤ人志願兵についてのある講演会の席で出会った女性が、親切にも私に送ってくれた、彼女の父、第二三連隊ルーマニア人兵士イズー・アブラモヴィチの手紙を読むと、彼は村から村へ転々とし、シャトーメイヤンから二〇キロほどのところにあるモルラックに七月半ば頃身を落ち着けていることがわかる。潰走する生存者にとって、この何週間かは不思議な中間に浮かんでいる。動員解除は腹立たしいほど手間取るが、素晴らしい時だ。眠り、川で水浴びし、仲間の金でビストロで一杯やり、家族に手紙を書き、生きていることを享受できる。休息は長くは続かない。占領当局はユダヤ人を狙い始め、七月一一日に創設されたヴィシー体制も外国人と帰化者を攻撃する。七月二二日、イズーはモルラックから婚約者に手紙を書いている。「僕は除隊者としてパリに戻ることは可能だけど、そうすることは賢明だろうか。外人志願兵でユッパンなんだから。君は新聞を読んで、これからいろいろ追放措置が取られることがわかったと思う。だから、オオカミの口は避けた方がいいんじゃないだろうか。[76]」新聞はどう言っているのであろうか。堅い共和主義の日刊紙『ル・マタン』は、八月四日版にパリのマレ地区についてのルポルタージュを載せている。道路脇の溝で野菜の切れ端で遊んでいる縮れ髪の子供たち、太ったおしゃべり女たちと立ち話にふける汚い前掛けの肉屋たち、厚化粧だが爪は真っ黒な豚肉製品屋の女たち、長い外套を着て小声で話す髭もじゃの男たち、それにラビ、密売人、こうした者たちがこの「ユダヤ・オンリー」の地区に住みついている。結論。「ばい菌に対する闘いを遂行すると言われていた時代に、ゲットーというこの不快な染みをパリのど真ん中に存続させてきたとは驚きである。」(77)

マテスの動員解除証書は、シャトーメイヤンとモルラックから南へ数百キロ離れた、タルネギャロンヌ県コサッドで作成されている。私は、コサッドがセットフォン収容所の駅であり、マテスはイズーや何千人ものほかの外国人志願兵らのように、実際にはそこに収容されていたのだということを理解するのに、かなりの時間を要した。証書には、外人部隊兵士ヤブウォンカは——M・シャテニェ宅ではなく——「タルネギャロンヌ県サンタントナンのL・ミュール」宅に引退する、と書かれている。このミュールも、彼に労働証明書を与えていたのである。私は父と一緒に同じ調査に取り掛かる。ルザン・ミュールの孫の女性は、彼が小さな靴屋をやっていて、少しブドウ畑も持っていたが、人を雇えるほど豊かではなかった、しかし形だけの労働証明書を出すくらいは絶対にできる人だった、と語ってくれる。「祖父らしいですね。」それでは、セットフォンは？　どうということもない収容所で、どちらかと言うと小さいもので、今日では忘れられてしまった。もともとはスペイン人難民にあてられていた。「奇妙な戦争」の間、そこは外人部隊の基地の一つとなり、敗戦後は外国人志願兵の収容所になる。(78)

この収容所の公文書資料は戦後破壊されてしまったので、私は二人の証言に頼らざるをえない。ジョゼフ・ラッツの『私が求めていたフランス』（一九四五年）と、コンラッド・フラヴィアンの『彼らは人間だった』（一九四八年）である。ラッツはロシア人難民で技師の教育を受けた人である。「永遠なるフランス」への愛から外人部隊に志願する。セットフォンに編入される——数十のバラックは蚤だらけで、食べ物は劣悪、自由意思で志願したのに鉄条網に囲まれている。休戦後、再びセットフォンに戻る。第二三連隊のルーマニア人中尉フラヴィアンもまったく同じであり、中尉は「憐れむべき状態の生存者たち」が大勢押し寄せて来るのを見ている。兵士たちは数週間の潰走と彷徨に打ちひしがれているが、ヴィシーの命令なしには除隊が許されない。フランス人兵士たちは家族と仕事を再び見出しているのに、彼ら「戦時志願兵」はこの幸先の悪い収容所で腐っていくしかない。

単調な生活が定着する。一九四〇年八月、休戦が調印されてすでに一月半になる。依然として除隊できない。ラッツは書いている。「状況は耐え難いというのが皆の意見だった。[79]」ハンガー・ストライキが決定される。収容所の司令官エドガール・ピュオーはかつてタルヌ川で抗戦しようとした、アルコール好きの外人部隊将校である。彼は躊躇する。反抗者たちと交渉することは問題外だが、状況が悪化すれば、モントバン県の知事に、最悪、ドイツ軍にも頼らなければならなくなろう。しかしヴィシーの命令は厳格であり、除隊はさせず、望ましくないこの群れを「外国人労働者隊」にとっておき、何らかの強制労働を課そうというのである。ピュオーは命令に背いて、年とった兵士、子だくさんの家族の父親、労働証明書の所持者たちを除隊させることを受け入れて、ストライキは終わる。ヴィシーもこの除隊原則をようやく受け入れるに至るが、仕事、住居、家族、お金などの必要条件を増やしていく。フラヴィアンによれば、「フランス人ではなく、その上一三か月にわたる戦闘を終えたばかりの人たちには」、こうした条件を満たすことは不可能である。[80]

ヴィシーから派遣されたM少佐の指揮下、強制的な兵籍登録が始まる中、ピュオーはできる限り多くの志願兵を家庭に送り返すことを決意する。彼の執務室には兵士たちが殺到し、「ほぼ規則にかなっていた人たちは皆除隊された。［……］明らかに義理のものとわかる労働証明書も認められた。[81]」ピュオーは「外人部隊兵士たちに労働証明書」を与え、「復員がうまく進むのを助けるために、結構な金額のお金を渡した［させた］場合もある。(82)」一日に百人ほどの除隊が行われる。激怒したM少佐は除隊の書類を破り捨てる。これら外国籍ユダヤ人たちは釈放されてはならず、十分な監視のもとに勾留されるべきだというのが少佐の考えである。イズー・アブラモヴィチも除隊し、婚約者と落ち合ってニースに向かう。九月一三日、フラヴィアン中隊の除隊が完了する。ピュオーは彼に自らの証明書を与え、戦闘を続けるためにピストルを保持するよう勧める。

私はこうしてマテスの動きを今はもっとよく理解できる。彼はシャトーメイヤンにいる彼の旧友あるいは旧雇い主M・シャテニェに労働証明書を依頼するために緊急の手紙を書く。労働証明書は届かないか、拒否される。記載事項が抹消される。収容所から数キロのところに住むサンタントナンの靴屋ルザン・ミュールのところへ新たな依頼を出す。今度はうまくいく。一一か月の間フランスに仕えた後、パルチェフの馬具職人＝手袋職人、三一歳、二人の子供の父、はようやく市民生活に戻れる。セットフォンを出て、二百フランの復員手当を持ってコサッド駅に着く。一九四〇年九月二八日のことである。翌日、発行禁止の『ナイエ・プレッセ』の後を受け継いだ地下出版のイディッシュ語新聞『我らが言葉』はこう書いている。「セット＝フォン［原文ママ］収容所のユダヤ人兵士たちは、ただ「肉弾」に役立つ殺人者、犯罪者としてフランス政府に収容されていたと報告している。彼らのうちの何千もの人たちがフランスのために倒れただけではまだ足りない。生き残った人たちは強制収容所や労働収容所に閉じ込められなければならないのだ。(83)」

一九四〇年一〇月。収容所にはもう六百人しか残っていないが、状況は危機的になる。ピュオーの不服従を聞き及んだ内務省は除隊の監督責任を警察に移管する。ピュオーはモントバンへ異動となる。彼は、戦争未亡人たちやドイツの捕虜収容所に捕まっている戦友たちを支援するために、フランス全土の戦友会を合わせて旧志願兵連盟を設立しようと努める。ヴィシーもこうした動きに心を動かされる。ドイツに対して戦ったユダヤ人の組織！　ラッツもフラヴィアンもそれぞれレジスタンスに加わる。それではピュオーはどうなったのか。自分の勇気と反抗精神を自由のために捧げたと思われるだろうか。一九四四年、彼は対ボリシェヴィキ・フランス志願兵軍の指揮をとる。かつてセットフォンのユダヤ人兵士を庇護した彼は、ドイツ武装親衛隊《ヴァッフェンSS》の将軍肩章をつけて東部戦線に消えるのである。[84]

一方、一九四〇年秋にピュオーのもとにいる幸運を持たなかった旧外国人志願兵たちは、「外国人部隊群」に配属される（九月二七日付法は「国民経済において過剰な外国人」に強制労働を科すことを命じる）か、ピチヴィエとボーヌ・ラ・ロランドに収容される。第二三連隊だけで、ピチヴィエには五六名の旧戦闘員、ボーヌ・ラ・ロランドには四〇名が行っている。[85]戦争の括弧は閉じられ、彼らは自分たちの根底的な身分、ユダヤ人であることを再び見出すのだ。一九四四年、イズー・アブラモヴィチはドランシーから出る第七三番列車で強制移送され、リトアニアで銃殺される。第二三連隊の志願兵で、一九四〇年六月六日ジュヴィニー城での戦闘で脚を負傷し、戦争十字章を受章し、その負傷により除隊となったカルメ・ヒミシュもアブラモヴィチとともに銃殺されている。ヒミシュは何週間にもわたってセットフォンに収容された後パリに戻り、自分の勲章を胸につける許可を恭しく求める手紙を収容所司令官に宛てて書いているのである。[86]

6

僥倖の歯科医

ギトラ・レシュチは老衰の最終段階に達していた。腱や血管が浮き出ている肉の落ちた片腕が、上まで引き上げられた「パリ病院群」の黄色いシーツから伸びている。彼女の肌は透き通るようで、筋肉は完全に溶けてしまっている。私は彼女の手を握る。彼女は不審そうに私を見る。あの時以来、爪は再び生えてはいたが、息子のセルジュの説明によると、彼女はいつも感覚に問題があって、お針子だったために、それが心配の種であったという。

セルジュはパリの郊外、セーヌ川が湾曲するあたりに住んでいる。私たちはルヴァロワ橋のところで迷ってしまい、四五分遅れて彼の家に着いた。往来は混んでいて、父は標識がないことに文句を言う。彼が駐車している間に、私は角のケーキ屋に小型のタルトを三つ買いに走る。セルジュがドアを開けてくれる。

——感動しています。父はセルジュの手を熱く握りながら言う。紙に書かれたお名前は読んでいますが、今はもう抽象的ではないんですね。

面談はあらゆる方向に向かう。父は絶えず私の言葉を遮って、新しい質問を繰り出してしまう。「お前が進めるんだよ」と、車の中では役割分担にこだわっていたのであるが。セルジュは話しながらも、母親のボール箱の中をいろいろ探し、たくさんの写真や手紙、銀行口座の明細書、税金の申告書、ガス料金の受領証、医療検査証など、一人の人間がその人生を通じて分泌する、こうしたあらゆる生存の証拠を引き出してくる。彼は母親が一九三三年にコヴェル刑務所で受けた拷問について語った文章と、『九死に一生を得る』というタイトルの彼の父の自伝を私に渡してくれる。レモン・ギャルドブレッドは、一九一四年の戦争でトラウマを負い、そのため断固たる反軍国主義になったものの、スペイン戦争が勃発するや動転し国際旅団に志願する、あの世代の一人である。ギャルドブレッドは自分をアナーキストだと言うことを拒否する（しかし彼はまさしくこの言論犯として国家警察にリストアップされているのを私は後に確かめる機会を持つことになる）[1]。彼は実際のところ金物商ではなく、金物店労働者、つまり店員であるが、スペインから戻ると、彼はもう何者でもない。雇い主たちは彼を雇うことを拒否するからである。一九三八年、デンボヴァ・クウォダから来たばかりのポーランド系ユダヤ人ギトラ・レシュチと結婚する。彼女を国外退去から救うためだ。当時は共産党であったヌイイー・シュル・セーヌの市役所で結婚は行われる。一目惚れなのか、それとも偽装結婚なのか。いずれにしても、夫婦はうまくいかない。戦争の前夜、レモンとギトラはオーギュスト・メチヴィェ広場七番地、（今も存在している）パン屋のすぐ上に住んでいる。いったいどういう理由から、一九三九年一〇月八日、彼らはペール・ラシェーズ警察署にマテスの品行を保証しに行くことを承諾したのであろうか。

――人を助けること、それは家族の価値観になっていました、とセルジュは言う。テーブルはいつも開かれていました。後で母が文句を言う恐れはありましたけど。

ギトラとイデサの軌跡は非常に近接している。一人は一九一三年九月一四日、もう一人は一九一四年五月一四日、小さな田舎道でつながった二つのシュテトルで生まれている。二人ともユダヤ人であり、共産主義者であり、二〇歳で投獄され、釈放後すぐ、一九三〇年代の終わりにパリへ亡命している。デジレ通りはオーギュスト・メチヴィェ広場からガンベッタ大通りを歩いて二分のところにある。マテスが一九三九年六月にフレンヌ刑務所から釈放された後、私の祖父母をこの地区に来させるのは、ギャルドブレッド夫妻ではないかとさえ想像してみることができる。ペール・ラシェーズ――メニルモンタンでの二年間の生活の後の舞台変更。

セルジュは私たちを母親の枕元に連れて行く。もし奇跡的に彼女が私の祖母を覚えていたら、顔を見分けることができたら。私たちは尿のにおいが染み込んだ老人病棟を通り抜ける。廊下には、頭をゆすっている年老いたご婦人たちがところどころに座っている。おめかしした人もいる。病室では、老人たちがつけっ放しのテレビの前でいびきをかいたり、ぶつぶつ文句を言ったりしている。ギトラはベッドから敵意を込めた目で私たちを睨んでいる。私は微笑みながら、慎みもなく彼女をじっと見つめる。今はガンに蝕まれ、青白く痩せこけたこの体、拷問を加える男たちに砕かれたこの両手、突き刺すようなこの眼、それは偉大なレジスタンス活動家のものだ。一九五〇年代に彼女が党の何らかの記念のために書いた自己肖像は、ピウスツキの監獄から占領下の一斉検挙まで続いている。

「一九四一年末、パリの同志たちはビラを準備するために、私たちの小さなアパルトマンに謄写版印刷機を置いていた。彼らが家にいる時は、私は子供と一緒に街角の公園にいた。その後で、子供のおむつの中にビラを隠して運んだ。一九四二年、私はいわゆる「ユダヤ人」であるのに「星」をつけていないと密告された。新しい法律に違反することだったのである。土曜の早朝、警察が尋問に来た。私は自分がユダヤ人ではないことを証明し、私が正教徒であることを証明する文書を警視庁で見つけられるはずだ（そんなことはないのだが）と断言した。正直なところ、私は警官たちと話している間中、とても怖かった。私の椅子の後ろには、それぞれ五キロずつビラが詰まった二五個の包みがあったのだ！　ふつう私たちは金曜日にビラを作り、土曜日にそのビラを配るために連絡人たちがやって来ることになっていた。しかしまだ朝の五時で、誰も来るはずはなかった。幸運だったことに、警官たちは部屋にある物には関心を持っていなかった。刑事は、私の言葉を確かめに警視庁に行くので、その間アパルトマンを離れてはいけないと警告して出て行った。私は一人になるとすぐ、同志たちに今起こったことを知らせ、彼らはすぐに印刷機とビラを引き取りに来た。私は子供を腕に抱えてアパルトマンを出た。一九四三年三月のことだ。(2)」

　セルジュがデジタルビデオで私たちを撮影している間、私は手帳に名前をいくつか書き、それをギトラに見せる。彼女は注意深く見て、「パルチェフ」と「ヤブウォンカ」という文字の前でうなずく。私はパソコンに入っている私の祖母の写真を見せる。彼女は「おおっ《オイ》！」とイディッシュ語で声を上げ、目が輝く。そして、再び虚脱状態に戻る。「マテス」という名前にはまったく反応はない。私は耳元で「イデサ」、「パルチェフ」などと大声で言ってみる。しかしそれらももういかなる反応も引き起こさない。セルジュは彼自身の子供の時の写真を見せる。彼女が「私の息子！」と言うので、彼は指で自分を指して、写真の子供が今の彼であることを示す。彼女は理解しているようには見えない。突然私は、私の腕の上か、私の後ろにある何かが彼女の関心を呼び覚ましたのを感じる。彼女は私を指さすが、私はわからない。彼女はこだわっており、私は近づいてみる。すると彼女は私のセーターの肘のところに小さな穴が開いているのを見せ——職業上の反射行動——、その穴に彼女の冷たいとがった指を入れようとする。別れる前に、私の父は彼女に「ダスヴィダーニャ」、「ドヴィゼーニャ」とロシア語とポーランド語でさようならを言う。翌日、セルジュは私にメールをくれる。「撮影したビデオを見直したけど、ヤブウォンカと村の名前、それに君のおばあさんの写真に対する母の反応は疑いようがないね。もちろんそれがなくたって、母が君のおじいさんとおばあさんを知っていたということは僕にはもう仮説なんかじゃない。すべての客観的要素はこの方向に向かってるんだから。」

私がアネットについて抱いている思い出は、別の性質のものである。私は彼女のことを実際によく知っている。暖かい、小柄な、か細い、皺だらけの女性で、子供の頃の私は彼女のなまりに驚いていた。巻き舌で、どんなにありふれた単語も変形してしまう強烈ななまりである。夫のコンスタンは人並外れて元気な人で、がっしりした体躯、大きな鼻、後ろになでつけられた黄白色の髪、ややジャン・ギャバンのような感じで、自分の後ろにアネットをすっぽり隠してしまえそうだ。私は彼らのことを別々に思い描くことができないばかりではなく、彼らはよく似ていて、私の目には（あまり明確には言えないが）、二人とも私たちの正常さ、公教育空間といったものから外れているように見えるのである。というのも、コンスタンの話し方にもなまりがあり、それは農民の子供のなまりなのか、メニルモンタンのプロレタリアのなまりなのか私にはわからない。私の父はコンスタンについてエピソードをどっさり持っている。コンスタンはぶしつけな奴らにびんたを見舞う、コンスタンは近所の反ユダヤ主義者を追っ払う、コンスタンは司祭と雇い人に悪態をつく、コンスタンは臆病な餓鬼どもをしかり飛ばす、などなど。戦争の初頭、長い間躊躇した後で、アネットは住民調査に答えに赴く。警視「あなたはユダヤ人ですか。」コンスタンが割って入る。「どういう観点から？　宗教それともエスニシティ？」警視「ずっと以前からその言葉を知っているのですか。」コンスタン「すみません、私はあなたのように教育を受けているわけではありません。」お巡りは息が詰まる。「私がどういう立場の人間か今にわかりますよ！」コンスタンは反コンフォーミズムを信条としている。父が今でも言う言葉を使えば、「アナール[1]」である。私は意味をよく把握していないながらもこの語に対して非常に早く敬意を抱くようになる。家族が集まると、コンスタンは大声で話し、下品な言葉を躊躇せずに使い、そこでもまた、私は強い印象を受けている。

コンスタンとアネットは私の父と伯母の元後見人である。彼らはパリの北部に住んでいる。私たちは時々二人に会っている。クリスマスや誕生日には彼らはいつもいる。私たちにプレゼントをくれる、私と弟に。しかし奇妙なプレゼントなのである。正確には、奇妙だ、ややわざとらしいと感じたのはプレゼントの中身ではなく、プレゼントをくれるということ自体なのだ。というのも、彼らには本当の娘（一九四三年の生まれ）と本当の孫がいるのを私は知っていたからである。私たちは日曜日、時々ラ・セル・シュル・モランにある彼らの小さな家に行く。弟と私は死ぬほど退屈だ。老朽化した、じめじめした家を逃げ出して、私たちは草の上でモルモットを遊ばせたり、線路の上に一〇サンチーム硬貨を置いて、シュッポシュッポと機関車が通るとそれがレールに張り付いたようになるのを喜んだりしている。父はコンスタンとアネットと一緒にいると、陽気で、よく気を配っている。庭の奥から見ていると、父はブリキのテーブルに置かれた食堂用グラスのアペリティフを前に生き生きとしていて、冗談を言い、近況を尋ね、関心を持って聞いている。私のほうは、コンスタンとアネットといると何か落ち着かない。彼らに何を言えばいいのかよくわからない。なぜ私はこうした良くない、無関心な態度を取ってしまうのか。いい人たちなのに、しかも家族なのに。私が尋ねるたびに父が説明してくれるように、アネットは父の母のいとこである。アネットの父とイデサの母は弟姉であり、コレンバウム一族である。しかし私は家族関係には入り込めないままだ。コンスタンとアネットが私には感じていない愛情を私が彼らに示すよう努力しなくてはならないことはよくわかっている。一つの良い解決法はヴァカンスのたびに彼らに葉書を送ることだ。今はもうやってはいない。彼らは十五年ほど前に亡くなってしまった。

アネット・コレンバウムはマロリタの森林監視人ダヴィッドの娘で、一九三〇年代半ばパリに着く。彼女の姉マリアはその数年前から娘サラとパリに生きている。最初二人の姉妹は、イタリア大通り八八番地、いとこの毛皮職人たち、フリメ、スロウル、ディナのところに住んでいる。マリアはアナーキスト社会に出入りし、アネットが、口達者で、気持ちのいい、ブルターニュ地方フジェール出身の靴革裁断職人コンスタン・クワノーに出会うのもマリアを介してのことである。コンスタンはシュテトルから着いたばかりの、もちろんサン・パピェの妹に親愛の情を抱く。一九三六年、彼らは偽装結婚し、新婚旅行としてスペインで数週間を過ごす。コンスタンはそこで『組合主義闘争』のためにルポルタージュを書かなければならない――このことは国家警察の彼に関するファイルの中に正確に記載されている。彼もまた（「アナルコ・サンディカリズムの活動家」として）リストアップされ、半月ごとに内務省に伝達される不審者リストの中にさえ名前が記載されている。国際社会書店の顧客であり、集会で表明するその絶対自由主義の言論によって知られたコンスタンは、CGT-SR[2]の指導者の一人である。これは一九二〇年代半ばに創設された超少数派の革命主義的組合であり、その機関紙がまさに『組合主義闘争』である(3)。スペインから戻ると、コンスタンとアネットは一一区のサン・モール通り一〇六番地に引っ越す。『組合主義闘争』の折り込みが明記するように、皮革業の同志たちは、同盟会報が欠けている場合にはこの住所宛てに連絡しなければならない。

国立図書館で私は、コンスタンのルポルタージュ「我々がスペインで見たこと」を難なく見つけ出す。スペインのアナルコ・サンディカリズムの大組織CNT[3]の招待を受けて、彼が若妻とともに一九三六年末に行った旅行の報告である。革命の真っ只中にあるカタルーニャで、コンスタンはあらゆることに興奮している。各職場の代表者が席を占める労働者委員会が皮なめし業と乳製品業を指導している。アラゴンの農民たちはセメント、石炭、砂糖と交換に、油を各工場へ分配している。資本主義とファシズム下の兵営には「隷従」の空気が充満しているが、バルセロナの一つの兵営ではそれに代わり各自が活動しており、そこの反軍国主義的兵士は労働者に友好的に受け入れられている。「絶えざる洗脳」機械であったプッチサルダーの教会は公園に変わり、今では太陽のもと子供たちがはしゃぎまわっている。労働組合が電気、水、交通機関を管理している。社会保険が普及している。(4) これがコンスタンにとって、神も主人もいない理想社会であり、人間がもはやその隣人を搾取する権利を持たない社会である――ただしこの社会も、フランコが勝利する以前に、カタルーニャ当局とスターリン主義者たちによって破壊されてしまう。

私は、コンスタンとアネットのことを、愛さなければいけない老人、ほとんど祖父母のような人たちという以外に思い描くのが難しい。そして今日、「アナーキスト、コンスタン・クワノー」についての監視報告書を読みながら、アネットは一九〇六年マロリタで生まれたと書きながら、私は私の人生の前のこうした人生に不思議な感じをどうしても抱いてしまう。しかし同時にまた、彼らの横を、彼らが体現している労働者の歴史の諸章の横を、彼らの政治参加、彼らの闘争、子供には決して何もわかるはずもないこうした複雑なこと一切の横を、完全に通り過ぎてしまったと思い、寂しくもなる。一九一〇年の家族写真には、ショートスカートとエプロンを身に着け、天使のような髪[4]を白いヘアバンドで留めた四歳のアネットが姉妹や両親と映っている。同じようにブロンド髪の六歳の姉マリアと手をつないでいる。彼女らの父ダヴィッド・コレンバウムはまだ若く、背筋をぴんと伸ばして腰掛けている。彼の顔はつばのある帽子と細く続くあごひげに縁どられ、威厳が刻まれている。背景には葉の落ちた細い木々が立ち並び、水が染み込んでいるのがわかる土地があり、一本の柵がずっと横に走っている。要するに、典型的な田舎のシュテトルだ。「マロリタでは生活は牧歌的だったわ」とマリアの娘サラは断言する。二人ともアウシュヴィッツからの生還者である。ダヴィッド・コレンバウム夫妻は人を介して結婚したのだが、とても愛し合っていた。彼女は給仕をし、決して座らない。神が彼らに送ってくれた男の子一人と女の子七人をこの世に産む。ダヴィッドはポーランドの王族たちのために働く森林監視人である。どの木の枝を払い、どの木を切り倒すべきか、彼が決め、そして、彼の命令に従ってすべてが執行されたかどうかも確かめる。彼は子供たちを順番に二、三人ずつ森へ連れて行く。子供たちは、滑っていくトロイカの上で、毛皮の外套の中にうずくまる。寒さが肌を突き刺し、トロイカの鈴が響く。カラスが鳴きながら飛んで、雪の塊を落としていく。夢幻境！(5)

男の子は幼くして亡くなるが、女の子たちは成長する。マリアはモイーズ・リフトシュテインと付き合うようになる。モイーズは父もおじもラビで、数か国語を話し、ヘブライ語にも優れ、アナーキストで、半ば画家半ば詩人である。マリアは彼に勧められてクロポトキンやバクーニンを読み、彼のために共産主義を捨て、そして妊娠する。醜聞をもみ消すためにダンツィヒにやられる。一九二八年サラが生まれるのは――ナチが領有を声高に強く要求した――その町である。パリに来た夫婦は、アナーキストたちの集まりで友達を作る。すでに述べたようにコンスタンや、また、ル・ブラン・メニルにある労働者菜園の真ん中にバンガローを建てて生活しているスペイン人女性カルメン・トーレスもその中の一人である。マリアの夫モイーズは変わった男だ。工芸学校に登録し、ジンガーのミシンを所有している。国家警察の報告書が付け加えているところによれば、彼はまた「同国人の許で衣服製造を可能にするマネキン人形」も持っている。彼は熱心に『ユマニテ』や『絶対自由主義』を読み、夜遅くなって帰宅し、評判は悪く、「最も基本的な衛生規則」も尊重しない。一九三五年頃、離別。妻と子供を残してポーランドに戻ってしまったのだ。勇敢な母は家でお針子仕事をし、滞在拒否に悩まされ続けるが、セーヌ県の元共産党の代議士ジャック・ドリオのおかげで、一九三六年八月、フランスに滞在する許可を取得する。それは、再びパリに舞い戻っていた夫にも利益となる寛大な措置だった。[6] モイーズはそれでも依然としてあっちに行ったりこっちに来たりの生活を続けている。もし娘のサラが彼のことを、人並み外れて善良で教養がある人のように、目を星のように輝かせて語ることがなかったら、私はこの悪印象にとどまっていたことだろう。サラはある写真の中で、青白くか細いお針子見習いの母と、スーツを着て、髪を豊かに蓄え、思索家の額を持ち、指の間にたばこをくゆらす父との間でテーブルに就いている。満面の笑みを浮かべて、二本の木の間に出現するエルフのようだ。[5]

一九三七年、アネットとマリアは、魔法のそりに乗る森林監視人の父を埋葬するためにマロリタに戻り、二〇歳になっている末妹ヤハや、この機会にパレスチナから戻ったほかの姉妹たちと再会する。娘たちは未亡人となった母をエレツ・イスラエルへ連れて行き、ヤハは一九三八年パリに移住する。[7] マロリタにはこうしてコレンバウム家の家族はもう誰も残ってはいない。これらのユダヤ人は全員、事前に救われた人たちなのである。私は子供の時、ヤハのことも直接知っていた。しかし気難しい人で、また子供の父にオレンジジュースを禁じたこともあったので、彼女の夫とは違い、私は彼女が好きではなかった。プローと呼ばれていた夫マクシミリアン・シャリヨーもアナールであり、おどけた破天荒なタイプで、いつも駄洒落を言っている人だ。ラ・セル・シュル・モランにある家で、板切れの上でマルバツを教えてくれた。その家は、いつも一緒にいるコンスタンの家からすぐ近くにある。時にぶつかることもあったが、二人は終生変わらぬ仲間であり、しかも姉と妹と結婚していたのだ。妻と夫、ポーランド系ユダヤ人とフランス人アナーキスト、全員、国家警察にリストアップされている。

ギャルドブレッド夫妻レモンとギトラ、フィシュマン夫妻アブラムとマルカ、モイーズとマリアと娘のサラ、コンスタンとアネット、プローとヤハ、これが、占領期の初めに、私の祖父母の周りにいた人々である。この中で最も強い絆で結ばれているのは、コレンバウム三姉妹マリア、アネット、ヤハとその夫たちだ。しかしなぜこんなに遅くなってのことなのか。ふつうに考えれば当然、イデサは一九三八年春パリに着いてすぐ、マロリタのいとこたちと行き来しているはずだろう。しかしアネットは私の父にこう断言している。「私はあんたの両親のことを、遅くなって知ったのよ。あんたたちはもう生まれてたわ。」三姉妹の夫たちの中で、コンスタンは最も気前がよく、最も献身的である。後に起こることがそれを十分に示すことになろう。彼はマルクス主義に対して嫌悪感を抱いている。しかしこの皮革職人は政治に熱を上げる独学者であり、アナルコ・サンディカリズムの雄弁家であり、ブルジョワや慣例などものともせず、こうしたところ、マテスとかなりの共通点を持っている。ペール・ラシェーズ墓地に沿ってガンベッタ大通りを歩きながら、私はこうした労働者たちに思いをはせる。現場監督やお巡り、威張った奴や司祭などを見るとすぐにいらつくが、愛があろうとなかろうと、とにかく不法のユダヤ人女性と結婚して助けるのは恥ずべきことだとは思わない。また、窮地にある仲間の役に立つなら署名することも惜しまない。フランスの身分証明書など、それを持たない人たちを助けること以外に何の役に立つというのか。アナール、絶対自由主義者、アカ、社会党、共和派という違いなど大したことではない。今はファシズムに対してともに闘っているんだ。サンタントワーヌ地区のサン・キュロット、プルードン、労働取引所に連なる伝統の後継者であるこうした労働者たちは、カトリックであれイスラエリットであれ生粋のフランス人たちが、自分たちのパンを食べにやって来ると非難する難民を助けるために、人権連盟の「ブルジョワ」法律家たちと、知らないうちに協力しているのである。

私は左に曲がり、デジレ通りに入る。百メートルほどの長さの舗装された道である。三番地の前に立つ。インターフォンのついた鉄格子の門がかわいい中庭を闖入者から護っている。中庭の左側にはプラタナスが立ち並び、右側には一階の大きなガラス窓の前にフラワーボックスが置かれている。奥には、石塀。穏やかな空気に私はのんびりした気持ちになる。パリの真っ只中のこの緑の一角では、すべては魅力的で、穏やかで、安らいでいる。窓が半ば開いている美しい建物、芝生の上にはデッキチェアーが置かれ、水撒きホースがとぐろを巻いている。ペール・ラシェーズのすぐ近くだ――一平方メートル八千ユーロはするに違いない。一九三九年のあばら家は何が残っていよう。私は行きあたりばったりにインターフォンを押してみる。返事はない。週末で出かけてしまっているところもあるに違いなかったし、日曜の朝、邪魔されたくないところもあろう。仕方ない、私はいろいろなルートを試してみることにする。デジレ通りからオーギュスト・メチヴィエ広場まで二分、デジレ通りからペール・ラシェーズ警察署まで三分。ほかのルートもいろいろやってみる。

パリ市公文書館にある一九三六年と一九四六年の人口調査によると、デジレ通り三番地には六世帯が住んでいる。四階建ての小さな建物の各踊り場に二家族ずつだろう、と私は推測する。戦前も戦後も、居住者はほとんどすべてポーランド人、ポーランド系ユダヤ人である。私はすべての名前を控え、家に戻ってイエローページ[6]の中でその名前を打ち込む。ただし検索はパリ地方に限定し、またヴァネッサ、セバスチヤンなど若者のファーストネームは除くことにする。この仕事を終えてから、私は次のように始まる手紙を四〇通ほど発送する。「突然お便りを差し上げることをお許しください。一九三六年［一九四六年］に二〇区デジレ通り三番地に住んでおられたＸＹＺ家族とご姻戚関係がおありではないでしょうか。私の祖父母は戦前その建物に住んでおりました」、云々。返事がたった一つ、メールで届く。「お手紙拝受しました。私の両親や兄弟姉妹と同じ場所に住んでおられた、おじいさまとおばあさまの生涯を語られている文章をお読みして、とても打たれました。」メールの差出人は、シャルル・ラドゥシンスキとあり、その姓は一九四六年の人口調査の中ですぐに見つけることができた。

ヨイナ・ラドゥシンスキ、一九一三年生、ポーランド人、仕立て職人
+妻ミリヤム、一九一五年生、ポーランド人
+子供たち　ベルト、一九三七年生
　　　　　ファニー、一九四〇年生
　　　　　シャルル、一九四三年生
　　　　　ベルナール、一九四五年生(8)

こうして距離を隔てての会話が始まる。シャルルの両親はこの建物に住む別の家族、ヤゴドヴィチ一家ととても親しかった。どちらの家族もワルシャワとシェドルツェの間にある小さな町ミンスク・マゾヴィエツキの出身である。一九四六年の人口調査には実際こう記載されている。

ベカレル・ヤゴドヴィチ、一九一四年生、ポーランド人、靴職人
+妻カイラ、一九一六年生、ポーランド人
+子供たち　エリ、一九三八年生
　　　　　リリアンヌ、一九四三年生

シャルルは、私がヤゴドヴィチ家の子供たちや彼の姉ベルトと連絡を取れるようにすることを承諾してくれる。ベルトは彼よりも事情をよく知っているらしい。

ある日の昼下がり、一三区の場外馬券売り場のあるカフェ。私は店の主人に、ベルトという名前のご婦人と待ち合わせをしていることを伝えると、テラスで二人の知り合いと話をしている彼女を指さしてくれる。彼女は私を見ると椅子から跳ね上がり、キスをしてくれる。ベルトは感じのよい、情熱的な女性だ。彼女は父ジャン（ヨイナのフランス語名）が約束してくれたように「夢の人生」を送った。彼女は自分の学業や世界中への旅行を語りたいのだが、私は無慈悲にも彼女を戦争のほうへ、常に戦争のほうへ、しかも一番意味がないような角度から戦争へと引き戻してしまう。デジレ通り三番地の物件の状況が私の知りたいことなのだ。私がしつこくそこに戻るので、彼女もあきらめるが、それでも一番楽しかった一九六〇年代のほうへ何度か逃げ出そうとする。さて、建物の前には中へと続く小さな階段があった。古い、崩れかかった、「ひどく汚い」建物で、中庭にトイレがあり、階段にはそこら中ネズミがいる。彼女の父の仕事場は二階だ。ミシンが置かれ、アイロンをかける職人も働いている。そこには台所もあった。家族は別の建物にある二間——一部屋は子供たち、もう一部屋は両親——に住んでいる。ヤブウォンカ?、知らないわ、まったく何も。妹ファニーも同様である。私の祖父母は別の建物に住んでいたのだろうか。

数日後、私はリリアンヌと電話で長く話をする。一九四三年に生まれたヤゴドヴィチ家の娘である。彼女もこの建物のことをよく覚えている。家族は戦後そこで暮らしていたからである。通りから外階段を二段上がると、鉄の欄干で囲まれた四角い踊り場がある。中に入ると、二つの建物をつなぐ暗い廊下になる。中庭は舗装されている。どの踊り場の両側にも、各家族の住む非常に小さな部屋がある。ヤブウォンカという名前には何も覚えがない。彼女の両親もまったく話題にしたことはなかった。こうしたことをすべて勘案すると、家族間での付き合いはなかったということ、あるいは、マテスとイデサはすでにヴィシー以前から、逮捕されるのを恐れて完全に目立たないように生きていたということが明らかになる。しかし二人がデジレ通りに住んでいるのは一九三九年から一九四二年の間だけだ。しかもラドゥシンスキ家とヤゴドヴィチ家の娘たちは当時とても幼い。

いずれにしても、セットフォンから解放されたばかりのマテスが、妻と幼いシュザンヌ＝ソレ、それに、彼がほとんど知らない赤ん坊のマルセル＝モイシェに再会するのは、まさにこの極貧の建物なのである。私の父は生後五か月だ。見知らぬ人を前にどうしたのか。泣き出したのか。幸せな父親は何と言ったのか。「大きくなったら、お前はお父さんが作ってやるカバンを持ってフランスの学校に通うんだ。一人前の男になるんだぞ。」マテスはパリにいる、マテスは自分の家族の中にいる、マテスは狼の口の中に飛び込んでしまったところだ。一九四〇年九月末日。ドイツが占領地域のユダヤ人調査を命じたばかりである。一〇月三日、ヴィシー政府はユダヤ人規定を公布し、これによりユダヤ人には議会、司法、公務員、文化関係の仕事に就くことが禁じられる（文書にはペタン元帥と閣僚の半数が署名し、その中には、一九四〇年春スダン作戦区を担当していたアンツィジェール将軍もいる）。翌日、「ユダヤ人種の外国人」を収容所に入れることが法律上可能になる。(9)

マテスとイデサが状況の深刻さを把握していたのかどうか知ることは難しい。いずれにしても、彼らとは反対の選択をする人々もいた。除隊した兵士が自由地帯にとどまり、家族のほうがそこへ行くのだ。例えば、イズー・アブラモヴィチとそのフィアンセの場合がそうである。またその変奏もある。ランス（Lens）のユダヤ人モイーズ・イングヴェルは、一九四〇年八月一六日、セットフォンで第二三連隊を除隊になった後、ロワール県の小さな村で妻と二人の子供と一緒になる。家族は一九四〇年五月以来、そこで待っていたのだ。[10] しかし私たちは歴史の結末を知っているとしても、彼らはそうではない。それゆえ私は、予見とか明晰とかいう言葉や、敗北戦略とか勝利戦略などの言葉で推論しないようにする。何よりもまず、家から逃げ出すには、お金・つながり・身の寄せどころが必要であり、マテスが自分の小さな家族とともに移って行けるほど、シャトーメイヤンの馬具職人M・シャテニェやサンタントナンの靴屋でブドウ栽培もしているルザン・ミュールと十分親しかったのかどうかは定かではない。ランスからの出発者の統計が明らかにするように、出発するのは子供のいない若い世代であり、家族や高齢者は少なくとも一九四〇年その場に残る傾向があったのである。

したがって、パリである。一〇月初め、人口調査が始まり、これにより警視庁の「ユダヤ人ファイル」が生まれる。チュラールが編み出した警察ノウハウのモニュメントだ。一五万人分六〇万枚のカードが色で識別され（フランス人は青、外国人や無国籍者はオレンジかベージュ）、さらに氏名順、国籍別、通り別、職業別という四つの下位グループに分類されている。[11] このファイルは解放の時に破壊されてしまったため、マテスとイデサがそこに記載されていたのかどうか断定することはできない。しかしおそらく彼らは調査に従っていよう。大部分のパリのユダヤ人もそうであり、地下活動に慣れているはずの多くの共産主義ポーランド系ユダヤ人もそうである。また、制服の青二才からユダヤ人かどうか尋ねられた時、「どういう観点から？　宗教それともエスニシティ？」とコンスタンが守ってくれたアネットもそうである。その上、マテスは警視庁の「家族ファイル」（今日、国立公文書館に保管されている別のファイル）に、「ユダヤ人ファイル番号五六三三九」という注記を伴ってリスト化されている。[12] さらにもう一つ手がかりがある。ヴェル・ディーヴの一斉検挙[7]の時、警官たちは、チュラール課の逮捕カードを持ってデジレ通り三番地に赴き、どのドアを叩くべきかわかっているのである。収容される恐れがあるサン・パピェのユダヤ人が一九四〇年に人口調査に応じるとは、いったい何を考えているんだろうか！ しかし書類手続きが一つ増えるというだけのことだ。いずれにしてもみんなやっている、どんな危険を冒すというんだ？ それに、彼らは決して女たちや旧戦闘員たちには手をかけようとはしないだろうから。

こうしてマテスの生活が再び始まり、それは戦前よりもきついものになる。闇でまた雇い主を見つけ、朝から晩まで切り、縫い、気づかれないように商品を運び出し、家賃を払い、食料品を買わなければならない。当時、皮革はひどく不足しており、経済統制の監督官たちも徘徊している。イデサは食料品店やパン屋で列を作り、子供の世話で忙しい、と推測できる。一九四〇年のデジレ通りは、現在のように活気がまったくない通りではなく、この界隈の生き証人のような老婦人に出会おうとして私のように行きつ戻りつする必要などない。戦前の商業年鑑によれば、三番地には食料品店、五番地にはペンキと窓ガラスの会社、七番地にはラジオ製造、一三番地にはホテル・デジレがあり、通りの反対側、四番地にはホテル・ダリヤ、六番地にはワイン商がある。(13)

マリアの娘サラは当時一二歳の少女であり、お手伝いにシュザンヌを公園へ連れて行く。彼女はその機会を利用して、マルセルのための甘いネスレ[8]を全部食べてしまう。別の証言、今度はコレットのもので、つまり間接証言である。彼女の両親、フィシュマン夫妻アブラムとマルカは、マテスとイデサと親しくしている。部屋に行き、お茶を飲みながらおしゃべりをし、マルセルが何かむにゃむにゃ発すると喜んでいる。みんなお互い非常に仲良しだ。マテスがアネットとヤハの（フランス人の）夫たちコンスタンとプローと親しくなり始めるのもこの時期である。一九七〇年代、アネットは私の父にマテスがどのような人だったかを語っている。陽気で、活動的で、世話好きで、いつでも喜んで手伝ってくれる人だった。ある日、プローはマットレスを運ばなければならない。マテスがいて、誰も彼のことを知らないけど、手伝お

う と申し出てくれる。いつのことだろう？　私は父のインタヴューの時に打ち込んだメモを読み返してみる。一九四一年について、「何もなし」と書いていた。

飛行機は降下を始め、私の座席の下でガチャッと大きな音がして、飛行機の着陸装置の口が開いたところだとわかる。数日の間よく眠れず――私の本はほぼ終わり、私の祖父母は殺害されようとしている――、この旅に私は解放感を味わっている。アルゼンチンのこの神話的な家族にようやく会えるのだ！

私の父のいとこたちが空港に迎えに来てくれている。ティオ・シムへの家族ではベニトとその妹セリア、ティア・レイズルの方ではマウリシオ。猛烈な暑さの中、駐車場で抱きしめ合う。その晩、テーブルに就く前に、ベニトは家族の歴史について、ミクヴェでありボドである風呂について私が正確に把握するのを助けてくれる。また、父親から受け継いだ老シュロイメのテフィリンも見せてくれるが、彼はユダヤ人である前に共産主義者である人だ。マウリシオはビデラ体制下で四年間投獄されていた時の話をしてくれる。セリアの家で、靴の空き箱の中にいっぱい詰まった写真や手紙の中から、私は美しい字体で書かれたポーランド語の手紙を一通見つける。一九四〇年一一月二六日付のパルチェフからの手紙である。あまり体の強くない、良き母タウバがシムへとレイズルに次のように書いている。「うちでは何も変わったことはありません。みんな元気です。ギトラと［異母］兄弟たちも元気にしています。ヘルシュルとヘンニャからは葉書が届きます。［……］残念ながら、マテスとイデサと彼らの娘については何の便りもありません。マテスのことが何かわかれば、神様のおかげです。」これに続けて雑多な内容が書かれ、もっと手紙をくださいね、と結ばれている。(14)

シムへとレイズルはこの手紙を読んでも、それが黙して語らない惨事に気づくことはできない。『思い出の記』は今日それを次のように教えてくれる。パルチェフとその近村のユダヤ人はゲットーに閉じ込められた。多くの家庭が食料不足に襲われ、不良たちがユダヤ人の住む通りを歩き回って、誰も穀物を挽いていないか調べている。強制労働のための一斉検挙が繰り返し行われる。ヨイネの息子メイル・ヤブウォンカはペサハの日〔9〕ドイツ軍に銃殺された[15]。しかしアルゼンチンの家族はこの手紙にやはり動揺せずにはいられない。手紙はポーランド語で書かれているからである。なぜだろう？ 検閲で読まれる必要があるからだろうか？ イディッシュ語は禁じられているからだろうか？ しかし同時にまた、生活は続けられているように見える。「パパはいつものように畑で働いています」とタウバは書いている。自分の家の畑なのか、カバラの勉強は棄てて老人はどこかの農家で雇われているのか、わからない。いずれにしてもこの時期、シュロイメはまだ生きている。結論として、家族の間で情報はほぼ行き交っている。シムヘとレイズルは、十分ではないものの手紙を書き、ソ連側に避難したヘルシュルとヘンニャは安全なようである。それに反し、「マテスとイデサと彼らの娘については何の便りもありません。」（つまり、彼らに七か月の男の子がいることを誰も知らないのだ。）

翌日、中庭《パティオ》で熱いマテ茶を飲んでいる時、レイズルの娘は屋根裏の物置で見つけた一枚の葉書を私に渡してくれる。赤十字のレターヘッドのある、プレ印刷された葉書で、しわくちゃになり、角もすべて折れ曲がっている。シムヘがマテスに宛てたものだった。「依頼人—Anfragesteller—enquirer」、シムヘ・ヤブウォンカ、ブエノスアイレス、マタデロス、モンティエル二七三一番地は、「あなたの近況を求めています。」「宛先—Empfänger—addressee」はI・ヤブウォンカ、フランス、パリ二〇区、デジレ通り三番地。しかし、返事にはマテスの署名がある。「私、妻、二人の子供シュザンヌとモリス［原文ママ］は元気です。少し働いています。もっと近況をお知らせ下さい。マテス、一九四一年二月八日。」パルチェフからの手紙に心配になって、シムヘは弟に手紙を送ることにしたのである。宛先はイデサになっているので、おそらく、マテスが隠れているか、まだ従軍していると考えたのであろう。パルチェフのゲットーに閉じ込められたユダヤ人たちと同様、マテスとイデサも戦争や人口調査、欠乏、配給切符、闇市、地下鉄の出口での身分検査、通りでの逮捕などについては一言も言わない。赤十字は確かに深い内省を書けとは言っていない。葉書に明記されているように、「最大二五語、厳密に個人的・家族的性格の近況」でなくてはならない。マテスは日付を除き二四語詰め込んでいる。アルゼンチンの家族は私の父モイシェ＝マルセル＝モリスの誕生をこのように付随的に知ったのである。この手紙は、語らない内容によって興味深く、その簡潔さに私は心を動かされる。本当の苦しみは言葉を持たない[16]。

この一九四一年について、別の発見。私の伯母シュザンヌの古いファイルの中に、戦後、子供たちの名において、ドイツの賠償に関する何らかの委員会に宛ててコンスタンが書いた手紙が保管されていた。「一九四一年、最初のユダヤ人逮捕の際、警察は夫の逮捕を目的として［デジレ通りの］彼らの住まいに家宅捜索をかけた。私はその晩この出来事を知らされ、ウパトリア小路一七番地に貸し部屋があるのを知っていたので、すぐに行動に移り、住居兼仕事場としてこの部屋を私の名義で借りた。ヤブウォンカ氏はそれでこの部屋で生活し、比較的安全に仕事をした[17]」とコンスタンは書いている。二〇区ウパトリア小路。私たちが現在住んでいるところから通り二つ向こうのところ、私の娘たちの幼稚園から一五メートルのところである。

一九四一年、パリでは三つの一斉検挙がある。最初のものは五月一四日に行われている。イデサの誕生日だ。何千人ものユダヤ人の住所に「ミドリ紙」が送付され、「状況調査」のため当局に出頭するよう要請している。罠にはまった三七〇〇人がピチヴィエとボーヌ・ラ・ロランドに送られる[18]。その中には、捉えどころのない、マリアの夫モイーズもいる。しかし逃げ出すのに成功し、百キロ歩いて、コンスタンの田舎の家に泊まり、それからパリに戻って、彼もまたウパトリア小路に隠れている。コンスタンは手紙の中ではっきりと家宅捜索と言っているので、マテスをとらえ損なうのはこの一斉検挙ではない。また一二月一二日の一斉検挙はむしろ有力者を狙っているので、私は、一一区、次いで首都全体で行われた八月二〇—二四日の一斉取り締まりではないかと考える（ドランシー収容所はこの時初めてユダヤ人を収容する）。一九四一年八月二〇日朝、ある若い女性がジャピー体育館にある失業局へ出勤を記録しに行くために家を出ると、フランスの警官たちやドイツ人たちと鉢合わせになる。「翌日は二〇区の番だろうと私たちはすぐに考え、母の妹の夫に危険を知らせ、受け入れてくれる非ユダヤ人の友達のところで夜を過ごすよう勧めようとしましたが、できませんでした。」[19] 一一区のサン・モール通りに住むコンスタンもこういうようにマテスに知らせに行き、メニルモンタン広場の裏手、ウパトリア小路一七番地に、住まい兼仕事場を彼のために借りるのだろう。一九四一年八月末のことである。

イデサはデジレ通りで、「奇妙な戦争」とフランス戦線の期間と同じく、再び子供たちだけと一緒にいることになる。マテスは以後ユダヤ人として追われるが、強制移送の前段階である、収容所や一斉検挙を次々と逃れている。コンスタンのおかげで、一時的にではあるが安全なのだ。しかし身分証検査のために、外出することは非常に危険である。誰が彼に食べ物を持ってくるのか。子供たちにキスしに行くために、暗くなってから彼は外に忍び出るのだろうか。手袋だけで生活していけるのか。彼らはアーリア化名簿には名前がない[20]——これらのユダヤ人からは盗めるものは何もないのだ。一九四一年一二月、「少し働いています」と、マテスはどちらかと言えば安心させる言葉で書いていた。今はどうだろう。日常生活はますます難しくなっている。公共の場所に通うこと、二〇時以降外出すること、電話すること、自転車を所有することは禁じられている。地下鉄の最後尾の車両に乗り、買い物は一五時と一六時の間（店にはもう何もない時間である）にすることが義務付けられる。一九四二年六月一日から、六歳以上のユダヤ人は黄色い星をつけなければならない[21]。

一九四二年七月一六日早暁、警察の諸班がペール・ラシェーズ地区に展開する。彼らの持つカードの記載内容に従って、通り、建物のホール、中庭を静かに包囲していく。まだ眠っている建物の階段を上る。扉を開けるまで叩き続ける。「必要最低限の物だけ持って、ついて来なさい！」母親たちは衣類をまとめ、子供たちを起こしに行く。野次馬や、戸口まで走って出た商人たちが見守る中、たくさんの家族が「第一次集合センター」まで護送される。ベルヴィロワーズまで家畜の群れのように連れて行かれる人たちもいる。そこは十年前、ヨーロッパ反ファシズム労働者会議の準備会議が開催された演劇ホールである。またほかの人たちは衣類の包みやマットレスまで持って車庫へ連れて行かれ、まだ行き先表示がそのままの市バスに乗せられる。ピレネー通りの家で逮捕されたばかりのマリアとその娘サラの場合がそうである[22]。苦しみの涙と叫び声は、作家クレマン・レピディスが証言するように、「警察のバスやオートバイ、「取り押さえた人間資材」をヴェル・ディーヴに運ぶために警察がチャーターした市バスなどが行き交う中に消えていく[23]。」

この一九四二年七月一六日、朝はまだ早いが、夏の暑さはすでに厳しい。ユダヤ人の多いこの界隈では警察官らの仕事は少なくない。デジレ通りの歩道では一人の少年が学校の友達、アルフレッド・シペルとマルセル・ガンデルマンが通って行くのを見つめている。二人とも一二歳だ。彼らにさよならを言うこともできない。「私は朝の八時半頃自分が住んでいる通りに出て、異常な騒ぎになっていることがすぐにわかりました。巡査班や刑事たちが家の中に入り、一五分か二〇分ほどして、子供を連れ荷物を持ったユダヤ人家族と一緒に出て来るのが見えました。ガンベッタ大通りまで連れて行かれ、そこには、私が普段友達と遊んでいる公園に沿ってバスが一列に駐車していました。私はこうして、家から五〇メートルほどのデジレ通り一五番地に住む友達のアルフレッドとマルセルが巡査たちに挟まれて、小さな包みを持って出発するのを見たのです。二人はとても恥ずかしそうで、私を見ようともせず、弟たちを腕に抱いている母親たちの後をついて行きました。[24]」ヴェル・ディーヴでは、スーツケースやそのほか雑多なものが散らばった走路上に、子供たち、高齢者たち、妊婦たち、臨産婦たち、病人たちが押し込められ、その体の間を、何か粘つく液体のたまっている中を看護婦たちが動き回り、警官たちは新たに到着した人々を奥へと押しやっている。二人の少年のことはクラルスフェルドの『メモリアル』の中に出ている。マルセルは一九四二年八月一七日の第二〇番列車、アルフレッドと母と弟は一九四四年二月一〇日の第六八番列車である[25]。母親の後ろを小さなマルセル・ガンデルマンが小走りについていった時からアウシュヴィッツのガス室におけるその人生の終わりまで、ひと月である。

私の父は四〇歳、アネットにこれほどしつこく尋ねるのは初めてのことだ。いつもは彼女が戦争の始まりからいろいろ話し始め、脱線を繰り返し、細部に迷い込み、話題はころころ変わり、それで父はあきらめてしまう。しかし今回は父も離さない。アネットも集中する。デジレ通り三番地、階段を上ってフランス人警官たちがドアを叩く。家にはイデサ一人が子供たちと一緒にいる——それにはわけがあり、マテスは一九四一年八月以来ウパトリア小路で生活している。イデサは嘆願する。厳しい指令(「無用の言葉も注釈もなく」ユダヤ人を逮捕する)を受けているにもかかわらず、警察官たちは譲歩する。「準備しておきなさい、また来るから。」彼らが背を向けるや否や、イデサは子供たちをつかみ、逃げ出す。地区は包囲されているので、彼女は地下鉄の入り口に入り込み、パリの反対側の歯医者に向かう。管理人の女性は、年端の行かない二人の子供を連れた婦人が不意にやって来たの見て、「奥様、早すぎます。診察はまだ始まっ

ていません。」イデサはイディッシュ語なまりのフランス語で、「とっても痛いんです。待たせてください
ね。」
ここが父への私のあらゆるインタヴューの山場である。父は精神分析医が大嫌いだが、しかし若い頃精神分析を受けたことがあると私に告白している。その診察の時に語った思い出が記憶の中に刻まれ、そのため今では父はもともとの場面――一九四二年七月、彼は二歳二か月である――よりは、大人になって語ったその思い出のほうをよく覚えているのである。医師「あなたは子供時代の思い出を持っていますか。」父「いいえ。」医師「本当ですか。どんな思い出でもいいので、語ってみてください。」父「何にもありません。くだらないことで、何の価値もないんです。」医師は食い下がり、父は沈黙の中に閉じこもる。しかし医師はあきらめず再び促し、何かが表面に浮上して来るまで続ける。「家にいます。シュザンヌと同じ部屋で、母は別の部屋です。シュザンヌがお母さんは二人の男の人たちと一緒で、泣いていると言うので、私はとても心配になります。テーブルが一つあります。私はテーブルほどの高さもありません。」別の思い出。一見つながりはないが、精神分析医のところでも語られ、私のインタヴューの時にもあらためて語られたものだ。私は一言も失わないよう、また私の情動で父の情動が変質してしまわないよう、私はひたすらパソコンを叩く。「地下鉄に乗っています。母がいます。混んでいます。電車が甲高い警笛を鳴らします。私はとても不安です。その後、階段にいます。私は跳んで遊んでいます。」
この歯科医がどこで開業しているのか私はわからないが、デジレ通りから五分もかからないペール・ラシェーズ駅かガンベッタ駅から地下鉄二号線と三号線で行ける高級地区だろう（アネットによれば「パリの反対側」、すなわち二〇区からできる限り遠く）と思う。私の父と伯母を連れた、イデサの死に物狂いの逃避行。私は二号線に乗る時、それについて時々考える。流れていくいくつもの駅、それぞれが彼らの人生の

標識である。メニルモンタン駅。プレソワール通りやウパトリア小路に行くにはここで降りなければならない。クロンヌ駅。ここはマテスが一九三七年八月、ヴィザもパスポートもなく舞い込んだ同名の通りに出るための駅だ。ファビアン大佐駅。これは共産党レジスタンスの英雄の名前であり、今日フランス共産党の本部はここにある。スターリングラード駅。この勝利までには何と長い時間がかかったことか。バルベス駅。ソ連侵攻から二か月後の一九四一年八月二一日、ファビアン大佐がドイツ海軍の見習い士官を撃ち殺すのはここである。

しかしもしこの界隈に警察がうようよしているなら、イデサはおそらく、地下鉄に乗る前に、どうということもない様子で歩いたり、行きあたりばったり行き先もなく通りを歩くほうがいいと思ったのではないか……いずれにしても、この状況の中、二人の子供を連れて逃げおおすには、かなりの幸運と自己統御、サバイバル本能と言われるものが必要である。巡査、オートバイ隊、私服刑事があふれ、検挙された家族、シペル家やガンデルマン家が護送され、バスが大通りに駐車している。一年後、アンヌ・ヴェレルスは、ドランシーに収容されている夫から、警察が逮捕に来ることを教えられて、同じように果敢な行動をとる。「私は二人の子供の手を引いて、何も持たず、ただ私のカバンだけを持って家を出ました。散歩に出るかのようにです。[26]」

六八年後のちょうど同じ日、私は二〇区でヴェル・ディーヴの記念式典に出席する。区役所、強制移送者の諸団体、トレムセン通り委員会、ＦＦＩ－ＦＴＰ連盟[10]の各代表者らが、五〇名ほどの参列者とともにベルヴィロワーズの前に集まる。人だかり、演説、金房のついた絹の三色旗は住民の注意を引き、バルコニーから身を乗り出している人もいる。誰かが一九四二年七月一三日付の通達を読む。「逮捕すべき各イスラエリット（男も女も）はファイル化の対象になる。［……］逮捕班はできる限り迅速に、無用の言葉も注釈もなく、執行しなければならない。[27]」ある女性がベルヴィロワーズから逃げ出した時の様子を語る。母親と交わした最後の言葉、一人で逃げるのを拒否して母親に平手打ちを受けたこと、非常口から逃げ出したこと、見張りの警官たちが顔をそむけたこと。プレートの除幕。気をつけ、国旗を下げよ、休め、献花。それから、私たちは二〇区区役所まで行進する。側面入り口は今は使われていないが、そこは旧ペール・ラシェーズ・ガンベッタ警察署の入り口で、一九四三年二月一一日、検挙された数十名の老人たちはここに連行された。その旧入り口前まで私たちは来る。

最後、エドワール・ヴァイヤン公園にある、子供たちのプレートの前に赴く。占領下のフランスから一万一千人の子供たちが強制移送され、そのうち千名ほどが二〇区の出身である。ここには、学校に行く時期さえ持てなかった一三三名の幼い子供たちの名前が刻まれている。「通りがかりの君、彼らの名前を読んでくれ。君の記憶が彼らの唯一のお墓なんだ。」数名の人たちが交代ですべての名前を読み上げる。連禱は涙を誘う。ベラ・アルトマン、六歳、ラシェル・アルトマン、四歳、コレット・アンズレヴィチ、一歳、……、ダニエル・グリネル、一九日、……、モリス・ロゼンベルグ、一〇か月、……、ジャック・ゼラゾ、四歳、ハヤ・ジルベルグ、四歳。このリストには、シュザンヌ・ヤブウォンカ、三歳、マルセル・ヤブウォンカ、二歳、の名前もありえたし、あったはずである。しかし今日、私の父はかつてヴェル・ディーヴのあった地下鉄ビラケム駅で開催されている全国記念式典に出席している。そこは母親と一緒にサラが、自分はユダヤ人ではなくただ誰かを見に来ただけだと警官に断言した後、後ずさりして野次馬のグループに紛れ込んだ、まさにその場所である。

一斉検挙の総括。逮捕者一万二八八四人。それは予想よりはるかに少ない数字であるが、一貫したリズムでドランシーを出る家畜用貨車をいっぱいにするには十分な人数である。

ドイツ賠償委員会へのコンスタンの手紙に戻ろう。「一九四二年七月一六日、妻ヤブウォンカとその子供たちを逮捕するために警察は再びデジレ通りに現れた。しかし警官らは心を動かされ、妻と子供たちが出て行くままにした。私の世話で子供たちは郊外に送られ、ヤブウォンカ夫人はウパトリア小路の部屋で夫と一緒になった。[28]」それではデジレ通り三番地の隣人、ヤゴドヴィチ家はどうなったのか。リリアンヌが語ってくれたところによると、彼らは毎回の一斉検挙の時と同様、友達の警官からあらかじめ知らされていた。おそらくこの時期に——私の証人たちは当時みな五歳以下なので、この点確かではない——ヤゴドヴィチ家とラドゥシンスキ家は五番地に隠れるのであろう。そこは、借りていた人が米国に行ってしまった（リリアンヌの説）か、強制移送されてしまった（シャルルの説）部屋である。父親たちは屋根裏で働く。夜は椅子を天井に引っ掛け、床一面にマットレスを敷き詰める。一週間に一回、たらいで子供たちの体を洗う。一方の家族に三人、もう一方に二人、「どれほど大変だったか想像できますね」とシャルルはメールに書いている。

両家族はアパートの管理人の女性から食料を受け取っている。その女性は近くの商人たちと話をつけている。彼女は何という名前だろうか？　マルグリット。もし解放後数年して亡くなっていなかったとしたら、その名前は今日〈諸国民の正しき人〉の中にあったはずである。私は一九四六年の人口調査の中にその名前を見つけ出す。マルグリット・レヴェック、三二歳、子供三人。[29] 勢いに乗じて、私はデジレ通りの戦前・戦後のすべての住民リストをシャルルに送ってみる。三番地の食料品店について、彼は次のように教えてくれる。「私の両親はこの女性のことをよく話していました。この人のおかげで、マルグリットは配給チケットを渡さなくても食料を手に入れることができたのです。」蒸発した居住者、思いやりのある警察官、管理人の女性、食料品店の女性。連帯の驚くべきネットワークである。しかしそれを享受できない家族の運命はどういうものでありえようか。逮捕されるか、何を置いても逃げ出すしかない。こうしてわかってくることは、まず第一に、戦争の間中デジレ通りに留まることは可能だということ、第二に、マテスとイデサは同じような条件の下でパリに到着したほかのポーランド系ユダヤ人（国家警察のファイルが明らかにしているように、ベカレル・ヤゴドヴィチは一九三七年二月パスポートなしでフランスにやって来ている）[30]と比べて、あまりこの土地に溶け込んではいないということである。

私は今デジレ通り三番地の鉄格子に背をもたれかけている。三つの逃げ道が考えられる。右に行けば、ガンベッタ大通り。ここは市バスや警察車両でいっぱいである。正面には、二〇区区役所の方へ上って行く通りが伸びている。左に行くと、曲がりくねった、その名もずばりパルタン通り[11]に出る——これではないか。少し雨が落ちてくる。地下鉄に乗って「パリの反対側」に行ってみる代わりに、男子学校の前を通ってソルビエ通りを歩く。この工業地区の労働者を再キリスト教化するために一九世紀に建てられたノートル・ダム・ド・ラ・クロワ教会を回って、ウパトリア通りに入る［資料7］。今日、私の娘たちの幼稚園は閉まっている。その園庭はウパトリア小路と金網で隔てられている。一九四二年七月一六日の晩、歯医者から戻って、イデサと子供たちがマテスに再会するのはこの小路である。毎朝幼稚園に子供を送ってくる二百名の親たちは、この道の存在に決して注意を払わなかっただろうと私は断言できる。どうしてかと言えば、そこは二〇メートルほどの袋小路で、スプレーで落書きされたコンクリートブロックの壁で行き止まりになっているからだ。急な必要に迫られた浮浪者や、解体される運命のこれらの建物の住人しか危険を冒しに入らない。壁にはいろいろ膨らみができていて今にも破裂しそうだ。長い毛の生えた植物が、何か植物性のいぼのように、園庭の金網の真向かいの建物に繁殖している。一九四〇年代、この小路は右に曲がり、あばら家の鉄格子と工場の壁の作る細長い通路へ通じている。ここはメニルモンタンのど真ん中。メニルモンタンという名前はメスニル・マルタン、「悪天候の住まい」から来ている。一三世紀、ここは森とブドウ畑に埋もれた小さな集落であった。

それから数世紀、別の悪天候の時に、私の祖父母はウパトリア小路一七番地のネズミの穴に逃げ込む。一九四三年二月の朝、警察が彼らを捕まえるのはそこである。コンスタンの名義で借りられたこの部屋は今日何も残ってはいない。最初に人間たちが破壊され、次いで、彼らが隠れようとした壁が破壊された。戦後もずいぶん経って一九六〇年代にブルドーザーが入る。通路や階段は大きく裂かれ、物置、鶏小屋、ウサギ小屋、石塀は根扱ぎされ、ホテル兼バー、小間物屋は壊され、用地は整地され、間もなくクレーンが回り始める。ブルドーザーが再びやって来て、セメントの柵をはぎとり、ふさがれていた窓に穴を開け、タイル張りの床や壁紙をつぶす。そしてさらに後になって、ブルドーザーは空き地のへりの、支柱で支えられた、ぐらつく最後の家々を取り壊す。そしてコンクリートの横長の建物が建設され、今日私はそこに住んでいる。クロンヌ通り三七番地では、私の祖父の住んだ最初のあばら家（おそらく、怪しげなホテル）はヴィラン通りの拡張工事の時に消えてしまう。ペレックの子供時代の通りである、このヴィラン通りも四分の三に縮められて、ベルヴィル公園の巨大な花園に場所を譲る。そこは都会のオアシスで、私の娘たちが友達と思いっきり走りまわっている間、私はペレックの『Wあるいは子供の頃の思い出』を読んでいる。

私はここでまた経験済みの方法に頼ることにする。パリ市公文書館に行き、一九三六年と一九四六年の人口調査を精査し、ウパトリア小路一五番地―一七番地―一九番地の住民の名前のリストを作る。それから、子孫の可能性がある人々をイエローページの中で探す。今回私は、待ちながら憔悴しないよう、かつての居住者と同じ名前を持つ、イル・ド・フランスに住む百名ほどの知らない人に直接電話をかけることに決める。何かのセールスかと思い、即座に切ってしまう例外を除けば、全員私の研究に関心を示してくれ、それでも残念ながらお役に立てない、と言ってくれる。その理由は様々で、建物の住人とは何のつながりもなかったり、親類とはいえあまりに遠縁であったり、あるいは、無関心のせいか聞いたことがないために何も知らなかったりする。いろいろな人たちのアドヴァイスによりこの隣人調査は広がり、その結果私は次の五名を頼りにすることができるようになる。まずロベール・エルプスト、一九三三年の生まれ。両親と弟とウパトリア小路一七番地に住み、そこで育った。ロベール・ヴァズグヒル、八〇歳。四月のせせらぎのように明晰な記憶を持つ。世界旅行の使徒で、アンコール・ワットとスリランカのサファイアについてはどんな質問にも答えられる。子供時代の小路にとても愛着を持っており、その場所で私に会い、一九三六—三七年の学年についてガイドすることを承諾してくれる。ジネット。その母ハンナ・ブロフシュテインは迫害の初期、一九番地に避難している。そして、ウパトリア通りの炭屋の娘。この小路の現在の住民の紹介で知り合った人である。「あの時代には尊敬と連帯、友情があったから、強いノスタルジーで」その頃のことを思い出すという。こうした証人たちに加えて、モイーズとマリアの娘サラがいる。一九四二年に一四歳であり、エレーヌ・ブッシェ中学校の生徒であった。父親はピチヴィエから逃げた後この小路に隠れ、母親は戦後、仕事場をここに持ったので、サラはこの小路の小世界を非常によく知っている。

私は以下に彼らの証言と複数の人口調査を総合した結果を提示する。世界中のあらゆる老朽住宅の場合と同じく居住者の出入りが多いので、あくまで一九四二—四三年についての仮説的な一覧である。ウパトリア小路、取扱説明書。

ウパトリア小路——界隈

はじめにウパトリア通りを行こう。右の歩道はずっとノートル・ダム・ド・ラ・クロワ教会に沿っている。寓話の中のように、キツネやコウノトリ[12]がショーウィンドウのガラス越しに、ポーランド系、ハンガリー系、ルーマニア系、ラトビア系のユダヤ人の子供たちがジュリアン・ラクロワ通りの学校(現在は彼らの記念にプレートが設置されているが、当時校長は外国人の数が増えることに不満をもらしている)から帰ってくるのを観察している。商業年鑑が示すように、ワイン商、床屋、花屋、洗濯屋、別のワイン商の前を通る。ウパトリア小路は教会の交差廊のところで左に開いている。その角に名前のないカフェ——「炭屋」に行くとみんな言っている——がある。母親たちが子供たちを行水させる場所が必要な時、男たちが土曜日ブロットをやりに行く近所のカフェである。暖房や料理のために木炭を買うことができる。当時もちろんんどの住まいにもガスはない。

ウパトリア小路——街並み

小路に入る。一番地は靴底縫製屋。三番地はジャンヌ・ダルク男子小教区学校。角を曲がって、私の娘たちの幼稚園が後に建てられる場所には、低く、汚い、漆喰のはげた建物が立ち並んでいる。鉄柵の後ろにそのうちの三棟が固まっている。一五番地は建物の側面にあたり、一七番地は管理人室、一九番地は小路で一番奥の建物になる。一階の居住者は小さな庭を持ち、花や野菜を育てている人もいる。三つの建物の前にはカビだらけの壁が立ちはだかる。それは「経済的なかまど」(質の悪い鉄製のレンジ)を専門とするガルニェの工場の裏手で、正面はウパトリア通りである。このあたりでは小路は非常に狭く、溝のように湾曲した舗石の甲皮のようで、両手を伸ばせば一五—一七—一九番地の鉄柵と反対側のガルニェ工場の壁に触ることができる。戦前は、夕暮時になると街燈点灯人が通る。後に区役所は電燈を設置する（しかし家の中に電気はない）。さらに道を進むと、ノートル・ダム・ド・ラ・クロワ小路に出て、これは同名の教会の先端にこしらえられた庭に通じている。この庭は今日なお存在しているが、小さすぎて、私は娘たちを連れて行ったことはない。

ウパトリア小路──界隈（続き）

暗くて不潔だが活気に満ちたこの二本の小路をずっと行くと、再びウパトリア通りに出る。その一番端だ。すぐ近くには、ガルニェの工場、ルソーの食料品店兼飲み屋、温度計製作所、婦人服仕立て屋がある[31]。現在私の娘たちの幼稚園があるあたりである。ルソー一家は大きなワイン・タンクを持っている。「瓶詰め装置」の中に瓶を沈め、安物の赤ワインでいっぱいにしてそれを引き上げる。肉はメニルモンタン通りまで行かなければならない。そこには肉製品を売る店が七軒もあり、それぞれ牛、豚、家禽、馬、臓物などと得意分野を持っている。戦前、カシュルート肉を手に入れるには、マロニット通り二二番地の肉屋か、ジュリアン・ラクロワ通りの男子学校の向かいにある肉屋に行かなければならない。ウパトリア通りの端から排水溝に水が流れ、子供たちはそこに紙の小舟を浮かべて遊ぶ。水は炭屋の前まで流れていく。教会側の、低くなったところにある低い石塀の後ろには、茨の茂みに隠れた換気口に通じる土の道がある。そこは「地下牢」だ。もっと先のほう、メニルモンタン駅の裏手や、クロンヌ通りの端のほうには空き地が広がっている。屑鉄がころがり、崩れた掘っ建て小屋もある。生育不良の木々からはつる植物が垂れ下がり、子供たちはそれをたばこにして楽しんでいる。「俺たちはみんな、ちょっと発育不全だったな。」ロベール・ヴァズグヒルはルーン文字を解読しようとするかのように、元の炭屋のシャッターの上に描きなぐられた落書きをじっと観察しながら、こう打ち明ける。彼らは幼稚園でひき肉を食べ、頭からつま先まで磨いてもらう。ウパトリアの小路と通りの子供たちは、いつも誰かの家に押し込まれ、家族のように育てられる。一九四二年に七歳で、ウパトリア小路二番地に住んでいたカミーユ・ジューリストもその一人である。一五歳のアブラハム・ヒルシュと八歳のレジーヌ・ヒルシュはウパトリア小路一五番地、九歳のモリス・グトフラインドはウパトリア小路一五番地、八歳のシモン・フェルネルはウパトリア通り一三番地、一三歳のミシェル・アドレルはウパトリア通り一七番地、六歳のポーレット・コシオロフスキと一二歳のエステル・コシオロフスキはウパトリア通り一七番地、一一歳のファニー・ロゼンバウムはウパトリア通り一七番地、一〇歳から一四歳のツィブラ家の三人の子供たちはウパトリア通り一七番地に住んでいる。全員、一九四二年八月に強制移送される。(32)

ウパトリア小路――階段と内部

小路の部屋には電気も水道もなく、あらゆる便利さを欠いている。一五―一七―一九番地の小庭に小さな水汲み場がある。各階には水場かトルコ式トイレが交互にある。階段の照明はいつも故障していて、手探りで上らなければならない。すべての証言は例外なくネズミに言及している。湿気で腐った階段を走り降り、階段の内側でキーキー鳴いている。訪れる人の中にはあえて危険を冒さず中庭から呼ぶ人もあり、そういう時は、懐中電灯を持って迎えに降りて行く。こうしたすべてのことにもかかわらず(あるいはむしろ、こうしたすべてのことのために)、部屋の中はぴかぴかであり、この上なく貧しいのだが、この上なく清潔である。事業免許税(自営業者の支払う税金)の保存資料の中で、私はファルネーという名の未亡人が一七番地で「家具付き部屋の賃貸人」をやっていることを見つける。(33) コンスタンが一九四一年八月の一斉検挙のあとで頼んだのはおそらく彼女であろう。「家具付き」部屋、しかしどういう家具が付いているのか。富裕な人たちはテーブルを一台、マットレス台を一台、椅子を数脚所有している。ほかの人たちは何も持っていない。とりわけ、前のみすぼらしい部屋から逃げ出さなければならなかった場合にはそうである。小路には非合法の人たちがたくさんいる。しばしばそれは東ヨーロッパからのユダヤ人で、皆職人である。宗教的な人は誰もいない。男たちは決まってつばのある帽子をかぶり、キッパは決してかぶらない。マッツァ(*matsès*)は食べるが、誰もシナゴーグに通うことはない。

ウパトリア小路一五番地、一階——ヴァズグヒル家(戦前)

建物の中に入るには小さな中庭を横切らなければならない。一九三〇年代半ば、ヴァズグヒル夫妻は五人の子供と、一階にある倉庫のような場所に住んでいる。灯りは石油ランプであり、たった一つある窓は中庭に開いている。ラトビア系ユダヤ人の父親はペンキ職人で、彼の妻はルーマニア人である。ロベールは七五年経っても近所の人たちの名前を完璧に覚えている。一九三六年の人口調査とすべて一致する。一階にはライムスバッハ家もいる。その蓄音機からは止むことなく同じレコード「マンティラの下に」が流れ続ける。上の階にはハンガリー人のグボヴィチ家。彼らはまもなく国に戻って行く。ヴァズグヒル家は一九三七年に引っ越すので、この構図は次に見るヒルシュ家を除けば、占領期にはもう有効ではない。

ウパトリア小路一五番地、二階——ヒルシュ家とナヒム・クレプフ

ロベールによれば、二階には子供四人のヒルシュ家も住んでいる。女の子が三人と男の子が一人。少年はアブラハムという名で、みんなアンリと呼んでいる。ロベールの「仲良し」である。私は、彼が一九四二年八月、母と姉の数日前に強制移送されたことをロベールに教える。サラは、「始終叫んでいるフランス人女性」と、父親の友人ナヒム・クレプフのことを覚えている。五〇歳くらいのポーランド系ユダヤ人である。「みんなクレプフをクレップルと呼んでいて、いろいろからかっていたわ！　楽しい人だった。一九番地に住むオドリジンスキさんところの赤ちゃんのことを叱るふりをよくして、「いい子じゃないと、お尻を叩くぞ！」」そのほか、私が調べたところでは、ヒルシュ家と同じ年に強制移送されたグトフラインド家が住み、また一九三六年と一九四六年の人口調査に挙がるフランス人家族コラン家もいる。彼らはこの建物で戦争中をずっと過ごすと考えられる。父親はシムカ[13]で働いている。彼らが何階に住んでいるのかはわからない。(34)

ウパトリア小路一五番地、三階（？）――カレル・ソメル

サラが完璧に覚えているこのカレル・ソメルはカギを握る人物であり、結婚し、幼い男の子が一人いる四〇歳くらいの仕立て職人である。総合情報局（RG）第三部門の二人の刑事が報告書の中で説明しているように、カレル・ソメルは一九四二年一〇月七日一七時、ベルヴィル通りとピア通りの角で逮捕される。「ユダヤ人種・ユダヤ宗教」のこの者は星をつけていないばかりではなく、偽造書類――偽造身分証明書（三千フラン支払った）、偽造帰化認可証、偽造戸籍証書、二〇区区役所が発行した偽名の食料配給証、偽名の衣料・たばこ配給証――を所持している。(35)　警官らは様々な資料ファイルを入手して、滞在拒否「E・一〇一五四九」号カレル・ソメルが一九三八年一〇月に外国人法令違反で禁固一か月の刑期を終え、一九三九年五月には国外退去命令の対象になったことを確認する。

私は国家警察に所蔵された彼の関係書類をめくりながら、彼に対しすぐに親近感を覚える。一九三八年

の裁判の時に撮影された白黒の証明写真には、非常に明るい色の眼をした、ポマードのブロンド髪が波打つ人が写っている。ほっそりとした鼻とやや肉付きのある顎が老い始めた鶩を思わせる。カレル・ソメルは一九三七年一月、パスポートを持たずにパリに着く。内務大臣に宛てた手紙の中で彼自身説明するように、彼は「ユダヤ人に生まれ、「左翼の人間」の言論をずっと持ってきたために迫害されて」ポーランドから逃げてきたのである。滞在拒否、投獄、国外退去命令。一九三九年八月二九日、戦争の前夜、カレル・ソメルは植民地大臣ジョルジュ・マンデルに手紙を書き、滞在を三か月延長してもらえるよう求めている。読みづらく、こっけいで、実際泣きたくなるほど悲しいこの手紙に私を揺さぶられる。なぜなら、私の祖父も代書人に頼るほうがいいだろうと判断しなかったとしたら、この手紙を書きえたはずだからであり、またこの手紙は、あともうわずか数年しか生きられない移民たちの悲劇的な日常の中にただちに入り込ませてくれるからである。

「親愛なる、高貴なる大臣閣下殿、もう一度手紙をお書きすることを、親愛なる大臣閣下殿、どうかお許し下さいませ。私がフランスに居住できるようすでに内務大臣閣下の許に介入して下さり、この件の審査の申請が警視庁長官殿に委ねられたという内務大臣の回答をお送り下さいましたので、私は滞在延長のために警視庁に参りました。警視庁は拒否しました。私はただちに出て行かなければなりません。状況を白状致します。私はパスポートを持っていません、私は出て行けません。昨日、パリ・ソワールで、マンデル大臣閣下を含めて数名の大臣が昨日署名した結果、今や国家警察と警視庁と憲兵隊が身分証明書関係で外国人を担当する、という記事を読みました。私は規則に従っていません。逮捕されてしまうでしょう。一九三八年五月二日の政令によって六か月から三年の刑に処せられてしまうでしょう。」[36]

もちろん返事はない。カレル・ソメルは地下生活を続けなければならない。一九四一年の「ミドリ紙」

一斉検挙の時、彼はピチヴィエに強制収容されるが、脱出に成功し、すでに二年前から住んでいる小路に戻って生活する。一九四二年一〇月七日、「ユダヤ専門」と言われるRG第三部門によって身柄を拘束され、文書偽造および偽造文書行使罪で禁固六か月に処せられる。警視庁付き占領当局連絡将校、ナチス親衛隊のハインゾン大尉に特別報告書が送られている。カレル・ソメルは一九四二年一〇月二九日、フレンヌ刑務所に投獄され、収監簿によると、「パトリア小路一五番地」に住んでいる。カトリックだと言っている。[37]

ウパトリア小路一七番地、一階──ジョルジュ家

みんな彼らのことを覚えている。その理由は、この夫婦が三つの建物の管理人だからだ。二人はもごもご話し、妻はにこやかではなく、夫は無骨である。彼らの小さな庭はホタテ貝の殻できれいに飾られている。夜、彼らは「紐を引く」、つまり、ベッドから入り口を開けるのだ。彼らはプロテスタントだと言われている。建物の下の非常に小さな菜園について、ジョルジュ夫人はヴァズグヒル夫人によくこう言っている。「あんたら金持ちじゃないか？　そう、絶対お腹はすかないよね！」一九三六年の人口調査によれば、ジョルジュ氏はオート・サヴォワに生まれ、アルマンという名前である（しかしすべての証言者が私に言った名前は、デジレである）。妻のマリー＝ルイーズはパ・ド・カレの出身。一九四二年、夫婦はそれぞれ六九歳と六五歳である。現代ユダヤ資料センター（ＣＤＪＣ）のデータベースにはデジタル化された彼らの写真があり、二人は隙間だらけの黒い石の壁を背に、ひっくり返った金盥と柵の間でポーズをとっている。まるでねぐらから引っ張り出されて、写真を撮る間、気をつけの姿勢を取らされたかのようだ。ジョルジュ氏は案山子のように、擦り切れた、裁ちの悪い上着を着て、髪は逆立ち、眉をしかめている。

ジョルジュ夫人はほほえんではいるが、歯の欠けた、呆けた老人のひきつった笑いだ。

森の奥の掘っ立て小屋から出て来たばかりのような、この愛想の悪い二人の管理人は、どうしてユダヤ資料センターでデジタル化された生を送っているのか(38)。それは、戦争中、一斉検挙が準備されるたびに、彼らはユダヤ人居住者に知らせていたからである。階段を上り、ドアをひっかき、一言も言わずに立ち去る。数家族がこうして何度か救われている。ジョルジュ氏はまた、田舎に隠された子供たちに会いに行く母親たちが列車に乗るのも助けている。彼は一九六二年に高齢で亡くなり、妻はもう一年だけ生き延びる。建物の管理人《ギャルディヤン》ではない、守護天使《ギャルディヤン》だ。

ウパトリア小路一七番地、二階——フランス人夫婦

サラは子供のいないこのフランス人男性のことも女性のこともはっきりとは覚えていない。

ウパトリア小路一七番地、三階——エルプスト夫人

エルプスト夫妻と二人の男の子は、一九三六年の人口調査にも一九四六年の調査にも出てくる。長男ロベールは今日パリ郊外に住んでいる。戦後、彼はヤハの夫でコンスタンの義弟プローのところで仕立て屋見習いとして働き、その「絶対自由主義の教え」に深く影響を受けている。電話で彼は感謝と感動を込めて思い出を語ってくれる。私の父は彼に、プローはもう頭がはっきりせず、残念なことだが、きっと会いたかったことだろうと告げる。占領期のはじめ、ロベールは七歳で、ジュリアン・ラクロワ通りの肉屋の息子と友達である。木曜日と日曜日、彼らはベルヴィルや共和国広場をぶらつきに行く。エルプスト家はユダヤ人であるが、宗教的ではない。母はチェコ人、父はポーランド人である。研磨職人で、志願兵となる。一九四〇年捕虜となり、戦争中ずっとドイツの捕虜収容所で過ごし、中風になって戻ってくる。二人の男の子と残されたエルプスト夫人は、ユダヤ人地下組織、アムロ通り委員会に頼る。ソーシャルワーカーは彼女のカードにこう書いている。「とても気難しい性格で、質問されるのもアドヴァイスされるのも好まない。」一九四三年一月、彼女はアムロ委員会に子供たちを隠してくれるよう依頼する。カードによれば、「手当はある寄付者によって支払われる。(39)」ロベールの説明によると、寄付者はノートル・ダム・ド・ラ・クロワ教会の司祭であり、子供たちを修道女たちに託したのである。二人の兄弟は修道院から修道院へと移され、ノルマンディのある城に行く。ある日、兵士らがそこの扉をたたく。アメリカ人だった。

エルプスト夫人は戦争中ずっと小路で過ごしている。ロベールは彼女がどうやって切り抜けたのかあまりよく知らない。モイーズはその隣人で、一九番地に住んでいる。ヴェル・ディーヴの一斉検挙の後、マリアはサラと共和国大通りに隠れている。一九四四年のある日、マリアとモイーズは彼らの娘をエルプスト夫人と一緒にメニルモンタン通りのメニル・パレス映画館へ連れて行く。この余暇はもちろんユダヤ人には禁じられているが、よく生きることが大切だ。出口で、この小グループはコートを着た二人の警官に捕まる。脇腹にピストルの砲身を突き付けられたモイーズは早口にこう言う。「私は画家だ、絵をあげよう。」エルプスト夫人は警官に連行されるものの、少し後で釈放される。

ウパトリア小路一七番地、四階――〈ポーランド人〉

一人で住んでいる。サラがそう呼んでいるように、〈ポーランド人〉である（サラがこう形容するからには、明らかにユダヤ人ではない）。ふさふさした髪が逆立っている。「若い時のクリヴィーヌ[14]に似ている。」サラによれば、彼は英雄として行動した。

ウパトリア小路一七番地、四階――ヤブウォンカ夫妻

マテスはコンスタンの助けを得て一九四一年八月の一斉検挙を逃れ、それ以来ここに閉じこもっている。イデサはその一年後、ヴェル・ディーヴの一斉検挙の晩、三歳半のシュザンヌと二歳ちょっとのマルセルとともにここに来る。コンスタンの名義で借りられたこの部屋は子供二人の夫婦には小さすぎ、また状況も危険だ。アネット（あるいはマリア）はイデサにブラン・メニルのスペイン人女性の住所を渡す。このカルメン・トーレスが彼女の家に子供たちを引き取ることを承諾してくれる。アネットは一九七〇年代にやや皮肉っぽい調子で私の父にこう言っている。「あんたのお母さんはいいお母さんだった。毎日ブラン・メニルまであんたたちのミルクを持ってったんだから。」サラはアネットが死んで数年後、この証言を退ける。「毎日そこに行ったなんてありえないわ。大遠征よ、それに逮捕される危険とか、費用もかかるし。まあ一週間に二度かしらね。向こうでは、誰にも入るのを見られないと確信できるまでずっと藪の中に隠れてたのよ。彼女はカルメンがあんたたちの粉ミルクをかすめ取ってると怒っていたわ。」

私がしつこく頼んだので、父はコンスタンとアネットの娘を介して、カルメンの息子の所在をつかむ。彼は自分の両親の歴史を喜んで語ってくれ、私たちに写真を二枚届けてくれる。二〇世紀の初頭にアルメリアで生まれた彼の父フワン・トーレスは一五歳で町を離れ、スペインを徒歩で突っ切ってパリまで来る。そこで石工として生計を立てる。カルメンと一緒にブラン・メニルに土地を一画買って、家を建てる。フワンとカルメンはアナーキストである。彼らの家は、ストライキの抑圧で脅かされたスペイン人やムッソリーニを逃れて来たイタリア人など、ほとんどあらゆる土地から来た仲間たちの落ち着き先として役立つ。この小世界を核にして、モイーズ、コンスタン、プロー、彼の父も動いている。人民戦線に先立つ数年前まであったヨーロッパ左翼の素晴らしい標本である。マリアのことをほかのスペイン人マリアたちと混同しないよう、彼らは「ユダヤ人のマリア」と呼んでいる。彼女は一九三四年頃このグループに入る（将来の義弟コンスタンに出会うのもこの頃である）。一枚目の写真には、ベレー帽をかぶり外套を着た、大柄な口髭の男が写っている。茶色の鼻面の子ヤギの綱を引いている。隣には、野良着を着て、ショールにもなるスカーフを頭に巻いた、中年の農婦のようなカルメンがいる。男はアナーキストで反軍国主義者のカビル人で、ヤギに草を食べさせるためにブラン・メニルに来ている。一九三六年、フワンはカルメンと息子を残してスペインへ戦いに行く。彼女は洗濯をやって糊口を凌ぐ。一九三九年、フワンはフランスに戻るが、アルジュレスに収容され、ドイツに引き渡されて強制移送される。

戦争中、カルメンの家は、スペイン共和派やユダヤ人などあらゆる種類の難民に隠れ家として役立ち続ける（モイーズも逃走中、軒下の穴で眠っている）。「友情の小さな家《カシータ・デ・アミスター》」[40]が二枚目の写真に写っている。コンクリート・ブロックでできた一種のバンガローで、ドアと窓が一つずつあけられた立方体である。物語の三匹の子ブタが逃げ込む家と同じくらい簡単なものだ。付属の小さな庭で、顔ははっきりしないが、若い女性が半ば藪に隠れて前かがみになっている。おそらくめんどりに穀粒をあげているのだろう。私の父と伯母がヴェル・ディーヴの一斉検挙を逃れた直後、一九四二年の夏を過ごすのはここだ。彼らはカルメンと同じベッドで眠る。当時一五歳であった息子はしばしば地方へ働きに行っており、彼は子供たちについてまったく覚えていない。この一九四二年七月、誰がブラン・メニルに子供たちを連れて行ったのか。この件については誰もコンスタンの名前に言及しない。マリアも一斉検挙を逃れたばかりで隠れている。

我が子が自分から遠く離れたところで見知らぬ人に預けられている、とわかっていることは耐え難い。

イデサはすぐ後でもうがまんできなくなり、子供を引き取る。田舎のいい空気からは遠く、ウパトリア小路一七番地のたった一部屋に戻ることになる。一九六〇年代、私の父は精神分析医のところで、もう一つ別のイメージを刻み込んでいる。「シュザンヌと一緒にベッドにいて、私は母のことを見上げています。彼女は泣いています。彼女はこう言いながらその胸を見せます。「ね、もうお乳はないのよ。」」この記憶の断片はこの時期のものであろうか。「認識が来る時、記憶も来る」と、一九四二年一〇歳の時に両親から引き離された歴史家ソール・フリードランダーは言う[41]。私の父はこれに同意しない。本を読み、ついに理解しようとする時、精神的データは、今再構成されたばかりの構図の中で突然とても微細に無意味になり、重みをまったく失って蒸発してしまうという。認識が来る時、記憶は消えるのだ。私の父はそのように言うことで歴史家としての私にバトンを渡しているつもりなのではあろうが、私が今格闘している資料の欠乏状態の中では、彼の少年の時の瞬間場面はきわめて重要である。いずれにしても、イデサが経済的な心配からできる限り長い間息子に授乳していると考えてもおかしくはないだろう。ブラン・メニルへ出発するために離乳せざるをえず、イデサはカルメンが粉ミルクを盗んでいるのではないかとまさに心配している。ウパトリア小路にその坊やがようやく戻った時、彼女はもうお乳が出ない。

マテスとイデサは、同じ階の隣人〈ポーランド人〉と話をつけ、夜の間子供たちを預かってもらう。シュザンヌとマルセルはこうして両親のすぐ近くで眠ることになるが、一緒にではない。私なら父親として気に入らないし、心配でたまらなくなろう。きちっと毛布が掛けられているかわからないし、怖い夢を見ても落ち着かせることもできない。しかし一九四二年夏の終わり、一斉検挙のさなか、マテスとイデサが夜の間子供たちと別れるのは、まさに彼らを守るためである。同じ部屋でみんな一緒に眠ることはおそらく可能だろうが（デジレ通り五番地の隠れ家におけるラドゥシンスキ家やヤゴドヴィチ家のように、家族全員が一〇ないし一五平方メートルの中に重なり合うことはよくあることである)、子供たちを隣のゴイに預けることはもっと賢明なことなのだ。〈ポーランド人〉にはどのようにお礼をするのか。アネットは父にこう言っている。「私はあんたのお母さんに、「せめて彼に食べ物をあげなさいね」と言ったわ。」つまり、イデサには子供二人、大人三人のために十分な食べ物があるということなのか。私は彼らがどのように生きていたのかわからない。しかしとにかく彼らは生きている。おそらく一五番地に住むカレル・ソメルのおかげで偽造書類やそれと符合する食料配給証を持っているのだろう。おそらくサントンジュ通りの慈善食堂やチュレンヌ通りの無料診療所で共産主義ユダヤ人の連帯を享受しているのだろう。おそらくヴィエィユ・ドュ・タンプル通りのブンドの施設にある慈善食堂や、ポアレ・ツィオン左派に資金提供を受けているベランジェ通りの慈善食堂などの共同体センターに通っているのだろう。(42)

サラはデジレ通りの時期のように彼らのもとを訪れる。彼女の父が隣の建物にいるのでいっそう簡単だ。ある土曜日、私たちは私の両親の家で一緒に紅茶を飲んでいる。鋼色の髪を短く切り、美しく、いつも身だしなみを整え、溌剌としたサラ。八〇歳を超えているが、生命力と知性にあふれた女性である。アウシュヴィッツからの生還者を動かすあの内側の火が燃えている。

――喉の渇きは空腹よりもひどいわね、と彼女は語る。四五年の一月、ベルゲン・ベルゼンに連れて行かれる石炭用無蓋車の上で、肩に降り積もる雪を飲み込んだけど、まったく効果はなかったわ。唾液がないとパンも飲み込めないでしょ。まあ、大き目のパンの場合だけど。

サラは私の研究を真剣に受け取って、私が提示するいくつかの仮説を検討してくれる。例えば、イデサに「アメリカからのお金」を送っている叔母、ヘンニャ「アニー」・コレンバウムのルートに私を導いてくれたのも彼女である。私はサラに愛情と敬慕の念を抱いているけれども、彼女のことをあまり知らない。サラはコンスタンやアネット、プローやヤハとは違い、私の子供時代の世界には属していない。もちろん、彼女がたくさんのことをやり、高校で定期的に証言を語ったり、『黒い蝶を追い払え』という本を書いたりしていることは知っている。本のこのタイトルは、エディット・ピアフの歌のリフレイン[15]であり、彼女はこれを収容所で小さく口ずさんで勇気を出していたのだ。今日、彼女は私たちと一緒にいる。ウパトリア小路や、マテスとイデサが生きた部屋を描き出してくれる。「小さな部屋よ。大きなベッドが一つとタンスが一つ。それにテーブルが一つ、そこで食べるからね。お昼は食べていなかった。」二人のことよく覚えている？「何度か行ったわよ。マテスは朝五時からミシンを踏んでいて、すごく働いていたわ。私が行くと、イデサは紅茶を出してくれた。」子供たちは？「そばにいたわ。[43]」東部戦線における一六万組の手袋不足を引き起こすことになるパリの手袋職人のストライキにマテスは参加したのだろうか？[44]知ることは不可能である。

この時期については、家族の間にいくつか別の話も残っている。

――ヴェル・ディーヴの一斉検挙の翌日、マテスとモイーズは、共和国大通りにある、差し押さえられたマリアのアパルトマンに入り込んで、マリアのミシンとサラのヴァイオリン、モイーズの詩集を取り戻す。

――シュザンヌはとても頭がよく、とても言葉がうまい。ある日、洗濯屋が来る。イデサはフランス語で「シーツ」と言えず、シュザンヌが翻訳する。

――サラはマルセルのお腹を軽く叩いて、「これは何？《ヴス・イズ・ドゥス》　お腹？《ア・バルル》」（文字通りには、小さなナシ）。男の子は答える、「うん、小さなお腹！《ヨ・ア・バレレ》」。彼はイディッシュ語しか話さない。モイシェレかマルスル、どう呼ばれているのだろうか。

ウパトリア小路一九番地、一階（？）――コーン夫人

ユダヤ人女性。夫は強制移送された。三人の息子がおり、二人は大きく、そのうち一人は鍋釜職人見習いで、一番下の子は五歳である。彼女は戦後ハンガリーに戻る。

ウパトリア小路一九番地、二階――オドリジンスキ家

戦前と戦後両方の人口調査に現れているオドリジンスキ夫妻ヤンケルとリフカには、一九四二年五歳になるサミュエルという息子がいる。ほかのすべての人たちと同様、私は国家警察にある彼らのファイルを持っている。オドリジンスキ氏は、シェドルツェ近くのシュテトル、ドロヒチン出身の、無線電信ケーブル工である。「イスラエリットはポーランドでは生活しがたくなり、そこに戻ろうという気持ちはまったくなくなった」と彼は当局に訴えている。上がっている情報は良く、またかなり稀な専門的職業を持ち、給与もまずまずである。一九三七年末、内務省はこの一家の正規化を認める。(45) オドリジンスキ家はこの階に二部屋持っているが、凍えるような踊り場で隔てられ、移動にはそこを通らなければならない。一つはサミュエルの部屋。もう一つは「生活するため」の部屋で、料理の場所――流し、棚の上には道具類――と食べる場所――オイルクロスのかかったテーブル、夜は広げるソファ――が小さなカーテンで仕切られている。水を張ったたらいが流しに置いてあり、それで顔や体を洗えるが、日に二度使い、朝は「満潮」、晩は「干潮」である。一週間に一回、市の公衆浴場に行く。戦争中、オドリジンスキ一家は何回か管理人のジョルジュ夫妻によって救われている。サミュエルはアムロ委員会の助けで田舎に送られる。オドリジンスキ氏は逮捕を恐れて決して外に出ないので、コンスタンがいろいろ奔走する。戦後、サミュエルはエンジニアになる（物理学者と言う人もいる）。一九七〇年代、アルバのフランス領事になっている。ベネズエ

ラの沖合いに浮かぶ楽園の小島である。

ウパトリア小路一九番地、三階——モイーズ・リフトシュテイン

サラの父で、気が向くとマリアの夫になるモイーズはアナーキスト詩人である。国家警察によると、「最も基本的な衛生規則」も知らない。[46] 一九四一年にピチヴィェを逃げ出してから、小路に隠れている。カルメン・トーレスの息子は非常にネガティヴな姿に彼を描き出す。「マリアに養ってもらっていて、自分を大知識人だと思い込んでいる……逮捕されなかったのは奇跡だ。」しかしサラはいつも愛情こめて、小さな子の愛情で、彼のことを語る。それは私には重要だ。戦後も彼は小路に残っている。一九四六年の人口調査には実際こう記載されている。

モイーズ・リフトシュテイン、一九〇三年生、ポーランド人、寸法直し職人
＋妻マリア、一九〇四年生、仕立て職人
＋娘サラ、一九二八年生、学生[47]

ウパトリア小路一九番地、四階（？）——ハンナとフレイドケ

ハンナと、詩人シュルステインは夫婦である。しかし私はいつも彼らのことを干し草の恋人たちのように思い浮かべてしまう。一九三八年の写真が残っていて、二人は真昼の太陽の下、プラタナスに縁どられた畑の中で、乱雑な干し草の上に寝転んでいる。真っ白なシャツを着て、口元にほほえみを浮かべた彼は、ブロンドの髪を風になびかせ、スカートを膝まで上げたハンナを腕の中に抱いている。彼らは若く、

美しい。時は夏、愛し合う人たちを戦争はまだ引き裂いてはいなかった。ハンナが二番目の夫との間にもった娘ジネットは今日ブリ地方の田園に住んでいる。改装した素晴らしい農家で私に会ってくれる。暖炉の気持ちのいい火で、私は畑に吹きつける寒風から癒される。ジネットは紅茶とケーキをご馳走してくれる（メールで彼女はすでにこう書いていた。「いつか私たちに会いにくる勇気がお出になれば、「レイケフ」(*leykekh*)に「グレイゼレ」(*gleyzele*)の紅茶を召し上がっていただけます」)。続いて、彼女は出生証明書、写真、手紙を取り出し、私たちは一緒に時を遡る。

ハンナ・ブロフシュテインは一九一五年ワルシャワに生まれる。ハンナの父はシナゴーグの先唱者で、母はニシンとピクルスを売っている。彼女がシュルステインに出会うのは、共産主義青年同盟である。彼の両親は息子が自分たちのように仕立て屋になるのだと決めていたが、彼は自分の十本の指では何もできない。美術と詩だけに興味がある。ハンナは冬用の外套を短くするという口実で彼を家に招く。父はいかがわしい事件のにおいを嗅ぎつけ、何とか家に戻って二人の不意を襲う。シュルステインはチャコールでハンナの肖像画を描いている。短くする外套はテーブルの上に置かれている。シュルステインは椅子から跳ね起き、外套をつかみ、そして平然さを装って、こう言う。「こんにちは、ブロフシュテインさん！はさみをお持ちでしたら貸していただけないでしょうか。」父は唖然として、「なに、仕立て屋がはさみを持っていないのか。」そうして、デッサンを発見し、「おお、これはうちのハネレじゃないか！　なんて美人なんだ！」

一九三七年五月、警察に追われたシュルステインはヴォルテールとユゴーの国に亡命する。ハンナの両親は、結婚間近の姉に悪い影響を及ぼすのを恐れて、ハンナが愛人のところに行くことを承諾する。彼女は八日間の観光ヴィザを持って、一九三七年八月六日、万博見学を口実にパリに着く。シュルステインと一緒にビュット・ショモンの近くのヴィラ・ドュ・パルクに移り住む。二人はイディッシュ語知識人たちの社会に入り込み、彼女はシャガールやスーチンの友達になり、作家ベンヤミン・シュレヴィンの妻フレイドケと親しくなる。警察と鬼ごっこを繰り返すが、結局、数週間プチット・ロケット[16]に送られてしまう。国家警察にある彼女のファイルにはこう明記されている。ポーランド国籍、イスラエリット宗教、「主張するところによると、誰の援助もなくバスでベルギーから」フランスに入国、滞在拒否「E・一〇三九三五」号。[48] 干し草の写真はこの時期のものである。シュルステインはややぶにらみであるが、非常に魅力的だ。『従妹ベット』をイディッシュ語に訳し、のちに『ベルヴィルのユダヤ人』を書く友人シュレヴィンと同じく、シュルステインも知名度があり、亡命ユダヤ人インテリゲンチアの一人として、一九三七年九月のYKUFの創設会議でも発言している。戦後は、「アウシュヴィッツの人形」という詩を書いている。

人形がいる、人の灰の山の上に座っている
唯一残った、生の痕跡。
たった一人、孤児となる
心と魂を尽くして自分を愛してくれた子供はもういない。〔……〕
人形は切り抜けた、人形だから。
人形であるとはなんと幸運なことか、子供ではなく！

しかし、ジネットは自分の作ったレイケフに私が夢中になっているのを笑いながら、こう続ける。シュルステインは「茫々に生える草のよう」だった。パラノイアで神経衰弱、大病人、彼との生活はまったく楽なことではなかった。ハンナは彼と別れることに決めると、ユダヤの知識人や芸術家グループから呼び出される。一種の家族裁判である。あまりに唐突な別離によって彼の状態が悪化するといけないので、彼ともう少し一緒にいて欲しいと頼まれる。結局シュルステインは療養所に入れられ、それで命が助かることになる。迫害の初期、ハンナは地下に潜り、ウパトリア小路一九番地に引っ越す。正確にはいつのことだろうか？　ともかく一九四一年には彼女はそこにいる。友人のフレイドケに再会するのもそこである。フレイドケはシュレヴィンが第二三連隊の志願兵となってからずっと一人である（シュレヴィンは戦争の間中ドイツの捕虜収容所で過ごし、そのため命も助かる）。彼女たちの状況はお互いを近づける。ともに占領下のパリのポーランド系ユダヤ人、作家の妻、一人身、より正確には、仲間＝愛人の援助を受けている。彼女たちは家で「ニット仕上げ工」として働く。各部分ばらばらで到着するセーターをミシンで縫い合わせるのだ。一九四〇年、彼女たちは危険の知らせを受けて、フレイドケとシュレヴィンの子供クロードとともに地下鉄に逃げ込む。一九四二年末、ハンナは自由地帯へ逃げ、後にフレイドケも出発する。

ウパトリア小路——そのほかの居住者

私には調べがつかなかったすべての人たち。フランス人も外国人も、ユダヤ人もそうでない人もいよう。いい人、悪い人、おかしな人、閉じこもった人、悲観的な人、大家族、労働者、子供。こうしたすべての亡霊たち。

ウパトリア小路――界隈（続き、最後）（戦後）

私は娘を幼稚園に送ったところだ。そこは風通しのよい、花が植えられたモデル施設で、「経済的なかまど」の工場の跡地に建てられている。ウパトリア通りを戻る時、いつものように私は右手にある小路に視線を投げる。配達の軽トラックが駐車している。バルコニーから水が垂れている。

別のある日の午後の終わり、私はその袋小路に入り込む。静かだ。レゲエのざわめきが黄昏を揺すっている。二階のバルコニーでは、友達が集まって音楽を聴きながら、くゆらせている。二〇一〇年春の穏やかな晩。

7

一塊の丸裸にされた人間性

一九四三年二月二五日早朝、清掃人と牛乳配達人の時間帯に、マテスとイデサはウパトリア小路一七番地で逮捕される。

階段を駆け上がる音、ドアを叩く音、はっと目を覚ます姿などを想像で描き出すこともできよう。しかし私は自分の語りが証拠に基づき、最悪の場合でも仮説と演繹に基づいて、疑いようのないものにしたい。そしてこの倫理的な契約を尊重するためには、不確かな部分も全体の一部を成すものであることを認め、たとえ想像力がその空白部を見事に埋めてくれるとしても、それに頼る安易さを退けなければならない。したがって私の語りはサラの証言から始まる。

エレーヌ・ブッシェ中学校の三年生である彼女は一五歳になろうとしている。校長先生のおかげで学校は平和なオアシスであるが、学校の外では一斉検挙の嵐が吹き荒れ、警察による身分検査がやりたい放題だ。このためサラは偽造書類を所持し、決して星はつけていない。今日は木曜日、彼女はウパトリア小路一九番地に隠れている父モイーズのところに行く。朝の八時頃、ヴェル・ディーヴの一斉検挙以来母と住んでいる共和国大通りのアパルトマンを出て、オベルカンプ通りを行き、メニルモンタン広場を通り抜け、エチエンヌ・ドレ通りに入る。通りの先にはノートル・ダム・ド・ラ・クロワ教会が立ちはだかる。右の歩道を歩いていると、通りの反対側に、マテスとイデサと同階の隣人〈ポーランド人〉を見かける。泣きじゃくり、怯えているシュザンヌとマテスの手をとり、二人がついて行くのが難しいほど速く歩いている。サラは何かあったことを即座に理解する。彼らの方向を考えると、そこから五百メートル先にある、サン・モール通りのコンスタンとアネットの家以外に行き先はありえない。サラが父の家に着くと、彼は完全に動転している。「逮捕された！　警官たちの怒鳴り声が聞こえて、みんな連れて行かれた！」やや後になって、サラはコンスタンとアネットの家に行く。子供たちはそこにいる、二人ともショックを受けている。妊娠六か月のアネットは非常にいらだっている。コンスタンと〈ポーランド人〉は冷静さを保とうと努めている。実際、誰もがパニックなのだ。

スターリングラードでは、フォン・パウルス元帥の第六軍が降伏したところである。コーカサスにおけるソ連の反撃が始まる。パリ警視庁の二週間報告書が指摘するように、「大衆はヨーロッパに対する英米の攻撃を絶えず期待しているけれども」、すべての目はロシア戦線に向けられている(1)。ラヴァル内閣は対独協力にはまり込んでいく。一九四三年二月一七日、ドイツの戦争遂行努力に寄与するために義務労働奉仕が創設される。二月二二日、その代償として政府は境界線を柔軟にし、北部の「禁止地帯」を撤廃し、五万人の戦争捕虜を釈放し、二五万人に労働者資格を付与することを発表する。フランスの住民は欠乏に苦しんでいる。肉もない、家禽類もない、砂糖もない、コーヒーもない。闇市を使うしかない。菊芋やスウェーデンカブは見つかるが、油がないので料理することが難しい。気温は低い、「時々雨が降って和らぐこともある(2)」。一九四三年二月二五日、警官たちがウパトリア小路を包囲する日、歴史的記念建造物の周囲五百メートルを保護区域とする法律が公布されている。また、酔っ払ったドイツ兵が、真夜中に発砲したことでスファックス通りで逮捕されている。[3] ポルト・ド・ラ・ミュエットでは、三人のパルチザンがドイツ兵の一隊に手りゅう弾を投げつけている。[4] ロンドンからのラジオでは、ド・ゴール将軍は、敵が「我が国土を汚し、我が空気を毒し、我が家々を凌辱し、我が国旗を侮辱している」と訴えている。[5] ブリヴ・ラ・ガイヤルドでは、レジスタンスのエドモン・ミシュレがゲシュタポにより逮捕されている。[6] 要するに、第二次世界大戦中の普通の一日である。そしてその日、もう一つどうということもない出来事が起きている。私の祖父母が、生きている者たちの世界から外に出るのだ。

彼らの逮捕は迫害が増大していく文脈の中に位置づけられる。一九四三年二月九日、ゲシュタポの反ユダヤ部門のトップ、レートケはパリ警察に次のように丁重に依頼している。「セーヌ県領域内におきまして、既存の条件に従って強制移送可能な国籍に入るすべてのユダヤ人を近日中に逮捕して下さるようお願い申し上げます。」対象となるのは一六歳以上、上限なしの年齢層のユダヤ人である。経験豊富なレートケは、「当事者らがあらかじめ知らされないよう、最後の瞬間まで秘密にし、出し抜けに」作戦が執行されるように勧めている。[7] パリのユダヤ人の人口調査の責任者であるアンドレ・チュラールに指揮された警視庁外国人・ユダヤ関係局は二月一〇日から一一日にかけての夜に行動を開始する。ロスチャイルド病院では数十名の老人が一斉に検挙される。

二月一三日の晩、ドイツ空軍《ルフトヴァッフェ》の二人の将校がホテルに戻ろうとしていた時にポン・デ・ザール上で撃ち殺される。ドイツ大使館の政治部門トップ、エルンスト・アッヘンバッハは報復として二千名のユダヤ人の逮捕と強制移送を要求する。その任務は旧自由地帯の知事たちとパリ警視庁長官に課される。[8] 二月二〇日、市警本部はパリおよび郊外の警察署長へ以下のような通達を出す。「占領当局の求めに応じ、外国籍ユダヤ人の一部（一六歳から六五歳の男に限る）に関して、あらためて身分調査を実施する予定である。これまでの作戦行動の対象となりながら、現在まで逮捕するに至ってはいない外国人を狙うことになる。」遂行システムは二月一〇日の場合と同様である。逮捕すべきユダヤ人のカードの伝達、「非常に念入りな調査」、行動班の構成、逮捕者の集合、ドランシーへのバス輸送。逮捕者数のノルマが区ごとに決められる。二〇区市警は全六四二一枚のユダヤ人カードのうち九三二枚を受け取り、全体の一五パーセントである。作戦行動はその晩に始まる。(9)

二月二四日、国家警察の責任者の一人ルゲの官房長は、「労働に適した一六歳から六五歳までの一五〇〇人以上のユダヤ人」がフランス全土で逮捕された（グルノーブルではイタリアが数十名の逮捕を妨害した）とレートケに伝えている。それ以上のことはわからないが、ポン・デ・ザールの襲撃後十日以上経っても、フランスの警察は二千人のユダヤ人という数値目標を達成していなかったことは確実だと言わなければならない。ルゲは叱責されるのか？　急いで仕事をするほうが得になるはずだということを理解させられるのか？　それとも、パリ市警に不満を表明するのか？　いずれにしても、翌日早暁、警官たちはウパトリア小路一五―一七―一九番地に赴き、私の祖父母やほかの居住者たちを逮捕する。それは警察による手入れであり、一斉検挙ではない。成果も大したものではない。どんな保存資料にも出てこないし、どんな報告書もその痕跡をとどめていない。直接私たちに情報を与えてくれる唯一の文書は、シテ島にある警視庁の入庁記録簿であり、ここにそうした「外国籍ユダヤ人」は移送されてくる。記録簿の一つによると、彼らは「二〇区P・M」、つまり二〇区市立警察《ポリース・ミュニシパル》によって連行されている。(10)

マテスとイデサ、それにほかのユダヤ人たちが一九四三年二月二五日に逮捕されたことは、確かに、レジスタンス活動家によるドイツ空軍の二人の将校の処刑と関係があるのだとしても、この逮捕では目標を達成することはまったくできない。パリ警視庁の二週間報告書によれば、一九四三年二月末および三月初頭、ユダヤ人の逮捕者は五一名であり、占領当局に引き渡された二九名のうち、「特定の国籍のイスラエリットの集合に関する通達」の狙った外国籍は一一名しかいないからである。[11]一方、一斉検挙を逃れたユダヤ人を追い詰める職務のRG第三部門のほうでは、二月の最終週、一〇回手入れを行い、五〇名を逮捕している。[12]

一九四三年二月二五日の曙を私に描き出してくれる人はもはや誰もいない。雨が降っているのだろうか。ガルニエ工場裏にある、小路唯一の街灯はまだついているのだろうか。皆が寝ている間に建物に入り込む警官たちは、建物の状態、穴だらけでネズミでいっぱいの階段の蹴込み、踊り場のトルコ式トイレに恐れをなしているのだろうか。こんな巣穴に潜んでいるユッパンを狩り出すのに誇りを持っているのだろうか。それともひどい仕事をしなければならないことにうんざりしているのだろうか。ユダヤ人たちのドアを足蹴にして突き破るのだろうか。コンスタンとアネットはその朝子供たちを迎え入れ、〈ポーランド人〉から逮捕の状況を聞いているが、私の父は戦後そうしたことにはほとんど関心を持っておらず、それで今日ほんのわずかのことしかわからない。すなわち、警官たちは一七番地の「階段中を全部」逮捕する、ということだけだ。サラはすべてが終わってから現場に到着するのであるが、別の要素も付け加える。彼女によると、警官たちは〈ポーランド人〉の部屋でシュザンヌとマルセルを見かけ、彼は当然ながら、これは自分の子供だと断言する。コンスタンとアネットの娘によると、彼はあらかじめ指示を受けていて、不幸が起こった場合には子供たちをどこに連れて行くべきかわかっている。それで実際、彼は動転したにもかかわらず、ためらいはない。子供に服を着せ、泣いている二人をサン・モール通りまで引っ張って行く。ウパトリア通りの炭屋の娘は当時一五歳であるが戦争の全期間を通じて逮捕の思い出は一切ない。唯一彼女の記憶に刻まれているのは、非常に厳しい配給制度（一日、パン二五〇グラムとバター二五グラム」)、歩道橋の上で五人のレジスタンス活動家が殺された一九四四年八月のメニルモンタン駅での戦闘、それに、ボワイェ通りの非常に激しい爆撃だけである。その爆風により母親は廊下の反対側まで吹き飛ばされてしまったという。

直接証言や警察の報告書がないところでは、私はいくつかの仮説に頼るしかない。もちろん仮説とは言え、警視庁の保存文書によって証明される、ある事実を考慮しなければならず、実のところその事実は私を当惑させる。すなわち、逃走中の外国籍ユダヤ人の巣窟であるウパトリア小路一五—一七—一九番地の三つの建物で、警官たちはただ三、四名を逮捕するだけなのだ(一五番地ではナヒム・クレプフと、おそらくカレル・ソメル、一七番地ではヤブウォンカ夫妻マテスとイデサ)。ほかの人たちはどういうことなのか。警官らは関心がなかったのか、カードが欠落していたのか、僥倖的に不在だったのか、管理人から連絡があったのか、逃走したのか。いずれにしてもその日、一〇人以上が網の目をすり抜けている。一七番地ではエルプスト夫人、一九番地ではコーン夫人とその息子たち、オドリジンスキ夫妻と息子のサミュエル、娘が来るのを待っているモイーズ、それにフレイドケ・シュレヴィンと息子のクロードである。

一、作戦行動は完了しなかったのか

私の祖父母の逮捕をエルンスト・アッヘンバッハによって命令された報復という文脈の中に置き直すことで、私は二系列の出来事をつなぎ合わせたのであるが、しかしこの連鎖がそれ自体一つの解釈であることを意識しておかなければならない。この解釈に立っての最初の仮説はこうである。ポン・デ・ザールの襲撃に続いて、一九四三年二月二〇日の指令に則り、逮捕ノルマを達成するべく、二〇区市警の一班が小路に向かう。まず一五番地で一、二名、次いで一七番地の「階段中を全部」逮捕する。ユダヤ人ではない

〈ポーランド人〉と、その子供ということになっているシュザンヌとマルセルは除かれる。エルプスト夫人は不在であったか、すでに連絡を受けているならば、これはありうるシナリオである。

この場合、逮捕班が私の祖父母に手をかけたのは偶然ということになる。というのは、二〇区警察署に渡されたカードにはデジレ通り三番地という彼らの公式の住所しか記載されておらず、そこはヴェル・ディーヴの一斉検挙以来差し押さえられているからである。二月二〇日の指令では男たちだけが対象であるのにイデサも連行されたという事実はそれほど驚くべきことではあるまい。しかしまさに、警官たちが上層部に駆り立てられ、そしておそらくイデオロギー的共犯者であるにもかかわらず（解放に際して粛清される者もいる）、建物のすべてのユダヤ人を一斉検挙しようとは考えていないということ、特に一九番地のユダヤ人は逮捕しないことはどのように説明できるのだろうか。私たちはモイーズがその朝家にいることを確かに知っているのである。

二、ターゲットを絞った逮捕だったのか

サラは彼女の父か〈ポーランド人〉から聞いたというまったく別の話を語ってくれる。警官たちはまさにヤブウォンカ夫妻を狙って小路にやって来たというのである。前日か前々日、警官たちはパンを買っていたイデサの後をつけたという。一度に数本のバゲットを買ったらしい。イデサはフランス人には見えないし、星をつけてもいない。その上、ユダヤ人はこの時間帯に買い物をすることは許されていない。こうして警官たちは事情をよく承知の上で小路に赴くのだ。彼らはモイーズもオドリジンスキ一家も、ほかのユダヤ人隣人たちのことも狙わない。しかしこの最後の点については、警視庁の保存資料によると、サラが聞いた話は誤りである。全員平穏無事である。「クレップル」と呼ばれたナヒム・クレプフはその日ま

さしく逮捕されている。しかしこの話は大筋では満足できるもので、作戦行動が電撃的だったために、管理人は介入する時間がなかったということになるのだ。

警視庁の保存資料の中から、私は興味深い文書をいくつか探し出した。二〇区市警には、公道で私服で活動する一〇人ほどの巡査によって構成された機動「不審尋問班」がある。例えばブルニケ巡査や同僚のベルジェがおり、彼らは星不着用のユダヤ人一名と三名のレジスタンス活動家を逮捕し、「ぐったりするほど頭や顔をリボルバーの銃床でなぐりつけた」ことで、解放時に裁かれている。[13] 不審尋問班の指揮を執るのは二〇区警察署の副主任刑事エミール・プチギヨームである。彼は一九四四年に「注目に値する逮捕」により表彰されているが、一九四五年には年金なしの罷免に処されている。[14] 彼らはバゲットを数本抱えてパン屋から出て来るイデサに目をつけたのか。小路に響くミシンの音が彼らの注意を引きつけたのか。もっとも、不審尋問班が告発をもとに介入したこともありえないことではない。匿名のフランス人はこうしたユダヤ人たちがいることにいら立ったり、不安を抱いたりしたのだろうか。

東欧ユダヤ人はたやすい獲物である。社会的にも経済的にも弱く、フランス語をうまく話せず、人によってはまったくできない。同じ地区、同じ通り、同じ建物に集中し、多くの場合支援もなく、隠れている時でさえ人目につく存在である。一九三〇年代以降、フランスに不法入国するや警察のファイルに上がり、寄生虫とか戦争の扇動者とみなされる。ヴィシー体制は反ユダヤ主義よりも国籍基準に敏感であり、ポーランド人、ロシア人、ルーマニア人であれば、何ら躊躇することなくドイツに引き渡す（一九四三年二月二〇日の指令も外国籍ユダヤ人だけを狙っている）。彼らがいかに弱い存在であったのかは、彼らのハンディキャップの恐ろしい総計のように、強制移送者の割合に如実に表れている。フランス国籍のユダヤ人は一七パーセントであるのに対し、外国籍の場合は四三パーセントに達するのだ。[15]

私はこの仮説の変型版を考えてみる。その日狙われたのは「テロリストたち」だという仮説である。私の祖父母が政治活動をやめなかったと仮定すると、ソ連が侵略された後、彼らはレジスタンスに入る可能性がある。一九四〇年以降、パリにはイディッシュ語、ロシア語、フランス語で謄写版印刷されたビラが現れ、ヴィシー体制を弾劾し、ナチの「前代未聞の犯罪」に警告を発している。政治的および社会学的観点から見れば、マテスとイデサは外国籍レジスタンス活動家の典型的な特徴を有している。すなわち、ポーランド系ユダヤ人、共産主義者、職人、二〇区居住。ブレスト・リトフスクに生まれ、一九三〇年代初頭にパリに移住するヨゼフ・ミンツのような人は、MOIで活動し、一九四三年五月、抵抗と相互扶助のためのユダヤ人同盟（UJRE）の創設に参加する。[16] 一九四一年以降、ギトラ・レシュチと夫レモン・ギャルドブレッドは彼らの家に謄写版印刷機を隠し持っている。ギトラがその自伝で語っているように、一九四三年三月刑事が家にやって来た時、ビラの束が人目につく形で後ろに置かれていた。パリの手袋職人たちのストライキを組織したポーランド系ユダヤ人ヤンケル・ハンデルスマンは一九四三年二月一二日妻とともにオベルカンプ通りの自宅で逮捕されている。[17] 彼を尾行した時、RGの刑事たちはほかの共産主義手袋職人たちにも目をつけたのだろうか。このように考えると、この二月二五日に警官らはレジスタンス活動家を逮捕しに来たのだということもありうるように思える。ただこの仮説の難点は、アネットもマリアもサラも、二人のこの種の活動についてはまったく言及していないということだ。

ポーレット・シリフカはモントルイユのアパルトマンの台所で、私にビスケットと紅茶を出してくれる。ユダヤ移民と共産主義者、ベルヴィルのカフェ、仕立て職人たちの小さな仕事場、MOI、文化連盟などの話をして三時間になる。さてもう戦争の話をする時だ。私はそのために来たのだ。

――一九四三年、あなたご自身の生活はどのようなものでしたか。

――警察の身分検査のために、外出するのはとても危険でした。食料チケット（パン、バター、肉、衣料、たばこ、すべてにクーポン券がありました）を手に入れるには、正規の書類が必要でした。これがなければ、闇市でしたね。だけどとても高かった！　連帯という組織とコンタクトを持っている人たちもいて、本物や偽物の食料カードをもらっていました。この組織はまた、夫がボーヌ・ラ・ロランドにいる母親にミルクを一リットル配っていました。もう一銭も持っていない人たちもいましたね。

ポーレット・シリフカは一九歳で、マルチーヌという偽名を使ってＭＯＩで活動している。ビラ、非合法冊子、細分化された組織、隠れ家、秘密厳守――パルチェフのＫＺＭＰの若者たちを思わざるをえない。彼女は伴侶のアンリ・クラスツキとともに、共産主義ユダヤ人レジスタンスの第二世代に属している。こうした若者たちは政治的活動の経験はないが、行動意欲が強く、レジスタンスの中でレジスタンスによって共産主義者となる。それに対し彼らの先輩たち、ルイ・グロノフスキやアダム・ライスキのような人たちは経歴の長い活動家であり、彼らの理想への忠誠心から闘争に入っている[18]。警察は一九四三年二月最初の尾行を展開する。反共産主義、反ユダヤ主義、あるいは単なる野心に動かされた警官らによって構成された特別班が担当している。職務の内容は、徒歩や小さな有蓋トラックでレジスタンス活動家を尾行し「住まわせる」こと、つまり隠れ家を特定するのだ。一九四三年三月末、マテスとイデサが逮捕されてひと月後、ポーレット・シリフカは警視庁に護送されている。彼女を担当するのは第一特別班班長ダヴィッド警視である。ポーレット・シリフカはここで話を中断する。彼女はこれ以上言う必要はない。尋問は手錠をかけられたレジスタンス活動家を警棒や鞭で殴りつけながら進められ、彼らは血だらけになって横たわることを私もわかっている。彼女は五〇人ほどの同志たちとともに一九四三年六月二三日の第五五番列車でアウシュヴィッツに強制移送される。

――私の祖父母がレジスタンスをやっていたとしたら、特別班、あるいは司法警察、あるいはユダヤ関係局によって逮捕されていたでしょうね。

返事はない。

――いずれにしても、二〇区の市立警察が送られることはなかったでしょう。

またもや沈黙。

三、ソメルというルート

しかしその日、警察のどの部門が動いているのか。一九四二年一〇月七日、ウパトリア小路一五番地の隣人カレル・ソメルは、RG第三部門（「法律・政令・命令に違反するか、何らかの商業・政治活動に従事するユダヤ人の摘発」を担当する「ユダヤ専門」[19]）によって逮捕され、偽造書類の使用で禁固六か月に処される。フレンヌ刑務所に収監された後、一九四三年二月二三日に釈放される。私の祖父母が逮捕される二日前である[20]。彼は再び得た自由を享受する時間もない。RG第三部門はすぐにまた彼に手をかけている[21]。彼の逮捕が二月二三日と二五日の間のどの日であったのか正確な日付はわからないが、この逮捕が事件の全貌を解くカギを与えてくれる可能性がある。

シナリオは次のようなものになろう。釈放が早すぎたためか（六か月のうち四か月しか刑に服していない）、服役後、収容所に入れられることになっていたのか、カレル・ソメルは、一九四二年一〇月に彼を逮捕した同じ刑事たちに再び逮捕される。彼はユダヤ人であり、外国人であり、普通犯であって、RG「ユダヤ専門」にとっては、この三重に危険な存在はいい獲物である。もし彼の逮捕が（例えば、二月二三日フレンヌ刑務所前ではなく）まさに一九四三年二月二五日ウパトリア小路で行われるのであれば、マテスとイデサの逮捕につながるいろいろな出来事を想像することができる。カレル・ソメルを逮捕しに来た第三部門の刑事が中庭でイデサとすれ違い、彼女に身分証明書の提示を求める。フランス語話者でなく、バゲットを数本も抱えて、イデサはうろたえる。あるいは、刑事たちに脅されて、カレル・ソメルは偽造書類を渡したユダヤ人住人の名前を明かしてしまう。あるいはまた、誰か密告者がいて、カレル・ソメルは森を隠している木にすぎないと刑事たちに通報している。実際一九四二年にルイーズ・ヤコブソンの逮捕の時に起こるのはこうした種類の連鎖である。第一特別班の警官たちは共産主義の冊子の件で来て、近所の住民から、星をつけていない一六歳の高校生の存在を知らされているのだ。(22)

しかしはっきりしない点が一つ残っている。RG第三部門も家宅捜索を行うとしても、この警察部門はふつう身分証明書の検査や尾行によって特に公の場所で行動している。RGの反ユダヤ主義的刑事たちによるカレル・ソメルの逮捕と、二〇区の巡査たちによる私の祖父母の逮捕はどのように結びつけたらいいのだろうか。二〇区の警官たちは不審尋問班に編入されていなかったならば、通常はむしろ、スリや闇市でのハム転売人などを逮捕するのを職務としている。保存資料によれば、カレル・ソメルはRG第三部門によって、私の祖父母は「二〇区市警」によって逮捕されたことは間違いない。一九四三年二月二五日の手入れは共同作戦なのだろうか。一九四二年六月以来、司法手続きとしては、RGによって逮捕されたユダヤ人は各区の警察署に引き渡されなければならない。(23) しかしそれではなぜカレル・ソメルはほかの人たちとともに警視庁に連行されないのか。この問題を克服するには、彼は二三日刑務所を出たところでか、二四日自宅で捕まり、RG第三部門の警官らが二〇区の同僚にネズミ捕りを仕掛ける住所を流したのではないかと想定することができる。あるいはまた、RGの私服刑事たちが作戦を展開する中で何らかの出来事が起こって、市警巡査らの介入を必要としたとも想定できる。実際その日、まさにある出来事が起こっている。私の祖父の「反逆」である。

次頁の表は警視庁の留置記録簿からの抜粋である[24]。ウパトリア小路で逮捕されたユダヤ人は一九四三年二月二五日と二六日そこに連行されている。

私の祖父母はデジレ通り三番地に居住していることになっている。これが「公式の」住所であり、警察組織の知る最後のものである。私はこの理由で、同じ日同じ時間に二〇区市警によって警視庁に連行されたドバ・マドヤンスカの逮捕についても一覧表に加えている。彼女もオリオン通りの住居が差し押さえられた後、ウパトリア小路に隠れているとすれば、そこから連行されている可能性が非常に高い。一五番地の隣人ナヒム・クレプフとは違い、カレル・ソメルの名前はない。留置記録簿のほかのどの日付にも出てこない。おそらくRG第三部門に直接捕まっているからであろう。クレプフとイデサは一四時三〇分頃警視庁に連行され、その午後、ベッドから引き出されて数時間後、ドランシーに収容されている。マテスはそうではない。ベルヴィル警察署の警官たちによって、二五日から二六日の夜、〇時一五分になってようやく警視庁の留置所に連行されている。この時間差はドランシーのファイルでも確認できる。イデサは二五日、マテスはその翌々日に収容されている[25]。なぜこの四八時間の別離が生じたのか。その答えは警視庁の留置記録簿の中に明確に見つけることができる。ユダヤ人ヤブウォンカは身分証明類をまったく所持していなかったばかりではなく、逮捕の際、「反逆」の科を負ったのである。その結果、彼はベルヴィル警察署にまず閉じ込められ、真夜中ごろ警視庁に引き渡されたのだ。警視庁資料部門の職員によると、「反逆」という記載は非常に稀だという。実際私は、ユダヤ人非ユダヤ人を問わず、警視庁の留置所に勾留された数百人の名前を調べて、この語が書かれているものに一つも出会わなかった。

この騒ぎのせいで、マテスは「一時勾留」（CP）記録簿から、もっと長い期間留置場に拘束される

整理番号	勾留者の姓，名，特徴	入所日	入所命令を発した機関	逮捕理由	退所日	退所命令を発した機関	送致先
n°2612	クレプフ，何某 92年11月21日，ネシス（ポーランド）生まれ 無職，パリ20区ウパトリア小路15番地居住	43年2月25日，14時30分（ジェラルダン）	20区市警	外国籍ユダヤ人	43年2月25日，15時（ジェラルダン）	ドランシー	
n°2613	ヤブウォンカ，イデサ 14年5月14日，パルチェフ（ポーランド）生まれ 無職，パリ20区デジレ通り3番地居住	43年2月25日，14時30分（ジェラルダン）	同上	外国籍ユダヤ人女性	43年2月25日，15時（ジェラルダン）	同上	
n°2614	マドヤンスカ，ドバ 13年7月15日，ソコウフ（ポーランド）生まれ 無職，パリ11区オリオン通り37番地居住	43年2月25日，14時30分（ジェラルダン）	同上	同上	43年2月25日，15時（ジェラルダン）	同上	
[⋯]							
n°2632	ヤブウォンカ，マテス 09年2月10日，パルチェフ（ポーランド）生まれ 内装職人，デジレ通り3番地居住	43年2月26日，0時15分（S. バニェ）	ベルヴィル［警察署］	CP ユダヤ人—書類不備外国人—反逆		DC 43年2月26日 n°110	
[⋯]							
n°2677	ヤブロンスカ，マテス 09年4月10日，ポウチェフ（ロシア）生まれ	43年2月26日，20時［署名判読不能］	RG	CP	43年2月27日，9時30分（S. バニェ）	刑事に引き渡し［署名判読不能］	フィリップ RG 第五部門

「拘禁」（DC）記録簿へと移行する。拘禁記録簿には一九四三年二月二六日付で次のような容疑箇条が記載されている。

——外国人取り締まりに関する一九三八年五月二日付政令第三条への違反（「身分証明書の交付を［……］申請することを怠る」外国人は「百フラン以上千フラン以下の罰金および一か月以上一年以下の禁固」が科される）。

——刑法第二〇九条および第二一九条への違反（当該法律の「反逆」の段落で、各条項はそれぞれ、国家の代表者に対する「暴行・暴言を伴うあらゆる攻撃、あらゆる抵抗」と、「被疑・被告・既決の拘禁者による」暴力や威嚇を伴う「反逆者の集合」に言及している）。

——占領地帯のユダヤ人に黄色い星の着用を義務付ける一九四二年五月二八日付ドイツ令への違反(26)。

こうした情報により、一九四三年二月二五日に行われた私の祖父母の逮捕をほぼ再構成することができる。警察官たちは、ポン・デ・ザールの襲撃後ドイツ当局や警察上層部から急き立てられて、あるいはカレル・ソメルの釈放を知らされて、あるいはまた匿名の手紙に導かれて、早暁、ウパトリア小路一五—一七—一九番地の小さな中庭に集結する。一五番地で、ナヒム・クレプフとおそらくカレル・ソメルを、一七番地で、子供を除くヤブウォンカ夫妻を逮捕する。以下は、サラが私の両親の応接間で、悲劇の当事者たちの背後に自分を消して、穏やかな、そしてしっかりとした口調で語ったことである。警官たちは〈ポーランド人〉の部屋に入り、この二人は誰の子供かと尋ねる。彼は答える、「私の子供たちです。」両親は身じろぎもしない——英雄的な、胸を引き裂くような沈黙。警察官たちはそれ以上は尋ねず、マテスとイデサだけを階下へ連行するのに取り掛かる。

いつ暴力は爆発するのだろうか。警官たちにドアを開けるのを拒否して、最初から起こるのだろうか。警察の言うままにならず、もう少し後のことなのだろうか。それとも、大声で隣近所に呼びかけ、ほかの居住者らとともに抵抗するのだろうか。地下発行新聞『我らが言葉』は一九四三年一月一五日の号で次のような指示を出している。「もし警察が我々の家に来たら、ドアは開けず、隣近所に危険を知らせ、助けを求めよう。［……］おとなしく逮捕されてはならない。我々には正当防衛の権利があり、賊に襲われているのだと考えよう。妻と子供の命は我々の決断にかかっている。[27]」マテスが刑法第二一九条の規定にある、「集合して反逆」を行うのは、生き延びるために手袋を製造しているあの惨めな寝室兼仕事場なのだろうか。ネズミがうようよいるあのあばら家の階段なのだろうか。中庭の鉄柵とかまど工場の壁の間なのだろうか。それとも、護送車に乗せられる時、通りの真っ只中でのことなのだろうか。騒ぐ音、憤激、怒鳴り声、鉄拳。いかつい男たちがマテスの上に襲い掛かるのを想像できる。サラが付け加えるところによると、イデサは逃げようとして脚にけがをする——確かめようのない突発事である。これに反し確かなことは、RGも市警も含めて警察は一九世紀末以来右派の傾向が強い組織であり、暴力の伝統を有していることだ。この伝統は、一九三七年三月のクリシーの銃撃から、ヴィシー体制をはさんで、一九六一年一〇月一七日の虐殺や地下鉄シャロンヌ駅での虐殺まで続いている。また、外国人でありユダヤ人であり「アカ」であるマテスとイデサが、多くの人にとって敵の姿を体現していることも明らかである。

今日破壊されてしまったあのウパトリア小路の奥で一九四三年二月二五日の早暁に何が起こったのか、私の娘たちが幼稚園の平和な寝室で昼寝をしているまさにその場所でその時何が起こったのか、それを知るためなら私はどんな代価を払ってもかまわない。シュザンヌとマルセルも眠っている。まだ早いのだから。彼らの子供の眠りは、彼らが見てはならないものを隠してくれる。しかし私の父は後にそれで病んでしまう。なぜなら、もし一九七〇年代にモイーズ、エルプスト夫人、オドリジンスキ一家に会いに行き、彼らに尋ねていれば、すべて知ることができたはずだったからである。逮捕は乱暴をきわめる。罠にかかったユダヤ人たちは自分たちの命がかかっていることがわかっているからだ。今回は警察官たちも心を動かされることはない。彼らは、一九四〇年に殺された第二一連隊志願兵の未亡人ゴルダレを逮捕する警官たちのようにやったのだろうと想像できる。「夜着のままの、やせ衰えたゴルダレは体の震えが止まらない。それでもまず警官たちを説得しようと試みた。「放っておいてください。私の夫はフランスのために斃れました。私には小さい子供もおります！」力ずくで階段まで引っ立てられた時、ゴルダレは激しく抵抗した。助けを求め、警官たちをののしり、泣き続けた。そして最後、懇願する。「私は何も悪いことなんかしていません。あわれなお針子なんです。どうかほっておいて下さい。」彼女は二人の屈強な男に押さえられ、連行された。〔……〕ドランシーからアウシュヴィッツへと強制移送され、そこから戻ることはなかった。[28]」マテスとイデサを押さえ込んだ後、おそらく警官たちは今日はもう十分だと判断し、コーン夫人、オドリジンスキ一家、モイーズ、フレイドケが震えながら待つ一九番地のアパートを掃討することはせず、彼らの捜査を終えたのだろう。

物音と叫び声に結局子供たちは目を覚ましてしまうのか。二人は警官たちが両親を殴りつけるのを見るのか。いずれにしても、私の父にはまったく記憶がない。この空白は、相反する二つのやり方で解釈できる。彼は何も見なかった、あるいは、彼はすべてを見てすべてを心の底に押し込めた。八時三〇分、捜査活動は終わる。泣きじゃくるシュザンヌとマルセルを〈ポーランド人〉は連れ出し、動転する父親のところにサラが着き、四人護送車はクレプフとイデサ（おそらくカレル・ソメルも一緒に）を警視庁に連行する。一方、マテスはランポノー通りのベルヴィル警察署に閉じ込められる。ケストラーが『地の滓』の中で語るように、チョコスロヴァキア難民である老ポダッハが、言われたことが分からなくて警官にびんたを食らうのはこの警察署だ。[29]残念なことに、戦争中の全期間について、警察の行動記録簿は欠けている。

二〇〇九年、私は身分証明の不正利用の件でこの警察署に呼び出される。壁は灰緑色で、若い女性警察官がカウンターの向こうで電話に出ている。壁には「利用者憲章」が貼られ、陳列棚には麻薬や夫婦間暴力についてのパンフレットが置かれている。一九四三年二月二五日の一日をマテスがどの独房で過ごしたのか私にはわからないが、その間、子供たちはコンスタンとアネットの家で呆然として父を待ち、妻は死ぬほど不安で、おそらくけがもして、ドランシー収容所の藁布団の上にいる。しかし私は、一九三九年の志願兵が閉じ込められた独房、上着に星を縫い付けるのを怠り、逮捕されるままにはならなかったことで拘束されたユダヤ人が閉じ込められた独房を見ることができるかと尋ねてみることまでせず、権威を尊重する良きフランス人として警察署をあとにする。もっとも、マテスはこうしたことには慣れている。一九三三年には公務員侮辱罪によりパルチェフ裁判所で処罰されたこともあった。刑法の言う「反逆」、警視庁の担当者が入所記録簿に書く「反逆」、カミュならば「反抗」、それは人間が自らの尊厳を世界の顔面に叫ぶ存在論的拒絶である。

〇時一五分、マテスは警視庁の留置所に入れられる。そこで夜を過ごす。イデサがどこにいるのか、誰が子供たちの面倒を見ているのか知っているのだろうか。翌二月二六日、尋問を受ける。何についてか私にはわからない。カレル・ソメルとは違い、RGにはマテスのファイルはまったくないのである。その晩二〇時、彼は独房に戻され、そこで二日目の夜を過ごす。二月二七日の朝、彼はフィリップ刑事によってRG第五部門での尋問に連行される。ここは警視庁の中央前科記録簿（マテスは一九三七年以降ここに記載されている）を作成する部門である。[30] というのは、マテスはユダヤ人であるが、また違反外国人でもあるからだ。尋問はどのように行われるのか。保存資料も証言もないので、それを知ることは不可能である。それに反し、解放後粛清されたフィリップ刑事に関するファイルは、彼が一九四三年三一歳、つまりマテスより三歳年下で、「愛国的感情など決して抱かなかった、よく知られた日和見主義」であることを教えてくれる。一九四二年大麦一キロとかなりの金額を所持して逮捕されたある老人は、フィリップ刑事にどのように取り扱われたかを粛清委員会で語っている。


あんたはフランス人なんですか。

——はい。

——あんたの星はどこにあるんですか。

——持っていません。

——それでその大麦、闇市をやってるんですか。

彼は私に平手打ちを食らわせました。その後で、彼は私にすべての持ち物、札入れを出すように求めました。彼は私が二万フラン持っているのを見て、言いました。

——なんと二万フランも持ってるんですか、ユダヤ人のあんたが。あんたにはそんな権利はないですよ。どこで入手したんですか。この金は誰のものなんですか。

それから彼は札入れを取り、自分のポケットに入れました。私たちは出発しました。道中、彼は私にこう言っていました。

——逃げないようにね。わかってますね、私はここにリボルバーを持ってるんですから。注意して下さいよ！　逃げないようにね！


後になって、フィリップ刑事はこの老人の妻に、大金と引き換えに釈放してもいいと知らせて来る。(31)

マテスは尋問後ドランシーに収容される。一九四三年二月二七日付の彼のファイルは、ヴィシー体制の反ユダヤ主義が共和制の抑圧カテゴリーを吸収したことを物語っている。つまり、このユダヤ人は、一九三七年に出された滞在拒否「E・九八三九二」を依然として科されているのである。マテスは、「ドイツ当局の命令に基づき」、具体的には警視庁付連絡将校、ナチス親衛隊大尉ハインゾーンの命令に基づき、ドランシーに収容され、そこでイデサに再会する。(32) その前日、ユダヤ人問題委員会のダルキェ・ド・ペルポワは次のような声明を出していた。「フランス政府によってユダヤ人に対して取られた措置は迫害措置ではなく自衛措置であることを、フランス人は理解し、また周囲の人々にも理解させなければならない。(33)」

ドランシー収容所は蹄鉄型をした大きなＨＢＭ（安価住宅）団地に置かれている。建物の中は大きな工事だけが終わっていて、床はセメント、導管はむき出し、窓は閉まりが悪い、という状態である。バルコニーと中庭からは、通りが、人が自由に行き交うあの奇妙な世界が見える。監視塔が見張る有刺鉄線の二重の囲いまで思い切って入り込んだ近親者たちに合図することもできる。(34) 到着したユダヤ人は登録番号を与えられ、所持品検査を受ける。イデサと同じ時に警視庁に連行されたドバ・マドンスカはそこで千五百フランを預けている（このお金は相続人不存在として数か月後預金供託公庫が収納する）。(35) この一九四三年二月末、収容所はいっぱいである。二月九日から二月一三日の間に強制移送列車が三本出発しているが、収容所が活発化して再びいっぱいになったのである。赤十字のある看護婦は、二月一一日ロスチャイルド病院で一斉検挙された老人たちの到着と出発を次のように描き出している。「しっかり動ける人たちもいますが、手足の不自由な多くの人たちは担架に乗り、また支えや、歩行の介助が必要な人たちもいます。こうしたかわいそうな老人たちの面倒をみたり荷物を持ってあげたりするボランティアを探します。死期がすでに迫ったこうした人たちは動転し、どこかに強制移送されるのは本当なのかどうか震え声で尋ねてきます。

疲労、動揺、不安でくたくたになっています。一分間休むことさえ許されず所持品検査のバラックに連行され、彼らの小さな荷物の中のほとんどすべての物を奪われてしまいます。[36]」

ドランシーでの生活は、ほかの強制収容所とほとんど変わりがない。六時にコーヒーのドラ、便所とシャワーの混雑、中庭で延々と続く点呼、パンとコーヒー、具のないスープの配給行列、という具合である。マテスは遅れて到着したために、少なくとも初めのうちは、イデサと同じ部屋に入っていない。イデサは第一五階段の五階、マテスは第九階段の四階である。[37]ドランシーにいる数日の間に、彼らはおそらく知っている顔に出会っていよう。クレプフとカレル・ソメルは彼らと同じ時に収容所にいる。しかし彼らがおしゃべりをしたり、トランプをしたり、洗濯をしたりしている様を私は思い描けない。自分の部屋から引き出され、階段を引っ立てられ、子供から引き離されて、この先どこかに強制移送されるという時、いったい人は何を考えるのだろうか。生を見ているのか、それとも死なのか。

「誰が何を知っていたのか」を明らかにしようとする議論は、複雑で苦しく、多くの場合アナクロニズムである。なぜならそうした議論は、当時の人たちが今日の私たちのように、わかっていたり、知ったり、見抜いたり、疑ったりすべきことが何かあるのだとわかっている、ということを前提にしているからである。それでも、一九四三年におけるユダヤ人虐殺から明らかになるものを問うことは正当なことだ。その問いはドランシーの陰鬱な日々に別の角度から迫ることを可能にしてくれる。戦争初期ドイツの障がい者の「安楽死」を組織するT四作戦のように、占領下のポーランドにおける殺人工場の存在は国家機密であり、総統の周りにいる高度の責任をもった小グループと死体焼却炉の立案者たち、それに武装親衛隊における消毒の専門家で収容所へのチクロンBの供給を担当していたクルト・ゲルシュタインのようなエキスパートたちだけしか知らない事実である。したがって、ほとんどの人はドイツ帝国がヨーロッパのユダヤ人の絶滅を計画し、ガス・トラックやガス室で何百万人もの男たち、女たち、子供たち、赤ん坊たち、老人たちを殺害していることを知らないのである。しかし時が経つにつれて、真実が漏れてくる。一九四二年夏、シュテティーンのスウェーデン公使は公式の報告書の中にユダヤ人ガス殺を記載している し、またクルト・ゲルシュタインはベルリンで教皇大使とスイス公使館に注意を与えている(38)。ワルシャワのゲットーでは、一九四二年七月、チェルニャコフが、ユダヤ人は全員殺されると理解して自殺している(『ショアー』の中で、ナチのゲットー管理官の一人は、「彼らはその優れた秘密機関のおかげで、我々以上にそれについてよく知っていた」とはっきり述べている(39))。しかし全体としては、固有のシステムと技術をもった絶滅プログラムとしての「最終解決」は、終戦まで非常によく保持された秘密だったのである。

それに対し、ヨーロッパの大部分の地域は、最低限、ユダヤ人の消滅の証言者である。ポーランド、ウクライナ、ベラルーシ、バルト諸国のシュテトルや町で、民間人たちは虐殺を知っている。なぜなら、パルチエフのように彼らの目の前で、あるいはイエドヴァブネのように彼らの協力の下で虐殺は行われているからである(40)。ドイツ兵たちは集団殺戮に加わっている。例えば、一九四一年八月、キエフの南、ビラ・ツェルクヴァのすべてのユダヤ人を殺すようアインザッツグルッペC〔1〕の一部隊に命令を下すのは、ドイツ国防軍の現地司令官である。兵士たちの手紙や記念写真はドイツ帝国内の家族のもとへ届き、集団で辱めたり、暴行したり、殺害したりしたことが明かされている。また逆に、毎夏、何百人もの妻たちが、アウシュヴィッツやほかの強制収容所で警備を担当する夫のところを訪れている(41)。ドイツ人住民は、忽然と消えもう二度と話題に上ることはないユダヤ人の略奪から、直接的に間接的に恩恵を被っている。一九四三年二月二七日、ザムエル夫妻は娘マリオンとともにベルリンで逮捕され、アウシュヴィッツに強制移送される。工場での彼らの仕事はポーランド人労働者が代わり、彼らの残したアパルトマンと財産——テーブル、ソファ、子供椅子、ランプ、衣類――は詳細に調べ上げられて、一部はある商人に譲られ、また貧しいドイツ人や爆撃の犠牲となったドイツ人もその分配に与かっている[42]。

フランスではどうだろうか。ユダヤ人が公共生活から排除されていること、星の着用が強制されていること、一斉検挙が行われていること、アパルトマンから追い立てられていること、家族全員が東の方へ強制移送されていること、これらのことを知らないでいることは誰にも不可能である。しかしこうした事実は、それ自体で絶滅を明らかにしているわけではない。当時「排除」が「即座の殺害」を意味するナチの暗号であることは公には知られていない。RG第三部門のトップ、サドスキが、ナチ親衛隊下士官の口から真実を知るのは、一九四二年春、ベルリンで勾留されていた時のことである。またドランシーに収容された医学研究者ジョルジュ・ヴェレルは、家族との別離による悲嘆やヒステリーの場面をいろいろ描き出してはいるものの、彼によれば、子供や老人、体の不自由な者にまでナチが手を出せると思っている者は一九四二年の収容者の中には一人もいないのである。それは「完全に共有されていた確信であり、議論の余地はない[43]。」楽天主義、フランス当局への信頼、あまりにおぞましい真実に対する防御反応、あるいは、こんな犯罪を誰も考えることなどできはしないとわかっている当然の態度なのだろうか。ただし、一九四二年夏、ドランシーは「自殺の伝染」に襲われ、女性たちは窓から身を投げている[44]。

時間が経てば経つほど、ユダヤ人は自分たちが死に脅かされているのを自覚する。たとえ真実があらゆる種類の噂で歪められて彼らの耳に届くのだとしても。一九四三年一一月、エレーヌ・ベールはその日記の中で、「ポーランド国境では移送列車が窒息性有毒ガスの中を通らされている」ことに言及し、上シロンスク（アウシュヴィッツ地方）で殺害される恐怖を打ち明けている。それから三か月後、逮捕されたある女性が自分の子供を一緒に連行しないよう警官らの膝にすがりついたことを語りながら、次のように書いている。「子供を「捨てさせて」欲しいと懇願するに至るには、自分を待ち受けているものについてかなり明確な感覚を持っていなければなるまい。[45]」エレーヌ・ベールはキュルマン社副社長の娘であり、おそらくポーランド系ユダヤ移民たちとは別の情報源を持っていよう。しかし、一九四三年二月一日、ウパトリア小路に警察の手入れが入る三週間前、『我らが言葉』は次のように書いている。「ヒトラーは一九四三年にユダヤ人の絶滅を完了したいと考えている。〔……〕オランダやベルギーからは、ほとんどすべてのユダヤ人が東に強制移送され、大半は殺害されてしまった。[46]」マテスとイデサは政治的活動を行い、新聞雑誌を読み、刑務所を経験し、何年も前からファシズムと戦い、しかも両親をポーランドに残してきている。マテスは一九三九年一〇月の手紙で、郵便は断絶していると嘆いているが、その後回復している。デジレ通り三番地で隣人であったヤゴドヴィチ家の娘リリアンヌが語ってくれたところによると、彼女の母はワルシャワ・ゲットーにいる自分の母親から手紙を受け取っており、決してドイツ人を信じないよう、出頭命令には決して応じないよう強く勧められている。一九四三年二月、イデサの母ルフラ・コレンバウム、マテスの両親シュロイメ・ヤブウォンカとタウバ・ヤブウォンカ、それに彼の異母兄弟や異母姉ギトラから近況が届かなくなって、少なくともすでに六か月になる。この沈黙は悪い兆候以外のものではありえない。

ドランシーへの移送の直前、二月二五日の午後、イデサは短い尋問を受けている。国立公文書館に保存されている彼女のカードには、マテスのカードと同様、いつもの情報が記載されている。姓名、生年月日、出生地、住所。しかしそれとともに、泣きたくなるような細部もある。警察官は《M.0.E》と書いているのだ。既婚（Mariée）、子供ゼロ（zéro Enfant）。この供述は、シュザンヌとマルセルが夜の間〈ポーランド人〉に預けられ、逮捕の時には意図的にアパートに残されたことの決定的な証拠である。子供たちと別れてわずか数時間後、お母さんは「既婚、子供なし」と断言している。《M.0.E》この三文字は私の父の全生涯を密かに支配している。自分が生き延びている奇跡であるとともに、死ぬまで血を流させ続ける傷である。彼の母は自分を越えて子供が生き延びるよう、子供を捨てる。母の愛は、拒絶、否認において頂点に達する。私もエレーヌ・ベールのように、こう自らに問い、ほかの人にも問う。あなたを破壊することに決めた国家の憎悪に委ねられるべく外国を離れる時、そこに自分の幼い子供を残すには、いったいどれだけのことが必要なのだろうか。換言すれば、行く先のわからないところへ子供たちを一緒に連れて行かないことを選択するのは、どういう危険レベルにいるからなのだろうか。

二枚の郵便葉書が残っている。左側には空色のインクで警視庁の丸い公印が押され、そこには「ドランシー収容所」と「検閲局」という文字が円弧状に記載されている。右側にはペタン元帥の肖像画の、一フラン二〇サンチームのワイン色の切手が貼られている。消印が押され、郵便局の印章が「ドランシー、四三年三月二日」と証明している。強制移送の一時間前、収容所のユダヤ人職員が各部屋をまわり、出発者それぞれに一枚ずつ葉書を配る。隣の人の背中や壁に押し当てて、慌てて書く。急いでやらなければいけない。隣の人たちは鉛筆を待っており、職員は間もなく戻ってくる。[47] 一九四三年三月二日、朝五時。「私のかわいい、かわいい子供たち、私たちは［……］この葉書をお別れの言葉として書きます。」マテスとイデサはこれほど良いフランス語は書けない。彼らの最後の意志を受け取るバイリンガルの仲間の筆跡が葉書の全スペースを埋め、端まで届かんばかりである。いくつかスペリング・ミスがあるが、亡くなった人に死化粧を施すとき顔のしわを伸ばすように、私は修正して本書に書き写す。

ドランシーからの最後の手紙はしばしば不安と緊急性に喘ぎ、混乱している。絶望の思いが、「気持ちはしっかりしています」、「じきに会いましょうね」という安心させる言葉と混じり合う。キスを受け取って、という最後の願いが、日常の心配ごとに混じり合う。借金を返すこと、カギを返してもらうこと、服や食べ物、お金を送ったり受けとったりすることなど、出発の時に片づけなくてはいけないのだ。こうした途方にくれた文章、こうしたとりとめのない言葉には、生から引き剝がされる人々の懊悩が映し出されている。しかしそれらはまだ生の中にある。マテスとイデサのものはそうではない。断罪された無実の人々のこうした手紙を、私はふだん決して読まない。それらは一塊の丸裸にされた人間性であり、そこに視線を向ける力がある時、時間は止まり、時を越えた、底のない悲しみに落ち、癒しようのない痛みに襲われる。マテスとイデサは生にいとまごいをしている。彼らは今日の私たちのようには知らないが、彼らは知っている。別の世界——必ずしもそれは死の世界というわけではないが、もはや希望も未来も喜びもない場所であり、人間存在としてはもう存在できない場所である——の入り口で、彼らの声は立ち上り、子供たちに最後の言葉を送り、彼らを抱きしめ、彼らを慰め、彼らに謝り、彼らに一生十分なほどの愛を注ぎ込む。欠乏と疲労困憊にもかかわらず、「荷物も食べ物もなく」出発するのだが、彼らの頭には子供たちのことしかない。後のことをすべて整えてから出て行くためなのだ。すでに滅ぼされてしまった存在のこの献身は、私に聖なる畏れを吹き込む。

最初の葉書きは祖父のもので、サン・モール通り一〇六番地の「コンスタン夫妻様」、つまり、コンスタンとアネット宛てである。〈ポーランド人〉は二月二五日朝そこに子供たちを連れて行った。マテスは子供たちの面倒を見てもらえるよう二人に懇願している。二通目の葉書にはサインはないが、イデサの名前で書かれたもので、「シャリヨー氏」すなわち、オベルカンプ通り一一一番地に住む、ヤハの夫プローに送られている。私の父は今でもそこを訪れているが、プローは老い衰えて、もう誰のこともわからなくなってしまった。イデサはプローではなく、子供たちに向けて書いている。希望の調子で終えられていても、空しい。それは実際には別れの手紙なのだ。どの言葉も――「幼いみなしご」、「いない両親」、「私たちの思い出」、「私たちの運命に耐える」――、後になって、大きくなってから、おそらく理解できるようになってから読まれる遺書としての手紙の中で、子供たちに向かって、苦しみと後悔、誇りと愛を表現している。「こんなに幼いお前たちを見捨てて行かなくてはいけなくなって、私たちの心は張り裂けそうです。[48]」

なぜ別々の二夫婦に二通の葉書なのだろうか。おそらく安全を考えてのことだろう。なぜイデサの二人のいとこアネットとヤハ、およびその夫たちコンスタンとプローに宛てられているのだろうか。いろいろ考えてみると、私の祖父母はほかにも友達はいる。しかしギャルドブレッド一家や闘争の同志たちは家族ではない。またフリメ、スロウル、ディナはアリエージュに身を隠している。コンスタンとアネットの手に子供たちを委ねるという事実は、友情や信頼を越えて、最大限の保護を求めるということを表している。「私たちのかわいい子供たちがまったく両親がいないということにならないようどうか面倒をみてくださいね。」なぜならコンスタンの人となりは子供たちが生き延びるチャンスを増大させるからである。コンスタンは一九四一年ウパトリア小路に自分の名義で部屋を借りてマテスを救ってくれた。そして何より彼はフランス人であり、ゴイだ。彼には手を出さないだろう。

強制移送の前日、収容者は所持品検査のバラックに連れて行かれる。司法警察の刑事たち（ユダヤ人問題専門の刑事たちは、略奪のため職務を解かれていた）が手荷物を確かめ、体に触り、衣服の縫い目をほどき、いろいろ奪い取る。[49] 宝石、腕時計、ナイフ、革の札入れ、はさみ、薬がなくなる。そしておそらく、イデサがポーランドを出る時に着ていた「栗色の毛皮の外套」も消える。彼らは寒さの中、下着だけで、出発前最後にまた屈辱を受けるのを待っている。今、私の前には警視庁のヘッダーのついた黄ばんだ紙片があり、「一九四三年三月二日強制移送された収容者から出発時に差し押さえた金額一覧」というタイトルとともに、何百もの名前がタイプライターで打たれている。シュヴァルツ・アンナ、コブレル・ロベルト、レオノフ・マザル、ヤブウォンカ・マテス、オグゼレット・レジナ……「金額」の欄と「外国貨幣と貴金属類」の欄には横線がずっと続いている。強制移送者は誰も、何も持っていないことを意味している。そして、「確認、主任刑事」、「正確保証、収容所経理掛」などと収容所の職員がサインしている。[50]チョークで背中に十字を書かれて、所持品検査バラックを出る。

マテスとイデサが最後の夜を過ごした部屋の位置はわかる。彼らの葉書の「差出人」欄に書かれているからだ。第二階段、五階。出発部屋には何もない。カビの生えた、蚤だらけの藁は、一九四二年一一月、衛生上焼却されてしまっているので、皆セメントの上に横になる。一部屋九〇人。いくつかの桶がトイレとして使われる。[51]眠ることができるのかどうか私にはわからない。途中で逃げ出してやると断言する人もいる。[52]明け方、職員らが部屋に入ってきて、葉書と鉛筆を配る。マテスとイデサは、不幸をともにする仲間に口述筆記を依頼する。

続いて起こったことは、ジェルジュ・ヴェレルが語る内容から知ることができる。「強制移送列車は早朝収容所を出るのだった。移送者たちは朝の五時、真っ暗な中、部屋を出て、中庭の真ん中にある鉄条網の中に押し込まれた。六時頃、収容所の監視官たちが到着し、その後で、ドイツ人も数名やって来た。彼らは長いテーブルの向こうに座り、耐風ランプの明かりのもと、各移送者の名前を次々に呼んでいった。呼ばれた者は、出発階段のすぐ近く、南端にしつらえられた出口のほうへ進まされた。[53]」バスが待っている。

二〇〇三年三月二日、雨の中、私たちはそこにいる。私の両親と伯母シュザンヌ、私の弟、妻、私も一差出人：
ヤブウォンカ夫人
第2階段，5階
ドランシー収容所
セーヌ県

宛先：
シャリヨー氏
オベルカンプ通り 111 番地
パリ 11 区

ドランシー，3月2日 — 朝5時

私のかわいい，かわいい子供たち
二人が私たちの思い出をずっと持っていられるように，この葉書をお別れの言葉として書きます。私たちは 15 分後ドイツへ向かって出発します。こんなに幼いお前たちを見捨てて行かなくてはいけなくなって，私たちの心は張り裂けそうです。二人は幼いみなしごのようになってしまったけど，シャリヨー氏とコンスタン氏がお前たちを助け，いない両親に代わってきっと優しくしてくれますからね。私たちはいつの日か，大きくなり，誇りを持ったお前たちにまた会える希望を持って，勇敢に私たちの運命に耐えるよう頑張ります。
どうかいい子でいてちょうだいね，親切にして下さる皆さんに感謝を忘れないでね。お父さんとお母さんの熱いキスを受け取ってね。

差出人：
ヤブウォンカ・マテス氏
第2階段，5階
ドランシー収容所
セーヌ県

宛先：
クワノー氏
サン・モール通り 106 番地
パリ 11 区

ドランシー，3月2日 — 朝

コンスタン夫妻様
ドイツへ出発する間際に書いています。私たちのかわいい子供たちがまったく両親がいないということにならないようどうか面倒をみてくださいね。私たちがいつか子供たちに再び会う幸福を持てるのかどうかわかりません。お二人にももうじきお子さんができますね，ですので，母親の心がどういうものか，それがどれほど苦しまなければならないのか，きっとおわかりになりますね。私たちが望みを託せるのは，お二人だけです，本当に感謝の気持ちでいっぱいです。私たちは荷物も食べ物もなく出発しますが，そんなことは何でもありません，ただ子供たちのことだけを思っています。どうかお幸せに，そして，私たちの心の底からの感謝をお受け取り下さい。
ヤブウォンカ・マテス

緒である。セルジュ・クラルスフェルドの団体〈フランスのユダヤ人強制移送者の息子と娘たち〉によって組織されたセレモニーが行われている。HBM団地の中庭の真ん中にひとり立ち尽くす「人四〇名、馬八頭」の証言貨車が傘の間に見える。私たちはオーカー色の石の彫刻の下、その日移送列車に載せられた千名のユダヤ人のリストを交代で読んでいく。名前はゆっくりと続いていく。大部分は老人である。三九五名が六〇歳代、三一七名が七〇歳以上である。しかし若い人たちもいる。ヤブウォンカ夫妻マテスとイデサ、オベルカンプ通りの住まいで二月一二日に逮捕されたハンデルスマン夫妻ヤンケルとハナ、ピア通りの家で二月二〇日に逮捕されたドレンブス夫妻ジョゼフとペサ、そして三五名の子供たち。その中には、カガン家の子供たち、一四歳のレオンと九歳のラシェル、二歳のモリスもいる。全体の八〇パーセントはポーランド人とロシア人で、フランス人は非常に少ない[54]。ブルジェ・ドランシー駅で、ギャメ中尉の部下たちに護送されて、彼らはフランス国鉄の家畜用貨車まで歩く。

私が九歳の時であった。ちょうどラシェル・カガンが死んだ年齢である。私の父はFFDJFから定期的に手紙を受け取っている。私はそれが「フランスのユダヤ人強制移送者の息子と娘たち」という意味だとは知らない。その頭字語がおもしろく、どこかのスポーツ連盟のように思える。父をからかって、FFFJJJかFJFJFJからまた手紙を受け取ったんだね、と言う。父は笑い、いつものようにペーパーナイフを使って丁寧に封筒を開け、手紙を取り出し、広げる。それは会の定期報告か、会費支払いの通知である。父は机の上の、分類しなければならない書類の山の上にそれを置き、私たちはチェスをやったり、夕食をしたり、テレビを見たり、「当てもなく」近所を散歩したりする――道を選ぶのは私であり、私は楽しい。父は従順について来る。それは彼にも楽しいのだ。フランスの憲兵とドイツの兵士が監視する中、列車へ向かう。暴力と叫び声の中で乗り込みは行われるのか。体が不自由だったり病気だったりする老人を何百人も乗せるにはどれだけの時間がかかるのか。ようやく扉を滑らせ、各貨車は封印される。移送列車が動き始める。フランスを出る四九番目の列車である。レートケはオフィスから三通のテレックスを送る。ベルリンのドイツ帝国中央治安局の反ユダヤ部門と、オラニエンブルクの強制収容所監督部門、それにアウシュヴィッツ強制収容所に宛てた、千名のユダヤ人輸送車がブルジェ・ドランシー駅を今離れたところであるという知らせである。[55]「こんなに幼いお前たちを捨てて行かなくてはいけなくなって、私たちの心は張り裂けそうです。」

8 ニオイヒバの生垣に守られて

子供たちは、一九四三年二月の末から五月にかけてコンスタンとアネットの家にとどまっている。シュザンヌとマルセルは涙を乾かし、サン・モール通り一〇六番地の小さな二部屋で生活は再び始まる。子供たちのための場所を見つけ、食べさせ、服を着せ、公園に連れて行き、夜はきちんとベッドに入れてあげる。一九四二年、ソール・フリードランダーはモンリュソンの病院で両親のところを離れる時、ベッドの柵にしがみつき、父親は力づくでこぶしを開かせなければならない。(1) しかし彼は一〇歳である。シュザンヌとマルセルは四歳と三歳であり、彼らに起こったことを理解することができるのだろうか。ある晩〈ポーランド人〉のところに寝かされる。翌日、彼に起こされて、コンスタンとアネットのところに連れて行かれる。両親はもういない。彼らの世話をしてくれるのは今やアネットである。それだけのことだ。

二人が映っている一連の写真がある。二人はまったく同じ服装をしている。縞柄の灰色のハーフコートを着て、ぽっちゃりしたふくらはぎが見える。靴下はよく引き上げられ、黒い深靴を履いている。リュクサンブール公園の池のようなところにいるが、船は浮かんではいない。私の父は丸々としたほっぺたをし、ブロンドの髪がくるくる巻いている。その中の一枚で、二人はプローとヤハにはさまれて、池の縁に座っている。二つの時が衝突する。私はプローのことを、ラ・セル・シュル・モランの不便な家で、楽しいがやや粗野な冗談を言っている、歳とった姿でしか知らなかった。それがこの写真の中で、子供たちが水に落ちないよう背中に腕を回している若者は、ダークスーツ姿のがっしりとした男性で、ハンサムで、角ばった顎をし、その黒い眼は挑みかからんばかりである。ヤハは本物のパリジェンヌだ。パールグレーの長い外套、首には白いラヴァリエール[1]、黒い手袋、エナメルの靴、革のハンドバッグ。靴やバッグはコンスタンの仕事場から来たものなのだろうか。手袋はマテスが贈ったのだろうか。太陽を浴びて、写真家の影は池の縁まで伸び、遠くの木々には葉っぱが出ている。もう四月に違いない。

子供たちがこのようにおめかしをしている写真は、数週間後に彼らが田舎に送られることと関係がないのだろうか。アネットはもうじき出産しなければならず、家には五人もいる場所はない。その上、ユダヤ人の子供を二人家に置いておくことはこの上なく危険だ。フジェール出身のコンスタンは、まだそこに住んでいる姉に手紙を書き、受け入れ家族をその付近で見つけてくれるよう依頼する。フジェールから数キロのところにあるリュイットレ村で引退生活を送っているクルトゥ夫妻が引き受けてくれる。同時にコンスタンはアムロ委員会と接触する。これはユダヤ人の非合法組織で、合法的な表向きはパリ一一区アムロ通り三六番地にある無料診療所〈母と子供〉である。コンスタンは親たちのあと、その子供たちも助けるためにまたもや危険を冒している。

無料診療所〈母と子供〉は、一九二六年ダヴィッド・ラポポルトとジュール・ヤクボヴィチが創設した〈休暇期学校〉に発するもので、ユダヤ移民家族の支援を行う組織である。一九四〇年六月一五日、ドイツ国防軍がパリに入り、第二三外人連隊がポン・シュル・イオンヌで最後の抵抗を続けている頃、ユダヤ人住民の保護を組織するために何人かのユダヤ人責任者が密かに会合を持つ。社会的援助を目的とするこの機関は当局には隠され、ほどなく「アムロ委員会」の名で知られるようになるもので、フランスにおけるレジスタンス組織の中で最も早い時期に成立した一つである。休暇期学校のトップにラポポルトとヤクボヴィチがいて、戦前にあった慈善食堂を復活させ、家族の医療検査を行い、強制収容所に小包を送り、そして――これが非合法活動である――子供たちを田舎に住まわせるのに奮闘する。資金は最初、フランス・ユダヤ人協会連合によって、その後は、ドイツの管理下に置かれた傘下組織UGIFによって供給される。アムロ委員会は一九四二年この組織に入ることを決めたが、しかしその非合法活動を棄てることはなかった(2)。

なぜコンスタンはブンド派と社会主義的シオニストの運営するアムロ委員会に話を持っていったのか。子供たち、特に強制移送者や移民の子供たちを密かに脱出させることを任務とする組織はほかにもいくつかある。確かに子供救援機構（OSE）はどちらかと言えば南部地帯で活動しているが、パリ七区ヴィラール大通りには支部があり、マレ地区のフラン・ブルジョワ通りに無料診療所も持っている。チュレンヌ通りの無料診療所は共産主義者に近い組織であり、同じような活動を行っている。一九四三年五月、共産主義ユダヤ人諸組織はUJREに再編され、これは「子供委員会」を有するレジスタンス組織である。おそらくコンスタンは、地理的に近いということよりも、一九四三年一月、警察がウパトリア小路に手を入れるひと月前にエルプスト夫人がアムロ委員会の助けを得て二人の息子を隠すことができたという事実を重視したのだろう。いずれにしても、彼は自分のところに両親のいない二人の子供がいるとアムロ委員会へ説明しに行く。ソーシャルワーカーの女性がサン・モール通りにやって来る。「アーリア人との結婚によりフランス人」になったポーランド系ユダヤ人アネットのカードが一九四三年三月二二日に作成される。この訪問の報告書には次のように書かれている。「クワノー氏は靴革裁断職人である。クワノー夫人は現在妊娠中で、ヤブウォンカ家の二人の子供を家で世話している。［……］子供たちは元気である。必要が生じたら無料診療所に子供たちを連れて来ることができるとクワノー夫人にあらかじめ伝えておこう。クワノー夫人は二月二五日から自宅で子供を預かっている。クワノー夫妻は非常に感じのいい人たちである。子供たちはとてもよく面倒をみてもらっている。家庭環境は素晴らしい。住居は狭いが、手入れが行き届いている。子供たちには下着と靴が必要である。緊急を要する。子供たちのために最大限の支払いをしなければならないだろう。クワノー氏は労働者で、彼自身が家族と生活していくのがやっとという収入しかないからである。二人の子供のために月一二〇〇フランお願いできればと言っている。(3)」

三月二四日、ソーシャルワーカーの訪問から二日後（そして、両親が逮捕されてひと月後）、コンスタンとアネットは子供靴一足、靴下一足、アンクルソックス一足、半そでシャツ一枚を受け取る。全部で衣料配給券一六ポイント分である。こうした援助はアムロ委員会のレジスタンス活動の重要な部分である。戦後、ヤクボヴィチはこう述べている。「我々は下着と衣服の供給に大きな困難を抱えていた。ヨウフノヴェツキ夫人が指揮する我々の衣料部がそれを担当していた。本当に奇跡的なことがいくつか起こって、困難な時期にも大量の商品を供給することができた。(4)」（ついでながら、あの池のほとりの写真で子供たちが身に着けているすごくおしゃれな二着の上着はこうして供給されたものではない）。最初にお金が届くのは三月三〇日、「四月分の一二〇〇フラン」である。ソーシャルワーカーは四月八日に再びやって来る。印象は依然として非常に良い。アネットについてこう報告されている。「彼女は復活祭の時期に子供たちを田舎に送り、そこで一夏を過ごさせるつもりである。二人にセーター、マルセルに靴をもらえるかどうか尋ねている。」アムロ通りに戻ると、ソーシャルワーカーは「村役場に配給切符を求めるよう里親に手紙を書く。(5)」それはリュイトレの退職者クルトゥ夫妻がすでに彼らの使命を受け入れたということを意味している。

アムロ委員会のあらゆる文書の中で、シュザンヌとマルセルの名前と絶えず一緒に出て来る二人の子供の名前がある。無線電信ケーブル工の息子サミュエル・オドリジンスキと、フレイドケと作家の息子クロード・シュレヴィンであり、二人ともウパトリア小路一九番地に住んでいた。二月二五日に行われた一斉取り締まりで、ほかの子供たちも急いで避難させることになったのだろうか。四人の子供がコンスタンの責任下に置かれている。クロード・シュレヴィンは当時三歳であり、自分の歴史についてほんのわずかに知っていることを私に語ってくれるが、コンスタンの名前もアムロ委員会の名前もまったく出てこない。彼はサルト県の農民たちのところに隠されていて、自分は見捨てられた、不幸だと感じている。フレイドケは時々会いに来てくれるが、毎回彼は泣いて、一緒に帰りたがる。戦争が終わって、ドイツの捕虜収容所から解放されたばかりの父が軍服姿で農家に突然やって来る。このあまりに優しい見知らぬ男が怖い。ベンヤミン・シュレヴィンの『ベルヴィルのユダヤ人』の中に、「仕上げ工のコンスタン」が登場する。似ているところは少ないとしても、私は、戦争中自分の小さな息子を救うのに協力してくれた人に作家がこの人物を通して敬意を表しているのだという考えを棄てることができない。

コンスタンは戦後、ドイツ委員会への手紙の中で次のように書いている。一九四三年五月、「私はヤブウォンカ夫妻の二人の子供をイレ・ヴィレーヌ県リュイトレ村ラルー地区に住むクルトゥ夫妻のところに預けた。」このようにコンスタンが自ら動いてくれたおかげで、アムロ委員会は息をつくことができる。連携担当者はすでに仕事で忙殺されているからである。ヤクボヴィチによれば、「この業務の主要な費用は、子供たちを家に住まわせることを承諾してくれる家族を、できれば田舎に見つけることに費やされた。［……］子供たちには偽造書類を持たせ、この新しい受け入れ場所に送り届け、彼らから終始目を離さず、彼らに必要なもの、特に衣類を供給し、彼らの生活費を負担しなければならなかった。」コンスタンが姉の助けを得てクルトゥ夫妻に依頼したので、預け入れの面倒をみるのも彼になる。またお金も彼を通して渡される。アムロ委員会の保存資料では、シュザンヌとマルセルのことは、「パリ」の欄に分類されたコンスタンとアネットのカードに記載され、クルトゥ夫妻の名前はほかの里親とは違い、いかなるリストにも記載されてはいない。委員会は衣類のほか、一九四三年三月から一九四四年八月の間に一二回お金を渡しており、その総額はおよそ三万フランになる。(6)

シュザンヌとマルセルはこのようにしてブルターニュに送られたのである。アムロ委員会のある文書には、一九四三年末、およそ五百名の子供が隠れて生活している県名が列挙されている。地理的に分類してみると、規模の大きい順に次のような分布になる。パリおよびその近郊に約二八〇名、西部(ペルシュ、メーヌ、ロワール川流域)に一三〇名、そのうち六四名はサルト県、ピカルディとフランス北部に約三〇名、ノルマンディに三〇名弱、そのうち一七名がマンシュ県、ブルゴーニュに約二〇名、ブルターニュに約一五名、そのうち二名がイレ・ヴィレーヌ県である。この最後のものが私の父と伯母であろう。(7)この救援地図には次のような三つの特徴が明らかである。まずパリに近いということ。子供たちのほぼすべてがパリから三百キロの範囲に預けられている。第二に、農村家族による受け入れが目立つこと、第三に、セーヌ県公的支援の受け入れ先地図と似ていること。一九世紀、この機関はブルターニュからモルヴァンまで濃密なネットワークを展開しているが、担当事務所はロワール川以南やシャンパーニュ地方以遠にはまったく存在していないか、ほとんど存在していない。(8)言い換えれば、パリ大盆地で里親を募るアムロ委員会の方針は、パリに住むブルジョワジーの乳幼児の授乳を専門としていた地域を活用しえた元の公的支援の選択に重なっているのである。またもう一つ重要な点は、受け入れ家族に頼るという方針である。たくさんの子供たちを一か所に集めておくことは非常に危険であり(一九四四年にゲシュタポに逮捕され、アウシュヴィッツで殺害されたイジューの子供たちの一斉検挙が、その悲しい証拠となろう）、それを避けることができる。実際、一九四三年三月の初め、アムロ委員会はラ・ヴァレンヌの孤児院の子供たちを、田舎に住む受け入れ家族のもとに散らばらせている。

受け入れ家族をうまく募っているアムロ委員会は、子供の移送にも責任をもって対応できている。赤十字のアネット・モノ、クレテーユのラボルド姉妹、サン・モリス病院のフラマン夫人、パリ警視庁のミシュリーヌ・ベレールなど、そのほか多くの人たちが子供たちの母親に偽装して付き添っている。しかしシュザンヌとマルセルの場合には、ここでも委員会はその仕事から解放されている。プローとヤハが子供たちをフジェールまで列車で連れて行く役割を担っているのだ。なぜコンスタン自身ではないのだろうか。彼はまもなく父親になるからである。この逃避行の際、後に家族の中では何度も語られることになる出来事が起こっている。ある駅で列車が止まり、ドイツの軍人たちが乗って来る。プローとヤハは恐怖で死にそうになる。シュザンヌがイディッシュ語でぺちゃくちゃやっているのだ。シュザンヌはドイツ人のほうに眼をやり、プローとヤハに確かめてもらおうとする。

――ねぇ！　わたしあの人たちの言ってることわかるわよ！

ヤハはシュザンヌの口を手でふさぐ。実際にはただの兵士たちで、周りで起こっていることにはまったく注意を払っていない。しかしこの子供の言葉の中には死の影が漂っている。この平凡なパリ＝フジェール旅行の背後には、コンスタンとアネットの献身、プローとヤハの勇気がある。コレンバウム姉妹がパルチェフのいとこの子供たちを助けることはそれなりに理解できる。しかしその夫たち、あのアナーキストのゴイたちはどうしてなのか。ヤクボヴィチは簡潔にこう述べている。「非ユダヤ人住民の助けがなければ、我々は子供や大人の救出活動をこのように行うことは決して できなかっただろう。(9)」アムロ委員会には素晴らしい連帯心が流れている。そのうち三〇名近くの従事者がナチに殺害されてしまう。一九四三年六月一日に逮捕されたダヴィッド・ラポポルトもその一人である。

そして、フジェールで列車を乗り換える。田舎を走るローカル線。ラ・セラン・リュイトレ駅に着く。ようやくリュイトレ村だ。ブルターニュとマイエンヌが接するところ、長靴の響きからもRGからも遠い。子供たちの引き渡しはどこで行われるのか。クルトゥ夫妻は駅のどこかで、写真を手に待っているのか。この非合法の引き渡しはすぐに私の関心を目覚めさせ、二〇〇七年初頭、私が父を最初に引っ張って行くのもこのルートである。クルトゥ夫妻についての情報を得るために大急ぎでリュイトレとラ・セラン・リュイトレの役場に手紙を書かなくてはいけない。父はずっと夫妻には会っていない。父は躊躇し、いろいろ理屈を並べ立て、そんなこと何の役にも立たない、誰も答えないよ、などと反対する。私はあきらめず、父は心ならずも腰を上げるが、自分自身の歴史の発見に出発するのを密かに満足しているのではないかと私は思う。二週間後、アルディ夫人という方から返事が届く。この女性は、ずっと住んでいるラ・セラン・リュイトレの役場を介して父の手紙を受け取った、クルトゥ夫妻の姪にあたる方であった。六五年の歳月を経て、彼女はこう書いている。「私は、［……］おじとおばの家に預けられていたこの二人の子供のことを非常によく覚えています。女の子と男の子でした。彼らは数か月いましたが、何らかの組織と名乗る人が彼らのことを引き取りにやって来ました。二人がいた家の人たちは別れるのがとても辛かった……近況を知らせるよう二人にいろいろ手を尽くしていましたが、残念ながら近況は知らせてもらえず、その後亡くなりました。」

私の父は感激して、アルディ夫人に電話をかける。一九四三年、彼女は二一歳である。彼女のおば、クルトゥ夫人はフジェールの製靴業で働いていた。彼女はたくさんの人と知り合いで、おそらくそういう中でコンスタンの姉と近づきになったのだろう。クルトゥ夫妻は当時すでに年配であった。慎ましく生活しているが、牝牛を所有している。それは富の徴である（一九世紀、公的支援が保護児童を里親に預けるための基準である）。彼らは戦争中、シュザンヌとマルセル以外の子供を受け入れることはなかった。老夫婦はもうずっと以前に亡くなってしまった。アルディ夫人はまた、フジェールのいとこについても話してくれる。肉屋をやっていたが、店が爆撃されてからはリュイトレに避難していた。彼は「かわいそうな子供たち」に肉をあげていたという。

――なぜ「かわいそうな子供たち」と言われましたか。

――彼らはみなしごでしたからね。ユダヤ人の子供たち。悲しかった。かわいそうな子供たち。

つまり、一九四三年五月、クルトゥ夫妻は自分たちがやっていることを完璧にわかっている。コンスタンの姉に事情を知らされていたのか、そう見抜いたのか（いずれにしても、シュザンヌはイディッシュ語を話し、私の父は割礼を受けている）。

アルディ夫人は続ける。

――マルセルは面白い子でしたね。どこへでも行って、何にでも興味を持っていました。シュザンヌのほうは、もう少し年長だったかしら。

私は、ブルターニュのクルトゥという名前のすべての人に手紙を書くよう、父を急き立てる。数日後、クルトゥ夫妻の孫、ミレーユから電話が入る。一九四四年の生まれである。彼女の母はクルトゥ夫妻の息子の妻で、住んでいたロリアンが絶えず爆撃されていたために、妹と一緒にリュイトレに避難していた。クルトゥ夫妻はすでに引退した労働者であり、かつて妻は製靴工場で、夫はフジェール・クリスタルというガラス工場で働いていた。彼らは牝牛を一頭持ち、豚やめんどり、ウサギなども飼い、菜園を二面耕している。一つは中庭の奥にあり、もう一つは家から二〇メートル先、街道の向こう側である。ミレーユは家の様子を父に描き出す。父は完璧に覚えている。大きな部屋、暖炉の両側にクルトゥ夫妻のベッドと子供たちのベッド。一九五〇年代、ミレーユはいつもこの祖父母の家でバカンスを過ごしている。かつて豚が飼われていたところには、馬の毛を詰めた木馬が置かれていて、触ることは許されない。それはシュザンヌとマルセルのものなのだ。クルトゥ夫妻はよく彼らの話をしている。今はどこにいるんだろう？ 元気にしているんだろうか？ 解放の時に彼らを迎えに来たのはどういう組織なんだろう？ 元ガラス工であるクルトゥ爺さんは病気で寝たきりになる。妻が家で面倒をみる。彼女は夫が死んでからは、土地の踏切番の代わりをしたり、あちらこちらで縫物の仕事をしたりしながら細々と暮らす。シュザンヌとマルセルの思い出は家族の中にずっと続いている。クルトゥ夫妻の子供たちは、両親が亡くなって何年も経った後、「今あの人はどこに」という番組で呼びかけることに決める。彼らは登録されるものの、番組は彼らが参加できる前に終了となってしまう。

一年半後、私たちはラ・セラン・リュイトレにアルディ夫人を訪問する。パリからラヴァルまでTGV、それからバス。フジェールで両親と待ち合わせ、ヴィクトル・ユゴー劇場の隣にあるクレープ・レストランで昼食をとり、その後、村へ向かう。生垣田園地《ボカージュ》の中に埋もれている。突然、父は車を止める。クルトゥ夫妻の家を見つけたのだ。一九六〇年代半ば、コンスタンとアネットとともに一度戻ったことがある（すでにクルトゥ夫妻は亡くなっていた）ので一層たやすい。以前のように今日も同じ感動が起こる。断片が突然再びくっつき、影像が活気づく。「たぶんそれは混乱した子供時代の特性なんだろう。自分の思い出を自分以外には誰も認めることができない以上、思い出は具象化される必要があるんだ。」家の前でカーブする街道、窓の上の石組み、屋根と木の作り出す特別な角度、牧草地へと深まっていく畑。こうした物のおかげで、父の思い出は本物となり、確実なものの位置にまで上がる。そう、だから、すべては本当だったんだ。すべて本当に起こったことなんだ。

猫が一匹いるだけで、人の姿はまったくない。大きな石でできた、スレートぶきの屋根の建物は安心感を抱かせる。かなり改修されているが、父がリュイトレに滞在した時から持っている四枚の写真のおかげでそれとわかる。そのうちの三枚は家の右端の、街道沿いで撮られたもので、シュザンヌとマルセルは、クルトゥ氏、クルトゥ夫人、そして二人の女性（その一人がクルトゥ夫妻の息子の妻）と一緒に写っている。家のドアと窓が見える。その周囲はレンガと切石を交互にはめ込んだ装飾が施されている。今日そのドアは窓になり、窓はドアになった。しかし往時の配置を苦もなく再構成できる。家の左端のもう一つのドアの上には、カーテンのかかる四角い窓があり、整備された屋根裏部屋に光が入り込む（後でアルディ夫人が教えてくれたところでは、そこはかつて干し草の投入口であった）。中庭は、奥でニオイヒバの生垣で閉じられ、かつて菜園と鶏舎があった場所を隠している。その向こうには、白い花の一群に牧草地が輝き、牝牛たちが平和に草を食んでいる。その花々のところには小川が流れていることを父は覚えている。さらに向こうには木々のカーテンが立ち並んでいて、川があることがわかる。おそらくクエノン川であろう。ブルターニュとノルマンディの自然境界である。

私たちは再び街道を行く。四枚目の写真が撮られたのはこの場所だ。傾いた木製の柵の前で、子供たちは小さな椅子に腰かけている――シュザンヌはマルセルの膝の上に座り彼の首のまわりに腕を回している。一緒にいる白いバセット・ハウンドがシュザンヌのほうに物欲しげに鼻を向けている（「それはピラムよ！」、クルトゥ夫妻の孫娘ミレーユは写真を見つけて声を上げる）。今日、その柵はなくなってしまったが、街道の端や背景の草深い土手は変わっていない。私たちはリュイトレの役場で止まり、私はそこで保存公文書を見せてもらう。三階に正しく保管され、丁寧に分類されている。里親記録簿、里親手帳、乳児保護制度には、子供たちの名前もクルトゥ夫妻の名前もまったく出てこない。逆に、記載されていたら驚きだったろう。一九四三年、いったい誰がユダヤ人の子供たちを預かっていると公言しようなどと考えただろうか。配給切符についても何も書かれていない。

鉄柵は開いている。納屋の中に繋がれた犬が、私たちが通ると吠える。中庭を突っ切る。そこは花にあふれた菜園がほとんどを占めていて、キュウリ、ジャガイモ、インゲン、キャベツ、タマネギ、ズッキーニなどがたくさんある。開いていているドアをノックした後、私たちはおずおずと中に入る。「どうぞお掛け下さい！」アルディ夫人は陽気に声をかけてくれた後で、ピーナッツとともに桃の葉ワインでもてなしてくれる。快活で温かい老婦人である。髪は雪のように真っ白で、大きな鉄製の眼鏡をかけている。彼女はrを巻き舌で発音し、牝牛や仔牛について話をする時には、下品な言葉を言ってしまったかのように、「皆さんに敬意を払っておりますが」と付け加える。家の内部は戦争以来変わってはいない。花柄の壁紙、テーブルクロスのかけられたテーブル、換気管のついた琺瑯製の巨大なレンジ、初聖体の時の写真と花嫁冠（一九〇七年に結婚した彼女の母親のもの）が飾られた食器棚、磁器製品や青いいぶしガラスの石油ランプが居並ぶ暖炉。

クルトゥ夫妻は善良で献身的な人たちである。戦争中彼らはフジェールやこの地方の避難者を受け入れている。家の後ろの貯蔵蔵には、至る所ベッドが置かれている。戦略上重要な港湾都市であったロリアンは、一九四〇年八月二二日以降英国空軍に爆撃され、一九四二年秋と四三年一月には別の空爆も被っている。水道、ガス、電気は止まり、学校は一九四三年一月中旬に閉まり、三万人近くのロリアン住民が町を離れる[10]。フジェールから避難してきた肉屋は、彼のところに連れて来られる仔牛を屠り（「豚はだめだ、音が出すぎる」)、闇市に肉を流す。小さいマルセルはその仕事ぶりを見ているが、シュザンヌは叫び声や血が怖くて、クルトゥ夫人と家に残っているほうがいい。肉屋は二人が健康でいられるよう肉をくれる。国中が物資の不足に襲われている文脈の中で、それは貴重な同情的行為である(一九四一年一〇月以降、肉の配給量は週百グラムに定められ、しかも品質は悪い)。リュイトレでは救急車を別にすれば、たった一台の車だけがガソリンを使う権利がある。それは村長、誇り高く尊大な「伯爵様」の車である。子供も大人も木靴を履き、冬には中敷きをつける。

クルトゥ夫妻はシュザンヌとマルセルに愛着を抱いている。解放の時、彼らは二人を置いておく希望を持っているが、不可能である。彼らは貧しく、すでに年老いている。それにあの組織の問題がある。子供たちはいつ頃出て行くのだろうか。クルトゥ夫妻の孫であるミレーユは、一九四四年一月二日に生まれた。彼女には一つ傷跡があり、シュザンヌが見ていると思われていたが、ミレーユは梯子から落ちてしまったのだ。彼女は九か月で歩いたとのことであり、そこから、出発は一九四四年九月以降のことだろうと考えられる。アムロ委員会の最後の支払いは八月二日である。委員会の保存資料には、一九四四年一一月二日という日付に会計に関する一行が走り書きされている。「ヤブウォンカ協力費用(旅費)、一二二フラン。」[11] したがって、子供たちは一九四三年五月から一九四四年一一月まで一年半、リュイトレにとどまったのであろう。

私の父はクルトゥ夫妻の家の前で撮られたあの四枚の写真をクリアポケットから取り出す。シュザンヌは五歳の美しい少女である。栗色の髪はよく梳かされ、髪留めでまとめられている。彼女は閉じたワンピースとでも呼べるような変わったつなぎを着ている。ノースリーブの上部はウエストの下まで続き、下は膨らんだショートパンツになっていて、全体は白い花柄の軽い生地でできている。私の父は刺繡のあるスモック＝ショートパンツを身に着けて、少女のような服装である。髪はぼさぼさで——池の写真の中のあの美しい長い巻き毛とはまったくつながらない——、やや汚ならしく、スモックは染みだらけだ。子供たちは木靴ではなくサンダルを履いている。写真の中で、クルトゥ爺さんはカンカン帽をかぶり、汚れたズボンをサスペンダーで留めている。彼は両手に子供を抱えて（私の父の背丈は、太ももの半ばにかろうじて届くくらいである）、幸せそうだ。別の写真では、クルトゥ夫人は黒の長いラシャ地のワンピースを着て、暑さで倒れそうである。彼女は顔をしかめ、子供たちは半ばもがきながら目を閉じている。この写真ではみんな不機嫌そうだが、おそらく太陽光線のせいだろう。私の父はプローがその写真を撮ったのだと確信している。彼の写真機はパリで、池の前ですでに使われていた。確実なことは、コンスタンとプローは少なくとも一度ここに来ているということだ。アムロ委員会のソーシャルワーカーたちは村々に隠された子供たちを訪問するためにフランスを回っているが、すべてうまくいっているか見届けるためにリュイトレにやって来たのはこのアナーキストのゴイたちなのである。太陽、サンダル、カンカン帽、ワンピース＝ショートパンツ。一九四四年夏のことだろう。

こうした写真を見ると、子供たちは健康そうで、よく面倒をみてもらっているように見える。しかしそれは何の意味もないことだ。一斉検挙を逃れ、お母さんと一緒にパリを端まで逃げ、私物は何も持たずにその晩緊急に引っ越し、両親が悲嘆と懊悩の中に生き延びるのを見、その彼らをいきなり失い、人手から人手に渡されて知らない人の家にたどり着く。ここには、生涯にわたり人を壊してしまうものがある。しかしこれもまた何の意味もないことだ。シュザンヌもマルセルも、彼らの頭上に降りかかったばかりの大惨事を理解することはできないからであり、いずれにしても、子供の目には最悪の残虐さでも自然の成り行きのように映ずる。両親がいなくなってしまった後でウクライナの森をさまようアハロン・アッペルフェルドの本が語っているように。もしシュザンヌとマルセルが何か理解するとすれば、「ショアーの子供たち」の明晰さによってではないことは確かで、むしろ、アムロ委員会のソーシャルワーカーによってラ・ヴァレンヌの孤児院に連れて行かれたあの三歳の女の子のようにだ。この子は体を洗ってもらい髪を梳かしてもらうと、ソーシャルワーカーの首に抱きつく。「私のお母さんになってくれる？　だって、私、もうお母さんいないんだもん。」[12]私のいとこが語ってくれたところによると、シュザンヌは一匹の豚に自分の愛情を傾け、自分のものにして育てている。

こうして、シュザンヌとマルセルはリュイトレの退職者夫婦とともに平穏な生活を送っている。このユダヤ移民の子供たち、メニルモンタンのイディッシュ世界から来た幼子たちは、めんどりやウサギの間でブルターニュの子供たちの生活に挑戦している。私の父はこの時期について、ヴェル・ディーヴの一斉検挙のイメージ＝印象よりもはるかにはっきりとした思い出を保持している。

――庭の奥には川が流れている。クルトゥ夫人は子供たちにその川を渡らせる。彼女はそこで洗濯もする。戦後、先生が授業で川や蛇行、水域や流量の話をする時、父の頭に浮かぶのはこの川である。一九六〇年代コンスタンとアネットとともにリュイトレに戻った時、彼は子供時代のこの川を見つけようとした。唖然とする。家から百歩ほどのところで、草がどうということもない小川で濡れているのだ。クルトゥ夫妻の孫ミレーユは、庭には実際小川があったけれども、耕地整理で外になってしまったのだと確証してくれる。遠くに、マルグリットや白水仙の間を小川が流れているのがわかる。家から一キロ先には本当の川が流れている。それはクエノン川だ。

――街道の向こう側、隣の農家が脱穀機を持っている。彼はおそらく自分の父がウパトリア小路でミシンで働くのを見ていたので、大量の小麦を与えられる鉄の怪物の前でじっと動かない。シリンダー、ピストン、ベルトが動き出し、人間が梯子の上からその動きを監視し、ほこりの雲が機械から漏れ出して来る。すべては揺れ、軋み、あえいでいる。ある日彼は泣いている。サイレンを鳴らす瞬間を見損なったのだ。コンスタンとアネットと旅行した時、父はその場面を近所の人に語り、その人は確証してくれる。ブルターニュの農村では二〇世紀前半、機械化の歩みは非常に遅く、一九四〇年代、脱穀機は本当に呼び物であった。

――掘っ立て小屋の中の便所、中庭の奥の生垣。父は「生垣《エ》」という言葉を学ぶ（父はここでフランス語それ自体を学んだのだ、と私は思う）。彼はまた、蝶結びをするのも学んでいる（靴で？　木靴で？　サンダルで？　謎は深まる）。清潔、語彙、日常の動作。基本的なことを学習する年齢である。

――マルセルは食事の時に水を飲んだことでびんたをもらう。父が姉から聞いた別の思い出がある（「私より彼女のほうがよく覚えている唯一のことだ」）。二人は牧草地に牝牛を連れて行くことを任せられていたが、途中で牝牛を見失ってしまい、教会の鐘を鳴らしてもらったことがある。「牝牛の原」は、農村の子供たちの教育にとって優れた古典である。

――暖炉の前でお祈りを唱える。教会に行く。ミサを非常に細かく覚えている。マルセルは典礼に強い印象を受けるものの、完全に当惑する。立ち上がり、座り、また立ち上がり、また座らなければならないが、いつやればいいのかまったくわからない。父はその思い出をミレーユに語る。「もちろんよ」と彼女は答える。クルトゥ夫人は宗儀をしっかりと守る人で、ミレーユも子供の時、バカンスの間教会に行かなければならない。歩いて行くのだが、かなり遠い。公的支援が児童を預ける里親とまったく同じように、クルトゥ夫妻も教育上の役割を果たすよう心掛けている。その内容は、禁止事項を定め、また蝶結びやお祈りなど基本の教育を施すことである。要するに、一九世紀と同様、一九四三年に親代わりという役割を十分に果たすには、子供たちを叱責し、模範を示すことができなければならない。愛情はあってもなくてもいい（クルトゥ夫妻の場合には、それはあまり欠けてはいないように見える）。ところでブルターニュは、戦争の間、宗教的に新たな盛り上がりを経験し、それは社会性の源泉となるとともに、集団的贖罪でもある。[13]したがって、ミサに熱心に通うことには、ユダヤ人の孤児を改宗させようという意志が現れているわけではない、と私は考える。それでももちろん、子供たちに安全を確保するために、あるいはフィナリー家の子供たち[2]の場合のように魂を神に向かわせるために、カトリックはフランス中で洗礼を受けさせている。[14]

——マルセルはベッドの中にいる。家の中は何か騒がしい。大人たちは「森の中の愛国者たち」の話をしている。誰かが大きなパンの中に穴をあけてひと瓶隠す。アルコールか？　ガソリンか？　伝達手段か？　一九四三年以降、ブルターニュ中でレジスタンス集団が増加している。パルソン組織は最も重要なものの一つで、ドイツの通信をかく乱し、港を孤立させることに努めている。一九四三年七月から一二月にかけて、イレ・ヴィレーヌ県には、武器や爆薬がパラシュートで八回投下されている。一九四三年末、最初のマキ[3]が県内に作られる。[15]小さくて機動性のある、ブルアランのグループもその一つである。レジスタンス活動家たちは、リュイトレから遠くない、マイエンヌにあるエルネの森で、初期ゴーリストであるル・ドネ夫妻の指揮下に活動している。子供は眠っていると思われているので、この場面はいっそう謎めいており、興奮させる。父のこの思い出の断片から、クルトゥ夫妻はユダヤ人の子供を隠すことだけに満足していたわけではなく、地域のマキ組織と多かれ少なかれつながりを持っていたと考えることができる。

実際、想像されることとは違い、シュザンヌとマルセルはパリを離れることで戦争を逃れたわけではなかった。まず、リュイトレではあらゆるものが不足している。子供たちに服を着せ、彼らの服を洗って繕い、冬用の温かい服を見つけなければならない。また、食べさせ、フジェールの人の良い肉屋のくれるばら肉のほかにも与えなければならない。病気になれば看病しなければならない。家を暖房しなければならない（イギリスからの石炭の輸入は途絶え、フランス南部から輸送せざるをえない）。アムロ委員会のお金はコンスタンとクルトゥ夫妻の間でどのように渡されているのか。十分な支払いが行われているのか。おそらくそうではあるまい。アルディ夫人の語るところによると、ある日、クルトゥ爺さんは、「ユダヤ人の子供二人のために」食料配給券を役場に申請に行く。

——あっそう、村にユダヤ人がいるんですか、と役場の事務官は興味深げに答える。

クルトゥ氏はすぐに訂正し、踵を返す。村では言葉に注意しなくてはいけない。村長、あの伯爵はガソリンが決して不足したことがない。まったく信用が置けない。村ではBという男ものさばっていて、みんなこの民兵を怖がっている。ある日、レジスタンスの奴らがめんどりを盗んだと農夫がこぼす。写真屋の息子がそれを全部Bに話しに行き、Bはドイツ軍司令部へ通報する。レジスタンス活動家が一人殺される。Bはリュイトレ村のラ・ブルビチエールに住んでいる。ヴィトレの次に列車が停まるところである。

アルディ夫人は桃の葉ワインをまた注ぎながら物思わしげにこの食料配給券の話を終える。これを聞くと、プローが賞賛して語る、ある場面を考えざるをえず、今一度コンスタンの力強さが明らかになる。おそらく一九四四年夏、コンスタンとプローは子供たちのところを訪れた機会に、リュイトレの役場に立ち寄る。事務官はテーブルについていて、ベレー帽をかぶったままスープを飲んでいる。コンスタンはシュザンヌとマルセルのために配給券を出すよう求める。男はぼんやりと鼻を上げ、「今は戦争中」だから不可能だと答え、舌を鳴らしながらまたスープを飲み始める。コンスタンは近づき、その男のベレーに平手打ちを加え、部屋の向こう端まで飛ばしてしまう。

――いつから子供たちに戦争やってんだよ。それに、食べる時は帽子を脱ぐもんだぜ！

プローの話はそこで終わるが、役場の男は肩幅のがっしりしたこのパリっ子に震え上がったけれども配給券は渡さなかったと考えられる。クルトゥ氏が自分の失敗を語ったので、コンスタンは写真撮影の後、プローと役場に押しかけたのだろうか。この場面はおそらくノルマンディ上陸の時期、一九四四年六月六日と九日のフジェール爆撃後のことだろう。コンスタンはフジェールに避難しているアネットのところへ行くために自転車でパリを離れている。フランス民兵隊はその頃はもうさほど怖れるには足りないのだ。

いずれにしても、ブルターニュの田園は平和を貪るような状況とはまるで違う。私はこの研究に取り掛かった時、シュザンヌとマルセルはクルトゥ夫妻の孫か、里親のところにいる「パリの子供たち」になっていたのだろうと思っていた。しかしリュイトレに民兵Bが存在することで、様相はまるで変わってしまう。実際のところ子供たちは安全ではない。クルトゥ夫妻はユダヤ人の子供を家に置いていることをわかっており、村でもそれは知られているに違いない。ここはシャトーメイヤンほどいい環境とは思えないし、イレ・ヴィレーヌ県にはリコルド氏のような人はいない。田舎に隠されたユダヤ人の子供たちを見守っている、あのサルト県の教師はいないのだ。私の父と伯母を救うには、三つのレジスタンスの結合が必要であった。パリのアナーキスト社会とブルターニュの田園地帯の労働者＝農民、それに非合法のユダヤ委員会である。そしてこれ以前にも、多くの連帯のおかげで、マテスは一九四〇年九月ヴィシーの鉄条網を脱出でき、一九四一年八月一斉検挙を逃れてウパトリア小路に隠れることができた。また、ヴェル・ディーヴの一斉検挙の後では、家族全員が安全なところに住むことができ、両親の逮捕後、子供たちは田舎に行くことができたのである。労働証明書を書いてくれた人もいれば、部屋を借り、ユダヤ人レジスタンスとコンタクトをとってくれた人もいる。死の危険の中、子供たちを送り届けてくれた人もいれば、一年半にわたりその子供たちを農家に受け入れてくれた人もいる。パルチェフからリュイトレまで、シャトーメイヤンからサンタントナンまで、メニルモンタンからフジェールまで、職人たちのインターナショナルが、馬具職人、仕立て職人、皮革裁断職人の大家族が、二〇世紀のある場面で、すなわち一九三〇年から一九四五年にかけて、ヨーロッパのヒューマニズムの最高の価値を守ったのである。こうした匿名のすべての〈正しき人たち〉はすでに亡くなり、今はいかなる話も、いかなるプレートも彼らの勇気を思い出させるものはない。私は、プロー、コンスタン、アネットを、大人になった今の目で見ることができたらと思う。彼らの農民なまり、パリっ子なまり、イディッシュなまりが流れるのをあらためて聞くことができたらと思う。一〇歳の私にはいい感じはしなかった彼らのぶっきらぼうなユーモア、また、ブルジョワ的しきたりへの軽蔑、嘲弄的な態度、喧嘩っ早さ、高潔さ、こうしたことはどれも、あらゆる種類の危険を前に、躊躇することなく尻込みすることなく、可哀そうな人たちを助け、その子供たちの命を救った事実と無関係ではない。お金や勲章をもらうためではなく、当然のことをしようとしただけなのであった。

レンヌへの出張の折、私は県立公文書館に急いで立ち寄り、民兵Bと密告者である写真屋の息子についてもう少し調べてみる。二人とも一九四四年イレ・ヴィレーヌ裁判所で裁かれていた。以下が詳細である。

一九四四年六月初め、イギリスがパラシュートで落下させたものを回収するために、ラルシャン近くのフォレ・ノワールにレジスタンス活動家が派遣される。ある土曜日、彼らは武装してラルシャンの農家を訪れ、リンゴ酒を買う。翌日、彼らは再びその農家に行き、前日薪を二束取ったので、その補償をしたいと告げる。農夫は拒否する。数時間後、農夫はリュイトレに行き家族写真を撮ってもらう。ミサの前にいろいろ話をする中、農夫と写真屋の一八歳の息子は、フォレ・ノワールが「完全にテロリストたち」に押さえられていることを憲兵隊に知らせるべきだという意見になる。そうこうしているうちに、Bがやって来る。彼はラ・ブルビチエールに住む休暇中の民兵で、妻がそこに避難しに来ていた。森にレジスタンス活動家がいるのか？　彼は上官に電話して指令を求める。写真屋の息子の情報のおかげで、Bは「保安部隊」とともにラルシャンに赴く。民兵たちは森に入り、銃撃戦が起こる。レジスタンス側は、重傷を負った一人がその場でとどめをさされ、二人が捕まり、ほかの二人は逃げるのに成功する。民兵たちは死体をその場に残し、農夫のところで食事をとる(16)。

　このひどく平凡な話から、占領下のリュイトレは、衝突や、鎮めがたい憎悪、小さな臆病に浸透されていたことが浮かび上がってくる。そこは、ドイツ野郎《ボッシュ》に対独協力者《コラボ》、臆病者や優柔不断な者、興奮した者や苛立った者、それに、恐れを知らない退職者や、子供たちが寝ている時に話題にのぼる「森の中の愛国者」が交錯する影絵の世界である。――あの子供たちはニオイヒバの生垣に守られて、一日中、犬のピラムや豚と遊んでいた。民兵Bと写真屋の息子は解放の時に逮捕される。三二歳の前者は、一九四四年五月にドイツ側に就くことを選んだと述べている。「私は自分が民兵であることを隠してはおらず、制服のまま妻のところにも行き、上官たちの言葉通りに、フランス民兵隊は闇市を取り締まるために警察と働いているのだと言っていました。」一方若者は、自分の無実を弁明しようと試みる。政治的に無知であり、ただ闇市を嫌悪していただけだと強調する。しかし捜査員たちは、アンリヨーやラジオ・パリの「美しい言葉に目がくらみ、ペタン元師の政府に喜んで追従しようとした」狂信者だと述べている(17)。

　自動車修理工場の経営者で、エルネ地方のレジスタンスのリーダー、ル・ドネ夫人は、裁判に向けて共和国検事に宛てて長い報告書を書いている。ユダヤ人を救うことは、占領に抵抗する彼女の闘争の本質的構成要素である。一九四四年一月、彼女は、「強制移送とゲシュタポに脅かされた」九名のユダヤ人を住まわせることを受け入れ、そのうち二人は子供である。荷物を持ったユダヤ人たちをバス停まで迎えに行くが、彼女の「事務所は占領軍兵士でいっぱいである。」エルネとリュイトレの間の小さな村に住む友人の農民たちが、三名を受け入れてくれる。「身分証明書のないユダヤ人という身分」を知ってのことである。ル・ドネ夫人は、「やはりユダヤ人という身分を知っている」農民たちの所有になる小さな家にほかの六名を住まわせる。一九四四年四月一五日、地区の陰謀を「非常に苦労して制圧した」ものの、三名のユダヤ人はほかのユダヤ人と一緒にならざるをえない。一週間に数回、ル・ドネ夫人は彼らにパンと肉を持って行く。最高度の警戒が必要な状況である。「仕事場の入り口に、ある日見張りに立ったドイツ兵はダンツィヒの銀行の支店長ということで六か国語を話す。この兵士が語るところによると、以前昼食を賭けてユダヤ人を五人殺すと言い、なんと実際にその賭けを行ったのだ！」逮捕が続いたために、ル・ドネ夫妻は四人の子供を連れて家を出て、友人の農民のところに避難しなければならなくなる。夫人は連携担当になり、一九四四年八月、エルネ地区レジスタンスのリーダーの資格で、写真屋の息子を逮捕する。[18] エピローグ。この若者は強制労働二年に処せられる。ラルシャンの農夫は喉にナイフを突き刺した後、無罪を宣告される。民兵Bは軍事法廷で死刑を宣告され、一九四四年一一月二四日処刑される。

この頃、ブルターニュはすでに数か月前から解放されている。八月三日アメリカ軍がフジェールに入る。当時一六歳のある若者はよく覚えている。「翌日からは、アメリカ軍の隊列がフジェールを通って行った。戦車や新品の機材を持ち、装備が非常に整っていた。またとても気前がよく、通って行く時、たばこやチューイングガムをくれた。彼らは本当に何でもふんだんに持っていて、コーヒーもあった。私たちは四年前から飲んだことがなかった。[19]」アメリカ軍は八月四日頃リュイトレにいる。私の父の最後から二番目の記憶はこうである。「自分は誰かの肩に乗っかっている。すごい人だかり。歓喜の印象。後で（あるいは別の日）踏切のところで列車が停まり、中から兵士たちが小包を投げてくれる。」喜びにあふれているが、あらゆる種類の欠乏に依然苦しむ農民たちに、アメリカの解放軍は物資の供給にやって来ている。アルディ夫人によれば、この場面は「マイェンヌの支線」にあるラルー停車場でしか起こりえない。アルディ夫人にすべてのことについて感謝し、また最後に再びその菜園に驚いた後で、私たちは旧線路を歩きに行く。今はがっしりした盛土の上のまっすぐな道であり、田園を見渡せる。踏切番の小さな家はずっと残っているが、今はバスの停車場になっている。レールも踏切もなく、列車もなく、それを取り巻く人々もいないので、群衆に物資を投げるアメリカ兵の姿を想像することは難しい。一九四四年一一月末、シュザンヌとマルセルがソーシャルワーカーに連れられて列車に乗るのは、別の路線のラ・ブルビチエール停車場――赤い鎧戸とレンガの屋根の小さな白い家――である。その路線はすでに廃止されている。私たちは藪に覆われたレールに沿って進む。イバラや灌木を押し分けて行くと、大きな錆びた花のように信号標識が現れ出る。

戦争は終わりに近づく。一九四四年春、二百名のユダヤ人が亡霊のようになってパルチェフの森から外に出る。頬はこけ、靴の代わりに腐ったぼろきれを巻いている。フェイゲ・フチュパクは泣きながら自分のシュテトルの通りをさ迷う。ここに両親、兄弟、おばたち、友人たちが住んでいた。今や家は空っぽで、略奪されている。焼かれた家々もある。驚いて怒鳴りつけてくるポーランド人もいる。「何、お前らまだ生きてたのか。」[20]生き延びた人々はどうにかこうにか町の生活に戻るが、しかしそれも一九四六年二月五日のポグロムまでのことである。このポグロムでは、共産主義者とナショナリストの間の内戦を背景に、パルチザンたちはユダヤ人の自警団から武器を取り上げ、家々を略奪し、また、土地の住民や高校生たちも、町に残っている最後のユダヤ人たちを「マキの男たち」が襲撃するのを助けている。三名の死者が出る。生き延びた最後の人たちも国を離れる。

パルチェフから世界中へ散らばっていく。ソ連、イスラエル、カナダ、米国、南アメリカへ。そしてそこで、生きることを学び直す。ヘンニャとマイェルはソヴィエト・ウクライナのコヴェルに避難場所を見つける。ヘルシュルはバクーに落ち着く。ブエノスアイレスでは、シムへとラケルが三人の子供を持つことになる。シムへは屠殺場地区マタデロスに靴屋を開き、家族はその店の中で生活する。大きな部屋をタンスで二つに区切り、一方の側には、陳列棚と靴。シンプルで安価なタイプを並べ、履いてみるための椅子も一、二脚置いてある。客と時間を過ごすためのチェスもここである。反対側には、ベニトと弟のベッド、テーブル、小さな本棚。両親は奥のもう一室で、幼いセリアと一緒に眠る。レイズルとその同棲相手が、社会的圧力とペロンによって与えられる家族手当のためについに結婚することになる時、彼らにはすでに子供が二人いる。婚礼には、アルゼンチン・パルチェフ住民協会の友人たちが集まり、明け方まで、飲み、歌い、踊る。しかし誰もみな、心の奥に亡き人たちへの思いを秘めている。シュロイメとタウバ、ギトラと異母兄弟たち、マテスとイデサ。そしてまた向こう、フランスに二人だけで生きているシュザンヌとマルセルのことを思う。

パリでもまた、生活はリズムを取り戻す。ベルヴィル、メニルモンタン、マレのユダヤ人は縫い付けた星を外す。ホテル・リュテシアの正面に取り付けられたプレートにはこう書かれている。「一九四五年四月から八月まで、当時受け入れセンターとなったこのホテルには、ナチの強制収容所から生還した大部分の人たちが受け入れられた。再び自由を得て、引き裂かれていた愛しい人たちと再会して幸せであった。しかしその喜びも、亡くなった多数の人たちの家族の懊悩と痛みを消すことはできなかった。家族はこの場所で空しく待ち続けたのであった。」ウパトリア小路は依然として暗く汚い。死の行進の後収容されていたベルゲン・ベルゼンから解放されて、マリアは自分の仕立ての仕事場に戻り、サラはエレーヌ・ブッシェ高校の一年生に入る。モイーズはボヘミアンの生活をまた始める。オドリジンスキ夫妻は息子を手元に取り戻し、エルプスト夫人も二人の息子と生活を再開する。ドイツの捕虜収容所から戻った作家シュレヴィンはサルト県に隠されていた息子を抱き上げに行く。彼はフレイドケと別れた後再婚し、ベルヴィルに引っ越して、イディッシュ語雑誌に書き始める。コンスタンとアネットはずっとサン・モール通り一〇六番地に住み続けている。コンスタンは皮革業の仕事場で働き、アネットは幼い娘の世話をする。フリメ、スロウル、ディナ、このイタリア大通りの毛皮職人トリオは、戦争中を過ごしたパミエから戻る。彼らはまずコンスタンとアネットの家に住み、その間に落ち着き先を見つけ、奪われたアパルトマンを取り戻すための手続きに取りかかる。みんな仕事を再開する。ハサミを持って、かがり機の後ろで。十本の指と勇気をもって、まずまずの生活費を稼ぐことができるのだ。

私に証人となってくれる世代も次々と生まれる。コヴェルではタマラ、ブエノスアイレスではセリア。セルジュは一九四六年、オーギュスト・メチヴィエ広場に住む金物店労働者レモン・ギャルドブレッドを父とし、デンボヴァ・クウォダのお針子ギトラ・レシュチを母として生まれる。ギトラの指はかつて拷問を受けて麻痺してしまっている——パリ地方にある病院の老人病専門棟の部屋で私のセーターの穴を押し広げようとした、あの幽霊のような指である。一九四七年、パルチェフの元共産主義者フィシュマン夫妻アブラムとマルカはコレットの幸福な両親となる。コレットは一九七〇年代末、母親と一緒にシュテトルを訪ね歩いた時のことを私に語ってくれる。また母親の子供時代、ポーランド学校、ドイツ語の授業、反ユダヤ主義の暴言、KZMPでの地下生活についても話してくれる。「茫々に生える草のような」詩人シュルステインと離婚した美しいハンナは、アウシュヴィッツからの生還者と再婚する。靴直しの職人で、ユダヤ民衆コーラスのソリストである。この二人からジネットが生まれる。ブリ地方の真っ只中、改装した農家の暖炉の前で、母親とシュルステインが干し草の中で優しく絡まり、とても美しく、とても幸せだった写真を私に見せてくれる。東欧ユダヤ人はもう望ましくない存在ではない。シュナイデル家もズロタゴラ家もカシェマヘル家も、パルチェフからの移民はみな、書類を集めてフランス国籍を申請──そして取得──する。イツェク・シュナイデル、服の裏にペンキの染みがあったあの人、ワルシャワのフランス領事によればとりわけのクズも、一九四七年に帰化している。世界はなんて単純で美しいことか！

9　世界の向こう側へ

第四九番強制移送列車は、一九四三年三月二日の朝、ブルジェ・ドランシー駅を離れる。国境のノヴェアン・シュル・モゼールで、フランスの憲兵隊はドイツの同僚に交代し、引き返す。列車は一晩中走る。三日の日中、その夜、さらに四日の日中、夕方までずっと走り続ける。したがって強制移送者たちは、六〇時間、封印された貨車の中で運ばれる。暗闇と汚い空気の中に詰め込まれ、食べることも飲むこともなく、横になることもできず、トイレとしては、七〇名か八〇名にたった一つ桶があるだけである。第四九番列車に載せられたのは大部分が年配の人たちで、中には非常に高齢の人もいたので、瀕死の人たちが床のあちこちに倒れていたのではないかと推測できる（ドランシー出発時には千名であったが、到着した時は九九三名になっている）。

しかしこうしたことはすべてどうということもないのだろう、と私は思う。自分の内奥に潜み、夜を引き裂き、周囲がまどろむ中突然叫びたくなる、引き剝がされる感覚に比べては。子供、家族、友達、自分の名前を知っている人、自分のことを見たことがある人、生活していた部屋、ベッド、ミシン、日々の活動、こうした一切が、列車が揺れるたびに遠ざかり、逃げていく。それらはもう自分のかつての生に属している。自分は今、執行猶予の体がいくつも雑然と積み重なる中にたった一人。向こう側へ来てしまい、起き、働き、明日のことを思って眠りに就く人々の生きている世界には自分はもう属してはいないという不幸と苦しみ。その時、身体的苦痛が支えとなる。「移送の間、そしてその後で、底のない絶望の中に落ちることを妨げてくれたのは、まさにその欠乏、打撃、寒さ、喉の渇きであった」と一年後の一九四四年二月、フォッソーリ収容所から強制移送されたプリーモ・レーヴィは書いている。知り合いでもなく、ただ一緒に強制移送されていることを除けば互いに何の関係もない人たちの間で、声を張り上げる喧嘩も起こる。皆が神経をぴりぴりさせ、肘で突っついてくる人もいる、ともレーヴィは書いている(1)。そして移送は続く。板の隙間や天窓を通して、マテスとイデサは風景や駅や村や森が流れていくのを見る。今、列車は夜の平原を走っている。寒さの匂いが鼻を刺す。列車はスピードを落とす。

一九四二年八月から四三年六月までアウシュヴィッツで衣類の選別の仕事に充てられていたスロヴァキア系ユダヤ人ルドルフ・ヴルバは、移送列車が到着する夜の光景を次のように描き出している。目を眩ませるほどの投光器の下、武器を手にしたナチ親衛隊がユーデンランペ(*Judenrampe*)に整列する。列車が静止する。扉が大きな音を立てて開けられる。強制移送者たちはよくわからないまま、目を凝らしている。また停まっただけなのか、それとも移送が終わったのか? 怒鳴り声が響く。「全員、外へ《アレ・ヘラウス》出ろ! ぐずぐずするな《ロース・ロース》!」。武器を持ち犬を引いた親衛隊が一メートルおきに並んでいる。その後ろには、縞のパジャマを着た男たちがいる。こん棒の打撃と罵倒の言葉が襲いかかる(時折、「こんにちは、奥様。どうぞお降り下さい」とふざけている言葉も聞こえる(2))。七二歳のアンナ・シュヴァルツが貨車から降りるのを誰が手伝うのか。カガンの子供たちはどういう状態なのか。私の祖父母はずっと一緒にいるのか。近親者がどこにいるか探す。荷物をその場に残すよう命令が下る。ランペはスーツケース、ハンドバック、様々な家庭用品でいっぱいになり、ルドルフ・ヴルバたちはそれらを集めて回る。強制移送者たちは恐れ慄き、疲労困憊し、空腹と喉の渇きはもう限界であり、それに、排泄物で汚れている。彼らはこうして解読できない世界へと追い立てられていく。ランペの端まで来ると、ドイツの将校が、並ぶべき列を示す。お前は右、お前は左。

アウシュヴィッツ司令官ルドルフ・ヘスが説明しているように、選別は様々な混乱を生み出す。夫と妻、母と子供を引き離すと強制移送者たちの間に不安が広がる。「家族はあらゆる手段を尽くして一緒にいようとした。」急いで後ろに戻って来る者もあれば、近親者とくっつこうと試みる者もあり、こうした混乱により選別作業は遅れる。[3] 第四九番列車の場合、大部分が年配の人々、病人、移送によりトラウマを負った人々で構成されており、おそらく通常以上に長くかかったことだろうし、親衛隊はこの全体を安心させるためにいろいろな策略も用いたことだろう。トラックが到着し、二列の集団を回収して、闇の中に消えていく。

アウシュヴィッツ博物館は次のような数字を教えてくれる。一九四三年三月四日の晩に第四九番列車から降ろされた九九三名のうち、男性百名と女性一九名が選別され、残り八七四名はただちにガス殺された。[4] この八七四名は収容所の中に入ってはいない。ユーデンランペとガス室はその外部に設置されているので、彼らにとってアウシュヴィッツは、ただ殺害されるだけに降りた、鉄道の終着駅である。

私たちはマテスが到着時にガス殺されなかったことを知っている。歴史上の真実を語ることには意味がある。真実は存在し、私たちはそれを見出しており、私はその確実さを大切に思っている。私たちの第一の証拠は、マテスとイデサと同じく第四九番列車によって強制移送されたハイム・ヘルマンが一九四四年一一月六日に書き、処刑される数日前にビルケナウ第二死体焼却棟（*Krematorium*）の近くに埋める手紙である。この「最後のお別れ」の中で、ヘルマンは過去の口論を妻に謝り、再婚するよう強く勧めている。この手紙はほとんど信じがたいほどに優れた死後証言であり、深く心を揺さぶられる。というのも、ハイム・ヘルマンはその中で、ゾンダーコマンド（*Sonderkommando*）、すなわち、死体をガス室から運び出し、焼却炉で燃やすことを担当するユダヤ人収容者「特別班」で過ごした二〇か月を語っているからである。「ダンテの地獄はここの真実に比べると、お話にならないほど馬鹿げたものである。私たちは目撃証人だ。生き残ってはならぬ存在である。」こま切れの文体で、抑えられない苦悩が噴き出す。「今週中に私たちの粛清も行われるらしい。私が今どんな状況で書いているか理解して、私の軽率な文章、私のフランス語を許して欲しい。」ここまで運ばれてきた第四九番列車について、ハイム・ヘルマンはこう書いている。「百名が選別されて収容所の中に降りて行き、私もその一人だった。残りの人たちはガス室送りとなり、焼却炉で焼かれた。翌日、冷たい水風呂に入り、持ち物をすべて剝ぎ取られ（まだつけているベルト以外）、頭も剃られ、口ひげや頰ひげはもちろんだ。偶然であるかのように、有名なゾンダーコマンドに入れられた。[5]」これはアウシュヴィッツ博物館の情報と一致する決定的な情報である。第四九番列車の百名の男性たちは収容所到着時に選別され、ビルケナウの特別班に入れられる。

クラルスフェルドの『メモリアル』の中で、私は第四九番列車の働ける年齢の男性をすべてチェックしてみる。たくさんの老人がいるため、その数はかなり少ない。千名ほどの名前の中で一五歳から五五歳の男性を選び出してみると、一四三名の働き手が得られる。二〇歳から五〇歳の男性に限ると一〇四名になり、ハイム・ヘルマンが書いている数字に近づく。さらに範囲を絞って二〇歳から四五歳の男性だけを残すと、もう七〇名しか残らない。この死の計算から引き出される結論は、三四歳のマテスはハイム・ヘルマンの言う、「選別されて収容所の中に降りて行き」、そして「有名なゾンダーコマンドに」入れられる百名の中にほぼ確実に入っているということである。ビルケナウの超近代的な死体焼却炉四台が作動間近であるこの一九四三年三月四日に、ナチが求める働き盛りの男のタイプそのものなのだ[6]。

こうした男性たちについて、どういうことが私たちにわかっているであろうか。定義してみれば、全員、三月二日にドランシーから強制移送されており、したがって全員フランスで生活していた人たちである。画家ダヴィッド・オレールはこの第四九番列車の中で、生還した稀な一人である。親衛隊はオレールの才能に気がついて、自分たちのところに置いておき、彼らのラブレターに花を描かせたり、ゴシック文字で住所を書かせたりした。彼が戦後描く絵は、死の施設や裸の母子たちの脱衣場、壊れんばかりに詰込まれたガス室の入り口をふさぐ巨漢の親衛隊員などについて非常に正確なイメージを与えてくれる[7]。死体焼却炉近くに埋められた「灰の下」の手記の中には、オレールのほかにもいくつかの名前が現れる。例えば、ハイム・ヘルマン、その友人でトゥルーズの「イスラエリット」商人ダヴィッド・ラハナがいる。ほぼ全員がポーランド系とロシア系のユダヤ人の中で、このイスラエリットは例外的な存在である。また一九四四年一〇月七日に起こるゾンダーコマンドの反乱が、第四九番移送列車の中の二人、ヤンケル・ハンデルスマンとジョゼフ・ドレンブスによって指揮されたことも知られている。戦間期のパリで活動したポーランド人サンディカリストの二人である。

皆同じ世代に属している。ハイム・ヘルマンは一九〇一年生まれ、ダヴィッド・オレールは一九〇二年生まれ、ジョゼフ・ドレンブスとダヴィッド・ラハナは一九〇六年生まれ、ヤンケル・ハンデルスマンは一九〇八年生まれである。つまり、彼らは皆三五歳から四二歳の間である。ガス室送りを免れてそこで働くことになるほかの名前を特定するには、ハイム・ヘルマンによって与えられた数字にほぼ一致する人数になる年齢層（二〇歳から五〇歳まで）を調べればいいだろう。そうすると、一九〇九年に生まれた三四歳のマテスのほか、四二歳のカレル・ソメルと四四歳のザハリ・グルンベルグが見つかる。この人の息子は戦後、『仕事場』と『私の父、その生涯』という、愛とユーモアと記憶の傑作を二冊書いている。[8] 百名の人たちは一〇六〇八八から一〇六一八七までの番号を入れ墨される。ヤンケル・ハンデルスマンは一〇六一一二、ハイム・ヘルマンは一〇六一一三である。ダヴィッド・オレールが戦後描く奴隷たちの前腕には、彼自身の登録番号一〇六一四四が読み取れる。

一九四六年、アネットは、直接は知らないシムへとレイズルに手紙を書いている。この手紙が第二の証拠をもたらしてくれる。私の父はアルゼンチンの旅行からこの思い出の品を持ち帰る。サラがそれを父に翻訳し、私は念のためベルナールに翻訳を点検してもらう。彼は数語を読むと、これがリトアニアと東部ポーランドの標準的イディッシュ語で書かれていると判定する（アネットはパルチェフの東百キロほどのところにあるマロリタの出身である）。

拝啓

マテスは私にお二人の住所を残して行きました。私がお手紙を受け取りましたので、私からお返事を差し上げます。残念なことに、とてもつらいことですが、お伝えできる良い知らせはありません。弟さんとその奥さんの運命は、ほかの何百万人のユダヤ人の運命です。私たちは彼らの愛しい二人の子供を助けるのに成功しました。おそらくお二人も、この子供たちのうちに慰めを見出せることでしょう。私の手紙の中に、この恐ろしい不幸に対する私の最も深い同情の念をどうかお汲み取り下さい。私はマテスの奥さんのいとこです。最後の年月、私たちは弟さんご家族と非常に親しく、仲良く生活しました。ドイツ占領下の最後の年月、彼らの苦しみを共有しました。しかし運命は彼らを守ってはくれませんでした。一九四三年二月二七日［原文ママ］彼らは強制移送されました。いろいろな状況のおかげで、私たちは彼らの子供たちを救い、田舎に隠すことができました。私たちは少なくともマテスが戻ってくるのではないかと期待し続けておりました。というのも、健康で気持ちの強い若者だったからです。しかしとても悲しいことですが、私たちは彼が斃れたことを知りました。彼女については何もわかりませんが、何も期待できません。(9)

この最後の二文から、マテスとイデサは二人とも死んだが、同じようにではない、ということが明らかになる。私は何度かベルナールに繰り返してもらう。「私たちは彼が斃れたことを知りました」、これはたまたま知ったこと、口伝えの情報である。例えば、通りで出会った誰かからか、可能性が非常に高いのはアウシュヴィッツからの生還者から聞いた情報だろう——郵便で届く赤十字の通知とはまったく性質の違うものである。

一九四六年、パリ。イデサもマテスも戻らなかったが、アネットはマテスの死亡について、たとえごくわずかだとしても正確な情報を得ている。言い換えれば、証人がいたのである。アウシュヴィッツの文脈では、個別の死（処刑、心臓へのフェノール注入、チフス、衰弱、自殺）か、ゾンダーコマンドの集団粛清（一九四四年一一月ハイム・ヘルマンが亡くなる場合のように）が考えられる。いずれにしても、誰かが見て、誰かが聞いて、誰かが確かな内容をもたらすことができたのだ。「彼女については何もわかりませんが、何も期待できません。」このまったく否定的な文からは、一つ確かなことが浮かび上がる。イデサはすぐに死んだ、ということである。彼女はユーデンランペに降りて数時間後、ガス室の匿名のカオスの中で消える。そうだとすると、家族に知らせを伝えてくれる証人が誰もいないということの説明がつく。あるいはまた、マテスのように彼女も選抜される。この仮説も十分ありうる。なぜなら、一九名の女性が第四九番列車から選び出されており（登録番号三二二七七から三七二九五まで）[10]、この列車には男性の場合と同様、非常にわずかしか若い女性が乗っていないからである。二〇歳から四〇歳までという非常に狭い年齢層をとるなら、わずか一八名の名前しか残らない。二八歳のイデサは、三三歳のレベッカ・ラハナと同じく収容所に入ることになろう。レベッカ・ラハナは、ゾンダーコマンドに入れられた、トゥルーズで製造所をやっている夫の妻である（ハイム・ヘルマンは手紙の中で、ラハナ夫人は「ここに着いて三週間後に死んだ」と書いている）。私は仮説の中にもう一つ仮説を作ってみる。もしイデサが一九四三年三月四日の晩にガス室で殺害されていないならば、数週間、おそらく数か月生きている。しかしそれ以上ではない。なぜか。もしもっと長く生きていたとしたら、マリアは何らかの形でそのことを知りえただろうからである。

マリアは娘サラとともに、一九四四年五月三〇日の第七五番列車でアウシュヴィッツに強制移送される。ノルマンディ上陸の一週間前である。密告により自宅で逮捕され、ドランシーに収容される。そこでお金や値打ちがあるものすべてを奪われる。出発の夜、魅力的な言葉が降り注ぐ。「今にわかるだろうが、向こうはいいぞ。もうこれまでとは違う。最新の設備があって、電気、洗面所、トイレがついている。特に、技能を持ち、働きたい人たちには、ドランシーよりもはるかにいいだろう。」[11] 五月三〇日、陽を浴びた素晴らしい朝、一六〇〇名の人たちが二〇両ほどの家畜用貨車に詰め込まれる。マリアとサラの最後の手紙はオプティミズムに満ちている。それは列車から投げ捨てられたもので、「この手紙を見つける人」へ向けて、二つの宛先――ブラン・メニルのカルメン・トーレスと、オベルカンプ通りのプローとヤハの住所――が記されている。匿名の人はこの二人の強制移送者を憐れみ、手紙は無事に届く。

親衛隊将校が鞭を手にランペで各強制移送者に合図を出す。右、左、左、右、左、……脱衣、ペンとインクによる入れ墨、シャワー、夜の空を照らし出す煙突の秘密。母と娘は不潔なチュニックを着せられて、肉体労働の作業班《コマンド》に入れられ、土木工事や、道路・鉄道の敷設に使役される。勇気を出すためにサラがエディット・ピアフの歌を思い返すのは、そうした時である。「幸福はきっとあなたに会いに来る／たゆまず待たなければいけない／命ある限り、希望はある／黒い蝶を追い払え。」赤軍が近づくと、彼女たちは死の行進によりベルゲン・ベルゼン収容所へと移される。解放された時、彼女たちはもう体重が三五キロしかない。

私の両親の家で、お茶を飲みながら、私は私の祖母についてサラに尋ねてみる。二八歳でガス室に直接送られることはありうるだろうか？

――もちろん、すべてありうるわ、とサラは言う。けがをしていれば、働けないわ。逮捕の時、彼女は逃げようとして脚を撃たれたのよ。

――誰がそれを語ってくれたの？

――もう覚えてないけど、家族ではそう言ってたわ。

――それを言ったのは、お父さんかな？

――違うわ。私がウパトリア小路の父のところに着いた時、完全に動転していて、「奴らは逮捕した！警官たちの怒鳴り声が聞こえたよ、みんな連れて行かれた！」と私に言ったわ。

私の確信の最後の柱は、私の父が語る、一九八〇年代の話である。マリアは家に夕食に来た時、父にこう言っている。「収容所であんたのお父さんを見たことがある人に会ってみたい？」父はすげなく断る。「いや、興味ない。」マリアは驚くが、とにかく話を続ける。「収容所であんたのお父さんを見たっていう人はマロニット通りの肉屋さんよ。あんたのお父さん、葬儀人夫だったんだって。」父がこのマリアの話とハイム・ヘルマンの手紙とを結びつけるのはずっと後になってのことである。ハイム・ヘルマンも「葬儀人夫」について語っていて、それはドイツ人やゾンダーコマンドのメンバーたち自身があみ出した婉曲語法である。

今日、マリアは亡くなっている。画家ダヴィッド・オレールも第四九番列車のほかの五名の生還者と同様亡くなっている。コンスタンとアネットもいない。「マロニット通りの肉屋さん」については、サラに尋ねるほかはない。その人の名前はニレンベルグである。数年前に亡くなっているが、サラはその娘さんを知っている。一九三六年の人口調査のおかげで、私もこの人に娘が二人いたことはすでにわかっている。

シュロマ・ニレンベルグ、一九〇二年生、ポーランド人、肉屋
＋妻　フラヨラ、一九〇三年生、ポーランド人
＋子供　マリー、一九二七年生
　　　シモン、一九二五年生
　　　セシル、一九三二年生(12)

サラの知り合いはセシルである。私の懇願により、父はロジエ通りの喫茶店でセシルに会い、彼女の父の生涯を語ってもらう。

ニレンベルグは一九二〇年ワルシャワを離れる時、すでに肉屋である。妻とメニルモンタン、マロニット通り二二番地に落ち着く。プレソワール通りとぶつかるところだ。通りにはほかにも肉屋があるが、ど

れもフランス人の店である（この地区のもう一軒のユダヤ人肉屋は、ジュリアン・ラクロワ通りにある）。一九四一年五月、「ミドリ紙」一斉検挙の時にニレンベルグは捕まり、一九四二年七月一七日の第六番列車でアウシュヴィッツへ強制移送される。その強制移送と収容所生活についてはセシルはほとんど何も言うことができない。なぜなら、戦後、彼女の父は語らなかったからである。彼女が知っていることは、父親が収容所の厨房で働いていたこと（生き延びることができた要因）と、一九四三年ゲットーの廃墟を除去するために、生まれ故郷ワルシャワに移されたことだけである。死の行進の間に行われた集団処刑の時、倒れるふりをして、仲間の死体の下で何時間もじっと動かないでいた。いくつかの収容所に入れられた後、一九四五年六月フランスに戻る。妻と三人の子供たちは生きている。彼らは住民の援助でウレ・ロワール県の村に隠れていた。肉屋は再開し、生活が再び始まる。

第一の問い。ニレンベルグは収容所でマテスとただすれ違ったことがあるだけなのか、それとも彼はまたマテスの死を証言しうる証人なのか。イデサについては何も言えないとしても。第二の問い。ニレンベルグは収容所のどこでマテスと出会うのか。彼はゾンダーコマンドとしてある期間ガス室で働いているのか、それともマテスが時々厨房に行っているのか。第三の問い。マリア、マテス、ニレンベルグのつながりはどういうものなのか。以下、ありうるシナリオを考えてみる。マテスとニレンベルグは戦争前からの知り合いである。というのも、一九三八年私の祖父はプレソワール通りに住み、一番近い肉屋はまさにマロニット通り二二番地のニレンベルグの店である。デジレ通りはペール・ラシェーズのほうの別の地区にある。一九四一年八月マテスがメニルモンタンに戻ってウパトリア小路に隠れる時、ニレンベルグはすでに逮捕されている。戦後、マリアは仕事場をウパトリア小路に置き、ニレンベルグの肉屋は一番近い店の一つになる。解放後、マテスの「失踪証書」を入手するために最初の手続きを行うのはマリアであり、一九四五年九月二八日、書類が交付されている。[13] マリア自身強制移送から戻り、至るところでたくさんの人がいなくなっている。生還者に会いに行き、尋ねてみる。「何さんの事情、知ってる。」こういう文脈の中で、マテスとイデサの死は家族にとって確実なことになろう、と私は推測する。マリアはニレンベルグの店に肉を買いに行く、おしゃべりをし、ニュースを交換し、互いの強制移送について触れる。そして、「収容所であんたのお父さんを見たことがある人」ニレンベルグは、マテスの死の状況について直接的にか間接的にか証言する。アネットはいろいろはっきりしない部分があるにもかかわらず、それなりにわかっているので、一九四六年アルゼンチンの家族に宛てて次のように書く。「とても悲しいことですが、私たちは彼が斃れたことを知りました。彼女については何もわかりませんが、何も期待できません。」

　この一九四三年三月四日には、二本の列車がアウシュヴィッツに到着している。ベルリン発の第三三番列車とドランシー発の第四九番列車である。最初の列車には一八八六名のユダヤ人がおり、その中には、二月二七日両親とともにベルリンで逮捕された一二歳の児童マリオン・ザムエルもいる。この列車は一七時二〇分、ベルリン・モアビット駅を出て、翌朝一〇時四八分アウシュヴィッツに到着する。[14] 一方、ハイム・ヘルマンは、彼の列車が「三月二日早朝ドランシーを出て、四日の夕刻ここに着いた。家畜用貨車の中には水もなかった。降りた時、すでに数名が亡くなり、気が狂っていた」と書いている。したがって、二本の列車は六、七時間の間隔でビルケナウに到着している。大量殺害はベルリンからの第三三番列車の移送者に対して正午前に始まる。マリオン・ザムエルの父は七百名以上の強制移送者とともに選別され、入れ墨を入れられて、パジャマと木底靴を受け取る。少女のほうは千名以上の人たちとともに、ユーデンランペから二キロのところにある、白樺の森のはずれの旧農家に設置された第一掩体壕か第二掩体壕でガス殺される。ルドルフ・ヘスの説明によれば、移動と脱衣（掩体壕の近くの小屋の中で）は、「できる限り完全な平静状態のうちに」行われなければならない。「とりわけ、叫び声や混乱があってはならない！」[15]親衛隊はリズムを遅らせる恐れのあるパニック状態を避けるために、懊悩と疲労の極にある人々にふさわしいプログラムを強制移送者たちにこうアナウンスする。木々の間、向こうに見えるあの藁ぶきの家でまず消毒し、次いで全員お茶をもらい、その後で収容所へ入所する。強制移送者たちは脱衣小屋を出て、裸のまま、掩体壕までの百メートルを越える。ダヴィッド・オレールの一枚の絵には、腕を組んで胸を隠して、秋の風景の寒さの中を突っ切って行くこうした母親たちと子供たちが描かれている。

叫び声が止むとすぐ、ゾンダーコマンドの男たちが掩体壕の扉の閂をはずし、犠牲者たちを引き出す前に換気を行う。犠牲者からは金歯も含めあらゆる貴重品が回収される。理容師たちが髪を切る。それから、死体は平たいトロッコに山積みされ、穴に捨てられ、そこで焼かれる。「まず穴の底に太い薪を敷き、その上に、次第に細い薪を十字に重ねていき、最後に乾いた枝をかけました。［……］すべての死体が家から穴まで運び出されてしまうと、［親衛隊の］モルが穴の四隅にガソリンを撒き、ゴム製の櫛に火をつけ、それをガソリンが撒かれた場所に投げました。火が燃え上がり、死体は燃え出しました。[16]」この仕事が始まった頃、夕暮時、すなわちポーランドのあの晩冬の一七時頃、親衛隊は第四九番列車から強制移送者をこん棒で叩き出している。ヤブウォンカ夫妻マテスとイデサ、ハイム・ヘルマン、ダヴィッド・オレール、ラハナ夫妻ダヴィッドとレベッカ、ドレンブス夫妻ジョゼフとペサ、ハンデルスマン夫妻ヤンケルとハナ、カレル・ソメル、ザハリ・グルンベルグ、それに数百名の老人と三〇名ほどの子供たち。その中には、二歳から一四歳のカガン家の子供たちもいる。ゾンダーコマンド用の百名の男性が、一九名の女性とともにランペで選別される。老人と子供全員を含む残りの人々は皆、第一掩体壕か第二掩体壕でガス殺される――おそらく昼間まだ使われなかった建物のほうだろう。

1943年3月4日アウシュヴィッツ第二収容所ビルケナウに着いた強制移送者たちの直後の運命[17]

強制移送列車	収容所に着いた強制移送者たちの運命			合　計
	ガス殺	選別と登録		
		男	女	
ベルリン発 第33番列車 (10時48分着)	1169 (62%)	517 (27%)	200 (11%)	1886 (100%)
登録番号		105571-106087	37296-37495	
ドランシー発 第49番列車 (17時頃着)	874 (88%)	100 (10%)	19 (2%)	993 (100%)
登録番号		106088-106187	32277-37295	
合　計	2043 (71%)	617 (21%)	219 (8%)	2879 (100%)

八百名以上、つまり全体の三分の一ほどが到着直後の死を免れている。フランスからの強制移送列車からは百名の男性のみが、ゾンダーコマンド、ガス室特別班に入れられている。ベルリンからの五一七名の男性と全女性は土木工事、肉体労働などの一般作業班に振り当てられている。登録番号の順番を注意深く観察すると、フランスから強制移送された男性たちはドイツから強制移送された男性たちの後に入れ墨されていることがわかるが、これは時系列から見て当然であろう。しかし女性たちの場合は逆になっている。つまりベルリンから来た女性たちはドランシーからの強制移送列車の到着後、言い換えれば、晩になって入れ墨されたことを意味している。この時、フランスからの強制移送者のうち八八パーセントがすでに殺害されており、ゾンダーコマンドの一班がガス室から死体を運び出すのに働いている。三日前にはトランプをしたり、眠ろうとしたり、ドランシーのバルコニーから近親者に向かって合図を送ったりしていた人たちの死体である。その日の終わりには、二〇四三名の命が手押し車

何杯分かの灰となってしまった。

以上のことから次のように結論できよう。一九四三年三月四日はビルケナウではふつうの一日である。しかし大きな革新が成し遂げられつつあり、そのために第四九番列車の百名の男たちはゾンダーコマンドの中の「葬儀人夫」になる。新世代ガス室の原型である第二死体焼却棟が近々稼働を始める前に試験運転が行われる予定なのである。なぜ殺人設備のこうした近代化がなされるのか。それは、これまで使用されてきた、旧農家に設置された第一掩体壕と第二掩体壕では規模が小さすぎるからだ。第一掩体壕はおおよそ九〇平方メートル、つまりテニスコート一面ほどの場所にガス室が二つあり、第二掩体壕は一二〇平方メートルに四つある。チクロンBは元の窓に設置された揚げ戸を通して投入され、犠牲者が殺害された後で自然換気されるが、これでは時間の無駄である。その上、死体の搬出が難しい。第二掩体壕では死体は建物の奥にある扉から出されるものの、第一掩体壕の各ガス室には一つの扉しかないのである。死体はトロッコに積まれ、穴へ運ばれる——ここで再び時間のロスが出る。第二掩体壕は一二〇〇名のガス殺能力があり、これはベルリンからの強制移送列車の規模にぴったりである。第一掩体壕のほうは八百名の殺害性能を有し、フランスからの強制移送列車により適当なように思われる。

アウシュヴィッツ建設局から委託を受けて、エルフルトにあるトプフ・ウント・ゼーネ社の技師たちはこうしたあらゆる点において改良を試みる。第二死体焼却棟はアウシュヴィッツ第二収容所ビルケナウ内に位置し、そのため強制移送者の移動を短縮できる。脱衣室とガス室はともに地下にあり、それぞれ二八〇平方メートルと二一〇平方メートルである。チクロンBの結晶がガス状になるには二七度の温度が必要であり、ガス室はあらかじめ温められ密閉される。使用後は強力な電動換気装置がチクロンを散らし、これにより、犠牲者が死ぬとただちにゾンダーコマンドを送り込むことができる。とりわけ、第二死体焼却棟は死体の生産と破壊が合理的に組織された施設である。地下で脱衣室とガス室が直接結ばれ、昇降機が死体を地上階に運び、そこにある五台のトリマッフル炉（つまり、一五の火口）、本来の意味での焼却炉で燃やされる。第一および第二掩体壕は雑多な要素――窓を塞ぎ壁を密閉した農家、百メートル離れた脱衣小屋、森に掘られた「プール」、あるいは野天の焼却場――で構成されているが、第二死体焼却棟は最初から一体型工場として構想され、その目的は生を死に、人間存在を無に変換すること、言い換えれば、最大限の人間を最小限の時間で、最小限に手段を節約して、できる限り完全に破壊することである。第二死体焼却棟のガス室はその最大の性能が発揮される場合には、一度に二千人を殺すことができる（参考のために言えば、五人家族を四百組、二五人学級を八〇クラス）。殺害リズムを低下させるのは、死体を消さなければならないという要請である。というのも、トプフ社は五台の焼却炉で一日につき一一四〇体まで燃やすことができると断言しているが、親衛隊は使用してみて、実際の一日の焼却高は一千「個」のほうに近いと認識するからだ。いずれにしても、トプフ社のナチ技師プリューファーは自分の発明に大きな誇りを持ち、特許を取っている。(18)

一九四三年三月三一日、第二死体焼却棟は運転状態で引き渡される。総額五〇万ライヒスマルクである。収容所の同じ地区には西側にさらに三つ焼却棟が建設中である。第二死体焼却棟と対をなす第三死体焼却棟は六月二四日に稼働する。犠牲者の財産が保管される倉庫である「カナダ」の向こう側には、地上階にガス室を数室備えた第四および第五死体焼却棟が建ち並ぶ。後には別の施設も整備され、一九四四年春、ハンガリー系ユダヤ人の大量殺害のため、収容所の内部にもランペが建設され、列車は第二および第三死体焼却棟の近くに停まることになる。ナチは一挙にこの殺人合理性の極みに到達するのではない。一九四一年秋、ヒトラーがヨーロッパのすべてのユダヤ人の殲滅を決定して以降、ナチは模索を続け、研究を重ね、流れ作業による死の製造所を簡素化し、その恐るべき一連の改良過程の帰結がビルケナウの四つの巨大な死体焼却棟である。それは、フェウムノのガス・トラックからベウジェツの「実験室」まで、すぐに過熱状態になるアウシュヴィッツ第一収容所の古い掩体壕から、一九四二年七月パルチェフのユダヤ人四五〇〇名が裸で鞭うたれながらガス室まで行ったトレブリンカの「天国の道」にまで続く技術革新である。そしてこうしたすべてが「アウシュヴィッツのアルバム」に収められている。その一連の写真を見ると、キャップをかぶった子供たち、若い女性たち、スカーフを巻いた老女たち、腕に赤ちゃんを抱えて急ぐ母親たちが一列になって、みんな第二死体焼却棟のどうということもない建物の方へ向かっている。しかしそこで数時間のうちに無に帰されてしまうのだ。

ところで、死の技師たちが第二死体焼却棟で最後の調整を行うのは、まさにこの一九四三年三月四日の昼間である。すでに二月、稼働に向けて二〇名ほどの強制収容者がアウシュヴィッツの本収容所で死体焼却炉を運転する指導を受けている。三月初頭、この班の生存者はカポ（*Kapo*）のモラヴァの指揮のもとビルケナウ第二死体焼却棟に配属される。その一人がヘンリク・タウベルである。「三月四日、私たちは発生炉を熱するのに使われました。朝から午後四時くらいまでやりました。」まさにその日、ナチの委員会が第二死体焼却棟がうまく稼働しているかどうかを確かめるためにやって来ることになっており、この視察のために、ヘンリク・タウベルらは焼却炉へガス供給を行うコークス発生炉を熱するのだ。収容所の政治部門と建設局の親衛隊が、ベルリンから来た高級将校とトプフ社の民間技師たちとともに到着する。焼却炉をテストし様々な技術上の問題を調節するためにその日アウシュヴィッツに着いていたプリューファーもいる。試運転が始まる。第二掩体壕で最近ガス殺されたばかりの「栄養のいい、脂ぎった四五人の男の死体」を使って行われる（ベルリンからの第三三番列車の犠牲者だろうか）。四五の死体は各火口に三体ずつ並べられる。親衛隊は時計を手に経過時間を測る。四五分だ、予定よりもはるかに時間がかかっている。「この最初の試験投入物の焼却が終わると委員会は出て行きました」とヘンリク・タウベルは記憶している。ゾンダーコマンドの男たちは護送されて、第二死体焼却棟近くの彼らの収容棟に戻る[19]。

以上見てきた平行的な二つの過程——農家＝掩体壕における二〇四三名のガス殺と、第二死体焼却棟におけるはるかに効率の高い殺人複合施設の整備——から、一九四三年三月四日の日中にビルケナウで行われた大量殺害の概略を再構成できる。以下に示した時間経過はいくつかの仮説や演繹に基づいており脆いところもあるが、大きな欠落があるとも私には思われない。言うまでもなく、時間のこの再構成はただガス室の運転に関わるもので、当時ビルケナウに捕らわれていた五万人に生じた、何百もの殺害や衰弱死を正確に数え上げることは誰にもできない。

七時—八時頃。ゾンダーコマンドの一班はアウシュヴィッツ本収容所からビルケナウへ移される。その中には、カポのモラヴァやヘンリク・タウベルもいる。この班が第二死体焼却棟のコークス発生炉を熱し始める。

午前。トプフ・ウント・ゼーネ社主任技師プリューファーが第二死体焼却棟の様々な調整を行うためアウシュヴィッツに到着する。

一一時頃。ベルリン発第三三番列車から一八八六名がユーデンランペに降ろされる。およそ男性五百名と女性二百名が選別される。続いて男姓は入れ墨を受け、収容所に入れられる。

一二時—一三時頃。第三三番列車の一一六九名がガス殺される（第二掩体壕で?）。一二歳のマリオン・ザムエル殺害。

午後。第三三番列車の死体がガス室からゾンダーコマンドの一班により引き出される。四五名の男性の死体が第二死体焼却棟に運ばれる。

一六時三〇分頃。ナチの委員会が第二死体焼却棟の焼却炉における焼却テストに立ち会う。

一七時頃（夕刻）。ドランシー発第四九番列車から九九三名がユーデンランペに降ろされる。男性百名と女性一九名が選別される。その中には、ジョゼフ・ドレンブス、ヤンケル・ハンデルスマン、ハイム・ヘルマン、マテス・ヤブウォンカ、ラハナ夫妻ダヴィッドとレベッカ、ダヴィッド・オレールがいる。

一七時三〇分頃。第二死体焼却棟のテスト終了。ヘンリク・タウベルらは彼らの収容棟に戻される。

一八時—一九時頃。第四九番列車の八七四名がガス殺される（第一掩体壕で？）。その中には、アンナ・シュヴァルツ（七二歳）、レオン・カガン（一四歳）、ラシェル・カガン（九歳）、モリス・カガン（二歳）、それに（？）イデサ・ヤブウォンカ（二八歳）がいる。

晩。第四九番列車の死体がゾンダーコマンドの一班によりガス室から引き出される。第二死体焼却棟のゾンダーコマンドに入れられた百名の男性たちの登録。二本の列車の女性たちが入れ墨される。

雲間を通して青白い光が差し込んでいる。私の前には芝生の一画。パルチェフの公園墓地と同様、緑色の、ほっそりした、平凡な草が生えている。静かな芝地。彼らが死んだのはここなのだ。叫び声、苦しみ、パニック、恐怖、そうした中で、自分がどこにいるのか、どうやって殺されるのかもわからずに死んだのはここなのだ。第一掩体壕は何も残っていない、土台すらない。以前私は飛行機の窓から、イル・ド・フランスの野原の中に刻まれたガロ・ロマン時代の農家の跡をそれと見分けることができたが、ここでは空からなら見えるような長方形の影さえない。〈ショアーの記憶のための財団〉が行っているとんぼ返りの日帰り旅行に私は誘われた。朝の五時にロワシーを発ち、クラクフ空港で特別チャーターのバスに乗り、収容所内の歩道に着く。鉄条網の安全地帯、木造のバラック小屋、一九四四年ソ連軍が近づいたために爆破された死体焼却棟の残骸。これらをかなり急いで見て回わり、一六時の帰りのバスに乗り、さらに飛行機に乗り込まなければならない。真夜中近くロワシーに戻る。日中は食事をとらず、時間と空間の観念を失い、生者たちの世界と死者たちの世界のこの往復にへとへとになって外へ出る――それはとてもよい経験なのだ。

到着するとすぐ、ランペを訪れる。「アウシュヴィッツのアルバム」の中で見られる、ハンガリーのユダヤ人を絶滅するために建設されたものではなく、旧いユーデンランペのほうである。今日やや忘れられてしまっているが、かつて収容所の外に、ウィーン＝プラハ＝クラクフ間の鉄道路線に設置されていたものだ。一九四三年三月四日、日が暮れて、貨車と親衛隊の隊列との間で選別が行われるのはここである。即座の死へ向かう列には、七百名以上の老人、数名の大人、三五名の子供たち。衰弱、病気、悪待遇、処刑による死に定められた列のほうには、もう一週間も前から自分の子供たちと離れ離れになっている私の祖父、それにおそらく私の祖母がいる。ドランシーと同じくここも今では、証言する貨車が一台だけ線路にポツンと置かれている。ランペは財団によって改修が施されて、細長く砂利が敷き詰められている。一方の側はレール、反対側は土の道と倉庫である。本線から切れて、引き込み線が一本ビルケナウ収容所の方へ伸びている。セルジュ・クラルスフェルドも参加していて、私たちは彼の後について一歩一歩レールを辿って行く。草の間で湾曲しているのがわかる。鉄柵を越え、私有地を通り、有名なレンガ造りの監視門まで続いている。私たちの前でめんどりが一羽藪の中をさ迷っている。もう歩くことのできない老人や子供たちは、二キロ先の、収容所の反対側にある二つの掩体壕のうちのどちらかにトラックで運ばれる。立ち上る夜の寒さ、見知らぬ場所の恐怖、疲労困憊した強制移送者たち、脱衣小屋、百メートルの移動、立派な煙突と「消毒所《ツム・デスインフェクツィオーン》」のプレートのある農家。私は今ここにいる。草の茎が震えている。手のひらにあたると柔らかい。第一掩体壕は一九四三年夏に稼働を終了するが、四つの死体焼却棟は最大出力で運転されている。今は完全に壊され、この草深い一画しか残っていない。一九四四年春、次々に到着するハンガリーからの移送列車に合わせてジャストインタイムで収容所を回転させなければならなくなり、第二掩体壕は再び稼働する。今日、白樺の森のはずれで、地面の石の長方形がその輪郭をとどめている。

財団事務局長であるアンヌ゠マリーは親切にも私に花束を任せてくれ、私はそれを芝生の上に立てられた石碑の一つの足元に置く。夜の平原の果てしない広がり、寒さ、呆然自失と恐怖の空気、吠えさかる犬、中で人が窒息死していく農家の壁、シアン化ガス、こうしたすべては消え去ってしまった。私は巡礼に来たのだろうか。彼らはここに眠ってはいない。ここは墓地でさえなく、ただの野原だ。パルチェフと同じく、柵と灌木の垣根と、前におとなしく車が停まっている、白いカーテンのかかった住居に囲まれた野原だ。私は黙想することができない。彼はここで死ななかった。彼女はおそらくここで、しかしその体は別の場所で、あの白樺の背後、私が位置づけることができないどこかで燃やされている。そうして彼女の灰はソラ川に捨てられる。私は空に目を上げる。「死のフーガ」のパウル・ツェランや『最後の正しき人』の終わりのシュヴァルツ゠バルトのように。曇っている。

イツェク・シュナイデル、フィシュマン夫妻アブラムとマルカは、バニューにあるパルチェフ友の会の納骨所に眠っている。灰色の大理石でできた記念碑は雨に濡れ、私はコレットの差しかけてくれる傘の下、急いで写真を撮る。ヘンニャ、とてもかわいいベレー帽をかぶった妹、修正主義シオニストたちの会合の真っ只中でビラを配った大胆不敵なあの少女は、ハデラで、まぶしいばかりに真っ白なタイルの下で眠っている。ティオ・シムへは、ラケルや、パルチェフの友人ヤンケルとユメとともに、アルゼンチン・

イスラエリット互助協会の墓地にいる。そこの熱い空気は、小道の真ん中で、穴のあいた水撒きホースから飛び出す水滴で冷やされている。シムへ、ヤブウォンカ兄弟の長子。ワインカラーの大理石。碑銘には、彼のモットー。「俺は負けても、実は勝ってる。子供たちが勝つんだからな。」私は彼のお墓の前で、娘のセリアとともに、彼の人生に刻まれた出来事に思いを馳せる。パルチェフ、共産主義、ジェノヴァ発のコンテ・ヴェルデ号、ブエノスアイレス、マットレスの羊毛、靴屋、三人の子供、七人の孫、良き父、良き祖父。どうかあなたの魂が安らかに憩われますように、私のシムへ大伯父さん、一九〇四―一九八五年。これが私にできる唯一のカディッシュ(*Kaddish*)である。

しかし彼らは? 彼らはどこにいるのか? 大部分の文書資料は破棄されてしまった、これがアウシュヴィッツ博物館の答えである。収容所の政治部で作られた死亡記録簿にもひどい欠落がある。保存文書のこうした惨憺たる状況の中で、第四九番列車の千名の名前が丁寧にタイプライターで打たれたノートが一冊だけ生き残っている。しかし、「移動させられた人々」のその後の居場所を確定するために戦後創設された、バート・アーロルゼンにある国際探索サーヴィスの五千万枚のカードには何も残ってはいない。ワシントンのホロコースト博物館にも何もない。彼らは地にも天にもいない以上、どこかにいなければいけない。クラルスフェルドの『メモリアル』の中に印刷文字で、ショアー記念館[1]の〈名前の壁〉に金文字で、ヤド・ヴァシェムのデータベースの中に情報言語で彼らはいる。ヘンニャの娘タマラは優しくも自分の母のお墓に彼らの名前を刻んでくれた。イスラエルの太陽で白熱した、ハデラのサボテンのような墓地に二人がいるかのように。緑の野原で黙とうが捧げられる時、彼らは私が練り上げつつある本の中にいる。

ジェノサイドの一番初期の歴史家たちは、収容所にいる、ゲットーにいる、西側にいる、その犠牲者たちである。ビルケナウでゾンダーコマンドの男たちは隠れて書く。心ならずも犯罪の補助者となった彼らは、一九四四年一〇月七日の武装蜂起の前に、破壊をその震源から語って抵抗している。降参することなく、絶望と恥辱に圧倒されることなく、自分の魂が完全に消えるに任せることなく、死者たちの間のこの影たちは二窯分の焼死体の間で数分間の自由をかき集め、自分自身に立ち戻り、彼らが見ること、することを述べ、語りを組み立てている。「世界のために歴史年代記をシステマティックに記す」と自分の命を賭して決意し、「この日から私たちはすべてを地中に隠す」のは、イェシヴァーの元学生レヴェンタルの明晰さである（一九六二年、第二死体焼却棟近くで、ガラス瓶に隠されたその文章が見つかる）[20]。それはまた、第二死体焼却棟の死体置き場にトラックの荷台から砂利のようにぶちまけられる女性たちを語る匿名の文章、「三千の女の裸体」の執筆者とみなされるマクフのラビ法廷判事レイブ・ラングフスの敬虔さである[21]。それはまた、反乱を指導した一人ザルメン・グラドフスキの祈りである。「私たちの民族の絶えざる、システマティックな絶滅過程の苦難を私は日々生きており、個人的な不幸は抑えられ、覆われ、どんな感情も抑圧されてしまい」、もう彼の目から涙が流れることはない。だからどうかほかの人たちがその涙を流してくれるよう彼は祈るのである。ゾンダーコマンドの反乱の日、三三歳で殺害される前に、グラドフスキは、春に何万人ものハンガリー系ユダヤ人の殺戮に使われたガス室を有する第三死体焼却棟近くに彼の手稿を隠す。そのテクストはアウシュヴィッツ解放後数か月して発見されるが、『地獄の奥で』のタイトルでようやく刊行されるのは一九七〇年代のことである[22]。これらの手稿は、三つの死、著者の死とユダヤ民族の死とイディッシュ語の死を越えて生き延び、私たちに真実を注ぎ込み、私たちから永遠に魂の平静を取り上げてしまう。そこに表出されているのは、死が確実であることで白熱状態となった、倫理的飛翔、知性、自己犠牲、尊厳である。暗闇の中に消えていくこの松明は、二〇世紀の奥底で無に帰することなく、そこを照らし続けている。
マテスはこうして一九四三年三月五日以降、ゾンダーコマンドで葬儀人夫として働いている。葬儀人夫は一般作業班にもおり、この班のほうは収容所の内部で仕事をしている。一九四二年七月にアウシュヴィッツに強制移送されたモシェ・ガルバシュの仕事はそれである。「私たちは各バラックの前に出された死体を集めて回る。板に載せて運ぶのではなく、私たち新入りは肩に担ぐ。死体の背中と私たちの背中が合わさり、死体の頭は垂れ下がる。死体の膝は私たちの両肩で折れ、死体のふくらはぎが私たちの胸の前に来る。こうして死体の両足をリュックサックのベルトのように持つのだ。[23]」ドランシーからの第一番列車で強制移送されたマイエル・シンデルマンのような古参の者たちは担架をもらう。これはヴェイゲレと呼ばれる一種の手押し車で、これに死体を積む。毎晩、各班は三〇ほどの死体を運び、それをトラックが夜のうちに焼却炉に運んで行く。[24]埋葬班は森林地区において穴掘りと穴埋めを担当させられる。一九〇九年に生まれたポーランド系ユダヤ人アンドレ・バルビンはナンシーの仕立て職人であり、一九四二年ピチヴィエから強制移送され、様々な強制労働の後、この葬儀人夫班に入れられている。彼の班の八〇名の収容者は、手押し車で運ばれてきた死体を「イワシのように、頭と足を互い違いに」並べて埋める係である。彼らはまた空の穴を作っておく作業も行う。すると翌朝、その穴はガス殺された犠牲者でまたいっぱいになっている。この意味で、埋葬班はゾンダーコマンドの補助班だと言うことができる。[25]
ハイム・ヘルマンや第四九番列車の選別者たちと同様、マテスは「有名なゾンダーコマンド」、すなわちガス室内で直接作業を行う班で働く。しかし、一九四三年三月には、まだ二種類のガス室が存在している。稼働中の農家=掩体壕と建設中の死体焼却棟である。掩体壕に配属された収容者たちは、死の中で抱き合った人たち、母親にしがみついた子供たちをほどき、貴金属品を外し、まだ温かい死体をトロッコに積み上げ、特設レールの先で回収して、これを燃やす。画家ダヴィッド・オレールは第四九番列車から降されると、まず第二掩体壕のそばで墓掘り人夫として働き、その後第三死体焼却棟に充てられている。マテスも第一掩体壕か第二掩体壕から始まって同じように配属されたのだろうと想像してまったく問題ない。その場合、自分の妻の死体を燃える火の中に投げ入れるのはおそらく彼ということになろう。

しかし大きな死体焼却炉はほぼ準備が完了している。第二死体焼却棟では、ナチの専門家たちの前でのデモンストレーションが終わると、一九四三年三月一〇日以降、ガス室の加熱と排気、チクロンBの投入、換気など、試運転が繰り返されている。三月一三日、換気システムの調整。トプフ社製焼却炉の運転スペシャリストであるアウグスト・ブリュックが、ブッフェンヴァルトから最近来たばかりで第二死体焼却棟でカポとなる。技師たちによる試運転が終わるとすぐに、クラクフ・ゲットーからの、女性、子供、老人一四九二名の強制移送者に対して、三月一三日から一四日にかけての夜、装置のテストが行われる。(26) ガスマスクを装着した四人の親衛隊員が屋根の上から、ガス室につながる、鉄柵で囲った立管の中にチクロンBの結晶を流し込む。過熱された空気の中でそれはすぐにガス状となり、人々を殺す。叫び声が止むや換気装置が作動する。一五分から二〇分後、ゾンダーコマンドの男たちがガス室に入り、仕事にかかる。掩体壕に振り分けられていなければ、マテスはその一人である。

『ショアー』の中で、フィリップ・ミュラーは一九四二年五月アウシュヴィッツ第一収容所の古い死体焼却炉で、ガス殺後の仕事を初めて教えられた時のことを次のように語っている。「私にはすべてが理解不可能なことでした。雷に打たれたような、頭への衝撃です。自分がどこにいるかさえ分かりませんでした！　どのようにしたらこんなにたくさんの人を一度に殺すことができたんでしょうか。」彼は死体の服を脱がせにかかる（親衛隊はシャワーという嘘をまだ編み出していなかった）が、監視の一人が飛びかかってきて、大きな鉄棒で「死体をかき回し」に行けと命令する。「私はこの時ショック状態で、催眠術にかかったようで、命令されたことは何でも実行する気になっていました。理性を完全に失い、怯えきっていました。[27]」ビルケナウの巨大な死体焼却棟での仕事は合理化されてはいるが、基本的には別のものではない。死体はガス室から出されると、髪の毛、結婚指輪や宝石、金歯を取り除かれ、昇降機で一階に送られ、焼却炉の前まで引きずられる。ゾンダーコマンドの男たちの仕事を簡単にするために、死体焼却棟の技師たちは水を張った滑り溝を壁に沿って作っていて、それはダヴィッド・オレールの描いたデッサンの一枚ではっきりとわかる。また別のデッサンでは、「引きずり人夫」が竿かベルトを使って女性を引っ張っている。その四人――マテスかほかの誰か――は恐ろしいほど痩せこけ、老人のように腰が曲がっているが、女性の体は健康そのものである。グラドフスキはその手記の中で、同じようなシーンを描いている。「こんなに美しい若い花を冷たい汚れたセメントの上で引きずっていく。そして彼女の体は、通りながら、あらゆる汚濁を拭き取っていく。[28]」金属の担架を持ったほかの班員たちが死体を火口に投入し、炉火を掻き立てる。一四九二体の焼却は二日間続く。

身体の冒瀆と破壊はジェノサイドの本質的構成要素である。「お前たちは葬儀人夫、つまりヘヴラ・ケディシャ (*Chevra Kedisha*) として補強に来たのだ、とそこで申し渡された」とハイム・ヘルマンは手紙の中で書いている。「ヘヴラ・ケディシャ」とは何か。「最後の義務団」を意味するこのアラム語の二単語はこの場合どういうことなのだろうか。伝統的ユダヤ社会では、ヘヴラ・ケディシャは葬儀を正しく執り行うよう努める人々である。亡くなった人の髪を梳かし、爪を切り、房のついた祈禱ショールをかけ、ハエやネズミの餌食にならないようにし、枕元で詩編を唱え、切断せずに(例えば、義肢などを外して)屍衣でくるむ。最後に埋葬を行う。ユダヤの律法では火葬は厳格に禁止されている。一九四〇年ドイツ軍によって殺されたユダヤ人兵士を引き取るためにパルチェフの街道に荷車が送られたことには、亡くなった彼らに対する敬意の念がはっきりと表れている。なぜなら、「バル・メナン」（私たちの間にいない人）の魂は死んではおらず、ただその体が動けない状態にあるだけだからである。したがって、ゾンダーコマンドの男たちによって使われたヘヴラ・ケディシャという表現の悲劇的なアイロニーは、ユダヤ教の最も聖なる儀礼に背いて何十万もの同宗者を殺害するという、この否定の極限に協力しなければならない彼らの絶望を表現しているのである。変わることのない共産主義者マテスはおそらく古代からの埋葬上の配慮など気にかけることはないだろう。しかし、伝統的環境で育った、このカバラ学者の息子は、こうした侮辱と冒瀆の反儀礼がヨーロッパのユダヤ社会の終焉を告げていることをわからないはずはない。

そして死のルーティンが始まる。一九四三年三月二〇日、テスト後稼働していなかった第二死体焼却棟で、テッサロニキのユダヤ人二一九一名がガス殺される。二〇日から二二日まで死体を燃やし続けた焼却炉の過熱により火災が起こる。その修理が終わって、三月三一日、死体焼却炉は公式に引き渡される。第四九番列車の男性たちのうち、ヨセフ・ドレンブス、ヤンケル・ハンデルスマン、ダヴィッド・ラハナが第二死体焼却棟に配属され、ハイム・ヘルマンとダヴィッド・オレールが第三死体焼却棟で働いていることがわかっている。一九四三年春、ゾンダーコマンドの人員は男性四百名にのぼる。ビルケナウのほかの収容者たちから隔離されて、彼らは第二死体焼却棟近くのBⅠb地区に居住し、一九四三年七月以降はBⅡd地区の第一三棟、最後は焼却炉の屋根裏、つまり仕事場で寝起きしている。生活条件は悪い。ハイム・ヘルマンは書いている。「最初私はどうしようもない飢えにさえ非常に苦しんだ。時々パンを食べる夢を見たし、熱いコーヒーはもっとよく夢に出てきた。数人の仲間が、毎週、病気や単に衰弱して斃れていった。」第一三棟は塀で囲われ、望楼から監視されている。内部はボックスに区分され、棚状のベッドが置かれている。四百名の男たちはそれぞれの棚に五人ずつ入らなければならない。バラックは入り口付近に向かい合って置かれた二台のストーブで暖められ、多くの収容者は体に掛けるものもなく、板の上にじかに眠る。それでもやはり、マテスたちはビルケナウのほかの収容者たちよりはるかにいい生活をしているし、ガス室の脱衣場に残された食べ物や衣類を回収することもできる。病人は専用の隔離所に送られ、あるパリの医師に診てもらえる。この医師は犠牲者たちの残した薬を使うことができる（一九四三年一一月彼も殺害される）[29]。私の祖父はおそらくこの時期に死んだのだろう。「毎週、病気や単に衰弱して」斃れていったすべての人たちの中の、名もない死者の一人である。

一九四四年春、ハンガリーからの強制移送列車の到着が続いて、ゾンダーコマンドの男たちの生活条件は良くなっていく。ハイム・ヘルマンはこう書いている。「私たちには何でも豊富にあり（大切な自由を除いて）、私の服も住まいも食べ物もとてもいい状態だ。私は完璧に健康で、もちろん腹も出ておらず、すらりとしてスポーティで、白髪でなければ、三〇歳に見える。」アテネから強制移送されて一九四四年四月一一日に収容所に着いたヤコヴ・ガバイは、ほかのギリシア系ユダヤ人とともに第二死体焼却棟に配属され、ケーキ、肉、ソーセージ、アルコールを好き放題に飲み食いし、裏付きのズボン、ウールの下着、上着、ニット帽、外套など暖かい衣類をそっくり手に入れている。彼らは昼間か夜間、一二時間続けて働く。朝の六時、仕事を始める昼の班と仕事を終える夜の班の点呼が行われる（どちらも人員はほぼ八五名）。晩、彼らは食べ、飲み、歌い、時折ドイツの監守たちもそれに加わる。消灯は二二時と二三時の間である[30]。第二死体焼却棟に配属されたグラドフスキも、何も不足しているものはないとはっきり述べている。しかし、飽満、ストーブの暖かさ、ボックスでの親密さも、彼らの存在のおぞましさを消し去ることはできない。この二つの面は結びついている。ゾンダーコマンドの男たちがほかの収容者に対して特権的な条件を享受できるのは、頑丈に、活動的に隷従する人間として求められているからだ。
以下に彼らの仕事をいくつか挙げてみる。
——ガス室から死体を引き出す。第五死体焼却棟に配属され、ゾンダーコマンドの五度の粛清から生き残ったフィリップ・ミュラーはこう述べている。「一番ひどい瞬間はガス室を開ける時でした。あの耐え難い光景。人々は玄武岩のように押しつぶされ、固い石塊になり、何と、ガス室の外に崩れ落ちて来た！」[31] 死体はすべるので、ぼろきれ、ロープ、竿を使わなくてはならない。
——死体を焼く。第二死体焼却棟、次いで第四死体焼却棟に配属されたヘンリク・タウベルは、手順をこう説明している。担当者二名が担架の上にまず死体を一つ置き、それと上下を反対にしてもう一体並べる。その上に子供の死体をできる限り多く、ふつう五、六体重ねる。別の担当者二名が焼却炉の側、担架の下に敷かれた横棒の近くにいる。彼らは焼却炉の扉を開け、車輪をセットする。担架の反対端にいる五番目の人が前の二人とともに担架を持ち上げ、焼却炉の中に滑り込ませる。死体が焼却炉の中に入ると、六番目の人がフォークで奥に押さえつけ、その間に五番目の人が担架を引き出す。死体がよく滑るよう、担架には石鹸水をかける。人体の脂は燃焼を助けるが、「ムスリム」(*musulmans*) の死体を焼く時には、コークス発生炉を運転させなければならない。[32]
——よく燃えなかった骨盤を取り出し、砕く。焼却炉の吐き出した灰を手押し車の中に集め（一体につき一キロ以下）、中庭に捨て、定期的にやってくるトラックに積み込む。親衛隊の言うところによると、これは「魚のえさ」になる。[33]
——時々、一連の過程の前段階で、ゾンダーコマンドのメンバーは、焼却棟に行く犠牲者たちに付き添ったり、脱衣場で落ち着かせる役割を果たす。一九四四年四月一一日にアウシュヴィッツに着いたシュロモ・ヴェネジアは、ある母親と二人の娘たちがほかの人たちに見られずに服が脱げるよう、彼女らの前に立っている。(34) 一九四四年一〇月、ヤコヴ・ガバイは、二人のいとこがガス室に入る前、彼らと二時間おしゃべりをしている。(35)

ゾンダーコマンドで働く人間たちの非人間化、悲劇的な愚鈍化。慣れて、ロボットのように動く、と生存者たちは歴史家たちに語っている。しかしハイム・ヘルマンは慣れることができない。「ダンテの地獄はここの真実に比べると、お話にならないほど馬鹿げたものである。」ダンテやボス、ミケランジェロは、入念な拷問、罪びとを貪り食らうネズミ猫、驚愕する不幸な人々の足にぶら下がる悪魔などを描き出している。人間の想像力は弱く、「お話にならないほど馬鹿げた」場面しか着想できていない。地獄はここにある、ビルケナウにある。自分も確実に殺される者たちが、何十万もの命を流れ作業で破壊する工場なのだ。いずれにしても、少しでも服従を拒否すれば即座に処刑されてしまう。埋葬班のメンバーだったアンドレ・バルビンはこう述べている。「彼らは頻繁に「更新」されていた。彼らには、焼却炉の中に生きたまま入ってもいいし、前もってガス殺されてもいい、という特権があったらしい。彼らは選ぶことができた。(36)」一九四四年夏には、ハンガリーのユダヤ人を絶滅するために、ゾンダーコマンドの人員は九百名という最大数に達している。

ラマト・ヨハナンの私の遠縁のいとこたちは、私がパルチェフのユーデンラートにおけるヨイネ・ヤブウォンカの役割について言及すると、困惑気味になる。ある伯父がドイツ人との間で密売買をしていたこと、彼女らの祖父がヴィシーの大臣に近いところにいたことを告白して赤面するいとこもいる。私の祖父はユダヤ人を焼いている。確かに、自分で選んだからではないのではあるが。彼も同じ地獄の中に消える。私の精神はこの倫理上の未知の土地《テラ・インコグニタ》で仮死状態になってしまう。それでも前に進まなければならない。一つの問いが取り憑いて離れないからだ。マテスは悪に加担したのか。世紀の錯乱への責任の一端を、ほんの少しでも負っているのだろうか。ゾンダーコマンドの発明はナチの「最も悪魔的な犯罪」である、とプリーモ・レーヴィは書いている。ナチは自分たち自身の恥辱の重圧を犠牲者に転嫁し、無実の人々を消す前にその魂を劫罰に処すのに成功しているからである。しかし、アウシュヴィッツ第三収容所ブナ・モノヴィッツから生還したレーヴィはゾンダーコマンドの男たちに対して非常に厳しく、「グレーゾーン」の最も哀れな被造物として描き出す。アルコールにおぼれた獣には、もはや人間としての尊厳が光を取り戻す一瞬もなく、ほかの強制移送者たちは嫌悪して背を向けた。[37] 一方ジョルジュ・ヴェレルは書いている。「この文章の著者はアウシュヴィッツの地獄を経験した人であり、こうした不幸な者たちにはただ憐憫をかけるほかないと心の底から言っているのである。[38]」

私自身は揺れている。人間の条件のこのどん底にめまいを覚える。より良い世界を建設すること、抑圧から解放された社会を到来させることを夢見て、この理想の名において刑務所で数年も過ごすことのできた左翼の闘士は、その骨をすぐ後にはすりつぶすことになる母親と子供たちが無頓着にガス室に入るのを見て、いったい何を感じることができるのだろうか。イデサとともに、兄弟姉妹とともに、KPPの同志たちとともに、彼は来るべき世界を想像していた。そして、来るべき世界はこれなのだ。外人部隊の「細紐連隊」で彼は将来の世代を救うために自分の命を危険にさらした。そして、将来の世代にやっていることはこれなのだ。三四歳の男のもつ解放エネルギー、生きんとする意志は、犯罪の用に供されなければならない時、どうなってしまうのだろうか。拒否することは可能なのか、それが即刻の死を意味するとしても。トレブリンカでそう呼ばれたような、こうした「死のユダヤ人たち」は、むしろ絶対的な犠牲者、シニシズムと残酷さの玩具ではないのか。人間を隷従させた後で殺害する者たちの犯罪によって包囲された、無実の人たちではないのか。ジェノサイドの真ん中で生き延びようと試みること、それは一つの抵抗ではないのか。「あなたは死を憎んでいる。そして、死の王国であなたは生を神聖なものとした。それ以外ではありえない。[39]」ランズマンはそう書いている。ゾンダーコマンドで過ごした二〇か月を総括するハイム・ヘルマンの手紙を読むと、人は信頼を抱き、人間であり続けて、この仕事をすることができるという考えにさえ導かれる。「あなたは生きていれば、このゾンダーコマンドに関して書かれるたくさんの著作を読むことになろう。しかし、どうか決して私のことを悪く判断しないでいただきたい。私たちの中にはいい人も悪い人もいたが、私は確かに後者ではなかったのである。」マテスは悪に加わらなかった、彼は悪に破壊されたのだ。

夜、私はマテスにありえた運命を類型化してみる。一九四三年三月四日夕刻ユーデンランペで貨車の扉が開いた時から、目撃証人が確かに見て、戦後マリアかアネットに伝えたその死の時まで。マテスは結局死ぬのであり、死ぬ機会は数え切れないほどある。収容所への到着時、チフスの伝染が猛威を振るっている。一九四三年三月九日、ゾンダーコマンドの二名の逃亡者が、ヴィスワ川近くの森で再び捕まって処刑されている。一九四四年二月二四日、ゾンダーコマンドの二百名の男たちがマイダネクに送られ、そこで処分されている（その中に、ダヴィッド・ラハナがいる）。一九四四年九月末、処刑の波が新たに二度起こっている。蜂起の時、何百名もの収容者が殺されている。[40] 一九四四年六月マリアとサラが収容所に着いた時、マテスはすでに死んでいると私は考えたい。もし生きていれば、マテスのことを耳にしただろうからだ。また、「収容所でお前のお父さんを見た人」という、マロニット通りの肉屋ニレンベルグは、マテスの死の目撃者なのだろうか。収容所で、ニレンベルグは厨房で使われている。彼はポーランド人たちのいじめにあい、食べることができない。第一二棟の看護所に入る時、彼は「ムスリム」になっているが、力を取り戻し、生き残るまでになる。[41] 第一二棟でマテスの最期に立ち会うのかもしれない。あるいは逆に、マテスがある日、ドラゴン兄弟のようにゾンダーコマンドのスープを取りに厨房に送られることもありえよう。

あらゆることを想像できる。粛清、チフス、衰弱、自殺、逃亡の失敗。しかし本当のところ、彼の生と私の語りには終わりがない。マテスは存在することを終える。彼の生は死体置き場の土に混ざるぼろぼろの死体のようになり、彼の存在はこの世界を離れる。本当のところ、真実も場所も事実もない。あるのはただ、生と非＝生との間の無人地帯、突然の不在、ひとたび平和が戻った時になって初めて気がつく蒸発。マテス・ヤブウォンカはもういない。マテスの生涯が一九〇九―四三年なのか一九〇九―四四年なのかわからない。いずれにしても、それは大したことではない。これらの年数を刻み込むための大理石など何もないからである。私たちが持っている唯一の文書は、マテスが「ドランシー（セーヌ県）」で死んだとする、まったく意味のない死亡証明書である。[42] 彼は受け入れることで殺されたのか、それとも拒否して殺されたのか。共産主義者としてファシズム資本主義によって打ち砕かれると思ったのだろうか。それとも、ユダヤ人としてヒトラーの反ユダヤ主義によって、人間存在として人間の狂気によって砕かれると考えたのだろうか。彼は目を開けたまま死の中に入っていったのだろうか。

マテスは絶望に沈む。この鉄の男も手を放してしまう。彼の伝説的な陽気さ――「彼はよく歌い、彼が行くところみんな歌い始めるのよ。」――は明け方のろうそくのように静かに消えていく。カポは彼をこん棒で激しく殴りつける。しかしそんなことではぐらつかない。グラドフスキは手記の中で、彼の近親者たちのために涙を流してくれるよう仮想の読者に懇願している。私の母、二人の姉妹、妻、義理の弟、「これが、一九四二年一二月八日火曜日、午前九時に、ここで焼かれた私の家族である。[43]」第四九番列車で強制移送されたトゥルーズの商人ダヴィッド・ラハナは自分の家族のことを絶えず語り、こう繰り返す。「神様、神様、なぜこんなにも私に苦しみを与えるのですか、どうか憐れみを、憐れみを……」(44) 彼らのようにマテスも、パンを焼く母のことを、シャバットの晩、繻子のカフタンを纏い、厳かで、輝き、ソロモンの雅歌を唱える父のことを、大西洋の向こうで生きているシムへとレイズルのことを、一七歳で投獄されたかわいいヘンニャのことを、そしてヘルシュル、ギトラ、異母兄弟たちのことを思う。焼却棟のがらんとしたホールで、コンクリートの壁に囲まれて、彼は大声でイデサの名前を呼ぶ。ニシンやジャガイモのギャレットの料理を持ってイデサは恥ずかし気に灯油店に入っていく。イデサのずっしりした三つ編みをほどき、お腹に頬をくっつけると、赤ん坊が動いている。目が覚めても、マテスはそれが夢にすぎなかったこと、すべては終わってしまったことがすぐにはわからない。「私たちは荷物も食べ物もなく出発しますが、そんなことは何でもありません、ただ子供たちのことだけを思っています。」マテスはドランシーからの葉書にそう書いている。今、子供たちはどこにいるのか。誰が面倒をみてくれているのか。二人ともあの何千もの子供たちのように殺されてしまったのか。ブロンドや栗色の髪の、生に溢れたあのたくさんの子供たちは、しかしぺしゃんこになってガス室から引き出され、母親たちの上に積み上げられて火炎に投じられる。グラドフスキのように、おそらく正面のベッド棚で横になって、マテスもオパールのような月を眺める。それは赤褐色に、残酷なほど美しく、消える定めのこの虫けらたちの騒ぎには無関心である。マテスは幻覚で亀裂の入った自分の精神が崩壊していくのを感じる。この世界にはもう自由な人間などいないのだ。

マテスは機械のように働く。瞳孔は広がり、髪は煤だらけになり、指はぶよぶよした重いユダヤ人をつかむ。彼は頭を下げ、未来を映し出す死体の目を避ける。燃え盛る炎にもかかわらず体が震え、死者たちから盗んだオ・ド・ヴィ[2]を飲む。ガラス瓶の中に託した年代記の中で、レヴェンタルは書いている。「時間が経つにつれて、一人ならずの者が、もうどうでもいいという投げやりの状態に陥った。そうした人が恥ずかしい。[45]」マテスの折れた魂は徐々に離れていく。ポーランドの革命、階級なき社会、抑圧の終焉、何という笑劇か！　彼の幻想は一つまた一つ、できもののように破れてしまった。自分の人生は完全な失敗、巨大な、グロテスクなしくじり、大笑いだ。これが、ユダヤ人ではいたくなかったユダヤ人、世界を救おうとした馬具職人、陽当たりに自分の場所を持てなかったシュリマゼル（*shlimazel*）の歴史なのだ。ファシズムに破壊されたが、それ以前にまず、ブルジョワ国家、ピウスツキの刑法、国家警察、フランス共和制の政令によって、ごみのように掃き捨てられた。ヴィレル・コトレの森を震わせるパンツァー戦車隊を逃れて、弾薬もなく藪の中にうずくまっている外人部隊の一兵卒……立て！　お前の場所はここだ、ヘヴラ・ケディシャだ、ほかのユダヤ人たちを焼くユダヤ人だ。

「私たちは少なくともマテスが戻ってくるのではないかと期待し続けておりました。というのは、健康で気持ちの強い若者だったからです。」一九四六年、アネットはアルゼンチンの家族に宛てた手紙の中でこう書いている。ずっと以前に消えてしまったあの世界の赤い輝きであるカイザリヤの廃墟を散歩した後、タマラは、戦後コヴェルで母がどれほど悲しんだかを語ってくれる。ヘンニャはなぜ兄が戻らないのか理解できない。彼女にとってそれは体を切断されるよりもひどいことだった。あの間抜けなヘルシュルがうまく生き残れるなんて！　マテスはマムゼル（*mamzèr*）だ、賢くて、何も恐れず切り抜けられる人だ。父の風呂が閉められると、彼が父を守ったのだし、警察の鼻先で真夜中に横断幕を引っ掛ける。投獄されてもマテスは歌う、偉大なるソ連の栄光のために歌う。体を揺すって詩編を唱えるユダヤ人たちを黙らせる。ポーランドの最高司法機関に手紙を書いて、自分たちの食事はひどいもので、パンも砂でいっぱいだと訴える。

しかし彼は戻らなかった。

ヘンニャはマテスの死が取り憑いて離れない。いつでも誰にでもマテスについて語る。彼女は全力を尽くしてわかろうとする。なぜ彼は戻らなかったのか。どうしてなのか。数年間苦悶し続けた後、ようやく説明を見つける。少なくともそれは唯一彼女が落ち着ける説明である。すなわち、マテスは列車や収容所から完璧に逃げ出せただろうが、彼はイデサのためにとどまったのだ。寒さや空腹、病気、殴打、選別にもまったく容易に抵抗することができたはずである。しかしイデサは焼かれてしまい、彼にはもう生きる理由がない。それで腕を降ろす。マムゼル、KPPの闘士、我々の時代の英雄が打ち倒されるのは、ただこのようにしてだ。シムへとレイズルも弟のことをよく話題にし、立派な人として、敬意を持っていつも語っている。一九七〇年代、兄弟姉妹は、この最良のメンバー、最も勇敢で、最も陽気なメンバーを失ってはいるが、ほんのひと時ブエノスアイレスで再び集まる。ヘルシュルは飛行機から降り立つや、不平を言い始める。バクーでは幸せじゃない、お金もない、街の商店は空っぽだ。兄が叱りつける。「厳しい人生を送ったのはマテスで、お前じゃない！」一九三四年、警察に没収された手紙の中で、シムへはマテスへの愛情から、活動をやめて落ち着くよう強く命じている。「なあ、わかるだろ。」四〇年後、彼はその言葉を後悔しているのだろうか。反対に彼は自分が正しかったと思っているのだろうか。なぜ俺は生きているのか。

マテスは黙々と、勇敢に働く。何も考えない、何も見ない。しかし一日が終わると、今日も勝ったと思う。彼は生き延び、二人の子供を孤児にしてはならない。一番強い者だけが生き残る、これがこの世界の掟だ。グラドフスキは書いている。「各自の奥底に潜む生存本能は今やアヘンに変貌していた。(46)」遠くでソ連の大砲が轟いている。勝利は近い。

　マテスは耐える。健康で、気力もある。彼は仲間を鼓舞する。働いている時、パルチェフの素晴らしい年月の思い出が蘇って、突然心が躍る。作業台、鋼鉄の道具の刃、真っ赤な五月一日、窯の中で焼ける土製重りの匂い、手首の肌に締まる手錠、ハンガーストライキが三日を越える時のめまいと軽さの感覚。こうしたすべてが信じられないほどの力をもって戻って来る。毎晩、眠り込む前に、彼は自分の人生の舞台となった場所を最高度の精密さで出現させる。広幅通り、教会通り、皮革業職人組合の施設、パルチェフの牢獄、ルブリンの牢獄、ヴロンキの牢獄、シェラツの牢獄、パリ、メニルモンタン、クロンヌ通り、プレソワール通り、サンテ刑務所、フレンヌ刑務所、ペール・ラシェーズ、デジレ通り、クリニャンクールの兵営、ラ・ヴァルボンヌ、バルカレス駐屯地、ミシー・オ・ボワ、ポン・シュル・イオンヌ、シャトーメイヤン、セットフォン収容所、ウパトリア小路、ベルヴィル警察署、ドランシー。彼は至る所で闘争を行い、世界を変えようとする彼の信念、彼の意志でこれらの場所に尊厳をもたらしてきた。彼は自分の生涯を深部でずっと養い続けるこの急流、反抗という一筋を遡る。

　マテスはゾンダーコマンドのほかのポーランド系ユダヤ人と友人関係を築いている。その数は多い。同じ強制移送列車に数十人は乗っていた。一九四四年四月第二死体焼却棟に配属されたヤコヴ・ガバイはギリシャ、ロシア、ポーランドのユダヤ人を覚えており、こう書いている。「焼却炉には私と一緒に、フランスに移住したポーランド系ユダヤ人もいました。彼らはフランス語を話していました。ドイツにフランスで捕まったのです。(47)」誰がいつの日か彼らの名前を知るのだろうか。マテスは党の同志たちを見つける。彼らは助け合う。地獄の底でさえ、彼らはそこにいて、勇敢であり、屈しない。アウシュヴィッツ第三収容所ブナ・モノヴィッツに強制移送されたジャン・アメリは、「マルクス主義者たちが親衛隊をブルジョワジーの護衛隊と非難し、強制収容所を資本主義の当然の帰結とみなしている」ことを、賞賛と嫌悪の混ざった複雑な思いで語っている。こうした決して妥協しない者たちは「ヨーロッパの未来についてマルクス主義的議論を行ったり、ソ連は勝たなければならない、きっと勝つだろう、とひたすら頑固に言い続けていた。」カトリックも、正統派ユダヤ人も、共産主義者も、みな同じことで、彼らの熱狂は、収容所の苦しみと恐怖からの逃げ道を与えている。[48] 一九四四年以降、赤軍の成功が犠牲者たちに再び希望をもたらす。チェコの女性たちが、チェコの国歌と〈インターナショナル〉を歌いながらガス室に降りていく時、おそらくマテスもグラドフスキのそばにいるのだろう。

一九四三年夏以降、ゾンダーコマンドの内部に抵抗の核が形成され、カポのカミンスキが中心となってグラドフスキ、ラングフス、レヴェンタル、ドレンブス、ハンデルスマンと連携する。このうちドレンブスとハンデルスマンはフランスに移住したポーランド系ユダヤ人であり、彼らは地下闘争に習熟している。二〇世紀初頭、労働者家族に生まれたジョゼフ・ドレンブスは皮革裁断職人である。ワルシャワの、党に近い組合で活動する。パリに亡命し、ユダヤ組合連合委員会の中心でヴァルシャフスキという偽名のもと闘争を続け、一九三五年にユダヤ人民運動の創設に参加する。一九四〇年に外人部隊で戦った後は、占領下のパリに戻り、ドイツのために働く工場でサボタージュを組織する。その友人ヤンケル・ハンデルスマンは『ナイエ・プレッセ』の専従職員である。一九四一年、パリの手袋職人のストライキを指揮している。[49]

ジョゼフ・ドレンブスとヤンケル・ハンデルスマンは、一九四三年三月二日の第四九番列車で、彼らの妻とともに強制移送される。私の祖父母と同じ列車である。レヴェンタルの描くドレンブスの肖像。「非常に頭がよく、優れた性格と生来の落ち着きを備えているが、その闘争魂は激しく燃えていた。[50]」ドレンブスとハンデルスマンはゾンダーコマンドの内部にレジスタンスの中核を急速に作り出し、一九四四年八月カポのカミンスキが殺されてからはその指揮をとる。このグループは収容者に食料や薬を供給し、犠牲者たちのお金を使ってアウシュヴィッツのレジスタンスのために資金を作り、収容所外部のポーランド・レジスタンスと連携に入る。また第五死体焼却棟における女性たちのガス殺の写真を密かに外部へ送り、弾薬工場で使われていた若い女性たちが生命の危険を冒して渡してくれた爆薬を蓄える。しかし蜂起は絶えず延期される。一九四四年六月、ナチは計画を嗅ぎつけ、ゾンダーコマンドを昼も夜も死体焼却棟の中に閉じ込める。この抵抗運動は統一が欠けていることにも苦しんでいる。アウシュヴィッツの非ユダヤ人抵抗者はできる限り長く持ちこたえるべきだと考え、それに対しゾンダーコマンドのユダヤ人は自分たちがいつでも粛清される恐れがあることがわかっている。準備を妨げる問題はほかにもある。まず、暴力と恐怖の環境、人員の絶えざる更新、言語の壁（ドレンブスとハンデルスマンはイディッシュ語、ポーランド語、ドイツ語、フランス語を話す強みを持っている）。さらに、疲労、非人間化、道徳的堕落。このようなあらゆる種類の問題を抱え、世界がユダヤ人を見捨てる中、トレブリンカ、ソビブル、ヘウムノ、ビルケナウで、ゾンダーコマンドの中に反抗が起こったという事実は奇跡に近い。元強制移送者ジョルジュ・ヴェレールはそう結論している。(51)

一九四四年一〇月七日、パリ解放のひと月半後、第二および第四死体焼却棟の男たちは蜂起する。何百名もの収容者たちが森に逃げる間、ラングフスとハンデルスマンは残って第四死体焼却棟を爆破する。「こうした同志たちの魂の偉大さ、彼らの行為のヒロイズムを、いったい誰が十分に評価することができようか。斃れたのは最良の人たちである。生きるために、そして死ぬために、尊厳をもって斃れた最も大切な人たちである。」三日後、レヴェンタルはそう書いている。ドレンブス、ラングフス、それにグラドフスキはゾンダーコマンドの四五〇名の収容者たちとともに処刑される。[52] 私の両親の家の応接間で、視線を動かさず、静かな声で、サラはこの一日を私たちに蘇らせる。一〇月初め、彼女の母と一緒に、ビルケナウから数キロのところにある付属収容所で働いている。昼の間、銃声が聞こえている。一七時頃、作業から戻る時、道の両側に死体が横たわっているのを見る。ドイツ兵の死体も、縞の服を着た死体もある。収容所では、ゾンダーコマンドの男たちが反乱を起こしたことをみんな知っている。逃げた何人かは、マリアとサラの作業場の近くの納屋に立てこもっていたが、ウサギのように撃ち殺された。

続いて、事態は急展開していく。

——一〇月一〇日、レヴェンタルは彼の年代記を書き、それをガラス瓶に入れて埋める。

——一〇月末、ゾンダーコマンドにはもはや二百名の収容者しかいない。

——一一月六日、ハイム・ヘルマンは「最後のお別れ」の手紙を書いて埋める。第四九番列車で選別された百名の男性のうち、まだ生きているのは二名のみである。「私は二〇四名の最後の班に入っている。私がいる第二死体焼却棟では現在激しい勢いで粛清が行われている。今週中に私たちの粛清も行われるらしい。私が今どんな状況で書いているか理解して、私の軽率な文章、私のフランス語を許して欲しい。」

——一一月末、ヒムラーはビルケナウの死体焼却棟の解体命令を出す。

——一一月末、ハイム・ヘルマンとザルメン・レヴェンタルが処刑される。

私は祖父がこの奴隷蜂起に加わっているといういかなる証拠も持っていない。また祖父がこれに加わっていないといういかなる証拠も持っていない。マテス・ヤブウォンカは、取り乱させるほどこの反抗の指導者たちに似ており、とりわけ、ポーランドの皮革職人で、三〇歳前後の共産主義者、パリに避難場所を見つけた後で第四九番列車で強制移送されたジョゼフ・ドレンブスに似ているので、私が二〇世紀の偉大な英雄たちの一人の孫であることもありうるのである。しかし本当らしいことと妄想との間で、もはや境界ははっきりしない。

最後の仮説。生にしがみつき、呆然として人と付き合わず、うつ状態に陥り、それでいて、レジスタンスの中核と関係を持っている。マテスはこういうすべての面を持ち合わせている。しかし行動しうる前に、チフスで死ぬ。あるいは粛清される。あるいはほかの何らかの形で。

以上である。私の研究は終わりに近づいている。朝、私は燃えるような目で、しかし狼狽して、朝食のテーブルにみんなを迎える。私の調査は私に平安をもたらしてはくれなかった。私は今彼らの生と彼らの死を真正面から見つめることができるが、見守ってくれる自分の神々と一緒に自分のお墓の中に横たわるあの小さな子供のままでずっとあり続けるだろう。彼らの死は私の血管の中を流れている。毒のようにではなく、私の命そのもののように。私は自分の娘たちには別のことを夢見る。死が運命ではなく境界標である一人の男性、一人の女性の尊厳を高らかに示して欲しい。そうすることは、私にはもう遅過ぎるのである。

過去の中に生きること、とりわけ、この過去の中に生きることは、人を狂わせる。しかし私の不眠の本当の原因は失敗したことにある。私はこれまで、二〇か所ほどの公文書資料館を探索し、あらゆる種類の証言者に会い、ポーランド、イスラエル、アルゼンチン、米国を訪れ、イディッシュ語、ヘブライ語、ポーランド語、スペイン語、英語、ドイツ語のテキストを渉猟してきた。真実の発するあるがままの炎で私たちの心を焼灼止血することはできないものかと空しい試みを続けて、孫であり歴史家である自分自身の最良の部分を捧げてきた。私は客観的というよりも——客観的であることは大したことを意味しない、私たちは現在にくぎ付けになり、自分自身の中に閉じ込められているのであるから——、根源的に正直であろうとした。自己に対してこのように曖昧さを排除するということは、最も厳しく自己から距離を取り、同時にまた、最もトータルに自己を投入することにつながるのである。「私は」と語りつつも、状況的には許されうるかもしれない大げさで涙を誘う調子は避ける、という二重の必要性、私の確信を私の疑いとともに伝え、私の直感を私の断念とともに伝える義務。こうして私の仕事は妥協を許さないものになり、私が思い描く祖父の姿にやや近い感じにもなってくる。学術性とアンガジュマンとを対立させること、外的な事実とそれを書き留める人の情念とを対立させること、歴史と語り方とを対立させること、こうしたことはすべて空しい。なぜなら、感動はパトスや、最上級表現の繰り返しから発するのではなく、真実を目指す私たちの弛まぬ努力から噴き出してくるからである。感動は方法の要求してくるものを文学が満足させているかどうか測るための試金石である。

しかしながら、私はまったく満足を感じていない。彼らの死について何も知らないし、彼らの生について大したことは知らないのである。彼らは馬具職人と縫製職人であり、イディッシュ世界の革命家である。彼らは、何者なのか、何をしたのかと問われて、その悲劇的な生涯の最後まで迫害され続けた。私はパリの研究者で、社会民主主義者で、ほとんどブルジョワである。彼らは燃え上がるユダヤ人ボリシェヴィキであるのに対し、私はフランスの同化ユダヤ人である。私たちはいかなる言語も共有していない。しかし私が彼らの生の外側にとどまり続けているのは、ただ単にそうしたことのためだけなのではない。私の賭けが無謀であることは、自分自身を例に取ってみればよくわかる。私たちの行為の総計は私たちが何であるかを明らかにはしないし、ばらばらないくつかの行為だけではまったく何もわからないからである。混ぜ合わせ、集め、比べ、繕い直しても、私は何も知ってはいない。唯一の慰めは、もっとよくやることはできなかったということだ。

私は歴史家である。巨大化した太陽によって十億年後に地球上の生命が破壊されると予告する天文学の本を、七、八歳の頃、慄いて見ていたように。それでは破壊されて、私たちは、私たちの家や通りは、本や、さらには墓は、何も残らないのだろうか。

私は歴史家である。自分の父を両肩に背負って炎のトロイアを出るアイネイアスのように。

私は歴史家である。世界を修復するために。

世界の修復、ヘブライ語では「ティクン・オラム」。私自身、あの「非ユダヤ的ユダヤ人」の一人だろうか。彼らは、真実の探究に存在全体が燃え尽きるのであるから、彼らの父祖たちと同じほど本源的なユダヤ人たちである。この本はそうしたユダヤ性に対する私の忠実さ、イディッシュ語を話さず、ペサハを祝うことなど何とも思わない私の忠実さを表明するものである。それは私が自分を見失うことのない唯一のユダヤ性であり、そこには記憶と研究も含まれる。私の祖父母も私の父も私も「ユダヤ人に生まれた」のではない。私の娘の小学校の入り口に設置された記念プレートには、「ユダヤ人に生まれた故に殺害された」と書かれていて、それはこのような解釈を請け合ってくれるはずもない。ガス室に押し込まれるのはもちろん私や私の家族である。しかしそれはまた、あなたとあなたの子供たちであり、あなたとあなたの母、兄弟、孫たちである。なぜあなたたちなのか。私はわからないが、しかしやはりあなたたちなのだ。あなたたちは理由もなく苦しみ、そして時が満ちる前に死ぬ。カルテや軍関係の記録、どうということもない手紙、アルバムやフェイスブックのアカウントの中の何枚かの写真以外には何の痕跡も残さずに。私の書く歴史はユダヤ人について語るのではないし、ましてや「あれほど苦しんだユダヤ人について」語るのでもない。私の家族はシナゴーグには行かない。マテスとイデサは、彼らが投獄されることを望んだパルチェフのユダヤ人名士たちや、あの貧民の群れに恐れ慄いたパリのブルジョワ・イスラエリットたちと何の関係があろう——まさしく、死に追いやられるべく同じ貨車に閉じ込められたということ以外には。しかし彼らの最期だけを見るのは、結局、殺人鬼と同じことをしているのである。

私は私の祖父母が一つの世代を象徴するが故に彼らを特別な対象とする。彼らは彼ら自身よりも大きいからである。どういう資格においてであろうか。シュテトルから西欧への歩みだからであろうか。スターリンとヒトラーの間で生きられた悲劇だからであろうか。ショアーによって断ち切られた愛だからであろうか。ゾンダーコマンドの男の生と死だからであろうか。私の祖父母の伝記だからであろうか。言葉は嘘をつく。発せられるや、多様な存在者たちを裏切り、彼らの自由をないがしろにしてしまう。私は「ユダヤ人」と言うことで、私の祖父母をアイデンティティーの覆いの下に再び閉じ込めてしまうことになる。しかし彼らは生涯にわたりそれを壊し、普遍を抱こうとしたのである。私が「私の祖母」と言うと、膝にのせて物語を読んでくれる、薄ひげの生えた頬が垂れたおばあちゃんをみんな考える。しかしイデサは二八歳で死んだのである。私はすでに彼女よりも年取っている。時間が過ぎれば過ぎるほど、私は彼女を守り、彼女の永遠の若さを大切にしなくてはならない。在来種の穂の間、赤い染みがあちらこちらにあって、ヒナゲシが顔を出しているのに人は気づく。しかしわざわざその香りを嗅いだり摘んだりすることは決してしない。実際、まったく香りはないし、花びらも不格好であり、少し風が吹けば落ちてしまう。知識として、私は大したものは摘み取れなかった。

私は、私が彼らのことを誇りに思うように、彼らが私のことを誇りに思ってくれたかどうかわからない。失敗の散りばめられた彼らの人生は、いかなる断念にも汚されることはない。解放への激しい闘志によって、彼らは自分を越えていく。それに対し、私の反抗は実際弱々しいもので、忘却や沈黙に抗し、当然の流れ、無関心、平凡性に抗するものにすぎない。私の研究は終わりに近づき、彼らの人生も同様である。しかしこの終わりは、また一つの解放でもある。なぜなら彼らは今、自らの本来の生の噴出、横溢に戻っていくからである。彼らは還元不可能な形で、規格外に、生のために作られた存在なのだ。別れに際し、私は彼らにこう言いたい。愛している、いつも思っている、彼らが生きた人生、彼らが掲げた自由に私は讃嘆を惜しまない、と。また、彼らに対して感謝している、とも言いたい。なぜならフランスという、平和で、自由で、豊かな国に私が生きていられるのは彼らのおかげだからである——たとえ、彼らはおそらく事態をそのようには見ていなかったとしても。彼らのことを知り、彼らのなまりを変だと感じ、彼らのプレゼントはややずれていると思い、彼らの語る物語に魅惑されたかったということを、私は彼らに知って欲しい。私はまた彼らに続きを語りたい。戦後彼らの子供たちは帰化し、彼らの三人の孫たち——私のいとこ、弟、私——は良い教育を受け、それを通して共和国は彼らが知ったのとは違う表情を見せてくれたことも伝えたい。私は今晩ブエノスアイレスへ向かう飛行機に乗る。

一九四三年六月、収容所へのガス供給を担当していた親衛隊将校クルト・ゲルシュタインは、製造元であるデゲシュ社の代表のところで、「こうした方法の残酷さ」に不安を抱いている。「［犠牲者たちの］苦しみは、一般に販売されているチクロンの中に含まれる刺激剤によるものである。」[53] しかしすでに、マリオン・ザムエル、老アンナ・シュヴァルツ、カガンの子供たちはもういない。第一あるいは第二掩体壕で、イデサはおそらく彼らと一緒である。彼らは、銃殺されたり、喉を絞められたり、首を切られたりして、人間存在を死に至らしめるやり方で殺されるのではなく、虱をつぶすように、汚い下着を消毒するように殺される。『人生と運命』の中で、医師ソフィア・オシポヴナは、冷たいすべすべしたコンクリートの上で、素足のまま、小さな男の子と抱きしめ合って死ぬ。彼らが吸う空気は生をもたらさず、生を追い出し、子供は動かぬ人形に変形する。[54]『最後の正しき人』の中で、エルニ・レヴィは恐れ慄く子供たちにこう叫ぶ時間をかろうじて持つ。「強く吸って、私の子羊たち、速く吸って！」[55]しかしこうした想像の場面が私たちにとって大きな救いとなるのかどうか私には自信がない。

反対に、クルト・ゲルシュタインの手紙はチクロンBが恐るべき苦しみの中で殺害するものであることを教えてくれる。犠牲者たちは死ぬ直前、酸素の最後の一息を吸うべく争っていると、私たちはいくつかの証言から結論しうる。シュロモ・ヴェネジアは述べている。ガス室を開けると、「身体の激しい奮闘のために、眼が眼窩から飛び出してしまった人たちが見えた。体のあらゆる箇所から出血した人、自分や他の人の糞便で汚れた人もあった。[56]」一九四三年三月のある日、ヘンリク・タウベルが仲間とともに入る第二死体焼却棟のガス室は、息詰まるような熱気が支配している。死体は強烈なバラ色に変わり、緑色の斑点が浮かび、血が流れ出し、唇の端には泡が出ている。ガスが作用する前に、踏みつけられて死んでしまった者もいる。目を大きく開けて、彫像のようになっている者もいる。[57]

第四九番列車がビルケナウに着く時期には、死体はもう森の中の「プール」に埋められてはおらず、露天で焼かれている。人間の脂が補助穴に流れ込み、それを回収して死体にかけ、燃焼を速める。私の祖母は到着時にガス殺されていなければ、収容所で病気か衰弱で死ぬ。あるいは「ムスリム」となって、ガス室で終わるために送られる。したがって彼女の体は穴か焼却炉で焼かれるのだ。

最後にもう一度私はパルチェフ青年団のグループ写真を見る。イデサは一七歳か一八歳で、美しい盛りである。その眼から、その存在全体から、不思議な優しさが発している。髪は黒い螺旋を描いて肩に落ち、頬のビロードのような柔らかさが陰の中に広がっていく。

一九二二年、彼女はパルチェフのポーランド学校に通う。

一九三五年、禁固五年に処せられる。

一九四〇年、そのイディッシェ・マメ（*yiddishe mame*）の腕の中で私の父を揺する。

一九四三年、ウパトリア小路の部屋に戻るために階段を駆け上がる。


一九八一年、私のことを校門に迎えに来る。

どんなに寄り添おうとしても、死んでいくのは彼らである。第二死体焼却棟に配属され、ゾンダーコマンド反乱の中心となり、心引き裂かれる「灰の下の手記」を記したグラドフスキでさえ、最後まで彼らについていくことはできない。続きを語ることができるだけだ。「最初に火がつくのは髪の毛である。肌は気泡で膨れ、数秒にして破裂する。腕と脚はよじれ、血管と神経は引っ張られて四肢が動く。すでに体全体に炎がまわり、肌は破れて、脂が流れ出す。烈火の燃え盛る音が君にも聞こえるだろ。もう体は見えず、地獄の猛火が内側で何かを焼き尽くすのが見えるだけだ。腹が破裂する。腸や内臓が噴き出し、数分でもう跡形もない。頭は燃えるのにもう少し時間がかかる。二つの小さな青い炎が眼窩の中で瞬いている──一番奥にある脳漿とともに燃え尽きていく眼だ。口の中では舌がまだ焦げている。全過程は二〇分続く──、そして一つの体、一つの世界が灰に帰す。」(58)

シュザンヌとマルセルは、一九四四年一一月の末、リュイトレ村を離れた。彼らを迎えに来たソーシャルワーカーは何も説明をしなかった。犬のピラム、飼いならした豚への別れの挨拶は短かった。クルトゥ夫妻はヴィトレ＝フジェール線のラ・ブルビチエール停車場まで子供たちを見送りに来た。クルトゥ夫人は熱い涙を流し、自分の住所を大きく書いた紙片を子供たちのポケットに滑り込ませた。クルトゥ爺さんは停まったばかりの列車に子供たちを抱き上げ、ソーシャルワーカーに彼らの荷物を託した。列車は出発した。

夜はフジェールのホテルで過ぎた。明け方、針のある大きな丸い目覚まし時計が静寂を引き裂き、マルセルは恐れ慄いて目覚めた。

彼らはフジェール駅で別の列車に乗った。パリでは病院で疥癬の治療を受けた。コンスタンとアネットはしばらくの間サン・モール通りの家に彼らを引き取った。クリスマスに、マルセルは新しい木馬をもらった。UJREから生まれた子供中央委員会が施設を開設しはじめており、一九四五年初頭、シュザンヌとマルセルは、ほかのユダヤ人孤児たちとともに、パリ郊外のランシー・コトーに送られた。坂道の通りから遠くない、庭のある、中くらいの大きさの家であった。冬、その坂をスキーで滑り降りることができた。

一九四五年一月九日、アウシュヴィッツが解放される三週間前、彼らは幼稚園に入園した。

謝辞

私は〈ショアーの記憶のための財団〉から惜しみない支援を頂戴しました。とりわけDominique Trimburに感謝します。

Audrey Kichelewski、Ewa Maczka、Dariusz Magierはポーランドにおける私の公文書調査を、Pascal Carreau、Claude Charlot、Françoise Gicquel、Hélène Guillot、Karen Taïebはフランスにおける公文書調査を助けてくれました。

この仕事は、有能かつ繊細な翻訳者の助けがなければ不可能でした。イディッシュ語についてはBernard Vaisbrot、ポーランド語についてはWojtek Kalinowski、Audrey Kichelewski、Ewa Maczka、ヘブライ語についてはKeren Gitaï、Erez Levy、Gil Mihaelyにお世話になりました。

数多くの証言者の皆さんが、ご両親について、ポーランド、移民、戦争について私に話すことを承諾してくれました。Mireille Abramovici、Ida Apeloig、Liliane Balbin、Mme Chevry、Leslie Cokin、Richard Coren、Sheila Duerden、Robert Erpst、Serge Gardebled、Phyllis Goldberg、Marek Golecki、Liliane Gottheff、Renée Hardy、Ginette Kawka、Sarah Montard-Lichtsztejn、Mireille Negrinotti、Charles Raduszinski、Nathalie Rafal、David Rencus、Dominique Rzeszkowski、Cécile Servais、Sam Silverman、Paulette Sliwka、Phyllis Sonnenschein、Claude Szejnman、JoseTorres、Robert Vazghir、Georges Wajs、Colette Weibel、Sylvain Zylbersteinに心からお礼を申し上げます。

同僚と友人たちは、その知見と能力で助けてくれました。Jean-Marc Berlière、Sarah Gensburger、Raphaële Kipen、Nicolas Mariot、Pauline Peretz、Jean-Yves Potel、Paul-André Rosental、Tania Sachs、Pierre Savy、とりわけ Claire Zalc。Tal Bruttmann、Christophe Charle、Liza Méry、Benjamin Spector は厳しく原稿を読み返してくれました。ありがとうございます。

Maurice Olender は私の仕事をずっと励まし、光栄なことに彼のシリーズに迎えてくれました。深く感謝します。

家族の伝記はもちろん家族で作られました。彼らの応対、親切、証言、ありがたく思っています。ベニト、ポチョ、セリア、マウリシオ、スサンナ、マルク、タマラ、アフヴァ、ゾハル、それに配偶者の皆さん。私の世代では、ガブリエラ、サブリナ、シェイラ、リリ、マヤ、レウト、シル、ノアム。フランスのジャブロンカ家では、私の妻アリーヌ、母シルヴィ、弟シモン、いとこのパスカル、そして、父マルセルはこの歴史の中心人物の一人であり、その助けは決定的なものでした。父がいなければ何も試みることはできませんでした。伯母シュザンヌは私たちよりも先に始めていました。私たちと一緒に冒険を続けることができたらきっと幸せだったろうと思います。

この本を、ラファエル、エロイーズ、アルチュール、クレマンス、ルイーズに捧げます――私たちの生の光。

訳者あとがき

本書はIvan Jablonka, *Histoire des grands-parents que je n'ai pas eus. Une enquête*, Seuil, 2012の全訳である。二〇一二年、優れた歴史研究に与えられる、アカデミー・フランセーズ・ギゾー賞、歴史書元老院賞、およびオーギュスタン・チエリー賞を受賞した著作である。著者は、現在パリ第一三大学の歴史学の教授であり、後述する著作のほかにも多数の研究を刊行している。本訳書は氏の著作の初めての日本語訳になる。

祖父母がポーランドから移住してきたユダヤ系フランス人の著者の姓《Jablonka》は、フランス語では「ジャブロンカ」と発音される。原著を読む多くの読者も、第1章でポーランド語の発音が示されるまではそのように読み進めるものと考えられる。しかし、本訳書の本文中では、人名は出身地域の音を基に日本語に転記することを原則としたため、《Jablonka》はすべて最初から「ヤブウォンカ」とした。

ジャブロンカ氏は、本書の理論的続編と呼べる『歴史は現代文学である——社会科学のためのマニフェスト』（*L'histoire est une littérature contemporaine. Manifeste pour les sciences sociales*, Seuil, 2014）の中で、自らの歴史研究の方向性を、ヘロドトスに始まる西欧の歴史記述の歴史の中に位置づけて説明している。その核心はすでに本書でも明確に表明されており、氏は、いわゆる客観的真理と「私」による語りとが相互背反的に分別された安定した土地を離れ、両者がせめぎ合う、研究者にとっては危険でもある領野に敢えて足を踏み入れる。自分自身の祖父母を真正面から取り上げ、歴史学・社会学・文学という通常の学問分野を横断し、またフィクションとドキュメンタリーという常識的分界を越えて、真実を求めていく。昨夏刊行され、メディシス賞とル・モンド賞を受賞した『レティシア』(*Laëtitia*, Seuil, 2016)は、二〇一一年にフランスのナント近郊で発生した殺人事件を基に、政治・司法・教育・家族・女性など現代フランス社会の多様な領域の問題をトータルに解明しようとした著作であるが、そこにも本書の手法が活かされている。

本著作は、「スターリン主義、第二次世界大戦、ヨーロッパ・ユダヤ世界の破壊という二〇世紀の悲劇によって葬り去られてしまった人たち」について の語りである。著者は、「ユダヤ人について語るのではないし、ましてや「あれほど苦しんだユダヤ人について」語るのでもない」ことを強調している。その視線は、現在のフランス社会で時に問題化される、ショアーという事件の唯一性に立て籠るものとは正反対であり、生きている時も死んでからもずっと不可視のままである人々すべてに延びている。まさにこの方向こそ、「非ユダヤ的ユダヤ人」の歩む本道なのであろう。本書でも言及されているアンドレ・シュヴァルツ＝バルトの『最後の正しき人』という作品は、「ラメド・ヴァフ」、すなわち隠れた正しき人(各世代には三六人の正しき人がいて、世に知られず、また自らも知らないのだが、地上の苦しみはその人々に流れ込み、彼らは世界を支えていく)というユダヤの伝統に汲んだものであるが、本書はこの隠れた正しき人々の探求であり、発見であり、伝承ではないか。訳者にはそう思われてならない。

本訳書の刊行にあたっては、名古屋大学出版会編集部の橘宗吾氏、三原大地氏に大変お世話になった。橘氏からお勧めをいただかなければ、私はこの仕事に関わる幸運を持てなかった。三原氏のアドヴァイスにより訳文の精度を高めることができた。この場を借りて御礼を申し上げる。また、翻訳の難所で何度か助けてくれた妻のシルヴィにも感謝したい。

二〇一七年初夏

田所光男

付属資料

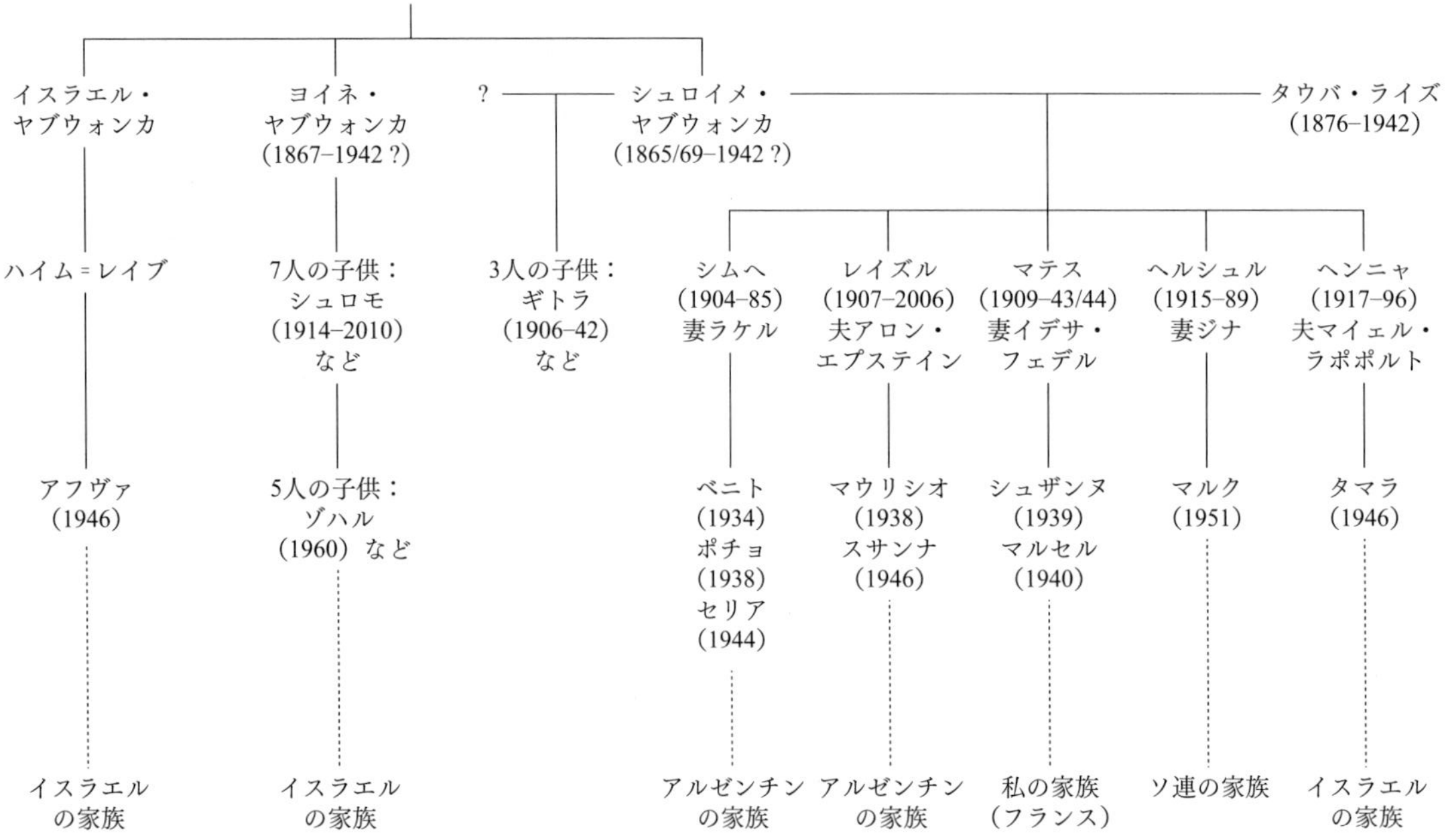

1　ヤブウォンカ家（簡略家系図）

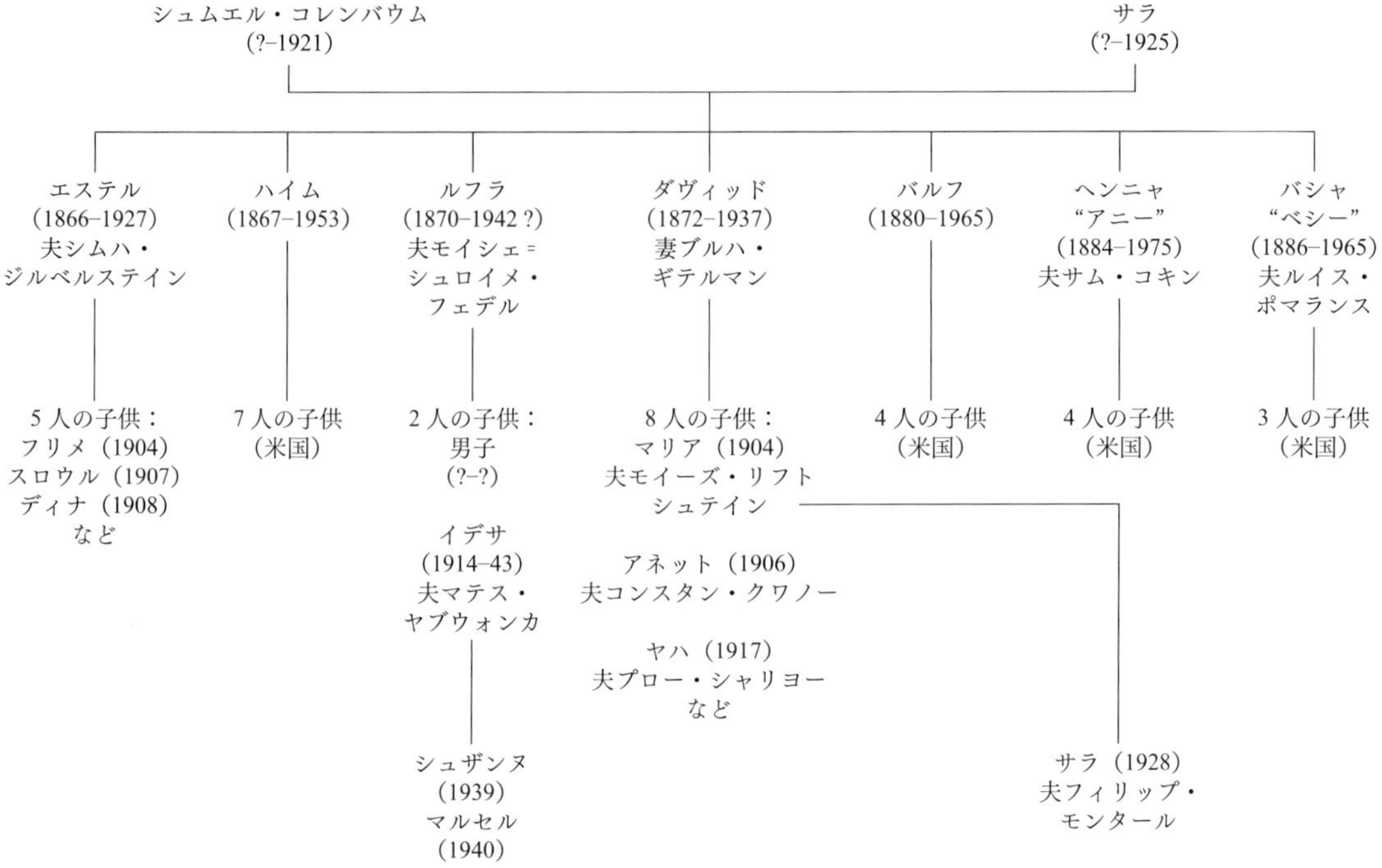

2　コレンバウム家（簡略家系図）

3　マテス，ヘンニャ，ヘルシュル，日付なし（©Ivan Jablonka, 家族所蔵資料）

4　イデサとマルセル，1940 年末（©Ivan Jablonka, 家族所蔵資料）

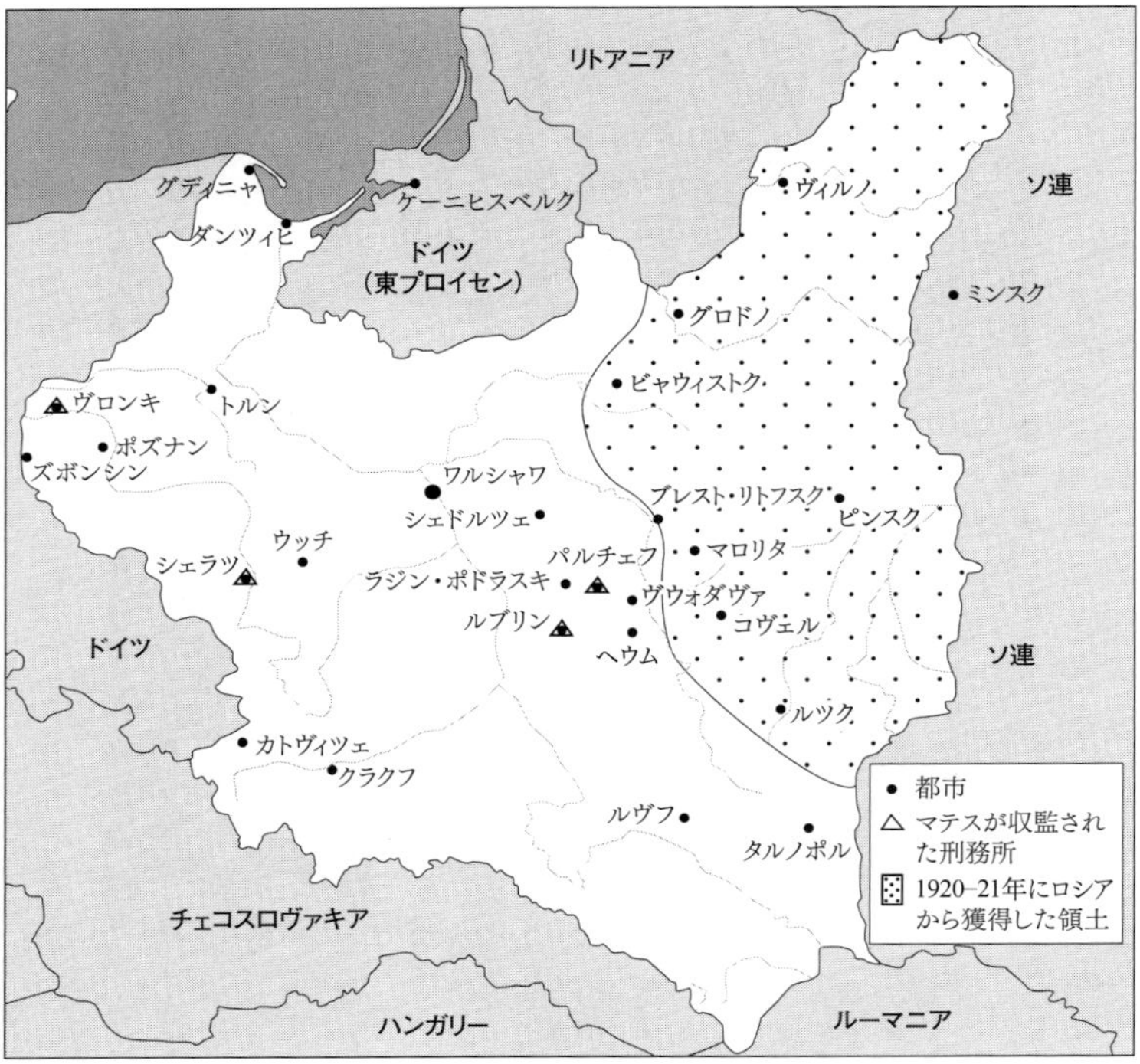

5　両大戦間のポーランド

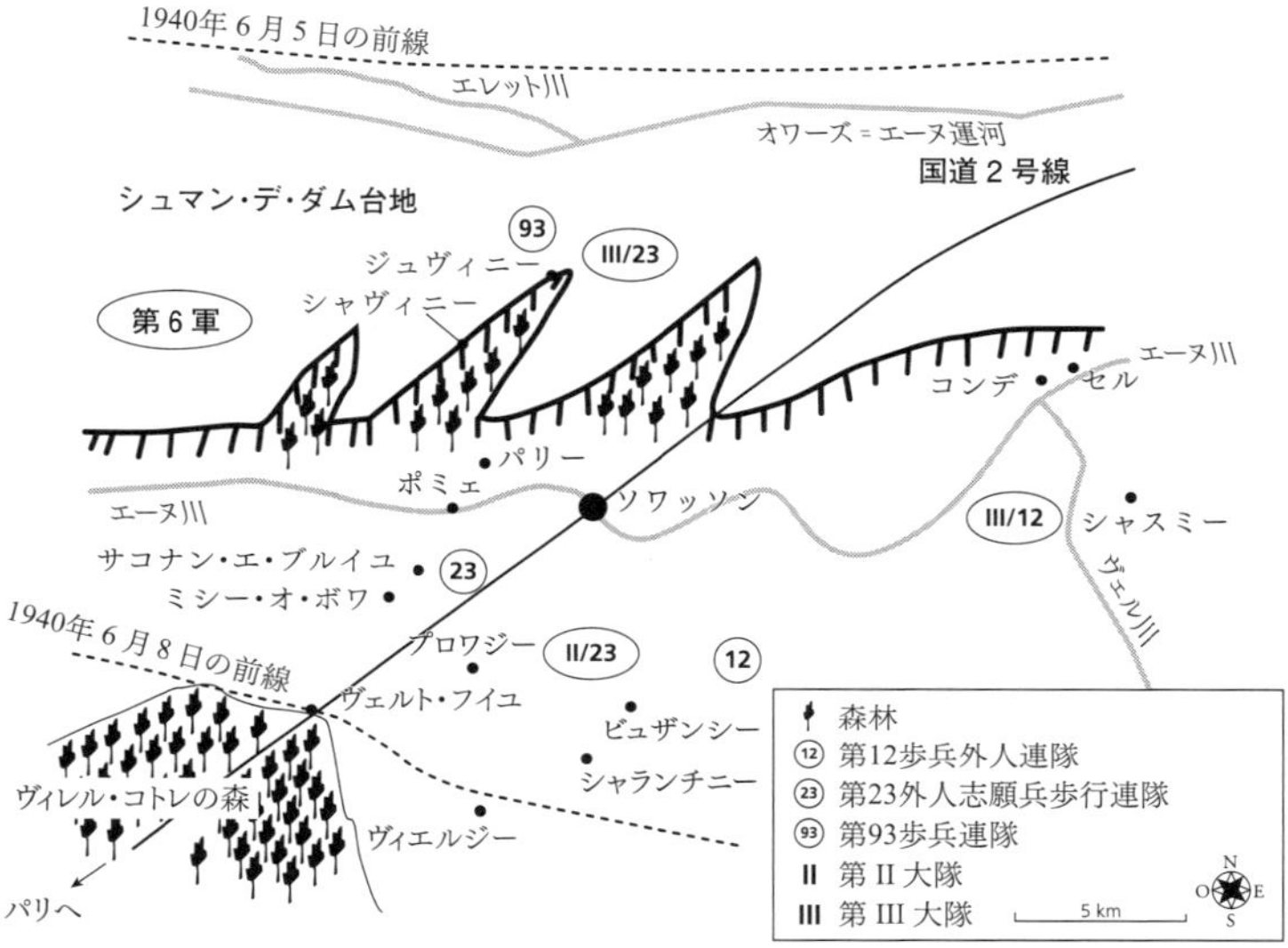

6　ソワッソンの戦い，1940年6月5日–8日（©PAO Seuil）

7　ベルヴィル＝メニルモンタン地区，パリ，1930 年代（*Paris, plan et des listes des rues,* 4e partie, P. Joanne, Librairie Hachette & Cie, plan 14）

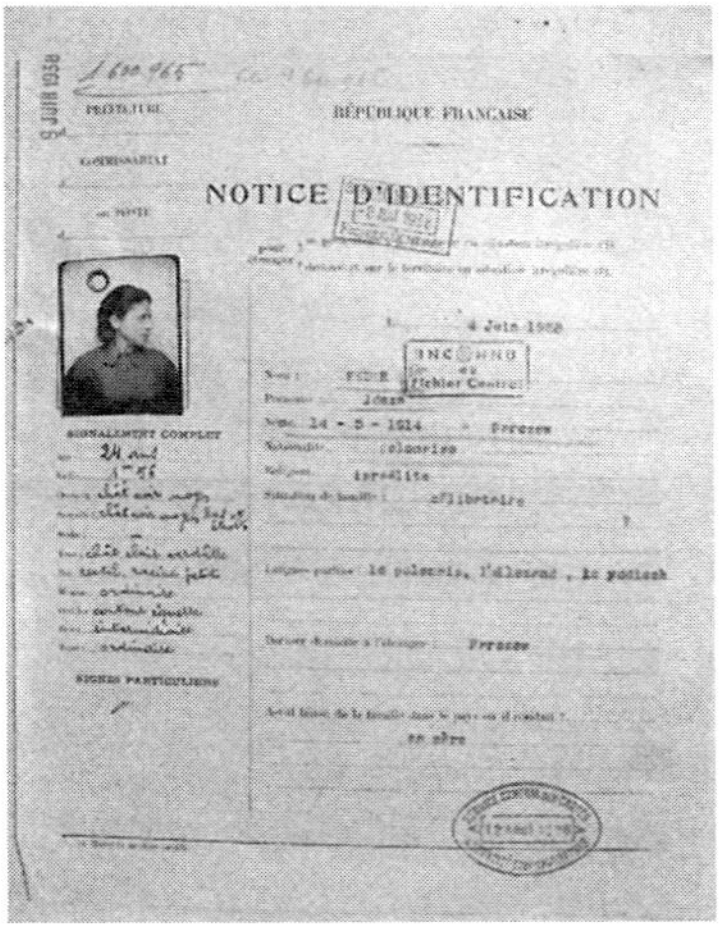
RÉPUBLIQUE FRANÇAISE

NOTICE D'IDENTIFICATION

4 Juin 1938

SIGNALEMENT COMPLET

SIGNES PARTICULIERS

8　イデサの特徴記載カード，1938 年 6 月
(© 現代資料センター，フォンテーヌブロー)

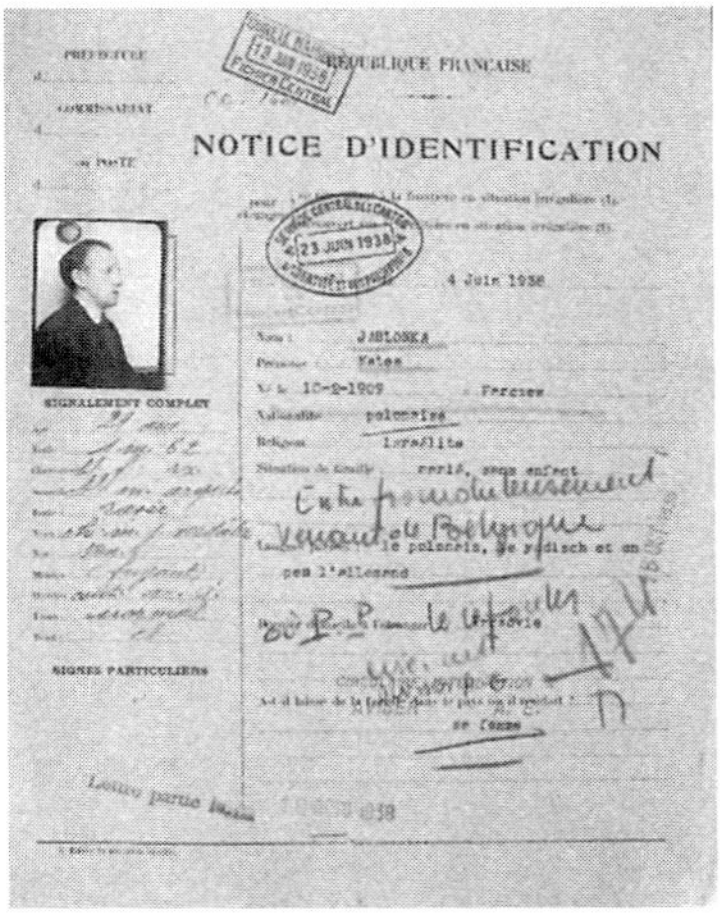
RÉPUBLIQUE FRANÇAISE

NOTICE D'IDENTIFICATION

23 JUIN 1938

4 Juin 1938

JABLONKA

SIGNALEMENT COMPLET

SIGNES PARTICULIERS

9　マテスの特徴記載カード，1938 年 6 月
(© 現代資料センター，フォンテーヌブロー)

《訳者紹介》

田所《たどころ》 光男《みつお》

1956 年　東京都に生まれる
1985 年　東京大学大学院総合文化研究科博士後期課程中途退学
現　在　名古屋大学大学院人文学研究科教授
著訳書　『異文化への視線』(共著，名古屋大学出版会，1996 年)
『講座 小泉八雲 II ハーンの文学世界』(共著，新曜社，2009 年)
ベールシュトルド他編『18 世紀の恐怖』(共訳，法政大学出版局，2003 年) 他

私にはいなかった祖父母の歴史

2017 年 8 月 1 日　初版第 1 刷発行

定価はカバーに
表示しています

訳　者　田 所 光 男

発行者　金 山 弥 平

発行所　一般財団法人 名古屋大学出版会
〒 464-0814　名古屋市千種区不老町 1 名古屋大学構内
電話(052)781-5027/ F A X(052)781-0697

印刷・製本 亜細亜印刷㈱　ISBN978-4-8158-0879-2
乱丁・落丁はお取替えいたします。

略語一覧

AAN	新証書資料館（ワルシャワ）
AD	県公文書館
AE	国家公文書館（ルブリン）
APP	警視庁公文書館（パリ）
AVP	パリ市公文書館（パリ）
BDIC	現代国際資料図書館（ナンテール）
CAC	現代資料センター（フォンテーヌブロー）
CARAN	国立公文書館受け入れ・研究センター（パリ）
CDJC	現代ユダヤ資料センター（パリ）
EMA	総参謀本部
EVDG	戦時志願兵
FFDJF	フランスのユダヤ人強制移送者の息子と娘たち
JMO	行軍作戦日誌
KPP	ポーランド共産党
KZMP	ポーランド青年共産主義同盟
LDH	人権連盟
MOI	移民労働者同盟
MOPR	国際赤色救援とも呼ばれる，革命家支援国際機構
OSE	子供救済機構
OZN	国民統一陣営
PCF	フランス共産党
REI	歩兵外人連隊
RG	総合情報局
RI	歩兵連隊
RMVE	外人志願兵歩行連隊
SHD	防衛省史料館，旧 SHAT（ヴァンセンヌ）
UGIF	フランス・イスラエリット総同盟
UJRE	抵抗と相互扶助のためのユダヤ人同盟
UWL-WSP	ルブリン県社会政策局
YKUF	イディッシュ文化同盟

用語解説

私はイディッシュ語の単語や名前の綴りを統一せず，YIVO 式音声学にシステマティックに頼るよりも，フランス語で最も一般的だと思われる形を採用した。*goys*［ゴイ］（*goyim* ではなく），*shtetls*［シュテトル］（*shtetlekh* ではなく），Israël（Yisroel ではなく），Poale Tsion［ポアレ・ツィオン］（Poaley Tsiyon ではなく），など。

kh の音（ドイツ語の *ch* のように発音される）については，*kh*eydèr［ヘイデル］，Aley*kh*em［アレイヘム］，Yizkèr-Bu*kh*［イズケル・ブーフ］，また *Ch*aïm［ハイム］，*Ch*evra Kedisha［ヘヴラ・カディシャ］，あるいはさらに *H*aïfa［ハイファ］と表記した。

名前については，関係者が選んだ形を使った。そのため本書の中では，Shloymè［シュロイメ］（イディッシュ語）と Shlomo［シュロモ］（ヘブライ語），Moyshè［モイシェ］（イディッシュ語）と Moshé［モシェ］あるいは Moshè［モシェ］（ヘブライ語），Simkhè［シムヘ］（イディッシュ語）のスペイン語形 Simje［シムヘ］と Symcha［シムハ］（ポーランド語），Raquel［ラケル］（スペイン語），Rachel［ラヘル］（ヘブライ語），Ruchla［ルフラ］あるいは Ruchelé［ルヘレ］（イディッシュ語）が見られる。

また一般的によく使われている語彙（Pilsudski［ピウスツキ］，Bialystok［ビャウィストク］など）以外は，ポーランド語の単語や名前にアクセント記号を付した。

Aktion（ドイツ語）：ナチの用語で，略奪と殺害の「作戦行動」。
Alyah（ヘブライ語）：「上ること」，すなわち，イスラエルへの移住。
Bar-mitsvah（ヘブライ語）：ユダヤ人の少年が宗教上の責任主体へ移行することを祝う儀礼（13 歳以降）。
Beder（イディッシュ語）：*bod*（公衆浴場）の経営者。
Beygel（イディッシュ語）：リング型のパン。甘いのも，そうでないのもある。
Bod（イディッシュ語）：公衆浴場，蒸気風呂，公立浴場。
Bund（イディッシュ語）：イディッシュ語文化とユダヤ人自治を支持するユダヤ社会主義運動（その活動家は「ブンド派」）。
Chevra Kedischa（アラム語）：亡くなった人々の葬儀を担当する信徒団。
Endeks（ポーランド語）：「国民民主主義者」，極右活動家。
Eretz-Israël（ヘブライ語）：「イスラエルの土地」，「約束の地」，また転じて，

1948年以前のパレスチナを指す。

Ganef（イディッシュ語）：泥棒。

Gefiltè fish（イディッシュ語）：ひき肉などを詰めた鯉，ユダヤの伝統料理。

Geriatrico（スペイン語）：老人ホーム。

Gleyzelè（イディッシュ語）：少量の飲み物，たいていはアルコール。

Goy，複数形 **goyim**（イディッシュ語）：非ユダヤ人。

Hanoukka（ヘブライ語）：シリアに対するマカベア家の勝利を記念する祭り（ふつう12月中）。

Hassidim（ヘブライ語）：「敬虔な人たち」。（18世紀に生まれた）ユダヤ教の民衆的で神秘主義的一派であるハシデイズムの信者。

Judenrampe（ドイツ語）：絶滅収容所における「ユダヤ人スロープ」，強制移送者の降りるホーム。

Judenrat（ドイツ語）：ゲットーの管理を容易にするためにナチによって設置された「ユダヤ人評議会」。

Judenrein（ドイツ語）：ナチの用語で，「ユダヤ人がまったくいない」。

Kaddish（アラム語）：ユダヤの祈り，しばしば服喪のために唱えられる（孤児たちの *Kaddish*）。

Kapo（ドイツ語）：ナチの収容所で，強制移送者たちを指揮する役割の（一般に，普通犯の）収容者。

Kheydèr（イディッシュ語）：子供のための宗教学校。

Kippa（ヘブライ語）：宗教的ユダヤ人がかぶる，ビロードなど布製の小帽子。

Komuna（ポーランド語）：政治囚のグループである「コミューン」。

Krematorium（ドイツ語）：アウシュヴィッツ第二収容所ビルケナウにおける，巨大なガス室と複数の焼却炉を有する，殺人と死体破壊の一体型工場。

Lag Ba-Omer（ヘブライ語）：ローマに対するユダヤの反乱（共通暦135年）を記念する祭り。

Landsmanshaft（イディッシュ語）：出身のシュテトルや都市ごとに形成される相互扶助会。

Leykekh（イディッシュ語）：伝統的なケーキ（スポンジケーキの一種）。

Mamzèr（イディッシュ語）：非嫡出子，また比喩的意味で，賢い，抜け目のない，狡猾な人。

Matsa，複数形 **matsès**（イディッシュ語）：ヘブライ人たちのエジプト脱出を記念する過越しの祭りの前日に焼かれる，無酵母パン（膨れていない）。

Melamed，複数形 **melamdim**（ヘブライ語）：*Kheydèr* の教員。

Mezuzah（ヘブライ語）：ユダヤ人の住まいの扉の縁枠に取り付けられる，トーラーの章句の入った細長い小箱。

Mikvè（イディッシュ語）：ユダヤの儀式風呂。

Musulman：ナチの強制収容所の用語で，衰弱の最終段階に達した収容者。
Powiat（ポーランド語）：郡に相当する行政区域。
Reb（イディッシュ語）：「先生」や「氏」に相当する敬称。
Revkom（ロシア語）：ボリシェヴィキの革命委員会。
Rynek（ポーランド語）：大広場。
Saba（ヘブライ語）：祖父。
Sabra（ヘブライ語）：*Eretz-Israël* で生まれたユダヤ人。
Shabbat（ヘブライ語）：いかなる仕事も禁じられる安息日（毎週土曜日）。
Shéma Israël（ヘブライ語）：「聞け，イスラエル」。ユダヤ教の基本的な祈りの最初の言葉。
Shlimazel（イディッシュ語）：不運な人，失敗者。
Shtetl，複数形 **shtetlekh**（イディッシュ語）：伝統的なユダヤ小都市や村。
Sonderkommando（ドイツ語）：アウシュヴィッツ＝ビルケナウで，ガス室から死体を運び出し，焼却することを担当させられた，ユダヤ人強制収容者の「特別作業班」。
Technik（ポーランド語）：プロパガンダの道具を担当する，共産党の活動家。
Tefillin（ヘブライ語）：聖句箱，すなわち，宗教的ユダヤ人が祈る前に革紐で左腕と頭に巻き付ける，トーラーの章句が入った小箱。
Tía, tío（スペイン語）：おば，おじ。
Yeshiva（ヘブライ語）：ラビの指導の下，ユダヤの若者たちがトーラーとタルムードを学ぶ場所。
Yid（イディッシュ語）：ユダヤ人。
Yiddishe mamè（イディッシュ語）：「ユダヤ人の母」，子供たちへの愛と優しさにあふれている。有名な歌のタイトル。
Yiddishkeyt（イディッシュ語）：イディッシュの慣行や文化に結び付いた生活様式。
Yizkèr-Bukh（イディッシュ語）：第二次世界大戦後に，生存者たちによって発行された，シュテトルや都市についての「思い出の記」。
Żydo-komuna（ポーランド語）：ユダヤ人と共産主義とを結び付ける反ユダヤ主義的ステレオタイプ。

注

［1］ドイツによる占領地域では，1942 年 6 月以降，黄色いダヴィデの星（ユダヤ人と書かれている）を衣服に縫いつけていることが強制された。

1　自分の村のジャン・プチ＝ポミェ

［1］本書の本文中では，« Jablonka » はポーランド語の発音に従い「ヤブウォンカ」と表記する。フランス語では「ジャブロンカ」と発音されるため，本書の著者名は「ジャブロンカ」とした。なお，« Jablonka » をフランス語に翻訳すると « Petit-Pommier » となる。

［2］これらの形象は，「緑のヴァイオリン弾き」などのシャガールの絵の中に見出せる。

（1）イディッシュ語の « *shtetl* »（村）という語は « shtot »（町）の指小辞であり，人口 2000 人から 10000 人の集住地を指す。この語は親しみや情愛までも含意している。つまりユダヤ人にとって，「そこは同胞が居住する場所であるばかりではなく，特別な経済的・社会的構造体であり，個人間関係と集団的関係のネットワークであり，自己と世界に関わる方式であり，特殊な生活様式であり，ユダヤ的空間なのである」（Rachel Ertel, *Le Shtetl. La bourgade juive de Pologne*, Paris, Payot, 1982, p. 16）。本書の付属資料に家系図と地図を掲載し，巻末に用語解説を収めた。

（2）旧シナゴーグと旧ユダヤ学習所の写真は次の著作に収められている。Wojciech Wilczyk, *Niewinne oko nie istnieje = There's no Such Thing as an Innocent Eye*, Łódź, Atlas Sztuki, Kraków, Korporacja Ha! Art, 2009, p. 433-435.

［3］ショアー（ナチによるユダヤ人ジェノサイド）の中，迫害されるユダヤ人を救った非ユダヤ人としてイスラエル国家によって顕彰された人々。日本人では杉原千畝が選ばれている。

（3）ヤン・グロスによれば，ポーランド人住民はユダヤ人虐殺を完璧に覚えているばかりではなく，積極的に加わることも非常に多かった。〈正しき人たち〉がユダヤ人を匿っていたことを近所の人たちに明かすことをなぜ恐れていたのか，これで説明がつく（Jan Gross, *Les Voisins. 10 juillet 1941, un massacre de Juifs en Pologne*, Paris, Fayard, 2002, p. 159-161）。また，「ユダヤ人を匿っていた人々はかなりのお金を蓄えたのではないかと疑われていた（その疑いはしばしば当を得ていた）。［……］彼らは名を知られてしまうと，“ユダヤ人の友”という烙印を押されるばかりではなく，彼ら自身も盗みの

被害を被る恐れがあった」(Jan Gross, *La Peur. L'antisémitisme en Pologne après Auschwitz*, Paris, Mémorial de la Shoah, Calmann-Lévy, 2010, p. 82)。

(4) パルチェフ市役所，戸籍課，ラビ戸籍簿，マテス・ヤブウォンカとイデサ・ヤブウォンカの婚姻（1937年6月26日）。

(5) 同上，出生証書，レイズル・ヤブウォンカ（1907年1月7日，41番），マテス・ヤブウォンカ（1909年2月10日，42番），ヘルシュル・ヤブウォンカ（1915年6月16日，104番），ヘンニャ・ヤブウォンカ（1917年4月3日，408番）。

[4] 1953年，エルサレムに設立された，ショアーの犠牲者と英雄を追悼する記念館。「諸国民の中の正しき人」の名前はここの壁に刻まれる。

(6) Isaac-Leyb Peretz, *Tableaux d'un voyage en province* [1890], in *Les Oubliés du shtetl : Yiddishland*, Paris, Plon, coll. « Terre humaine », 2007, p. 92.

(7) Shlomo Zonenshayn, Elkana Niska, Rachel Gottesdiner-Rabinovitch (dir.), *Livre du souvenir de Parczew*, Haïfa, 1977 (en hébreu et en yiddish). « Yizkèr-Bukh » という表現は，第二次世界大戦後，ドイツ語 « Buch » とヘブライ語 « yizkor »（死者の祈りのタイトルであり最初の語）から作られた新語である。これは，思い出，移民の語り，短編小説，詩，記録文書の複製，個人や集団の図像，ナチの犠牲者リスト，などを混在させる1つの完全な文学ジャンルである（Annette Wieviorka, Itzhok Niborski, *Les Livres du souvenir. Mémoriaux juifs de Pologne*, Paris, Gallimard-Julliard, coll. « Archives », 1983 を参照のこと）。

(8) Rachel Gottesdiner-Rabinovitch, « La transition des régimes » (en hébreu), in *Livre du souvenir de Parczew*, *op. cit.*, p. 52–55.

(9) Pawel Korzec, *Juifs en Pologne. La question juive pendant l'entre-deux-guerres*, Paris, Presses de la Fondation nationale des sciences politiques, 1980, p. 51–52.

(10) Rachel Gottesdiner-Rabinovitch, « La transition des régimes », art. cit.

[5] ユダヤ暦アダルの月（2月から3月の頃）の祭日。ペルシアのクセルクセス王の時代，ユダヤ人を根絶しようとする大臣ハマンの企みを王妃エステルとモルデハイが未然に防ぎ，逆に敵を滅ぼしたという故事にちなむ祭り。

(11) *Id.*, « Ma petite ville chérie que je n'oublierai jamais » (en hébreu), in *Livre du souvenir de Parczew*, *op. cit.*, p. 29–38.

(12) ロマン・ドモフスキの導く国民民主党は，ユダヤ人，社会主義者，共産主義者を敵とする教権主義的極右の代表である。

(13) Sabina Seroka, « Les Juifs de Parczew », dactylographié, s.l.n.d. (fin des années 1980).

[6] フランス語でも，« pizza » と表記する。

(14) Stanislaw Jadczak, *Parczew i powiat parczewski*, *1401–2001* (brochure historique éditée par la mairie de Parczew), Lublin, Express Press, 2001, p. 69–72.

(15) *Annuaire de Pologne pour le commerce, l'industrie et l'artisanat et l'agriculture* (*Księga Adresowa Polski*), 1929. 以下のアドレスで閲覧可能。http://www.jewishgen.org/jri-pl/bizdir/start.htm

［7］男性の着る，特に盛装用の丈の長い上着。

(16) Avrom Efrat-Hetman, « C'était la rue Żabia » (en hébreu), in *Livre du souvenir de Parczew, op. cit.*, p. 106-108. パルチェフの木造の古いシナゴーグとユダヤ人消防隊を以下のアドレスで見ることができる。http://yivo1000towns.cjh.org

(17) 1942年アヴの月9日（1942年7月23日）という日付は，『思い出の記』の複数の寄稿者が言及している。アヴの月9日は年によって変動するものの，共通歴前586年と後70年におけるエルサレムの神殿の二度の破壊を記念する日である。ナチは，ユダヤ教信仰のカギとなっている日付を利用して犠牲者たちの気力を打ち砕くために，おそらくわざとこの日付を選んだのであろう。ただし，以下の著作の « Parczew » においては別の日（1942年8月16日）とされている。Shmuel Spector (dir.), *The Encyclopedia of Jewish Life Before and During the Holocaust*, vol. 2, New York, New York University Press, 2001, p. 969.

(18) Sabina Seroka, « Les Juifs de Parczew », art. cit.

(19) « Parczew », in Shmuel Spector (dir.), *The Encyclopedia of Jewish Life..., op. cit.*, p. 969.

(20) ナショナリストのレジスタンス組織 WiN（「自由と独立」）のメンバーで，このポグロムの指導者の1人が語る話を読むことができる。1946年2月5日，民兵たちはパルチェフに行き，3人のユダヤ人から武器を取り上げ，処刑する。そうした後，略奪商品を積み込むためにトラックを徴発して，町の名士たちの家に向かう。「こうしたユダヤ人たちは武器を捨て，どこかに隠れるために何もせずに逃げ出した。［カトリックの］住民たちは何が起こっているのかを理解し，銃撃されるのを恐れることもなく，“レジスタンスの男たち”を見るために歓呼して通りに出てきた。パルチェフの若者たち，特に高校生たちは，我々がユダヤ人を捜索したり，トラックに荷を積み込むのを勇敢にも手助けしてくれた。4，5時間後に合図が鳴り，全員現場を離れた。」(Alina Cała, Helena Datner-Śpiewak, *Dzieje Żydów w Polsce, 1944-1968. Teksty źródłowe*, Warszawa, ZIH, 1997, p. 37-39 からの引用)。

(21) Yehuda Leybl Beytl, « Parczew, notre ville » (en hébreu), in *Livre du souvenir de Parczew, op. cit.*, p. 89-91.

［8］ユダヤ暦ティシュレーの月（9月から10月の頃）において新年10日目にあたる贖罪の日。

(22) Shlomo Zonenshayn, « La cour du rabbi. Le rabbi, ses servants et l'oratoire de Parczew » (en hébreu), in *Livre du souvenir de Parczew, op. cit.*, p. 17-28.

(23) Yehuda Leybl Beytl, « Parczew, notre ville », art. cit.

[9] ユダヤ教の儀礼において聖歌を歌う役割を担当する。その職務はふつう父から子へと受け継がれる。

[10] 口伝律法であるミシュナーの注解であり，ミシュナーとともにタルムードを構成する。

(24) 特に次の著作を参照のこと。Gershom Scholem, *La Kabbale. Une introduction, origines, thèmes et biographies*, Paris, Le Cerf, 1998, p. 333 *sq*.

(25) Shlomo Zonenshayn, « En souvenir de la communauté juive martyre de Parczew » (en yiddish), in *Livre du souvenir de Parczew*, *op. cit*., p. 176.

(26) Benjamin Mandelkern, *Escape From the Nazis*, Toronto, James Lorimer and Company, 1988, p. 13–16. 『思い出の記』の 3 つの記事でもこのエピソードが語られている。

(27) Hocher Antchel Engelman, « Le portrait de notre bourgade » (en yiddish), in *Livre du souvenir de Parczew*, *op. cit*., p. 109–112.

(28) シャバットの日にたばこを吸うザルメン・ジスマン老人の写真は以下のアドレスで閲覧できる。http://yivo1000towns.cjh.org/

(29) Sabina Seroka, « Les Juifs de Parczew », art. cit.

(30) Isaac-Leyb Peretz, *Tableaux d'un voyage en province*, *op. cit*., p. 114–115.

(31) ショレム・アッシュ（1880 年，クトノの生まれ）は，『シュテトル』(*Dos Shtetl*, 1904）の中で，家族でのシャバット，伝統的結婚式，祭礼，連帯，様々な職業の静かな喜び，自然の美しさ，などいくつかの場面を通して，理想的で，守られてきたシュテトルを描き出している（Itzhok Niborski, « Sholem Asch. L'écrivain de la cohésion et de l'éclatement », préface à Sholem Asch, *La Sanctification du nom*, Lausanne, L'Âge d'homme, 1985, p. 9–20)。

[11] ユダヤ教の律法に従って処理された食品。

(32) Isaac-Leyb Peretz, *Enchaînés devant le temple*, in *Théâtre yiddish*, Paris, L'Arche, 1989.

(33) Isaac-Leyb Peretz, « Die frumè katz » (« La chatte pieuse »), in Cécile Cerf, *Regards sur la littérature yidich*, Paris, Académie d'histoire, 1974, p. 51–54.

(34) この場面は以下の著作の中で語られている。Feyguè Chtchoupak, chapitre sans titre (en yiddish), in *Livre du souvenir de Parczew*, *op. cit*., p. 293–300.

(35) Pierre Leurot, *Le Livret du bourrelier-sellier-harnacheur. Manuel pratique*, Paris, Maison des métiers, 1894 [1924], p. 4.

(36) Rachel Ertel, *Le Shtetl...*, *op. cit*., p. 187–189.

[12] このイメージは文学・音楽・演劇においてしばしば登場する。映画『天井桟敷の人々』(1945 年）の中で，ジャン＝ルイ・バローがパントマイムで演じる，恋するバチストもよく知られている。

(37) Baruch Niski, « Une visite à Parczew en 1968 » (en yiddish), in *Livre du souvenir de Parczew*, *op. cit*., p. 265.

(38) ルブリン国家公文書館（AE），ラジン・ポドラスキ部門，パルチェフ市公文書，68，1887年から1937年の間に生まれた男姓のパルチェフ市人口調査。および，同，74，ユダヤ人貸借人に代わって入居した貸借人，通り別（1944年）。

(39) Adam Kopciowski, « Anti-Jewish Incidents in the Lublin Region in the Early Years After World War II », *Holocaust. Journal of the Polish Center for Holocaust Research*, 2008, p. 177–205.

(40) Marian Marzynski, *Shtetl*, Boston, Marz associates, WGBH, 1996, 3 vol. ; Eva Hoffman, *Shtetl, The Life and Death of a Small Town and the World of Polish Jews*, New York, Public Affairs, 2007 [1997], notamment p. 48.

(41) AE (Radzyń Podlaski)，パルチェフ市公文書，75，ユダヤ人からの返還要求。

(42) 東ガリツィアとブコヴィナについて，オマー・バートフは，証拠写真とともに数多くの実例を挙げている。例えば，クティの旧ユダヤ人墓地は雑草に覆われ，ヤギが食んでいる（Omer Bartov, *Erased. Vanishing Traces of Jewish Galicia in Present-Day Ukraine*, Princeton, Princeton University Press, 2007, p. 97 ou p. 110）。戦後，ポーランド行政機関はユダヤ人の信仰の場所の用途変更を認めるが，しかし「その建物が以前有していた宗教的性格とは相容れない目的（映画館，ダンス・ホール，演芸場）には使用しないという条件の下で」である。同様に，ヴウォダヴァ地方でも行政は，シナゴーグを映画館に変えようとする郡長と争っている（Jan Gross, *La Peur..., op. cit*., p. 89）。パルチェフの場合もこれであった。

[13] ヤド・ヴァシェムがあるのはエルサレムである。

(43) 次の2著作を参照のこと。Shana Penn, Konstanty Gebert, Anna Goldstein (dir.), *The Fall of the Wall and the Rebirth of Jewish Life in Poland, 1989–2009*, The Taube Foundation for Jewish Life and Culture, 2009 ; Jean-Yves Potel, *La Fin de l'innocence. La Pologne face à son passé juif*, Paris, Autrement, 2009.

[14] 中欧・東欧のユダヤ人の伝統的な音楽。

[15] ローマ神話において，冥府の女王であり，四季の女神。

2 職業革命家

(1) Motel Polusetski, « Comment on a créé la première bibliothèque juive à Parczew » (en yiddish), in *Livre du souvenir de Parczew*, *op. cit*., p. 82–86.

(2) Rachel Gottesdiner-Rabinovitch, « Ma petite ville chérie que je n'oublierai jamais », art. cit.

(3) Motel Polusetski, « Comment on a créé la première bibliothèque juive à Parczew », art. cit.
(4)「イデオロギーの氾濫」については，Rachel Ertel, *Le Shtetl...*, *op. cit.*, p. 146 *sq.* を参照のこと。
(5) Emil Horoch, Albin Koprukowniak, Ryszard Szczygieł, *Dzieje Parczewa, 1401–2001* (*Histoire de Parczew*), Parczew, Urząd, Miasta i Gminy, 2001, p. 218.
(6) Faïwel Schrager, *Un militant juif*, Paris, Les Éditions Polyglottes, 1979, p. 19.
(7) AE (Lublin), ルブリン県社会政策局 (UWL-WSP), 1918–1939, 整理番号 403.
(8) コミンテルン，すなわち第三インターナショナルは，モスクワの指導下に各国の共産党を結集する。戦間期の KPP（最初は KPRP）については，次の2著作を参照のこと。M. K. Dziewanowski, *The Communist Party of Poland. An Outline of History*, Cambridge, Harvard University Press, 1959, chap. VIII ; Norman Davies, *God's Playground. A History of Poland*, vol. 2, *1795 to the Present*, Oxford, Clarendon Press Oxford, 1981, chap. XXII.
(9) Myriam Tendlarz-Shatzki, « L'influence de la révolution russe sur la jeunesse de Parczew » (en hébreu), in *Livre du souvenir de Parczew*, *op. cit.*, p. 285–287.
(10) Rachel Gottesdiner-Rabinovitch, « La transition des régimes », art. cit. このエピソードは以下の著作でも語られている。Emil Horoch *et al.*, *Dzieje Parczewa*, *op. cit.*, p. 212.
(11) Daniel Beauvois, *Histoire de la Pologne*, Paris, Hatier, 1995, p. 296 *sq.* ; Jerzy Lukowski, Hubert Zawadzki, *Histoire de la Pologne*, Paris, Perrin, 2010, p. 254 *sq.* 紛争は 1921 年 3 月 18 日のリガ条約により終結。東部領土の併合により，ポーランドの全人口中，ウクライナ人が 14 パーセント，ユダヤ人が 10 パーセント，ベラルーシ人が 3 パーセント，ドイツ人が 2 パーセントとなる。
(12) Emil Horoch *et al.*, *Dzieje Parczewa*, *op. cit.*, p. 213–214.
(13) Pawel Korzec, *Juifs en Pologne...*, *op. cit.*, p. 213 からの引用。
(14) AE (Lublin), UWL-WSP 403, article 2012 (p. 17).
(15) Jaff Schatz, *The Generation : The Rise and Fall of the Jewish Communists of Poland*, Berkeley, University of California Press, 1991, p. 83 ; Emil Horoch *et al.*, *Dzieje Parczewa*, *op. cit.*, p. 213–214.
(16) ワルシャワ新証書資料館 (AAN)，ルブリン地方裁判所，198，第一刑事部判決（1934 年 12 月 3 日）。
[1] フランス共産党の機関紙『ユマニテ』(*L'Humanité*) のこと。
[2] 1919 年の国民議会議員選挙に際して，ボリシェヴィキを警戒するよう訴えたポスターによって広まった残忍なイメージ。
(17) Jaff Schatz, *The Generation...*, *op. cit.*, p. 53 et p. 108 *sq.*（シャーツは 43 名の元

ユダヤ人共産主義者にインタヴューを行った).

(18) AAN, ルブリン地方裁判所, 198, および 424/XVIII-228, 収監者マテス・ヤブウォンカ関係書類。

(19) AAN, ルブリン地方裁判所, 198, 被告のユダヤ語による著作の鑑定・翻訳書 (1933 年 12 月 12 日)。

(20) Guido Miglioli, *La Collectivisation des campagnes soviétiques*, Paris, Rieder, 1934, p. 277.

(21) AE (Lublin), UWL-WSP 403, article 2022, rapport du 3 mars 1933 (p. 4-5).

(22) Jaff Schatz, *The Generation..., op. cit.*, p. 94 からの引用。

(23) *Ibid.*, p. 106-107.

(24) AE (Lublin), UWL-WSP 403, article 2022, rapport du 2 juin 1933 (p. 20-23).

(25) Moshè et Élie Garbarz, *Un survivant. Pologne 1913-1929, Paris 1929-1941, Auschwitz-Birkenau, Jawischowitz-Buchenwald 1942-1945*, Paris, Plon, 1983, p. 26-29.

(26) Max Wolfshaut Dinkes, *Échec et mat. Récit d'un survivant de Pchemychl en Galicie*, Paris, FFDJF, 1983, p. 21.

(27) 以下の 3 著作を参照のこと。Moshe Mishkinsky, « The Communist Party of Poland and the Jews », in Yisrael Gutman *et al.* (dir.), *The Jews of Poland Between Two World Wars*, Hanover, London, University Press of New Engalnd, 1989, p. 56-74 ; Pawel Korzec, *Juifs en Pologne..., op. cit.*, p. 112 ; Jan Gross, *La Peur..., op. cit.*, chap. VII.

(28) Mordkhè Rubinstein, « Trois biographies » (en yiddish), in *Livre du souvenir de Parczew*, *op. cit.*, p. 97-101.

(29) 私はここで次の著作からインスピレーションを得ている。Isaac Bashevis Singer, *Le Petit Monde de la rue Krochmalna*, Paris, Denoël, Gallimard, coll. « Folio », 1991, notamment p. 97 et p. 137.

(30) Joseph Minc, *L'Extraordinaire Histoire de ma vie ordinaire*, Paris, Seuil, 2006, p. 29 *sq*.

(31) Yanina Sochaczewska. Annette Wieviorka, *Ils étaient juifs, résistants, communistes*, Paris, Denoël, 1986, p. 23-24 からの引用。

(32) Myriam Tendlarz-Shatzki, « L'influence de la révolution russe sur la jeunesse de Parczew », art. cit.

(33) Isaac Deutscher, *The Non-Jewish Jew and Other Essays*, London, Oxford University Press, 1968, p. 26 *sq*. [I・ドイッチャー『非ユダヤ的ユダヤ人』鈴木一郎訳, 岩波新書, 1970 年。]

(34) AAN, ルブリン地方裁判所, 198, ヴウォダヴァ郡 (*powiat*) 指揮官報告書 (1932 年 1 月 21 日), およびパルチェフ警察署班長の指揮官宛て報告書

（1932 年 5 月 30 日）。
（35）AE（Lublin），UWL-WSP 403, article 2022, rapport du 2 juin 1933（p. 23）; rapport du 2 novembre 1933（p. 50 et p. 75）.
（36）Jerzy Lukowski, Hubert Zawadzki, *Histoire de la Pologne...*, *op. cit.*, p. 266 *sq.* ; Daniel Beauvois, *Histoire de la Pologne...*, *op. cit.*, p. 308 *sq.*
（37）AE（Lublin），UWL-WSP 403, article 2021, rapport du 3 août 1932（p. 30–32）. 次の著作も参照のこと。Emil Horoch, *Komunistyczna Partia Polski w województwie lubelskim, 1918–1938*（*Le KPP dans la voïvodie de Lublin, 1918–1938*）, Lublin, Presses universitaires de Lublin, 1993, p. 121–122.
（38）AE（Lublin），UWL-WSP 403, article 2070（p. 34）.
（39）AE（Radzyń Podlaski），パルチェフ治安裁判所，1933–34, 606.
（40）*Code pénal polonais du 11 juillet 1932 et loi sur les contraventions du 11 juillet 1932*, Paris, Librairie des Juris-Classeurs, Godde, 1933.
（41）AAN，ルブリン地方裁判所，198，被告のユダヤ語による著作の鑑定・翻訳書（1933 年 12 月 12 日）。
（42）Rachel Gottesdiner-Rabinovitch, « Ma petite ville chérie que je n'oublierai jamais », art. cit. ; Even Zahav（anciennement Itzhak Goldstein）, « Les événements de notre bourgade de Parczew en 1930 »（en yiddish）, in *Livre du souvenir de Parczew*, *op. cit.*, p. 112.
（43）AE（Radzyń Podlaski），パルチェフ治安裁判所，606，561 号事件，1933 年 10 月 6 日並びに 12 月 13 日審問（p. 59），および 582 号事件，1933 年 10 月 11 日審問（p. 61）。
（44）AE（Lublin），UWL-WSP 403, article 2022, rapport du 2 décembre 1933（p. 65–66）.
（45）以下の 2 著作を参照のこと。Enzo Traverso, *Les Marxistes et la question juive. Histoire d'un débat*（*1843–1943*）, Montreuil, La Brèche-PEC, 1990, p. 145–147 ; Moshe Mishkinsky, « The Communist Party of Poland and the Jews », art. cit.
（46）Nathan Weinstock, *Le Pain de misère. Histoire du mouvement ouvrier juif en Europe. L'Europe centrale et occidentale, 1914–1945*, vol. 3, Paris, La Découverte, 1986, p. 105–110.
（47）AE（Lublin），UWL-WSP 403, article 2022, rapport du 2 décembre 1933（p. 65–66）.
（48）Louis Gronowski-Brunot, *Le Dernier Grand Soir. Un Juif de Pologne*, Paris, Seuil, 1980, p. 43.
（49）Moshé Zalcman, *Histoire véridique de Moshé, ouvrier juif et communiste au temps de Staline*, Paris, Recherches, 1977, p. 28–29.
（50）AAN，ルブリン地方裁判所，198，物的証拠検査書（1934 年 1 月 5 日）。

(51) 同上，1933 年 12 月 16 日および 19 日における共産主義横断幕引っ掛け事件報告書，および針金購入に関する証人タウバ・ポルセツカ審問書（1934 年 3 月 20 日）。

(52) 同上，被告の判決（1934 年 12 月 3 日）。

(53) AE (Radzyń Podlaski)，パルチェフ治安裁判所，606，111 号事件，マテス・ヤブウォンカとそのほか 7 名の被告人，1934 年 4 月 9 日審問（p. 100）。

(54) AE (Lublin), UWL-WSP 403, article 2023, rapport du 5 mai 1934 (p. 23–24).

(55) AAN，ルブリン地方裁判所，198，および 424/XVIII–228，マテス・ヤブウォンカ関係書類，収監者への面会許可（レイズル 1934 年 8 月 13 日，ギトラ 1934 年 9 月 17 日，カロル・ヴィナヴェル 1934 年 10 月 18 日）。

(56) H. M. Winawer (dir.), *The Winawer Saga*, London, Winawer, 1994, p. 158 *sq.*

(57) Hersh Mendel, *Mémoires d'un révolutionnaire juif*, Grenoble, Presses universitaires de Grenoble, 1982 [1959], p. 107–110.

(58) AAN，ルブリン地方裁判所，198，第一刑事法廷判決（1934 年 12 月 3 日，I.3.K333/34 号事件）。および AE (Lublin), UWL-WSP 403, 2023, p. 114。

(59) 1935 年 2 月 28 日ルブリンで作成されたイデサ・フェデルに対する起訴状，および 1935 年 6 月 18 日の判決（I.3.K133/35 号事件）は，ナンテールの現代国際資料図書館（BDIC）にある。人権連盟（LDH）資料，F delta rés. 798/375，イデサ・フェデル関係書類（n° 9716）がそれである。この理由については後述する。

［3］ブンドの青年組織。

(60) この新たな政策は，1928 年に採択された超左翼戦略を終了するもので，第 17 回党大会（1934 年 1 月）においてブハーリンによって導入され，最後となる第 7 回コミンテルン会議（1935 年夏）で最終的に認められる。以下の 2 著作を参照のこと。Nicolas Werth, *Histoire de l'Union soviétique*, 6e éd., Paris, PUF, 2008, p. 311 *sq.* ; M. K. Dziewanowski, *The Communist Party of Poland...*, *op. cit.*, p. 141–142.

(61) BDIC，LDH，F delta rés 798/375，イデサ・フェデル関係書類，ルブリン地方裁判所ザクシェフスキ裁判長による判決（1935 年 6 月 18 日）。

(62) AAN，424/XVIII–228，マテス・ヤブウォンカ関係書類，ポズナン控訴審裁判所検事宛て受刑者請願書（1936 年 8 月 18 日）。

(63) Hersh Mendel, *Mémoires d'un révolutionnaire juif*, *op. cit.*, p. 255.

(64) 個人所蔵資料，ギトラ・レシュチ（ジゼル・ギャルドブレッド）自伝，1950 年代，出版の年と場所の記載なし。この文書の閲覧を許してくれた，氏の子息セルジュに感謝申し上げる。

(65) AAN，ルブリン地方裁判所，198，および 424/XVIII–228，マテス・ヤブウォンカ関係書類，ルブリン地方裁判所判決（1934 年 12 月 3 日）。

(66) 同上，受刑者マテス・ヤブウォンカに科された懲罰一覧（1934 年），および 1936 年 12 月 8 日シェラツ刑務所から釈放された本受刑者に関する情報記録。

(67) Hersh Mendel, *Mémoires d'un révolutionnaire juif*, *op. cit.*, p. 261.

(68) 国立公文書館，フォンテーヌブロー現代資料センター（CAC），内務省，国家警察ファイル，19940454 (1)，マテス・ヤブウォンカ関係書類，シェラツ刑務所釈放証書（1936 年 12 月 8 日）。この書類がなぜフランスに所蔵されているのかについては後述する。

(69) BDIC，LDH，F delta rés. 798/375，イデサ・フェデル関係書類，1938 年 5 月 27 日面談。

［4］五月広場はブエノスアイレスの中心部にあり，軍事政権時代に消息を絶った子供たちに関する真実を求めて，母親らが毎週木曜日にここでデモを行ってきている。軍部からは「狂女」と呼ばれた。

(70) Jaff Schatz, *The Generation...*, *op. cit.*, p. 218.

(71) Teresa Toranska, *Oni. Des staliniens polonais s'expliquent*, Paris, Flammarion, 1986, p. 23 *sq*. et 197 *sq*. を参照のこと。

［5］1918 年に創設されたソ連共産党の青年組織。

(72) Adam Rayski, *Nos illusions perdues*, Paris, Balland, 1985, p. 198–199. 移民労働者同盟（MOI）はフランス共産党（PCF）の一部門であり，中央委員会に直結する。移民活動家をその出身言語ごとに組織し，ユダヤ（イディッシュ語話者）支部も存在する。

［6］ある組織の内部にあって，敵側に協力する集団。

(73) Hannah Arendt, *Les Origines du totalitarisme*, vol. 3, *Le Système totalitaire*, Paris, Seuil, coll. « Points essais », 1972 [1951], notamment p. 90–95. ［ハンナ・アーレント『全体主義の起源 3——全体主義』大久保和郎・大島かおり訳，みすず書房，1974 年。］

3　より「洗練された」反ユダヤ主義

［1］ニューヨーク湾内にある島の一つで，かつて移民管理施設が置かれていた。

(1) *Erster Altveltlecher Yidisher Kultur-Kongres, Paris 17–21 Sept. 1937 : Stenagrafisher Bericht*, Paris, New York, Warszawa, Tsentral-Garveltung fun Alveltlechen Yidishn Kultur-Farband, s.d. [1937].

(2) Louis Gronowski-Brunot, *Le Dernier Grand Soir...*, *op. cit.*, p. 83 からの引用。

(3) Pawel Korzec, *Juifs en Pologne...*, *op. cit.*, p. 72.

(4) Ezra Mendelsohn, « Poland (after partition) », *Encyclopaedia Judaica*, vol. 16, 2e éd., Macmillan Reference USA, Thomson Gale, 2007, p. 300–306 を参照のこと。

また，雑誌 *Polin* 誌上における 1988 年の活発な議論（Jacek Majchrowski, « Some Observations on the Situation of the Jewish Minority in Poland During the Years 1918–1939 », *Polin. A Journal of Polish-Jewish Studies*, vol. 3, 1988, p. 302–308 ; suivi de Ezra Mendelsohn, « Response to Majchrowski »）も参照のこと。

（5）Daniel Beauvois, *Histoire de la Pologne...*, *op. cit.*, p. 320 *sq.* ; Pawel Korzec, *Juifs en Pologne...*, *op. cit.*, chap. VI.

（6）Paul Zawadzki, « Quatre hypothèses comparatives France-Pologne sur la violence antisémite au XXe siècle », *Cultures & Conflits*, n° 9–10, 1993, p. 113–123.

（7）Vicky Caron, *L'Asile incertain. La crise des réfugiés juifs en France, 1933–1942*, Paris, Tallandier, 2008, p. 206–208.

（8）Edward Wynot, « "A Necessary Cruelty" : The Emergence of Official Anti-Semitism in Poland, 1936–1939 », *The American Historical Review*, vol. 76, n° 4, octobre 1971, p. 1035–1058.

（9）Roman Vishniac, *Un monde disparu*, *op. cit.*, photos 19, 20, 34 et légendes.

(10) AE (Lublin), UWL-WSP 403, article 2016, rapport du 4 février 1935 (p. 1–3), rapport du 3 octobre 1935 (p. 54–55) ; article 2017, rapport du 4 juin 1936 (p. 27–28).

(11) *Ibid.*, article 2017, rapport du 4 juin 1936 (p. 27–28).

(12) *Ibid.*, article 2017, rapport du 2 juillet 1936 (p. 34–35).

(13) Emil Horoch *et al.*, *Dzieje Parczewa*, *op. cit.*, p. 215.

(14) Elkana Niska, « Trois épisodes de ma bourgade de Parczew » (en yiddish), in *Livre du souvenir de Parczew*, *op. cit.*, p. 274–276.

(15) Celia Heller, *On the Edge of Destruction : Jews of Poland Between the Two World Wars*, New York, Columbia University Press, 1971.

(16) AE (Lublin), UWL-WSP 403, article 2018, rapport du 5 juin 1937 (p. 30) ; rapport de novembre 1937 (p. 51).

(17) Pawel Korzec, *Juifs en Pologne...*, *op. cit.*, p. 207–208.

(18) BDIC, LDH, F delta rés. 798/379, マテス・ヤブウォンカ関係書類（n° 10815), 1938 年 11 月 4 日面談。

(19) Moshè et Élie Garbarz, *Un survivant...*, *op. cit.*, p. 26–28.

(20) Isaac Deutscher, « La tragédie du communisme polonais entre les deux guerres », *Les Temps modernes*, n° 145, mars 1958, p. 1632–1677.

［2］1934 年に創設されたソ連邦内務人民委員部。KGB の前身機関。

(21) Aleksander Wat, *Mon siècle. Entretiens avec Czesław Miłosz*, Paris, Lausanne, Éditions de Fallois, L'Âge d'homme, 1989, p. 354.

(22) Moshé Zalcman, *Histoire véridique de Moshé...*, *op. cit.*, p. 171–184.

［3］ユダヤ人が被ってきた追放や迫害を逆手に取っている，神の位置から地上

の距離を相対化している，等々，いろいろな解釈が可能であろう。

(23) Norman Davies, *God's Playground...*, *op. cit.*, p. 261 et chap. XI.

[4] テオドル・ヘルツル（1860–1904）は現代のシオニズム運動の創始者。『ユダヤ人国家』（1896年）を著している。

(24) Rachel Gottesdiner-Rabinovitch, « Ma petite ville chérie que je n'oublierai jamais », art. cit.

(25) ラテン・アメリカ移民研究センター（Centro de Estudios Migratorios Latino-americanos）のデータベースは，http://www.cemla.com/busqueda.php で閲覧できる（シムヘ « Simje » は誤って « Jabtonka Symeha » という名前でリストアップされている）。Haim Avni, *Argentina and the Jews. A History of Jewish Immigration*, Tuscaloosa, University of Alabama Press, 1991 を参照のこと。

(26) 以下を参照のこと。http://www.theshipslist.com ; Guy Mercier, « Histoire », *Franch Lines. Association pour la mise en valeur du patrimoine des compagnies maritimes françaises*, n° 54, septembre 2007.

(27) AAN，ルブリン地方裁判所，198，被告人の受け取った私信の翻訳。

(28) 以下を参照のこと。Jaff Schatz, *The Generation...*, *op. cit.*, p. 158–160 ; Aleksander Smolar, « Les Juifs dans la mémoire polonaise », *Esprit*, n° 127, juin 1987, p. 1–31 ; Pawel Korzec, Jean-Charles Szurek, « Juifs et Polonais sous l'occupation soviétique, 1939–1941 », *Pardès*, n° 8, 1988, p. 8–28.

[5] 修正主義シオニストの軍隊式青年組織。

[6] フランスは18世紀末の革命の際，ユダヤ人に完全な市民権を与えた。そのユダヤ人解放後の状態を理想化するイディッシュ語表現が起源とする説などがある。

(29) Nicole Lapierre, *Le Silence de la mémoire. À la recherche des Juifs de Płock*, Paris, Plon, 1989, p. 139 からの引用。

[7] 1907年6月，フランス南西部のブドウ栽培業者らが起こした反乱に際し，ベルジエの第17連隊の兵士たちは命令に背き，反乱者側についた。「第17連隊に栄光を」という歌によっても知られる事件。

(30) 20世紀初頭ガリツィアに生まれ，はじめシオニズム活動家になり，その後共産主義者となったトレッペルは1930年パリに来る。「フランス！　私のような無国籍の若者にとって，この言葉がどれほどの情動的負荷を持っているか想像するのは難しいことだろう」（Léoplold Trepper, *Le Grand Jeu*, Paris, Albin Michel, p. 45–46）。こうした感情的結びつきについては，以下を参照のこと。Pierre Birnbaum, *Les Fous de la République. Histoire politique des Juifs d'État, de Gambetta à Vichy*, Paris, Fayard, 1992 ; le documentaire d'Yves Jeuland, *Comme un Juif en France*, KUIV Michel Rotman, 2 vol., 2007, 1h13 et 1h52 ; hors de l'Hexagone, Élizabeth Antébi, *Les Missionnaires juifs de la France, 1860–1939*,

Paris, Calmann-Lévy, 1999.

(31) Joseph Goebbels, *Journal, 1933–1939*, Paris, Tallandier, 2007, p. 437.

(32) パルチェフ市役所，戸籍課，ラビ戸籍簿，マテス・ヤブウォンカとイデサ・フェデルの婚姻（1937 年 6 月 26 日 22 時）。

(33) Ilex Beller, *De mon shtetl à Paris*, Paris, Éditions du Scribe, 1991, p. 59 *sq*.

(34) Faïwel Schrager, *Un militant juif*, *op. cit*., p. 29.

(35) Ilex Beller, *De mon shtetl à Paris*, *op. cit*., p. 59–64.

(36) Jean Améry, *Par-delà le crime et le châtiment. Essai pour surmonter l'insurmontable*, Arles, Actes Sud, 1995 [1966], p. 97.

(37) 家族所蔵資料，シムへとレイズル宛て，シュロイメ，タウバ，イデサの手紙（日付なし，1938 年 2 月頃）。

(38) 家族所蔵資料，イデサ・ヤブウォンカのパスポート，n° 949697, 1065/38。

[8]「栗色の毛皮」の原語 « fourrure marron » の発音は，ふつう「フリュール・マロン」と転記される。しかし原語を速く発音して，「フリュッ，マロッ」と移してみると，これがレールに当たる車輪の音に重ねられていることが感じとれる。

(39) CAC，内務省，国家警察ファイル，19940445 (57)，イデサ・フェデル関係書類。

4　私の家族のユダヤ人サン・パピエ

[1] 文字通りには「証明書類がない」(sans-papiers) という意味であり，現代のフランスにおいて，非正規滞在者を指す言葉になっている。

(1) Vicky Caron, *L'Asile incertain...*, *op. cit*., p. 288 ; Anne Grynberg, « L'accueil des réfugiés d'Europe centrale en France (1933–1939) », *Les Cahiers de la Shoah*, n° 1, 1994, p. 131–148.

(2) Gérard Noiriel, *Le Creuset français. Histoire de l'immigration, XIXe–XXe siècle*, Paris, Seuil, coll. « Points Histoire », 1988, p. 90–91 et p. 252–255 ; Rahma Harouni, « Le débat autour du statut des étrangers dans les années 1930 », *Le Mouvement social*, n° 188, juillet–septembre 1999, p. 61–75.

(3) Philippe Rygiel, « Refoulements et renouvellement des cartes de "travailleur étranger" dans le Cher durant les anées 1930 », in Pilippe Rygiel (dir.), *Le Bon Grain et l'Ivraie. L'État-nation et les populations immigrées, fin XIXe-début XXe siècle*, Paris, Presses de l'ENS, 2004, p. 201 からの引用。

(4) CAC，内務省，国家警察ファイル，19940454 (1)，マテス・ヤブウォンカ関係書類。

(5) Georges Ferrier, « Pour nos réfugiés politiques », *La Défense*, 10 septembre 1937. 以下を参照のこと。Jacques Omnès, « L'accueil des émigrés politiques (1933–

1938). L'exemple du Secours rouge, de la Ligue des droits de l'homme et du Parti socialiste », in Gilbert Badia *et al.*, *Les Bannis de Hitler. Accueil et luttes des exilés allemands en France, 1933–1939*, Saint-Denis, Presses universitaires de Vincennes, 1984, p. 65–101.

(6) 以下の 2 著作を参照のこと。Nathan Weinstock, *Le Pain de misère...*, *op. cit.*, p. 139 *sq.*; Simon Cukier *et al.*, *Juifs révolutionnaires. Une page d'histoire du Yidichland en France*, Paris, Messidor, Éditions sociales, 1987, p. 72 sq.

(7) CAC, 内務省, 国家警察ファイル, 19940454 (1), マテス・ヤブウォンカ関係書類, 第 6 室（領土・外国人警察局）長ブヴィェ氏への報告。

(8) William Irvine, *Between Justice and Politics. The Ligue des droits de l'homme, 1898–1945*, Stanford, Stanford University Press, 2007, chap. VII.

(9) Maurice Milhaud, « La question des réfugiés politiques », *Les Cahiers des droits de l'homme*, n° 17, 15 août 1938, p. 510–516.

(10) BDIC, LDH, F delta rés. 798/379, マテス・ヤブウォンカ関係書類, 面談カード（日付なし）。

(11) 同上, F delta rés. 798/375, イデサ・フェデル関係書類, 1938 年 5 月 24 日, 27 日面談, および F delta rés. 798/374, ヘルシュ・ストル関係書類（n° 8953）。

(12) CAC, 内務省, 国家警察ファイル, 19940445 (57), イデサ・フェデル関係書類, 人権連盟の証明書（1938 年 5 月 30 日）。

(13) 1930 年代の警察ファイルについては, 以下を参照のこと。Gérard Noiriel, *Les Origines républicaines de Vichy*, Paris, Hachette Littératures, 1999, chap. IV; Jean-Pierre Deschodt, « Tous fichés! », *Historia*, septembre 2009.

(14) Émile Kahn, « La police et les étrangers. Le décret-loi du 2 mai », *Les Cahiers des droits de l'homme*, n° 10, 15 mai 1938, p. 295–299.

(15) Claude Vernier (Werner Prasuhn), *Tendre Exil. Souvenirs d'un réfugié antinazi en France*, Paris, Le Découverte/Maspero, 1983, p. 103–104. 次の著作も参照のこと。Clifford Rosenberg, *Policing Paris. The Origins of Modern Immigration Control Between the Wars*, Ithaca, Cornell University Press, 2006, chap. II.

(16) Caude Olievenstein, *Il n'y a pas de drogués heureux*, Paris, Robert Laffont, 1977, p. 18.

(17) CAC, 内務省, 国家警察ファイル, 19940454 (1), マテス・ヤブウォンカ関係書類, 領土内において非正規身分で発見された外国人の身分調書（1938 年 6 月 4 日）。

(18) 同上, 国家警察ファイル, 19940445 (57), イデサ・フェデル関係書類, 領土内において非正規身分で発見された外国人の身分調書（1938 年 6 月 4 日）。以下の著作を参照のこと。Ilsen About, Vincent Denis, *Histoire de*

l'identification des personnes, Paris, La Découverte, coll. « Repères », 2010.

(19) 2つの引用は以下の著作から。Vicky Caron, *L'Asile incertain*..., *op. cit.*, p. 254 et p. 324–325.

(20) CAC，内務省，国家警察ファイル，19940454 (1)，マテス・ヤブウォンカ関係書類，警視庁長官宛て内務大臣書簡，外国人・パスポート課（1938年10月10日），および警視庁，滞在拒否（1938年10月28日）。

(21) 同上，国家警察ファイル，19940454 (1)，マテス・ヤブウォンカ関係書類，内務大臣宛てマテスの手紙（1938年11月16日および12月3日）。

(22) BDIC，LDH，F delta rés. 798/379，マテス・ヤブウォンカ関係書類，LDH事務総長宛てマテスの手紙（1938年12月17日）。

(23) CAC，内務省，国家警察ファイル，19940454 (1)，マテス・ヤブウォンカ関係書類。

(24) 同上，国家警察ファイル，19940445 (57)，イデサ・フェデル関係書類，「滞在許可申請」，手書きの通達（1939年3月13日）。および，警視庁，滞在拒否（1939年4月6日）。

(25) David Weinberg, *Les Juifs à Paris de 1933 à 1939*, Paris, Calmann-Lévy, 1974, p. 242–243 からの引用。

(26) Xavier Barthelemy, *Des infractions aux arrêtés d'expulsion et d'interdiction de séjour*, thèse de droit, faculté de droit, université de Paris, 1936, p. 262–264.

(27) Ilex Beller, *De mon shtetl à Paris*, *op. cit.*, p. 77.

(28) Benjamin Schlevin, *Les Juifs de Belleville*, Paris, Nouvelles Éditions latines, 1956 [1948], p. 104 et p. 120.

(29) CAC，内務省，国家警察ファイル，19940474 (337)，アブラム・ソラシュ関係書類，

(30) Claude Vernier (Werner Prasuhn), *Tendre Exil*..., *op. cit.*, p. 105.

(31) 以下の論文が示す数値に基づいて計算した。Maurice Halbwachs, « Genre de vie », *Revue d'économie politique*, janvier–février 1939, p. 439–455.

(32) *La Défense*, 13 mai 1938, compte-rendu du Congrès national du Secours populaire de France (23–26 juin 1938).

(33) Charlotte Roland, *Du ghetto à l'Occident. Deux générations yiddiches en France*, Paris, Minuit, 1962, p. 136–137.

(34) Michel Roblin, *Les Juifs de Paris. Démographie, économie, culture*, Paris, Picard, 1952, p. 102 ; Claire Zalc, *Melting Shops. Une histoire des commerçants étrangers en France*, Paris, Perrin, 2010, chap. IV.

(35) パリ市公文書館（AVP），人口調査，1936年，20区，ベルヴィル地区，クロンヌ通り，D2M8 695 (p. 185) および，プレソワール通り，D2M8 697 (p. 139–140 ; p. 150)。Claire Zalc, *Melting Shops*..., *op. cit.*, chap. VII を参照の

こと。

［2］パリのあだ名。20世紀初頭にパリで流行したパナマ帽に発するなど，その由来については諸説ある。レオ・フェレに「パナム」（1960年）という歌もある。

(36) Clément Lépidis, « Belleville, mon village », in *Belleville*, Paris, Éditions Henri Veyrier, 1975, p. 61.

(37) Michel Bloit, *Moi, Maurice, bottier à Belleville. Histoire d'une vie*, Paris, L'Harmattan, 1993, p. 72.

(38) Moshè et Élie Garbarz, *Un survivant..., op. cit.*, p. 32.

(39) この一節の執筆にあたっては，David Weinberg, *Les Juifs à Paris..., op. cit.*, p. 32 *sq.* から着想を得た。また以下の著作も参照のこと。Nancy Green, *Les Travailleurs immigrés juifs à la Belle Époque. Le « Pletzl » de Paris*, Paris, Fayard, 1985, chap. IV.

(40) CAC，内務省，国家警察ファイル，19940474 (447)，ヘルシュ・ストル関係書類，内務大臣宛て警視庁長官書簡（1938年1月8日）。

(41) 家族所蔵資料，シムへとレイズル宛てイデサの手紙（1940年5月9日）。

(42) 家族所蔵資料，リチャード・コレンのご好意により入手したコレンバウム家系図と情報。Vanessa Jones, « Revealing hidden roots. Local DNA research has global implications », *Boston Globe*, 23 septembre 2008 を参照のこと。

［3］1927年に創設された，フランスの旧軍人連盟。

［4］長老会議（Consistoire）は，ユダヤ教徒を統括する目的でナポレオン1世によって創設された機関であり，本書で後述される「イスラエリット」（ユダヤ人解放後，フランス社会に同化したユダヤ人）の代表的な組織の一つ。

(43) 以下の2著作を参照のこと。Vicky Caron, *L'Asile incertain..., op. cit.*, p. 138 et p. 148 *sq.* ; Pierre Birnbaum, *Les Fous de la République..., op. cit.*, notamment p. 474.

(44) CAC，内務省，国家警察ファイル，19940474 (447)，ヘルシュ・ストル関係書類，内務大臣宛て警視庁長官書簡（1938年1月8日）。

(45) Moshé Zalcman, *Histoire véridique de Moshé..., op. cit.*, p. 52.

(46) Ralph Schor, *L'Opinion française et les étrangers en France, 1919–1939*, Paris, Publications de la Sorbonne, 1985, p. 661–662.

(47) Nicole Lapierre, *Le Silence de la mémoire..., op. cit.*, p. 68 et p. 133–135.

(48) CAC，内務省，国家警察ファイル，19940464 (85)，ヤンキェル（ヤンケル）・ニスキ関係書類，「フランス人労働者グループ」の手紙（1934年9月2日）。

(49) Faïwel Schrager, *Un militant juif..., op. cit.*, p. 46–47. また以下の著作も参照のこと。Audrey Kichelewski, « *La Nayè Presse*, quotidien juif et communiste, 1934–

1939 », mémoire de maîtrise, université de Paris-I, 2000.

(50) Louis Gronowski-Brunot, *Le Dernier Grand Soir...*, *op. cit.*, p. 64-65.

(51) Faïwel Schrager, *Un militant juif*, *op. cit.*, p. 35 *sq*.

(52) Moshè et Élie Garbarz, *Un survivant...*, *op. cit.*, p. 34.

[5]『聖書』「創世記」第3章16節などを踏まえての表現。

(53) Joseph Minc, *L'Extraordinaire Histoire de ma vie ordinaire*, *op. cit.*, p. 61 *sq*. この文は，フィリップ・ラザルによるミンツの故人略歴の中に引用されている(www.diasporiques.org/In%20memoriam%20Minc.pdf)。

(54) Roger Ikor, *La Greffe de printemps*, in *Les Eaux mêlées*, Paris, Albin Michel, 1955, p. 107.

(55) Benjamin Schlevin, *Les Juifs de Belleville...*, *op. cit.*, p. 70.

[6] チャーリー・チャップリンの創造した人物につけられたフランスでの愛称。

(56) Wolf Wieviroka, « Entre deux mondes », in *Est et Ouest. Déracinés*, Paris, Bibliothèque Modem, 2004 [1936-1937], p. 14.

(57) Léon Groc, « Il y a un problème des étrangers », *Le Petit Parisien*, 25 mars 1939.

(58) Arthur Koestler, *Scum of the Earth*, London, Eland, 2006 [1941], p. 31.

(59) CAC，内務省，国家警察ファイル，19940445 (146)，アブラハム・フィシュマン関係書類。

(60) 同上，国家警察ファイル，19940459 (227)，ギトラ・レシュチ関係書類。

(61) 同上，国家警察ファイル，19940474 (501)，リフカ・シェルマン関係書類。

(62) 同上，国家警察ファイル，19940474 (509)，イツェク・シュナイデル関係書類。外務大臣宛て在ワルシャワ・フランス領事書簡（1938年11月25日)。

(63) パリ警視庁公文書館（APP)，警視庁勾留簿，「公道—外国人」，RGから送致（1938年10月21日から1939年9月18日まで)。

(64) AVP，D2 Y 14 (554)，サンテ刑務所収監簿（一時収監者)。

(65) AVP，D1U6 (3552)，1939年5月17日から19日の軽罪裁判判決，セーヌ県軽罪裁判所第16部（1939年5月17日判決)。

(66) Claude Vernier (Werner Prasuhn), *Tendre Exil...*, *op. cit.*, p. 108.

(67) ヴァル・ド・マルヌ県公文書館（AD)，2Y5/322，フレンヌ刑務所収監簿，および2Y/5DEV 71，フレンヌ刑務所マテス・ヤブウォンカ関係書類。

(68) Maurice Milhaud, « La question des réfugiés politiques », art. cit., p. 511.

(69) APP，BA 2428，内務大臣官房宛て警視庁長官書簡（1939年8月17日)，および内務大臣官房宛て警視庁長官書簡（1939年9月6日)。

(70) Arthur Koestler, *Scum of the Earth*, *op. cit.*, p. 94. 以下の2著作を参照のこと。

Anne Grynberg, *Les Camps de la honte. Les internés juifs des camps français, 1939–1944*, Paris, La Découverte, 1991 ; Denis Peschanski, *La France des camps. L'internement, 1938–1946*, Paris, Gallimard, 2002.

(71) BDIC, LDH, F delta rés. 798/375, ナタン・トロパウエル関係書類（n° 9468）。

(72) Alexis Spire, *Étrangers à la carte. L'administration de l'immigration en France, 1945–1975*, Paris, Grasset, 2005, p. 146–147.

5　1939年秋，外国人たちは志願兵となる

（1）家族所蔵資料，シムへとレイズル宛てマテスの手紙（1939年10月18日）。

（2）ポーランド大使館公式声明。« La révision des Polonais en France », *Le Populaire*, 18 octobre 1939 からの引用。

（3）Jean-Louis Crémieux-Brilhac, *Les Français de l'an 40*, vol. 1, *La guerre oui ou non ?*, Paris, Gallimard, 1990, p. 491 *sq*.

（4）Philippe Landau, « France, nous voilà! Les engagés volontaires juifs d'origine étrangère pendant la “drôle de guerre” », in André Kaspi, Annie Kriegel, Annette Wieviorka (dir.), *Les Juifs de France dans la Seconde Guerre mondiale*, Paris, Le Cerf, 1992（*Pardès*, n° 16), p. 20–38.

（5）Stanislaw Jadczak, *Parczew i powiat parczewski...*, *op. cit.*, p. 69–72.

（6）防衛省，陸軍，外人部隊司令部，旧兵士局，外人部隊兵士マテス・ヤブウォンカ関係書類，ペール・ラシェーズ地区警察署交付の品行証明書（1939年10月8日）。

［1］現代のアルゼンチンにおいて，段ボール類を回収して生活している貧困層を指す言葉。

（7）Jorge Luis Borges, *Livre de sable*, Paris, Gallimard, coll. « Folio », 1978, p. 46.［ホルヘ・ルイス・ボルヘス『砂の本』篠田一士訳，集英社文庫，2011年。］

（8）防衛省，陸軍，外人部隊司令部，旧兵士局，マテス・ヤブウォンカ適性証書（1939年11月8日）。および外人部隊EVDGの志願証書（1939年11月8日）。

（9）現代ユダヤ資料センター（CDJC），ユダヤ人志願兵・旧戦闘員同盟（UE-VACJ）関係資料，志願兵リスト，第一軍管区。

［2］革命の好条件が整うよう，自国の軍事的敗北を受け入れるテーゼであり，第一次世界大戦に際してレーニンによって打ち出された。祖国の防衛に大同団結しようとする主張に対抗する路線である。

（10）Jean-Louis Crémieux-Brilhac, *Les Français de l'an 40*, vol. 1, *op. cit.*, p. 179 からの引用。

(11) Arthur Koestler, *Scum of the Earth*, *op. cit.*, p. 53–54.

(12) « 52 députés ex-communistes [...] convoqués par la justice militaire », *Paris soir*, 7 octobre 1939. 次の著作を参照のこと。Stéphane Courtois, Marc Lazar, *Histoire du Parti communiste français*, Paris, PUF, 1995, p. 171 *sq*.

(13) Arnold Mandel, *Les Temps incertains*, Paris, Calmann-Lévy, 1950, p. 209–211.

(14) 防衛省史料館（SHD），7N 2475，総参謀本部（EMA）1，外国人，軍編成，司法大臣宛て首相書簡（1939 年 11 月 2 日）。および諸将軍宛て首相書簡（1939 年 12 月 20 日）。

(15) AVP，D1 U6 (3552)，1939 年 5 月 17 日から 19 日の軽罪裁判判決，セーヌ県軽罪裁判所第 16 部（1939 年 5 月 17 日判決）。

(16) この理由によりマテスの手紙は次のイデサ関係書類に入っている。CAC，内務省，国家警察ファイル，19940445 (57)，イデサ・フェデル関係書類，内務大臣宛てマテスの手紙（1940 年 5 月 10 日）。

(17) Léon Aréga, *Comme si c'était fini*, Paris, Gallimard, 1946, p. 4–7.

(18) Zosa Szajkowski, *Jews and the French Foreign Legion*, New York, Ktav, 1975, p. 64. シャイコフスキ自身，1939 年 9 月 2 日に志願している。

(19) 家族所蔵資料，シムへとレイズル宛てマテスの手紙（1939 年 10 月 18 日）。

(20) SHD，7N 2475 (3)，EMA 1，外国人，軍編成，外国人志願者の入隊に関する通牒 n° 5（1940 年初頭，日付なし）。

(21) Douglas Porch, *La Légion étrangère, 1831–1962*, Paris, Fayard, 1994, notamment p. 510–511.

(22) Benjamin Schlevin, *Les Juifs de Belleville*, *op. cit.*, p. 174–175.

(23) AAN，424/XVIII-228，収監者マテス・ヤブウォンカ関係書類。

[3] 本書 161–162 頁に戦況が書かれているように，1939 年 9 月，ドイツがポーランドに侵攻し，フランスとイギリスはドイツに対し戦線布告したものの，ドイツは西部戦線では戦闘を展開せず，英仏側も攻撃しない。この状態が「奇妙な戦争」と呼ばれ，1940 年 5 月にヒトラーの軍隊がベネルクス三国に侵攻するまで続く。その後，わずか 1 か月でフランスは敗北してしまう。

(24) Jean-Louis Crémieux-Brilhac, *Les Français de l'an 40*, vol. 2, *Ouvriers et soldats*, Paris, Gallimard, 1990, p. 429.

[4] 第一次世界大戦の時期。

(25) Manès Sperber, *Ces Temps-là*, vol. 3, *Au-delà de l'oubli*, Paris, Calmann-Lévy, 1979, p. 175–179.

(26) SHD，7N 4198 (3)，EMA (9e bureau)，外人部隊，外人部隊登録部および精神状況，1939 年 11 月 6 日付外国人志願および諸表。

(27) Zosa Szajkowski, *Jews and the French Foreign Legion*, *op. cit.*, p. 61.

(28) SHD, 7N 2475 (3), EMA 1, 外国人, 軍編成, バルカレス付属施設長マゾニ准尉報告書（1940 年 1 月 25 日, 親展）。

(29) Claude Vernier (Werner Prasuhn), *Tendre Exil...*, *op. cit.*, p. 122.

(30) SHD, 7N 4198 (3), EMA (9e bureau), 外人部隊, 外人部隊登録部および精神状況, パリ司令部宛てアルジェ暗号電報 2 通の翻訳（1940 年 2 月 27 日, 極秘）。

(31) Jean-Louis Crémieux-Brilhac, *Les Français de l'an 40*, vol. 1, *op. cit.*, p. 495 からの引用。

(32) SHD, 7N 4198 (3), EMA (9e bureau), 外人部隊, 外人部隊登録部および精神状況, ベイルートの親宛て外人部隊兵士フェニコヴィの手紙（1940 年 3 月 13 日, 極秘）。

(33) 家族所蔵資料, シムへとレイズル宛てイデサの手紙（1940 年 5 月 9 日）。

(34) 公的支援公文書館, ロスチャイルド病院入院記録簿, 1939 年 1 月 23 日（シュザンヌ・フェデル誕生）および 1940 年 4 月 29 日（マルセル・ヤブウォンカ誕生）。

(35) パリ市 12 区区役所, 戸籍課, マルセル・ヤブウォンカ出生証書（1940 年 4 月 29 日）。

(36) 家族所蔵資料, シムへとレイズル宛てイデサの手紙（1940 年 5 月 9 日）。

(37) CAC, 内務省, 国家警察ファイル, 19940445 (57), イデサ・フェデル関係書類, 内務大臣宛て外人部隊兵士ヤブウォンカの手紙（1940 年 5 月 10 日）。

(38) Jean-Pierre Azéma, *1940, l'année terrible*, Paris, Seuil, 1990, p. 71 *sq.*; Jean-Louis Crémieux-Brilhac, *Les Français de l'an 40*, *op. cit.*, vol. 2, p. 374 *sq.* et p. 429 *sq.*; Karl-Heinz Frieser, *Le Mythe de la guerre-éclair. La campagne de l'Ouest de 1940*, Paris, Belin, 2003, p. 152 *sq.*

(39) ボーフル将軍の語りによる。Le général Beaufre, *Le Drame de 1940*, Paris, Plon, 1965, p. 228 *sq.* を参照のこと。

(40) *Képi blanc. La vie de la Légion étrangère*, n° 490, dossier spécial « Volontaires étrangers, 1939 », mai 1989, notamment p. 40–45.

(41) SHD, 34N 319, 23e RMVE, 行軍作戦日誌（JMO）。

(42) SHD, 34N 319, 23e RMVE, ディゴワンヌ・デュ・パレ大尉報告書, 日付なし。

(43) Ilex Beller, *De mon shtetl à Paris*, *op. cit.*, p. 161 *sq.*

(44) SHD, 7N 4198 (4), EMA (9e bureau), RMVE 精神状況, 指揮官オモワット中佐報告書（1940 年 5 月 31 日, 親展）。

(45) 防衛省, 陸軍, 外人部隊司令部, 旧兵士局, マテス・ヤブウォンカ兵役抄

書（1940 年 5 月 17 日）。

（46）Jean-Louis Crémieux-Brilhac, *Les Français de l'an 40*, *op. cit.*, vol. 1, p. 586 *sq.*, et vol. 2, p. 644 ; Jean-Pierre Azéma, *1940, l'année terrible*, *op. cit.*, p. 100 *sq.* et p. 130 *sq.*

（47）SHD, 7N 4198 (4), EMA (9e bureau), RMVE 精神状況，第 16 軍管区総司令官宛てバルカレス駐屯地総司令官書簡（1940 年 5 月 31 日，極秘）。

（48）S. Danowski, « Quelques souvenirs d'un toubib », in *Le Combattant volontaire juif, 1939–1945*, Paris, UEVACJ, 1971, p. 19–21.

［5］ルイ・アラゴン「戦争とそれに続いたこと」（Louis Aragon, « La Guerre et ce qui s'ensuivit », in *Le Roman inachevé*, 1956）の一節。

（49）*Ibid.*

（50）私が主に利用したのは以下の資料である。SHD, 34N 319, 23e RMVE, JMO, オモワット中佐報告書（1943 年 1 月 31 日），ディゴワンヌ・デュ・パレ大尉報告書（日付なし），タレック大尉報告書（1946 年 9 月 22 日），および，SHD, 34N 317, 12e REI, JMO, ベッソン中佐命令書，アンドレ少佐報告書（日付なし，1941 年末ころ），フランソワ伍長報告書（1942 年 3 月 23 日）。このほか，マレジュー大佐とジャン・プリム予備役大尉の以下の回想録も利用した。*Mémorial du 93e Régiment d'infanterie pendant la campagne, 1939–1940*, Le Mans, Amicale du 93e RI, s.d.

（51）SHD, 34N 317, 12e REI, JMO, ベッソン中佐の命令書，no 35 およびそれ以降。

（52）Samuel Maïer, « Au front », in *Le Combattant volontaire juif...*, *op. cit.*, p. 30.

（53）SHD, アンドレ・レヒト中尉個人書類（no 83769）。

（54）SHD, 7N 2475 (3), EMA 1, 外国人，軍編成，ジャコ少佐により 1940 年の休戦後に作成された情報ファイル抜粋，no 15（日付なし）。

（55）Colonel Georges Masselot, « La guerre d'un officier de liaison », et commandant Louis Primaux, « La défense de Soissons », *Képi blanc*, mai 1989, p. 37–39 et p. 39–40.

（56）SHD, 34N 319, 23e RMVE, JMO, およびディゴワンヌ・デュ・パレ大尉報告書（日付なし）。

（57）S. Danowski, « Quelques souvenirs d'un toubib », art. cit.

（58）Henri Ribera, « "Je n'ai pas donné mon fusil." Un volontaire étranger en 1940 », *Farac info*, no 349, juin 2000.

（59）SHD, 34N 319, 23e RMVE, ベルトレー少尉報告書（1940 年 10 月 30 日）。

（60）SHD, 34N 319, 23e RMVE, アポリネール＝エストゥー大尉報告書（日付なし）。

(61) SHD，レモン・ディゴワンヌ・デュ・パレ大隊長個人書類（n° 77756）。

(62) SHD，7N 2475 (3)，EMA 1，外国人，軍編成，ジャコ少佐により 1940 年の休戦後に作成された情報ファイル抜粋，n° 15（日付なし）。

(63) SHD，34N 319，23e RMVE，タレック大尉報告書（1946 年 9 月 22 日）。

(64) Douglas Porch, *La Légion étrangère...*, *op. cit*., p. 530–531 ; « Le 22e RMVE », *Képi blanc*, mai 1989, p. 44–45.

(65) Hans Habe, *A Thousand Shall Fall* (1941). 次の著作から引用した。Vicky Caron, *L'Asile incertain...*, *op. cit*., p. 356.

(66) Léon Aréga, *Comme si c'était fini*, *op. cit*., p. 76–77.

(67) 次の著作からの引用。Jean-Pierre Richardot, *100 000 morts oubliés. Les 47 jours et 47 nuits de la bataille de France, 10 mai–25 juin 1940*, Paris, Le Cherche Midi, 2009, p. 386.

(68) SHD，34N 317，12e REI，JMO，およびベッソン中佐命令書。

(69) 同上，12e REI，第 8 歩兵師団総司令官宛てベッソン中佐通牒（1940 年 6 月 12 日）。

(70) Zosa Szajkowski, *Jews and the French Foreign Legion*, *op. cit*., p. 74.

(71) Georges Perec, *W ou le souvenir d'enfance*, Paris, Denoël, 1975, p. 42–45 et p. 53.［ジョルジュ・ペレック『W あるいは子供の頃の思い出』酒詰治男訳，水声社，2013 年。］

(72) Éric Alary, *L'Exode. Un drame oublié*, Paris, Perrin, 2010, p. 159 *sq*.

(73) SHD，34N 319，23e RMVE，JMO.

(74) 同上，23e RMVE，タレック大尉報告書（1946 年 9 月 22 日）。また，SHD，デジレ・タレック大尉個人書類（n° 12518）も参照のこと。

(75) 防衛省，陸軍，外人部隊司令部，旧兵士局，マテス・ヤブウォンカ動員解除証書（1940 年 9 月 28 日）。

(76) 個人所蔵資料，外人部隊兵士アブラモヴィチの手紙（1940 年）。この手紙を読ませてくれた，氏の娘ミレーユに感謝申し上げる。また以下の映画も参照のこと。Mireille Abramovici, *Dor de Tine. Une histoire de 1944*, Les Films d'Ici, La Sept Arte, TV 10 Angers, 60 min., 2001.

(77) *Le Matin*, 4 août 1940. 次の記事から引用した。Jérôme Gautheret et Thomas Wieder, « Histoire(s) de l'été 1940. De la haine dans l'air », *Le Monde*, 27 juillet 2010.

(78) 以下の 2 著作を参照のこと。Sylvain Zorzin, « Le camp de Septfonds (Tarn-et-Garonne) : soixante ans d'histoire et de mémoires (1939–1999) », mémoire de recherche, IEP de Bordeaux, 2000 ; Monique-Lise Cohen, Éric Malo (dir.), *Les Camps du Sud-Ouest de la France, 1939–1944. Exclusion, internement et déportation*, Toulouse, Privat, 1994, p. 35–41.

(79) Joseph Ratz, *La France que je cherchais. Les impressions d'un Russe engagé volontaire en France*, 11e éd., Limoges, Bontemps, 1945, p. 87.

(80) Conrad Flavian, *Ils furent des hommes*, Paris, Nouvelles éditions latines, 1948, p. 20.

(81) Joseph Ratz, *La France que je cherchais...*, *op. cit.*, p. 95–96.

(82) Conrad Flavian, *Ils furent des homme*, *op. cit.*, p. 21.

(83) « Le scandale de Sept-Fonds [*sic*] », *Unzer Wort*, nº 21, 29 septembre 1940. 次の著作から引用した。Stéphane Courtois, Adam Rayski (dir.), *Qui savait quoi ? L'extermination des Juifs, 1941–1945*, Paris, La Découverte, 1987, p. 123.

(84) SHD，エドガール・ピュオー中佐個人書類（nº 42225）。

(85) CDJC，アムロ委員会，マイクロフィルム 46–4，ピチヴィエ収容所に収容された 1939–40 年戦闘員リスト。および，マイクロフィルム 72–6，ボーヌ・ラ・ロランド収容所に収容された 1939–40 年戦闘員リスト。

(86) セットフォン動員解除センター司令官宛てカルメ・ヒミシュの手紙，日付なし（以下の第 73 番強制移送列車サイトに掲載されている。http://www.convoi73.org/temoignages/026_kalme_chimisz/doc01.html）。

6 僥倖の歯科医

(1) CAC，内務省，国家警察ファイル，19940448 (85)，レモン・ギャルドブレッド関係書類。

(2) 個人所蔵資料，ギトラ・レシュチ（ジゼル・ギャルドブレッド）自伝，前掲。

[1] アナーキストはフランス語では「アナルシスト」(anarchiste) であり，「アナール」はその省略的言い方。

[2] 労働総連合 = 革命的組合主義（Confédération générale du travail-Syndicaliste révolutionnaire）。

(3) CAC，内務省，国家警察ファイル，19940437 (395)，コンスタン・クワノー関係書類。および « Constant Couanault », in Jean Maitron (dir.), *Dictionnaire biographique du mouvement ouvrier français. Quatrième partie, 1914–1939*, vol. 23, Paris, Éditions ouvrières, 1984, p. 247.

[3] 労働国民連合（Confederación Nacional del Trabajo）。

(4) Constant Couanault, « Ce que nous avons vu en Espagne », *Le Combat syndicaliste*, nos 190 et suivants, 8 janvier, 15 janvier, 22 janvier, 29 janvier, 5 février et 5 mars 1937. 次の著作を参照のこと。Jérémie Berthuin, *La CGT-SR et la Révolution espagnole, juillet 1936–décembre 1937. De l'espoir à la désillusion*, Paris, CNT-Région parisienne, 2000, notamment p. 104–107.

[4] 原語 « cheveux d'ange » は非常に細いパスタ（エンジェル・ヘアー）を指

すが，文字通りには，「天使の髪」である。

（5）私のこの研究が終わってから，サラは自伝を出版している（Sarah Lichtsztejn-Montard, *Chassez les papillons noirs*, Paris, Éditions Le Manuscrit-FMS, 2011）。本研究では，2007年から2011年にかけて彼女が応じてくれたインタヴューを基にするという方針をとり，この回想録に収められた対応箇所を必ずしも参照しているわけではない。

（6）CAC，内務省，国家警察ファイル，19940459（270），モイーズ・リフトシュテイン関係書類。

［5］スカンディナヴィア神話において，自然の力を象徴する精。

（7）同上，国家警察ファイル，19940457（192），ヤハ・コレンバウム関係書類。

［6］電話帳のこと。現在ではウェブサイトもある。

（8）AVP，人口調査，1946年，20区，ペール・ラシェーズ地区，デジレ通り，D2M8 941（2e vol., p. 190）。

（9）特に以下の著作を参照のこと。Tal Bruttmann, *Au bureau des affaires juives. L'administration française et l'application de la législation antisémite, 1940–1944*, Paris, La Découverte, 2006.

（10）Nicolas Mariot, Claire Zalc, *Face à la persécution. 991 Juifs dans la guerre*, Paris, Odile Jacob, 2010, p. 116.

（11）*Le « Fichier juif ». Rapport de la commission présidée par René Rémond au Premier ministre*, Paris, Plon, 1996 ; Renée Poznanski, *Les Juifs en France pendant le Seconde Guerre mondiale*, Paris, Hachette Littératures, 1994, p. 56–58. 1940年10月21日，15万人のユダヤ人がパリで調査され，そのうち6万5千人が外国人である。

（12）国立公文書館受け入れ・研究センター（CARAN），パリ警視庁「家族ファイル」，マテス・ヤブウォンカのカード。マテスはまた警視庁「個人ファイル」でもカード化されている（F9 5646/2）。大文字のJがタイプされた彼のカードには「世帯主」という記載がある。

［7］1942年7月16日に行われたもので，本書225頁以降で詳述されている。「ヴェル・ディーヴ」は，「冬季自転車競技場」（Vélodrome d'Hiver）の略語である。この一斉検挙の際，多数の人々がまずここに収容されたことから，この名で呼ばれている。

（13）AVP，2Mi3/304，商業年鑑，通り別（1938年）。

［8］スイス・ネスレ社の乳製品。

（14）家族所蔵資料，シムへとレイズル宛てタウバの手紙（1940年11月26日）。

［9］ユダヤ暦ニサンの月（3月から4月の頃）の祭日。モーセに率いられたイ

スラエルの民がエジプトから脱出したことを記念する「過越しの祭り」。

(15) Feyguè Chtchoupak, chapitre sans titre, art. cit. ; Shlomo Zonenshayn, « En souvenir de la communauté juive martyre de Parczew », art. cit. ; Avrom Levenbaum, « Atmosphère de guerre » (en hébreu), in Shlomo Zonenshayn *et al.* (dir.), *Livre du souvenir de Parczew*, *op. cit.*, p. 139.

(16) 家族所蔵資料，赤十字国際委員会返信クーポン（n° 65662）。1940 年 12 月 18 日ジュネーヴに着き，1941 年 2 月 8 日付のマテスの返信が書かれている。

(17) 家族所蔵資料，ドイツの委員会宛てコンスタンの手紙（1957 年 4 月 28 日）。

(18) André Kaspi, *Les Juifs pendant l'Occupation*, Paris, Seuil, 1991, 212 *sq*.

(19) Odette Bagno, « Une rafle mal connue, le 20 août 1941 : un arrondissement de Paris en état de siège », *GenAmi*, n° 29, septembre 2004. 以下のサイトで閲覧可能。http://www.genami.org/culture/rafle-paris-20-aout-1941.php.

(20)「アーリア化」という新語は婉曲的にユダヤ人の財産の接収と強奪を意味する。以下の所蔵資料には何も見つからなかった。CARAN，42Mi38，AJ38（ユダヤ人問題警察，調査・管理課，アーリア化），AJ40（ドイツ当局），FIC3（長官報告書）。

(21) Michael Marrus, Robert Paxton, *Vichy et les Juif*, Paris, Calmann-Lévy, Le Livre de poche, 1981, chap. VI ; Renée Poznanski, *Les Juifs en France...*, *op. cit.*, p. 290–295.

(22) « Récit par Sarah Lichtsztejn, élève du lycée du Cours de Vincennes, de son évasion du Vél' d'Hiv le 16 juillet 1942 », in Serge Klarsfeld, *Lettres de Louise Jacobson, 1er septembre 1942–13 février 1943*, Paris, FFDJF, Centre de documentation sur la déportation des enfants juifs, 1989, p. 55–57.

(23) Clément Lépidis, « Belleville, mon village », art. cit., p. 66.

(24) ミシェル・ガヴェリヨーの証言（ソルビェ通りの学校の元生徒），〈トレムセン通りの学校〉委員会の以下のサイトで閲覧可能。http://www.comitetlem-cen.com/Michel.html

(25) Serge Klarsferd, *Le Mémorial de la déportation des Juifs de France*, Paris, 1978, p. 92 et p. 246. 一斉検挙については，特に次の著作を参照のこと。Claude Lévy, Paul Tillard, *La Grande Rafle du Vél d'Hiv, 16 juillet 1942*, Paris, Tallandier, 2010 [1967].

(26) Anne Wellers, « En attendant son retour », in Geroges Wellers, *Un Juif sous Vichy*, Paris, Éditions Tiresias, 1991, p. 289.

[10] FTP (Francs-tireurs et partisans 遊撃義勇軍）は，1941 年末，フランス共産党の指導下に創設されたレジスタンス組織。FFI (Forces françaises de l'intérieur 国内フランス軍）は，1944 年 2 月，フランス国内の主要な武装レジス

タンス組織を統合して結成され，FTP もこれに参加している。
(27) 以下の著作からの引用。Serge Klarsfeld, *Le Calendrier de la persécution des Juifs en France, 1940–1944*, Paris, FFDJF, 1993, p. 316.
(28) 家族所蔵資料，ドイツの委員会宛てコンスタンの手紙（1957 年 4 月 28 日）。
(29) AVP，人口調査，1946 年，20 区，ペール・ラシェーズ地区，デジレ通り，D2M8 941 (2e vol., p. 190)。
(30) CAC，内務省，国家警察ファイル，19940455 (19)，カレル・ヤゴドヴィチ関係書類。
[11]「出発者たちの通り」(rue de Partants) という意味。
[12] ジャン・ド・ラ・フォンテーヌ『寓話』の「キツネとコウノトリ」を踏まえての表現。
(31) AVP，2Mi3/304，商業年鑑，通り別（1938 年)。ガルニェの工場（「経済的なかまど」）はウパトリア通り 21–25 番地にある。
(32) Serge Klarsfeld, *Le Mémorial des enfants juifs déportés de France*, Paris, FFDJF, The Beate Klarsfeld Foundation, 1995.
(33) AVP，D9P2，2696，事業免許税，20 区，ベルヴィル，n° 2690，1935 年。および AVP，D9P2，2900，事業免許税，20 区，ペール・ラシェーズ＝ベルヴィル，n° 2893，1938 年。
[13] 1934 年に設立されたフランスの自動車メーカー。
(34) AVP，人口調査，1936 年，20 区，ベルヴィル地区，ウパトリア小路，D2M8 696，p. 47–49。および 1946 年，20 区，ベルヴィル地区，ウパトリア小路，D2M8 938，p. 17–18。
(35) APP，警視庁，RG ファイル，GA S4，カレル・ソメル関係書類（n° 174673)。
(36) CAC，内務省，国家警察ファイル，19940474 (346)，カレル・ソメル関係書類。
(37) APP，警視庁，RG ファイル，GA S4，カレル・ソメル関係書類（n° 174673)；ヴァル・ド・マルヌ AD，2742 W 26，フレンヌ刑務所収監簿，および 2562 W 22，フレンヌ刑務所カレル・ソメル個人書類。
(38) CDJC，CDLXXI 134，ウパトリア小路 15–17–19 番地の管理人ジョルジュ夫妻の写真。
(39) CDJC，アムロ委員会，マイクロ・フィルム 151–18，サラ・エルプストのカード，n° 872。同，ロベール・エルプストとテオドール・エルプストのカード，マイクロ・フィルム 182–30。
[14] アラン・クリヴィーヌのこと。パリのウクライナ系ユダヤ移民家族に生まれ，共和国大統領選挙に出馬したこともある極左の活動家。

(40) Sarah Lichtsztejn-Montard, *Chassez les papillons noirs*, *op. cit.*, p. 170.

(41) Saul Friedländer, *Quand vient le souvenir...*, Paris, Seuil, 1978.

(42) Jules Jacoubovitch, « Rue Amelot » (1948), *Le Monde juif. Revue d'histoire de la Shoah*, nº 155, septembre-décembre 1995, p. 169-246.

[15]「擦り切れたレコード」(1943年) のリフレインにある言葉。

(43) サラは自伝の中で，マテスとイデサは3階（コンスタンの名義で借りられた部屋）で働いているが，4階（向かいに住む〈ポーランド人〉の名義で借りられた部屋）で寝食していると書いている（Sarah Lichtsztejn-Montard, *Chassez les papillons noirs*, *op. cit.*, p. 92-93)。

(44) このストライキについては，以下の2著作を参照のこと。David Knout, *Contribution à l'histoire de la Résistance juive en France, 1940-1944*, Paris, Éditions du Centre, 1947, p. 92 ; Jacques Adler, *Face à la persécution. Les organisations juives à Paris de 1940 à 1944*, Paris, Calmann-Lévy, 1985, p. 179-180.

(45) CAC，内務省，国家警察ファイル，19940466 (12)，ヤンキェル（ヤンケル）・オドリジンスキ関係書類。

(46) CAC，内務省，国家警察ファイル，19940459 (270)，モイーズ・リフトシュテイン関係書類。

(47) AVP，人口調査，1946年，20区，ベルヴィル地区，ウパトリア小路，D2M8 938, p. 17-18。

[16] パリ11区ロケット通りにはかつて2つの刑務所があった。そのうち軽罪者が収監されるほうの施設が「小ロケット」とあだ名された。

(48) CAC，内務省，国家警察ファイル，19940434 (632)，ハンナ・ブロフシュテイン関係書類。

7　一塊の丸裸にされた人間性

(1) APP，警視庁，2週間報告書，「1943年3月8日までパリの状況」，p. 8。

(2) APP，セーヌ県庁，官房報告書，1943年2月1日-28日の情報月報（1943年3月5日)。

(3) APP，警視庁，2週間報告書，「1943年3月8日までパリの状況」，p. 178-179。

(4) セーヌ・サン・ドニAD，ディアマン・コレクション，335J 31，第2部隊コミュニケ。

(5) Charles de Gaulle, *Discours et messages, 1940-1946*, Paris, Berger-Levrault, 1946, p. 291.

(6) Pierre Panen, *Edmond Michelet*, Paris, Desclée de Brouwer, 1991, p. 31 *sq*. et p. 133 *sq*.

（7）APP，BA 2433，ユダヤ人に対して取られた行政措置（1942 年 1 月から 1943 年 12 月），「ユダヤ人逮捕」を命令するレートケ通達（1943 年 2 月 9 日，親展）。

（8）Serge Klarsfeld, *Le Mémorial...*, *op. cit.*, p. 190 *sq.* ; *id.*, *Le Calendrier de la persécution...*, *op. cit.*, p. 758–760 ; *id.*, *Vichy-Auschwitz. Le rôle de Vichy dans la solution finale de la question juive en France*, Paris, Fayard, 1985, vol. 2, p. 31–33 et p. 225.

（9）APP，BA 2436，ユダヤ人移送，指令電報および通達，パリおよび郊外の警察署長宛て警視庁（市警総本部）業務通達（1943 年 2 月 20 日，極秘）。

（10）APP，警視庁留置所一時勾留簿（1942 年 11 月 29 日から 1943 年 3 月 15 日）。イデサとクレプフは 1943 年 2 月 25 日，マテスは 1943 年 2 月 26 日。

（11）APP，警視庁，2 週間報告書，「1943 年 3 月 8 日までパリの状況」，p. 42。

（12）APP，BA 2439，RG 第 3 部門の対ユダヤ人活動の数量的明細（1941 年 1 月から 1943 年 6 月）。APP，BA 2440，RG 第 3 部門，1943 年 1 月から 7 月の逮捕。

（13）APP，KB 7，巡査アルベール・ベルジェ粛清関係書類，および KB 15，巡査アンリ・ブルニケ粛清関係書類。両名とも 20 区不審尋問班所属。

（14）APP，KB 84，20 区不審尋問班所属副主任刑事エミール・プチギヨーム粛清関係書類。

（15）Nicolas Mariot, Claire Zalc, *Face à la persécution...*, *op. cit.*, p. 185.

（16）Joseph Minc, *L'Extraordinaire Histoire de ma vie ordinaire, op. cit.*

（17）David Diamant, *Héros juifs de la Résistance française*, Paris, Éditions du Renouveau, 1962, p. 227–228.

（18）Annette Wieviorka, *Ils étaient juifs, résistants, communistes*, *op. cit.*, p. 158. 以下の 2 著作も参照のこと。Stéphane Courtois, Denis Peschanski, Adam Rayski, *Le Sang de l'étranger. Les immigrés de la MOI dans la Résistance*, Paris, Fayard, 1989 ; Adam Rayski, *L'Affiche rouge*, Paris, Mairie de Paris, 2003.

（19）APP，BA 2440，RG 第 3 部門，1943 年 1 月から 7 月の逮捕。

（20）APP，警視庁，RG ファイル，GA S4，カレル・ソメル関係書類（n° 174673）。およびヴァル・ド・マルヌ AD，2652 W 22，フレンヌ刑務所カレル・ソメル個人書類。

（21）APP，BA 2440，RG 第 3 部門，1943 年 1 月から 7 月の逮捕，1943 年 2 月の週間報告書。

（22）Jean-Marc Berlière, *Les Policiers français sous l'Occupation, d'après les archives inédites de l'épuration*, Paris, Perrin, 2001, p. 294 *sq.*

（23）以下の著作を参照のこと。Louis Sadosky, *Berlin, 1942. Chronique d'une détention par la Gestapo*, présenté par Laurent Joly, Paris, CNRS éd., 2009, p. 205–

206.

(24) APP，警視庁留置所一時勾留簿（1943年2月25日および26日）。略号と転記ミスについては，原簿通りとした。ナヒム・クレプフはニェチチの生まれ。

(25) CARAN，F9 5702/3，ドランシー・ファイル，マテス・ヤブウォンカとイデサ・ヤブウォンカ（旧姓フェデル）。

(26) APP，RG拘禁簿（1943年2月18日から3月3日の「RG送致」)，1943年2月26日，p. 44-45（マテスは整理番号5212に記載されている）。

(27) *Unzer Wort*, 15 janvier 1943（セーヌ・サン・ドニAD，ディアマン・コレクション，335J 37）。

(28) Ilex Beller, « Deux parmi d'autres », in *Le Combattant volontaire juif..., op. cit.*, p. 31-34.

(29) Arthur Koestler, *Scum of the Earth..., op. cit.*, p. 67.

(30) APP，警視庁留置所一時勾留簿（1943年2月26日）。

(31) この対話は以下の資料から複製した。APP，KB 84，RG特別刑事アンドレ・フィリップ粛清関係書類。

(32) CARAN，F9 5702/3，ドランシー・ファイル，マテス・ヤブウォンカ。

(33) 以下の著作からの引用。Serge Klarsfeld, *Le Calendrier de la persécution..., op. cit.*, p. 762.

(34) Georges Wellers, *De Drancy à Auschwitz*, Paris, Éditions du Centre, 1946, p. 16 *sq*.

(35) APP，GB2，511A 599，前納金，カード n° 5838。

(36) Julie Crémieux-Dunand, *La Vie à Drancy* (*Récit documentaire*), Paris, Gedalge, 1945, p. 81-82. ; Serge Klarsfeld, *Le Mémorial..., op. cit.*, p. 179 *sq*. et p. 190.

(37) CARAN，F9 5780，ドランシー収容所異動簿。

(38) Saul Friedländer, *Les Années d'extermination. L'Allemagne nazie et les Juifs, 1939-1945*, Paris, Seuil, coll. « L'Univers historique », 2008, p. 569-574.

(39) 以下の著作からの引用。Claude Lanzmann, *Shoah*, Paris, Gallimard, coll. « Folio », 2001, p. 270.［クロード・ランズマン『SHOAH ショアー』高橋武智訳，作品社，1995年。］

(40) 以下の2著作を参照のこと。Jan Gross, *Les Voisins..., op. cit.* ; Jan Gross, *La Peur..., op. cit.*, chap. II (「何百万人のキリスト教徒が，彼らの三百万のユダヤ人同胞の殉難に間近で立ち会ったのだろうか。」).

［1］主に親衛隊員や警察官によって構成された機動部隊。前線の後方にあって，政治的・人種的な敵と見される人々の殺戮を任務とした。

(41) Saul Friedländer, *Les Années d'extemination..., op. cit.*, p. 283 *sq*.

(42) Götz Aly, *Into the Tunnel. The Brief Life of Marion Samuel, 1931-1943*, New

York, Metropolitan Books, 2007 [2004], p. 49-74. 以下の著作も参照のこと。Götz Aly, *Comment Hitler a acheté les Allemands. Le IIIe Reich, une dictature au service du peuple*, Paris, Flammarion, 2005.

(43) Georges Wellers, *De Drancy à Auschwitz*, *op. cit.*, p. 31.

(44) François Montel, Georges Kohn, *Journal de Compiègne et de Drancy*, Paris, FFDJF, 1999, p. 169.

(45) Hélène Berr, *Journal, 1942-1944*, Paris, Tallandier, 2008, p. 209 et p. 259. [エレーヌ・ベール『エレーヌ・ベールの日記』飛幡祐規訳, 岩波書店, 2009年。]

(46) *Unzer Wort*, n° 1, 1er février 1943（セーヌ・サン・ドニ AD, ディアマン・コレクション, 335J 37)。

(47) Georges Wellers, *Un Juif sous Vichy*, *op. cit.*, p. 195-196.

(48) 家族所蔵資料, マテスとイデサの葉書, ドランシーから投函（1943 年 3 月 2 日)。

(49) Maurice Rajsfus, *Drancy, un camp de concentration très ordinaire 1941-1944*, Paris, Manya, 1991, p. 131 *sq*.

(50) APP, GB/8, ドランシー, 関係書類 n° 4, 1943 年 3 月 1 日所持品検査, 文書 n° 46 および n° 80。

(51) Geroges Wellers, *De Drancy à Auschwitz*, *op. cit.*, p. 53 *sq*.

(52) François Montel, Georges Kohn, *Journal de Compiègne et de Drancy*, *op. cit.*, p. 196 (1943 年 3 月 2 日入所).

(53) Geroges Wellers, *De Drancy à Auschwitz*, *op. cit.*, p. 51-52.

(54) Serge Klarsfeld, *Le Mémorial...*, *op. cit.*, p. 190 *sq*.

(55) Serge Klarsfeld, *Le Calendrier de la persécution...*, *op. cit.*, p. 765. 2 月 13 日のポン・デ・ザールでの襲撃に対する「報復」として逮捕されたユダヤ人の大半は, この次の移送列車（1943 年 3 月 4 日の第 50 番と 6 日の第 51 番）で強制移送されることになる。

8　ニオイヒバの生垣に守られて

(1) Saul Friedländer, *Quand vient le souvenir...*, *op. cit.*, p. 91.

[1] 蝶結びにする大型のネクタイ。ルイ 14 世の寵愛したラヴァリエール公爵夫人の名前に由来。

(2) Jules Jacoubovitch, « Rue Amelot » (1948), art. cit. ; Jacqueline Baldran, Claude Bochurberg, *David Rapoport. « La Mère et l'enfant », 36 rue Amelot*, Paris, Mémorial de la Shoah, 1994, notamment p. 81 *sq*. et p. 157-178. より広い文脈に関しては, 以下の 2 著作を参照のこと。Jacques Adler, *Face à la persécution...*, *op. cit.* ; Lucien Lazare, *La Résistence juive en France*, Paris, Stock, 1987.

（3）CDJC，アムロ委員会，マイクロ・フィルム 150–17，アネット・クワノーのカード，n° 589。
（4）Jules Jacoubovitch, « Rue Amelot »（1948）, art. cit., p. 214–216.
（5）CDJC，アムロ委員会，マイクロ・フィルム 150–17，アネット・クワノーのカード，n° 589。マイクロ・フィルム 182–30，シュザンヌ・ヤブウォンカとマルセル・ヤブウォンカのカード，n° 0042。カード 318/0042。
（6）同上，マイクロ・フィルム 182–30，シュザンヌ・ヤブウォンカとマルセル・ヤブウォンカのカード，n° 0042。
（7）同上，マイクロ・フィルム 190–31，里子数，n° 1。1943 年 12 月 13 日の里子一覧，n° 4。里親一覧，パリ，n° 42，n° 91，n° 96。里子一覧，n° 77。マイクロ・フィルム 201–32，里子委託解消一覧，n° 2，および里子手書き一覧（日付なし）。
（8）特に以下の 2 著作を参照のこと。Claude Cailly, « L'industrie nourricière dans le Perche aux XVIIIe et XIXe siècles », *Cahiers percherons*, 1998, n° 4, p. 1–26 ; Ivan Jablonka, *Ni père ni mère. Histoire des enfants de l'Assistance publique（1874–1939）*, Paris, Seuil, coll. « XXe siècles », 2006. ユダヤ人の子供たちがフランス全土に隠され，救われたことはもちろんのことである。
（9）Jules Jacoubovitch, « Rue Amelot », art. cit., chap. VII. 以下の著作も参照のこと。Jacqueline Baldran, Claude Bochurberg, *David Rapoport...*, *op. cit.*, p. 190 *sq*.
（10）Jacqueline Sainclivier, *La Bretagne dans la guerre, 1939–1945*, Rennes, Éditions Ouest-France, 1994, p. 108 *sq*.
（11）CDJC，アムロ委員会，マイクロ・フィルム 187–31，貸方会計（1944 年 11 月）。
（12）以下の著作からの引用。Jacqueline Baldran, Claude Bochurberg, *David Rapoport...*, *op. cit.*, p. 207.
（13）Jacqueline Sainclivier, *La Bretagne dans la guerre*, *op. cit.*, p. 122–123.
［2］オーストリアからフランスに亡命したユダヤ人であるフィナリー夫妻は強制移送される前に子供たちをカトリックの組織に預けた。夫妻は殺害され，戦後，子供たちの後見人となった人は，彼らがすでに洗礼を受けているとの理由で，ユダヤ人家族に返すのを拒否し，大事件となった。
（14）以下の著作を参照のこと。Catherine Poujol, *Les Enfants cachés. L'affaire Finaly, 1945–1953*, Paris, Berg international, 2006.
［3］第二次世界大戦中，森林地帯などで組織された対独レジスタンスのグループ。
（15）Jacqueline Sainclivier, *La Bretagne dans la guerre*, *op. cit.*, p. 153 *sq*. et p. 197 *sq*. ; Christian Bougeard, *Histoire de la Résistnace en Bretagne*, Paris, Gisserot, 1992.

(16) イレ・ヴィレンヌ AD, 213W 27, 裁判所, 関係書類 34, 息子 F の裁判, レンヌ司法警察報告書（1944 年 10 月 20 日）および最終論告（1945 年 3 月 2 日）。
(17) 同上, 司法警察調書, 民兵 B 尋問書（1944 年 10 月 19 日）, および被告に対する捜査資料（1944 年 10 月 30 日）。
(18) 同上, ル・ドネ夫人報告書（1944 年 8 月 15 日）。
(19) « La libération de la ville quand j'avais 16 ans », *Ouest-France* (édition de Fougères), 22 juillet 2009.
(20) Feyguè Chtchoupak, chapitre sans titre, in *Livre du souvenir de Parczew*, *op. cit.*, p. 293–300.

9 世界の向こう側へ

(1) Primo Levi, *Si c'est un homme*, Paris, Julliard, 1987 [1947], p. 16–19. [プリーモ・レーヴィ『アウシュヴィッツは終わらない――あるイタリア人生存者の考察』竹山博英訳, 朝日選書, 1980 年。]
(2) 以下の著作からの引用。Claude Lanzmann, *Shoah*, *op. cit.*, p. 67–69.
(3) Rudolf Höss, *Le Commandant d'Auschwitz parle*, Paris, La Découverte, 2005, p. 181–187.
(4) 家族所蔵資料, 私の父マルセルと伯母シュザンヌ宛て国立アウシュヴィッツ博物館の手紙（前者は 1970 年 9 月 23 日付, 後者は 1979 年 7 月 19 日付）。および Danuta Czech, *Auschwitz Chronicle 1939–1945. From the Archives of the Auschwitz Memorial and the German Federal Archives*, New York, Holt, 1990, p. 344 *sq*.
(5) 家族宛てハイム・ヘルマンの手紙。1944 年 11 月 6 日ビルケナウで書かれ, 1945 年第二死体焼却棟の近くに埋められた瓶の中に発見された。以下の著作に収録されている。Ber Mark, *Des voix dans la nuit. La résistance juive à Auschwitz*, Paris, Plon, 1982 [1977], p. 325–330. 手紙の構文を尊重した。
(6) 以下の 2 著作を参照のこと。Eric Friedler, Barbara Siebert, Andreas Kilian, *Zeugen aus der Todeszone. Das jüdische Sonderkommando in Auschwitz*, Munich, Deutscher Taschenbuch Verlag, 2005, notamment p. 129–135（マテスの名前は, この本の最後にあるゾンダーコマンドの男性たちの長い一覧表の中に出てくる）; Gideon Greif, *We Wept Without Tears. Testimonies of the Jewish Sonderkommando From Auschwitz*, New Haven, Yale University Press, 2005.
(7) David Olère, Alexandre Oler, *Un génocide en héritage*, Paris, Wern, 1998, notamment p. 31–33 ; Serge Klarsfeld, « Préface », in *L'Œil du témoin. David Olère, A Painter in the Sonderkommando at Auschwitz*, Paris, The Beate Klarsfeld Foundation, 1989.

(8) Jean-Claude Grumberg, *L'Atelier*, Paris, Stock, 1997 ; Jean-Claude Grumberg, *Mon père, inventaire*, suivi de *Une leçon de savoir-vivre*, Paris, Seuil, coll. « Librairie du XXIe siècle », 2003.
(9) 家族所蔵資料，シムへとレイズル宛てアネットの手紙（1946 年 5 月 18 日）。
(10) 家族所蔵資料，国立アウシュヴィッツ博物館の手紙，および Danuta Czech, *Auschwitz Chronicle...*, *op. cit.*, p. 344 *sq*.
(11) « Récit par la mère de Sarah Lichtsztejn (Sourèlè) de leur arrestation et de leur déportation le 30 mai 1944 », in *Lettres de Louise Jacobson...*, *op. cit.*, p. 61–68.
(12) AVP，人口調査，1936 年，20 区，ベルヴィル地区，デジタル版 D2M8 697，p. 3。
(13) マテスのカードは裏面に「1945 年 9 月 28 日，姉［原文ママ］，リフトシュテン夫人［原文ママ］（パリ，サン゠モール通り 106 番地）に交付された証明書。妻の旧姓フェデル・イデサとともに強制移送された」と記載されている（CARAN，F9 5702/3，マテス・ヤブウォンカのカード）。大文字の D（「死去」）が付されたこのカードはおそらく旧戦闘員省から来たものであろう。
(14) Götz Aly, *Into the Tunnel...*, *op. cit.*, p. 77–80.
(15) Rudolf Höss, *Le Commandant d'Auschwitz parle*, *op. cit.*, p. 182 *sq*.
(16) クラクフの裁判におけるシュロモ・ドラゴンの証言（1946 年）。以下の著作からの引用。*Des voix sous la cendre. Manuscrits des Sonderkommandos d'Auschwitz-Birkenau*, Paris, Mémorial de la Shoah, Calmann-Lévy, 2005, p. 184–185. 1942 年，死体は大きな穴，すなわち森の真っ只中に掘られた「プール」に埋められているが，その年の 9 月，死体を掘り出し，屋外に積み上げた巨大な薪の上で消滅させるよう命令が下る。これ以降，死体焼却炉が稼働する 1943 年春まで，ガス殺された直後の死体は穴の中で直接燃やされる。1944 年，ハンガリーのユダヤ人を大量殺害する際には，死体焼却炉だけでは足りなくなり，何千もの死体が再び屋外で焼かれることになる。
(17) Danuta Czech, *Auschwitz Chronicle...*, *op. cit.*, p. 344 *sq*. ; Götz Aly, *Into the Tunnel...*, *op. cit.*, p. 77–80.
(18) 以上の 2 段落は次の著作に基づいている。Jean-Claude Pressac, *Les Crématoires d'Auschwitz. La machinerie du meurtre de masse*, Paris, CNRS éd., 1993, p. 66–75.
(19) アウシュヴィッツにおけるナチの犯罪に関する調査委員会でのヘンリク・タウベルの証言（1945 年）。以下の 2 著作からの引用。*Des voix sous la cendre...*, *op. cit.*, p. 206–207 ; Jean-Claude Pressac, *Les Crématoires d'Auschwitz*, *op. cit.*, p. 72. ダヌタ・チェフはこの出来事を翌 3 月 5 日のこととしている。

［1］パリ4区にある施設。〈名前の壁〉にはフランスから強制移送されたユダヤ人の名前が刻まれている（本書カヴァー図版参照）。

(20) レヴェンタルの「年代記」は以下の2著作に収録されている。Ber Mark, *Des voix dans la nuit...*, *op. cit.*, p. 265 *sq.* ; *Des voix sous la cendre...*, *op. cit.*, p. 91 *sq.*

(21) レイブ・ラングフスの執筆とされる「3千の女の裸体」は以下の著作に収録されている。Ber Mark, *Des voix dans la nuit...*, *op. cit.*, p. 259 *sq.*

(22) Zalmen Gradowski, *Au cœur de l'enfer. Témoignage d'un Sonderkommando d'Auschwitz, 1944*, Paris, Tallandier, 2009 (citation p. 52).

(23) Moshè et Élie Garbarz, *Un survivant...*, *op. cit.*, p. 54.

(24) Pierre Oscar Lévy, *Premier convoi*, Paris, Paradiso Productions, 1992, 1h42.

(25) André Balbin, *De Lodz à Auschwitz en passant par la Lorraine*, Nancy, Presses universitaires de Nancy, 1989, p. 74–76.

(26) Jean-Claude Pressac, *Les Crématoires d'Auschwitz...*, *op. cit.*, p. 73 *sq.*

(27) 以下の著作からの引用。Claude Lanzmann, *Shoah*, *op. cit.*, p. 90–91. また以下の著作も参照のこと。Filip Müller, *Trois ans dans une chambre à gaz d'Auschwitz*, Paris, Pygmalion, 1980.

(28) Zalmen Gradowski, *Au cœur de l'enfer...*, *op. cit.*, p. 154.

(29) Eric Friedler *et al.*, *Zeugen aus der Todeszone...*, *op. cit.*, p. 129–135.

(30) ヤコヴ・ガバイのこのインタヴューは，以下の著作に収録されている。*Des voix sous la cendre...*, *op. cit.*, p. 290 *sq.*

(31) 以下の著作からの引用。Claude Lanzmann, *Shoah*, *op. cit.*, p. 180–181.

(32) この描写は，アウシュヴィッツにおけるナチの犯罪に関する調査委員会でのヘンリク・タウベルの証言に基づく（*Des voix sous la cendre...*, *op. cit.*, p. 212–213)。

(33) この表現は以下の著作の中でヤコヴ・ガバイによって引用されている。*Des voix sous la cendre...*, *op. cit.*, p. 289.

(34) Shlomo Venezia, *Sonderkommando. Dans l'enfer des chambres à gaz*, Paris, Albin Michel, 2007, p. 111.

(35) *Des voix sous la cendre...*, *op. cit.*, p. 283.

(36) André Balbin, *De Lodz à Auschwitz...*, *op. cit.*, p. 73.

(37) Primo Levi, « La zone grise », in *Les Naufragés et les Rescapés. Quarante ans après Auschwitz*, Paris, Gallimard, 1989, p. 52–53.

(38) Georges Wellers, *Un Juif sous Vichy*, *op. cit.*, p. 278.

(39) Claude Lanzmann, *Le Lièvre de Patagonie*, Paris, Gallimard, coll. « Folio », p. 56.

(40) *Des voix sous la cendre...*, *op. cit.*, p. 402 *sq.*

(41) Moshè et Élie Garbarz, *Un survivant...*, *op. cit.*, p. 98（ニレンベルグ Niremberg

は，Nuremberg と書かれている).

(42) パリ 20 区区役所，戸籍課，マテス・ヤブウォンカ死亡証明書，「1943 年 3 月 2 日，ドランシー（セーヌ県）で死去」，1951 年 10 月 5 日。同上，イデサ・フェデル死亡証明書，「1943 年 3 月 2 日，ドランシー（セーヌ県）で死去」，1951 年 6 月 12 日。

(43) Zalmen Gradowski, *Au cœur de l'enfer...*, *op. cit.*, p. 35.

(44) ハイム・ヘルマンの手紙からの引用。以下の著作の中に収録されている。Ber Mark, *Des voix dans la nuit...*, *op. cit.*

［2］蒸留酒。文字通りには「命の水」。

(45) 以下の著作からの引用。Ber Mark, *Des voix dans la nuit...*, *op. cit.*, p. 276.

(46) Zalmen Gradowski, *Au cœur de l'enfer...*, *op. cit.*, p. 57.

(47) 以下の著作からの引用。*Des voix sous la cendre...*, *op. cit.*, p. 295.

(48) Jean Améry, *Par-delà le crime et le châtiment...*, *op. cit.*, p. 43-47.

(49) David Diamant, *Héros juifs de la Résistance française*, *op. cit.*, p. 227-228 ; Ber Mark, *Des voix dans la nuit...*, *op. cit.*, p. 152.

(50) Zalmen Lewental, « Notes », in *Des voix sous la cendre...*, *op. cit.*, p. 104.

(51) Georges Wellers, *Un Juif sous Vichy*, *op. cit.*, p. 275-277. 反抗は，トレブリンカでは 1943 年 8 月 2 日，ソビブルでは 1943 年 10 月 14 日，ヘウムノでは 1944 年 1 月 18 日，ポナルでは 1944 年 4 月 15 日，アウシュヴィッツでは 1944 年 10 月 7 日に起こった。

(52) この反抗については，以下の 3 著作を参照のこと。Ber Mark, *Des voix dans la nuit...*, *op. cit.*, p. 159 *sq.*（レヴェンタルの引用は p. 297 から）; Eric Friedler *et al.*, *Zeugen aus der Todeszone...*, *op. cit.*, p. 223-224 *sq.* ; *Des voix sous la cendre...*, *op. cit.*, p. 400 *sq.*

(53) 以下の著作からの引用。Saul Friedländer, *Kurt Gerstein. L'ambiguïté du bien*, Paris, Nouveau monde éditions, 2009, p. 177-178.

(54) Vassili Grossman, *Vie et Destin*, in *Œuvres*, Paris, Robert Laffont, coll. « Bouquins », 2006, p. 466-473.［ワシーリー・グロスマン『人生と運命』齋藤紘一訳，全 3 巻，みすず書房，2012 年。］

(55) André Schwarz-Bart, *Le Dernier des Justes*, Paris, Seuil, coll. « Points », 1959, p. 422-425.

(56) Shlomo Venezia, *Sonderkommando...*, *op. cit.*, p. 97.

(57) ヘンリク・タウベルの証言による。以下の著作からの引用。*Des voix sous la cendre...*, *op. cit.*, p. 208-209.

(58) Zalmen Gradowski, *Au cœur de l'enfer...*, *op. cit.*, p. 195-196.